SINGLE & SINGLE

John le Carré

シングル & シングル

ジョン・ル・カレ
田口俊樹 訳

集英社

シングル＆シングル

主な登場人物

オリヴァー……………………………マジシャン
ヘザー・ホーソン…………………オリヴァーの元妻
カーメン・ホーソン………………オリヴァーの娘
タイガー・シングル………………〈シングル&シングル〉最高経営責任者
アルフレッド・ウインザー……〈シングル&シングル〉法務部長
ランディ・マシンガム…………〈シングル&シングル〉ソヴィエト・ブロック・コンサルタント
エルシー・ウォットモア………オリヴァーが住む下宿屋の家主
メアリー・アギー…………………検察側の監視チームメンバー
ナット・ブロック…………………イギリス税関職員
バーナード・ポーロック………ロンドン警視庁幹部
エヴゲニー・オルロフ…………ロシアの実力者
ミハイル・オルロフ………………エヴゲニーの弟
マースキー博士……………………ポーランド人事業家
アリックス・ホバン………………〈トランス・ファイナンス〉ヨーロッパ担当重役兼最高責任者
ゾーヤ・ホバン……………………アリックスの妻
ポール・ホバン……………………アリックスの息子

ジェーンの本

「人間の血液は商品である」——合衆国貿易委員会（一九六六年）

第一章

この銃は銃ではない。

ウィンザーはあえてそう信じた。しかし、ウィーン、サンクトペテルブルク、イスタンブールにオフィスを構える〈トランス・ファイナンス〉の若きヨーロッパ担当重役兼最高経営責任者、アリックス・ホバンがイタリア製ブレザーの内ポケットから取り出したものは、プラチナのシガレットケースでもなければ、エンボス加工をした名刺でもなかった。猛禽《もうきん》の嘴《くちばし》のようではあるものの、およそ暴力的とは言いがたいウィンザーの鼻の先、六インチに突きつけられたものは、銃身の細い、青黒い未使用のオートマティックだった。この銃は存在しない。これは証拠能力のない証拠だ。いや、証拠とすら言えない。これはまさに銃にあらざるものだ。

弁護士であるアルフレッド・ウィンザーにとって、事実とは常に疑ってかかるべき対象だった。そのことに例外はない。一般の人間にはどれほど自明に見えようと、良心的な弁護士は何より事実を疑わねばならない。それに照らせば、今のウィンザーほど良心的な弁護士もいなかった。それでも、さすがに驚き、持っていたブリーフケースを思わず地面に落とした。その音が聞こえ、手のひらにその重みのなごりが感じられ、足元に落ちたブリーフケースの影が視野の隅にぼんやりと見えた――私のブリーフケース、私のペン、私のパスポート、私の航空券、私のトラヴェラーズ・チェック。私のクレジットカード、私の正当性。安くはないブリーフケースだった。が、彼はあえて拾い上げようとは思わなかった。銃にあらざるものをただじっと見つめた。

この銃は銃ではない。この林檎《りんご》は林檎ではない。ウィンザーは、法科の講師が四十年前に、よれよれのスポーツコートのポケットから青い林檎を取り出して、大半は女という聴衆に向け、掲げ示して言った箴言《しんげん》を思い出した。「これは林檎のように見えるかもしれない。林檎のようににおうかもしれない。林檎のように感じられるかもしれない」――説明条項というやつだ――「しかし、林檎のようにかたかた鳴るだろうか?」――講師は林檎を振った――「林檎のように切れるだろうか?」――机の引き出しから年代物のパン用ナイフを取り出し、林檎を切った。林檎は白い石膏《せっこう》の粉に変身した。どっと笑い声が起こり、偉大なる講師はサンダルの靴先で石膏の粉を脇に寄せた。

しかし、ウィンザーの無謀な記憶の急降下はそこで終わってはくれなかった。講師の林檎からロンドンのハムステッド――彼が住んでいて、今このとき、ほかのどこよりもいたい場所――の青果店まで、めくるめくような陽の光とともに一気に降下した。明るい色のエプロンをまとい、麦わら帽をかぶった、陽気で無防備な八百屋は、林檎のほかに新鮮なアスパラガスも売っていて、それはウィンザーの妻、バニーの好物だった。夫が買ってきたアスパラガスだけはどうしても好きになれないとしても。忘れないで、アルフレッド、地面から生えてるものはみんな緑でしょ? 白かったりなんかしないでしょ?――そう言って、彼女は買物袋を彼に突き返した。それに、アルフレッド、おいしいのは旬《しゅん》のものでしょうが。人工的につくられたものがおいしかったためしがある? どうして自分はこんなことをしてしまったのか。どうして自分は結婚しなければならなかったのか。相手との相性が最悪であることを確かめるだけのために。どうして自分は〝事前〟にではなく〝事後〟にしか決断ができないのか。いったい法律に関する習練はなんのためのものだったのか、自分から自分を守ることさえできないとすれば。恐怖におののきながらも、ウィンザーは脱出口を求めてあらゆる路地を偵察し、その偵察行の心地よさを内なるリアリティに取り入れた。すると、ほんのいっときにしろ、気持ちを強く持つことができた。銃の非現実性に対する覚悟ができた。

この銃は依然として銃ではない。

それでも、眼をそらすことができなかった。銃をこれほど目《ま》のあたりにするのは生まれて初めてだった。これほど詳細にその色、その輪郭、そのマーク、その光沢、その形を見せつけられたのも。照りつける太陽のもと、それらすべてが正確に彼に向けられていた。それは銃のように撃たれるのだろうか。銃のように人を殺すのだろうか。顔も体も石膏の粉に変え、すべてを消し去ってしまうのだろうか。ウィンザーは馬鹿げたその可能性に果敢に抵抗した。この銃は存在しない。この銃は完璧に存在しない！　これは妄想《キマイラ》だ。白い空と熱と日射病のいたずらだ。まずい食事と、不幸な結婚生活と、煙草《たばこ》の煙の中での二日にわたる消耗戦のような会議によってもたらされた銃だ。うだるような暑さの中、乗り心地の悪いリムジンに三時間、赤い岩肌の断崖の下を這うヘアピン・カーヴを抜け、海岸沿いのめくるめく朝まだき、〈トランス・ファイナンス〉の社用ジェットで、中央トルコの赤茶けた大山塊の上空を飛んだのちさらに土埃と渋滞で窒息しそうになるイスタンブールの街路を走り、ジグザグ道をこの世界の果てまで——東地中海の海面から六百フィート垂直に立ち昇っているこの岬まで——クロウメモドキと壊れた蜜蜂の巣箱と巨礫だらけのこの不毛の岬まで——自殺的スピードで走ったがためにもたらされた銃だ。朝の太陽はすでに充分な力を得ていた。ホバンの銃はまばたきひとつしようとせず、まだそこにあった。まだ幻影としてそこにあった。外科医のようにウィンザーの脳をのぞき込んでいた。

彼は眼を閉じて、ほら、と妻のバニーに話しかけた。これで銃はなくなった。しかし、いつものようにバニーは彼に飽きており、わたしにかまわないでとばかりに、彼を彼だけの愉しみに向かわせた。彼はかわりに裁判官に呼びかけた。彼にしてみれば、それはもうかれこれ三十年もやっていないことだった――

裁判長閣下、このウィンザー対ホバンの訴訟はすでに和解が成立しております。私といたしましては、この公判の場でそのことをはっきりと申し上げておかねばなりません。このトルコの丘でおこなわれた会議の席で、ホバンに銃を振りまわすよう示唆したのは自分の過ちだったと、ウィンザーはすでに認めております。一方、ホバンのほうも、かかる行動に関して満足のいく正当な動機を提出しておりますので……

そのあと、習慣と敬意から、彼は彼のボスであり、最高責任者であり、スヴェンガリ（G・デュ・モーリア作『トリルビー』の登場人物。催眠術でヒロインを自在に操る音楽家）でもある、シングル家の名祖にして創造者、唯一無二のタイガー・シングルに呼びかけた――

ウィンザーです、タイガー。ええ、元気です。ありがとうございます。あなたのほうは？　それはそれは、ご同慶の至りです。ええ、すべてあなたが賢明に予測されたとおりに運んでおります。これまでのところの感触は大いに満足できるものです。ただ、些細なことなのですが――それもすでに過ぎてしまったことで、新たな局面というわけでもないのですが、われわれの顧客側の人間、ホバンがどうやら私に銃を向けているようなのです。いえ、なんでもないことです。すべては幻想です。それでも、用心に越したことはありませんからね……

眼を開けても、銃はまださきほどと同じところにあった。銃身の向こうから、どこか子供らしさの残るホバンの眼が彼を見ており、子供のように毛の生えていない指が引き金にかかっていた。それでも、ウィンザーはあくまで法的な立場にしがみついた。この銃は〝目的〟としてあるのであって、本物の銃としてあるわけではない。これはジョークなのだ。人を愉しませる罪のないプラクティカル・ジョーク。おそらくホバンはまだ幼い息子に買ってやったのだろう。これはいわば銃の複製で、ホバンは、若い人間にしてみれば、時間ばかりがかかるだけの退屈な交渉の場に、ちょっとした息抜きを求めて、大仰な悪ふざけをしてみせたのだろう。ウィンザーは、感覚のなくなった唇にどうにか気取った笑みを浮かべ、この新たな思いつきにすがりつき、意を決して言った。

「それにはもうなんとも反論ができないと申し上げないわけにはいかないけど、ミスター・ホバン。でも、どうしろと言うんだね？　われわれの取り分はすべてあきらめろとでも？」

しかし、返ってきた答は棺桶屋がハンマーで釘を打つ音だけだった。ウィンザーは慌てて、その音を湾の反対側で建設業者が観光客向け休憩所をつくっている音に――冬のあいだじゅうバックギャモンで遊び呆けた挙句、観光シーズンを迎え、押っ取り刀で、雨戸や屋根瓦や鉛管を取り付けている音に戻した。そして、自分の頭がおかしくなったわけではないことの証《あか》しをにおいに求めた。塗料を溶かす溶液のにおいに、ブローランプのにおいに、炭火で魚を焼くにおいに、露天商のスパイスのにおいに、そのほかいいにおいも悪いにおいも選ぶことなく、トルコの地中海沿岸地方に漂うすべてのにおいに求めた。ホバンがロシア語で何やら仲間たちに叫んでいた。背後で忙《せわ》しない足音がした。が、ウィンザーはあえて振り向くまいと思った。そのとたん、うしろから服をつかまれ、さらに全身――腋の下、脇腹、背骨、股間を手で暴かれた。その攻撃的な手は、一瞬、もっと受け入れやすい相手の手の記憶を呼び起こした。が、武器を隠し持ってはいないかと、ふくらはぎからくるぶしまでまさぐる手に慰撫《いぶ》の気配はかけらもなかった。隠し持つにしろ、どうするにしろ、ウィンザーは武器など生まれてこのかたまだ一度も持ち歩いたことがなかった。持ち歩くのは、散歩と女性ランナーの鑑賞をかねてハムステッド・ヒース（ハムステッドにある公園）に出かける際、狂暴な犬や性倒錯者から身を守るために持って出る杖だけだ。

不承不承、ウィンザーは多すぎるホバンの取り巻きのことを思い出した。それまでは銃にそそのかされて、この丘にいるのは自分とホバンだけで、声が聞こえる範囲内に人は誰もいないという状況――弁護士なら誰しも自分に有利と考える一対一の状況――を思い描いていたのだ。が、実際には、イスタンブールを発って以来、ホバンには魅力のかけらもない助言者の群れがついていた。シニョール・デミリオとムッシュー・フランソワ。イスタンブールの空港で合流したとき、このふたりは上着を着て、銃を隠していた。ダラマン川の近くでは、さらにふたりの招かれざる客が彼らを待っていた。霊柩車のような黒のランドローヴァーとその運転手とともに。ドイツの連中だ、とホバンはウィンザーに紹介したが、名前までは言わなかった。ドイツの連中であることにまちがいはないのかもしれない。が、ウィンザーが耳にしたかぎり、トルコの田舎の葬儀屋が仕事をする際に身につけるスーツを着込んだそのふたりは、トルコ語しか話さなかった。

さらに手が伸びてきて、ウィンザーは髪と肩をつかまれ、砂地に四つん這いにさせられた。山羊《やぎ》の首につけた鈴の音がどこからか聞こえてきた。その音がウィンザーにはハムステッドのセントジョン教会が彼の葬儀に鳴らす鐘の音に聞こえた。ほかの手が小銭、眼鏡《めがね》、ハンカチを彼から奪い取り、また別な手が彼の大切なブリーフケースを取り上げた。ウィンザーは悪夢のようにそれを見た——タイガーに促されて短期資金用に設けた銀行口座から現金六百ポンドを引き出し、チューリッヒ空港で慌てて買った、ふたつとない黒革のブリーフケースとともに、自分のアイデンティティと安全がいともたやすく人の手から手に移されるのを眺めた。この次にまた気前のいいモードになったら、洒落たハンドバッグのひとつも買ってもらいたいものね、と文句を言うバニーの鼻にかかった声が聞こえた。その鼻声は不平がそれだけではおさまらないことを意味していた。別れよう、と彼は思った。バニーにはハムステッドをやって、こっちはチューリッヒに一軒構える。最近、丘の中腹に建ちはじめたテラスハウスを買うのだ。タイガーもきっとわかってくれるだろう。

視野がいきなり黄色い液体で覆われ、ウィンザーはその痛みに思わず悲鳴をあげた。さらに、ごつい手に手首をつかまれ、逆手にされ、ひねり上げられた。ひとつの丘から発せられた彼の叫び声が、別の丘にこだまし、やがて消えた。歯科医の手のように最初はやさしく、別の手が彼の頭に置かれた。

が、すぐに髪をつかまれ、顔を上げさせられ、鋭い陽射しに眼を向けさせられた。

「それぐらいにしておけ」と誰かが英語で命じる声がした。ウィンザーは眼を細くして、自分と同年輩の白髪の男、シニョール・デミリオの心配そうな顔を見上げた。デミリオというのは、ホバンが鼻にかかる不快なロシア訛りのアメリカ語で、われわれのナポリのコンサルタントだと言って――ホバンはいったいどういうルートでデミリオのような男を見つけてくるのだろう？――ウィンザーに紹介した男だった。そのとき、ウィンザーは、あまり心を動かされなかったときのタイガーの口調で、〝それはそれは〟と答え、心のこもらない笑みを向けたのだが、砂にまみれ、肩と腕が悲鳴をあげている今は、機会のあるうちにデミリオに敬意を示さなかったことがつくづく悔やまれた。

デミリオは丘をのぼっていた。ウィンザーは、仲のいい友達同士のように彼と腕を組んで歩きたいと思った。そうやって、デミリオに与えてしまったかもしれない悪い印象を改めるのだ。が、それは叶《かな》わなかった。ひざまずき、叱咤《しった》する太陽に顔を向けつづけること以外、彼にできることは何もなかった。眼をきつく閉じても、眼の中で太陽光線が黄色い洪水になるだけのことだった。四つん這いになって、斜め上に顔を向けさせられているので、膝の痛みだけでなく、肩にも同じような痛みが波状的に押し寄せた。彼は髪の心配をした。染めようと思ったことは一度もない。むしろ彼は髪を染めている同輩を軽蔑していた。とはいえ、床屋にリンスを試すよう説得され、それだけは続けることをバニーに命じられていたが。わたしがどんな気分になるのか、あなたにはわからないの、アルフレッド？ 白髪頭の男を夫として連れ歩くというのはどんな気持ちのものか――だけど、きみ、私の髪は結婚したときからもうこんなふうになってたじゃないか――わたしってほんとうに不運な女よ。

タイガーの忠告に従って、彼女にはバービカン（ロンドン北東部の一地区）のドルフィン・スクウェア・ホテルの長期滞在用フラットでもあてがってやればよかったのだ。馘《くび》にして、秘書であることをやめさせ、可愛い友達として取っておけばよかったのだ。そうしていれば、彼女の夫であることの屈辱など味わわなくてもすんだものを。彼女と結婚などすることはない、ただ彼女を買えばすむことじゃないか、ウィンザー、世の常ながら、長い眼で見れば、そのほうが安くつくのだから——タイガーはそう言いながらも、結局のところ、ふたりにバルバドス島での一週間というハネムーンをプレゼントしてくれたのだった。彼は眼を開けた。パナマ帽はどこへいった？　イスタンブールで六十ドルで買った粋なパナマ帽。盟友、デミリオがかぶっていた。それを見て、ダークスーツ姿のふたりのトルコ人が笑っていた。最初、彼らは一緒に笑い、そのあと一緒にまたウィンザーのほうを向いて、自分たちが選んだ丘の中腹から彼を眺めつづけた、まるで何かゲームでも見るかのように。気むずかしげに、怪訝《けげん》そうに。関係者でない傍観者。彼とセックスをしているときのバニーのように。お愉しみだったんでしょ？　だったらもういいじゃない。わたし、疲れてるのよ。彼は丘の麓からここまでジープを運転してきた男を見やった。その男は親切そうな顔をしていた。彼なら助けてくれるかもしれない。結婚した娘がイズミル（トルコ西部の港市）に住んでいるということだった。しかし、親切そうな顔していようとしていまいと、その男は居眠りをしていた。少し離れたところに停まっている、霊柩車のように真っ黒なランドローヴァーの運転手のほうは、口をぽかんと開けて、前方を見ていた。が、ほんとうに何かを見ているとは思えなかった。

「ホバン」とウィンザーは言った。

　誰かの影がウィンザーの顔に落ちた。太陽の高さを考えると、誰の影にしろ、そいつは彼のすぐ近くに立っているはずだった。彼は眠気を覚えた。眠るのは悪くない考えだ。眼が覚めたときには、また別なところにいるというのは。汗に濡れた睫毛《まつげ》越しに見やると、洒落た白いサマースラックスの折り返しの下から、鰐革の靴が突き出ているのが見えた。そこから視線を上げていくと、そのさきに、ホバンの〝太守〟のひとり、ムッシュー・フランソワの物問いたげな黒い顔があった。ムッシュー・フランソワはわれわれの鑑定人だ、候補に上がった土地の鑑定は彼にしてもらおうと思ってる、とホバンはイスタンブールの空港で言っていた。そのとき、ウィンザーは彼にもまた、シニョール・デミリオに向けたのと変わらない、心のこもらない笑みを向けたのだった。

　鰐革の靴のひとつがその位置を変えた。淀んだ意識の中で、ウィンザーはムッシュー・フランソワに蹴飛ばされようとしているのだろうかと思った。が、そうではなかった。ムッシュー・フランソワは、ウィンザーの顔に向けて、何かを斜めに差し出していた。小型のテープレコーダー。その機械は汗にしみるウィンザーの眼にもいかにも姑息《こそく》に映った。彼は思った――私を愛する者たちを安心させることばを私に言わせたいのだ。身代金の交渉になった際、利用するために――タイガー、アルフレッド・ウィンザーです。あなたが昔よく使われた呼び方に従えば、ウィンザー家最後の生き残りのアルフレッドです。体のほうはまったく問題ありません。だから、どうかご心配なく。すばらしい待遇ですから。みんないい人たちばかりで、とてもよくしてもらっています。ですから、私は今では彼らの動機に――それがなんであれ――敬意さえ払うようになりました。彼らは今すぐにも解放すると約束してくれていますが、そのときがきたら、彼らに最善の待遇を受けたことだけは全世界に言明したいと思っています。いや、ほんとうに、どうかご心配なく。ただ、彼らはあなたの類《たぐ》い稀《まれ》なる影響力の恩恵に浴したいと切に願っておりまして……

　ムッシュー・フランソワは私の片頬にそれを押しあてて、怪訝そうな顔をしている。それはテープレコーダーではなかった。体温計だ。いや、ちがう。私の脈拍を測っているのだ。そうやって私が失神したわけではないことを確かめているのだ。彼はそれをポケットに戻すと、丘を駆けのぼり、ふたりのドイツ系トルコ人の葬儀屋と、パナマ帽をかぶったシニョール・デミリオのもとに戻った。

　受け入れがたいものを排除しようとする過度の緊張のせいだろう。ウィンザーは自分が失禁しているのに気づいた。じっとりとした冷たさがトロピカル・スーツのズボンの左脚の内側に広がり、それを隠すことさえできなかった。恐怖の中、彼がいるところは地獄の辺土だった。そこから別な場所に抜け出そうとすると、すぐにオフィスが頭に浮かんだ。夜遅く、彼はオフィスで机に向かっている。すぐに顔を紅潮させる、気性の激しいバニーの母親のところから、バニーが帰ってくるのを家で待つのには、もう耐えられなくなったのだ。そのあとはチズィック（旧ロンドンの首都自治区のひとつ）が出てきた。かつて愛したことのある、ぽっちゃりとした女友達と一緒だった。その女友達は、簞笥の一番上の引き出しに部屋着のベルトをしまっていて、よくそれで彼をベッドにくくりつけてくれた。どこでもいい。この地獄のような丘でさえなければ。彼は眠りかけた、膝をついたまま。斜め上にひっぱられながら。正真正銘の拷問だった。砂の中に貝殻の破片か、角の尖《とが》った小石が埋もれていたにちがいない。膝頭《ひざがしら》を何かで切ってしまった感覚があった。古代の壺か。このあたりの丘は古代ローマ時代の壺の宝庫で、また、金《きん》の埋蔵地帯とも言われている。そのことは、つい昨日、イスタンブールにあるマースキー博士のオフィスで、シングル社の投資計画について、ホバンの取り巻き連中に説明した際に、ウィンザー自身が宣伝文句に取り入れたことだった。その手の色づけは、無知な投資家には――とりわけ無骨なロシア人には――きわめて効果的な売り込み法だった。いいかね、ホバン、金《きん》だ！　宝だ、ホバン！　古代文明だ！　そういう文句がどれだけ魅力的に聞こえるか考えてみるといい！　彼は挑発的な名人芸を見事に披露したのだった。そこではマースキー博士でさえ――ウィンザーはひそかに博士のことを成り上がり者の役立たずと評価していたが――賛同の意を表明したほどだった。「あんたの計画はすこぶる合法的だ、アルフレッド。それはもう禁止したくなるほど合法的だ」とマースキー博士は吠《ほ》え、ポーランド風の大きな笑い声をあげて、ウィンザーの背中を叩いたのだった。ウィンザーの膝が曲がりそうになるほど強く。

「聞くんだ、ウィンザー。おまえを撃つまえに、二、三質問するよう指示されててな」

ウィンザーには皆目わからない。ホバンが何を言っているのかもわからない。彼はもう死んでいた。

「おまえはランディ・マシンガムと仲がよかったよな」とホバンは言った。

「彼のことはもちろん知ってはいるが」

「親しくはないのか？」

どの答が彼らの望みなのか。ウィンザーは自分に向かって叫んだ。とても親しい？　ただの顔見知りにすぎない？　まあまあ仲がいいといったところか。ホバンは質問を執拗に繰り返した。

「ランディ・マシンガムとの関係の度合いを正確に言ってもらいたい。はっきりと大きな声で」

「もちろん彼のことは知っている。なにしろ同僚なんだからね、法律担当の。だから、公的にはきわめて良好な関係だよ。でも、とても親しいというわけではない」ウィンザーは不明瞭な声でそれだけ言い、中道を選んだ。

「もっと大きな声で言ってくれ」

ウィンザーは同じことをいくらか大きな声で繰り返した。

「ウィンザー、おまえはなかなか洒落たクリケット・チームのネクタイをしている。そのネクタイの意味するところを説明してくれ」

「これはクリケット・タイなんかじゃない！」とウィンザーは思いがけず自らに力を得て言い返した。

「クリケットが好きなのはタイガーだ。私じゃない！　きみたちは人ちがいをしてるんだよ、この馬鹿者！」

「これからテストをする」とホバンは丘の上の誰かに呼ばわった。

「テスト？」とウィンザーは果敢に尋ねた。

ホバンは、オートマティックの弾道をふさがないよう気をつけ、グッチの栗色の革カヴァーをかけた彼の〝祈禱書《きとうしょ》〟を眼のまえに広げて、読み上げた。

「質問」祝祭を告げる町の触れ役のように高らかに宣した。「リヴァプールに向けて、オデッサ（ウクライナ南部、黒海に臨む港市）を出航したフリー・タリン号が先週拿捕《だほ》された責任は誰にあるのか」

「どうして私に船のことがわかる?」とウィンザーは、さきほど思いがけず得た力の余勢を駆って言った。「うちは投資コンサルタント会社で、船主じゃない。金を持ってる人間がアドヴァイスを得たくてくる会社だ。その人物の持ってる金がどういう類いの金だろうと、それはうちの知ったことではない。相手が仕事に関して大人でさえいてくれれば、うちにはなんの文句もない」

ああ、この男が酸《す》いも甘いも嚙《か》み分けた大人でさえいてくれたら。どれほどの博士号を名前のまえに書き連ねることができようと、あの男はスタンド・プレーが好きなうぬぼれ屋にすぎない。しかし、そういかさえ判然としないピンクの子豚だ。マースキーも同じだ。ホバンなど生まれたか生まれな言えば、あの男はどこから博士号を与えられたのか。そもそも専門はなんなのか。ホバンはまた丘を見上げ、指を舐め、〝祈禱書〟の次のページをめくって言った。

「質問。今年の三月三十日、ボスニアからイタリアに戻ってきた特殊トラック隊に関する情報をイタリアの警察に知らせたのは誰か」

「トラック? どうして私が特殊トラックのことなど知ってるんだね? 知っていたとしても、それはあんたがクリケットについて知ってる程度のことだ。スウェーデンの国王の名前と在位期間でも訊いてくれたほうが、まだ見込みがある」

どうしてスウェーデンなのか、とウィンザーは自ら訝《いぶか》った。スウェーデンになんの関係があるのか。どうしてスウェーデンのブロンドのことなど考えているのか。その白くてむっちりとした腿《もも》のことなど。スウェーデンのライ麦ビスケットのことなど。ポルノのことなど。トルコで死にかけているというのに、どうしてスウェーデンなどに出向いてしまっているのか。いや、気にすまい。まだ力は残っている。こんな生まれぞこないの子豚になどやられてはたまらない。銃を持っていようといまいと。ホバンはまた〝祈禱書〟のページをめくっていたが、ウィンザーのほうはそのさきをいっていた。ホバン同様、ウィンザーもまた声をかぎりに吠えた。「私は何も知らないと言ってるのがわからないのか、ええ？　どこまで馬鹿なんだ、おまえは。おまえは訊く相手をまちがっている。それがわからないのか」――首の左側にホバンの靴の一撃が飛んできて、ウィンザーはたまらず地面に顔をついた。いったい何が起きたのかは、顔面から着地したあとからわかった。太陽が消え、夜が来て、気づくと、友好的な岩の巣の中に頭を休めていた。だからといって、もちろん、失った時間を取り戻そうとは思わなかったが。そのことから、意識を失ってしばらく時間が経ったことがわかった。

ホバンがまた〝祈禱〟を始めていた。「六カ国で同時に〈ファースト・フラッグ建設〉の資産及び資材が押収、あるいは差し押さえられたのは、いったい誰が当局に協力したからなのか。国際警察機構に情報を流したのは誰なのか」

「差し押さえられた？　いったい、なんのことだ？　どこでそんなことがあったんだ？　いつ？　何も差し押さえられたりなどしていない！　誰も誰にも協力もしていない。ホバン、おまえは狂ってる！　まさに狂犬だ。わかるか、おまえは狂犬だ！」

ウィンザーはまだ横たわっていたが、気持ちの昂ぶりから、膝をついて立ち上がろうとした。打ちのめされた獣のように、足を蹴り、体をよじり、踵《かかと》を体の下に引きつけ、半分ほど立ち上がった。が、そこでまたゆっくりと横ざまに倒れた。ホバンは次なる質問をまた浴びせてきていた。が、ウィンザーはもう耳を向けたくもなかった――無駄に支払われたコミッションに関する質問、友好的と思われていたのに、実は友好的ではなかったことが判明した税関職員に関する質問、口座が押収されるまえに、ある一定の額がほかの口座に移されている件に関する質問。ウィンザーの知らないことばかりだった。

「嘘だ！」と彼は叫んだ。「シングル社は長年世間の信頼を得ている正直な会社だ。顧客の利益は常に最優先で守られている」

「膝をついてよく聞くんだ」とホバンは命じた。

ウィンザーは膝をつくという姿勢に奇妙な尊厳さえ覚え、今度は耳を傾けた。一心に。邪念をすべて払って。タイガーが注意を呼びかけたときのように。これほど熱心に真摯《しんし》に宇宙の甘いBGMに耳をすますというのは、生まれて初めての体験だった。ただひとつ、ホバンの耳ざわりなロシア訛りのアメリカ語だけが邪魔で、その音だけはなんとしても消し去りたかったが。イスラム教寺院の勤行時報係の悲しげな声と競り合うようにして、カモメが甲高い鳴き声をあげていた。海を渡るそよ風の音。シーズンに向けてギアを入れた遊覧船の金属音。若かりし頃に見た少女の姿が眼に浮かんだ。芥子《けし》畑で裸になり、四つん這いになった少女の姿だ。そのとき同様、今も少女に手を伸ばすことはできなかったが、それでも、恐れおののく愛の力で、天と地の風味と感触と音を崇《あが》めた。その音というのが彼に死刑を宣告をするホバンの声でさえなければ、もう言うことはなかった。

「これは懲戒的処罰というものだ」とホバンはあらかじめ用意されたことばをその〝祈禱書〟から読み上げていた。

「もっと大きな声で」とムッシュー・フランソワが簡潔に命じた。ホバンは同じことばを繰り返した。

「これは文字どおり報復のためにおこなわれる処刑である。報復ができなければ、われわれは人間でなくなってしまう。あまつさえ、この処刑は正規の賠償を求める行為と解釈されなければならない」

ホバンの声はより大きく、より明瞭になっていた。「ウィンザー、われわれはわれわれのこのメッセージから、貴兄の友、タイガー・シングルも国際警察も、正しい結論を導かれんことを望む者である」

そのあと、ホバンはあまり英語が得意でないメンバーのためにロシア語で——ウィンザーにはそう思われた——同じことばを繰り返した。あるいは、それはマースキー博士のより大きな影響によるポーランド語だったのだろうか。

ウィンザーはいっとき話す気力を失い、そのあと徐々に回復した。もっとも、最初に心に浮かんだのは、〝きみたちは常軌を逸している〟にしろ、〝判事と陪審員が一体になっている〟にしろ、〝シングル社はそんなことをする会社ではない〟にしろ、どれもかすみたいな文句だったが。彼は汚れていた。汗と小便と泥にまみれ、種族保存に向けて――地面に伏し、赤土まみれになりながら、交わることのできない、ある種の地下生物の場ちがいなエロティックな妄想と格闘していた。固定された腕は受難者のそれであり、声を出すには首をめぐらさなければならなかったが、どうにかその陣形を維持して彼は訴えた。

すでに述べたように、事実上《ディ・ファクト》、自分は正当に《ディ・ジューリ》免責されるべき立場にある、と。自分は法律家であり、法とは人を守るものだ。自分は治療者であって、破壊者ではない。かぎりない善意のおだやかな進行役であり、ロンドンのウェストエンドにオフィスを構える〈ハウス・オヴ・シングル〉の取締役法務部長にすぎない。女性に対していささか弱いところがあって、すでに二度離婚を経験してはいるものの、今も夫であり、父であり、子供たちにはこれまでずっと変わらぬ愛を注いできた。その結果、娘のひとりは演劇の世界で将来を期待される第一歩を踏み出している。さすがに娘のことを口にしたときには、ウィンザーは誰にも共有されない悲しみに咽喉《のど》がつまった。

「もっと大きな声で！」上のほうから鑑定人、ムッシュー・フランソワの声がした。

砂まみれのウィンザーの頬に涙が伝い、下手なメーキャップみたいになった。それでも彼は訴えつづけた。踏みとどまりつづけた。首をめぐらし、白い空に向かって、自分は先買いによる税金対策と投資の専門家だと叫んだ。オフショア・カンパニー、トラスト、そして、タックスヘイヴン――何かと融通の利く国における何かと融通の利く税制の専門家だ、と。つまり、マースキー博士が自称しているような海事専門の弁護士でもなければ、マースキー博士のような投機的な事業家でもない。ましてや、ギャングでもない。あくまで合法的な活動を通じて、非公式の商品をより確かな場所に移し替える。それが私の仕事だ、と訴えた。そのあとさらに、合法的な第二のパスポートを持っていて、気候にも経済にも恵まれている十以上の国の居住権を持っているが、彼自身呼ぶところの〝第一次的資財〟の蓄積などに関わったことは、断じて――〝断じて〟と彼は傲岸《ごうがん》に二度繰り返した――ないとつけ加え、ふと思った。ホバンは以前陸軍に在籍していたのだったか、それとも海軍と言っていたのだったか？

「軍隊用語で言えば、〝研究員〟だ、ホバン。わかるだろ？　参謀みたいなものだ！　立案者だ！　戦略家だ！　行動部隊はきみたちで、われわれじゃない！　こう言ったほうがよければ、きみとマースキーだ。きみとマースキーとはなんとも親密なつきあいなようだが」

拍手はなかった。アーメンもなかった。が、彼を黙らせた者もいなかった。彼はその沈黙を少なくとも彼らが彼のことばを聞いている証しと解釈した。いつのまにかカモメの鳴き声が消えていた。湾の反対側も昼休み《シエスタ》にはいったのかもしれない。ホバンはまた腕時計を見ていた。両手で銃を持ったまま時計が顔を出すまで袖をまくるという動作に、その苛立ちが現れていた。そんなふうに彼はまた袖をまくっていた。金のロレックス。彼らがみなあこがれる品だ。マースキーの腕時計もそうだった。挑戦的な物言いがウィンザーにまた力を与えていた。深く息をつき、まだ理性の残っていることが伝わるよう笑みを浮かべて、気さくなところを必死で演出し、イスタンブールで前日まくしたてた売り口上を繰り返した。

「きみの土地だ、ホバン！　きみが所有しているのだから。あれはきみが現金六百万ドルで買った土地だ――ドル札で、ポンドで、ドイツ・マルクで、円で、フランで、まさにキャンディの詰め合わせのような紙幣で。籠《かご》に入れ、スーツケースに入れ、トランクをいっぱいにして。それでも、誰にも一度も不審尋問されずにすんだ。忘れたのか？　誰がそれを可能にしたのか。われわれだ！　同情的な役人に辛抱強い政治家、影響力を持つあらゆる人々。忘れたのか、ええ？　シングル社がすべてお膳立てをしたんじゃないのか、きみたちみんなのために。きみたちの汚れた金を洗剤で洗ったみたいにきれいにしたのは、われわれじゃないのか？　それも一晩で。忘れたのかね？　きみもマースキーが言った台詞《せりふ》は聞いただろ？——きみの計画はすこぶる合法的だ、アルフレッド、それはもう禁止したくなるほどだ。彼はそう言った。しかし、禁止はされていない。だから、合法なんだ！」

そのことなら覚えている、とは誰ひとり言ってくれなかった。

ウィンザーは息苦しさを覚えた。話すこともいささか支離滅裂になってきた。「そのあとモナコに登記されている評判のいい個人銀行が——われわれのことだ——きみの土地を現金で買おうという、一切合切まとめて買おうというオファーを出す。きみはそのオファーをそのまま受け入れるか。とんでもない！　きみは書類だけを受け取り、現金は決して受け取らない。われわれもそれに同意する。われわれは何にでも同意する。もちろん、するとも。それは、われわれはきみたちでもあるからだ。忘れたのか？　われわれは揃いのもうひとつの帽子をかぶったきみたちだということを。だから、われわれはきみの土地を買うのにきみの金をつかう。自分を撃つことは誰にもできない。われわれはきみたちなんだから。われわれはひとつなんだから！」

今や金切り声になっていた。ウィンザーは自分をチェックした。ここは客観的になることだ。後方にひかえ、超然として、自分を売り込みすぎないことだ。そういうことはマースキーに任せておけばいい。マースキーの能書きを十分も聞いたら、少しでも自尊心を持ち合わせている企業家ならどんな企業家も、もうドアから半分外に出かかっていることだろう。

「数字を見るんだ、ホバン！　その数字の美しさを！　きみのあのすばらしい別荘地。あそこの数字についても、きみはいくらでも思いどおりにできるんじゃないのか！　投資を始めた以上、〝洗浄力〟の重要性を忘れてはいけない。道路、下水設備、電気、洒落た海辺の保養地、公共のプールに千二百万ドル、レンタル・コテージ、ホテル、カジノ、レストラン、その他の基幹施設に一千万ドル——子供にだって三千万ぐらいは思いつけるだろう」

ウィンザーは、〝ホバン、きみにだって〟とつけ加えそうになったのをすんでのところで思いとどまった。彼らはちゃんと私の話を聞いているのだろうか？　もっと大きな声で話したほうがいいのかもしれない。彼は大声をあげた。デミリオが微笑むのがわかった。もちろん微笑むに決まっている！大声こそデミリオの好きなものなのだから。そういうことを言えば、そう、私だって嫌いじゃない。大声こそ自由の証しなのだから。大声とは無私と合法性と透明性の証しだ。大声とは仲よく手を組む男たちのことだ。パートナーがひとつになることだ。ひとつの帽子を互いに共有し合うことだ！

「しかも、ホバン、きみたちはテナントを必要としていない――レンタル・コテージのことだが――最初の一年間は！　ほんとうのテナントなど要らない――十二カ月間、幽霊テナントさえあればいいんだ。きみには想像できるかね？　名目だけのテナントがさまざまなレンタル料を含め、一週間に二百万ドルという金を店に、ホテルに、ディスコに、レストランに落とすということがどういうことか。その金は、きみのスーツケースから出て、会社の帳簿を通過し、合法的なヨーロッパの銀行口座に振り込まれる。そして、それは今後現れるどんな投資家の眼にも清潔きわまりない記録として映る。では、その将来の投資家とは誰なのか。きみだよ、きみ！　では、誰がその投資家に株を売るのか。それもきみだ！　つまりきみは自分に売り、自分から買う。これほど確かなことがほかにあるか！　われわれはきみたちの味方だ、ホバン！　われわれはきみたちの味方だ、すべてが正しいコースを進み、すべてが公明正大に営まれるのを見届ける。われわれはきみたちの味方だ、ホバン！マースキーのような信用できない人間とはちがう。われわれは互いに手を取り合う兄弟だ、仲間だ！きみが必要としたときに、そばに寄り添う真の友だ。着ているものの生地《きじ》がすれてざらざらになったときにも、きみたちの傍らに立つ者だ――」ウィンザーは藁《わら》をもつかむ思いで、最後にタイガーのことばを引用した。

雲ひとつなかった空からいきなり大粒の雨が落ちてきて、赤土をおおい、土のにおいを立ち昇らせ、泥まみれのウィンザーの顔にさらに何本かすじを描いた。彼のパナマ帽をかぶったデミリオが近づいてきたのが見えた。勝利したのだ、とウィンザーは思った。このあとは誰かが立ち上がらせてくれ、背中のひとつも叩かれ、裁判官からは祝福のことばが与えられるにちがいない、と。

しかし、デミリオの考えはウィンザーのそれとはちがっていた。デミリオはホバンの肩に白いレインコートをかけていた。ウィンザーは気絶しようと試みた。が、できなかった。彼は叫んでいた、なぜだ！　友達なのに！　やめろ！　と。フリー・タリン号など聞いたこともない！　とわめいていた。国際警察の人間になど会ったこともないと。実際、彼はそういう機構の人間とは極力顔を合わさないように人生を送ってきた男だった。デミリオがホバンの頭に何やら巻いていた。なんと、黒い帽子だ。いや、黒い布の輪だ。いや、ストッキングだ。黒いストッキング。なんてことだ！　なんと……なんと……なんということだ！　黒いストッキングで処刑人の顔をわからなくしようとしているのだ！

「ホバン！　タイガー！　ホバン！　聞いてくれ。時計を見るのはもうやめてくれ！　バニー。やめるんだ、マースキー。待ってくれ！　私が何をした？　私はきみたちのためになることしかしてない！　誓って言う！　タイガー！　ほんとうだ！　待て！　やめろ！」

そこまで叫んだときには、もう英語そのものが、まるで頭の中でどこかの外国語を翻訳しているかのような、理解するのに苦労を要することばになっていた。ほかにはどんな言語も――ロシア語もポーランド語もトルコ語もフランス語も知らないのに。彼はまわりを見まわした。鑑定人、ムッシュー・フランソワが丘の上に立ち、イヤフォンを耳に差して、スポンジ・カヴァーで包まれたマイク付きビデオ・カメラのレンズをのぞいていた。白装束に黒覆面といったなりのホバンが射撃体勢を取ったのがわかった。芝居がかって片足をうしろに引き、片手に持った銃をウィンザーの左のこめかみに向け、じっとウィンザーを見つめたまま、もう一方の手に持った携帯電話の送話口に、何やら意味不明のロシア語をやさしく囁いていた。ムッシュー・フランソワの用意が整い、ホバンは最後にもう一度腕時計を見やった。この特別なときを映像の中に永遠に凍結させるにはどの一瞬を選べばいいか、測っているのだろう。崖の合間から泥だらけの顔をした少年がひとり、ウィンザーをこっそり見ていた。子供の頃のウィンザーと同じような、懐疑的な茶色の眼をした少年で、腹這いになり、両手を枕にして、その上に顎をのせていた。

第二章

「オリヴァー・ホーソン。すぐに来て。できれば走ってきて。電話よ」

デヴォンの海岸に面した、イングランド南部の小さな丘の町、アボッツ・キー。桜の花香る輝く春の朝。ミセス・エルシー・ウォットモアは、ヴィクトリア朝風の下宿の玄関ポーチに立って、十二段ある階段の下の歩道で、彼女の十歳の息子、サミーに手伝わせながら、傷んだ黒いスーツケースを日本製のヴァンに積み込んでいる彼女の下宿人、オリヴァーに陽気に呼ばわった。ミセス・ウォットモアは、ダービーシア（イングランド中部の州）北西部の上品な温泉町、バクストンの出で、その物腰の品のよさは、アボッツ・キーに移り住むようになってからも失われてはおらず、レースのカーテンに、金箔を被《き》せた鏡に、リキュールのミニチュア壜《びん》が並ぶガラス戸付きキャビネット、といった彼女の下宿屋は、まさにヴィクトリアニズムがシンフォニーを奏でているようなところだった。下宿屋の屋号は〈水夫の休憩所〉といい、彼女はそこでサミーと夫のジャックと幸せに暮らしていた。ジャックが引退を眼のまえにして海難事故で死ぬまでは。しかし、彼女は身も心も豊かな女性だった。頭がよく、思いやり深く、そして美人だった。そんな彼女のいささかおどけた調子のダービーシア訛りが、帯鋸《おびのこ》のように上下に揺れる、海に面したテラスに響いた。金曜日ということで、彼女は頭に洒落た藤色のシルクのスカーフを巻いていた。金曜日には必ず髪を結うのだ。おだやかな海風が吹いていた。

「サミー、ママのかわりにオリヴァーの脇腹を肘で突ついて、電話だって言ってくれない？――いつものことだけど、まだ寝てるみたいだから――廊下よ、オリヴァー！　銀行のミスター・トゥーグッド！　書類にサインをするだけのことのようだけど、急ぎなんですって。珍しく紳士的で丁重なことばづかいだったから、そういう彼の気分をどうか壊さないでね。さもないと、また当座借り越し限度額を減らされたりしちゃうから」彼女はそう言いながらも、辛抱強く待って、彼を甘やかした。彼に対しては誰もがそうならざるをえなかった。何をもってしても彼の心を騒がせることはできない、と彼女は思う。彼が自分の中にこもってしまったときには。たとえ空襲があっても彼には何も聞こえないだろう。「あとの積み込みはサミーにやらせたら？　サミー、もちろんそれぐらいできるわよね」と彼女はオリヴァーの気持ちを鼓舞《こぶ》させる口調でわざとつけ加えた。

そして待った。何を言っても効果はなかった。オリヴァーは真剣そのものだった。タマネギ売りの帽子をかぶり、頬をふくらませ、その丸顔をさらにまるくして、黒いスーツケースをもうひとつサミーに手渡し、ヴァンの荷台に積み込ませていた。サミーが必死になってスーツケースを積み込む姿を見ながら、あのふたりはふたつの翼みたいなものだ、と彼女は鷹揚《おうよう》に思った。サミーはもともと活発な子供とは言えなかったが、ジャックが死んでからというもの、より活発でなくなってしまっていた。だから、彼らにとっては何もかもが問題なのだ、それがどんな些細なものであれ。知らない人の眼には、彼らの姿は、これからモンテ・カルロに遠出しようとしている旅行者のようにも映ることだろう。ほんとうはすぐそこまで出向くだけのことなのに。スーツケースは、行商人が持ち歩くような類いの合成皮革の品で、それぞれ大きさが異なっていた。それらの脇に、円周二フィートばかりの赤いボールが置かれている。

「〝オリーはいるかね？〟じゃなかったのよ――そんな感じじゃなかったの」支店長はもうすでに電話を切ってしまっているだろうと思いながらも、彼女は言った。「〝大変恐れ入りますが、ミスター・

オリヴァー・ホーソンを電話口まで呼んでいただけませんでしょうか〟。いいえ、もっと丁寧だった。オリヴァー、あなた、富くじが当たったりなんかしたわけじゃないでしょうね？　そんなことがあっても、あなたはきっと黙ってるでしょうけど。それがあなたよ。無口な力持ち。それがあなたよ。サミー、それはもうそこに置きなさい。ミスター・トゥーグッドと話したら、オリヴァーが手伝ってくれるから。それを積み込むのはあとになさい」彼女はそう言って、拳《こぶし》で自分の腰を叩き、わざと苛立っているふうを装った。「オリヴァー・ホーソン！　ミスター・トゥーグッドはうちの取引き銀行で高給を取ってる人よ。わたしは、ただ受話器を握らせておくだけのために、彼に一時間百ポンドも給料を取らせたくないんだけど。今度彼がローンの返済の増額を求めてきたら、それはあなたのせいよ」

しかし、そう言ったときにはもう、陽光や春のけだるさのせいもあり、彼女の思いはすでに奇妙に変質していた。オリヴァーが相手だとよくなることだ。彼女はふたりの姿に見とれていた。ふたりは似ているわけではないが、まるで兄弟のようだ。片や、狼の毛皮のような灰色のオーヴァーコートをまとった、長身のオリヴァー。近所の人たちの眼などおかまいなしに、彼はどんな天候でもそのコートで過ごす。片や、父親似で、絹のような茶色の髪と猛禽《もうきん》の嘴《くちばし》のような鼻をした、痩せぎすのサミー。オリヴァーが誕生日にくれた革のボマージャケットを着ていた。サミーはそれをめったに脱ごうとしない。

ふと気づくと、彼女は、オリヴァーが彼女の下宿に初めて現れたときのことを考えていた。彼は、その巨体をよれよれのオーヴァーコートに包み、二日分の無精髭を生やし、手に小さなスーツケースひとつという恰好で、ある日突然玄関先に現れたのだ。朝の九時、彼女は朝食のあとかたづけをしていた。「ここに来て、住むことができますか？」というのが彼の第一声だった。〝部屋、あります？〟でもなければ、〝中を見せてもらえます？〟でも〝一晩いくらですか？〟でもなかった。ただひとこと、〝ここに来て、住むことができますか?〟。まるで迷子の子供だった。おまけに雨が降っていた。そんな彼をどうして戸口に立たせたままになどできるだろう。ふたりは天気の話をし、彼は彼女のマホガニーのサイドボードと、金箔を被《き》せた時計を誉めた。彼女は彼に居間とダイニングルームを見せ、下宿の決まりを話し、二階に上げて、七号室に案内した。いやでなければ、その部屋の窓からは教会の墓地が眺められる、と言って。いやだなんてとんでもない、と彼は言った、死者との相部屋も悪くないと。それはミスター・ウォットモアが亡くなって以来、エルシー・ウォットモアが最も口にしそうにないジョークだった。にもかかわらず、彼女は一緒に笑い声をあげた。ええ、と彼は言う。荷物はまだほかにもあります。大半は本だけど。

「それと古くて汚いヴァン」と彼は恥ずかしそうにつけ加える。「ご迷惑なら、離れたところに停めておきます」

「迷惑だなんておっしゃらないで」とエルシーはしかつめらしく答える。「うちではそんな遠慮など下宿人のどなたにもしてもらったりはしていません、ミスター・ホーソン。それはこれからも変わりません」

その次に彼女が覚えているのは、彼が洗面台の上にひと月分の家賃、四百ポンドを数えて置いている場面だ。当座借り越し金のことを考えると、それはまさに天からの恵みだった。

「あなたは逃亡者か何かなんてことはないでしょうね?」一階に降りると、彼女は冗談めかして――いくらかは本心も含めて――尋ねた。すると、彼はまず戸惑ったような顔になり、その顔を赤らめ、すべてを正すかのような五つ星級の笑みを輝かせて言った。

「今のところは」

「あそこにいるのがサミー」とエルシーは半開きになった居間のドアのほうを指差して言った。新しい下宿人が来ると、足を忍ばせて二階から降りてくるのが、サミーのいつもの行動だ。「はいってきなさい。もう見つかってるんだから」

その一週間後、サミーの誕生日。その革のジャケットは少なくとも五十ポンドはしそうな代物で、エルシーはそれを見て、いっぺんに気が重くなった。きょうび男たちはなんでもする。そのときそのときの必要に応じて、どんなに魅力的に見える男であろうと。彼女は一晩一睡もできなかった。こんなときジャックならどうするだろう？　海の男、ジャックはそういうことに関して、よく鼻の利く男だった。そういうやつらのにおいは、そいつらが道板を渡ってきたところでもうぷんとくる、と彼はよく自慢したものだ。オリヴァーもまたそういうやつらのひとりなのだろうか。その徴候《サイン》をわたしは見逃してしまったのだろうか――翌朝、彼女はオリヴァーに、そのジャケットは買ったところに今すぐ返してきてちょうだい、ともう少しで言いそうになった。実際、そう言っていただろう、〈セーフウェー（大手のスーパーマーケット）〉のレジの列に並んだときに、グレナーヴォンのミセス・エッガーと立ち話をしていなければ。ミセス・エッガーの話では、驚いたことに、オリヴァーにはヘザーという別れた妻と、カーメンという名の女の赤ん坊までいるということだった。さらに、ヘザーは以前フリーボーン病院に勤めており、聴診器を操る相手となら誰とでも寝る、評判のよくない看護婦だったにもかかわらず、オリヴァーはショア・ハイツの豪華な家をヘザーに譲ったという。払うべきものはすべて払い、離婚手続きもすべてすませ、借金もなし。世の中にはむかつく女がいるものよ、とミセス・エッガーは言った。

「立派な父親だってこと、どうして言ってくれなかったの？」エルシーは、そうしたただならぬ情報を競争相手の下宿屋の女主人から教えられたという、苛立ちと安堵の入り交じった思いで、咎《とが》めるようにオリヴァーに言った。「うちは、赤ん坊は大歓迎よ。でしょ、サミー？　わたしもサミーも赤ん坊フリークといってもいいくらい。ほかの下宿人の方たちに迷惑さえかからなければ」

それに対して、オリヴァーは何も答えなかった。ただ、頭を低くし、まるで恥ずかしいところを見つかってしまった者のように、ぼそっとひとこと、「ああ、それじゃ」と言っただけだった。そして、それ以上の面倒を避けるかのように、ゆっくりとそっと自分の部屋にはいってしまった。それがオリヴァーだった。そのあとは部屋を歩きまわる音が聞こえ、それがやむと、今度は椅子の軋《きし》る音がして、彼が本を読みはじめたことがわかった。その本にしても、彼女が貸し与えたブックケースは使われず、床のそこここに積み上げられたままになっていて、種類は多岐にわたった——法律書、倫理学の本、マジックの本、外国に関する本。それらのどんな本にも、ページを何度も繰られた跡と、開いたまま伏せた跡が残っていた。そして、ところどころに紙切れがはさまれていた。あのどこかだらしなく見える体の中で、いったいどんな思索のカクテルがつくられているのか。そう思うと、エルシーは時々恐くなることさえあった。

おまけに、彼のあの朝帰り。これまでに三回あった。それがあまりに抑制されていて、そのため彼女はかえって不安になるのだ。もちろん、酒を飲む下宿人はほかにもいる。彼女自身、親睦をはかりながら下宿人に眼を光らせるという目的から、そういう連中につきあうこともたまにはあった。しかし、朝まだき、誰も起こさないようタクシーを二十ヤードも離れたところに停めて帰ってきた下宿人は、これまでひとりもいなかった。ひとりでは満足に歩けない六フィート数インチの巨体をミイラのようにコートに包み、定規で測ったようにベレーをかぶり、一歩一歩まるで爆弾を運ぶような慎重さで歩き、札入れを探って運転手に二十ポンド紙幣を差し出し、「すまない、エルシー」と囁き、一晩じゅう寝ずに彼を待っていたサミー以外誰も起こすことなく、彼女のわずかな助けを借りるだけで階段を昇った下宿人は、彼が初めてだった。そんな日は午前から午後にかけ、彼は眠り呆けた——それはつまり足音も水道を使う音も聞こえてこなかったということだが。ただ、一度心配になって、口実に紅茶を持ってあがったことがあるのだが、ノックをしても応答がなく、恐る恐るノブをまわすと、彼はベッドではなく、床に横向きになって寝ていた。眼を大きく見開き、嬰児《えいじ》のように膝小僧を抱いて壁を見つめていた。

「ありがとう、エルシー。よかったら、テーブルに置いていってくれないか」まるで壁には見なければならないものがもっとあるかのような口調だった。彼女はその彼のことばに従い、階下《した》に降り、医者を呼ぶべきかどうか考えた。が、呼ばなかった。そのときも、そのあとも。

いったい何が彼の心を苛《さいな》んでいるのだろう？　離婚？　彼の別れた妻はどう見ても身持ちの悪い性悪女だ。色情狂のようでさえある。そんな女と別れられたというのは、むしろ幸運だったのではないのか。なのに、どうして気がよけいに滅入るだけの酒を飲んだりするのだろう？　そこまで考え、いつものことながら彼女の心は三週間前の出来事に戻る。あのときは、サミーが施設送りになってしまうのではないか、下手《へた》をすればもっと悪いことになるのではないかと思い、オリヴァーが白馬に乗って彼らを助けにくるまで一時間ばかり、彼女は気も狂わんばかりになったのだった。彼にはどんなに感謝しても感謝したりない。明日にでも、いや、今夜にでも、わたしは彼に頼まれたらなんでもするだろう。

カジュウィズ、とその男は名乗り、光沢のある名刺をひらつかせてそのことを証明した――P・J・カジュウィズ。〈いたるところに支社のあるフレンドシップ・ホーム・マーケティング〉社、地区主任。名前の下には、〝あなたのお友達に便宜をはかり、あなたとあなたの家に巨万の富を〟とにぎにぎしく書かれていた。今、エルシーが立っているところに立って、その男は髪をうしろに撫でつけ、警官が履くようなまだらに光る靴を履き、警官のような見せかけの丁重さで、夜の十時に呼び鈴を押してきたのだ。

「ミスター・サミュエル・ウォットモアとお話がしたいんですが、さしつかえなければ。もしかして、あなたのご主人でしょうか？」

「主人は亡くなりました」とエルシーは答えた。「サミーはわたしの息子です。どういうご用件でしよう？」

それは彼女が犯したミスの最初のひとつにすぎなかった。ジャックは近くのパブまで出かけましたけれど、もうそろそろ帰ってくる頃です、とでも言うべきだったのだ。さらにそのあとに続けて、その汚らしい鼻を少しでもこの家の中に突っ込んだら、ジャックのパンチが飛ぶだろう、と。あるいは、その鼻先に向けてドアをばたんと閉めてもよかったのだ。これはあとからオリヴァーに言われたことだが、わたしにはそうする権利が百パーセントあったのだから。が、気づくのが遅すぎた。彼女はカジュウィズを玄関ホールに入れ、ほとんど何も考えもせず、サミーを呼んだ。「サミー、どこにいるの？　あなたに会いに男の方が見えてるんだけど」そう言いおえるや、半分開けられた居間のドア越しに、ソファのうしろで尻を突き出してうつ伏せになり、眼をぎゅっとつむっているサミーの姿が眼に飛び込んできた。それからあとのことは、彼女は断片的にしか覚えていない。そして、そのどれもが最悪な記憶の断片だ。

サミーは居間の真ん中に立ち、顔面蒼白になって眼を閉じ、首を振っていた。が、その行為の意味するところはイエスだった。カジュウィズがまるで皇帝のように顎を引いて、「どこだね。見せてくれ。どこにあるんだね？」と言うのを聞くと、彼女は思わず小声になって、サミーに声をかけていた。「サミー」サミーは隠した鍵を探して、糖果壺の中をまさぐり、三人は、ジャックが海から戻るといつもサミーとふたりで船の模型――スペインのガリオン船、ディンギー、ロングボート、どれも手製で、キットを買ってきたりすることは決してなかった――をつくっていた材木小屋に移動した。船の模型づくりはサミーが何より好きなことで、ジャックの死後、サミーがその材木小屋でひとりふさぎ込むようになったのはそのためだった。エルシーは、それを不健康なことと判断し、少しでも忘れさせようと、ドアに鍵をかけることにしたのだが。サミーが小屋に置かれた戸棚の引き出しをひとつひとつ開けていくと、すべてがあらわになった。〝あなたのお友達に便宜をはかり、あなたとあなたの家に巨万の富を〟が謳い文句の〈いたるところに支社のあるフレンドシップ・ホーム・マーケティング〉社のサンプルが山のように出てきた。ただ、サミーには誰にも便宜をはかることができず、まだ一ペニーすら儲けることができていないようだったが。彼は〈フレンドシップ・ホーム・マーケティング〉社の地区担当のエージェントになる書類にサインをし、亡き父の存在を埋める宝物として、あるいは、亡き父に向けての贈りものとして、さまざまな品物を貯め込んでいたのだ。模造宝石、永久時計、ノルウェー製タートルネック、テレビ画像を大きく見せるプラスティック板、香水、ヘアスプレー、ポケット・コンピューター、雨か晴れかで、男か女のどちらかが出てくる山小屋の置物――全部で千七百三十ポンドの品です、とカジュウィズは居間に戻って切り出し、売り上げの損失、運送料、遅延金、利息等を加算すると、千八百五十ポンドになるが、そこは〝フレンドシップ〟で値引きさせてもらって、しめて現金で千八百ポンドか、あるいは、今日から毎月百ポンドの分割払いのどちらかを選んでほしい、と締めくくった。

サミーにどうしてそんな真似ができたのか――わざわざ申し込み書を取り寄せ、生年月日から何から何まででっち上げ、何もかも誰の手も借りずにできたのか、エルシーには見当もつかなかった。が、彼がしたことにまちがいはなかった。カジュウィズはかかる書類をふたつに折って、いかにももっともらしく見える、ボタンとひも付きの茶色い封筒に入れて持ってきていた。まずその一枚目がサミーのサインのはいった書類で、年齢の欄には彼の父親が亡くなった四十五歳という歳が書き込まれていた。二枚目は、〈ソレム金融〉のしかつめらしい書類だった。その書類には、しかつめらしさをいや増すために、四隅にライオンの図案が型押ししてあった。サミーをこの苦境から救い出すためなら、エルシー自身何にでもサインしていただろう、〈水夫の休憩所〉にしろ、自分が所有していないものにしろ、どんな譲渡書類にもサインしていただろう。が、そこへ天の恵みのようなオリヴァーが帰ってきたのだ。その日最後のパフォーマンスを終え、狼の毛皮のような灰色のコートにベレー帽という恰好で帰ってきたのだ。そのとき、サミーはソファに坐っていたが、まるで眼を開けた死人のように見えた。エルシーのほうは、ジャックのことがあってのち、自分は決して泣かないだろうと思っていたのだが、それがまちがいであったことを思い知らされていた。

オリヴァーはまず書類をじっくり読んだ。鼻に皺を寄せ、鼻をこすり、何を探しているのかちゃんとわかっている者が、好ましくない部分を見つけて、思わず気持ちが表に出てしまうといった風情で、時折、顔をしかめた。カジュウィズはただ黙って見守った。オリヴァーは一度読み、それまで以上にあからさまに顔をしかめ、もう一度読んだ。が、二度目の読み方には身構えるようなところがあった。戦いに向けて男たちがどんな準備をするにしろ、どこかしら覚悟を決めたようなところがうかがえた。エルシーはそれまで隠されていたものがあらわになるのを目のあたりにする思いで、そんなオリヴァーを見つめた。それはまさに彼女とサミーが好きな映画の一シーンだった。穴倉からスコットランド人のヒーローが鎧《よろい》をまとって現れるシーンだ。その男がヒーローであることはわかっている。が、それはまたそれまでずっと身近にいた男でもあるのだ。カジュウィズもそうした雰囲気を察したにちがいない。オリヴァーが契約書と〈ソレム金融〉の書類に三度《みたび》眼を通すと、そこからはカジュウィズのほうがどこかしら貧相に見えはじめた。

「数字を見せてくれ」とオリヴァーは命じた。カジュウィズは数字を書き並べた書類を何枚かオリヴァーに手渡した。利息もつき、どの書類も最後の欄には赤字が書き込まれていた。オリヴァーはそれらの数字に眼を通した。銀行員か会計士だけに見られる確かさで、まるでことばのようにすばやく読んだ。そして、カジュウィズに言った。

「まるで根拠がないね。契約書はたわごとの羅列で、計算書はジョーク以外の何物でもない。サミーは未成年者で、おたくは悪党だ。さっさとこれを持って帰ってくれ」

オリヴァーは大男だった。そして、口の中に脱脂綿を入れないでしゃべるときには、法廷メロドラマでよく聞かれる、背すじのまっすぐに伸びた、士官クラスの威圧的な声を持っていた。自分の三ヤードさきの床ではなくて、相手をまっすぐに見すえる眼も。怒れる眼だ。無実の罪で何年も牢獄につながれていた哀れなアイルランド人の眼だ。その大きな体をさらに大きく見せ、オリヴァーはカジュウィズに近づき、玄関のドアのところまで注意深く一定の距離を保って、外に送り出した。そして、戸口で何やらカジュウィズに囁いた。なんと言ったのか、エルシーには聞き取れなかったが、サミーはしっかり聞いていてその後の数週間――また元気を取り戻すようになった数週間――自分を勇気づける呪文のように、何度もそのことば――〝今度ここに姿を見せたら、その薄汚い首をへし折るぞ〟――を繰り返した。落ち着いた低い声で、感情を交えず、脅すというより情報を伝えるように。実際、元気を取り戻すのに、そのことばは大いに役立ったのにちがいない。材木小屋で、オリヴァーとふたりで、宝物を〈フレンドシップ・ホーム・マーケティング〉社に送り返す荷造りをしたときにも、ずっとつぶやいていた、〝今度ここに姿を見せたら、その薄汚い首をへし折るぞ〟と。まるで希望の祈りのように。

ようやくオリヴァーも彼女のことばに耳を貸した。

「今は話せない。悪いけど、エルシー。今は都合がよくない」ベレー帽の影から返すその物言いはいつものように完璧だった。それだけ言うと、彼は身悶えするように体をねじり、両腕をうしろにやり、命令を受けた近衛兵のように顎を引いて伸びをした。そういう恰好をすると、彼はサミーには背が高すぎ、縦長のヴァンに乗るには横幅がありすぎた。その彼のヴァンは、色は赤で、側面にピンクの泡が描かれ、その泡の中に〈アンクル・オリーのマジック・バス〉と書かれていたが、その文字は乱暴な駐車といたずらのためにだいぶ薄くなっていた。

「一時にティンマス、三時にトーキー（ともにイングランドのデヴォン南部の町）」と彼は運転席にその巨体を押し込みながら言った。サミーはもう助手席に坐っていて、見るからに出発が待ちきれないといった様子で、手に持った赤いボールに自分の頭をぶつけていた。「それから六時に救世軍」エンジンはただ咳き込んだだけだった。「あのろくでもない〈テイク・ザット（イギリスのロック・グループ。ここではその音楽をただ聞かせること）〉が人気があるんだ」サミーは不満の声をあげる。

　オリヴァーはもう一度キーをまわしたが、エンジンはそうすんなりとかかってはくれなかった。ふかしすぎるのだ、とエルシーは思った。彼は自分の葬式にも遅刻しそうな男だ。「でも、〈テイク・ザット〉なんかやらなければ、頭を悩ませることもない。ちがうか、サミー？」キーを三度《みたび》まわされ、ヴァンのエンジンは不承不承息を吹き返す。「それじゃ、エルシー。彼には明日電話するって言っておいてくれないか。明日の朝に。仕事に出かけるまえに。そんな馬鹿なことをするんじゃない」と彼はサミーに命じる。「そんなふうに頭をぶつけちゃ駄目だ。馬鹿みたいだぞ」

　サミーは頭をぶつけるのをやめる。エルシーはヴァンがジグザグに丘の中腹を港に向けてくだり、環状道路に出るまえに、排気管から煙を吐き散らしながら、ロータリーをまわるのを見守った。そして、いつもの不安を覚えた。それはどうしても抑えられない不安ながら、そもそも抑えたいのかどうか、彼女自身よくわからない不安だった。おまけに奇妙なことに、サミーのことが心配なのではない。オリヴァーのことが気になるのだ。もう二度と帰ってこないのではないか。彼が家を出るたび、ヴァンに乗り込むたび――サミーを連れて、ビリヤードをやりに在郷軍人会の施設に出かけるようなときでさえ――気づくと彼女は、ジャックが海に出るときのように、最後の別れを彼に告げていた。

　まだ白日夢を見る思いで、エルシーは玄関ポーチの日だまりをあきらめ、家の中に戻った。驚いたことに、アーサー・トゥーグッドはまだ電話を切らずに待っていた。

「ミスター・ホーソンは、今日は朝から晩まで仕事の予定が詰まってるようで」と彼女はいくらか尊大に言った。「夜遅くまで帰ってこないわ。チャンスがあれば、明日彼のほうから電話するって」

しかし、トゥーグッドには明日では遅すぎた。彼は電話帳に載せていない自宅の電話番号をもったいぶって告げる――何時になってもかまわないから、夜どんなに遅くなってもいいから、電話するように言ってくれないか、エルシー？　エルシー？　もしもし？　彼はオリヴァーの今日の仕事場をエルシーに言わせようとする。が、彼女はまだどこかうわのそらだ。が、最後に、トーキーのグランド・ホテルと言っていたような気がするけど、と気取って答える。そのあとは六時に救世軍のホステルのディスコ。もしかしたら、七時だったかもしれない。そこのところは忘れてしまった。が、たとえ覚えていたとしても、忘れたふりをしただろう。彼女にはオリヴァーを独占したくなることがある。誰とも共有したくなくなるときがある。その相手が、このまえローンのことで話をしにいったら、細かいことはベッドで打ち合わせしないかと持ちかけてきた、小さな町の銀行の好色な支店長となると、それはなおさらだった。

「トゥーグッド」とオリヴァーはロータリーをまわりながら、憤然とした口調で言った。「書類につぐ書類。よけいなおしゃべり。馬鹿な男だ。くそ」彼は曲がらなければならない角を曲がりそこねた。サミーが嬉しそうに笑う。「サインしなければならないものがまだ残ってるとでも言うのか、ええ？」とオリヴァーは言い、あたかも大人を相手にするかのようにサミーに同意を求めた。彼はいつもそんなふうに話した。「家は彼女のものになった。金も、カーメンも。彼女にないのはおれだけだ。でも、それは彼女が望まなかったからだ」

「つまり彼女には一番いいものが手に入れられなかった。でしょ？」とサミーは勝ち誇ったように言った。

「一番いいものはカーメンだ」とオリヴァーはうなるように言う。サミーはしばらく黙った。

彼らは丘をのぼった。短気なトラックが彼らを脇に押し出して、追い越していった。オリヴァーのヴァンは坂道には向いていなかった。

「今日の演し物《だしもの》は何?」もう口を利いても大丈夫と判断したサミーが尋ねる。

「メニューA。弾むボール、魔法のガラス玉、小鳥さんを探せ、心の風車、子犬の風船細工、折り紙、どすんと墜落、そして退場。何がいけない?」サミーはホラー映画の定番のような嘆きの声をあげて、失意を表明していた。

「皿まわしがないじゃないか!」

「時間があったらやろう。時間があったらね」

皿まわしはサミーの一番好きな演目だった。まだ一枚の皿もまわせないのだが、日ごと夜ごと練習しており、自分は天才だと自分に言い聞かせていた。ヴァンはしかつめらしい公共住宅の建つ敷地内にはいった。心臓発作に注意するよう呼びかけながら、その注意のしかたには何も触れていないポスターが貼られていた。

「風船を見つけてくれ」とオリヴァーは言った。

サミーはもうすでに探していた。赤いボールを脇によけ、シートベルトをつけたまま立ち上がり、両腕を突き出していた。四つの風船——緑がふたつに赤がふたつ——が二十四号室の上の窓から垂れ下がっていた。オリヴァーは道端にヴァンを寄せて停め、荷物を降ろすようサミーにキーを渡した。そして、ぴりっと肌を刺す海風にオーヴァーコートの裾をなびかせながら、コンクリートを張った短い小径《こみち》を歩いた。〝ハッピー・バースデイ、メアリー・ジョー〟と書かれた飾りリボンが曇りガラスのドアに貼られていた。中から煙草の煙と赤ん坊とフライドチキンのにおいが漂っていた。オリヴァーが呼び鈴を押すと、チャイムの音とともに狂ったような子供たちの鬨《かちどき》の声が聞こえた。ドアが開き、よそいきのワンピースを着て、息を切らした小さな女の子が現れ、オリヴァーを見上げた。オリヴァーはベレー帽を取ると、東洋風に深々とお辞儀をした。

「アンクル・オリー」——子供を怖がらせない程度に重々しく——「類い稀なるマジシャン。雨が降ろうと、槍が降ろうと、参上つかまつります、マダム。どうか指導者の方のところまで案内めされよ」

スキンヘッドの男がふたりの女の子のうしろから現れた。メッシュのヴェストを着て、その太い指一本一本の第一関節に刺青《いれずみ》をしていた。オリヴァーはその男について居間にはいり、ステージと観客を確かめた。まだそれほど経験を積んでいるわけではないが、すでにこれまでに、邸宅でも、納屋でも、地域センター《ヴィレッジ・ホール》でも、人でごった返す海岸でも、風力8の強風のもと、プロムナードの中のバス待合所でも演じていた。午前中が稽古で、午後が本番。貧しい子供、金持ちの子供、病気の子供、介護を必要とする子供。観客はさまざまだ。最初の頃は、客の言いなりになって、テレビやエンサイクロペディア・ブリタニカが置かれている部屋の隅を利用したものだが、今ではもっと自己主張できるようになっていた。今日の〝劇場〟は狭いが、悪くはなかった。大人が六人に子供が三十人、小さな居間にぎゅう詰めになり、子供たちは半円を描いて床に坐っていた。大人たちはカメラを持ってソファを占領していて、男は普通に坐り、女は靴を脱いで背もたれの上に腰かけていた。荷解きをするにも、オリヴァーはオーヴァーコートを脱ごうとしなかった。サミーの助けを借りて、カナリアの消える鳥かごや、こすると途方もない宝物が出てくるアラジンのランプを受け取り、体を折り曲げては伸ばし、どこかしら悲しげにそれらの小道具を組み合わせ、コートの下に隠した。そして、最後に視線が子供たちと同じ高さになるように床に腰をおろすと——上から見下ろすのではなく、同じ位置か、下から見上げるようにして話しかけるのが彼のやり方だ——大きな膝頭が彼の耳の脇にまで達した。肉厚の手をだらりとまえに出したその恰好は、まさに祈りを捧げるカマキリで、どことなく預言者と巨大な昆虫を思わせた。

「やあ、みんな」と彼は驚くほど柔らかできれいな声で始めた。「私が謎の男、魔法の名人、アンクル・オリーだ」中流の下の話しことばになっていた。上流ではないが、H音も多すぎないというやつだ。抑制から解き放たれたような彼の笑みは、その場をすぐに和《なご》ませた。「私の右隣にいるこいつは、偉大ながら、きわめて優秀とは言えないサミー・ウォットモア。私の大切な助手だ。サミー、さあ、お辞儀をしなさい――いて！」

アライグマのロッコが彼を嚙《か》んだのだ。それはいつものことで、オリヴァーは驚いてその体を宙に浮かせ、その巨体に似合わぬ軽やかさでまた床に体を落とす。そのあと、ロッコをおとなしくさせるという名目で、こっそりロッコの腹に仕組まれたばねを細工する。そうして、ロッコの用意が整うと、ロッコもまた正式に紹介され、オリヴァーは子供たち全員に向けて、華やかなスピーチを披露し、本日のバースデイ・ガール、メアリー・ジョーを選び出す。メアリー・ジョーは華奢《きやしゃ》でとても可愛い女の子だ。そして、そこからは、オリヴァーがどれほどひどいマジシャンか、その正体を暴《あば》くのがロッコの役目になる。灰色のコートから、鼻づらだけ出して叫ぶのだ。「おい、きみたち、この中に何が詰まってるか見るといい！」そう叫んで、トランプ――エースばかり――やら、カナリアの剝製《はくせい》やら、食べかけのサンドウィッチやら、〞お酒〟と書かれた怪しげなプラスティックの壜やらを放り出すのだ。そうやって、最後の一線を越えない程度にオリヴァーのマジシャンとしての面目をつぶし、次に軽業師としての自分の面目を自らつぶす。オリヴァーの肩にしがみついて、キーキーと悲鳴をあげる。オリヴァーのほうは、その巨体からは考えられないような軽やかな動きで、腕をまえに突き出し、灰色のコートの裾をはためかせ、赤いボールに乗って、狭い居間のアリーナを動きまわる。本棚やテーブルやテレビに、もう少しのところでぶつかりそうになりながら。一番そばにいる子供の爪先を踏みそうになりながら。ロッコは〞後部座席〟から、制限速度を超してしまっているぞ、パトカーを追い越してしまったと怒鳴る。そんなふうにして貴重な家宝をめざして走り、まちがって一方通行にはいり込む。メニューがそこまで進むと、部屋に光が射しはじめる。オリヴァーの一挙手一投足が輝きはじめる。紅潮した顔をのけぞらせ、豊かな黒い髪を偉大な指揮者のようにうしろになびかせ、深い喜びに頬を輝かせ、眼を澄ませ、若返らせ、大声で笑い、子供たちのさらに大きな笑い声を誘い、彼は光のプリンスとなる。魔法で雨を降らせるいかがわしい男にも。おしゃべりのほうは不得手《ふえて》なので、あまりジョークは言わない。が、笑いを起こし、破壊することなく人を魅了する敏捷《びんしょう》な神となる。

「それじゃ、プリンセス・メアリー・ジョー、サミーからこの木のスプーンを受け取ってくれ――サミー、彼女に木のスプーンをあげてくれ――メアリー・ジョー、それじゃ、その木のスプーンでこの壺の中身をゆっくりと、気持ちを集中させて掻き混ぜてくれ。サミー、彼女に壺を渡すんだ。ありがとう、サミー。さて。きみたちはもう壺の中身は見たよね。はいってたのは、男の子と獣には用のない、穴のあいたビーズだけだった。それしかはいってなかった」

「壺の底にしかけがあるってことは、もうみんな知ってるんだよ!」とロッコが叫び、満場の拍手を得る。

「ロッコ、おまえはほんとにいけ好かない臭いイタチだ!」

「アライグマだ、アライグマ! イタチじゃない! アライグマだ!」

「うるさい、ロッコ。メアリー・ジョー、きみはこれまでにお姫さまになったことはあるかい?」メアリー・ジョーはかすかに首を振り、王家の一員になった経験はないと言う。「だったら、願いごとをするんだ、メアリー・ジョー。とても大きくて素敵な秘密の願いごとだ。どんなに大きくてもいい。サミー、壺をしっかり持っててくれ。動かさないように。いてっ!――ロッコ、もう一度同じことをしたら――」

そこで、オリヴァーは少し考えてから、もう二度とロッコにそんな真似をさせないよう決断する。そして、ロッコの頭としっぽをつかみ、腹のあたりをがぶりとやって、さも気持ちよさそうな顔をする。子供たちの中には大笑いする者もいれば、恐がって悲鳴をあげる者もいる。オリヴァーは呪文とともにそのどちらをも充分満足させられる動物の毛をコートの中から取り出し、みんなに見せる。

「ひひひ！　ちっとも痛くなんかないぞ！　ちっとも！」とロッコが拍手に逆らうように叫ぶ。しかし、オリヴァーはもうロッコには取り合わない。話をもとに戻す。

「さて、それじゃ、みんなに頼みたいことがある。壺の中をのぞいて、私のかわりにビーズをよく見ててくれ。みんなのために願いごとはもうしてくれたかな、メアリー・ジョー？」

メアリー・ジョーは生真面目にうなずいて、言われたとおり、願いごとをしたことを告げる。

「それじゃ、ゆっくり搔き混ぜてくれ、メアリー・ジョー――魔法はすぐには起こらない――ゆっくり、ゆっくり、ビーズを搔き混ぜるんだ。願いごとはもうしたね、メアリー・ジョー？　いい願いもほんとうになるには時間がかかる。ああ、いいぞ、いいよ、その調子だ」

オリヴァーは芝居がかってうしろに飛びのき、指を広げた手を顔にやり、自分が創り出したものを指の隙間から恐る恐る見る。すると、彼の眼のまえには、よそいきのオーヴァーオールを着て、銀のビーズの首飾りを首にかけ、銀の王冠を頭にのせた、今日が誕生日のプリンセスが立っている。オリヴァーは手で彼女のまわりの空気を搔き混ぜるような動作をする。しかし、彼女の体に触れることは決してない。それはタブーだ。

「お供《とも》の坊やには一ポンドでいいかな？」とスキンヘッドの男は、セーム革のバッグから一ポンド硬貨を取り出し、二十五枚数え、オリヴァーの手のひらに置きながら尋ねる。

オリヴァーはコインが一枚一枚置かれるのを見て、トゥーグッドを思い出し、わけもなく胸騒ぎを覚える。わけもなくとは言っても、今日のトゥーグッドのふるまいは明らかに不自然だ。不自然と思う気持ちは思えば思うほど強まる。

「今度の日曜日にはまたビリヤードができる？」ヴァンに乗り込んだところでサミーが尋ねる。

「そうだな」とオリヴァーはパーティでもらったソーセージ・ロールをほおばりながら答える。

その金曜日、次のパフォーマンスの場は、トーキーの〈マジェスティック・ホテル・エスプラネード〉の宴会場で、観客は自分の欲望をちゃんと口にできる、二十人ほどの上流階級の子供と、ジーンズに真珠といったなりの退屈しきった十人ほどの母親、それにシャツの胸のあたりが汚れている、傲《ごう》慢《まん》なふたりのウェイターだった。パフォーマンスが終わると、そのうちのひとりがまるで餌でも与えるように、サミーのまえにスモークサーモンのサンドウィッチの皿を置いていった。

「すばらしかったわ」見るからにゴージャスな女が、ブリッジルームで小切手を書きながら言った。「これで二十五ポンドだなんて、安すぎる。それがなんであれ、きょうび二十五ポンドで何かを引き受けてくださる人なんて、わたし、あなたのほかには誰ひとり存じ上げないもの」彼女は眉を吊り上げ、微笑みながらつけ加えた。「もうずっと予定が詰まってるんでしょうね」その質問の意図を正確に汲《く》み取ることができず、オリヴァーはもごもごと口ごもり、少し顔を赤くした。「あなたのショーのあいだに二度も電話があったわ」と彼女は言った。「もしかしたら、同じ人だったのかもしれないけれど。それはもうあなたにご執心なものだから、交換手にあなたは今〝実演中〟だって伝えるように言っちゃったけれど、いけなかったかしら？」

　丘の町の裾にある救世軍の建物は、どのような戦いにも応じられるようイエスの兵士たちに用意された兵器庫――角の丸い、矢のように細い窓の連なる、赤い煉瓦《れんが》造りの今風の要塞だ。オリヴァーは、ウォットモア家のティー・タイムに遅刻させたくなかったので、ウェスト・ヒルの麓《ふもと》でサミーを降ろした。建物の中では、三十六人の子供たちが、長いテーブルについて坐っていた。ビーヴァーの毛皮に似せた羊革のコートを着た男がポテトチップを紙の箱に入れて配っており、子供たちはそれを食べたくてうずうずしていた。長テーブルの奥に、スポーツ用の眼鏡《めがね》をかけ、グリーンのスウェットスーツを着た女、ロビンが立っていた。

「はい、みなさん。右手を上げて。こうして、はい」とロビンは自分も手を上げながら言った。「はい、では、次は左手。こうして。はい、それじゃ、その手を合わせて。イエスさま、これからわたしたちが食事とゲームとダンスの夕べを愉しむことをどうかお赦《ゆる》しください。わたしたちはそれを当然のことだなどとは思ってはおりません。わたしたちが道をはずれたりしないようどうかお守りくださ い。病院にしろ、どこにしろ、そういうところに、今夜愉しむことができない子供たちのいることをどうかわたしたちに覚えさせていてください――みなさん、わたしにしろ、わたしの助手にしろ、わたしたちが腕をこうして振ったら、どんなことをしていてもすぐにやめて、じっとしなくてはいけません。それはわたしたちがあなたたちに何かを話そうとしている合図だからです。そうしないと、みなさんは道を踏みはずすことになります」

童謡がぎこちなく演奏され、子供たちは〝包み渡し〟や〝象の駆け足〟や〝彫像になれ〟をやって遊んだ。最後が〝眠るライオン〟で、九歳の髪の長いヴィーナスが最後の〝眠るライオン〟になって、部屋の中央に横たわった。ほかのみんなは恭《うやうや》しく彼女をくすぐったが、見るかぎり、彼女のほうはことさらくすぐったそうにはしていなかった。

「さあ、〈テイク・ザット〉だ!」とオリヴァーが叫び、ロビンが見せかけの怒りの声を発した。

子供たちは一斉に空を叩くような仕種《しぐさ》をして、昔ながらの恍惚のさまを示した。オリヴァーはストロボと騒音にすぐに頭痛を覚えた。いつもそうなるのだ。ロビンが彼に紅茶を注いだカップを差し出し、何やら大声で彼に言っていた。が、聞こえず、彼は身振りで礼を述べた。それでも、彼女はその場を立ち去ろうとしなかった。喧騒の中、彼は声を張り上げて「ありがとう」と言ったが、彼女は彼がヴォリュームを下げ、彼女の口元に耳を近づけるまで話しつづけた。

「帽子をかぶった男の方があなたと話がしたいと言って見えてます!」と彼女はすでに音楽のヴォリュームが下がっているのに気づかず叫んだ。「緑の上着を着て、帽子をかぶった男の方が、オリヴァー・ホーソンに急用があると言って、見えてるんです」

霞《かすみ》がかかったようになって見える部屋の隅に眼をやると、ビーヴァーの毛皮に似せた羊革のコートを着た男の庇護《ひご》のもと、アーサー・トゥーグッドが、くせのついた中折れ帽をかぶり、スーツの上に厚手のスキージャケットを着込んで、ティー・カウンターのそばに立っていた。オリヴァーに笑みを向け、武器など持っていないことを示すかのように虹色の手を振っていた。ストロボがそんな彼をまるで小肥りの悪魔のように見せていた。

第三章

病院長は東洋風に祈るように両手を合わせ、冷凍装置の機能に限界があることについて遺憾《いかん》の意を表明した。血痕のある白いつなぎを着た、幽霊みたいに見える医者も同じ気持ちのようだった。黒いスーツ姿の市長も。死者に対する敬意からか、イスタンブールからやってきたイギリスの外交官に対する礼儀からか、そのどちらにしろ。

「冷凍装置は来年の冬に新しいものに取り替えられることになってるんだそうだ」とイギリス領事が通訳をしてブロックに言った。ほかの者たちはそのことばを聞き、なんと言ったのかわからないままうなずいた。「新しい装置は価格に関係なく導入される。イギリス製のものがね。その除幕式は市長自らおこない、その日取りももう決まってる。市長はイギリス製品を高く評価していて、最高級品だけ導入するよう指示したんだそうだ」そう伝えられ、ブロックは何かを企む小鬼のような笑みを輝かせた。市長は、狭い部屋に何人もが立つ中、ひとり何度もうなずきながら、イギリスのものとイギリス人との自身の関わりについて熱心に説いた。「市長は、われらが同胞がロンドンの人間であったことが何より残念で、そう思ってる気持ちだけはよくわかってほしいと言っている。市長はロンドンに行ったことがあるんだよ。ロンドン塔も、バッキンガム宮殿も、ほかの名所も数々見たと言ってる。イギリスの伝統に少なからぬ敬意を抱いているとも」

「それは嬉しいかぎりだ」とブロックはその白髪頭を起こすことなくむっつりと言った。「さまざまな便宜を図ってもらえたことをとても感謝していると伝えてくれないか、ハリー？」

「きみは何者なのかと訊かれたんで」と領事は通訳の役目を果たしたあと、声を低くして言った。「外務省の人間だと答えておいた。外国で死んだイギリス人の調査が任務という特別な職に就いていると」

「それは少しもまちがっていない。うまい言い方だ。ありがとう」とブロックはことさら丁寧に礼を述べた。

しかし、彼の威厳がその丁重さを裏切っていた。そのことには領事も気づいた。これが初めてではなかったが。リヴァプール訛りは、話し手が意図したとおりいつも気さくに聞こえるとはかぎらない。すべての皮が食べられるとはかぎらない、タマネギのように層をなす複雑な男。変装をした捕食動物。それがブロックだ。一方、領事のほうは品のある鷹揚《おうよう》な物腰の裏に繊細さを隠し持つ、気の小さな男だったので、通訳をしながらも、著名なエジプト学者である父親の処世術を真似て、眉をひそめ、中間距離を取っていた。車で丘をのぼる際にもブロックにまえもって言っていた。「たぶん吐きそうになるんじゃないかな。いつもそうなんだ。道端で死んでる犬を見ただけで、吐いたこともある。どんな死ともどうも折り合いが悪くてね」しかし、ブロックはただ笑みを浮かべ、いろいろな人間がいて、それで世界は成り立っているのだよ、とでも言いたげに首を振っただけだった。

ふたりのイギリス人は鉄に亜鉛めっきをしたバスタブの一方に立っていた。病院長と主任医師と市長とその取り巻きは、ふたりのイギリス人の反対側、一段高くなったところに立ち、果敢な笑みを浮かべてふたりを見下ろしていた。そして、そんな彼らのあいだに裸にされ、頭を半分吹き飛ばされたアルフレッド・ウィンザーの死体があった。胎児のような恰好をして、丘の下から運んできた角氷のベッドの上で体をまるめていた。砂糖をまぶした食べかけのパン——誰かの朝食の残骸が殺虫剤のスプレーとともに彼の足元にあるワゴンの上にのっていた。部屋の一隅で、意味もなく扇風機がうなり声をあげていた。その横に旧式のエレヴェーターがあり、領事はそれで死体を運び出すのだろうと思った。時折、救急車が通り過ぎ、時折、生存者のいたことを伝える忙《せわ》しげな足音が聞こえた。死体仮置き場は腐臭とホルムアルデヒドのにおいが漂い、それが領事の咽喉《のど》を刺激して、吐き気をもよおす鈍い引き金になっていた。

「司法解剖は月曜日と火曜日におこなわれる」と領事はあからさまに不快な顔をしながら通訳をした。「検死医はアダナ（トルコ南部の都市）のヴェテラン医師で、トルコで一番の検死医だそうだ。まあ、ここではみんなが一番なんだが。まず未亡人に身元確認をしてもらわなければならない。われらが同胞のパスポートだけでは不充分ということだ。それから、そう、これは自殺だそうだ」

それらのことばはすべてブロックの左の耳にもごもごと囁かれたのだが、その間もブロックは死体の検分をしていた。

「なんだって、ハリー？」

「自殺だったと言ってる」と領事は繰り返し、ブロックがなんの反応も示さないのを見てさらに繰り返した。「自殺だ。まちがいないと言ってる」

「誰が？」とブロックはまるでこういうことに不慣れな者のように訊き返した。

「アリ警部が」

「それはどっちだ、ハリー？　悪いけれど、記憶を改めさせてくれ」

もちろん、ブロックにはどちらがアリ警部なのかちゃんとわかっていた。訊き返すまえから、彼の透き通った青い眼は、プレスの利いたグレーの制服を着て、見るからに自慢げに金ぶちのサングラスをかけている、愚鈍《ぐどん》そうな男を選び出していた。その男は私服姿の従者を引き連れ、市長の取り巻きの一団のまわりをぶらついていた。

「集中捜査の結果、そういうことがわかったのであって、自分たちの正しさは司法解剖によっても裏づけられるだろうと警部は言ってる。酔っぱらったうえでの自殺。それで事件は解決。きみにわざわざ来てもらうまでもなかったと言ってる」領事は、そのことばでブロックが引き上げようと言ってくれないものかと、むなしい期待を抱いて言った。

「自殺に使用されたものはなんだったのか。詳しく訊いてくれないか、ハリー？」とブロックは言って、また執拗に死体の検分を再開した。

領事は言われたとおり警部に尋ね、スタッカートのようなやりとりのあと、ブロックに伝えた。

「銃だ。われらが同胞は銃で自分の頭を吹き飛ばした」

ブロックはまた顔を起こし、まず領事、次に警部を見た。眼尻《めじり》に皺《しわ》のある彼の眼は一見いかにも慈悲深く見える。それでも、ブロックに見返された領事がまた落ち着かない気持ちになったのに変わりはなかった。

「そう、そうとも、確かに。ありがとう、ハリー。これでよくわかった」そこでブロックはちょっと迷ったように見えたが、結局、意を決して続けた。「ただ、警部の見解を真摯《しんし》に受け取ると――それはわれわれとしては当然しなければならないことだ――いったい人はどうやれば、うしろ手に手錠をかけられたまま、自分の頭を銃で吹き飛ばすなどという芸当ができるものなのか、まずそのことから警部に説明してもらわなければならない。というのも、われらが同胞の手首に残っている傷痕《きずあと》については、私にはそんなふうにしか解釈できないからだ。ハリー、訊いてくれないか？　ついでながら、きみのトルコ語はほんとうにすばらしい」

その旨が領事から警部に伝えられると、警部は手と眉毛をさかんに動かした。その眼には金ぶちのサングラスという黒い封がされていたが。

「手錠の痕はダラマンの空港に着いたときからもうすでに、われらが同胞の手首についていたそうだ」と領事は義務的に通訳して言った。「その傷痕を見たという証人がふたりいるらしい」

「ダラマンまではどうやって来たんだね、ハリー？」

領事はブロックの質問を警部にぶつけた。「イスタンブール発の夜行便だった」と警部は答えた。

「民間機で？ 通常の民間機で？」

「トルコ航空。われらが同胞の名前はその便の搭乗者名簿にもちゃんと載ってる。見たければ、喜んでお見せする、と警部は言ってる」

「是非とも見せてもらいたい、と伝えてくれ、ハリー。誠実な捜査にも感銘を受けていると言ってくれ」

領事はそのとおり伝えた。警部はブロックの称賛のことばを額面どおりに受け取り、供述書を要約して読み上げた。それを領事がその場で翻訳した。「証人のひとりは、飛行機でわれらが同胞の隣りの席に坐っていた看護婦だ。その看護婦はこの地域で最も優秀で、最も人気があり、われらが同胞の手首の傷を心配し、空港に着いたらすぐに病院に連れていかせてくれと頼んだ、手当てをさせてくれと。しかし、彼はそれを拒んで、酒を飲みつづけた。そして、乱暴に彼女を押しやった」

「なんとね」

バスタブの反対側、一段高くなったところで、警部は自分が今説明したシーンを芝居がかった身ぶりで再演してみせた。通路側の席でだらしなく酔いつぶれるウィンザー、善意の看護婦を手で追い払うウィンザー、肘を突き上げ、看護婦を威嚇《いかく》するウィンザーが演じられた。

「もうひとりの証人は、われらが同胞がダラマンの空港からここまで乗ったバスの同乗者で、供述内容は最初のものとほぼ変わらない」と領事は警部がまた話しはじめ、話しおえると言った。

「彼はここまでバスで来たのか？」とブロックは、それまでわからなかったことがやっとわかって、それを心から喜ぶ者のように嬉しそうにことばを差しはさんだ。「民間機に民間のバス。なんと、なんと。ロンドンはウェストエンドの一流投資コンサルタント会社の首席弁護士が、公共の交通機関を使うとはね。いいことを聞いたよ。彼らの会社の株はこれはもう絶対に買いだろう」

　領事は、しかし、本筋から離れることなく、通訳を続けた。「われらが同胞とこの二番目の証人は、バスの後部座席に隣り合って坐っていた。その証人は引退した警官で、村で誰よりも深く愛されている人物で、彼の子供たちは警官にはならず、百姓をしてる。いずれにしろ、彼は持っていた紙袋から新鮮なイチジクを取り出して、われらが同胞に勧めた。すると、われらが同胞は彼に暴行をふるいかけた。警部はこれら重要証人の署名入り供述書を持っている。さらに、バスの運転手と搭乗機のスチュワーデスの供述書も」警部はロンドンからやってきた人品卑しからざる紳士が何か質問をするのでは、と思って間を置いた。が、ブロックに特に質問はないようで、その微笑は無言の称賛を表しているように見えた。それに勇気づけられ、警部はウィンザーの足元に立ち、ウィンザーの手首にできた傷痕を人差し指で丹念に押した。「さらに、これらの傷痕はトルコの手錠によってできたものではない」と領事はユーモアのかけらもなく言った。「トルコの手錠は、囚人に対して、よりやさしく、より人間的なものとして広く知られている――笑わんでくれ――だから、われらが同胞はどこかほかの国で逮捕されて手錠をかけられたのち、逃亡したか、退去するよう命じられたかしたのではないか、というのが警部の考えだ。で、トルコに入国するまえにわれらが同胞が犯罪に関わった記録は残っていないかどうか、知りたがっている。あるいは、酒がからんだ微罪の記録はないかどうか。いずれにしろ、それが彼の推理で、その線できみにも協力してもらいたがってる。イギリスの警察の捜査法には多大の敬意を払っている。だから、互いに力を合わせたら、解決できない事件などひとつもなくなるだろう。以上」

「お誉めいただいて光栄だ、と伝えてくれ、ハリー。事件を解決するというのは常に気持ちのいいものだ、たとえそれが自殺でも。ただ、彼の推理をくつがえすようで申しわけないのだが、われらが同胞はあらゆる点で百合《ゆり》のように真っ白なんだよ、少なくとも、書類上は」

しかし、領事にはその旨を通訳して伝えることはできなかった。彼の声はスティールのドアを叩く音にさえぎられた。病院長が慌てて開け、疲れた顔をしたクルド人が氷を入れたバケツと浣腸用チューブを持ってはいってきた。そして、チューブの一方の端をバスタブにつけると、もう一方の端を吸った。氷水がチューブを通り、床を伝って排水溝に流れ込み、やがてバスタブはからになった。クルド人は新しい氷をバスタブに入れると、黙って出ていった。クルド人の騾馬《らば》が石段を降りる蹄《ひづめ》の音がした。領事は体を折り曲げ、口に手を押しあて、クルド人のあとを追うように部屋を出ていった。

「顔色が悪いわけじゃない。明かりのせいだ」と彼はまた部屋に戻ってくると、聞き取りにくい声でブロックに言った。

そんな領事の帰還に触発されたかのように、市長がブロークン・イングリッシュで不満をぶちまけた。叩き上げ労働者のずんぐりとした体型の男で、ストに参加している職員をひとしきり激しく非難してから、逞《たくま》しい腕をまず死体に、次に格子のはいった窓の向こうに広がる町に——彼に委ねられている町に向け、憤然と言った。

「われらが友、自殺した。われらが友、泥棒だった。だから、ほんとはわれらが友、ちがう。彼は船、盗んだ。船の中、死んだ。アル中だった。船の中、ウィスキーの壜、あった。からだった。こんな穴できる銃、どこにある？」彼はその太い腕をウィンザーの砕けた頭にまっすぐに向けて、修辞疑問を発した。「この町、こんな大きな銃、誰が持ってる？　誰もない。みんな小さい銃。これ、イギリスの銃。このイギリス人、酒を飲む。船を盗む。自分を撃つ。泥棒。アル中。自殺。それでおしまい」

ブロックはひるむことなく、その突然の攻撃をおだやかな笑みでかわして言った。「少しまえまで戻れるかな、ハリー。もしきみのほうがよければ」

「大丈夫だ」と領事はティッシュで口元を拭いながら、哀れな声で答えた。

「われらが同胞はイスタンブールからは国内便で、さらにダラマンからはバスでここにやってきた。そうして自殺した。そうだね？　では、どうしてそんなことをしなければならなかったんだろう？　そもそもなんで彼はこんなところにやってきたのか。バスを降りたあと、何をしようとしていたのか。誰かと会うことになっていたのか。町にたくさんある一流ホテルにもうすでに部屋を取っていたのだろうか。遺書は？　イギリス人の自殺者はたいてい少しはことばを遺《のこ》していくものだ。銃はどこで手に入れたのか。そもそもその銃は今どこにあるのか。それはまだ見せられてないだけなんだろうか」

突然、誰もが一斉にしゃべりはじめた。病院長も、主任医師も、警部も、市の職員たちも。誰もが相手を言い負かそうと大声をあげはじめた。

「遺書はなかった。しかし、そんなものは期待していなかった――と警部は言ってる」と領事が喧騒の中から警部の声を聞き分けてすばやく通訳した。「船を盗んで、ウィスキーを持って海に出て、それを飲もうなどというやつは遺書など書かない。きみは動機についても尋ねたね。われらが同胞は物乞いだった。堕落した人間だった。逃亡中の囚人だった。で、ここに来た。彼はホモだった」

「そうだったのかい、ハリー？　なんとね。どうして彼らはわれらが同胞からそんな印象を受けたんだろう？」

「われらが同胞と海辺で夕刻出くわし、誘われたハンサムな漁師たちの証言が何件かあるんだそうだ」と領事は抑揚のない口調で説明した。「全員拒否したそうだが。われらが同胞は拒絶されたホモで、アル中で、警察に追われる逃亡者だった。それで自分で自分を始末することを決意した。ウィスキーを盗み、暗くなるのを待って、拒絶された男たちへの腹いせに船を盗み、海に乗り出し、自分を撃った。銃はそのあと海に落ちた。その銃については、いずれダイヴァーが派遣されて回収されるはずだが、今は遊覧船やクルーザーが何隻も港に停泊しているので、捜索するのに適したときではない。では、彼はどこで銃を手に入れたか。彼がどこで手に入れようと、そんなことは重要なことではない、

と警部は言ってる。蛇《じゃ》の道は蛇《へび》というではないか。彼らは同じ穴のむじなであることをお互いめざと

く察し、銃を売り買いする。それはよく知られたことだ。イスタンブールからの国内便で銃を運ぶこ

とがどうして彼にできたのか。それは鞄に入れて、機内に持ち込まなかったからだ。では、彼の荷物

は？　それは現在調査中。それはつまり、この国では次のミレニアムまで待たなければならないとい

うことだ」

　ブロックは死体の検分を再開した。

「しかし、こんな銃創《じゅうそう》を与えるのは、被甲《ひこう》のやわらかいソフト・ノーズ弾としか私には思えない。どう思う、ハリー？　これは通常の貫通創じゃない。爆創と変わらない。こんな傷ができるのはダムダム弾しかありえない」

「爆創というのは省略してある。翻訳できなかった」と領事は恨めしそうにブロックに言い、さきほどの逃亡経路を落ち着かなげに見やった。

　市長がまた癇癪《かんしゃく》を起こした。下っ端役人にはない、政治家特有の抜け目のなさで、ブロックのあまりの落ち着きぶりに何かしら胡散臭《うさんくさ》さを覚えたのかもしれない。部屋の中を行ったり来たりしながら、より広範で、より攻撃的な見解を開陳した。イギリス人、と彼はいかにも不満そうに言った。イギリス人は自分たちが町に迷惑をかけておきながら、その町に無理やりはいり込んで、取り調べをする権限が自分たちにはあるなどとどうして思うのか。そもそもどうしてこの肛門野郎は私の町にやってきたのか。自殺をするなら、どうしてよそで――カルカンとかカスで――やってくれなかったのか。どうして彼はトルコに来なければならなかったのか。どうしてイギリスにとどまっていることができなかったのか。他人の休日を台無しにしたり、町に汚名を与えたりするかわりに。

　ブロックはその長広舌を寛大に受け止めた。おだやかにうなずく彼の首の動きからは、彼が市長の議論の正当性を認めていること、地方の知恵者のジレンマについては充分敬意を払っていることが容

易にうかがい知れた。その理性と温和さが徐々に市長にも伝わり、やがて市長はまず唇に指を一本立ててから、これから横になるクッションを調べるように――冷静さを取り戻すおまじないみたいに――手のひらで空気を下に押し下げるような仕種をした。一方、警部のほうは自分を抑えるつもりなどさらさらないようで、降参する気もないのに降参したかのように両手を上げ、ヒロイックにまえに一歩踏み出し、領事の便宜をはかって、簡潔に誇らしげに演説した。

「われらが同胞は酔っていた」と領事は無表情に通訳した。「彼は船に乗っていた。ウィスキーの壜はからだった。彼は気分が落ち込んでいた。彼は立ち上がり、自分を撃った。銃は海に落ちた。彼のほうはその場にくずおれた。冬になれば、銃も見つかるだろう」

ブロックは最大の敬意を示し、それらのことばを聞いて言った。「それで、結局のところ、その船は見せてもらえるんだろうか、ハリー？」

市長がまた激昂モードに戻ってぶち上げた。「船は汚い！　たくさんの血！　船の持ち主、とても可哀そうな男！　とても怒れる男！　とても迷信深い男！　船、焼いてしまった。気にしない！　保険？　彼、つば吐いた！」

ブロックは観光客を装い、絨緞《じゅうたん》やトルコの民芸品や、コンヴィニエンス・ストアの窓ガラスに映る自分の影を見ながら、狭い通りをひとりで歩いた。市長のオフィスで、アップル・ティーを飲みながら、司法解剖後に死体を送還するための実務的なこと――金属製の棺のことや法的なこと――を話し合ったあと、領事はそのまま市長のオフィスに置いてきた。昼食を一緒にという市長の誘いは、いもしない娘の誕生日プレゼントを買わなければならないので、と言って辞退した。その結果、町にたくさんある高級店、中でも市長の甥《おい》が経営しているブティック――エアコン付きで、まちがいなく町で最高の店――を勧める推薦のことばを長々と聞かされるというおまけがついたが。今は疲れてはいなかった。探求する気力も萎《な》えていない。この七十二時間のあいだに眠ったのは、飛行機とタクシーの中だけで、多くて六時間ぐらいのものだろう。朝、いきなり呼び出され、ホワイトホールに向かい、午後にはもうアムステルダムに着き、夕刻にはマルベリャ（スペイン南部の都市）の麻薬王の大農場にいたのだった。彼の情報提供者はいたるところにいた。あらゆる人間があらゆる理由から彼に近づいてくる。この小さな町の小径を歩いていてさえ、一癖も二癖もありそうな商店主やレストランのオーナーたちが、おしゃべりのさなか、ふとことばを切り、彼の何かに惹かれるのだろう、自分たちの売りものを買ってくれと声をかけてきた。その中にはその時点でもう値引きすることを考えていた者もいたことだろう。ブロックは通りを渡りながら、自分のまわりで急に歩く方向を変えた者や、つまずいた者はいないかどうか確かめると、陽気に手を振り、すまなそうに〝たぶんこの次に！〟と彼らに呼ばわる。商店主たちは拒絶されて逆に自らの直感にぼんやりと気づき、そのあとも彼の姿を眼で追い、彼が考え直したときのために、それとなく気を配る。

　白く塗られた灯台、花崗岩の防波堤、それに騒々しい酒場といった小さな漁港に達しても、彼は見るものすべてに対する喜びを素直に表現しつづけた。雑貨屋、それにジーンズ・ショップ。もし彼にほんとうに娘がいたら、そこで探しものを見つけていたかもしれない。レジャー・ボート、船底がガラス張りになっている遊覧船、漁網をケープのようにまとった小さなトロール船、港になだれ込む斜面を走る赤土の道路に停めた、黄土色のみすぼらしいジープ。そのジープには若い男女が乗っていた。六十ヤード離れたところからでも、そのふたりがジープ同様みすぼらしいことは容易に見てとれた。ブロックは雑貨屋にはいり、いくつか品を手に取り、鏡を一瞥《いちべつ》してから、必要経費として自動的に決済されるクレジットカードで、派手なTシャツを買った。そして、買物袋を手に灯台まで防波堤を歩いて、まわりに誰もいないことを確認してから、携帯電話でロンドンの自分のオフィスに電話した。すぐさま彼の補佐役、タンビーのイギリス西部訛りの声がして、隠された意味を知らない者には支離滅裂としか思えない情報がブロックに伝えられた。ブロックはそれを黙って聞いてから、うなるように「わかった」と答え、電話を切った。

　狭い木の階段が赤土の道まで延びていた。ブロックはどんな旅行者もやるようにその階段を昇った。黄土色のジープはもうそこには停まっていなかった。道を歩き、建てかけの別荘が連なるまえを通り、階段をさらに昇り、区画整理がされているだけで、まだ家屋は一軒も建てられていない一帯に出た。そこの二番目の道路には、空壜やら何やら、建築業者が出すごみやらが散乱していた。ブロックはその一区画の中に足を踏み入れ、その場の雰囲気を感じ取り、まだ建っていない家の中からの景色を想像している、有望な購入者のふりをした。もうそろそろ昼休《シエスタ》みになる頃合いで、車も人も犬も見かけない。眼下に広がる村から、勤行《ごんぎょう》を勧めるふたりのイスラム教の時報係の声が互いに競い合うかのように聞こえてきた。ひとつの声は断定的で、もうひとつの声はやわらかく愛嬌があった。さきほどの黄土色のジープが赤い土煙を立てて現れた。小さな顎、澄んだ大きな眼、汚れたブロンドの髪の若い女が運転し、彼女の恋人は——もしそうなら——むっつりとした顔で助手席に坐っていた。三日分の無精髭、それにピアスがひとつ。

　ブロックは道路を見上げ、のぼってきたばかりの眼下を見てから、手を上げた。ジープは停まり、テールゲートが中から開いた。後部座席には敷物がまるめられ、あるいはたたまれて置かれていた。ブロックはジープに飛び乗り、彼の歳にしては驚くほど敏捷《びんしょう》に床に身を伏せた。若い男がすばやくその上に敷物をかけた。若い女は鷹揚に運転し、岬をジグザグに走り、台地をのぼりきったところでジープを停めた。

「異常なし」と髭づらの若い男が言った。

　ブロックは敷物の下から姿を現し、後部座席に坐った。若い男がラジオをつけ、うるさすぎない程度にヴォリュームをしぼった。手拍子とタンバリンのトルコの民族音楽が流れはじめた。彼らの前方には、レッドストーンの採掘場が広がっていた。が、すでに閉鎖されて久しいらしく、〝危険〟と記された表示板も朽《く》ちかけていた。壊れた木のベンチがあった。大型トラックが方向転換をする場所には雑草がはびこっていた。沖に向かって遠ざかるにつれて小さくなる、ぎざぎざの地形の島々が眺められた。湾の反対側の峡谷に別荘地が横たわっている。

「それじゃ、聞かせてくれ」とブロックはふたりに命じた。

　ふたりはデレクとアギー。デレクのほうはそうなることを望んでいるのかもしれなかったが、恋人同士でもなんでもなかった。デレクは毛深くて、今のことばで言えば、どことなく〝むら気《サンダリー》な〟ところのある若者だった。アギーのほうは、相手をまっすぐに見つめる眼と、長い脚と、無造作な気品が印象的な女だった。デレクが説明するあいだ、アギーはバックミラーを見つづけ、まるでデレクの話など聞いていないかのように見えた。ふたりは〈ドリフトウッド〉に部屋を取っていた。そう言ってデレクは、咎《とが》めるような視線をアギーに送った――〈ドリフトウッド〉は酒場のある安宿で、その酒場のゲイのアイルランド人のバーテンダー、フィデリオは、欲しいものがあれば、なんでも調達してくれる男だった。

「もう町じゅう大変な騒ぎよ、ナット」とアギーはきびきびしたグラスゴー訛りで横から割ってはいった。「朝から晩まで、町の人々の話題はただひとつ、ウィンザー。誰もがひとつは自分の意見を持ってる。たいていはふたつか三つ」

　そんな噂の多くに市長が登場する、とデレクはアギーの割り込みを無視して続けた。市長は五人兄弟なのだが、兄がひとりドイツにおり、なかなかの大物で、ヘロインの販売ルートとトルコ人の建設労働者組合を牛耳《ぎゅうじ》っている、という噂もある。アギーがまた割り込んで言った。

「市長のその兄はカジノを何軒も持ってるのよ、ナット。それにキプロスにレジャー・センターをひとつ。総売り上げは何百万にもなる。それに、いい？　ロシアの大物マフィアとも関わりがあるという噂もある」

「今も？」とブロックは驚いたように訊き返し、こっそり笑みを浮かべた。その笑みは彼の個性と彼の歳を表していた。

噂によれば、とデレクは続けた。ウィンザーが死んだ日、市長のその兄はこの町に戻っていた。おそらくドイツから戻ってきたのにちがいない。この地区の警察署長の義理の妹所有のリムジンに乗っているのを何人もが目撃しているところを見ると。

「警察署長にはダラマンの名家の出の女と結婚した弟がいるんです」とデレクは言った。「それで、イスタンブール発の自家用ジェットを出迎えたのが、その女の会社のリムジンだったわけです」

「それに、ナット、アリ警部は署長の点数稼ぎをしようとしてるのよ」――アギーが興奮気味にまた横から割ってはいった――「つまり、彼らは同じ穴のむじなということよ。誰もがどこかで誰かとつながってる。実際、アリは水曜日には休暇を取ったってフィデリオは言ってる。署長の義理の妹に仕えてリムジンを運転するために。確かに、アリ警部は天才でもなんでもない。でも、ナット、彼もいたのよ。犯行現場に。のみならず、その犯行に手まで貸しているのよ。警官が。ナット！　ギャングの儀式のような殺人に！　彼らはうちの警察よりひどい」

「そうなのかね？」とブロックはおだやかに訊き返した。一瞬、すべてが停止した。この話題はブロックにはゆるがせにできない話題だった。

「フィデリオの店のコックの元ガールフレンドという女性がいましてね」とデレクが言った。「イギリス人でヒッピー、チェルトナム女子カレッジ卒で彫刻家、一日に三針は必要という女で、岬につくられたコミューンに住んでるんですが、その女がヘロインを手に入れに時々〈ドリフトウッド〉に来るんです」

「小さな子供を連れて」とアギーがまた割り込んだ。デレクもさすがにしかめた顔を紅潮させた。

「ザックという名前の子供なんだけれど、なんと、裸足《はだし》なのよ。コミューンの子供たちはみんなそうなの。まさに野生児ね。観光客に花を無理やり売りつけたり、観光客がオスマン王朝時代の砦を見にいってる隙に、車のガソリンを抜き取ったりしてる。それはともかく、ザックはそのとき羊たちと山にいた。クルド人の子供と一緒に。何をしてたのかは神のみぞ知るだけど。すると、山の麓にリムジンとジープがやってきた。そして、男たちが車から降り立つと、まさにギャング映画に出てきそうなシーンが繰り広げられた」彼女はそこでことばを切って、デレクにしろ、ブロックにしろ、何か言うのを待った。が、ふたりとも何も言わなかった。「実際、ひとりが撃たれるシーンをほかのギャングはフィルムに収めてた。そうやって男をひとり殺すと、死体をジープに乗せて丘をくだり、町のほうへ走り去った。すごかった、というのがザックの弁。本物の血にしろ、何にしろ」

ブロックの色の薄い眼は湾の反対側を眺めていた。鶏冠《とさか》のような峰の向こうから白い雲が湧き昇っていた。あまねく輝く熱気に乗って、ノスリが空を舞っていた。

「そして、彼をウィスキーの壜と一緒に船に放り込んだ」とブロックは彼女のあとを引き取って話を終わらせた。「やつらがザックにも同じことをしなかったのは不幸中の幸いと言うべきか。羊以外に山に住んでるのは？」

「岩また岩です」とデレクが言った。「それと蜜蜂の巣箱。タイヤの跡は何本も残ってました」

ブロックは、デレクの眼を思慮深げに見つめることができるところまで、ゆっくりと首をめぐらせた。鉄を溶かして固めたような笑みが顔にはりついていた。「デレク、現場へは行くなと言ってあったはずだが」

「フィデリオが自分の古いハーレー・ダヴィッドソンを私に売りつけようとして、一時間ばかり試乗させてくれたんです」

「それにきみは乗ったわけだ」

「はい」

「命令に背《そむ》いて」

「はい」

「現場には何があった、デレク？」

「車のタイヤの跡、ジープのタイヤの跡、それに足跡。乾いた夥《おびただ》しい血痕。カムフラージュなど一切なされていませんでした。でも、そんなことはわざわざするまでもない。市長と警察署長を抱き込んでるんだから。それとこんなものが落ちてました」

彼はブロックの手のひらに、くしゃくしゃになった、〝ビデオ―8／60〟と何個所にも印刷されたセロファンの切れ端を置いた。

「きみたちは今夜ここを発て」とブロックは膝の上でセロファンを延ばしながら言った。「ふたりとも。イズミルからのチャーター便が六時に出る。搭乗券はもう手配ずみだ――それから、デレク」

「はい？」

「率先か服従かという永遠の葛藤の中で、今回は率先が効を奏した。しかし、それはただきみが幸運だったからだ。ちがうか？」

「いいえ、ちがいません」

仕事以外にはいかなる接点も持たないまま、デレクとアギーは〈ドリフトウッド〉の屋根裏部屋に戻り、荷造りをした。デレクが階下《した》で清算をしているあいだ、アギーは寝袋をはたいてごみを払い、さらに部屋の整理をした。備え付けのカップとソーサーを洗い、片づけ、洗面台を磨き、窓を開けた。彼女の父親はスコットランド人の学校の教師で、母親は一般医、グラスゴー近郊の貧しい人たちの〝訪問天使〟で、人間の品格に関するそんなふたりの理念は、通常のレヴェルをはるかに超えていた。奉仕を終え、アギーはデレクのあとからジープに乗った。デレクが運転して、ふたりはイズミルまで曲がりくねった湾岸道路を走った。デレクは、男らしさに対する自負心をいささか傷つけられたような顔で運転していた。アギーはヘアピン・カーヴと眼下の谷、それに時計をただ眺めていた。デレクのほうは、さきほどブロックに叱責《しっせき》されたことがまだ胸にわだかまっており、帰国したら、宮仕えを辞め、たとえどれほど努力を強いられようと、事務弁護士の資格を取ろうと心ひそかに誓っていた。もっとも、それは彼が月に一度は立てる——たいていは省の社交クラブでビールを二、三杯ひっかけたときに立てる——誓いだったが。アギーのほうは、彼とはまったく異なることを考えていた。ザックのことを思い出して、自分を責めていた。アイスクリームを安く買おうと、わずかばかりの金を握りしめ、ザックが店に飛び込んできたときのことが思い出された——あんな子供をわたしは騙したのだ！　ザックとダンスをしたこと、薄べったい石を海に投げて、水面をすべらせて遊んだこと、岸壁に坐り、落ちないよう彼の肩に手をまわし、釣りをする彼を見て過ごしたこと。いくつものシーンが眼に浮かんだ。わたしは自分を何様だと思っているのか。わたしのことを生涯の女と固く信じて疑おうともしなかった七歳の子供を騙して、秘密を聞き出すなんて。あんなに高潔な両親を持ちながら、その二十五歳の娘はいったい自分を何様だと……

第四章

アーサー・トゥーグッドは王家の御者のように、よく磨かれたローヴァーの運転席に坐り、曲がりくねった丘の道をゆっくりと降りていった。オリヴァーはヴァンでそのあとを追った。

「いったいなんの騒ぎなんだ？」オリヴァーは、救世軍の建物の前庭で、トゥーグッドから商売道具を入れた箱を受け取り——まちがった箱だったが——ヴァンに積み込みながらそう尋ねていた。

「騒ぎでもなんでもないよ、オリヴァー。そういうことじゃない」とトゥーグッドは反論した。「サーチライトみたいなものだ。これは誰にでも起こりうることだ」そう言って次の箱を手渡した。今度はまちがわなかった。

「なんだい、そのサーチライトというのは？」

「あたりを照らす光線だ。それでお互いよく見て、どこにもおかしなところがなければ、また前進する」とトゥーグッドはいくらか熱っぽく語った。が、そう語りながら、その自家製の比喩にもう飽きていた。「要するに、無作為だということだ。個人的なことじゃない。もしそんなことを思っているのなら、それは考えちがいというものだ」

「連中は何を調べるって言ってるんだ？」

「信託だ。今月は信託が監査の対象なんだろう。信託法人、慈善信託、家族信託、オフショア信託。

来月は有価証券か、短期ローンか、ほかの事業か」

「カーメンの信託のことか？」

「信託にしてるのはきみだけじゃないということをどうか忘れないでほしい。きみだけが調べられているわけじゃないということをね。われわれが言うところの〝攻撃的でない暁《あかつき》の急襲〟というやつだ。適当に支店を選んで、適当に数字を見て、適当に質問をする。お定まりの業務だ」

「でも、どうして連中はカーメンの信託に急に興味を持ったりしたんだ？」

そのときにはもうトゥーグッドは質問攻めに合うのにすっかり嫌気が差していた。「カーメンの信託だけじゃないって言っただろうが。信託すべての監査だ。信託全般の監査をしてるんだよ」

「だったら、なんでそんなことを真夜中にやらなきゃならないんだ？」

彼らは銀行の狭苦しい裏庭に車を停めた。防犯照明が容赦なくふたりを照らしている。裏口の金属製ドアは階段を三段上がったところにある。指を曲げ、エントリー・コードを叩きかけ、そこで急に気が変わったかのように、トゥーグッドは衝動的にオリヴァーの二の腕をつかんだ。

「オリヴァー」

オリヴァーはトゥーグッドの手を払って言った。「なんだね？」

「きみは——もしかして、きみは最近——そう、ここ数カ月の範囲内でのことだ——カーメンの口座について動くことを考えたりしなかっただろうね？　あるいは、近い将来、動くことを考えているといったようなことはないだろうね？」

「動く？」

「金の出し入れだ。どんな動きであれ。とにかくアクションだ」

「どうしてそんな真似をしなきゃならない？　カーメンの信託はおれだけじゃなくて、あんたも受託者じゃないのか。それはつまり、おれが知ってることはすべてあんたも知ってるってことじゃないのか。いったい何があったんだ？　あんたは何かゲームでも愉しんでるのか？」

「冗談じゃない！　われわれはこの件では同じ側だ。いずれにしろ、自宅のほうにまえもって何か通知のようなものが届いてたということはないんだね？　個人宛てに？　親展と記された手紙が来ていたわけでもないんだね？　誰からも？　信託に影響を及ぼすようなことはきみは何も聞いていない。少なくとも、最近は。そうだね？」

「ああ、ひとことも《ノット・ア・ディッキー・バード》」

「よろしい。それで完璧だ。そのままそのまま。そのありのままのきみでいてくれ。子供のマジシャンで。ノット・ア・ディッキー・バードで」トゥーグッドの眼が帽子の下で欲に光った。「彼らがお定まりの質問をしてきたら、ちょうど今答えたように答えてくれ。きみは彼女の父親で、受託者だ、私同様。だから、受託者としての義務を果たさなければならない」彼は番号を打ち込んだ。ブザーが鳴り、ドアが開いた。「彼らはポードとランクスン。ビショップゲイト（ロンドン中央の一地区、商店街）の人間だ」と彼は初めて明かし、蛍光灯と金属的な灰色のホールにオリヴァーをさきに入れた。「ポードは小男だが、大きい。銀行では大物だ。ランクスンはきみと似た体格だ。がっしりとしてる。いや、いや、きみがさきにどうぞ。若さは美にまさるとかなんとか言うじゃないか」

　ドアが閉まるまえに、オリヴァーは晴れた夜空に無数にまたたいている星を見上げた。ピンクの月が中庭の塀に設えられたレーザーワイヤーにずたずたに裂かれていた。トゥーグッドのオフィスの窓辺に置かれた会議用テーブルに、ふたりの男がついて坐り、ともに髪の毛の心配をしていた。小男だが、銀行では大きいポードは、ツイードを着て、ふちなしの遠近両用眼鏡をかけ、一方の側頭部から生えている乏しい髪を路面電車のレールのように頭全体にひっぱっていた。ランクスンのほうは、いかにもどこかの親爺さんといった風情の大男で、花のつぼみのような耳、ゴルフ・クラブの名前のはいったネクタイ。新米のアナウンサーがつけそうな、スティールたわしのようなかつらをつけていた。

「探しものは見つかったんですね、ミスター・ホーソン？」とポードが言った。まったくのジョークというわけでもない口調だった。「アーサーは狂ったようになってあなたを市《まち》じゅう探しまわってたんですよ。そうだろ、アーサー？」

「パイプの火は消さなくてもかまわないだろうか？」とランクスン。「もちろん、かまわない？　コートを脱いで、そのあたりに置かれたらどうです、ミスター・ホーソン？」

オリヴァーはベレー帽を取ったが、コートは脱がなかった。坐るだけ坐った。ポードが書類を弄《もてあそ》び、ランクスンがパイプを点検し――湿気た煙草《たばこ》の葉を灰皿に捨てた――沈黙がぎこちなく過ぎた。白いブラインド、とオリヴァーはむっつりと思った。白い壁。白い明かり。これが銀行の夜の姿なのだろう。

「オリヴァーと呼んでもいいですかな」とポードが言った。

「なんとでも」

「こっちはレグとウォルター――ただ、よかったら、ウォリーとは呼ばないでほしいけれど」とランクスンが言った。「彼がレグ」また沈黙ができた。「だから、私がウォルター」それは笑いを求めた台詞だったが、誰も笑わなかった。

「つまり、彼がウォルター」とポードがフォローして、三人がおざなりの笑みを最初はオリヴァーに向け、次に互いに向け合った。

きみたちは白髪の頬髯《ほおひげ》を生やすべきだ、とオリヴァーは思った。それに、寒さで紫色に変色した鼻、トップコートの下にはボールペンではなく、大型の懐中時計を持つべきだ。ポードは手に黄色い法律用箋を持っていた。それには走り書きがすでにふたつ三つされているのにオリヴァーは気づいた。日にちと数字の表だ。しかし、話しているのはポードではなく、ランクスンだった。パイプの煙越しにもったいぶってしゃべりながら、単刀直入にいこうと言った。まわり道をしていても意味がない、と。

「なんの因果か、銀行の保安問題が私の専門でね、オリヴァー。いわゆる〝コンプライアンス（顧客サーヴィスの適性規準を定めた法の規定に従った行動）〟というやつだ。その業務にはあらゆることが含まれる。資金洗浄《マネーロンダリング》から、頭を殴られた夜警、現金を入れる引き出しから自分に勝手にサラリーを払っている現金出納係まで」やはり誰も笑わなかった。「それだけじゃない。アーサーからもう聞いたと思うけれど、当然、信託も含まれる」彼はパイプをふかした。銃身を短く切った拳銃のような形をしたパイプだった。オリヴァーは子供の頃を思い出した。陶土製だったが、そのランクスンのパイプとよく似たパイプで、よく遊んだものだ。風呂にはいったときに、それで泡をつくるのだ。「オリヴァー、教えてもらえないだろうか。結局のところ、ミスター・クラウチというのはどういう人なんです？」

　抽象概念だ、というのがブロックの答だった。オリヴァー自身が百年前にハマースミス（ロンドンの一自治区）で同じ質問をしたときのことだ――〝ジョン・ドウ（訴訟で当事者が本名不明の際に用いる男の仮名）〟でもよかったんだが、それは以前にもうすでに使われていたもんでね。

「私の家族の友人だ」とオリヴァーは膝に置いたベレー帽に向かって言った。愚鈍でいること、と彼はブロックから耳にたこができるほど言われていた。愚鈍でいることだ。決して利口なところを見せてはいけない。われわれ〝お巡り〟というのは愚鈍な人間が好きなものなんだよ。

「ほう？」とランクスンは邪気のない戸惑い顔で言った。「家族の友人と言ってもいろいろあると思うけれど、どういう関係の友人なんです？」

「彼は西インド諸島に住んでる」とオリヴァーは答えた。どんな友達かそれですべて説明がつくかのように。

「ほう？　ということは、黒人紳士ということですかな？」

「私が知ってるミスター・クラウチはそうじゃない。ただ、そこに住んでるだけだ」

「西インド諸島のどこに？」

「アンティグア。書類に書かれてるはずだが」

失敗。相手がまぬけに見えるような言動は慎まなければならない。見せかけの自分から逸脱しないことだ。愚鈍のままでいることだ。

「その人はいい人なんでしょうね？　彼のことはあなたも嫌いではない？」ランクスンはそう言って、オリヴァーの発言を促すように眉を吊り上げた。

「彼には会ったことがない。彼とのやりとりはすべてロンドンにいる彼の弁護士を通してやってるから」

ランクスンは渋面《じゅうめん》とも笑顔ともつかない顔をして、不本意な疑念を表明した。そして、自らを慰《い》撫《ぶ》するような一服。石鹸の泡は出ない。パイプ愛好家の中では笑顔として通る渋面をして、彼は言った。「あなたは彼に会ったことがないと言うが、そんな人物にあなたの娘さんのカーメンは十五万ポンドの信託というプレゼントをされた。ロンドンの弁護士を通して」ランクスンは不快なパイプの煙越しに言った。

これはもう認められたことだ、とブロックは言う。パブで。車の中で。森を歩きながら。少しは利口になれ。小切手にはもうサインもされているのだから。オリヴァーは、しかし、彼になびくことを拒んだ。一日じゅう拒みつづけた。おれ自身は認めていない。そう思ったからだ。

「そういうのは普通ではちょっと考えられないことじゃないですかな」

「何が？」

「会ったこともない相手の娘に、そんな大金をプレゼントすることです。弁護士を通して」

「クラウチは金持ちなんだよ」とオリヴァーは言った。「またいとこだか、はとこだか、遠縁でね。彼のほうからカーメンの守護天使になるって言ってきたんだ」

「われわれが〝不確かな伯父さん症候群《シンドローム》〟と呼んでるやつというわけだ」と言ってランクスンは意味

ありげな笑みをポードに、次にトゥーグッドに向けた。

しかし、トゥーグッドはそれをむしろ不快に思ったらしかった。「どんなシンドロームでもない！」と大きな声をあげた。「完全にノーマルな銀行業務だ。お金持ちが、家族の友人が、子供の守護天使を自任する――確かに、シンドロームかもしれない。それは認めよう。しかし、シンドロームはシンドロームでも、これはきわめてノーマルなシンドロームだ」そう言ってトゥーグッドは勝ち誇ったように演説を終えた。そのひとことひとことが矛盾していた。それでも、ポイントは稼いだ。「そうだろう、レグ？」と彼は同意を求めた。

しかし、銀行では大物の小男、ポードは黄色いメモ用紙を一心に見つめており、トゥーグッドの問いかけに答えようとはしなかった。ひとつの観点――オリヴァーの言い分をそう素直には聞けない根拠をひとつ見いだしたのだ。それで、すだれ頭を読書用スタンドの明かりに光らせながら、遠近両用眼鏡越しに一心に調べているのだった。

「オリヴァー」と彼はおもむろに言った。細くて用心深い声だった。ランクスンの声が棍棒なら、ポードの声は細身の長剣だった。

「最初からおさらいをしてもいいだろうか」

「おさらいをするって何を？」

「まあ、つきあってください。まず、信託を設けた時点とその理由から始めさせてくれませんか、さしさわりなければ。私は技術屋です。だから、経緯と運用法に関心があるんですよ。つきあってもらえないでしょうか？」うすのろオリヴァーは肩をすくめて同意のサインを示した。「記録によれば、あなたは今日からほぼ一年半前、カーメンが生まれてちょうど一週間後、予約を取ってまさにこの部屋にアーサーを訪ねてやってきた。そうですね？」

「そうだ」とうすのろは答えた。

「うちの銀行との取引きはその半年前からで、あなたは外国生活を終えて、こっちに引っ越してきたところだった——外国というのはどこでしたかな。ちょっと度忘れしてしまった」

オーストラリアに行ったことは？　とブロックは訊いた。一度も、とオリヴァーは答えた。よろしい。きみはここ四年間そこにいたことになる。

「オーストラリア」とオリヴァーは答えた。

「オーストラリアのどこです？」

「あちらこちら。羊牧場を転々としてたんだ。軽食堂でフライドチキンを客に運んだりもしてた。できることはなんでもやった」

「マジシャンではなかった。その頃はまだ手品はやってなかったんですね？」

「そうだね」

「税制上、イギリスの非居住者であったのは——こっちへ帰ってきたときにはイギリスを出て何年ぐらい経っていました？」

内国歳入庁の記録からも抹消したのち、きみはホーソンとしてまた現れる、とブロックは言っていた。オーストラリアからの帰国者として。

「三年かな。もしかしたら四年かも」オリヴァーは愚鈍を演じる目的から自分を自分で正して答えた。

「そう、四年近いね」

「アーサーのところに来たときには、もうイギリスの納税者だった。自営業者で、マジシャンで、結婚もしていた」

「そう」

「アーサーはそのときあなたに紅茶をふるまいませんでした？　ふるまわなかったのか、アーサー？」

唐突な陽気さ——それは銀行家というものが、どれほど非人間的な決断をするときでさえ、どれほどヒューマンタッチが好きか、われわれに思い出させる。

「そのときには、彼はまだそれほど高額の預金者じゃなかったものでね」とトゥーグッドが再登場し、彼もまたどれほど人間的か示して言った。

「私が知りたいのはあくまで経緯です。わかるでしょ?」とポードは言った。「あなたはアーサーにカーメンの信託資金としていくらか銀行に預けたいと言った。そういうことでしたね?」

「そうだね」

「アーサーは、まあ、当然のことながら、さほどの大金とは思わず、国民貯蓄銀行か相互銀行に行くか、養老保険証券にするか、と勧めた。うちの場合はあれこれ手続きが面倒だからと。そうでしたね?」

カーメンが生まれてまだ六時間しか経っていない。オリヴァーは、アボッツ・キーの市会議員がこぞって観光客のために残すべきだと主張している旧式の赤い電話ボックスの中にいる。喜びと安堵の涙が彼の頬を伝っている。気が変わった、と彼は咽喉《のど》をつまらせながらブロックに伝えている。どんなものであれ、彼女にはよすぎるということはない。ヘザーのものになった家も、カーメンに残されたどんなものも。それが自分のためではないかぎり、おれはどんなものも受け取る。結局、おれは堕落したんだろうか、ナット? いや、それはちがう、父性とはそういうものだ、とブロックは答える。

「そう」とオリヴァーは答えた。

「あなたは銀行の信託でなければならないと頑固に主張した」ポードは黄色いメモ用紙に眼をやった。「完璧な信託でなければならないと」

「そう」

「あなたはどうしてもそうしたくて、アーサーに言った、カーメンのために資金に鍵をかけ、その鍵を自分から手放したいんだ、と——アーサー、きみは実に律義な記録者だ。それだけは認めるよ——あなたの身にどんなことが起ころうと——あるいはヘザーにしろ、ほかの誰にしろ——この資金はちゃんとカーメンの手に渡るようにしたい。それがあなたのたっての望みだった」

「そうだね」

「その結果、あなたが持ち込んだお金は信託資金となって、誰の手も届かないところに移された。カーメンが一人前の女性になるときまでは。結婚するにしろ、どういう職業に就くにしろ、彼女が芳紀《ほうき》二十五歳になるまでは」

「そう」

ポードはちまちまと遠近両用眼鏡を直し、牧師風に唇をすぼめた。そして、二本の指ですだれ髪を正しい位置に戻して再開した。「あなたはまたこんなことを人に教えられてきていた——少なくとも、そのときあなたはアーサーにそう言った——どんなにわずかな額からでも信託をつくることはできて、そのあと誰か気前のいい人間が現れたときにはいつでも増額することができると」

オリヴァーは鼻の頭が痒《かゆ》くなって、手を広げ、激しく掻いた、指を上に向けて。「そうだね」

「誰からそんなことを教えられたんです？　誰に言われて、あるいは、どうしてあなたはその日に、カーメンが生まれたちょうど一週間後のその日に、アーサーを訪ねて、〝信託をつくりたい〟などと言おうと思ったんです？　どうして信託だったんです？　その時点ですでにあなたは信託のことをよく知っていたということだが。ここにあるアーサーのメモによれば」

「クラウチだよ」

「われらがミスター・ジェフリー・クラウチのこと？　アンティグア在住で、ロンドンの弁護士を通じてのみコンタクトが可能なミスター・クラウチと同じ人？　カーメンのために正式の信託をつくるようあなたにアドヴァイスしたのが、そもそもミスター・クラウチだったんですか？」

「そうだね」

「彼はどうやってあなたにアドヴァイスしたんです？」

「手紙だ」

「ミスター・クラウチから直接送られてきたんですか？」

「彼の弁護士から」

「彼のロンドンの弁護士ですか、それとも彼のアンティグアの弁護士？」

「それは覚えてない。でも、その手紙もファイルされてるはずだ。そう、ファイルされてなきゃおかしい。大切と思われるものは全部アーサーに渡してあるんだから」

「ちゃんとファイルしてあるよ」とトゥーグッドが満足げに言った。

ポードは黄色いメモ用紙に相談していた。「〈ドーキン&ウーリー〉。立派なシティの法律事務所です。ミスター・ピーター・ドーキンは、法律の世界ではミスター・クラウチと同じくらい力を持っている」

オリヴァーは少しは鋭敏さを示すことにした。鈍い鋭敏さを。「だったら、どうして訊くんだね？」

「経緯を確認するためです。念には念を入れろということがあるでしょ？」

「何か法律に触れることでもあるのかい？」

「何に？」

「彼女の信託に。これまでやられてきたことに。おたくの言う経緯とやらに。法律に触れるようなことがあるのかい？」

「いえ、いえ、そんなことは一切」――今は受け身になっていた――「そんなことはありません。不法なことも異例なことも一切。ただ、〈ドーキン&ウーリー〉の弁護士もまたミスター・クラウチには会ってはいないようなんです。しかし、それもないことではない」彼は自分が言ったことばを吟味して言った。「そう、異例とは言えるかもしれないが、まったくないことでもない。あなたのミスター・クラウチは表に出ることをとても嫌っておられる。これだけは言えそうですな」

「私のミスター・クラウチじゃない。カーメンのミスター・クラウチだ」

「確かに。なにしろ彼もまた彼女の受託者なんですからな」

トゥーグッドがまた機嫌をそこねて言った。「どうしてクラウチが受託者になってはまずいんだね？」と不服そうにロンドンからやってきたふたりの男に尋ねた。「クラウチは金を用意した。そもそも彼こそ信託の設定者だった。家族の友人で、ホーソン家の歴史にすでに織り込みずみの人物。そういう人物が、カーメンの金が正しくカーメンに渡ることを望んではいけないのかね？　表に出たくないと言うなら、別に無理に引きずり出さなくてもいいじゃないか。私なんかはむしろ、かくありたしと思うね、引退したら」

大男のランクスンも再登場することをすでに決めていた。片肘をついてテーブルに上体を乗り出し、パイプを持ち、スティールたわしの前髪を迫り出し、どこからどこまでもガードマンといった風情で言った。「つまり」――鋭さを増そうと眼を半分閉じて――「ミスター・クラウチの助言に従って、あなたはカーメン・ホーソンの信託を開設した。あなた自身とミスター・クラウチとアーサーを受託者にして、まず手付けに五百ポンド入金した。そして、その二週間後には、気前のいいミスター・クラウチのおかげでさらに十五万ポンドという大金が入れられた。そうですね？」彼はペースを上げていた。

「そうだね」

「あなたが知ってる範囲内で、ミスター・クラウチがあなたのご一家に資金を提供したことは？」

「ないね」

「ない？　それはほんとうにないのか、あなたはご存知ないということなのか、どっちです？」

「私には家族はいない。両親はもう亡くなってるし、兄弟も姉妹もいない。だから、クラウチはカーメンを選んだんだよ、たぶん。ほかに誰もいないから」

「あなた以外は」

「そう」

「あなたには何もなかったんですか？　直接的にしろ、間接的にしろ。あなたはミスター・クラウチからなんの恩恵も受けてないんですか？」

「そうだね」

「一度も？」

「そうだね」

「今後も？——あなたの予想としては」

「そうだね」

「彼と何か取引きのようなことをしたことは？　たとえば借金をするなりなんなり——弁護士を通して」

「一度も」

「それではヘザーの家は誰が買ったんです？」

「おれだ」

「支払い方法は？」

「現金で」

「スーツケースから出して？」

「銀行口座から出して」

「さしつかえなければ、どうやってそれだけのお金を貯めたのか、教えてもらえませんか？　ミスター・クラウチを通して？　弁護士を通して？　ミスター・クラウチの影のある商売を通して？」

「全部オーストラリアで自分で貯めた金だ」とオリヴァーは顔を紅潮させ、憤然として言った。

「オーストラリア滞在中は、ちゃんと税金を払ってたんですか？」

「みんな時間給だったからね。源泉徴収されてたんじゃないかと思うけど。そこのところはよくわからない」

「わからない、か。そのことに関する記録も、もちろん取ったりはしてなかった」そう言って、ランクスンは意味ありげな流し目をポードに送った。

「そう、してなかった」

「どうしてです？」

「バックパックに給料の明細表を詰め込んで、一万マイル、ヒッチハイクする気はしなかったからだよ」

「確かに。それはそうですな」ランクスンはまたポードを横目で見やったが、今度は先刻ほど意味ありげには見えなかった。「で、オーストラリアからイギリスへ総額でいくら持ち込んだんです？　いや、言い方を変えましょう。結局、いくら貯めたんです？」

「ヘザーに家を買ってやって、家具やら、ヴァンやら、その他もろもろにつかったら、そんな貯《たくわ》えなんてあらかたなくなってしまった」

「オーストラリアでは、ほかに何か仕事に就いたりはしなかったんですか？　つまり、その、何か品物なり、物資なり、いわゆる、その、ブツなり――」

それ以上は言えなかった。トゥーグッドが黙らせたのだ。トゥーグッドにとって、ランクスンの言わんとするところは侮辱以外の何物でもなかった。椅子から半分立ち上がり、その子豚のような人差し指をランクスンの胸に突きつけて彼は言った。「無礼にもほどがある！　いいか、ウォルター、オリヴァーは私の大切な顧客だ。今のことばはこの場ですぐ取り下げてもらいたい！」

ランクスンはどうやって自分を救い出すか、ポードとトゥーグッドが様子を見守る中、オリヴァーはどっちつかずの中間距離に眼を向けつづけた。ランクスンはもったいぶったあてこすりに活路を見いだして言った。

「つまりこういうことか。信託を維持管理してるのは、オリヴァーとアーサー、それに、きみたちがどういう決定をしようとやみくもに判子を押すロンドンの不思議な弁護士、本人の弁護士も含めて誰にも見つけられない隠遁者、西インド諸島のアンティグアでうずくまってる《クラウチング》ミスター・クラウチということか」オリヴァーは何も言わなかった——ただじっと坐って、ランクスンが腕を振りまわすのを見ていた。ほかのふたり同様。「行ったことはあるんですか？」とランクスンはなおも声を張り上げて言った。

「どこに？」

「彼の家に。アンティグアの。どこだと思いました？」

「いや、行ったことはない」

「行ったことのある人間はあんまり多くはないんでしょうな。もちろん、それはそこに家があると仮定しての話だが」

「あんたはさっき言ったことを言い換えてるだけだ、ウォルター！」とトゥーグッドが怒鳴った。彼の怒りは頂点に達していた。「クラウチはゴムの判子じゃない。健全な経営感覚を持った、すぐれた投資家だ。オリヴァーと私はこういうことで同意してるんだ。クラウチの弁護士を通じて、資金運営のお伺いを立てる。そして、彼がイエスと言えばそのとおりにする。これほどきちんとしたやり方がほかにあるか？」トゥーグッドは椅子の中で体を揺すり、銀行の大物、ポードに訴えた。「すべてその時点その時点で、本店に報告してることじゃないか。なあ、レグ、法務部もちゃんと眼を通してきたことじゃないか。見積もり財務表も刑事情報部に送って、これまでひっかかったことは一度もない。受託部も見てる。税務部などまばたきひとつしなかった。本店自体、よくやった、このまま遺漏《いろう》なく進めるように、と言ってくれてる信託だ。実際、十五万が二年たらずで十九万八千になって、まだ増えつづけてるんだからね」彼はまたランクスンに矛先《ほこさき》を戻した。「数字以外は何も変わってない。信託は地区ごとのものだ、その地区その地区で処理されるものだ。この場合、ここにいるオリヴァーと私がその地区の人間だ。それはつまりこの信託は公正で、いたって標準的なものだということだ。変わったのは金額であって、原理原則じゃない。十八カ月前に決められたとおり、何も変わってないんだから」

オリヴァーはゆっくりと伸ばした脚を引き、坐り直し、背すじを伸ばして言った。「何が変わったんだ？　どうして変わったんだ？　何を隠してる？　私はただの受託者じゃない。カーメンの父親だ」

それに答えるのに、ポードは気の遠くなるほど長い間を置いた。もしかしたら、オリヴァーひとりがそう感じただけかもしれなかったが。ポードはすぐに答えたのだが、オリヴァーはポードのことばを録音し、それをゆっくりと再生して聞き直さなければ、ポードのメッセージの奇怪さが理解できなかった。「かなりの大金がカーメンの信託口座に振り込まれたんです。あまりに高額なので、銀行としては何かのまちがいではないかと思ったほどです。過ちというのは起こるものですからね。大口取引きの代金がまちがって振り込まれるとか、数字の桁のまちがいとか。何百万ポンドという金額がちょっと考えられない個人の口座に振り込まれ、念のため送金した銀行に問い合わせるというのはよくあることです。しかし、今回のケースでは、送金した銀行は正しい額を正しい口座に振り込んだ、ときっぱり返答してきました。カーメン・ホーソンの信託口座で百パーセントまちがいないと。贈与者は匿名です。彼にしろ、彼女にしろ、それが贈与者の希望だそうで。そういった口の堅さでは、スイスの連中には敵《かな》わない。彼らにとって法はあくまで法ですからね。規約はあくまで規約ですからね。〝顧客から〟とあって、あとはただサインだけすればいいようになってる。彼らが教えてくれるのは、その金は長期にわたって資金が正しく運用されている口座から引き出されたもので、その口座の名義人が信頼できる顧客である理由はいくらでも並べられる、ということだけです。そこからさきはもう乗り越えられない」

「いくら振り込まれたんだ?」とオリヴァーは尋ねた。

ポードは言いよどんだりはしなかった。「五百万三十ポンド。いったいそんな大金がどこから振り込まれたのか。うちとしては当然それを知っておきたいわけです。で、ミスター・クラウチの弁護士事務所にも訊いて確かめたのですが、その答は、彼ではない、でした。私たちはこうも尋ねてみました、今回の贈与者についてミスター・クラウチは何か知っているのだろうか、と。その質問に対しては、ミスター・クラウチは現在旅行中とのことだった。そのうち返答するとは言っていましたが。きょうび〝旅行中〟だなんて言いわけにもならないが、ミスター・クラウチでないとすれば、では、いったい誰なのか。彼にしろ彼女にしろ、その人物はどこから現れたのか。まだ幼いあなたの娘に、受託者でもないのに、また、受託者に何も知らせることなく、名前を明かすこともなく、五百万三十ポンドもの大金を与えようなどと思うとは、いったいどういう人物なのか。で、あなたならわかるかもしれないと思ったわけです。あなた以外、ほかにはちょっと思いつかないんでね。つまり、あなたはわれわれの唯一のチャンスというわけなんです」

ポードはそこでことばを切り、オリヴァーに答を促した。が、オリヴァーに言うことは何もなかった。彼はまた撤退していた。コートの襟に顔を沈め、黒くて長い髪をうしろに梳《す》き、大きな茶色の眼でどこか遠くを見つめ、長くて太い指を下唇に押しあてていた。そして、頭の中でこれまでの人生を映した粗末なフィルムの切れ端を見ていた――ボスポラス海峡(トルコのヨーロッパ部分とアジア部分を分かつ海峡)を臨む、のっぺりとした門構えの大邸宅、学校、あまたのしくじり、白い壁に囲まれたヒースロー空港の尋問室。「過去を振り返って。オーストラリアの誰かとか。今はもう忘れている人とか。その昔、家族とつきあいのあった人とか」とポードは相手に悔恨を勧める人の口調でオリヴァーを急《せ》かした。「じっくり考えてください。博愛主義者とか、金持ちの奇人とか、もうひとりのクラウチとか。あなたには以前共同経営者はいませんでした？　たまたまその人がひと山あてたというようなことはないでしょうか？」オリヴァーは何も答えなかった。ちゃんと聞いているのかどうかさえ疑わしかった。「うちとしては説明が欲しいのです、納得のいく説明が。スイスの銀行から匿名で五百万ポンドという大金が送られてきた。まあ、ただそれだけできちんとした説明などなくても、受け入れてしまう金融機関も何社かこの国にはないわけじゃありませんが」

「それに三十ポンド」とオリヴァーは指摘して、過去を振り返った。孤独な長期服役囚としての自分の姿が見えてくるまで。「送金してきた銀行は？」と彼は尋ねた。

「最大手のひとつ。その点はご心配なく」

「どこだ？」

「チューリッヒの〈カントナル&フェデラル〉。C&Fです」

オリヴァーは、それでわかったと言わんばかりに、どこか遠くに向かってうなずいた。「誰かが死んだんだ」その声もまたどこか遠くに向けられていた。「誰かが遺言書を遺したんだ」

「そういうこともちろん訊いてみました。そうであってほしいという気持ちもあって。しかし、返ってきたのは——少なくとも、それだけは訊き出せたわけですが——贈与者は存命で、健康状態もよく、健全な精神状態で送金しているという答だった。そして、今回の指示については、彼ら自身、贈与者に確認したということもほのめかしました。ことば少なに。スイスの連中はそういうことに関して決してことば多くはないですから。それでも、ほのめかしてはくれた」

やいた。

「誰かが死んだわけじゃないのか」とオリヴァーはほかのみんなにというより、自分に向かってつぶ

ランクスンが再登場して、ポードに助け船を出した。「いいでしょう。とりあえず誰かの遺産と仮定した場合、では、誰が亡くなったのか。あるいは、誰がまだ亡くなってはいないか。つまり、死んだ場合、カーメンに五百万三十ポンドを遺《のこ》しそうな人の心あたりはありませんか？」

彼らはオリヴァーの答を待った。オリヴァーには徐々に気分が変わっていくのがわかった。死刑判決を受けた者の中には、不思議な満足を覚えて、しばらくのあいだ些細な仕事を几帳面に勤勉にこなす者がいると言う。オリヴァーの今の気分はそれに近かった。すべてが懐かしいほど明快になった。

彼は立ち上がり、微笑み、丁重に断って席をはずした。そして、トゥーグッドのオフィスに向かう途中見かけたトイレまで廊下を歩き、中にはいって鍵をかけ、鏡を見て自分が置かれている状況を確認した。洗面台のまえに立ち、蛇口をひねり、冷水を手に受けて顔を洗った。もうこれ以上他人を欺《あざむ》けなくなった仮面を洗い落としているような気がした。タオルがなかったので、ハンカチで手を拭き、そのハンカチはごみ箱に捨てた。それから、トゥーグッドのオフィスに戻り、オーヴァーコートで戸口をふさぐようにして立ち、ポードとランクスンを無視して、丁重にトゥーグッドに直接話しかけた。

「ちょっとふたりだけで話がしたいんだけれど、アーサー。さしつかえなければ、外で」そう言って、うしろに下がり、トゥーグッドをさきに歩かせた。そして、星の下、レーザーワイヤーと高い塀に囲まれた裏庭にふたりで立った。地球の付属物から逃れた月が、ミルクのような靄《もや》にすすがれている銀行の通風管の上に、贅沢に寝そべっていた。「五百万ポンドも受け取るわけにはいかない」とオリヴァーは言った。「子供にそんな額は適当じゃない。送ってきたさきに送り返してくれ」

「それはできない」とトゥーグッドは思いがけず強い語調で反駁《はんばく》した。「受託者として私にそんな権限はない。それはきみも同じだ。クラウチも。その金がクリーンなものかどうか、それを判断するの

はわれわれの仕事じゃない。クリーンな金なのか、クリーンな金ではないのか、その判断は司法当局の仕事だ。もしこの金を拒否したら、今から二十年ばかり経って、カーメンが訴えないともかぎらない。銀行を、きみを、私を、クラウチを」

「だったら、裁判所に行って」とオリヴァーは言った。「判事の裁定をもらっておくといい。それであんたは守られる」

トゥーグッドはオリヴァーのそのことばに驚き、何か言いかけた。が、途中で気が変わったのか、それとはまた別なことを言った。「いいだろう、裁判所に行ったとしよう。でも、彼らに何を審理してもらう？　われわれの勘かね？　きみも聞いただろ、ポードがさっき言ったことを――資金が正しく運用されている口座、その資産の所有が正当である理由などいくらでも並べられる顧客。裁判所はきっとこう言うだろう、刑事事件として立件できないかぎり、司法は無力だと」彼は一歩うしろに下がった。「そんな顔で見ないでくれ。だいたいきみは何者なんだ？　裁判所についてきみは何を知ってるんだ？」

オリヴァーは体も足も動かしてはいなかった。コートのポケットに手を深く突っ込んだまま身じろぎひとつしていなかった。だから、トゥーグッドがいきなり一歩退いたのは、オリヴァーのその巨体と、月明かりに濡れて見える彼のその表情のせいだった。星影をうつろに宿す眼と、口元に浮かぶ絶望的な怒りがかもし出すもの凄《すご》さのせいだった。

「もう彼らとは話したくない。そう言っておいてくれ」と彼はトゥーグッドに言って、ヴァンに乗り込んだ。「門を開けてくれ、アーサー。さもないと、突き破るぞ」

トゥーグッドは門を開けた。

第五章

その平屋は〝アヴァロン・ウェイ〟と名づけられた未完成の私道に面していた。丘の頂きの陰にうずくまるように建っており、町からは見えない。オリヴァー一番のお気に入りの場所だった。誰にも見られない。誰の心にも現れない。自分たち以外の誰の意識にものぼらない。家の名前は〈ブルーベル・コテージ〉。〈ヘザーはその名を変えたがったのだが、理由を明らかにすることなく、オリヴァーはヘザーの希望を却下していた。そして今、叶《かな》うことなら、もとのままのその世界にまた戻りたいと思った。その中に吸収され、秘められ、忘れ去られたい、と。住んでいた当時も、だから、木の葉が茂り、家を道路からも隠してしまう夏が好きだった。ルックアウト・ヒルが氷原と化し、何日も誰も通らない冬の魔力が好きだった。彼を脅《おびや》かすようなことなど決して口にせず、会話も決して耐えがたいものにはならない、素朴で退屈な隣人が好きだった。チャペル・クロスで菓子屋を営む、湖水地方出身のアンダースン夫妻。クリスマスの一週間後、彼らはヒイラギの枝をのせたリカー入りチョコレートを一箱くれた。〈スワローズ・ネスト〉のミラー夫妻は隠居暮らしの夫婦で、水彩画をたしなみ、そのどれもが傑作という夫のマーティンは元消防士。タロット・カード占いが得意な妻のイヴォンは教会の世話役。彼らの上品な凡庸《ぼんよう》さを両隣に得て、オリヴァーはどこまでも心和《こころなご》むことができ、そういった心の和みはそもそも、ヘザー自身と、常に誰かを喜ばせていないと気がすまない彼女の性格に対して感じたものでもあった。われわれはふたりとも粉々になった人間だ——当時、彼はそう思ったのだ——しかし、その破片を集め、その破片をつなぐ子供ができたら、きっとうまくいく、と。

「ほんとうにあなたの家族の写真とかはどこにもないの?」とヘザーは淋しげに言ったものだ。「それってちょっと不公平じゃない? あるのはわたしのろくでもないものばかりで、あなたのものは何もないっていうのは。たとえあなたの家族はもう誰もみな亡くなってしまってるにしても」

誰もいない——と彼は彼女に説明していた——過去はすべて身のまわりのものと一緒にオーストラリアに置いてきた。彼はそうとしか言わなかった。欲しいのはヘザーの人生であって、自分の人生ではない。ヘザーの親戚、子供時代、友人。彼女の凡庸さ、彼女の継続性、彼女の短所。彼女の不義にさえ、彼はかえって何やら罪の赦《ゆる》しを得たような気がしたものだ。それまで持たなかったものすべてが欲しかった、一度に、既製品として、実際の日付よりまえの日付を入れて、一切合切《いっさいがっさい》。それは畢《ひっ》竟《きょう》、彼のペシミズムはそんなところまで進行していたということなのだろう——人生があっというまに用意されるティー・テーブルのようになることを望むところまで。月並みな意見しか持てない愚鈍な友達、悪趣味、とにもかくにも凡庸な事物に埋もれることを願うところまで。

アヴァロン・ウェイは、曲がりながら一部を丘に抱かれ、つきあたりに消火栓のある、長さ百ヤードほどの道路で、オリヴァーはエンジンを切り、そのあとは暗い道を惰性で進み、ヴァンを停めた。そして、丘に抱かれて曲がったところから、草むらのへりを静かに歩いて戻った。誰も乗っていない車や暗い家々を盗み見ながら。そんな真似をするのは、彼には忍者の呪いがかけられているからで、今日にかぎったことではない。オリヴァーがブロックの指示で、あまり役に立たない身の隠し方の訓練を受けたのは、スウィンドン（イングランド南部の都市）で、〝どうも集中できてないようだね〟とインストラクターによく言われたものだ——〝だいたい心が向かっていってない。これは問題だよ。しかし、きみは夜間には強いタイプなのかもしれない〟。前方の空に月がかかり、海に白い梯子を降ろしていた。

一軒の家のまえを通ると、防犯灯がついた。が、アヴァロン・ウェイの住人はみな倹約家で、その明かりもすぐに消えた。月影に誇張された、ヘザーのヴェントゥーラの大きな図体がぼんやりとドライヴウェイに現れた。彼女の寝室の窓のカーテン越しに明かりが見えた。本でも読んでいるのだろう。おそらく〝コルセット破り（歴史的趣向で、暴力と熱烈な恋愛、性愛を扱った小説）〟か何かを。ブッククラブから送られてくる本だ。そういう小説を読むとき、彼女は誰を思い描いて読むのだろう？　あるいはハウツーものか。もう愛していない、これまで一度も愛したことはなかった、などと配偶者に言われたら、どうしたらいいのか教えてくれるハウツーものだ。

　カーメンの部屋の窓のカーテンは、彼女が星を見たがるのでガーゼでできていた。月齢十八カ月にして、彼女はすでに自分の意思を伝えることができた。一番上の傾斜窓が開けられている。彼女は隙間風は嫌いだが、空気は好きなのだ。テーブルにはドナルド・ダックの終夜灯。子守り歌用の『ピーターと狼』のテープ。彼は耳をすました。が、海の音しか聞こえてこなかった。銅色の砂浜のほうから庭を眺めた。見るものすべてが彼を咎《とが》めていた。新しいおもちゃの家も、思いつくものすべてをふたりで買い漁っていた新しい去年の夏も。その頃にはもう、オリヴァーとヘザーのあいだの共通の言語は買いものしか残っていなかった。新しいジャングルジムにはもうすでに欠けている部分があった。新しいすべり台はもう板がたわんでいた。新しいビニールのプールには木の葉がたまり、空気を半分抜かれて、その場で死にかけていた。カーメンが大きくなったら、うしろに乗せて、毎朝走りまわろうと誓い合った新しいマウンテン・バイクのための新しい置き場。バーベキュー・セット。トビーもモードも招んで——トビーというのは、ヘザーが勤める不動産会社の社長で、ＢＭＷを乗りまわし、躁病的な笑い声をあげ、自分が寝取った女の亭主に向けて、親戚にでもなったようなウィンクを送る男だった。モードはその妻だ。オリヴァーは草むらのへりを歩いてヴァンまで戻り、自動車電話のボタンを押した。ものういブラームスのあと、いきなり耳をつんざくようなロックに変わった。

「おめでとう。あなたはヘザーとカーメン・ホーソンの先祖伝来の大邸宅にたどり着くことができました。でも、ごめんなさい。今はわたしたち、とっても愉しいときを過ごしていて、とても電話には出ていられないの。もしメッセージを残したいのなら、執事に言ってくれたら……」

「家のまえに停めたヴァンからかけてる」とオリヴァーは言った。「誰か客でも来てるのか？」

「いいえ、そんなもの」と彼女はつっけんどんに言い返した。

「だったら、ドアを開けてくれ。話があるんだ」

ふたりは、家を改築したときにふたりで買ったシャンデリアの下、玄関ホールに立って向かい合った。互いに互いの敵意が熱いほど感じられた。かつて彼女が愛したのは、クリスマスに小児病棟でマジックを演じた彼だった。一見不器用にも見えるその機敏さと温かさだった。そして、そんな彼をわたしのやさしい巨人とも、わたしのご主人さまとも、わたしの先生とも呼んだのだった。それが今は彼の大きさ、彼の醜さ、すべてが侮蔑の対象と化していた。まるで粗《あら》を探すかのように、彼女は彼から距離をとって立っていた。かつて彼が愛したのは彼女の欠点だった。それを自分に課せられた荷物として愛したのだ。彼女が現実で、自分は夢だと思って。シャンデリアの明かりのもと、光って見える彼女の顔には痣《あざ》ができていた。

「あの子に会いたい」と彼は言った。

「土曜日に会えるわ」

「起こしたりしないから。ただ顔を見るだけでいい」

彼女は首を振っていた。胸がむかつくと言わんばかりに顔をしかめていた。

「駄目」

「約束する」と彼は何を約束するのか自分でも判然としないまま言った。

ふたりはカーメンを起こさないように声を落として話していた。ヘザーはオリヴァーの視線から自分の胸を守るためにナイトガウンの襟を手で掻き寄せていた。家の中は煙草《たばこ》の煙のにおいがした。また始めたのだろう。彼女の長い髪。地毛はダークブラウンだった。それが今はブロンドに染められていた。彼女は彼を中に入れるまえにその髪をブラシでひと梳《す》きしていた。〝もう絶対ショートカットにするわ。長いのにはもう飽き飽き〟と彼女は彼をわざと刺激して言ったものだ。〝一インチたりとも切っちゃ駄目だ〟と彼は彼女の髪を撫でては彼女の頬に押しつけ、欲望の昂ぶりを感じたものだ。〝半インチだって。このままがいい。このままのきみを愛してる。きみの髪を。早くベッドへ行こう〟。

「脅迫を受けた」彼は、訊き返そうとする相手の意思をさきに阻喪《そそう》させる声音で――彼女にこれまで嘘をつきつづけてきたのと同じ声音で言った。「オーストラリアで一悶着あった連中だ。居場所を見つけられてしまった」

「あなたはもうここには住んでないじゃないの、オリヴァー。あなたはわたしがいないときに来て、いるときには来ない」彼女はまるで彼に口説かれ、それを拒むかのように反論した。

「あの子に危害が及んでいないことを確かめたい」

「あの子は大丈夫よ、どうもありがとう。全然大丈夫だから。あの子自身、今の状況に慣れはじめたところなの。あなたが別なところに住んでて、わたしがここに住んでるってことに。家事はジリーが手伝ってくれるし。そりゃあの子にしても大変なことよ。でも、なんとかやっていけそうだから心配しないで」

ジリーというのはオペア（英語を学ぶためにイギリスの家庭に住み込み、家事を手伝う外国人女子）の女の子の名前だった。

「相手は彼女と同じような外国人だ」と彼は言った。

「オリヴァー。あなたと知り合って以来、夜中に緑の小人がやってきて、わたしたちをさらおうとしたことが何度かあったわね。そういうのをなんていうか知ってる？　偏執狂。そういうことはそろそろ誰かに相談したほうがいいんじゃない？」

「妙な電話はなかったかい？　不審なやつが訪ねてきたとか——ここへやってきて、あれこれ訊いた挙句《あげく》、あまり商品らしくないものを売りつけようとしたとか」

「わたしたちは映画の登場人物じゃないのよ、オリヴァー。わたしたちは普通の生活をしてる普通の人よ。あなたを除くと」

「電話は？」と彼は繰り返した。「電話だ。おれにかかってはこなかったか？」答えるまえに一瞬、彼女の眼にためらいの色が浮かんだのを彼は見逃さなかった。

「男の人がかけてきた。三回。ジリーが出たんだけど」

「おれ宛てに？」

「わたし宛てじゃなかった。わたし宛てだったら、いちいち言ったりしないんじゃない？　わたしも」

「なんて言ってた？　誰だった？」

「〝ジェイコブに電話するようにオリヴァーに伝えてくれ。番号はわかってるはずだから〟。あなたがジェイコブなんて人をどこかに隠してたなんて知らなかったけど、これでご満足？」

「電話があったのは？」

「昨日と一昨日。今度会ったら言おうと思ってたのよ……わかったわ。悪かった。いいわよ、行って。あの子を見てきなさい」しかし、彼はすぐには動こうとせず、彼女の二の腕をつかんだ。「オリヴァー」と彼女は抗《あらが》い、つかまれた腕を振って彼から逃れた。

「先週、ある男がバラをきみに贈ってきた」と彼は言った。「そのことではきみはおれに電話をしてきた」

「ええ、電話をして、あなたにそのことを話したわ」

「もう一度話してくれ」

彼女は芝居がかったため息をついた。「リムジンが停まって、素敵なカード付きのバラが届けられたのよ。でも、誰が贈ってくれたのかはわからない。そういう話じゃなかったかしら」

「しかし、バラが届くことは、きみにはまえもってわかっていた。花屋から事前に電話があった」

「そう、花屋さんから事前に電話があった。そのとおりよ。〝ホーソンさまのお宅にお花をお届けしたいんですが、いつお届けにあがったらいいでしょう?〟ってね」

「それはこの町の花屋じゃなかった」

「ええ、ロンドンの花屋さんだった。全国ネットの花の宅配サーヴィスでもなければ、緑の小人でもなかった。特別な花が専門の花屋さんから、それもはるばるロンドンから送られてくる、特別な花だった。そんな花をいつお届けにあがったらいいでしょう? なんて訊かれたわけよ。〝あなた、からかってるの?〟ってわたしは言ったわ。〝同じホーソンでも別なホーソンさんじゃないの?〟って。でも、そうじゃなかった。わたしたちにまちがいなかった。〝ミセス・ヘザーにミス・カーメン。明日の夕方六時では?〟って訊いてきた。わたしは電話を切ってもまだ何かのまちがいか、ジョークか、新手の通信販売かって思ってた。ところが、翌日、六時きっかりにリムジンがほんとに家のまえに停まったってわけよ」

「どんなリムジンだった?」

「ぴかぴかのメルセデス・ベンツ――言ったでしょ?――その中からショーファーが何かのコマーシャルみたいに降りてきた。〝あなた、ゲートルでも巻いたらどう?〟って思わず言ってしまった。でも、そのショーファーはゲートルがなんだかも知らなかった。もうこのことも話したでしょ?」

「色は?」

「ショーファーの?」

「メルセデスの」

「メタリック・ブルー。新婚さんの車みたいにぴかぴかだった。ショーファーは白人で、制服はグレー、バラはクリーミー・ピンク。茎が長くて、香りがとてもよくて、ちょうど花が開いたところで、背の高い陶器の花瓶までついていた」

「それにカード」

「ええ、そう。カードも」

「でも、サインはなかった」

「そうよ、オリヴァー。でも、わたしはサインはなかったとは言わなかったけど。花屋さん――〈マーシャル＆バーンスティーン〉、ジェレミー・ストリート、W1――のカードに、〝献身的な崇拝者よりふたりの美しいレディへ〟って書かれてた。いったいその崇拝者って誰なんだろうって思って、花屋さんに電話をかけてみたけど、たとえわかっていても、依頼人の名前は教えるわけにはいかないってことだった。そうやって匿名で花を贈る人って多いらしいのよ。特にセント・ヴァレンタイン・デイの前後は。今はちがうけど。でも、その店の営業方針は一年じゅう変わらないってわけ。いいかしら？　これでご満足？」

「花はまだあるのか？」

「いいえ、オリヴァー。一瞬だけど、わたし、あなたからなんじゃないかって思った。もちろん、それはあなたからだったらいいのにって思ったわけでもなんでもないけど、こういうことをするくらい狂ってる人って、あなた以外にわたしには思い浮かばなかった。でも、それは思いちがいだってことはすぐわかった。あなたじゃなかった。あなたはそのことをきわめて明快なことばで説明してくれた。だから、どこかの病院にでも送り直してもらおうと思って、送り返そうと思った。でも、思い直した。いいじゃないの、とにかくどこかの誰かがわたしたちを愛してくれてるんだからって。そもそもこんなバラを贈ってもらったことなんて、生まれて初めてだった。だから、長持ちをさせるために思いついたことはなんでもやった。茎の端も叩いたし、水には肥料の粉末も入れたし、できるだけ気温の低いところにも置いた。カーメンには六本あげた。あの子もとても気に入ってた。つまり、どこかのセックス・マニアの仕業なんじゃないかって不安もないわけじゃなかったけど、それ以外は、誰が贈ってくれたにしろ、わたしはその人にすっかり恋しちゃったってわけ」

「カードはもう捨ててしまったんだね?」

「カードはなんの手がかりにもならない。贈り主の言ったことを花屋さんが書き取っただけのものなんだから。それぐらいわたしも調べたわけよ。でも、その筆跡を見て、あれこれ考えても意味がなかったたってことよ」

「今どこにある?」

「それはあなたに関係のないことだと思うけど」

「バラは全部で何本あった?」

「これまでに誰からもらった数よりも多かった」

「数えなかったのか?」

「女というのは、そういうことを絶対にする生きものよ、オリヴァー。そういうものよ。それは欲が深いからじゃない。どれだけ愛されてるか知りたいから」

「何本あったんだ?」

「三十本」

三十本のバラ。五百万三十ポンド。

「そのあとは何もなかったんだね」と彼はややあって言った。「電話にしろ――手紙にしろ――そのあとは何もなかったんだね?」

「ええ、オリヴァー、そのあとは何もなかった。これまでの男たちで――そんなに多くはないけれど

——お金持ちになってるかもしれなさそうな人を全部思い出しても、思い浮かんだのは、いつも競馬の〈アイリッシュ・スウィープステークス〉で大儲けするんだって言ってたジェラルドぐらいだった。そのジェラルドも今は失業保険をもらってる身よ。でも、希望は捨ててないわ。あれからもう何日か経ってるけど、今でも窓から外を見てる。青いメルセデスがやってきて、わたしたちをここから救い出してくれないかって。でも、いつも雨が降ってるだけね」

彼はカーメンのベッドの脇に立って、寝顔を眺め、彼女のぬくもりを嗅ぎ、彼女の息づかいが聞こえるところまで体を屈《かが》めた。その気配にカーメンは鼻を鳴らし、眼を覚ましそうになった。慌ててヘザーが彼の手首をつかんで、廊下に連れ出し、さらに玄関のドアを抜け、外まで手をひっぱった。

「きみはここを出たほうがいい」と彼は言った。

彼女には彼の言った意味が理解できなかった。「いいえ。あなたこそ出ていって」

彼はまともに彼女を見ていなかった。それでも、彼女を睨《にら》んでいた。そして、震えていた。手首を放すまで、彼女にもその震えは伝わっていた。

「ここを離れるんだ」と彼は言い直した。「ふたりとも。でも、きみのお母さんのところやお姉さんのところではまずい。わかりやすすぎる。ノラのところへ行くんだ」ノラというのは、ふたりが喧嘩をするたび、ヘザーが一時間はたっぷり愚痴をこぼす彼女の友達だった。「しばらくここにはいられなくなった。おれのせいで気が狂いそうなのだとでも言えばいい」

「わたしには仕事があるのよ。トビーにはなんて言えばいいと思ってるの?」

「それはきみが考えてくれ」

彼女もすでに怯えていた。彼女は彼が恐れることはなんでも恐れた。それが何かわからなくても。

「オリヴァー、なんなのよ、これは、いったい!」

「ノラには今夜のうちに電話してくれ。金は送る。いくらでも必要な額を。いずれ誰かをきみのところへ遣《や》って説明もさせる」

「どうして自分じゃ説明できないの！」と彼女は彼の背に向けて叫んだ。

　家から車で十分ほど走ったところに――材木運搬用道路のつきあたりに、彼の秘密の場所があった。そこは以前、彼が風船細工や皿まわしや、どうしてもうまくできないジャグラーを練習した場所だった。彼女を殴るか、家のものを壊すか、魂をなくして自殺でもするか――そんなことを考える自分が恐くなったときによく来た隠れ場所だった。そこによくヴァンを停め、窓を開け、松の葉ずれの音や、カモメの夜の鳴き声や、谷から立ち昇ってくる、悩める人々のささめきを聞きながら、はずんだ息が落ち着くのを待ったものだった。一晩寝ずに、ずっと湾を眺めていることもあった。また、ときには満潮時に堤防に立ち、足を蹴って靴を脱ぎ、足からさきに海に飛び込んだりもした。湾をボスポラス海峡に見立て、小さな船や大きな船が今にもぶつかりそうになりながら、常に交差して航行している景色を想像したりもよくしたものだ。そんないつもの隅にヴァンを停め、エンジンを切り、自動車電話の緑の番号を叩いてブロックに電話した。すぐに転送され、機械音がしたのち女の声が番号を繰り返し、まちがったところにかけてはいないことがわかった。が、女が言ってくれたのはただそれだけだった。録音されているだけで、決して具現化されない抽象的な女の声だった。

「ベンジャミンからジェイコブへ」とオリヴァーは言った。

　空電雑音が聞こえ、タンビーの声がした。ブロックの痩せた影。痩せこけたコーンウォール（イングランド南西部の州）人。ブロックが一時間ばかり睡眠を取る必要に迫られたときには、ブロックのかわりに彼の車を運転し、ブロックが机を離れられなくなったときには、中華料理のテイクアウトを買ってくる男。ブロックのためには盾にもなり、ブロックのためには嘘もつき、酔っぱらいすぎて、ブロックの足腰が立たないときには――〝タンビー、おれを二階まで担ぎ上げてくれないか〟。嵐の真っ只中でも沈着冷静に話せる男。汗まみれの手で絞め殺したくなる男、タンビー。

「やっと連絡してきてくれたか。でも、何よりだ、ベンジャミン」とタンビーは快活きわまりない口調で言った。「まあ、遅れても、ないよりましと言っておくよ」

「彼に見つけられてしまった」とオリヴァーは言った。

「そうだ、ベンジャミン。遺憾ながら。ボスはできるだけ早くきみに一対一で会いたがってる。きみの町を明日の朝十一時三十五分に出る急行がある。間に合えばそれに乗ってほしい。会うのは同じ場所、同じ方式だ。歯ブラシとシティ用のスーツ、それに見合うシャツなど、特に靴を忘れないように持ってきてほしいとのことだ。新聞はもう読んだと思うが」

「新聞？」

「ということは、まだということか。だったら、それでいい。きみをむやみに心配させたくない、というのがボスの意向だ。きみが気づかっている人たちは全員無事だ。そう伝えるように言われている。今のところ、きみの家族の中から犠牲者は出ていない。だから、心配は無用とのことだ」

「新聞というのはなんのことだ？」

「そう、私は〈デイリー・エクスプレス〉を読んでる」

オリヴァーはゆっくりとヴァンを走らせて町に戻った。首の筋肉が凝って、首から上の血流がどこかおかしかった。駅のキオスクはもう閉まっていた。彼は銀行――自分の口座のない銀行――まで車を走らせ、ＡＴＭで二百ポンド引き出してから、海岸に向かった。エリックが、広場の向こう側にある軽食堂のいつものテーブルについて、引退したあと毎日食べているものを食べていた。レヴァー、チップス、柔らかく煮た豆をチリの赤ワインで流し込んでいた。エリックはマックス・ミラー（一八九四〜一九六二。イギリスの往年のコメディアン）のためにボケ役を務め、クレージー・ギャング（イギリスのコメディアン・グループ）の代役を務め、ボブ・ホープとも握手をしたことのある男で、可愛いコーラス・ボーイを見れば片っ端から寝た、というのが自慢だった。オリヴァーが飲むとき、なにぶん歳だからね、あんたと同じペースじゃ飲めない、と謝りながら、よく相手をしてくれ、そればかりか、必要とあらば、サンディという名の病気の若い美容師と同棲しているアパートメントにオリヴァーを連れて帰り、オリヴァーのために居間のソファ・ベッドを整え、翌朝には朝食にベークト・ビーンを用意してくれる男だった。

「調子はどうだい？」とオリヴァーは尋ねた。エリックは反射的に、グレシアン・フォーミュラ（ヘアクリームの商品名）で黒く染めている、道化のようなまるい眉を吊り上げた。

「来る者あれば、去る者あり、とでも言っておこうかい。折り紙と鳥の鳴き真似付きの老いぼれホモに対する需要は近年ますます伸びてる、とは言えんね。これも不景気のせいなんだろう」

オリヴァーは破り取った日記帳のページに、今後数週間の仕事の予定を書き出して言った。

「おれの保護者みたいな人なんだ、エリック。心臓発作でね。おれに来てもらいたがってる。これは心ばかりのお礼だ」オリヴァーはエリックに二百ポンド握らせた。

「あんた自身、無理をするなよ、オリヴァー」とエリックは言って、明るいチェックのジャケットの内ポケットに金をしまった。「死を発明したのはあんたじゃなくて、神さまなんだからな。なんでそんなことをしたのか、神さまにはその答がそりゃたくさんおありだろうよ。サンディに訊くといい」

ミセス・ウォットモアは寝ずに彼を待っていた。青ざめ、怯えていた。カジュウィズがサミーを訪ねてやってきたときと同じような顔をしていた。

「あともう一度電話してきたら、彼は十二回は電話してきたことになるんじゃないかしら」と彼女は彼の顔を見るなり言った。「〝オリヴァーはどこだ？　私から逃げなきゃならん理由なんて何もないじゃないか〟。もうその次にはうちのまえまで来てた。何度も呼び鈴を鳴らして、郵便受けを叩いて、ご近所みんなを起こしてた」オリヴァーにはそこでやっと彼女がトゥーグッドの話をしていることがわかった。「面倒はいやよ、オリヴァー。たとえそれがあなたでも。わたしにはあなたに大きな借りがある。でも、わたしにはご近所がいる。ほかの下宿人がいる。サミーがいる。なぜかはわからない。

でも、あなたはわたしの手に余る」

彼はわたしの話をひとことも聞いていない、と彼女は思った。というのも、玄関ホールのテーブルにおおいかぶさるようにして、彼は熱心に〈デイリー・テレグラフ〉を読んでいたのだ。それはきわめて珍しいことだった。彼はむしろ新聞を嫌っていて、避けているようなところすらあった。だから、彼女は、読んでいるふりをしているだけだと思い、すぐに頭を上げ、きちんと答えなさい、ともう少しで言いかけた。が、そこで彼をよく見直して、新聞を読む彼のその真剣な態度と、女の勘のようなものから彼女にはわかった――いつか起こるのではないかと彼女がずっと恐れていたことが今、起きていることが。彼は今、彼女にとっても、サミーにとっても、過去の人間になろうとしているのだった。すべては終わったのだ。ことばで言い表すことはできなかった。が、彼女のところに来てからも彼はずっと何かから逃げていた。自分の子供と結婚生活だけではなく、自分自身からも――亡くなった彼女の夫ならきっとその人の〝器量〟と呼んだであろうものからも逃げていた。実際のところ、それがなんなのかはわからない。が、なんであれ、それは妻や子供よりずっと大きなもので、その大きなものに彼は見つけられてしまったのだ。彼女にはそのことがなぜかわかった。

〝休暇中の弁護士、トルコで射殺さる〟――アルフレッド・ウィンザーの写真も載っていた。ウェストエンドの投資コンサルタント会社〈シングル&シングル〉法務部長という肩書きで、新しい秘書の面接をするとき以外には決してかけることのない、角ぶちの眼鏡をかけ、見るからに法律家という顔で映っていた。正式な身元の確認は、未亡人が――彼女の母親によれば――夫の出張を利用した〝隠《いん》遁《とん》旅行中〟のため遅れており、現在、全国規模で捜索中ということだった。死因はまだ特定されていないが、殺人の可能性も否定できず、その地域におけるクルド人のテロの再燃か、という噂も囁かれている。

サミーが、亡くなった父親の形見のセーターをドレシングガウンがわりに着て、戸口に立っていた。

「ビリヤードはどうなるの？」

「ロンドンに行かなきゃならなくなった」とオリヴァーは答えた。新聞から顔を起こそうともせず。

「どれくらい？」

「何日か」

サミーはすぐに戸口から姿を消した。そのしばらくのち、バール・アイヴズ（一九〇九～九五。アメリカの俳優、フォーク歌手）の歌声が階段を伝って降りてきた――〝無謀なローヴァー（スポーツで特定の守備位置がなく、どこにでもまわるプレイヤー）などもう二度とやるまい〟。

第六章

オリヴァーとの何年ぶりかの再会に先立ち、ブロックは、省全般に関わるひそかな危機感と、オリヴァーという人材の希少価値に対するほとんど宗教的とも言える信念から、通常をはるかに超える予防措置を取った。ブロックの仕事では、ふたりの情報提供者が、ひとつの同じ隠れ家《セーフハウス》を利用することなど決してないのが原理原則だが、今回のオリヴァーの件では、彼はいかなる作戦記録にも残っていない隠れ家《セーフハウス》を、と強硬に主張し、その結果、カムデン（ロンドンの一特別区）の緑の多い一帯にある、煉瓦造りの一戸建てが用意された。家具は備え付けで寝室は三つ。両隣は、終夜営業のアジア系食料雑貨店と、騒がしいギリシャ料理店。ナンバー7と記されたその家の傷《いた》んだドアから誰が出入りしようと、誰も気にとめそうにない場所柄だが、ブロックの予防措置はそれだけにとどまらなかった。なるほどオリヴァーは扱いにくい男かもしれない。それでも、ブロックの虎の子に変わりはなく、そのことは彼の部下の誰もが知っていた。彼の貴重な取得物。彼だけのベンジャミン。だから、オリヴァーがウォータールー駅に着いても、そのあとめだたないヴァンに乗せるのではなく、タンビーがプラットフォームで彼と落ち合うという方法が取られた。そして、ふたり仲よく従順なロンドンのタクシーの後部座席に坐り、正直な市民なら誰もがするようにきちんと料金を払う。さらにカムデンでは、デレクとアギーのほかに、ふたりの部下が歩道の両側に見張りに立つことになった。故意にしろ、本人の不注意にしろ、オリヴァーが尾行者など引き連れてきたりしていないことを確認するために。われわれの世界では——と説教好きのブロックは言ったものだ——とことん汚いことを考え、さらにそれを倍にしておこなうのが最善というものだ。オリヴァーの場合は、何が自分にとっていいことかわかったら、思いついたことはなんでも迷わず実行に移すことだ。

ブロック自身は、イスタンブールを発って、昼下がり、ガトウィック空港に着くと、ストランド街（ロンドンの中西部、テムズ川と併行して走る大通り）にある秘密のオフィスに自分で車を運転して直行し、そこから盗聴のおそれのない電話で、彼自身任じられてまだ日の浅い省庁間特別編成チームの長、エイデン・ベルに電話していた。

「そこはいわゆる企業城下町《カンパニー・タウン》でした」彼は適切な疑念をはさみながら、アリ警部の仮説をベルに伝えたあと言った。「金持ちにもなれれば、死人にもなれる。で、金持ちになるほうを選んだ町でした」

「賢いやつらだ」と元軍人は言った。「明日の朝、〝お祈り〟のあとでまた話し合おう。店で」

そのあと、心配性の羊飼いのように、カーゾン・ストリート（ロンドンのハイド・パークの東、メイフェアにある通り。十八世紀の建物が多く残っている）の角に建つ、よろい戸のおろされたフラットから始めて、ハイド・パークの端に停まっている〈ブリティッシュ・テレコム〉の工事用ヴァン、ドーセット（イングランド南部の州）の過疎地——失われた谷——に派遣されている機動部隊の本部車両まで、〝支所〟のひとつひとつに電話をかけ、自分からは名乗らず、「何か変わったことは？」とそれぞれのチーム・リーダーに尋ねた。そのどこからも、何ひとつ、いささかも、とがっかりしたような声が返ってきた。それを聞いて、ブロックはほっとした。もう少しだけ時間をくれ。オリヴァーをくれ。電話をかけおえると、これまでにかかった経費を所定の書類に書き写す仕事をこなして、教会の静けさのような時間が過ぎ、その静けさはホワイトホールの内線電話のベルに破られた。舌のよくまわる古参兵、バーナード・ポーロック。禿げ頭のロンドン警視庁の幹部。ブロックはすぐにテープレコーダーの緑のボタンを押した。

「どこへ行きなすってたんだね、ブロック先生?」とポーロックは揶揄《やゆ》を含ませた声音で言った。ブロックは、ポーロックのあばたづらに広がる、ユーモアのかけらもないあからさまな笑みを思い出した。そして、いつも思うことを思った、これほどまでに腐りきった警察官がどうしてこんなに堂々と、これほど長く生きていられるのだろう、と。

「もう二度と行きたくないところだ、バーナード。どうもありがとう」とブロックはとりすまして答えた。

こうしたやりとりはいつものことで、口論好きが交わすことばのスパーリングのようなところもないではなかったが、ブロックにしてみればまさに真剣勝負だった。勝者はひとりしかいない決闘と変わらなかった。

「なんの用だね、バーナード?」とブロックは尋ねた。「世の中には夜中に眠る人もいるそうだが」

「アルフレッド・ウィンザーは誰に殺されたんだ?」とポーロックは間延びした同じ笑みをフィルターにして、軽い口調で尋ねた。

ブロックは記憶を探るふりをして言った。「ウィンザー、アルフレッド。ああ、あの件か。悪い風邪にかかって死んだわけでもなさそうだな、新聞によると。そう言えば、おたくらがもう現地に飛んでいても不思議はないところだ。地元の警察を尋問攻めにして悩ませていても」

「だったら、どうしておれたちはそういうことをしてないんだね? どうして誰もおれたちをもう愛してくれなくなったんだね?」

「バーナード、私は名だたるスコットランド・ヤードの紳士諸君の活動を評価するために給料をもらってるわけじゃないんだよ」ブロックにはポーロックの人を小馬鹿にしたような笑みがまだ見えていた。だから、まだその笑みに向かって話しかけていた。こっちのほうが長生きできたら、と彼は思った、おまえのその笑みにはいつか鉄格子越しに話しかけたいものだ。

「どうして外務省のオカマどもは、トルコの警察の報告書を待つようになどと言って、かえってこのおれの注意がそっちに向かうような真似をするんだね？　こりゃどう考えても外務省の誰かがもうすでに手を出してる。おれの睨《にら》んだところ、あんたがな。どこかほかで忙しくしてなければ」

「びっくりするようなことを言ってくれるね、バーナード。どうして私のような日陰の税関官吏が定年を二年後にひかえて、正義の輪を止めるような真似をしなきゃならないんだね？」

「あんたが追ってるのは資金洗浄《マネーロンダリング》だ、ちがうか？　そして、シングル社が〝未開の東欧《ワイルド・イースト》〟を顧客に、資金洗浄《マネーロンダリング》をしてるというのは、周知の事実だ。職業別電話帳《イエロー・ページ》にも出てる」

「それがどうしてミスター・アルフレッド・ウィンザーがたまたま殺されたことと結びつくんだね、バーナード？　私にはおたくが言ってることがわからない、悪いけど」

「ウィンザーはたまたま殺されたわけじゃない、だろ？　誰が犯人か突き止められたら、タイガーの心臓に釘を打つこともできるかもしれない。タイガーが、ご機嫌取り《ブラウン・ノーズ》を従えた政府《ホワイトホール》の先生たちと乳繰り合ってる姿が眼に浮かぶよ」ポーロックはオカマの舌足らずな声音を真似て、上流気取りのアクセントで言った。「〝この件はわれらがネットに任せよう。これはネット・ブロック・ストリート向きの事件だ〟ってな」

ブロックは祈りと黙考のための間を取った。そして、今、自分は現場を見ているのだと思った。今ここで自分の身に起きているのだ、と。ポーロックは自分に金を払ってくれるご主人さまを守るために、早くも動きはじめたのだ。それをアーク灯のもとでやっているのだ。暗がりに戻れ、とブロックは心の中でつぶやいた。悪党なら悪党らしくしていることだ。週の定例会議で私の隣りになど坐ってくれるな。「金の洗濯屋を追ってるんじゃない」と彼は説明した。「その点についてはひとつ学んだことがあってね。やつらではなくて、やつらの金を追うことにしてる。確かに、その昔、ひとり追いかけたやつがいたんだが」彼は自らのリヴァプール訛りをわざと誇張して言った。「金のかかる弁護士と会計士を何人も注ぎ込んで、そいつを徹底的に調べた。結局、五年という年月と、数百万という税金を費やした挙句、公判でそいつは私にVサインを示して、自由の身のまま堂々と裁判所を出ていった。陪審員は今でもまだ判決文の中の難解な法律用語を一生懸命理解しようとしているそうだ。だから、おやすみ、バーナード。ほかのみなさんによろしく」

しかし、それで引き下がるようなポーロックではなかった。

「なあ、ナット」

「なんだね？」

「腹を割って話し合おうじゃないか。ピムリコー(ロンドン南西部の地区)におれの知ってる小さなクラブがある。メンバーはみんな愉しい連中だ。男だけのクラブじゃないが。おれのおごりでどうだ？」

ブロックはもう少しで噴き出しそうになった。「あんたは誤解してる」

「どうして？」

「警察官は悪党に買収されるのであって、互いに買収し合ったりはしない。少なくとも、私の部署ではそうだ」

ポーロックから逃れたあと、ブロックは壁金庫を開けて、固い表紙に〝ヒドラ〟と彼の筆跡で記され、ページに罫線が引かれた、大きさは四つ折り判の日記帳を取り出した。そして、書くのに手間のかかるカッパープレート体で次のように書き記した。

0122時、バーナード・ポーロック署長より求めざる電話あり。A・ウィンザー殺害の捜査状況に関し、探りを入れてくる。テープ終了時、0127時。

経費請求のための所定の用紙への書き込みをすますと、もう午前二時になっていたが、ブロックはトンブリッジ（ロンドンの南南東にある町）の自宅に――妻のリリーに電話をかけ、リリーが彼を喜ばせようと、地方都市婦人会内部で起きている〝事件〟について、堰《せき》を切ったように彼に話すのに任せた。

「あのシンプスン夫人よ、ナット。ジャムのテーブルのところまでつかつかと歩いたかと思うと、メアリー・ライダーがつくったマーマレードの瓶を取り上げて、床にぶちまけたの。それからメアリーのほうを向いて言ったの、メアリー・ライダー、あなたのハーバートがまたもう一度夜の十一時に、自分のいやらしいものを手に握って、わたしの家のバスルームの窓の外に立ったら、犬をけしかけるわよ。そんなことになったら、あなたも彼もとても困ったことになるんじゃない？　って」

この数日どこにいたか、彼は彼女に言わなかった。彼女のほうも尋ねなかった。そうした秘密が彼女には淋しく思われることもないではなかったが、それは夫が重要な任務に就いている証しと思えることのほうが多かった。翌朝、八時半、ブロックとエイデン・ベルは南に向かってテムズ川をタクシーで渡っていた。ベルは、女ならたいていそれが本物であることをどこまでも信じたくなる優雅さを漂わせた、品のいい男だった。軍服風のグリーンのツイードのジャケットを小粋に着こなしていた。

「ゆうべあの露骨なセント・バーナードから招待を受けました」とブロックは、あまり打ち明けたくない秘密を明かすときのぼそぼそという低い声で言った。「彼が知っていると言う、ピムリコーのいかがわしいクラブに誘われたんです。私を脅迫できるような写真でも撮ろうとしたんでしょう」

「率直に言って、あの男はくずだね、われらがバーナードは」とベルはむっつりと言い、いっときふたりは不快感を共有した。「そのうち」とベルは言った。

「ええ、そのうち」とブロックは同意した。

ベルもブロックももはや外見どおりの人間ではなかった。見た目は、ベルは軍人、ブロックのほうは、前夜、本人がポーロックに思い出させたとおり、つましい税関官吏だったが、実際には〈ジョイント・チーム〉の所属で、ふたりとも、チームにとって最も大切なのは省庁間の人為的なギャップを埋めることと思っていた。で、毎月第二土曜日、なんの変哲もないテムズ川河畔の箱型ビルで、非公式の〝祈りのセッション〟を開き、さまざまな部署にいるメンバーの話を聞くことにしていた。今日の話し手は、調査部の賢そうな女性で、国際犯罪に関する、きわめて重要な最新の数字を披露した。

——これこれこれだけキロトンの旧ソ連の核兵器が闇ルートで中東のそれぞれの組織に売られていることは……

——これこれこれだけ挺のマシンガン、自動小銃、暗視望遠鏡、地雷、集束爆弾、ミサイル、タンク、火器全般が偽の最終使用者証書によって、恐怖政治をおこなっているアフリカの新たな独裁者、麻薬王に大量に売られている……

——これこれこれだけ億ポンドのドラッグ・マネーがいわゆる〝ホワイト・エコノミー〟を活気づかせ……

——これこれこれだけ万トンの高純度のヘロインがスペイン及びキプロスの北部を経由して、次のヨーロッパの港に……

——これこれこれだけトンの麻薬——末端価格これこれこれだけポンド——が過去十二週のあいだにイギリスに運び込まれ、これこれこれだけキロが押収されたが、それは全体の〇・〇〇一パーセントにすぎないと思われる……

今やイギリスの不法薬物の取引き高は世界のそれの十分の一に昇ると考えられる、と彼女はあっさりと言った。

アメリカ人が不法使用している麻薬は年間七百八十億ドルにも昇る。

コカインの世界の生産量は過去十年で二倍になり、ヘロインは三倍になった。麻薬産業の売り上げは年間四千億ドルに及ぶ。

南アメリカのエリート軍人は今や戦争ではなく、麻薬を製造している。作物の収穫増加が見込めない国々は、科学薬品の精製所や洗練された輸送法を提供することで、このビジネスに足がかりを得ようとしている。

かかるビジネスに関与していない政府は、そのため苦境に立たされている。ブラック・エコノミーを叩くべきか——それが可能な話として——はたまた、その繁栄を共有すべきか。

世論などなんの意味も持たない独裁政権では、その答は明らかである。

民主国家にはダブル・スタンダードが存在する——かかる犯罪の合法化を考えている政府がブラック・エコノミーに安全通行権を与えているのに対し、かかる犯罪の許容度ゼロをめざす政府は、事実上ブラック・エコノミーに自由許可を与えているからだ——そこからが、〝ヒドラ〟の巣窟《そうくつ》に忍び足ではいり込もうとするその賢そうな女性の報告の本題だった。

「かつてそういうことがあったとして、犯罪はもはや孤立したものとしてはありえない」と彼女は女校長が退学者に訓告を与える強い口調で言った。「犯罪がもたらす今日のさまざまな利害は、犯罪を犯罪者だけのものとしておくには大きすぎるからです。実際、今日われわれが相手にしているのは、杜撰《ずさん》さと犯行の反復によって正体を現す類いの向こう見ずな、アウトローなどではもはやないのです。たとえば、イギリスのどこかの港にコンテナひとつ分のコカインが無事陸揚げされたとします。それで港長は四万ポンド私腹を肥やします。つまり、われわれが相手にしているのはわれわれ自身だということです。先例のない大きな誘惑に対する港長の倫理感。彼らの上役。港湾警察。その幹部。税関。一般市民。法の執行者。銀行家。弁護士。見て見ぬふりをしている行政官。われわれが相手にしているのは彼ら全員です。しかし、これらの人々が中央からの命令も、統制システムも、上部の積極的な黙認もなく、自発的に協力し合っているなどと考えるのは馬鹿げている。つまるところ、そこに〝ヒドラ〟がはいり込んでくる余地が生じるわけです」

こういう際に不可欠の〝視覚教材〟が乾いた音とともに、彼女の背後のスクリーンに映し出され、家系図のようなイギリスの〝政治組織〟の解剖図が現れ、その図には金色のヒドラの頭があちこちにいくつも描かれ、それらを結ぶ線が網目状につながっていた。ブロックの眼は反射的にロンドン警視庁を選んでいた。そこには、メダルに描かれた古代ローマ人のような傲岸《ごうがん》な風情で、バーナード・ポーロックの禿げ頭のシルエットが描かれ、そこから噴水のように惜しみなく、金色の線が何本も放出していた。一九四八年、カーディフ（ウェールズの首都）生まれ——とブロックはおさらいをした——一九七〇年、ウェストミッドランズ地区犯罪捜査班配属、職務遂行に関し、過度の熱意を示したことにより——すなわち証拠の捏造《ねつぞう》——懲戒処分。病気休暇、異動にともなう昇進。一九七八年、リヴァプール港湾警察配属。愚かにも既成勢力に盾を突こうとした、取るに足りない麻薬ギャングを有罪に持ち込むのに貢献。その結審ののち三日間、既成勢力のボスたちとスペインへ接待旅行。本人は得がたい重要な情報入手のためと主張。その主張が認められ、昇進の上、異動。一九八五年、ベルギーの麻薬シンジケートのボスからの誘惑に応じた容疑で捜査を受けるも、またもや無実が立証され、逆に賞揚され、異動とともに昇進。一九九二年、バーミンガムにある、女性がサーヴィスをするレストランで、セルビアの火器不法斡旋チームのメンバーふたりと昼食を一緒に食べているところをタブロイド紙にスクープされる。そのときのキャプション——〝魔法使い《ウォーロック》ポーロック。警視殿、あなたはどちらの味方なの？〟。名誉毀損で告訴し、内部監察を受けて弁明し、五万ポンドの和解金を得て、異動とともに昇進。毎朝髭を剃るのに、いったいどうすれば自分の顔がまともに見られるのか——とブロックはポーロックに問いかけた。返ってきた答は、そんなことはわけもない、だった。夜よく寝られるものだ。ああ、ぐっすりとね。おれのつらの皮はテフロン製で、おれの良心は死人のそれだ。おれは証拠を焼き、証人を脅し、同盟関係を買う。そして、自分に誇りを持って歩く。

会合は——この手の会合にはありがちなことながら——おどけた絶望ムードのうちに終わった。その一方で、チームのメンバーは鼓舞《こぶ》されてもいた。人間の邪悪さに対抗する戦争では、なんであれ、やりすぎるということなどありえない。その一方で、彼らはまたこんなふうにも思っていた——たとえ自分たちが千歳まで長生きし、自分たちの努力が実ったとしても、それでも、永遠の敵に対しては、よくてほんの少しかすり傷を与えられる程度のものだろう。


オリヴァーとブロックは、カムデンの隠れ家《セーフハウス》の裏庭に置かれたデッキチェアに坐っていた。明るい色のパラソルの下、テーブルには紅茶とビスケットのトレーが置かれていた。洒落た陶器の茶碗に、ティーバッグではない、几帳面な紅茶が注がれ、低い春の陽が射していた。

「ティーバッグというのは粉でできている」と食べものにうるさいブロックが言った。「うまい紅茶が飲みたければ、粉じゃ駄目だ。葉っぱでなきゃ」

　オリヴァーはパラソルがつくる影の中にいた。列車に乗ったときとまだ同じ恰好をしていた。ジーンズ、チャッカブーツ、青いゆったりとしたアノラック。ブロックはその日の朝、部下がふざけてカムデン・ロックの蚤《のみ》の市《いち》で買ってプレゼントしてくれた、おかしな麦わら帽をかぶっていた。ふたりはまだ言い争いはしていなかった。ブロックもまだ何も切り出してはいなかった。オリヴァーを誘惑することも、買収することも、脅迫することもしていなかった。もう長いことどんな罪も犯していないオリヴァーの魂に対して、ブロックのほうもどんな罪もまだ犯してはいなかった。そもそも魔法のランプをこすったのはオリヴァーであり、ブロックではなかった。ブロックはオリヴァーの命令に従って、ランプの中から現れただけのことだった——

　あれは真冬のことだった。オリヴァーは頭がおかしくなりかけていた。彼自身、自分についてはそれしか覚えていない。その狂気の源も、原因も、期間も、程度もわからなかったが、それが狂気であったのは確かだ。また別なときのための、また別な人生のための、あと数杯のブランデーのための狂気にしろ。ヒースロー空港、十二月の夜、ネオン灯の薄暗さ。それらは彼に転々とした寄宿学校のひとつの男子更衣室を思い出させた。けばけばしいボール紙のトナカイと、テープに録音された『クリスマス・キャロル』に、彼の非現実感はよけいに増幅された。物干し綱に吊るされ、人工的な雪化粧が施された短冊《たんざく》が、彼のこの地上での平安と喜びを祈ってくれている。これから驚くべきことが彼の身に起ころうとしており、彼はそれがなんなのか知りたくてうずうずしている。酔ってはいないが、さりとてまったく素面《しらふ》というわけでもない。機内でウォッカを数杯、ゴムのようなチキンと一緒に赤ワインをハーフボトル、そのあとレミーマルタンを一杯か二杯。しかし、それらは彼の眼に影響を及ぼしてはいない。かといって、すでに高揚している感情の速度に自分を合わせる役にも立っていない。持っているのは手荷物だけで、申告しなければならないものは、向こう見ずな脳の昂ぶり以外何もない。その怒りと苛立ちの火事場風《かじばかぜ》は、もうその源さえ特定できないほど昔からのものだったが、それが今、イギリスの同胞たちがおずおずと彼のまわりに二人三人と固まり、いったいこの男はどうやってこの火事場風を鎮めるのだろうと見守る中、まさにハリケーンと化して、彼の頭の中で吹き荒れている。彼はさまざまな色の標識に近づく。すると、彼の地上での平和と喜びと人々との親善を祈るかわりに、彼らは彼に自らを明らかにするよう求めてくる。自国にいながら、あなたはよそ者なのですか？　そうです。どこかよその惑星からやってきたのですか？　そうです。あなたは青ですか、それとも赤、それとも緑？　彼の眼はトマト色をした電話のほうにさまよう。それには見覚えがある。もしかしたら、三日前に出国したときにそれに気づいていて、無意識のうちに、それと秘密の盟約を結んでいたのかもしれない。それは重いのだろうか。熱いのだろうか。生きているのだろうか。その電話の横の表示板には次のように書かれている――〝税関の職員にご用のある方は、この電話をご利用ください〟。彼はそれを利用する。実際には、解かれたように腕が伸び、手が受話器をつかみ、耳に押しあて、何を言うかということだけが彼に任されたといった按配《あんばい》だったが。女の声がする。が、彼は女を予想していなかった。女が、〝はい？〟と少なくとも二度言うのが聞こえる。そのあと、〝どういうご用件でしょう、サー？〟と続き、オリヴァーは、こっちには相手が見えなくても、相手にはこっちが見えているかのような気がする。彼女は美人だろうか。若いだろうか。年配者だろうか。気むずかしいだろうか。気にすることはない。生来の丁重さで、彼は答える、そう、実は話したいことがあるんです、内々に、どなたか権限のある方と。自分の声が受話器に響き、彼はその自分の落ち着きぶりにわれながら驚く。そして、自分は自分をコントロールできている、と思い、世俗的な自分から完璧に離脱して、誰か有能な人間の手に自らを委《ゆだ》ねられることの喜びに圧倒されそうになる。今できなければ、永遠にできない。それがおまえの問題点だ、とひとりよがりの世俗的な声が彼に説明する。今沈めば、溺《おぼ》れる。今でなければ、永遠にない。しかし、彼の世俗的な部分が実際に赤い電話にいくらかでも息吹《いぶき》を吹き込んだのだろう。異星人の女が身構えたのが感じられ、女はことばを選んで話しはじめる。

「電話のそばでそのままお待ちください。係の者がすぐそちらにまいりますから」

そこで、オリヴァーの頭にワルシャワのテレフォン・クラブの記憶が甦る。そこでは客がテーブルの反対側の女の子に電話をし、女の子も客に電話をする――そんなふうにしてオリヴァーは気づくと、アリーシャという名の身長六フィートの小学校教師に、ドイツ人とだけは絶対に寝ないわよ、と彼にまえもって警告を発した女に、ビールをおごっていたことがあった。しかし、今夜現れたのは、肩飾りのある白いシャツを着て、少年のようなヘアスタイルをした、運動選手のような体型の小柄な女だった。彼が話しだすまえに、〝サー？〟と呼びかけてきた、さっきの手練手管《てれんてくだ》の女と同じ女だろうか。それはわからない。が、彼女のほうは彼の巨体に怯え、彼が異常者でないか考えあぐねている。彼から少し距離を取り、高そうなスーツに高そうなブリーフケース、金のカフスボタン、ハンドメイドの靴、赤く上気した顔を観察する。そして、果敢に一歩前に踏み出し、顎を突き出すようにして彼をまっすぐに見上げ、彼の名前と搭乗地を尋ね、その答から彼が飲んでいないかどうかチェックして、パスポートの提示を求める。彼はポケットを叩き、いつものことながら、そこには見つからず、慌ててほかの場所を探し、必死になり、見つかると、相手を喜ばせたい一心から、握りつぶさんばかりにきつく握りしめて彼女に差し出す。

「権限のある人でないと駄目だと思うんだけれども」と彼は彼女の注意を促す。が、彼女はパスポートのページをめくるのに忙しい。

「パスポートはこれだけですね？」

はい、そうです、と世俗的な彼は胸を張って答え、もう少しで〝マダム〟とつけ加えそうになる。

「あなたは二重国籍者ではありませんね？」

ええ、ちがいます。

「つまりこれであなたは旅行をされてるわけですね？」——さらにページをめくる。

はい。

「グルジア。ロシアの？」

はい。

「そこから帰国されたんですね？　トビリシ（グルジアの首都）から？」

いいえ、イスタンブールからです。

「あなたが話をしたがっておられるのは、イスタンブールのことですか？　それとも、グルジアのこと？」

上級職員と話がしたい、とオリヴァーは繰り返す。ふたりは、スーツケースの上に坐って、おどおどしているアジア人で混み合う通路を歩き、机は床に、鏡は壁に固定された、窓のない尋問室にはいる。オリヴァーは自分からトランス状態になり、解かれたようにテーブルにつき、鏡に映った自分を見て驚く。

「誰か適当な者を探してきます、いいですか？」と女はいかめしい口調で言う。「パスポートは一時お預かりしますが、あとでお返ししますから。手がすき次第、適任者が来ると思います。いいですか？」

いい《ライト》です。すべてがみな雨のように正しい《ライト》。三十分が過ぎ、ドアが開く。しかし、現れたのは、金モールを何本も垂らした将軍ではなく、制服の黒いズボンに白いシャツという恰好の痩せたブロンドの若い男だ。甘い紅茶と甘いビスケットを持ってきたのだ。

「すみません。シーズンで混んでるんです。クリスマスには誰もがどこかに出かけますからね。係の者は今こっちに向かっています。上級職員を呼んでおられるんでしょ？」

はい。若い男はオリヴァーのすぐうしろに立って、彼が紅茶を飲むのを見ている。

「祖国に帰って飲む紅茶ほどうまいものもありませんよね」と若い男は鏡の中のオリヴァーに話しかけてくる。「こちらでのお住まいはどちらなんですか？」

オリヴァーはきらびやかなチェルシーの住所を伝える。若い男はそれをメモする。

「イスタンブールにはどれぐらい滞在なさってたんですか？」

二泊。

「それで充分だったんですか？　あなたがそこでなさらなければならないことを終えるには」

充分すぎるくらいだ。

「観光ですか、それとも仕事？」

仕事。

「以前に行かれたことは？」

数回。

「イスタンブールへ行かれたとき、向こうで会われるのはいつも同じ人ですか？」

そのとおり。

「お仕事柄、旅行はよくされるんですね？」

ときには、多すぎるくらい。

「うんざりすることもある？」

そういうこともある、場合によっては。彼の世俗的な部分は徐々に退屈もし、懸念もしはじめる。時と場所をまちがえたのではないか、と彼は自問する。考え自体は悪くなかった。しかし、少しやりすぎたのではないか。パスポートを返してもらい、タクシーで家に帰り、寝酒《ナイトキャップ》をたっぷり飲んで、歯を食いしばって耐え、このままの生活を続けたほうがよかったのではないか。

「結局のところ、あなたは何をされてるんです？」

投資です、とオリヴァーは答える。資産管理。ポートフォリオ。だいたいレジャー産業関連です。

「ほかに行かれるところは？　イスタンブールのほかに」

モスクワ。サンクトペテルブルク。グルジア。業務上必要とあらば、どこへでも。

「チェルシーであなたの帰りを待っている方はおられないんですか？　どなたか電話をしておいたほうがいい方とか——簡単に——心配の要らないことを伝えておいたほうがいいような方は？」

いない。

「でも、あなただって人を心配させたくはないでしょ？」

それはもちろんだ——陽気な笑い声。

「だったら、奥さんとか、お子さんとか。いらっしゃらないんですか？」

いや、いや、とんでもない。いや、まだいない。

「だったら、恋人は？」

それは時々。

「それが一番いいタイプの恋人ですよね、その時々というのが」

そう思う。

「面倒が少ない」

ずっと。若い男は部屋を出ていく。オリヴァーはまたひとりになる。が、それはそう長いあいだではない。ドアが開き、ブロックがはいってくる。オリヴァーのパスポートを持ち、税関職員の制服を上も下も身につけている——ブロックが制服を着ているところをオリヴァーが見たのは、そのときが最初で最後だ。実際、公には認められていない任務に就いて二十数年、ブロック自身、制服を着たのはそのときが最初だった。オリヴァーはそのことをあとになって教えられる。また、若い男が無頓着な質問を続けるあいだ、鏡の反対側で、この信じられない大僥倖《だいぎょうこう》に胸を躍らせながら、きらびやかな正装に着替えているブロックの姿が想像できるようになるのも、オリヴァーがもっともっと賢くなってからのことだ。

「こんばんは、ミスター・シングル」とブロックは言って、無抵抗のオリヴァーの手を握った。「それとも、オリヴァーと呼んだほうがいいだろうか？　そうすれば、ご父君とまちがえることもないだろうから」

パラソルは四等分され、緑とオレンジに色分けされていた。オリヴァーの側は緑で、そのため彼のその大きな顔が黄ばんで見えた。一方、ブロックの麦わら帽は明るく輝き、軽やかなつばの下で、彼の眼は小鬼のようにいたずらっぽく明るく光っていた。

「で、誰がタイガーにきみの居場所を知らせたんだね？」とブロックは、答を求めるというより話題を提供する者の口調で気楽に尋ねた。

「あんただ、たぶん」とオリヴァーは遠慮なく言った。

「私が？　私がどうしてそんなことをしなきゃならない？」

「また新たな計画が持ち上がったからだ、たぶん」

ブロックは満足げな笑みを浮かべて、自分の〝貴重な取得物〟を吟味した。〝任務〟を果たしてすでに数年を経た彼にどんな変化が見られるか点検した――きみは結婚をし、子供を得て、離婚をしたぶん歳をとった。こっちは、これまでと同じところからまだ抜け出せないでいる、ありがたいことに。オリヴァーに消耗したところはないだろうか。ブロックはその徴候を探した。見つからなかった。きみは完成された商品だ。なのに、自分ではそのことを知らない、とブロックはこれまでにお役御免にした情報提供者を何人か思い出しながら、心の中で話しかけた。きみは世界がいずれきみを変えてくれると思っている。しかし、そんなことは決して起こらない。きみは死ぬまできみなのだ。

「新たな計画を持っているのはむしろきみのほうなんじゃないのか」とブロックはおだやかに言い返した。

「なるほど。ああ、そうとも。〝お父さん、淋しかったよ。キスをして、お互いこれまでの埋め合わせをしよう。すんだことはすんだことにして〟。ああ、そうとも」

「そうなっても別におかしくはなかった。きみのことだから。ホームシックになっても。実際、きみは報奨金についても心をころころ変えた。私はそう記憶しているが。最初のうちきみは迷い、そのあと、駄目だよ、ナット、そんなのは論外だ、と言いきった。が、そのあとで、やっぱり、ナット、受け取ることにするよ、と来た。だから、私としては、今頃はもうタイガーのもとへUターンをしてるんじゃないかと思っていたよ」

「その報奨金はカーメンのためのものだ。そのことはあんたもよく知ってるはずだ」とオリヴァーはテーブルの反対側の陰の中から語気を強めて言った。

「今度もまたカーメンのためだ。おそらく。善意の五百万ポンド。結局、きみとタイガーは取引きをした。私はそう思ったんだがね。タイガーは金を持って現れ、オリヴァーは愛を持って現れ、頭金の五百万ポンドの力で、子供の忠誠心が修復される。ほかにどんなことが考えられる？ 私には何も思いつかない。少なくとも、タイガーの視点からは。私には、タイガーが家庭菜園に五ポンド紙幣を詰めた鞄を埋めようとしているのだとは思えない」反応はなし。ブロックも別に期待はしていなかった。「そんなことをしても、一年後にそれが必要になったとき、鋤《すき》とカンテラを持って戻り、掘り返すわけにはいかないんだから。ちがうかね？」やはり何もなし。「あと四半世紀はカーメンのものですらないんだから。だったら、その五百万ポンドでタイガーは何を買ったのか。孫娘は彼のことなどまるで知らない。きみはきみで贈呈者が彼であることを突き止めたわけだが、その事実が将来カーメンに知らされるとも思えない。それでも、彼は何かを買ったのにちがいない。それで、私は思ったわけだ、彼が買ったのはわれらがオリヴァーではないのか、とね。しかし、それはそんなに突飛な類推だろうか？ 人は変わり、愛はすべてに勝つ。もしかしたら、きみはほんとうに彼にキスをして、これまでのすべての埋め合わせをしたのかもしれない。五百万という甘いオブラートに包めば、どんなに苦い薬も飲み込める。どんなことも可能になる――私としてはそう思ったわけだ」

　オリヴァーはまったく思いがけない仕種をした。関節が鳴るほどその太い両腕を頭の上に目一杯伸ばしてから、また脇にだらりと垂らすと言った。「あんたはどうしようもない阿呆《あほう》だ。自分でもわかってると思うが」しかし、ことばとは裏腹にことさら悪意の込められた声音ではなかった。

「誰かが彼に教えたんだろう」とブロックは言った。「まったく何もないところから、彼がきみを探し出したとは思えない。どこかの小鳥が彼の耳元で囁いたのにちがいない」

「ウィンザーを殺したのは誰の仕業なんだ？」とオリヴァーはあえて尋ねた。

「そのことについては、私はさして気にはしていない。犯人の候補者リストのその豊富さを見ると、よけい気にならない。近頃のシングル社の顧客の中には、スコットランド・ヤードの犯罪者写真台帳に載っている犯罪者より多くの悪党がいるからね。見るかぎり、その中の誰であってもおかしくない」彼を出し抜くことはできない――ブロックはオリヴァーの渋面を見ながら思った――彼を騙すことはできない。彼の注意をそらすことも。彼は自分にとって最悪のことすべてを何年もまえに、ひとつひとつ考えた男だ。こっちにできるのは、そのうちのどれが真実となって現れたのか、それを伝えることだけだ。ブロックの同僚の中には、情報提供者を相手にしているときには、自分のことをハイヒールを履いた神とみなす者もいたが、ブロックはそういうタイプではなかった。まったくなかった。オリヴァーが相手のときにはなおさらだった。オリヴァーが相手のときには、ブロックは自分のことをいつ叩き出されても文句は言えない、お情けで招かれた客のようなものと思っていた。「〈トランス・ファイナンス〉のアリックス・ホバン。ある密告者の情報が正しければ、ギャングの脇役をフル・キャストで得て、ウィンザーを殺した。ホバンは犯行の最中に電話までしている。誰かに現場の進捗《しんちょく》状況を報告していたのではないか。われわれはそう思っている。ただ、このことはどこにも洩らしていない。〈ハウス・オヴ・シングル〉に今、よけいな世間の注目を集めるわけにはいかないからね」

　オリヴァーはブロックの懇話第二部を待った。が、そういうものは用意されていないことがわかると、その大きな膝に肘を突いて頬杖をし、値踏みするような視線をブロックに向け、その太い指と指の隙間から言った。「〈トランス・ファイナンス〉は、おれの記憶では、アンドラ（スペインとフランスにはさまれた小国）の〈ファースト・フラッグ建設〉が親会社だったと思うが」

「今もそうだよ、オリヴァー、今も。きみの記憶力は衰えていない」

「そもそもおれが設立した会社だ」

「きみに言われたから言うわけじゃないが、確かに。そうだったね」

「〈ファースト・フラッグ〉はエヴゲニーとミハイルのオルロフ兄弟の会社だ。シングル社の最大の顧客の。その地位にまだ変化がなければ」

オリヴァーの声音に変化はなかった。それでも、オルロフの名前を口にするにはそれなりの覚悟が必要だっただろう。ブロックにはそれがわかった。

「ああ、オリヴァー、変わっていないはずだ。公式見解として言わせてもらえば、その地位は安泰というわけでもないが、オルロフ兄弟は今でもシングル社一番の顧客と目されている」

「アリックス・ホバンはまだ彼らのところに？」

「ああ、ホバンはまだ彼らの手下だ」

「まだ家族でもある」

「まだ家族でもある。それも変わってない。また、雇われてもいる。彼らの意のままに動いている、それがなんであれ」

「だったら、どうしてホバンはウィンザーを殺したりしたんだ？」オリヴァーはその堅牢な理路の中途で行き先を見失い、眉をひそめ、自分で自分の手相を読むかのように、大きな手のひらを眺めた。「どうしてオルロフの手下がタイガーの手下を殺さなきゃならないんだ？　エヴゲニーはタイガーのことを気に入っていた。いくらかは。お互い巨万の富を築けているあいだは。その気持ちはミハイルも変わらなかった。タイガーはタイガーで彼らの気持ちにきちんと報いていた。何が変わったんだ、ナット？　何が起きてるんだ？」

ブロックは話がこれほど早くさきに進むことを予期してはいなかった。真実が徐々に浮かび上がってくるのを焦らずに待つつもりだった。が、オリヴァーが相手の場合、誰も予測ができない。驚くこともできない。一定の調子で走らされ、オリヴァーが決めた進路を進み、進みながら進んだ経路を書き直すしかない。

「愛が憎しみに変わることがある。残念ながら、そういうことのようだ」とブロックは慎重に言った。

「それも、言うなれば、振り子が最大限に振れてしまった状態のようだ。どれほどうまく一家を切りまわしていても、天気は変わる、残念ながら」オリヴァーは相槌《あいづち》さえ打たなかった。ブロックは続けた。「オルロフ兄弟自身が不運に見舞われたんだ」

「不運？」

「彼らの事業のいくつかがおかしくなった」ブロックは焼けた石炭の上を爪先立ちして歩いていた。オリヴァーにはそれがわかった。ブロックはオリヴァーの懸念に適切な名前を与えようとしているのだった。オリヴァーの過去から眠れぬ亡霊を目覚めさせ、古い恐怖に新たな恐怖を加えようとしているのだった。「かなりの額のエヴゲニーとミハイルの金がシングル社によって還元されるまえに、封鎖されてしまったんだ」

「〈ファースト・フラッグ〉に届くまえに？」

「まだ静止状態のときに」

「どこで？」

「世界じゅうで。関係国すべてとは言わないが、大半といってもおかしくない」

「小さな銀行口座も含めて？」

「今ではもう小さいとは言えない。最も小さな口座の預金額でも九百万ポンドはあるんだから。スペインの口座などは八千五百万ポンドにも昇る。私の考えを言えば、率直なところ、オルロフ兄弟も不注意だった。それほどの額を流動資産のままにしておくとはね。静止状態のときに少なくとも短期債券ぐらいにはできただろうに。でも、彼らはそうしていなかった」

オリヴァーは手をまた顔に戻していた。その手で私的な牢獄をつくっていた。

「さらに、兄弟の持ち船のひとつがあまり自慢のできない荷物を輸送中に拿捕《だほ》された」

「どこへ向かう途中？」

「ヨーロッパだ。どこでも。それが何か問題かね？」

「リヴァプールでは？」

「ああ、そうだ、リヴァプールだ。直接にしろ、間接にしろ、最終目的地はリヴァプールだった。よかろう、お互い率直に話し合おう。ロシアの悪党どもがどんなやつらか、それは今さらきみに言うまでもない。彼らに愛されたら、まちがったことは絶対にできない。裏切られたと思ったが最後、彼らはなんでもする。相手のオフィスに焼夷弾を撃ち込んだり、寝室の窓を狙ってミサイルを発射させたり、相手の妻を撃ち殺したりすることぐらいなんとも思っちゃいない。それが彼らだ」

「拿捕されたのはどの船だ？」

「フリー・タリン号」

「ということは、出航した港はオデッサか」

「そうだ」

「拿捕したのは？」

「ロシア人だ、オリヴァー。彼らの側の人間だ。ロシアの特殊部隊。ロシアの領海で。ロシア人がロシア人を拿捕したんだ。すべてロシアでの話だ」

「しかし、情報を流したのはあんたたちだった」

「いや、ちがう。われわれじゃない。それは言明できる。どこかよその人間だ。で、オルロフ兄弟はウィンザーが密告したと思ったのだろう。そうとしか考えられない」

オリヴァーは、内なる悪魔にさらに助言を求めるかのように手の中に深く顔を埋めた。「オルロフ兄弟を裏切ったのはウィンザーじゃない。おれだ」墓の中から声を出して言った。「ヒースローで。同じ使者でも、ホバンは撃つ相手をまちがえた」

ブロックの怒りは、それが表に出たときには、いくらかは相手を恐れさせるものに姿を変える。今回もそれは警告もなく、どこからともなく現れ、デスマスクのように彼の顔に貼りついた。「誰もやつらを裏切ってなどいない」と彼はうなった。「きみも裏切ったんじゃない。やつらを捕まえるためにしたことだ。エヴゲニー・オルロフはグルジアの大悪党だ。少し頭の足りないあの弟も」

「彼らはグルジア人じゃない。ただ、グルジア人になりたがってるだけだ」とオリヴァーはつぶやくように言った。「それにミハイルも頭が弱いわけじゃない。ただ、普通とはちがう。それだけのことだ」彼はサミー・ウォットモアのことを考えていた。

「タイガーはオルロフの金をロンダリングしていた。ウィンザーは自ら進んでその従犯者になっていた。だから、きみがしたことは裏切りではない。正義がおこなわれただけのことだ。そもそもそれこそきみが求めたものじゃなかったのか、よもや忘れてはいまいと思うが。きみは世界を整理したかった。そして、それが今もわれわれがやってることだ。そこのところは何も変わってはいない。私は魔法を使ってそれをやるとは言わなかった。そういうのは正義とは言わない」

「しかし、あんたは待つと言った」まだ顔を手に埋めていた。

「だから待ったじゃないか。きみには一年と約束したが、結局、四年かかった。きみの身の安全をはかるのに一年。書類を調べ上げるのにもう一年。ホワイトホールの紳士淑女の指を彼らの尻の穴から出させるのにさらに一年。そんな彼らに、すべてのイギリスの警察官がそれほどすばらしい連中でもなく、すべてのイギリスの役人が天使ではないことをわからせるのにもう一年。きみはその間に世界のどこへでも行けた。結局、それはイギリスでなければならなかったわけだが、それはきみの選択であって、私のじゃない。いずれにしろ、きみは急いだ。が、結婚したのも、子供をもうけたのも、その子供のための信託をつくったのも、イギリスを選んだのもすべてきみがしたことだ。その四年間に、エヴゲニーとミハイルのオルロフ兄弟は、われわれがかつて自由世界と呼んだ社会にあらゆる汚れた製品をあふれさせた。ティーンエイジャーにはアフガニスタンのヘロイン、アイルランドの平和主義者にはチェコ製のプラスティック爆弾、中東の民主主義者には核兵器。手を出せるものにはなんでも手を出した。そんな彼らにきみの父君のタイガーは、資金を提供し、彼らの儲け分については、資金《マネーロ》洗浄《ンダリング》をしてやり、彼らのベッド・メーキングまでしてやった。それで彼自身どれだけ儲けたかは言うまでもないだろう。だから、そうした四年間を過ごした私が今、少しはこらえ性をなくしていたとしても、それぐらいは赦《ゆる》してもらいたいものだ」

「あんたは彼を傷つけないとも言った」

「だから、傷つけたりはしなかった。今もしてない。きみの父君を傷つけているのはオルロフ兄弟だ。しかし、悪党どもが互いに互いの頭を撃ち合って、リヴァプールに向かう船に関する情報を互いに密告し合っても、私が彼らに送れるものは拍手しかない。きみには悪いが、オリヴァー、私はきみの父君を好きにはなれない。彼はきみの父親で、私の父親ではない。私は私だ。四年前と変わったわけではない。それはタイガーも同じだ」

「彼は今どこに?」

ブロックはいかにも侮蔑的な笑い声をあげた。「どこかにいるとすれば、それはショックの中じゃないのかね。ほかにどこがある? 悲しみに打ちひしがれ、胸も裂けよと泣いてるんじゃないのかね。シングル社のプレス・リリースを読むといい——申し上げるまでもありませんが、アルフレッド・ウィンザーは彼の生涯の友であり、戦友でした。ふたりは同じ険しい道を歩き、同じ理想を共有した者同士だったのです。アーメン」オリヴァーはまだ待っていた。「逐電《ちくでん》してしまったのさ」とブロックは皮肉を捨てて言った。「スクリーンから消えてしまったんだ。どこかで非常ベルが鳴ったわけでもない。われわれは二十四時間彼を見張り、彼の声にも耳をすましていた。が、ウィンザー死亡のニュースを聞いた三十分後、彼はオフィスを出て、自分のフラットに寄り、またそこを出た。それ以降、姿を見た者は言うに及ばず、その声を聞いた者もいない。今日ですでに六日になる。が、彼はどこにも電話一本、ファックス一枚、Eメールひとつ、はがき一枚送ってきていない。それは、これまでのタイガーのやり方からはおよそ考えられないことだ。一日タイガーから電話がなかっただけでも、世界の緊急事態になるんだから。それが六日も続いてる。まさに黙示録だ。彼の会社の人間は躍起《やっき》になって、それを隠そうとしているが。その一方で、彼の行きつけの酒場にさりげなく電話をしたり、彼と一緒に姿を消しそうな相手に探りを入れたりしているが、それでも、波風を立たせないことに一意専心してるよ」

「マシンガムはどこにいる?」——マシンガム、タイガーの参謀長だ。

ブロックの表情は変わらなかった。声も変わらなかった。弁解するようでもあり、突っぱねるようでもある口調のままだった。

「破れたフェンスを修理している。世界を歩きまわって。顧客の羽根をやさしく撫でてまわってる」

「ウィンザーのことで?」

ブロックはその問いかけを無視して続けた。「マシンガムは時々われわれのところにも電話してきている。たいていは、われわれのほうで何かつかんでいないか、確かめるために。それ以外のことはあまり話さない。電話では。マシンガムらしいことだ。まあ、こういうときには誰でもそうなるだろうが」ふたりはそのあと沈黙を共有した。ややあって、ブロックがオリヴァーの心に根づきはじめた恐怖を口にした。「タイガーはもう死んでいるかもしれない。それはもちろん悪いことではない、きみにとってはそうでもなくても、社会にとっては」ブロックとしては、そのことばはオリヴァーを白昼夢から目覚めさせるための方便のようなものだった。しかし、オリヴァーは身じろぎひとつしなかった。「栄誉ある脱出もタイガーにとっては悪いものではないはずだ。正しい脱出口が彼に見つけられるかどうか、それは大いに疑問だが」それでも、反応はなし。「いずれにしろ、彼は突然まわれ右をして、スイスの銀行を通じて、カーメンの信託に五百万ポンド振り込んできた。普通、死人はそういうことはやらない」

「三十ポンド」

「なんだって？　このところ、ちょっと耳が遠くなってね、オリヴァー」

「五百万三十ポンド」とオリヴァーはより大きな声で、怒りをにじませ、ブロックの言った数字を訂正した。今度はどこの地獄へ行ってしまったんだ？　ブロックはそう尋ねたい思いで、前方の虚空《こくう》に眼を向けるオリヴァーを見た。この地獄から救出されたら、次はどの地獄をめざすのか、と。「彼は彼女らに花を贈ってきた」とオリヴァーは言った。

「誰に？　なんの話をしてるんだ？」

「タイガーがカーメンとヘザーに花を贈ったという話だ。先週のことだ。ロンドンからリムジンに乗ったショーファーが届けにきた。つまり、彼は彼女らがどこに住み、何者なのか知っていたということだ。どこからか花屋に電話してきたのさ。自分のことを崇拝者と称した奇妙なカードもついていた。花屋はウェストエンドの一流店だ」オリヴァーはジャケットのポケットをまさぐり、そのカードを取り出してブロックに渡した。「これだ。〈マーシャル&バーンスティーン〉。三十本のバラ。色はピンク。五百万三十ポンド。三十枚の硬貨。オリヴァーを見捨ててくれてありがとう、と彼は彼女らに言ってるのさ。カーメンのことは、自分はいつでも好きなときに見つけられると言ってるのさ。彼女を、カーメンを所有してるのは自分だともね。オリヴァーには逃げることはできても、隠れることはできないとも。ナット、おれはどうしても彼女を守りたい。ヘザーにわからせたい。あんたのほうから彼女に言ってほしい。彼女らは絶対に巻き込みたくない。タイガーの眼がカーメンに触れることすら阻止したい」

　予期しないブロックの沈黙にオリヴァーは憤りを覚えた。が、その一方で、不承不承感心しないわけにもいかなかった。ブロックはまえもって警告を発するタイプの人間ではない。彼は〝待ってくれ〟とも言わない。ただ、話をするのをやめ、吟味すべきことを吟味してから、判断をくだし、最後にようやくオリヴァーにまず同意して言った。

「確かに、彼はそういうことを言っているのかもしれない。が、その一方で、また別なことを言っている可能性はないだろうか？」

「たとえばどんな？」とオリヴァーは挑むように尋ねた。

ブロックはまた彼を待たせた。「なあ、オリヴァー、彼は彼の歳にしては、友人が少なすぎる」

オリヴァーはアノラックの襟の陰から、ブロックが庭を横切り、フランス窓のガラスを叩いて声をあげるのを見守った。「タンビー！」手足が長く、背はオリヴァーと同じくらい高いものの、オリヴァーよりずっとすらっとした女がひとり現れた。高い頬骨、ポニーテイルに結った長いブロンドの髪。背の高い女がよくやるあのポーズ――一方の脚に体重をかけ、尻を一方に突き出すような恰好をして、その女は言った。「タンビーは通りに出てるけれど」グラスゴー訛りがあった。ブロックがその女に花屋の名前が書かれたカードを渡すのが、オリヴァーのところからも見えた。女はそのカードに眼を落として、ブロックの説明を聞いていた。ブロックのことばは、はっきりとは聞き取れなかったが、およそ次のようなことを言っているのだろうと想像できた――先週、アボッツ・キーへバラを三十本送るようにという注文があった。その注文は誰が受けたのか調べてくれ。受取人の名はホーソン。バラを運んだのはショーファー付きのメルセデス――女はブロックの小声の指示に合わせてうなずいていた――車と花の支払いはどうやってなされたか、その出所、時間、日付、電話の継続時間、最近は電話をすべて録音する企業が増えているが、その花屋はそういうことをしていないようなら、電話をかけてきた相手の声の特徴。オリヴァーはブロックの肩越しに女と眼が合ったような気がして、手を振った。が、そのときにはもう女は家の中に戻ろうとして、彼に背を向けていた。

「で、きみはどうしたんだね、オリヴァー？」とブロックはまた戻ってきて坐ると、さりげなく尋ねた。

「その花のことかい？」

「ジョークはなしだ」

「ひとまずノーサンプトンに住んでるヘザーの親友のところに行くように言った。実際に行ったかどうか、確認はできていないが。ノラという名前のレズビアンだ」

「ヘザーには正確な情報を伝えたほうがいいのかな？」

「おれが善玉側にいることだけ伝えてほしい。おれは裏切り者かもしれないが、犯罪者ではないと。だから、子供をもうけたことにはなんの問題もなかったんだと」

オリヴァーの声には心ここにあらずといった響きがあった。ブロックは、オリヴァーが黙って立ち上がり、頭を掻き、肩を掻き、自分の新たな居場所となる家を見まわすのを眺めた――小さな庭、ほころびはじめた林檎の花、壁の反対側からくぐもって聞こえる車の音、長方形の庭のそこここに見られるヴィクトリア朝風のさまざまなアーチ、温室、物干し綱に吊るされた洗濯物。改悛者の帰還を辛抱強く待つ聖職者のように、ブロックはオリヴァーがまた坐るのを待ち、そろそろオリヴァーの追想を邪魔してもさしつかえないだろうと思い、あえて挑発する声音で言った。「タイガーのような男にとって逃げ隠れするというのは、大変なことだろう、彼の歳を考えても。それが実際彼のやっていることだとしたら」返事はなし。「これまではずっとうまいものを食《す》い、ショーファー付きのロールスロイスに乗り、自己欺瞞《ぎまん》の精神システムもうまく機能し、素手《で》で殴り合うような場面からも逃れられていたというのに、いきなりウィンザーが頭を吹き飛ばされ、お次は自分かもしれないなどと思わなければならないというのは、さぞ辛いことだろう。恐怖に震えていることだろう。六十代の男としては、孤独に苛《さいな》まれているかもしれない。私としては彼と同じような夢は見たくないね」

「うるさい」とオリヴァーは言った。

ブロックはオリヴァーのそんなことばは無視して、気の毒そうに首を振った。「それに私までいるんだからな」

「どういうことだ？」

「私は彼を十五年追ってきた。どうにか彼のしっぽをつかもうとして十五年、このとおり髪も白くなった。家内のことも顧みず、彼に不意打ちを食らわすことばかり考えてきた。その結果、彼が猟犬に追われ、側溝にしがみついている図が見えてきた。あとはそんな彼に手を差し出し、温かい紅茶を勧め、恩赦《おんしゃ》を受けることを期待してはどうかと申し出る。それが今の私の一番したいことだ」

「ばかばかしい」とオリヴァーは言った。麦わら帽の下で、ブロックの賢い眼がオリヴァーを値踏みするように光った。

「ようやくきみも元気になったね、オリヴァー。そういうことは見ればわかる。いずれにしろ、要はどっちが最初に彼を見つけるかだ。きみか、オルロフ兄弟と彼らの愉快な仲間たちか」

オリヴァーはさっきの女が立っていた芝生に眼を凝らした。女はとっくに姿を消していたが。彼は都会の車の音に苛立つ田舎紳士のようにその大きな顔をしかめた。それから、大きな声で明瞭に、一語一語を遠くへ飛ばすように言った。「おれはもうやらない。あんたのためにやるべきことはもうすべてやった。おれはカーメンと彼女の母親を守りたいだけだ。それ以外のことにはなんの興味もない。また新しい名前ができて、また新しいところで新しい人生を始めることになっても同じことだ。おれはもうやらない」

「だったら、誰が彼を見つける？」

「あんたたちだ」

「われわれにはそんな余力はない。われわれは小さくて、あまりにイギリス的で、貧しい集団なものでね」

「ばかばかしい。あんたらの組織は影の大軍隊だ。一緒に仕事をして、それはすぐにわかったよ」

しかし、ブロックはいかめしい表情を浮かべて首を振り、否定を繰り返した。「雲をつかむような捜索のために部下を世界に派遣することはできない。また、かかるわれわれの関心を電話帳に載せて、外国の警察に宣伝するわけにもいかない。たとえば、彼がスペインにいた場合、私は頭を下げて、スペイン野郎たちのところへ行かなければならない。で、彼らが私に気づいてくれた頃には、もうタイガーはどこかに遁走《とんそう》していることだろう。その結果、私の名前がスペインの新聞に載り、私はそれを読まされる破目《はめ》になる、もっとも、私にはスペイン語は読めないが」

「だったら、習えばいい」とオリヴァーは刺々《とげとげ》しい口調で言った。

「それがイタリアの場合には、相手がイタリア人になり、ドイツの場合にはドイツ人、アフリカの場合にはアフリカ人、パキスタンの場合にはパキスタン人、トルコの場合にはトルコ人になる。どこでも同じだ。すでにオルロフ兄弟の鼻薬がどれだけ効いているのか、それもわからないまま、こっちも鼻薬をばらまかなければならなくなる。たとえば、彼がカリブ諸島にでも行ってしまっていたら、島という島を探しまわり、電話を盗聴する場合には、電信柱の一本一本まで買収しなければならなくなる」

「だったら、そうすればいい。猟犬はありあまるほどいるんじゃないのか？」

「しかし、きみなら――」ブロックは椅子の背にもたれ、むしろ哀れっぽく妬《ねた》むようにオリヴァーを見つめた。「きみなら彼を感じることができる。彼の動きを推理し、彼とともに生きることができる、息を吸ったり吐いたりするようにこともなげに。きみは彼のことをきみ自身を知るよりよく知っている。きみは彼の家、フットワーク、彼の女たちを知っている。彼は朝食には何を食べるか、それもきみなら彼が注文するまえからわかる。それはきみが彼をここに持っているからだ」ブロックはそう言って、手のひらで自分の胸を叩いた。オリヴァーは、「やめてくれ」とうなるように言って否定した。

「彼を探し出す行程というものがあるとすれば、きみは探しはじめるまえから、もうその行程の四分の三は進んでいる。私はまちがったことを言ってるだろうか？」

オリヴァーはサミー・ウォットモアのように首をまわしながら思った——父親を殺すのは一度で充分だ、それですべて終わりだ。もう一切関わるつもりはない。わかったか？　もうすんだことなんだから。四年前に、実際に始めるよりまえに。「別な阿呆を見つけるんだな」と彼は邪険に言った。

「まえにも言ったことだが、オリヴァー、ブラザー・ブロックには、どこであれ、いつであれ、タイガーに会う用意がある。そのことにはなんの魂胆もない。それが彼に対する私のメッセージだ。私のことを彼が忘れているようなら、思い出させてくれ。リヴァプールの若き税関の役人、トルコの金塊訴訟のあと、彼にどこか別な勤め先を探すことだと忠告された男だ。彼にその気さえあるのなら、このブロックのほうはいつでもかまわない。このブロックのドアは二十四時間開いている。そのことに嘘はない」

　オリヴァーは両腕を体にまわすと、それが何か彼だけの祈りのポーズででもあるかのように、上体を抱きかかえてつぶやいた。「ありえない」

「何がありえないんだね？」

「タイガーがそんなことをすることが、だ。彼は裏切らない。それはおれの仕事で、彼の仕事じゃない」

「寝言は言わないでくれ、オリヴァー、それが寝言であることが自分でもわかりながら。彼には、このブロックもまた彼同様、創造的な交渉を信じていると伝えてほしい。私にはいろんな特技があるが、そのひとつに忘却がある。そう、これは記憶ゲームだ。そんなふうにも伝えてほしい。私は忘れ、彼は思い出す。公聴会などというものもなければ、裁判も、牢獄も、財産の没収などということもない、彼が過《あやま》たず思い出してくれさえしたら。あくまで私的な、免責特権のある会合だ。彼女はアギー」

背の高いさっきの女が紅茶のおかわりを持ってきていた。

「よろしく」とオリヴァーは言った。

「よろしく」とアギーも言った。

「彼は何を思い出せばいいんだ?」とオリヴァーはアギーが声の聞こえないところまで遠ざかるのを待って言った。

「私のほうはもう忘れてしまっていること」とブロックはまず答えてから続けた。「彼ならわかること。きみにもわかること。こっちの望みは〝ヒドラ〟だ。完全とは言えないお巡りたち、そもそも不当に高い給料を取りながら、タイガーから差し出された第二の年金申込書にサインをした、ホワイトカラーの役人たち。汚職議員、絹のシャツを着た弁護士、ずる賢い表向きの住所を持つ薄汚い投機家。私は外国の話をしているんじゃない。外国の世話は外国に任せておけばいい。あくまでイギリスの話だ。どこの通りであってもおかしくない話だ。お隣さんであっても」オリヴァーは自分の膝を一度解放してすぐまたつかむと、両手の指を互いにしっかりとからめ、まるでそれが自分の墓場か何かのように芝生を凝視した。「タイガーはきみのエヴェレストだ、オリヴァー。彼から遠ざかっては彼に登ることはできない」ブロックは祈禱《きとう》の文句のようにそう言って、ジャケットの内ポケットから、くたびれた革の財布を取り出した。それは三十歳のときに妻のリリーから贈られた誕生日プレゼントだった。「これまでにこいつに会ったことは?」と彼は軽い調子で尋ね、オリヴァーに白黒写真を一枚手渡した。頭の禿げた、がっしりとした体型の男が、くだけすぎた服装の若い女を腕に抱き、ナイトクラブから出てきたところを写した写真だった。「この男はきみの父君のリヴァプール時代からの友達だ。今では国じゅうに見事なまでのコネを持つ、スコットランド・ヤードのトップクラスの汚職警官に出世している」

「どうしてこの男はかつらをつけないんだろう?」とオリヴァーは皮肉っぽく言った。

「それは遠慮も何もない男だからだ」とブロックは吐き捨てるように言った。「この男はほかの悪党が隠れてさえしないことを公然とやる男だからだ。この男にとってはそれが何よりの快感なんだろう。こいつの名前は？　知ってるね？　そういう顔をしている」

「バーナード」と答えてオリヴァーは写真を返した。

「バーナードは合ってる。苗字は？」

「そこまでは知らない。シングル社に何度か来たことがある。タイガーは彼を法務部に連れていき、そのあとアルガルヴェ（ポルトガル南端の地区）の別荘をあてがってやった」

「別荘か」

「プレゼントとして」

「それは冗談なのかね？　いったいなんのためにそんなことを？」

「そんなことがどうしておれにわかる？　おれはただ譲渡手続きをしただけだ。もともと売り出すつもりで建てられた別荘だった。だから、用途の書き換えをしなければならなかったんだが、ウィンザーにこう言われたのさ、つべこべ言わずに譲渡手続きさえすればいいんだ、とね。だから、言われたとおり、つべこべ言わずにやった」

「なるほど」

「禿げのバーナード」とオリヴァーは言った。「そのあと昼食も食べるようになった」

「〈カトリーナのゆりかご〉で？」

「ほかにどこがある？」

「彼の苗字を覚えていないとはきみらしくないな」

「彼に苗字はなかった。ただのバーナード、オフショア・カンパニー」

「正確にはなんという名前だったんだね、その会社は？」

「正確には会社じゃない。財団だ。その財団が会社を持ってた。手の届くところにあり、実際に手が届きそうになると、またもう一本、腕が必要になる、そういう財団だ」

「その財団の名前は？」

「〈ダルウィーシュ（イスラム教の神秘主義教団の修道者。転じて〝踊り狂う人〟の意）〉。所在地はファドゥーツ（リヒテンシュタインの首都）。〈ダルウィーシュ〉財団。タイガーはよくこんなふうに言っていた、〝さて、よく走るダルウィーシュ・バーナードに会いにいくか〟とね。バーナードが〈ダルウィーシュ〉を持っていて、〈ダルウィーシュ〉が会社を持っていて、会社がその別荘を持ってたんだ」

「その〈ダルウィーシュ〉財団が持っていた会社の名前は？」

「何か空に関連した名前だったように思うけれど。スカイライトか、スカイラークか、スカイフライアーか」

「スカイブルー？」

「〈スカイブルー・ホールディングズ・オヴ・アンティグア〉」

「そのことをどうして四年前に言ってくれなかった？」

「それは訊かれなかったからだ」オリヴァーの声音にまた怒気が戻った。「あんたにバーナードを探せと言われてたら、言われたとおり探してたよ」

「別荘をただで与えて、シングル社にはどんな見返りがあったんだろう？」

「おれが知ってるかぎりでは何もなかった」

「バーナード以外に別荘をただでもらったような手合いは？」

「いないと思う。バーナードには船も与えられたが。あの超軽量で、舳《へ》先《さき》の長いやつだ。外洋に出てご婦人を喜ばせるときには、あんまり強く揺すったりしないように、なんて彼にジョークを言ったやつがいた」

「それは誰だね？」

「ウィンザーだ。さしつかえなかったら、稽古をしたいんだが」

オリヴァーはブロックの眼のまえで、伸びをし、まるで痒《かゆ》いところでもあるかのように頭を両手で搔くと、家のほうにゆっくりと歩いていった。

第七章

「オリヴァー、ここに上がってこい。著名な紳士がおまえに会いに見えてる。新しい企画をあれこれ持ってきておられる。おまえの仕事だ。すぐ来い、今すぐ」

呼んでいるのはエルシー・ウォットモアではない。タイガーその人が、会社の内線電話で、武装して駆けつけるよう命じているのだ。年収五万ポンドのわれらが氷の乙女、パム・ホーズリーでもなければ、われらが参謀長、ランディ・マシンガムでもない。運命の声を演じる主役、まさに〝その人〟直々《じきじき》の要請だ。季節は春、五年前のことだ。ロースクールを出たばかりのただひとりのシングル社のジュニア・パートナー、われらが王子、われらがシングル王家の世継ぎもまた、まさに人生の春を迎えたところだった。入社してまだ三カ月。オリヴァーにとって、そこはイギリスの特権的教育の荒波に耐えたあとの究極のゴール、まさに約束の地だ。どれほどの屈辱と剥奪をこれまで体験したにしろ、永遠に続くかと思われた詰め込み主義と、教師と、序列によって、どれほどの傷を受けたにしろ、最後にようやくたどり着けた彼岸。父の指示どおり——若き日の熱意をいつまでも失わず、オリヴァーの進路に恋し、涙した大物の父の指示どおり取得した、父と同じ法廷弁護士の資格がもたらしてくれた成果だった。

オリヴァーに火をつけるものはいくらでもあった。九〇年代前半のシングル社は、ただのヴェンチャー投資企業ではなかった。それは新聞の経済欄が証明している。〝シングル社はゴルバチョフの新しい東側世界のドン・キホーテである〟――〈ファイナンシャル・タイムズ〉――〝弱体企業はどこも尻込みしそうな場所へ果敢に向かう〟シングル社は、〝類い稀な冒険者だ〟――〈デイリー・テレグラフ〉――〝ペレストロイカの精神にのっとって、取引きの機会、健全な開発、相互利益を求めて、新しい共産圏を飛びまわっている〟――〈インディペンデント〉。なんとも適切な渾名《あだな》を与えられた、精力的なこの会社の創設者のことばを引用すると、〝今日の経済社会に向けて、最も偉大な挑戦状を叩きつけることを決めた以上、シングル社は、どこであれ、いつであれ、誰の声にも耳を傾けるということだ〟。タイガーはまさに〝市場に順応したソ連〟の話をしているのであって、さらに、シングル社は〝これまでとは異なる道具を使っている〟。すなわち、近年のものものしい超大型トラック《ジャガーナーツ》〝よりすばやく、より勇敢に、より小さく、より若く、より軽快に動ける道具を〟――〈エコノミスト〉。そうは言っても、やはりオリヴァーはまず〈クラインオート〉か〈チェース〉か〈ベアリング〉にはいり、少しは経験を積んだほうがよかったのではないか、という者に対しては、タイガーはこんな答を用意していた。〝われわれはパイオニアだ。だからこそ彼のような人材が要るんじゃないか。それも今〟。

では、オリヴァーはシングル社に何を求めたのか。そのことについては、本人がなかなか殊勝なことを言っている――〝父のそばで働くこと自体、私にとっては特別配当みたいなものなのです〟。彼のシングル社への入社を祝って、パーク・レーン・ホテルで開かれたレセプションで、彼は日記記者にそう説明している――〝父と私はお互いにお互いの生き方を尊重し合っていますからね。何もかもがすばらしい上昇カーヴを描くことを確信しています〟。では、あなたはシングル社に何をもたらすことができると思いますか？　その問いにも、この若き後継者は臆することなく、即座にこんな答を返し、日記記者を喜ばせている――〝誰に対しても胸が張れる、頑固なまでの理想主義。現在の社会主義国は、われわれが提供できるあらゆる援助、ノウハウ、資金を必要としています〃。〈タトラー〉誌には、シングル社の正当性についてこんなことを述べていた――〃われわれが提供しようとしているのは搾取《さくしゅ》のない、長期にわたる、確乎《かっこ》たるパートナーシップです。手っ取り早くルーブルを稼ごうと思っている人たちは、きっと失望することでしょう〃。

戦士のパーティ。オリヴァーは出席者たちの顔ぶれを見まわし、気持ちを昂ぶらせてそう思った。これ以上望むものは何もない。アルフレッド・ウィンザーの法務部で、さして重要とも思えない仕事の使い走りを三カ月こなし、停滞の恐怖とも言うべきものをそろそろ感じはじめていた頃だった。〃会社のすべてのボルトとナットの働きを学ぶ〃と公言してはばからなかった当初の志は見事に打ち砕かれ、どれほど意欲を持っていようと、オフショア・カンパニーの迷路から一生抜け出せないのではないか、と思いはじめていた矢先のことだった。が、今日は、ウィンザーはマレーシアの手袋工場買収のためにベドフォードシアに出向いており、オリヴァーにとってボスは自分自身だった。法務部から最上階までは、薄暗い裏階段を利用し、その階段をメディチ家の時代の秘密の通路に見立てて、一気に三段ずつ駆け上がる。それでも自らの体重さえ感じられず、ゴール以外のものは何も眼にはいらず、秘書のいる控えの間、パネル張りの待合室を飛ぶように駆け抜け、かの有名なウェッジウッドの両開きのドアまでたどり着き、ドアを開け、そこでいっとき眼を細めたくなるほどまばゆい、神々《こうごう》しい光に打たれた。

「まいりました」と彼は小声で言う。が、前方に放たれているはずの自分の不可解な笑み以外何も見ていない。

それでも、徐々に眼が慣れる。六人の男が彼を待っている。全員立っている。それはタイガーとしてはあまり好ましくないことだっただろうが。彼はその場にいるたいていの人間より八インチ背が低い。彼らはまさに集合写真で、オリヴァーがカメラだった。実際、全員が会議用テーブルから立ち上がり、同時に笑みを浮かべたところを見ると、それが〝チーズ〟と命じられた結果だったとしてもおかしくなかった。そんな中でもタイガーの笑みは、いつものことながら、誰よりも輝き、エネルギッシュに発熱し、神聖な目的を持ったその笑みの光は今、オリヴァーひとりに向けられている。オリヴァーは父のその笑みが好きだった。それは彼に成長のエネルギーを与えてくれた太陽だった。オリヴァーは、少年時代を通じて、その光をすり抜け、その慈愛に満ちた眼の奥をのぞき見ることができたら、父親が心やさしい支配者として君臨する王国が見られるものと固く信じていた。あまつさえ、客とはなんとオルロフ兄弟のことではないか！　オリヴァーは興奮と期待が津波のように高まる中、胸に叫んだ。本物のオルロフ兄弟！　とうとうランディ・マシンガムが彼らを捕まえたのだ！　待機しているように、スケジュールをあけておくように、きちんとしたスーツを着て出社するように、とタイガーに言われて、すでに数日が経っていたが、そのわけがオルロフ兄弟だったとは！

当然のことながら、チームのキャプテン、タイガーが舞台の中央にいる。ごく最近、マウント・ストリートの〈ヘイワード〉で仕立てたブルーのピンストライプのスーツ、セント・ジェイムジズ・ストリートの〈ロブ〉でつくった上げ底の黒いブローグ・シューズ、同じ通りにある〈トランパーズ〉で刈った髪――ショーウィンドウの中で光り輝き、通行人の眼を集める宝石、まさに完璧なウェストエンドの紳士のミニチュア版だ。少しでも上をめざすかのように――いつものことだ――隣りの男の肩に手をまわしている。その隣りの男は、樽のような上体、短く刈った茶色の髪、軽石のような皮膚、天使童子のような上下二重の睫毛《まつげ》、どこか軍人を思わせる六十代の男だ。まだ一度も会ったことがないのに、その男が伝説のエヴゲニー・オルロフであることはオリヴァーにもすぐにわかる――フィクサーの中のフィクサー、黒幕中の黒幕、権力の玉座に直接酌をする巡歴全権大使。

タイガーのもう一方の脇――脇ながら、肩に手をまわせるほど近くはない――には口髭を生やした男が立っている。険しい眼、見事なまでのO脚。まったく似合っていない、聖書のように黒いスーツ。通気用に目打ちをした、さきのとがったオレンジ色の靴。物言わぬ渋面を変えず、猫背のまま、その白い手をだらりとまえに垂らすどこかの部族民、あるいは、手綱をゆるめて馬上で休む、やつれたコサックを彷彿《ほうふつ》とさせる。エヴゲニーを基点とする連想から、オリヴァーには、その男がエヴゲニーの弟、ミハイルであることがわかる。ミハイルのことはマシンガムがいろいろな名前で呼んでいた。エヴゲニーの番人、きこり、あるいは、うすのろの弟、マイクロフト。

このトリオのうしろに、トリオの聖なる婚姻を成立させた功労者のように——事実、そうなのだが——タイガーの疲れを知らぬソヴィエト・ブロックのコンサルタントにして参謀長、ラヌルフ閣下、ランディ・マシンガムその人が、タイガーにおおいかぶさるようにして、わがもの顔で立っている。最近まで外務省に属していた元近衛兵、元ロビイスト、パブリック・リレーションの神童、ロシア語もアラビア語も話せ、いっときクウェートとバーレーンの政府の顧問もし、現在はシングル社のために新しい顧客を見つけて、仲介手数料を得ることを仕事にしている人物。ひとりの人間が四十になるまでに、いったいどうやればそれだけのキャリアを積めるものなのか。それはオリヴァーにはいまだに解くことのできない謎だ。と同時に、マシンガムのあこぎな政治家としてのキャリアを羨んでもいて、今日はその羨望の対象にマシンガムの成功が加わる。実際、タイガーはここ何カ月というもの、オリヴァーの眼には不合理なほどオルロフ兄弟にとらわれており、社内の営業会議や会社の統廃合をはかる会議の席で、マシンガムをなじり、苦しめ、厭味《いやみ》を繰り返していた。「私のオルロフ兄弟はどこにいる、ランディ、天上にでもいるのか？　どうして私は二線級で我慢しなければならないんだ？」——すでに役不足であることがわかり、さっさと葬り去られたマイナーなロシアのフィクサーたちのことだ——「オルロフ兄弟が男だというなら、どうして彼らは今このテーブルについて私と話をしてないんだ？」——全員が鞭打ちの刑を受けていた。タイガーが不快なときには誰もがその不快感を共有しなければならない――「なんだかいっぺんに老けたな、ランディ。そんなふうに見える。一日休暇を取れ。若返ったら、また月曜日に出てこい」

しかし、今日、オルロフ兄弟のしていることは、まさにそれ、タイガーのテーブルについて話をするということだ。マシンガムはもう、レニングラード、モスクワ、トビリシ、オデッサといったオルロフ兄弟の巡行先へ呼ばれることをやきもきしながら、むなしく待ちわびなくてもよくなったのだ。ふたつの山頂がなんと向こうから、モハメッドに会いにきたのだ、ふたりの随行員を従えて――オリヴァーは集合写真の両隅にすばやく眼を走らせ、過《あやま》たずそのふたりを〝鞄持ち〟と見なす。ひとりは、髪はブロンド、筋肉質の体軀でミルクのような肌をした、オリヴァーと同じ年恰好の男。もうひとりは、五十がらみのがっしりした体型の男で、上着のボタンをきちんと三つとめて着ている。

そして、彼らを取り囲むこの葉巻の煙！　これはありえない煙だ。書類の散らかったテーブルには、見慣れない灰皿が置かれている。オリヴァーにしてみれば、忌み嫌われ、永遠に禁じられた、その葉巻の煙以上に重大なものなどその部屋に――オルロフ兄弟を含めてさえ――ひとつもない。そんな煙が神聖な空気を汚し、〝煙草業界の最も手強い敵――〈ヴォーグ〉〟と称された人物の刈り込まれた頭の上で、あろうことか、きのこの形をした雲をつくっているのだ。タイガーは事業に失敗することより、矛盾を抱えることより、はるかに喫煙を忌み嫌っており、毎年、課税対象となる収入から、かなりの額をこれ見よがしに煙草の撲滅運動に寄付している。それが今日は、サイドボードの棚に、〝宇宙で最も高い葉巻〟を収めたニュー・ボンド・ストリートの〈アスプレイ〉の葉巻入れが置かれている。吸っているのは、エヴゲニーと三つボタンの鞄持ち。それを見ただけで、オリヴァーにも今日の会議の重要性がいやというほどよくわかる。

タイガーのオープニング・ショットは揶揄《やゆ》だった。が、オリヴァーは揶揄もまた彼ら父子関係の一部と見なしている。自分は〈ロブ〉の上げ底シューズを履いても五フィート三インチにしかならないのに、息子は素足で六フィート三インチという場合、人前では息子を引きずり下ろしたくなるのが人情というものだろう。オリヴァーは、その父親の心情に自分も合わせて、小さくなるのが自分に課せられた責務と考えている。

「いったい、何をそう手間取ってたんだ、オリヴァー？」とタイガーはおどけた真剣さを声音に含ませて言う。「ゆうべは遅かったのか、ええ？　今度はどんな女だ？　まあ、私としてはあまり金のかからん女であることを祈ってるが」

いかにも人がよさそうに、オリヴァーはそのジョークにつきあう。「彼女は、でも、どちらかと言うと、金持ちなんです。いや、実際のところ、父さん、とてつもなく金持ちなんです」

「ほう、そうなのか。それはまた新手と言わざるをえないが、ということは、これまで出させられた金を今度は回収できるということか、ええ？」

タイガーは〝ええ〟という呼びかけと同時に、脇にいるエヴゲニーをすばやく見やると、エヴゲニーのがっしりとした肩に大胆にも置いた小さな拳《こぶし》を持ち上げ、また肩におろす。そして、オリヴァーの黙過を得た上で、今ここに現れた若造は親爺の気前のよさをいいことに、このところ放蕩三昧《ほうとうざんまい》でしてね、とエヴゲニーに打ち明ける。しかし、オリヴァーはそれには慣れている。こういうシーンには子供の頃から慣れている。だから、タイガーが望めば、マーガレット・サッチャーか、『カサブランカ』のハンフリー・ボガートのまあまあの物真似さえ披露しただろう。あるいは、雪の上に小便をするふたりのロシア人の小話すら。しかし、それはタイガーの望みではない。少なくとも、今朝はちがう。彼はただ笑みを浮かべて髪を指でうしろに梳《す》き、タイガーが遅ればせながら彼を客たちに紹介するのに任せる。

「オリヴァー、新生ロシアの最も優秀で先見性に富むパイオニアのひとりにおまえを紹介しよう。私同様、自らの拳で人生を切り開き、成功を収めた、恐れを知らぬ紳士だ。残念ながら、イギリス同様、そういう人物はロシアでも最近はとんと少なくなった」――彼はそこでランディ・マシンガムが彼のことばを通訳して、元外務省官僚に伝えるだけの間を取る――「オリヴァー、こちらがミスター・エヴゲニー・イワノヴィッチ・オルロフ、そしてあちらが彼のすばらしい弟、ミハイルだ。エヴゲニー、これが私の自慢の息子のオリヴァーです。法律の男にして、ご覧のとおり、背丈の男、学習意欲に富む知的な男、未来の男、オリヴァーです。ただ、運動のほうはからっきしでしてね。乗馬は望みなく、ダンスなんぞはまさに牡牛並みだが」――そこで、おなじみのオチの台詞のまえに映画スターがよくやるように眉を吊り上げる――「その一方で、こういう噂がある、あちらのほうはまさに戦士並みだと」マシンガムが大きな笑い声をあげ、鞄持ちのふたりは、見るかぎりそんなふうにはお見受けしないが、と言う。「経験は足りず、悩みは多し。しかし、われわれもみな彼の年頃ではそうでした。それはともかく、われらが法務部の代表にして、第一級の法律家であるドクター・アルフレッド・ウィンザーは現在外国に出張しておりますので」いつものことながら、オリヴァーはタイガーの弁舌に内心微苦笑して思う。ベドフォードシアが外国？　ウィンザーはいつからドクターになったのか。「オリヴァー、今朝の会議で決まったことを注意深く聞いてほしい。エヴゲニーは、ミスター・ゴルバチョフの新しいロシアにおける潮流の転換を如実に物語る、きわめて重要で、きわめて創造性に富む三つの企画を持ってやってこられた」

しかし、まずはひとりひとりとのさまざまな握手から始まり、オリヴァーはまだ試練にあっていない手のひらをエヴゲニーの肉厚の手と合わせる。エヴゲニーはその天使童子のような濃い睫毛《まつげ》の奥で、いたずらっ子のように眼を輝かせる。次はブラザー・ミハイルのごつごつとした岩のような手。さらに、三つボタンのジャケットに、聖職者のように葉巻を吸う鞄持ちのスポンジのような手。名前はシャルヴァ、グルジアのトビリシの人間で、オリヴァーと同じ弁護士であることがわかり、そのとき初めて〝グルジア〟ということばが口にされ、その日、耳も眼も最大限に開いているオリヴァーの脳裏に、そのことばの重要性がただちに記録される。グルジア――ただそれだけで、それとわかるほど、みなが姿勢を正す。グルジア――ただそれだけで、すばやく目配せが交わされ、忠実な軍隊が招集される。「グルジアにいらっしゃったことは、ミスター・オリヴァー？」とシャルヴァは信者の声音で勢い込んで尋ねる。

「残念ながら」とオリヴァーは正直に答える。「美しいところだそうですね」

「グルジアはとても美しいところです」とシャルヴァが説教台の権威を帯びた声音で答えると、エヴゲニーが馬のように長くゆっくりとうなずきながら、英語で繰り返す。「グルジア、とても美しい」これにはミハイルもうなずき、兄に対する忠誠心をはっきりと示す。

最後はオリヴァーの青白き同年者、ミスター・アリックス・ホバンが残り、ふたりは決闘のまえに手袋を触れ合わせるような握手を交わす。ホバンについては、どこどこの人間であるとは明かされない。グルジアとも、どことも。オリヴァーは何かしら不穏なものをホバンに感じて、ほかとへだてた心の小部屋に彼を押し込む。冷たく、不実で、こらえ性のない暴力性を漂わせて、ホバンの何かが言っている――もう一度おれの足を踏んだら……しかし、そんなことはあとからゆっくり考えればいい。オリヴァーを同席者に迎え、タイガーがよく動くその小さな手で合図して、出席者全員を坐らせる。が、今度みんなが坐ったのは会議用の椅子ではなく、摂政時代風の緑の革張りのソファで、そこでエヴゲニーの企画――タイガーがさきほど、ソヴィエトにおける潮流の転換を如実に物語る、きわめて重要で、きわめて創造性に富むと言った、三つの企画に関する検討がなされる。が、エヴゲニーは英語が話せず――少なくとも、今日は――マシンガムはオルロフ側の人間ではなく、タイガー側の人間なので、その企画は得体の知れないミスター・アリックス・ホバンによって供せられ、そのホバンの英語はおよそオリヴァーの想像を超えたものであることがわかる。モスクワ訛りでもフィラデルフィア訛りでもないのに、その両方の響きが少しずつあり、棘《とげ》のあるその声はまるでアンプにでもつながれているかのように、刺すように耳に響く。実力者に請われて話している、と誰もが思うような話し方で——実際、そのことにまちがいはないわけだが——ぶっきらぼうに文を加えたり、削ったりする。そして、祝宴の席で抜かれた短剣のように、時折自分を表に出す。

「ミスター・エヴゲニーもミスター・ミハイルも、ソ連ではきわめて有力なコネクションを持っておられます。わかりますね?」と彼は新参者のオリヴァーに向けて、どこか見下したように話しはじめ、〝わかりますね?〟と訊きはするが、その問いかけは答を求めたものではない。「軍隊の経験——それに政府内にいた経験、さらにグルジアのコネクションを通じて、ミスター・エヴゲニーの耳にはソ連国内におけるとても高度な情報がはいってきます。それはつまり、ミスター・エヴゲニーは、コミッションがソ連外で払われることを条件とするこの三つの企画を推進するのにとても都合のいい、独自の立場におられるということです。わかりますね?」とホバンは鋭く尋ねる。それぐらいはオリヴァーにもわかる。「今言ったコミッションというのは、国の最高レヴェルとの事前交渉で成果を得るためのもので、それは当然のものです。それもわかりますね?」

もちろん、それもよくわかる。オリヴァーはシングル社に勤めてまだ三カ月しか経っていなかったが、それでも、ソ連の〝最高レヴェル〟がそうお安くないことぐらい先刻承知している。「実際のところ、そのコミッションはどんな手順で支払われればいいんでしょう?」とオリヴァーは洗練されたところを——もっとも、自分ではそのようには感じられないのだが——見せびらかして言う。

ホバンは左手の指を一本一本つかみながら答える。「それぞれの企画を進めるまえにまず半金。全額はそれぞれの企画が成功したときにということでお願いしたい。基本となる数字は、最初の十億については五パーセント、それ以降については三パーセント。この数字を動かすことはできません」

「われわれはアメリカ・ドルの話をしてるんですよね?」オリヴァーは〝十億〟という桁に動揺している心の内が声に出ないように気をつけて尋ねる。

「リラの話をしているとでも？」

マシンガムがそのやりとりの通訳を買って出ると、オルロフ兄弟とシャルヴァが大きな笑い声をあげる。ホバンは偽のアメリカ英語で〝特別計画第一号〟と名づけられたものの説明を始める。

「旧ソヴィエトの共和国の国家資産は国家によってのみ分配されます。わかりますね？　これは自明の理です。そこで質問です。では、旧ソヴィエト連邦の国家資産は今日誰が所有しているのか？」

「それまた旧ソヴィエトの共和国でしょう。それも自明の理です」とクラスの優等生、オリヴァーは答える。

「質問二。では、誰が今日、新しい経済政策に即して、旧ソヴィエトの共和国の国家資産を分配するのか」

「それも旧ソヴィエトの共和国」このときには、オリヴァーはもうはっきりとホバンに嫌悪を抱いている。

「質問三。では、誰がかかる国家資産の分配に法的権限を与えるのか。それも、そう、答は新しいソヴィエトの共和国です。つまり新しい国だけが古い国の資産を売却することができるというわけです。これまた自明の理です」ホバンはそのことばが好きらしく繰り返す。「わかりますね？」

そこでホバンはプラチナのシガレットケースとライターを取り出す。オリヴァーは困惑しながら、ホバンがそのケースから煙草を取り出すのを見守る。取り出された煙草は、ホバンが子供の頃からその中にしまっておいたのではないかと思われるような、黄色いひらたい煙草で、ホバンはシガレットケースを閉じると、煙草をとんとんと叩き、すでにもうもうとしている煙に自分の煙を加えて、続ける。

「過去数十年、ソヴィエト経済は統制経済でした。機械も、工場も、兵器も、発電所も、パイプラインも、鉄道も、車両も、機関車も、タービンも、発電機も、印刷機もすべて国家のものでした。そして、それらの中には古い国家の物資も含まれ、それらの中には恐ろしく古いものがあり、そんなものには誰も見向きもしません。そう、ソヴィエト連邦は過去何十年もリサイクルということに、関心を持っていなかったのです。エヴゲニー・イワノヴィッチは、最高レヴェルで作成されたそれらの物資の正確な見積り書を持っておられ、彼の計算によれば、現在のところ、十億トンの上質の屑鉄《くずてつ》を世界のバイヤーに分配、提供することができます。そういうものに高い関心を示すバイヤーというのは世界じゅうにいます。そうでしょう?」

「特に東南アジアに」オリヴァーは、つい最近、専門誌でまさにその件に関する記事を読んだばかりだったので、勢い込んで言う。

そのことばにエヴゲニーがオリヴァーに眼を向ける。それは、ホバンの大演説のあいだ、それまでにも何度か繰り返されていたことだったが、そのときの視線にはオリヴァーに自らを委ねるようなところがあり、オリヴァーはいささか意表を突かれる。まるで彼ひとり居心地の悪さを覚えていて、その複雑な気持ちを新参者のオリヴァーに訴えるかのような視線なのだ。

「東南アジアにおける屑鉄の需要はきわめて高い」とホバンは認めて言う。「だから、もしかしたら東南アジアに売ることになるのかもしれません。それが最も都合のいい処分のしかたかもしれない。なのに、今のところ、ロシアにはそういうことに関心を示す人間が誰ひとりいないのです」そこでホバンは咳払いをし、鼻を鳴らしてから、だらだらと続く演説の次なる紋切り型の台詞を読みはじめる。「この屑鉄に関する特別計画に対する先行投資は頭金で二千万アメリカ・ドル。エヴゲニー・イワノヴィッチが指名した業者が対象国と独占契約を結べば、いかなる制限もなく、地域にも関係なく、旧ソヴィエト連邦に蓄積されたすべての屑鉄を集め、分配することができます。これまた自明の理で、なんら面倒なことはありません」

オリヴァーはめまいにも似た感覚を覚える。そういったコミッションについては聞いて知ってはいたが、それはあくまで間接的に聞いたことだ。「しかし、指名された業者というのは？」と彼は尋ねる。

「それは今後の課題です。しかし、〝指名〟ということばは正確ではないですね。その業者というのはエヴゲニー・イワノヴィッチによって選ばれる、われわれの業者なんですから」

タイガーが玉座《ぎょくざ》から厳しい警告を放つ。「オリヴァー、トロいことを言うな」

ホバンはさきを続ける。「二千万ドルは現金で、お互い合意した西側の銀行に預けてもらい、契約と同時に引き出されます。業者としても屑鉄を集め、処理するのに費用がかかりますから。それに、買うにしろ、借りるにしろ、港に土地が必要になります。少なくとも、四十ヘクタールぐらいは。それにまた経費がかかる。さらに、その土地の購入は個人でやってもらわねばなりません。もちろん、購入に際し、何かと便宜をはかることのできる人間はエヴゲニー・イワノヴィッチの組織内に何人もいますが」オリヴァーは、その組織というのはホバン自身のことではないかと思う。「また、旧ソヴィエトの共和国から屑鉄を処理するための機材を提供することはできませんから、これまた業者の負担になります。もっとも、たとえ国に機材があったとしても、そんなものはまず役に立たないでしょうが。機材自体どれも屑鉄の山の上に積み上げておいたほうがいいような代物ばかりなもんで」

ホバンは自分の言った皮肉に口元をゆがめて自分も笑い、手にしていた書類を置いて、新しい書類を一枚取り上げる。が、そこでタイガーが絹のようにすべらかに身を割り込ませる。

「土地を買わなければならんとなると、地元の頭目の力添えもいくらかはあてにしなければならない。その点はランディがすでに手を打っていると思うが。そうだったね、ランディ？　力添えをあてにする相手をまちがってはどうにもならんからな」

「それもすでに計画にはいっています」とホバンは冷ややかに言う。「いずれにしろ、大した問題ではありません。その手の問題はシングル社とエヴゲニー・イワノヴィッチとその組織が手を組めば、とても能率的に解決できるでしょう」

「ということは、うちが〝選ばれた〟ということですね！」そこで初めてことのなりゆきを理解したオリヴァーが歓声をあげる。

「オリヴァー。おまえはなかなか頭がいい」とタイガーがぼそっと言う。

ホバンの〝特別計画第二号〟は石油だ。アゼルバイジャンの石油、コーカサスの石油、カスピ海の石油、カザフスタンの石油。クウェートとイランを合わせたより多くの石油、とホバンはうっかり口をすべらせる。

「新たなクロンダイク（カナダのユーコン川流域。ゴールドラッシュ時代の中心的金生産地）だね」とマシンガムが舞台の袖から助け船を出す。

この石油もまた国家資産です、わかりますね？――とホバンは続ける――石油についても、多くの企業乗っ取り屋が国の最高レヴェルとすでに接触を持ち、その精製、パイプライン、港湾施設、輸送、非社会主義圏との売買、コミッションに関し、興味深い案を提示してきていますが、まだどこも合意には至っていません。「最高レヴェルではまだ万が一に備えているというわけです。わかりますね？」

「わかります」とオリヴァーは軍隊式に復唱する。

「バクー（アゼルバイジャンの首都。産油の中心地）では、旧ソヴィエトの採掘、精製施設がまだ残っていますが、どれもまったく使いものにはなりません。ですから、最高レヴェルでは、石油の採掘はひとつの国際企業に一任するのが最善策ということで、すでに結論を見ています」彼は、オリヴァーには数が数えられないとでも思ったのか、左手の人差し指を立てる。「ひとつの企業に一任です。わかりますね？」

「わかります、もちろん。一社に一任、ですね」

「独占的に。その一社を選ぶというのは、大変むずかしい。とても政治的な問題です。その企業は優良企業でなければなりません。すべてのロシア、すべてのコーカサスの需要に対して、心配りのできる企業でなければならない。そして、専門家集団である企業でなければならない。この企業には」――彼はこのことば以外考えられないと言わんばかりに言う――「〝実績のある両手〟が備わっていなければなりません。ヨンカーズ（ニューヨーク州南東部の港市）あたりのアマチュアに毛の生えたような会社であってはならない」

「〝大部隊〟が自分たちも参加すると名乗りだけは上げてるんだよ」とマシンガムがあてこすりを言う。「中国、インド、アメリカ、オランダ、イギリス、どこもかしこもね。廊下をこそこそと歩きまわり、小切手帳をちらつかせ、紙ふぶきみたいに百ドル札をばらまいてるのさ。まさに向こうは動物園状態になってる」

「そのようだね」とオリヴァーはことばを研《と》ぎすまして応じる。

「国際企業の選択で重要なのは、その企業がコーカサスのすべての住人に特別な利益をもたらすかどうか、という点です。この国際企業はそういった人々の信頼を得なければなりません。また、そういった人々に対して協力的でなければならない。自分だけでなく、彼らもまた豊かにしなければならない。アゼルバイジャン、ダゲスタン、チェチェン・イングーシ、アルメニア」――そこでホバンはエヴゲニーに一瞥《いちべつ》を送る――「グルジアのノーメンクラトゥーラを幸せにしなければなりません。最高レヴェルの人間はグルジアと特別な関係にあり、また、グルジアに対しては特別な見方をしています。モスクワでは、ほかのどこの共和国より、グルジア共和国との友好が何にも勝る最優先課題なのです。これには歴史的背景もあって、そう、これまた自明の理です」彼は決まり文句を最後に口にするまえに、もう一度手帳を確かめる。「グルジアはソヴィエト連邦という王冠のまさに宝石です。それには誰も異議を唱えられない」

　タイガーが間髪を入れず、ホバンに迎合するようなことを言い、オリヴァーは呆気に取られる。

「ソヴィエトだけではない、それがどこの国であっても、グルジアはその王冠の宝石だよ、アリックス。実にすばらしい小国だ。そうだろう、ランディ？　すばらしい料理、酒、果物、ことば、美しい女、信じられないほどの景色、ノアの洪水にまでさかのぼる文学。世界のどこを探してもあんなところはない」

ホバンはタイガーを無視して続ける。「エヴゲニー・イワノヴィッチは長くグルジアに住んでおられます。エヴゲニーとミハイルの父上は赤軍の司令官で、グルジアにはおふたりが子供の頃からの友人がまだ何人もおられ、その友人の方々もまた今日、それぞれの分野で実力者になっておられる。おふたりは現在もグルジアで長い時間を過ごされ、グルジアに邸宅《ダーチャ》を持っておられ、エヴゲニー・イワノヴィッチはモスクワから莫大な資金を愛するグルジアに投資しておられます。だから、地方のコミュニティと伝統が必要とするものと、新しいソヴィエト連邦が必要とするもの、このふたつの調和をはかるのに、彼ほどの適任者はほかにいないのです。彼がそこにいるというだけで、コーカサスの利益が保証されたようなものなのですから。わかりますね？」

オリヴァーは満面に笑みを浮かべる。彼の反応を見届けようと、出席者全員の視線が彼に注がれる。

「わかります」とオリヴァーは半ば義務的に答える。

「そのため、モスクワは次のような非公式の決定をしました。決定A。コーカサスすべての石油に関して、ただひとつのライセンスが交付されるだろう。その候補者選定についてはエヴゲニー・イワノヴィッチに一任される。すなわち彼個人の裁量に任されるということです。決定C。競合する石油会社は正式に公的に募集される。しかしながら」オリヴァーはそこではっと気づき、もうもうたる煙草の煙に改めて驚く。が、すぐにまた体勢を立て直して耳を傾ける。「しかしながら、そんなものはくそくらえ、だ。モスクワは、非公式に、個人的に、エヴゲニー・イワノヴィッチと彼の仲間が選んだ巨大企業体《コンソーシアム》を選ぶでしょう。決定D。選ばれたコンソーシアムの採掘量は、アゼルバイジャン油田の過去五年の産出量の平均をもとに計算されます。わかりますか？」

「ええ、わかります」

「しかし、ここで忘れてならないのは、ソヴィエトの採掘体制はとてもお粗末なものだということです。技術もひどければ、インフラもひどく、管理者にいたってはもう話にならない。だから、計算される量は、現代の西側の技術によって採掘される量と比べると、とてもつつましいものになるでしょう。過去五年の産出量ですから。未来五年の産出量ではなく。将来的には微々たる量と言わざるをえない。しかし、それはすなわち、モスクワの最高レヴェルが採掘権料を免除にする程度の量ということでもあります。決定E。石油の採掘によってもたらされる余剰収益は、エヴゲニー・イワノヴィッチと彼の組織が選んだ、コーカサスのコンソーシアムの資産ということになりますが、そのための内々での仮契約は、一時払いの前金として、三千万ドルのコミッションが支払われたときに効力を発します。公的な正式契約は、そのあと自動的に成立し、コミッションの上積み分は、非公式ベースでの収益と関連しますから、そこのところは今後互いに詰めていきましょう」

「幸いなるかな、最もレヴェルの高い人たちよ、だ」とマシンガムが謳《うた》うように言う。彼自身オイルが必要なくらいハスキーな声をしている。「何回か自分の名前を書くだけで五千万。さらにかなりの額の上積み。悪くない荒稼ぎだ」

　胸にわだかまっていた疑念がオリヴァーの口を突いて出る。が、彼は不機嫌な物言いも攻撃的な口調も選ばない。黙っていればいられたのだが、もう遅すぎた。まだどこか懐かしい〝幽霊〟にすでに取り憑かれていた。その幽霊とは、シングル号の水兵となって三カ月経ってもまだ彼の中に残っている、法律家としての良心だ。

「ちょっといいですか、ミスター・ホバン？　あなたが言われたことのどこにシングル社のはいり込む余地があるんです？　あなたは賄賂《わいろ》として五千万ドル用意しろとわれわれに言っておられるのですか？」

オリヴァーは言ってから、教会でオルガンの最後の和音が消えたときに、思わず大きなおならをしてしまったような、ばつの悪さを覚える。途方もない沈黙が大きな部屋を満たす。その部屋から六階下のカーゾン・ストリートを走る車の音も今は聞こえない。が、彼を救いにきてくれたのは、やはり父であり、最高経営責任者でもあるタイガーだった。その声音には、オリヴァーに勲章でも授けるようなやさしい響きさえある。

「それは確かに大切なポイントだ、オリヴァー。こう言ってよければ、勇気ある発言でもある。いつものことながら、おまえの潔癖さには心を動かされる。シングル社は贈賄《ぞうわい》などしない。もちろんだ。われわれはそんなことは断じてしない。しかし、合法的なコミッションが支払われる場合には、あくまでわれわれの取引き先――今回の場合はわれらがよき友、エヴゲニ――――の裁量に任せ、取引き先の国の慣習、伝統に敬意を示す形でなされなければならない。詳細は彼が考える問題であり、われわれがとやかく言うべきことではない。また、取引き先のほうで資金がいくらか不足しているときには――五千万という大金は誰もが一晩で集められる額ではない――シングル社のほうでひとまず立て替え、地元での活動資金に役立ててもらう。ただそれだけのことだ。それでも、この点を明確にしておくというのはきわめて重要なことだ。法務部を代表してこの席に参加した者としても、正しく、適切な発言だった。よくぞ言ってくれた。その気持ちはここにいるほかの方々も変わらないと思う」マシンガムがそのハスキーな声で、「謹聴、謹聴」と声をあげてきわどい揶揄《やゆ》をする。タイガーはすでにすべらかに偉大なるシングル社の宣伝に移っている。「シングル社はほかがノーと言うときにイエスと言う。われわれが提供するものはヴィジョンだ。ノウハウだ。エネルギーだ。秘策だ。真の冒険家の精神が導くところへは、どこへでも行く。エヴゲニーは古い鉄のカーテンに催眠術をかけられているような人物ではない。いや、そんなことは過去にも一度もなかったのではないですか、エヴゲニ――？」――霧がかかったような視野の隅で、オリヴァーにはエヴゲニーがうなずいたのがわかる――

「彼こそミスター・グルジアだ。グルジアの美しさと文化の擁護者だ。グルジアには初期キリスト教の教会があるんだが、オリヴァー、おまえはそれを知っていたか?」

「いいえ」

「そんな彼が夢見ているのが、コーカサスの共同市場で、それは私も同じだ。すばらしい天然資源を土台にした巨大な貿易統一体。彼はパイオニアだ。そうでしょう、エヴゲニー? われわれと同じパイオニア。もちろん、そうだとも。ランディ、通訳をしてくれ。よくやった、オリヴァー。私はおまえが誇らしい。その思いはほかの方々も同じだと思う」

「そのコンソーシアムには名前があるんですか? もう実在してるんですか?」とオリヴァーはマシンガムが通訳をしているあいだにタイガーに尋ねる。

「いや、オリヴァー。実在はしていない」とタイガーは全天候型の笑みを仮面にして答える。「しかし、もう少し辛抱強くさえしていれば、すぐに形を見せるだろう」

こうした苦痛をともなうやりとりのあいだにも――苦痛を覚えていたのは、オリヴァーだけかもしれないが――気づいたときにはもう重力のようなものの力で、オリヴァーは思いもよらぬ方向にひっぱられている。そして、誰もが彼を盗み見る中、エヴゲニーだけが船の航路のようにまっすぐに彼を凝視し、彼をひっぱり、彼の体重を感じ、彼を値踏みしている――そう、まさに値踏みだ、とオリヴァーは過《あやま》たず思い、なんの根拠もないままエヴゲニーの好意をはっきりと感じる。さらに、まだ赤の他人とほとんど変わらないのに、エヴゲニーと旧交を温めているような気分にもなって、身のまわりのすべてに恋をしているグルジアの少年の姿が見え、その少年が自分自身という奇妙な錯覚も覚える。そして、次に気づいたときには、これまでに一度も受けたことのないような好意に対する素直な感謝の念が胸に湧いている。その間にもホバンの演説は進み、今は血が話題になっている。

すべての血液型の血。よくある血液型の血、珍しい血液型の血、きわめて稀な血液型の血。世界的規模の需要と供給のアンバランス。すべての国の血。東京、パリ、ベルリン、ロンドン、ニューヨークの医療市場における、血の金銭的価値。その卸値と小売り値。血液検査法、いい血と悪い血の分別法。その冷却法。壜《びん》に詰め、凍らせ、輸送し、保存し、乾燥させる方法。西側の主要産業国家の輸出入規制。保健衛生規準。税関。どうしてホバンはそんなことを話しているのか。なぜ血が突然タイガーにとってそんなに魅力的なものになったのか。タイガーは煙草と同じくらい血を嫌悪しているのに。血はタイガーにとって自分が不滅ではないことを思い出させる、彼の秩序とは相容れないものだ。そのことはオリヴァーも子供の頃から知っていて、それをタイガーの隠された繊細さと思うこともあれば、弱さと見て軽蔑することもあった。どんなに小さな傷でも、ほんの少量の血を見ただけでも、そのにおいを嗅《か》いだだけでも、血が話題になっただけでも、タイガーは慌てふためくのだ。ショーファーのガッスンなど一度、血まみれの事故に遭遇し、手助けを申し出て、危うく馘《くび》になりかけたことがある。タイガーはそのときロールスロイスの後部座席に坐り、顔面蒼白になって、走れ！　走れ！　走れ！　とガッスンに怒鳴ったものだ。それが今日は、ホバンのだらだらと続く〝特別計画第三号〟の説明を嬉々《きき》とした顔で聞いている。見るかぎり、この世で何より好きなのが血、とでもいった顔をしている。バケツ何杯もの量の血の話だというのに――寛大なロシア人の献血者のおかげで、蛇口をひねればそれこそ無尽蔵に出てくる血の話だ。血を必要とするアメリカの病人に売れば、末端価格一パイント九十九ドル九十九セントで売れる血の話。実際、われわれが今見ているその量は一週間に五十万パイント、わかりますね、ミスター・オリヴァー？　いつのまにか、ホバンは人道主義者になり変わっている、恭《うやうや》しくもことばの抑揚をなくし、口調まで変え、眼を伏せ、時折おつにすまして口をすぼめることとで。カラバク、アブカジア、トビリシでの紛争を見て、オルロフ兄弟は、ロシアの医療の悲劇的なまでの不備、医薬の不足を痛感し、それが今後悪化の一途をたどるであろうことを懸念している。ソヴィエト連邦には、ああ、国家規模での輸血システムがないのです――とホバンは嘆いている。

いる——血を集め、幾多ものわれらが首都に分配し、保存するシステムがないのです。それは、血を売り買いするということが、まっとうなソヴィエト市民の感覚とは相容れないことだからです。ソヴィエト市民にとって血とは、共感や愛国心を覚えた特別なときに、自ら進んでただで提供するものなのです。コマーシャル・ベースで考えるなど、とんでもないことなのです。ホバンの声音は今や、彼自身輸血が必要なのではないかと思われるほど、血の気の失せたものになっている。

「たとえば、赤軍がどこかの前線で戦っているとします。すると、そのことがラジオで国民に訴えられ、たとえば、どこかで自然災害があったとすると、村をあげて献血の列ができる。危機がより大きければ、ロシアの国民はより多くを供給する。今後、新しいロシアでは多くの危機が発生するでしょう。また、危機は人工的につくられもするでしょう。これまた自明の理です」オリヴァーは思う、いったいホバンは何が言いたいのか。しかし、まわりを一瞥すると、そんなことを思っているのはどうやら彼ひとりだけのようだ。タイガーは、訊きたければ訊けばいい、とでも言いたげな威嚇的《いかくてき》な笑みを顔に貼りつかせている。エヴゲニーとミハイルは膝の上で両手を組んで、頭を垂れ、祈りのポーズを取っている。シャルヴァはどこか思い出にひたるような顔で、マシンガムは気持ちよさそうに眼を閉じ、火のはいっていない暖炉のほうに脚を投げ出している。「その結果、最高レヴェルでも、ソヴィエト連邦のすべての主要都市に血液銀行を設立することが急務という結論が出されました」ホバンの声が今は信仰復興を説く聖職者から、アデノイドを病んだ寒い朝の〈ラジオ・モスクワ〉のアナウンサーに変わっている。まわりの人間すべてにわかっていることが、オリヴァーにはまだわからない。

「すばらしい」彼はみんなの視線が自分に集まったことを意識しながら、守勢にまわってつぶやく。そして、つぶやいたときにはもう、気づいたときにはもう、エヴゲニーと視線を交わしている。エヴゲニーは頭を斜めうしろに反らし、岩のような顎を突き出し、上下の睫毛のあいだから眼で彼に〝何が？〟と問うている。

「国家的目標として、ソヴィエト連邦のすべての共和国は、それぞれ指定された都市に血液センターを設立することになるでしょう。そして、その施設には少なくとも」――オリヴァーはまだ頭が混乱しており、数字を正確に受け入れることができない――「それぞれの血液型の血液が数ガロンずつ保存されなければならないでしょうが、この計画については、規準に従い、国家基金をつくることが可能です。国はただ危機を叫べばいいのです。そうするだけで、互恵主義の観点から」――ホバンはみんなの注意を惹くためにその白い指を一本立てる――「すべての共和国から一定の量の血液がモスクワの中央保存センターに供出されることでしょう。これまた自明の理で、逆に、中央保存センターに供出しない共和国は国家基金を受け取ることができない」ホバンはそこできわめて重要なことを――あるいは、彼のねじれた声が許すかぎり重要なことを言う。「この中央保存センターは、〝危機対応血液保存センター〟と呼ばれ、モデルケースとなるでしょうが、とりあえず、どこかにいい建物を――屋上にヘリポートがつくれるような建物を見つけ、そこに救急隊員を常時待機させる。そして、ソヴィエト連邦の各地で、地元では対応できない事態が発生した際、どこへでも急行させる。たとえば、地震。たとえば、工場の大きな事故。たとえば、列車事故、たとえば、小さな紛争。たとえば、怒れるチェチェンのテロリスト。このセンターのことはテレビでも放映され、新聞でも取り上げられ、ソヴィエト連邦の誇りとなる。そんなセンターに血液を提供することを拒む者などロシアにいるわけがない。たとえ危機が小さな場合でも。その危機が最高レヴェルで宣言されさえすれば。わかりますね、ミスター・オリヴァー？」

「もちろん、子供でもわかることです」とオリヴァーは反射的に答える。しかし、頭がすっかり混乱してしまっていることは彼だけが知っている。花崗岩のような頭を花崗岩のような拳で支えているエヴゲニーにも彼の悲鳴は届かない。

「しかしながら《ハウエヴァー》」とホバンは言う――ただ、そのときにはことばに対していくらか無防備になっていたのか、〃H〃の音が硬音の〃G〃になっている。これが別なときなら、オリヴァーは内心こっそり笑っていたかもしれない——「しかしながら《ガウェヴァー》、〃危機対応血液保存センター〃の運営が、ソヴィエトに多大の経済的負担を強いることは明らかです。しかし、ソヴィエトにお金はありません。だから、ソヴィエトは市場経済の原理を受け入れなければならないわけですが、そこで、きみに質問です、ミスター・オリヴァー。〃危機対応血液保存センター〃はどうやって経済的自立をすればいいか。どうやって運営すればいいか。きみなら最高レヴェルにどういう提案をする？　言ってみてください」

　全員の視線が集まり、オリヴァーにはそれが実際に熱く感じられる。そんな中でも、タイガーの視線の温度が一番高い。オリヴァーの同意と、祝福と、共謀を求めている。オリヴァーの理想も道徳観も一切合切まとめ、強引に船に乗せようとしている。そんな熱を浴びて、オリヴァーは顔を曇らせ、肩をすくめ、無意味な渋面をつくる。

「余った血を西側に売ればいい」

「もう少し大きな声で言ってくれ、オリヴァー」とタイガーが言う。

「余った血を西側に売る」——その声は悔恨に満ちている——「いいじゃないですか。それも作物みたいなものなんだから。血、石油、屑鉄。どこにちがいがあると言うんです？」

　そう言いながら、オリヴァーには自分の声が鎖を解かれた者の雄たけびのように聞こえている。ホバンは、しかし、大きくうなずいている。マシンガムは呆けたように笑っている。タイガーは領主然として、その日で一番大きな笑みを浮かべている。

「それはなかなか抜け目のない《アステュート》提案だ」とホバンは自分の選んだ形容詞に満足して言う。「血を売る。公的に、しかし、秘密裏に。こういう輸出は国家機密ということになるでしょう。そして、そうするには、モスクワの最高レヴェルで作成された文書が必要になる。集められ、余った血は、毎日ボーイング747の冷凍庫に積まれて、モスクワのシェレメーチェヴォ空港からアメリカの東海岸に空輸され、輸送費用は契約会社が負担する」彼は何やら書きつけたメモを見ながら話している。「しかし、この輸送は重大機密としなければなりません。どんなにささいな否定的反応も封じなければなりません。〝彼らはわれらロシア人の血をあの勝ち誇った帝国主義者たちに売っている〟などということばを、われわれがロシアで聞くようなことがあっては断じてなりません。一方、アメリカでも、アメリカの資本家は文字どおり貧しい国の人々の血を吸っている、などと報道されては面倒なことになる。この血はあくまで余剰生産物でなければならないのです」彼はその白い指を舐めてページをめくる。「この双方における機密扱いが守られるなら、最高レヴェルもきっと契約書にサインするでしょう。契約条件としては、まず、エヴゲニー・イワノヴィッチが代理人を指名する。その指名の特権が彼に与えられることは初めからわかっていることです。彼に指名されるのは、もちろん、外国人であってもかまわない。西側の人間であっても。アメリカ人であっても。そんなこと、誰が気にします？　しかし、指名されたこの会社はモスクワの書類には残らない。ただ、単に外国企業としてしか残らない。スイスの会社であれば、何かと便利な気がしますが、それもどうでもいいことです。そして、オルロフ兄弟が選んだソヴィエト側業者との契約が成立したら、ただちに持参人払いの債券で三千万ドル、外国の銀行に振り込んでいただきたい。詳細はあとで詰めることにして、その外国の銀行についてはそちらでどこか選んでもらえますか？」

「もちろん」とタイガーが舞台の袖から答える。

「この三千万ドルは前金と見なされます。エヴゲニー・オルロフが指名した会社の粗利益の十五パーセントとして。どうです、ミスター・オリヴァー、気に入りましたか？　実にいいビジネスだとは思いませんか？」

　もちろんオリヴァーも気に入っている。そして、嫌悪《けんお》している。いいビジネスであり、唾棄《だき》すべきビジネスだと思う。いや、これはビジネスなどではない。盗みだ。しかし、彼にはそうした激しい嫌悪をことばにする時間がない。彼にはまだ年齢が不足している。自信も、手ぎわも、空間も不足している。

「おまえがさっきいみじくも言ったように、これまた作物と変わりない」とタイガーが言う。

「ええ」

「なんだか心配そうな顔をしてるな。そんな顔はするな。おまえは今味方と一緒にいるのだから。おまえもチームの一員なんだから。なんだって？　もっと大きな声で言ってくれ」

「商品検査のことを考えてたんです」とオリヴァーはつぶやくように言う。

「そのとおりだ。それはきわめて重要な問題だ。何より困るのは、善人づらしたブン屋どもに、シングル社は汚れた血を売りさばいてるなどと言われることだからな。だから、喜んで答えよう、検査も区別も選別も――そういう問題はすべて――現代の科学をもってすれば、なんの障害にもならない。そのために輸送の時間が長くて数時間よけいにかかるだけのことだ。もちろん、コストもそれだけよけいにかかるが、それももちろん計算にはいっている。そういうことはおそらく空輸中にやるのが得策だろう。それで時間も手間も省ける。そこのところは現在検討中だ。ほかに何か？」

「そう、こっちのほうが――こっちのほうが大きな問題なのではないかと思うのだけれど……」

「なんだね？」

「その――さっきアリックスが言ったことです――ロシア人の血を豊かな西側に売るということです――資本家が貧しい農民の血でぬくぬくと生きるという問題です」

「またまたおまえは的確な指摘をした。その点に関しては、われわれとしても鷹のように眼を見張っていなければならない。が、この問題の利点は、エヴゲニーと彼の仲間もまたわれわれ同様、すべてが秘密裏におこなわれることを何より重要に考えている点だ。一方、悪い点は、そうは言っても遅かれ早かれ、すべてはリークするということだが、そこのところはポジティヴに対処していく。それがこつだ。何か言われたら言い返す。答をまえもって用意しておいて、それを相手にぶつける」彼は路傍の説教師のようにその短い腕を振り上げ、声まで震わせる。「〝血を流すより血を売るほうがよほどいいだろうが！　和解と共存のために、ひとつの国がかつての敵国に血を与えること以上にすばらしい方策がほかにあるか？〟というのはどうだ？」

「でも、ドナーは血を与えるわけじゃない。でしょ？　そこのところはちょっとちがうような気がするけれど」

「だったら、ドナーからの血はただで手に入れるほうがいいとでも？」

「いや、もちろん、そういうことじゃありません」

「では、ソヴィエト連邦は全国的な輸血システムを持つべきではないと？」

「いいえ」

「エヴゲニーの仲間がコミッションをどうつかうのか。それはわれわれの関知しないところだ。どうして関知しなければならない？　彼らはそれで病院を建てるかもしれない。慢性病治療のセンターをつくるかもしれない。これ以上道徳的なことがあるか？」

マシンガムが自ら〝結論《ナットシェル》〟と呼んでいるものを提供する。「全部合わせると、オリヴァー、三つの特別計画に八千万ドルの先行投資、鼻薬というわけだ」彼は巧みに巧まざるふうを装って計算する。「しかし、私の勘では——ただの思いつきだからね、あとで私がこう言ったなどとは言わないでくれ——八千万を望む者はたいてい七千五百万ぐらいまでは望みを下げたりするものだ。それがたとえ国の最高レヴェルの人々であれ、七千五百万と言えば相当な額だ。今後は、誰をテーブルに呼ぶかということが問題になる。誰に金の延べ棒を献上するかということが」

サウス・オードリー・ストリートにある〈カトリーナのゆりかご〉でのランチは、新聞のゴシップ欄に〝とてもわれわれには手の届かない〟とよく書かれるランチだが、タイガーの手は難なく届く。彼がオーナーなのだ。彼はまたカトリーナのオーナーでもある。オリヴァーが知っているより少しだけ長いあいだ、彼は彼女を所有している。空は晴れており、歩いても高々三分の距離をタイガーとエヴゲニーが先頭に立って歩き、オリヴァーとミハイルが第二のペアで、残りの三人はそのうしろに従い、ホバンが最後尾で、携帯電話に向かって何やら低い声でロシア語を話している。オリヴァーにもすでにわかりかけていたが、ホバンというのは何より携帯電話が好きな男だ。角を曲がると、縁石に沿ってショーファー付きのロールスロイスが何台か、まるでマフィアの葬列のように並んで停まっているのが見える。タイガーが呼び鈴に手を伸ばすと、真っ黒に塗られ、表には何も書かれていないドアが開く。窓ぎわの有名なテーブルが彼らを待っている。きわめて薄いシェリー酒色のジャケットを着たウェイターがへつらうように、何やら小声で言いながら、ワゴンを押し、愛人を連れたまばらな客たちは自分たちの安全地帯から彼らを見ている。店の名前にもなっているカトリーナは、男なら誰もが望む愛人の素質をすべて備えた、妖精のような、年齢不詳の粋《いき》な女だ。タイガーの肩に尻を押しつけるようにして、彼女は彼の脇に立つ。

「いや、エヴゲニー、今日はウォッカはやめていただきたい」とタイガーはテーブル越しにエヴゲニーに言う。「彼にはシャトー・ディケム（ボルドーのソーテルヌ地区でつくられる高級白ワイン）だ。それにフォアグラ。ラムはシャトー・パーマーで召し上がっていただこう。仕上げはコーヒーと千年もののコニャック。ウォッカはなしだ。熊が私を殺すというなら、こっちは飼い慣らすまでさ。最初はやはりシャンパン・カクテルだな」

「可哀そうに、ミハイルは何を食べればいいの？」カトリーナはマシンガムを通じてまえもって全員の名前を知らされている。「彼はまるで何年もまともな食事をしてないみたいな顔をしてる。そうなんでしょ、ダーリン？」

「ミハイルは牛肉食いだ。ああ、まちがいない」とタイガーは通訳をしているマシンガムに言う。マシンガムは適切と思ったことはなんでも通訳する。「ランディ、彼にビーフはどうかと訊いてみてくれ。それから、新聞に書かれていることは、ひとことも信じないように言ってくれ。イギリスのビーフは今でも世界一だ。シャルヴァもミハイルと同じでいいだろう。アリックス、今は少しは人生を愉しむ時間だ。頼むから、その電話はしまってくれないか。アリックス、これはこの店の決まりだ。彼にはロブスターがいいだろう。アリックス、ロブスターは好きかね? 今日はいいロブスターがあるのかな、カトリーナ?」

「オリヴァーは何を食べるの?」とカトリーナは尋ね、年齢不詳の輝くような視線をオリヴァーに向ける。そして、その視線をいつまでも好きなだけ遊んでいいおもちゃのように彼にとどめる。「それじゃ足りないわ」と彼女は彼のかわりに答え、彼は顔を赤らめる。カトリーナはタイガーの逞《たくま》しい息子に対する愛情を決して隠そうとせず、オリヴァーが店に来るたびに、手に入れたくても途方もない値段がついている絵を見るような視線を向ける。

オリヴァーが何かしら答えかけたところで、店が炸裂《さくれつ》する。白いピアノのまえに坐り、エヴゲニーが激しいプレリュードを弾きはじめ、山を、川を、ダンスを呼び起こし――オリヴァーがまちがっていなければ――騎兵隊を突撃させたのだ。気がついたときにはもうすでに、ミハイルが厨房のドアにうつろな眼を向け、小さなダンスフロアの中央に立っている。エヴゲニーが陽気な哀歌を歌い、ミハイルがゆっくりと腕をまわして、リフレインのところだけ歌に参加する。カトリーナもすぐさまそれに加わり、ミハイルの腕に自分の腕を通し、ミハイルの動きに合わせて踊りはじめる。彼らの歌は山々を駆けのぼり、頂上にたどり着くと、残念そうに下山してくる。驚いて押し黙るほかの客たちを無視し、兄弟はカトリーナの拍手とともにまたテーブルに戻ってくる。

「今のはグルジアの歌ですか?」拍手がやむのを待って、オリヴァーはマシンガムを通じてエヴゲニーにおずおずと尋ねる。

が、エヴゲニーは、ほんとうはそれほど通訳を必要としていないことをそこで初めて明かす。「いや、グルジアの歌ではない。オリヴァー、今のはミングレル族（グルジア人と近縁の部族）の歌だ」部屋全体に響き渡るような、深いロシア訛りの英語だ。「ミングレル族というのはとても純粋な部族だ。グルジア人は、自分たちの祖母さんを犯したのが、トルコ人だったか、ダゲスタン人だったか、ペルシア人だったかもわからないほどの侵略にあってきた。一方、ミングレル人はとても利口な人たちで、自分たちの谷を守った。自分たちの女をまず閉じ込めた。そして、自分たちがさきに女たちを妊娠させた。だから、彼らの髪は茶色で、黒ではないのだよ」

部屋にもとのささめきが戻り、タイガーがすかさず最初の祝杯をあげる。「われらが谷に、エヴゲニー。きみたちの谷が、私たちの谷が、ともに栄えんことを。離れてはいてもともにあることを。谷がきみときみの一家に繁栄をもたらさんことを。パートナーシップに。厚い信頼に」

四時。夜の催しのまえにいくらか休息を取るため、マシンガムに兄弟たちをサヴォイ・ホテルまで送らせ、父と息子は腕を組み、ランチのあと、ほろ酔い加減で陽の射す歩道をゆっくりと歩いている。

「一家の大黒柱だ、エヴゲニーは」とタイガーが感慨深げに言う。「私同様。おまえ同様」そう言って、オリヴァーの腕をぎゅっと握る。「モスクワにはグルジア人が泥棒と同じくらい大勢いる。エヴゲニーはそんな彼らを組織し、彼に開けられないドアはひとつもない。なんとも魅力的な男だ。彼は世界の敵ではない」父と息子がこれほど長い時間文字どおり触れ合うというのはきわめて稀《まれ》なことだ。背のちがいを考えると、そもそも腕を組み合うこと自体がむずかしいのだが、今は苦もなくそれができている。「あの男は人を信じすぎていない。そこのところが私と似ている。そして、物を信じていない。コンピューターも、電話も、ファックスも。自分の頭の中にあるものしか信じないと言っていた。だからおまえなのだよ」

「ええ？」

「オルロフ兄弟は家庭人だ。それはよく知られたことで、彼らは父親、兄弟、息子が好きなのさ。だから、彼らのもとに息子を遣《や》ることほど信頼の証しとなるものもないんだ。今日ウィンザーをはずしたのはそのためだ。浴びて当然のスポットライトをおまえが浴びるときがいよいよやってきたということだ」

「マシンガムは？　彼らはマシンガムがつかまえてきた。そうでしょう？」

「息子のほうがいいのさ。それは彼にはどうすることもできないことだ。それに、あの男は手元に置いておいたほうがいい」オリヴァーは父親から腕を放そうとする。が、タイガーにしっかりと押さえられ、放すことができない。「彼らはきわめて疑い深いが、そのことを責めるわけにはいかないよ、彼らが育った世界を考えると。何しろ警察国家なのだからな。みんながみんなのことを密告して、銃殺にさえなる国なんだから。そりゃ誰しも疑い深くなるだろう。ランディの話じゃ、あのふたりも刑務所にはいっていたことがあるそうだ。そして、派手な行動は慎《つつし》む人間として出てきた。どうやらイートンなんかよりいいところのようだな、あっちの刑務所は。契約書を作成しなければならない。細かい同意事項も明記しなければならないが、あくまでシンプルにやれ。それが鉄則だ。法律用語は、外人向けの基本的なものだけにしろ。エヴゲニーは何に自分はサインしているのか、きちんと理解したがるだろう。できるか？」

「と思うけれど」

「彼はたいていのことに関して、よくわかってはいないだろう。ああ、いないはずだ。そんな彼に手から餌をやり、西側のやり方を順次教えるのがおまえの役目だ。彼は弁護士が嫌いで、銀行業務のことなどまったく知らないと言っていいだろう。だいたい知っているわけがない。銀行そのものがなかったんだから」

「そりゃそうだ」とオリヴァーは追従して答える。

「可哀そうに、彼らはこれから金の価値を学ばねばならんのさ。これまでは特権が彼らの通貨だった。で、カードをまちがって使いさえしなければ、欲しいものはなんでも手にはいった——家も、食料も、学校も、休暇も、病院も、車も、それらすべてを特権で手に入れることができた。今は彼らもそれらを現金で買わなければならない。まったく異なるゲームになったというわけだ。ゲームが異なれば、プレイヤーも異なってくる」オリヴァーは微笑む。心の中で音楽が奏でられている。「やれるな?」とタイガーは念を押す。「彼の手足になれ。面倒なことは私がやる。長くて、そう、一年かそこらのことだ」

「それで、一年後にはどういうことに?」

タイガーは気持ちよさそうに笑う。道徳とは無縁の幸せな、珍しい心からのウェストエンドの笑い声だ。彼は、オリヴァーの腕から自分の腕を抜くと、愛情を込めて息子の肩を叩いて言う。「粗利益《あら》の二十パーセント?」——まだ笑っている——「どういうことになってると思う? 今から一年後には。まずまちがいなく、われわれはあの悪魔から搾《しぼ》り取れるだけ搾り取ってることだろうよ」

第八章

オリヴァーは縄をつけられて、空を飛んでいるようなものだった。

父親の会社にはいるというのは賢明なことだったのかどうか。そんなことは考えもしなかったが、たとえ少しでもそのことに疑問を抱いていたとしても、一九九一年の夏がそんな疑問などきれいに払拭《ふっしょく》してくれていただろう。これこそ生きるということだった。こそこそうまくやるということだった。これこそ文字どおり、ドリーム・ゲームをおこなうドリーム・チームに参加するということだった。タイガーが跳ぶと――経済コラムニストが好む言いまわしだ――彼に劣る者たちは離れて佇《たたず》む。そんなタイガーでさえこれまで一度も見せたことがないような跳躍を今、見せようとしているのだ。重役たちがそれぞれのプロジェクト・チームに割り振られ、早々とマシンガムの石油と鉄の戦場指揮官就任が決められた。もっとも、マシンガム本人はもっと地位の低いポストであっても、〝血〟の部門を担当したがったのだが。タイガー同様、彼もまた最も実入《みい》りのいい部門はどこかわかっていたから。当然のことながら、血の部門はタイガーが独占し、やがてオリヴァーを従えた彼の姿が、月に二度三度とワシントン、フィラデルフィア、ニューヨークで見かけられるようになる。オリヴァーは、父親が類《たぐ》い稀《まれ》な説得力で、上院議員やロビイストや厚生省の役人を圧倒するのを目のあたりにして、父親に対し、畏怖《いふ》の念さえ覚えた。タイガーの売り口上を聞くかぎり、誰もロシア人の血だなどとは思わない。あくまでヨーロッパ人の血だった――ヨーロッパというのはイベリア半島からウラル山脈までのことではないか。コーカサス人の血。それももちろん嘘ではない（コーカサス人には白色人種の意がある）。ただ、繊細さをまだ殺せないでいるオリヴァーが恥ずかしく思ったのは、タイガーは〝白いコーカサス人の血〟とまで言ったことだ。ヨーロッパで余った血である、と。それ以外は、荷揚げ権、血液の選別、保存、関税の免除、荷揚げしたあとの輸送、現場を監督し、迅速に動けるスタッフの確保といった、さして議論にならないことしか彼は話題にしなかった。しかし、ロシアの血を安全確実に受け入れる体制は整っても、その発送のほうはどうなっているのか？

「そろそろエヴゲニーを訪ねてもいい頃だ」とタイガーが最後に言い、オリヴァーは彼の新たなヒーローに会いにモスクワに発った。

一九九一年、モスクワ、シェレメーチェヴォ空港。完璧な夏の午後。オリヴァーは母なるロシアに初めて足を踏み入れ、到着ロビーで、不機嫌な列としかめっつらをした国境警備兵に接し、圧倒され、いっとき言い知れぬ恐怖を覚えた。が、それも従順な役人の分隊を従え、歓喜の声をあげて、エヴゲニーが彼のほうにやってくるのを認めるまでのことだ。エヴゲニーはオリヴァーの背に腕をまわし、ざらざらした頬をオリヴァーの頬に押しつけてきた。ニンニクのにおいと味のする、ロシアの伝統的なキスを三度目に唇にされて、オリヴァーは呆気《あっけ》に取られる。エヴゲニーの出現で、あっというまにパスポートにスタンプが押されたことにも。黒塗りのジル（ソ連製の要人用高級車）。荷物はその横のドアから積まれ、オリヴァー自身はエヴゲニーと後部座席に乗り込む。運転手はほかでもないミハイルで、その日はよれよれの黒いスーツではなく、膝まであるブーツに軍服調の乗馬ズボン、革のボマージャケットといういでたち。その下から大型オートマティックの黒い銃把《じゅうは》がのぞいている。警察のオートバイが彼らを先導し、黒い髪の男ふたりが乗ったヴォルガが彼らのうしろに従う。

「私の子供らだ」とエヴゲニーは説明し、片目をつぶってみせた。

しかし、オリヴァーはそれが事実ではないことを知っている。残念なことに、エヴゲニーには娘しかおらず、息子はいない。オリヴァーの泊まるホテルは街の中心部にある、ウェディングケーキのような建物だ。チェックインの手続きだけすませ、オリヴァーたちはまた穴だらけの広い通りを走る。巨大なアパートメントの建ち並ぶ一帯から、警備用カメラと制服警官に警護された屋敷が見え隠れする、緑の多い郊外へ移り、眼のまえで鉄の門が開く。彼らを警護してきた者たちはそこで去り、ジルは蔦《つた》に覆われた屋敷の前庭にすべり込む。子供たちの嬌声《きょうせい》、バブーシュカ、煙草の煙、鳴りっぱなしの電話、大型のテレビ、卓球台。すべてが動いている。弁護士のシャルヴァが彼らを玄関ホールで出迎える。すぐに顔を赤らめるいとこで、〝エヴゲニーの個人アシスタント〟のオルガ。肥《ふと》り肉《じし》の陽気な甥《おい》、イゴール。親切で堂々たるグルジア人のエヴゲニーの妻、ティナティン。それに三人の――いや、四人だ――娘たち。全員フルボディで、全員もうすでに結婚している。が、どことなく疲れて見え、一番きれいで、一番不幸なゾーヤに、オリヴァーは胸が痛くなるほど印象づけられる。女性神経症は彼の宿痾《しゅくあ》だが、そこへきゅっとしまったウェスト、母親らしい豊かなヒップ、悲しみに沈んだ茶色の眼が加わると、彼にはもう自分をどうすることもできなくなる。彼女はポールという男の赤ん坊を抱いていて、その赤ん坊は母親の生真面目さを受け継いでおり、彼らのよるべない四つの眼にオリヴァーはとらえられる。

「あなたはとても美しい」とゾーヤはまるで誰かの死を告げるかのように悲しげに言う。「あなたの美しさはいわば不規則な美しさね。もしかして、あなたは詩人か何か?」

「残念ながら、ただの弁護士です」

「法律もまた夢よ。あなたはわたしたちの血を買いにきたの?」

「あなたたちをお金持ちにするために来たんです」

「それはそれは、ようこそ」と彼女は悲劇女優さながら朗々と答える。

オリヴァーは、エヴゲニーにサインをしてもらわねばならない書類と、封をされたタイガーからの親書を携えている。しかし、「それはまだだ。またあとで。それより私の馬を見てくれ」と言われ、見させられ、エヴゲニーが馬と言ったのは、実は新品のBMWのオートバイだったことがわかる。それは居間の中央、東洋の絨緞《じゆうたん》の上にぴかぴかに磨かれ、甘やかされて置かれている。家人を戸口に集め——オリヴァーはゾーヤしか見ていなかったが——エヴゲニーは靴を脱いでその獣の背にまたがり、靴下を履いた足をペダルにかけてエンジンを目一杯ふかし、また降りると、上も下も濃い睫毛《まつげ》に縁取られた眼に喜びをあふれさせて言う。「さあ、次はきみだ！　さあ、オリヴァー、早く！」

観衆の拍手に送り出され、シングル社の若き後継者は、オーダーメイドのジャケットとシルクのネクタイをシャルヴァに手渡し、エヴゲニーに代わってサドルにまたがり、屋敷を土台まで震わせることで、自分がいかに気のいい若者か示してみせる。ただひとり、ゾーヤだけが彼のパフォーマンスを喜ばない。この環境破壊に眉をひそめ、ポールを胸にしっかりと抱きしめ、その小さな耳を手で覆い、守っている。乱れた髪に、無頓着な身なり。子持ちの高級娼婦によく見られるような逞《たくま》しい肩。彼女は孤独で、都会の暮らしに戸惑っている。オリヴァーはそんな彼女の警察官、保護者、同伴者になることを早々と決めている。

「ロシアではじっと立ってるために早い乗りものに乗らなくちゃならない」と彼女は彼がネクタイを締め直すと言う。「それが正常なのよ」

「それじゃ、イギリスでは？」とオリヴァーは笑いながら尋ねる。

「あなたがイギリス人じゃなくて、シベリアで生まれていたら、きっと血を売ったりはしないわ」

エヴゲニーのオフィスは礼拝堂のように静かだった。おそらく以前は厩舎《きゆうしや》だったのだろう、天井の高い、豪華なパネル張りの建物だ。屋敷からの物音は一切聞こえてこない。贅沢な樺材のアンティーク家具が金色を帯びた茶色に光り輝いている。「サンクトペテルブルクの美術館のものだ」とエヴゲニーは大きな書きもの机を手のひらで撫でながら言う。革命が起きたとき、美術館が襲われ、収蔵品がソヴィエト連邦じゅうに散らばった。探すのには何年もかかったよ、とエヴゲニーは言う。が、それらが見つかると、八十歳の元囚人をシベリアから呼び寄せ、復元させた。「復元できたものは〝カレールカ（北欧産高級家具）〟と呼んでいる」とエヴゲニーは得意げに言う。「エカチェリーナ二世愛用の品だったんだ」壁には男たちの――なんとなくオリヴァーにも故人であることがわかる――写真が掛けられている。それに、船に関する資格証。ふたりは、アーサー王の鉄のシャンデリアのもと、エカチェリーナ二世の肘掛け椅子に坐る。さまざまな年輪が刻まれた顔。金ぶちの眼鏡《めがね》。キューバの葉巻。エヴゲニーは誰にとってもすばらしいカウンセラーで、心強い友だ。坊主臭い弁護士、シャルヴァは煙草の煙をさかんにふかしている。オリヴァーは、ウィンザーが書いた草稿を自分で平明な英語に書き直した合意書を何通か持ってきている。そのロシア語版はマシンガムが書いていた。テーブルの端から、ミハイルが海のように深い眼を見張り、聾唖者の用心深さで、聞こえぬことばを一心に聞こうとしている。シャルヴァがグルジア語でエヴゲニーに何やら話しかけると、ちょうどそのとき、ドアが閉まり、オリヴァーはそのことに驚く。ドアは最初から閉まっていたはずなのに。首をめぐらすと、アリックス・ホバンが戸口から少しはいったところに立っている。命じられるまではそれ以上中にはいることを禁じられている子分のように。エヴゲニーはシャルヴァに黙るように言い、眼鏡をはずしてオリヴァーに言う。

「きみは私を信じてるか」

「はい」

「きみの父上。彼も私を信じてるか」

「もちろん」

「それでは、われわれも信じよう」エヴゲニーはそう言って、シャルヴァの反駁《はんばく》を手でさえぎり、サインをすませ、ミハイルもサインできるよう書類を彼のほうに押しやる。シャルヴァは席を離れると、ミハイルのうしろに立ち、サインすべき場所をミハイルに指示する。ミハイルは一大傑作でもものするかのように、一字一字苦労して自分の名前を紙に彫る。ホバンがまえに進み出て、自ら証人役を買って出る。彼らがサインに使ったのはインクだが、オリヴァーの心の中でそれは血に変わっている。平炉のある、板石敷きの地下の酒蔵。ポークとラムが串刺しにされ、薪をくべた平炉の炎に炙《くべ》られている。壁の煉瓦にはガーリックときのこのにおいがしみついている。グルジアのチーズブレッドが木の皿に盛られている。そのチーズパンのことは〝ハチャプリ〟と呼ばなくてはならない、とオリヴァーはエヴゲニーの妻、ティナティンに教えられる。ベツレヘムから取り寄せた自家製ワインだとエヴゲニーが称する甘い赤ワイン。嘘かほんとうかはわからない。樺材のダイニング・テーブルの上には、キャヴィア、スモーク・ソーセージ、スパイスの効いた鶏の脚、自家製のマスの燻製《くんせい》、オリーヴとアーモンドのケーキが、危ういほどうずたかく盛られ、よく磨かれたテーブルトップにはもう一インチの隙もない。エヴゲニーとオリヴァーがテーブルの両端に坐り、そのあいだに大きな胸の娘たちが無口な夫と並んで坐る。ただひとり、ゾーヤだけが幼いポールを膝に抱いてぽつんと離れ、まるで病気の子供に食べさせるように、ポールの口にスプーンを運んでいる、ときたま自分の口にも――彼女はその豊かな唇に口紅すらつけていない――運びながら。しかし、オリヴァーの頭の中では、彼女のその黒い眼はずっと彼を見ている。彼が彼女を見ているように。ポールは、彼にとって孤独な彼女が放つエーテルのような存在にすぎない。まず彼女をレンブラントのモデルとして見て、次にチェーホフのヒロインに見立てたところで、彼女が顔を上げ、不快げに顔をゆがめたのに気づき、オリヴァーはやるせない気持ちになる。彼女の夫、アリックス・ホバンがスーツを着た強面《こわもて》の若者を両脇に従え、携帯電話で誰かと話しながら、部屋にはいってきたのだ。ホバンは彼女の肩に――オリヴァーが想像の中で情熱的なキスをした同じ肩に――おざなりのキスをして、ポールがいやがろうとおかまいなしに、ポールの頬をつねる。そして、彼女の横にどっかと腰をおろすものの、まだ携帯電話で話しつづけている。

「わたしの夫に会ったことは、オリヴァー?」とゾーヤが尋ねる。

「もちろん。何度かだけど」

「わたしもよ」と彼女は謎めいたことを言う。

テーブルの端と端同士で、エヴゲニーとオリヴァーは互いに何度も乾杯をし合う。タイガーに、お互いの家族に、自分たちの健康に、繁栄に、死んだのはまだコミュニズムの時代だったが、今は神とともにいる故人に。

「きみは私のことをエヴゲニーと呼びたまえ。私はきみのことを郵便屋《ポストボーイ》と呼ぶから! そんな呼ばれ方はいやかな?」

「いや、なんとでも、エヴゲニー!」

「私はきみの友だ。私はエヴゲニーだ。エヴゲニーとはどういう意味か知ってるか?」

「いいえ」

「高貴、という意味だ。つまり、私は特別な人だという意味だ。きみも特別な人か?」

「そう思いたいですね」

エヴゲニーは大笑いをする。銀の細工を施した羊の角が持ってこられ、その中にベツレヘムの自家製ワインがなみなみと注がれる。

「特別な人々に! タイガーとその息子に! われわれはきみらを愛してる。きみらもわれわれを愛してるか?」

「もちろん、もちろん!」

オリヴァーと兄弟は、角に注がれたワインを一気にあけることで友情を確かめ、最後に角を逆さにして、それがからであることを示し合う。

「これできみは真のミングレル族だ！」とエヴゲニーが宣し、そこでオリヴァーはまたしてもゾーヤのどこか咎《とが》めるような視線を感じる。が、今回はホバンもそれに気づいており、ホバンに気づかせることが、あるいは彼女の望みだったのかもしれず、当のホバンは耳ざわりな笑い声をあげ、ロシア語で何事か彼女に囁く。それに対し、彼女もまた辛辣《しんらつ》な笑い声をあげる。

「私の夫は、あなたがわたしたちの手伝いをしにモスクワまで来てくれたことをとても喜んでるわ」と彼女は説明する。「彼は血がとても好きなのよ。だから、まさに天職を得た気分でいる。あなたにとってもこれは天職？」

「いや、必ずしもそうでもない」

酔った勢いで、夜遅く地下室でビリヤードに興じる。ミハイルはコーチ兼審判で、エヴゲニーにアドヴァイスをする。シャルヴァは隅に坐ってゲームをただ見るだけで、ホバンは横柄《おうへい》な視線を部屋全体に向けながら、相変わらず携帯電話を相手にしゃべりまくっている。彼があんなにも相手の機嫌を取るような話し方をするとは……？　相手は愛人か。それとも証券ブローカー？　いや、ちがう、とオリヴァーは思う。ホバン自身と同じような黒い服を着て、暗い戸口に立ち、陰にひそんでボスの命令を待っている男たちの姿が眼に浮かぶ。真鍮《しんちゅう》を巻いたキューには先がない。黄色い球はめったに角度の深いポケットに落ちてくれない。台は傾き、クロスは前回の馬鹿騒ぎの名残か、裂けて、無理に布を延ばしてあるところもあり、クッションは球がぶつかるたびに硬いコツンという音をたてる。プレイヤーが球をポケットに入れるたびに――そのこと自体めったにないのだが――ミハイルは、グルジア語でスコアを宣し、いかにも馬鹿にしたようにホバンがそれを英語に直す。エヴゲニーがショットをミスするたびに――それがしょっちゅうなのだが――ミハイルはコーカサス人の石油成り金が口にする悪態をつく、球に、台に、クッションに。しかし、その悪態が崇拝する兄に向けられることは決してない。一方、ホバンの侮《あなど》りは義理の父親がミスをするたびによりあからさまになる。苦痛に襲われ、それをこらえるように息を短く吸い込み、携帯電話の相手に話しつづけながら、その薄い唇に悪魔のような笑みを浮かべる。やがてティナティンが現れ、オリヴァーの心をとろけさせる優雅さで、エヴゲニーをベッドに連れていく。ホテルへ送るために、運転手がオリヴァーを待っている。シャルヴァが、ジルが停まっているところまで、彼に付き添う。オリヴァーはジルに乗り込もうとしてあさはかにも屋敷を振り返り、ゾーヤを見る。ゾーヤは赤ん坊を抱いていない胸もあらわに、二階の窓から彼を見下ろしている。

翌朝、曇り空の下、エヴゲニーは何人かの善きグルジア人に引き合わせようとオリヴァーを連れ出し、ミハイルの運転で、彼らは灰色の大きな建物から建物へと移動する。そして、最初の建物では、屑鉄《くずてつ》のにおいのする中世風の廊下を歩かされる。いや、あれは血のにおいだったのか。二番目の建物では、ブレジネフ時代の遺物のような、とかげのような眼をした七十歳の男にコーヒーを振る舞われる。その男は大きな黒い机をまるで戦没者記念碑か何かのように大切にしている。

「きみがタイガーの息子か?」

「そうです」

「あんな小さな男にどうしてこんな大男の息子がいるんだ?」

「父はやり方を心得てるということです」

大きな笑い声。

「最近の彼のハンディキャップを知ってるかね?」

「12だとほかの人から聞きました」彼は誰からもそんなことは聞いていない。

「彼にダートーは11だと伝えてくれ。彼はきっと気も狂わんばかりになるだろう」

「伝えておきます」

「やり方、か！　そいつはいい！」

封筒のことはもちろん話題にはならない。他愛のない世間話が続くあいだに、エヴゲニーが呪文とともにブリーフケースから取り出し、机の上をすべらせた、粗悪な紙でできた青灰色のフールキャップ版の封筒のことは。ダートーの視線は、その存在を否定しながら、きちんとその位置を把握している。それは前日、エヴゲニーがサインした同意書のコピーか何かだろうか。それにしては厚すぎる。では、金か？　それにしては薄すぎる。だいたいここはどこなのか。血液省？　いったいダートーとは何者なのか？

「ダートーはミングレル族の出だ」とエヴゲニーは満足げに言う。

車に戻ると、ミハイルがアメリカの漫画雑誌の海賊版のページをゆっくりとめくっている。オリヴァーの胸に疑念が湧き、彼の顔はそれを隠せない――ミハイルに読めるのかどうか。

「ミハイルは天才だ」とエヴゲニーが、まるでオリヴァーが疑念を口に出したかのように言う。

彼らは身なりのいい女の秘書――タイガーの秘書と似ているが、こちらのほうがずっと可愛い――が大勢おり、世界の株式市況を映し出すコンピューター画面が並ぶペントハウスにはいり、イタリア製のスーツを着た、イワンという名の垢抜けした若い男の出迎えを受ける。エヴゲニーはイワンにもさきほどと同じような封筒を手渡す。

「最近はどんな具合です、お故郷《くに》のほうは？」とイワンは三〇年代のオックスフォード英語の世慣れたリメイクで尋ねる。美しい女が紫檀《したん》のサイドボードの上にカンパリソーダをのせたトレーを置く。そのサイドボードもサンクトペテルブルクの美術館にあったものかもしれない。「チン・チン！」とイワンは言う。

赤の広場のすぐ近くにある西欧スタイルのホテルにはいる。私服の警備員が回転ドアを警備し、ロビーにはピンクに着色された水が流れる噴水があり、エレヴェーターの照明にはクリスタル・シャンデリアが設えられている。二階に上がると、誰も椅子についていないルーレット・テーブルから、ロウカット・ドレスの女のクルピエが、彼らを目顔で迎える。エヴゲニーが〝222〟と記されたドアのベルを押すと、ほかでもないホバンがドアを開ける。中にはいると、円形の居間があり、煙草の煙が充満する中、髭を生やし、恐い顔をした、ステパンという三十代の男が金箔を被《き》せた椅子に坐っている。そのまえにやはり金を被せたソファ・テーブルがあり、エヴゲニーはそのテーブルの上にブリーフケースを置く。ホバンがそれを見ている。彼はなんでも見ている。

「それでマシンガムはもうジャンボ機の手配をしたのか?」とステパンはオリヴァーに尋ねる。

「私がロンドンを発った時点では、こちらの準備ができ次第、あちらも準備にかかるということでした」とオリヴァーは固い口調で答える。

「おまえさんはイギリス大使のせがれか、それともどこかの阿呆か?」

エヴゲニーがステパンにグルジア語で何やら言う。きっぱりと説諭する口調で。ステパンは不承不承立ち上がり、手を差し出す。

「会えて嬉しいよ、オリヴァー。おれたちは血の兄弟だ。わかるな?」

「わかります」とオリヴァーは答える。胸の悪くなるような大きな笑い声が響き、ホテルに戻る車の中でも、その声が耳にこだまし、オリヴァーは鬱々《うつうつ》とした思いに襲われる。

「次に来たときには、ベツレヘムに連れていこう」二度目の抱擁を交わしながら、エヴゲニーが言う。

オリヴァーは荷造りをしに階上《うえ》にあがる。厚手の茶色の紙に包まれた小さな包みが枕の上に置かれている。封筒とともに。彼は封筒を開ける。レタリングのテストを受けているような、きれいな字で書かれた手紙がはいっている。満足がいくまで何度か書き直したのにちがいない、とオリヴァーは思う。

オリヴァー、あなたは純粋な心を持っているのに、不幸なことに、あらゆるもののふりをしている。だから、あなたはなにものでもないのです。愛しています。ゾーヤ。

彼は包みを開ける。旅行者向けのおみやげ屋に行けばどこでも買えるような、黒い漆《うるし》を塗った箱が出てくる。その中に、アプリコット色のティッシュを切り抜いたハートがはいっている。そのティッシュには血は付着していなかった。

ベツレヘムに行くには、英国航空の飛行機がシェレメーチェヴォに着陸し、タキシングされ、停止したらすぐに降り、従順な入国審査の役人にも手伝ってもらって猛スピードで手続きをすませ、アエロフロートのマークのついている双発のイリューシンに乗り継がなければならないのだが、グルジアのトビリシ行きのその便の搭乗客は、みんな見知った顔で、誰もが今や遅しとオリヴァーを待っている。エヴゲニーの一族全員が乗っているのだ。オリヴァーは彼ら全員に敬礼をして、一番近くにいた者と抱き合い、遠くの者には手を振る。そしてゾーヤには――彼女は機体の胴体部の隅の席にポールと一緒に坐り、彼女の夫はまえのほうにシャルヴァと一緒に坐っている――熱意のない、親密さの感じられない振り方をする。ああ、そう、そう、今、思い出した。もちろん、きみのことは覚えてるよ、とでも言わんばかりの。

トビリシでは、ハリケーンが飛行機の翼をがたつかせ、ターミナル・ビルまで走る搭乗客に砂とごみを叩きつけることがよくある。それ以外の儀式は、一張羅のスーツを着た、市《まち》の全有力者の半数をひとりひとり数えるぐらいのことで、テムールという色素欠乏性のフィクサーもそんな人々の中にいる。そのテムールもまたグルジアのすべての人々同様、ティナティンのいとこであり、甥《おい》であり、名づけ子か、彼女の学校時代の親友の子供だ。コーヒーとブランデーとピラミッド型に積み上げられた食べものが、VIPラウンジで彼らを待っており、そこで何度か乾杯をしないと、次に進むことができない。黒塗りのジルの大隊をオートバイが先導し、黒い制服を着た特別部隊が乗り込んだトラックがそのあとに続く。ミングレル族の約束の地に向け、シートベルトに守られることもなく、西へ猛スピードで向かう。野良犬、羊、三角の木の首輪をした駁《まだら》毛の豚、騾馬《らば》、向かってくる貨物トラック。大きな穴だらけの曲がりくねった道路を走るジルの中で、エヴゲニーは、ミングレル族には侵略者がやってくるまえに女たちを孕《はら》ませるという知恵があり、その結果、グルジアで最も純粋な血を誇ることができるのだ、といかにも嬉しそうに同じ話を何度も繰り返す。子供のようなこの彼の上機嫌は、オリヴァーが免税店で買ったモルト・ウィスキーとワインのせいだけではなく、策略の三カ月を経て、三つの特別計画すべてが、あとは契約書にサインするだけという段階となり、数日のうちにも金が支払われ、運ばれるからでもある。さらに、この地こそエヴゲニーの保護領――若き日の故郷――だからだろうか。ベツレヘムへの危険きわまりないこの道のランドマークすべてが、妻のティナティンと弟のミハイル、見るものすべてが珍しい聖なる客、オリヴァーに感嘆され、認められ、共有されてこそ、ここがエヴゲニーにとって完璧な地となるからだろうか。

彼らのうしろに続く車の中の一台にエヴゲニーの娘ふたりが乗っていて、そのうちのひとりがゾーヤだ。ポールを膝にのせ、腕を彼にまわし、車が跳ね、揺れるたびに自分の頬をポールの頬にすり寄せている。意識しなくても、オリヴァーには彼女の憂鬱が彼ひとりに向けられているのがわかる。彼は来るべきではなかった。この仕事からは手を引くべきだった――彼はすべてであるふりをして、そのためになにものでもない男なのだから。しかし、すべてを見通す彼女の眼をしても、エヴゲニーの愉しい錬金術に酔うオリヴァーの喜びを損なうことはできない。ロシアなどグルジアの足元にも及ばない、とエヴゲニーは主張する。彼なりの英語とホバンの通訳を織り交ぜて。ホバンは後部座席のオリヴァーとティナティンのあいだに、気むずかしい顔をして坐っている。イスラムの略奪団から身を守ってもらおうと、キリスト教徒のグルジア人がロシアに助けを求めるたびに、ロシアはグルジアの富を奪い、グルジアを苦境に立たせた……

その話は、丘の上の砦と、ゴリ（グルジア中東部の都市）への道を指差さねばならなくなったエヴゲニー自身によってさえぎられる。ゴリはスターリンがこの世に生まれいでたあばら屋のあることを誇る町だ。次に、エヴゲニーは――彼のことばを信じれば――キリストと同じくらい古い、グルジア初期の王たちが戴《たい》冠式《かんしき》をおこなった礼拝堂を指差す。それらは、大峡谷のへりにしがみつくようにして建っている、雷文模様のあるバルコニー付きの家々と、鉄骨を組んだ鐘楼《しょうろう》のように見える金持ちの息子の墓のまえを通り過ぎる。エヴゲニーはホバンを通じて、その金持ちの息子はアルコール中毒患者だったと言い、またひとつ教訓めいた話をする。なんでもその息子は酒のことを咎《とが》めにきた母親の眼のまえで、リヴォルヴァーで自分の頭を吹き飛ばしたのだそうだ。そう言って、エヴゲニーは指を自分のこめかみにあてる。実業家だった父親は息子の死をいたく悲しみ、決して腐敗しないように、息子の亡骸《なきがら》を四トンの蜂蜜をたたえた樽に入れて埋葬した。

「蜂蜜？」とオリヴァーは信じられない思いで訊き返す。

「死体の保存には蜂蜜がとてもいいのさ」とホバンがぶっきらぼうに答える。「ゾーヤに訊くといい。彼女は化学者だから。あんたの死体も保存してくれるかもしれない」彼らは鉄骨の墓が見えなくなるまで押し黙る。ホバンがまた携帯電話をかける。その携帯電話はホバンがモスクワやロンドンで使っていたのとはまた異なるタイプだ。コイルで魔女の黒い箱につながれている。一滴の血がすべての秘密を明らかにする。ボタンを三つ押し、もう彼は話しはじめている。ジルの一隊は燃料を補うためにぽつんと一軒建ったガソリンスタンドで一時休止する。水漏れがしているトイレの横に、間に合わせの檻《おり》が設えられていて、ヒグマが一頭不快げに来訪者を吟味している。「ミハイル・イワノヴィッチが言うには、熊が体のどちら側を下にして寝ているか、それを知るのが大切なんだそうだ」とホバンがあからさまな嘲《あざけ》りを込め、携帯電話のスウィッチを切りもせず通訳する。「左側を下にして寝てたら、右側を食う。左側の肉は固くなりすぎてるから。もし熊が左手でせんずりしてたら、右手を食う。あんた、熊を食いたいか?」

「いや、結構だ」

「あんたは彼女に手紙を書くべきだった。彼女はあんたがまた来るのが待ちきれないほどだったんだから」ホバンはまた携帯電話に戻る。太陽が道路を焦がし、タールが溶け出している。やがて車の中に松林のにおいが満ちる。栗の低林の中にぽつんと一軒建っている古い家のまえを通り過ぎる。家のドアは開いたままになっている。「亭主が帰ったぞ。ドアを閉めろ」とホバンがエヴゲニーのことばを通訳する。「ドアが開いてるということは、亭主が外に出ており、女房とファックできるということなのさ」彼らは丘をのぼる。両側にたいらな草原が延びている。果てしない空の下、白い綿帽子をかぶった山々が輝いている。前方には、自らが立ち昇らせた靄《もや》に半分隠れた黒海が広がっている。道端の礼拝堂が危険なカーヴのあることを教えてくれる。窓を開け、ミハイルが階段に坐っている老人の膝に向けて、手に握れるだけのコインを放る。「彼は億万長者でね」とホバンがうらめしそうに言う。エヴゲニーが、枝にさまざまな色のリボンが巻かれた一本の柳のそばで、車を停めるよう命じる。夢の木だ、とホバンがまたエヴゲニーの通訳をして言う。「いい望みだけくくりつけることができるんだ。悪い望みは自分に返ってくる。あんたには悪い望みがあるか?」

「いや」とオリヴァーは答える。

「おれのほうは悪い望みをしょっちゅう抱いてる。特に夜と朝一番に。エヴゲニー・イワノヴィッチはソヴィエトがセナキと改名した市《まち》で生まれたんだ」エヴゲニーがその太い腕を振って谷を指し示し、説明をしはじめると、ホバンはまた通訳に戻る。「ミハイル・イワノヴィッチもセナキで生まれた。〝セナキの郊外の軍の町に家があった。いい家だった。私の父親は善人だった。ミングレル人は誰もが父を慕ってた。私の父はここで幸せだった〟」エヴゲニーは声を大きくして、腕で海岸線を示す。

「〝小学校はバトゥーミ（グルジア南西部の都市）だった。海軍学校に行ったのもバトゥーミだ。家内もバトゥーミで生まれた〟。あんたはこんな話をまだ聞きたいか？」

「ああ、もちろん」

「〝レニングラード大学に行くまえ、オデッサの大学に籍を置いてたこともある〟」ホバンは通訳を続ける。「〝そこで船のこと、建築、海洋学を学んだ。私の魂は黒海とともにある。ミングレルの山々とともにある。私はここで死ぬだろう〟。ドアは開けておこうか？　おれの女房とファックしたいんだろ？」

「いや、結構だ」

　車がまた停められ、ミハイルとエヴゲニーは勇んで車を降り、道路を横切る。オリヴァーも反射的に車を降り、彼らのあとを追う。道端では、オレンジやキャベツをロバの背にのせた、痩せた男たちが立ち止まって彼らを見ている。ぼろを着た放浪者《ロマ》の子供たちも、兄弟がオリヴァーを従え、子供たちの脇をすり抜け、雑草のはびこる黒くて狭い階段をのぼるのを見ている。兄弟は黒い石を敷いた岩屋までたどり着く。階段は大理石でできており、黒い大理石の手すりがついている。包帯を巻いた赤軍の士官が、部下の戦意を鼓舞《こぶ》する像が壁に彫られている。岩を刳《く》り貫《ぬ》いて設えたガラスケースの中、セピア色に変色した写真が飾られている。とんがり帽子をかぶったロシア兵の写真。ミハイルとエヴゲニーは肩を並べ、頭を垂れ、祈りのポーズで両手を合わせ、そのまえに立つ。そして、一歩下がって、立っている位置を互いに何度か不規則に交換する。

「われわれの父親だ」とエヴゲニーがしわがれ声で言う。

　三人はまたジルに戻り、ミハイルがヘアピンカーヴを攻略したところで、軍の検問所にいきあたる。が、ミハイルは窓を開けただけで、ジルを停めようとはせず、右手で自分の左肩を叩いて階級の高いことを示す。が、歩哨《ほしょう》はそれだけでは満足しない。ミハイルは悪態をついて車を停める。それと同時に、うしろの車からフィクサーのテムールが降りてきて、歩哨のひとりと抱擁《ほうよう》を交わし、キスをする。歩哨も彼にキスを返して、車隊は前進することを許され、やがて頂上にたどり着く。青々とした豊かな大地が彼らのまえに広がっている。

「ここからあと一時間だと言ってる」とホバンが通訳をして言う。「馬なら、二日。それが彼の属する時代なのさ。彼は馬の時代に属してるんだよ」

　草原、歩哨、羽根を回転させているヘリコプター、山々。エヴゲニー、ホバン、ティナティン、ミハイル、それにオリヴァーの五人がヘリコプターの第一便に、ウォッカ一ケースと、モスクワから持ってきた、白いレース襟の服を着て、悲しい顔をした老婦人の絵――ゲッソがぼろぼろ剝げて落ちている絵――とともに乗り込む。ヘリコプターは滝を昇り、ポニーが通る小径をたどり、山腹をかすめ、白い頂きのあいだを抜けて、十字形をした緑の谷に向けて降下する。小さな集落が十字の腕の部分に形成され、ぶどう畑、納屋、草を食《は》む牛、森、湖の真ん中に石でできた古い修道院が建っている。一行はヘリコプターを降り、オリヴァーは最後尾につく。彼らのまえを山地の人々と子供たちが歩き、オリヴァーは子供たちの髪が茶色なのに気づいて、ひそかに笑みを洩《も》らす。ヘリコプターがまた大きなエンジン音とともに飛び立ち、下に降りていく。松と蜂蜜のにおいがし、草のざわめきと小川のさざめきが聞こえる。皮を剝がれた羊が木の枝に吊るされている。木を燃やした煙が浅く掘った穴から立ち昇っている。ピンクと臙脂色《えんじいろ》の豪華な手織りのカーペットが草の上に敷かれている。角の杯、ワインを入れたひさごがテーブルに置かれている。村人が集まり、エヴゲニーとティナティンは彼らと抱き合っている。ホバンは岩の上に坐り、膝に黒い箱を置いて携帯電話を使っている、誰とも抱き合わず。ヘリコプターがゾーヤとポール、さらにふたりの娘とその夫を乗せて降りてきて、またすぐに飛び立つ。ミハイルは猟銃で武装して、髭づらの巨人とふたり森の中にはいっていく。オリヴァーは、斜面の小牧場の真ん中に建てられた、木造の平屋に向けて歩き出した一団の中にいる。最初、その家の中は真っ暗だった。が、徐々に眼が慣れ、煉瓦の暖炉と金属製のストーヴがあるのがわかる。樟《しょう》脳《のう》とラヴェンダーとニンニクのにおい。寝室の床には何も敷かれておらず、けばけばしいイコンが傷《いた》んだ額に入れて飾られている。聖母の胸に抱かれる、まだ赤ん坊のイエス、十字架に磔《はりつけ》になりながらも、天国に向かおうと手を差し出し、いかにも嬉しそうな顔をしているイエス、無事に天国に着き、父なる神の右に坐るイエス。

「モスクワが禁じてるのは、ミングレルの愛なんだよ」とホバンがエヴゲニーを通訳して言い、退屈そうに欠伸《あくび》をしてからつけ加える。「そりゃそうだ」

猫が一匹現れ、みんなにもてはやされ、ゲッソの剝げた、悲しげな顔をした老婦人には暖炉の上という居場所が与えられる。村の子供たちが戸口に立って、見届けようとしている。今回、ティナティンはどんな珍しいものを都会から持ってきてくれたのか。村のどこかで誰かが音楽を奏でている。台所で誰かが歌いだす。ゾーヤだ。

「彼女の声は羊みたいだ。そうは思わないか？」とホバンが言う。

「いや」とオリヴァーは答える。

「ということは、あんたは彼女に恋しちまったってことだ」とホバンは満足そうに請け合う。

宴《うたげ》は二日間続く。オリヴァーは、一日目もようやく終わる頃になって、初めて自分が村の長老を相手に、きわめてレヴェルの高い仕事の会議に参加していることに気づく。そして、多くのことを学ぶ。たとえば——熊を撃つときには、熊の眼と眼のあいだを狙うのが一番だと教えられる。ほかの部分は干からびた泥が毛にこびりついて、防弾チョッキのような役目を果たしているからだ。たとえば、宴のときに大地に酒を注ぐのは、先祖の御霊《みたま》に滋養《じよう》を与えるためであり、たとえば、ミングレルのワインは何種類ものぶどうからつくられ、〝コロシ〟や〝パネシ〟や〝チョディ〟や〝カムリ〟といった名前のものがあり、たとえば、ミングレルの祖先は、イアーソーンの指揮のもと、金の羊のための偉大な砦《とりで》——ここから二十キロと離れていないところにある——をつくった、伝説のアルゴナウテースたちであることなどを学ぶ。また、大きな眼をした聖職者——ロシア革命があったということさえ知らないのではないかと思われるような長老からは、自分に十字を切るときには、まず二本の指と親指を合わせ——あるいは、ただ親指と薬指だったか。彼のマジシャンの指は不器用すぎて、そこのところは判然としない——上を差し、聖三位一体《さんみいったい》を示し、そのあと眉に触れ、さらに右の脇腹と左の脇腹に触れれば、また下を向いたときに悪魔の十字架を見ないですむ、ということを教えられる。「あるいは、クローヴァーをケツの穴に突っ込む」とホバンが小声で言い、携帯電話の相手にもそのジョークをロシア語で繰り返す。

結局、仕事の会議はエヴゲニーの偉大な夢にたどり着く。その偉大な夢とは、十字形の腕の部分に点在する四つの村をひとつのワインの醸造共同体に統合し、土地も労働力も機材も共同管理し、水路を変え、スペインのような国から技術者を呼び、ミングレルだけでなく、グルジアだけでもなく、世界で最も上等なワインをつくることだ。

「何百万とかかる」とホバンが遠慮なく口をはさんで、エヴゲニーに言う。「あるいは何千万と。誰にもどんなものになるか想像すらできないのに。〝道をつくらにゃ。ダムをつくらにゃ。機械を買わにゃ、谷に空港をつくらにゃ〟。誰がその金を払うんです？」答はもちろん、ミハイルとエヴゲニーのオルロフ兄弟だ。エヴゲニーはもうすでに、ボルドーやリオハやナパ・ヴァレーのぶどう栽培者たちと会っている。彼らは異口同音に自分たちのぶどうこそ世界最高のぶどうだと言う。エヴゲニーはスパイを通じて、気温と雨量を調べ、斜面の角度を測り、土壌サンプルを採取し、花粉量を確かめている。灌漑《かんがい》設備屋も、道路工事屋も、運送屋も、輸入屋もみな計画が成功する可能性を高く見ている。金ならこのエヴゲニーが集めてくるから、心配は要らない、と彼は村人に請け合う。「彼はわれわれが稼ぐ金を一ルーブル残らず、ここの阿呆どもにやっちまうつもりなのさ」とホバンはオリヴァーに言う。

闇がすみやかに迫り、血のように赤い空が山の向こうに消える。木々のあいだに明かりがともされ、音楽が奏でられ、皮を剝がれた羊が火に炙《あぶ》られる。男たちが歌い、鐘を鳴らし、手を叩き、女たちが踊りだす。長老たちは輪の外に出て話しだす。が、ホバンがもう通訳に飽きてしまったので、オリヴァーには何が話されているのかわからない。突然、言い争いが起こり、老人のひとりがもうひとりにライフルを向ける。全員の眼がエヴゲニーに集まる。エヴゲニーのジョークにまばらな笑い声が起こり、エヴゲニーはまえに出て聴衆に近づき、腕を広げ、譴責《けんせき》し、約束をする。そこで湧き起こった拍手から察するに、かなり意味のある約束だったにちがいない。ホバンは杉の木にもたれ、まだ魔女の電話を相手にしている。闇の力を借りて、その姿を大きく見せている。

シングル社の緊張は、それが音となって聞こえるほどのものだった。隙のない服装のタイピストたちは歩くのにさえ気をつかっていた。士気のバロメーター、トレーディング・ルームでは噂がうなるばかりの音を立てていた。タイガーは大物狙いに出た！　シングル社の興亡を賭けた一瞬！　タイガーが世紀の獲物に狙いをつけた。

「それでエヴゲニーの機嫌はよかったんだな？　それはよかった」タイガーは慣れない土地――未開《ワイル》の東欧《ド・イースト》への小旅行から戻ってきたオリヴァーの報告を受けて言う。

「エヴゲニーはほんとうにすばらしい人です」とオリヴァーは忠実に答える。「ミハイルは常に彼の脇にいました」

「よし、上出来だった」タイガーはそう言って、そのあとは経費と起債の藪《やぶ》の中にもぐり込む。

ティナティンから手紙が届き、オリヴァーはニーナという名の彼女の遠縁と会うことを余儀なくされる。〈東洋アフリカ研究校〉の教員で、今は亡きミングレルのヴァイオリニストの娘。オリヴァーは、その手紙を彼の感じやすい眼をどこかほかに向けるための思慮深い母親の示唆と受け取り、すぐにヴァイオリニストの未亡人に手紙を書き、ベイズウォーター（ロンドンの高級住宅地）でのアフタヌーン・ティに誘われる。ヴァイオリニストの未亡人はスモックを着た元女優で、手の甲で前髪を払う癖のある女だ。娘のニーナは感情がくすぶっているような眼をした黒髪の女で、美しくもまた意気阻喪《そそう》させるアルファベットから始めて、オリヴァーにグルジア語を教えることに同意する。マスターするには何年もかかるだろうと言いながらも。

「かかればかかるほど、うまくなるさ」とオリヴァーは果敢に答える。

ニーナは気高い心根の持ち主で、彼女のグルジアとミングレルに対する思いは、異郷生活によってさらに強いものになっている。そして、彼女が大切に思っているものすべてに対するオリヴァーの率直な称賛に、深く印象づけられる。もっとも、幸いなことに、彼女は石油のことも、屑鉄のことも、血のことも、七千五百万ドルの賄賂《わいろ》のことも何も知らないわけだが。オリヴァーもそんな彼女によけいなことを知らせようとは思わない。その結果、すぐにふたりはベッドをともにするようになる。しかし、あるひねくれた意味で、ふたりの関係の陰にゾーヤの存在があることにたとえ気づいていたとしても、オリヴァーに罪悪感は少しもない。どうして罪悪感など覚えなければならない？　ニーナとベッドをともにすることで、オリヴァーは、大事な顧客の捕食動物のような妻から自分を引き離すことができたことをむしろ喜んだ。モスクワの屋敷の二階の窓越しに見た、挑発的な彼女の裸体は今もまだ彼の瞼《まぶた》に焼きついてはいたが。いずれにしろ、ニーナのおかげで、彼はグルジアの文学と民話で身のまわりを固めることができ、グルジアの音楽も奏でるようになり、高級フラットながら散らかり放題の彼の自宅――シングル社が仲介した資金でチェルシー・ハーバーに建てられた高層ビルの一室――の壁には、コーカサスの地図が貼られることになる。

ポスト・ボーイは幸せだった。幸せの絶頂というわけではなかったが。そもそもオリヴァーは喜びというものを獲得可能な理想とは思っていなかった。創造的な幸福。用心深い愛。ニーナに感じているものを愛と呼べるなら。仕事も幸せだった——それがエヴゲニーとミハイルとティナティンを訪ねることであるかぎりは。油断のならないホバンの影がさほど近くに迫らず、ゾーヤが彼を無視しつづけてくれるかぎりは。かつては彼を迂回《うかい》していた彼女の視線が、今では彼の存在を認めることさえ拒んでいた。たとえば、彼がティナティンとキッチンで野菜を刻んでいるときに、彼女がキッチンにはいってくることは決してない。それは廊下でも、階段でも変わらず、髪で顔を隠し、ポールを連れて部屋から部屋へ移動するのだ。

「父上に伝えてくれ。彼らは一週間のうちにすべての書類にサインするだろうと」エヴゲニーは、声が聞こえる範囲内にはホバンとミハイルとシャルヴァしかいないのがわかると、石器時代のビリヤードをやりながら満足げに言った。「こうも伝えてくれ。彼らがサインしたら、ミングレルに熊を撃ちにこいとな」

「ドーセットに来たときには、キジを撃ってください」とオリヴァーはお返しに言い、ふたりは抱き合う。

今回、持ち帰らなければならない手紙はなく、オリヴァーはふたつのメッセージを頭に叩き込む。そして、そのメッセージに興奮させられ、半ば本気でニーナにプロポーズしようかとさえ思う。一九九一年、八月十八日のことだった。

ニーナがグルジア語で泣いたのは、その二日後のことだ。彼女は電話でも泣き、オリヴァーのフラットにやってきても泣き、老夫婦のようにソファに並んで坐り、恐怖に震えながら、向こう見ずな指導者が墓場から甦った衛兵たちに捕らえられ、新生ロシアが無政府状態寸前になるのをテレビで見ても泣いた。新聞社は閉鎖され、戦車が市《まち》にあふれ、最高レヴェルにいた人たちの多くがナインピンのように権力の座からすべり落ちた。すべてお膳立ての整った、屑鉄と石油と血のための特別計画もろとも。

　カーゾン・ストリートはまだ夏だったが、鳥の鳴き声はどこからも聞こえなかった。石油も屑鉄も血もまるで初めから存在しなかったのと変わらない。それらの存在を認知することはそれらの消滅を認知するのに等しく、社史の最新版が無言のうちに書き直され、トレーディング・ルームの若い連中は男も女もまた別の金脈調査に派遣される。それ以外、変化は見られない。どんな些細な変化も。何千万ドルという投資は塵と化したわけではない。コミッションの前金も一ペニーたりと浪費されたわけではない。アメリカの仲介者や役人にも賄賂は一セントも支払われなかった。冷凍装置付きのジャンボジェットをチャーターするのにも、前金は払われなかった。カーゾン・ストリートに面する建物の主要五階部分を占めるシングル社の光熱費も、家賃も、車も、サラリーも、ボーナスも、健康保険も、学資保険も、電話代も、福利厚生費も、さらに、その五階部分に住む金づかいの荒い住人たちも、危機には少しも瀕《ひん》していない。そんな中でも誰よりタイガーが涼しい顔をしていた。むしろその足取りはそれまでより軽やかに、より誇らしげになり、そのヴィジョンはより壮大に、ヘイワードで仕立てたスーツの着こなしさえ以前よりりゅうとして見える。ただひとりオリヴァーだけが――あるいはもうひとり、タイガーの雑用をこなすインド人のグプタだけが――鎧《よろい》の下に隠された苦悩を知っていた。固くとも、もろさを秘めたヒーローが、あと一歩で折れるところまで来ていることを知っていた。しかし、オリヴァーがその癒しがたいやさしさから、父親に同情を示すと、タイガーは狂暴なまでのしっぺ返しをし、オリヴァーの心に言い知れぬ憤《いきどお》りを湧かせた。

「ありがとう、おまえの同情など要らない。おまえのやさしい心根も、無難な道徳心からの心配も要らない。おまえに求めたいのは、私に対する敬意だ。忠誠心だ。おまえの頭脳だ。責任感だ。私が雇い主で、おまえが雇われ人であるかぎりは」

「すみません」とオリヴァーは口ごもるように言う。タイガーの態度は変わらない。オリヴァーはそれを見届け、自分のオフィスに戻り、ニーナに無駄な電話する。

いったい彼女はどうしてしまったのか。このまえ会ったとき、彼らは幸せな時間を過ごせなかった。オリヴァーは、ゾーヤがふたりの仲を壊す作戦にはいったのではないかとまず思った。が、そこで不承不承思い出す。酒に酔い――善良で孤独な心の赴くままに――ニーナの呼び名に従えば、〝エヴゲニー伯父さん〟との商取引きの詳細を無防備にいくつか話してしまったのだ。ソヴィエト連邦が道に迷っているあいだに、シングル社は無一文になってしまったのだ、と。迂闊《うかつ》にもそんなことを口走ったことがぼんやりと思い出された。さらに、ニーナに強いられ、シングル社の計画のあらましを説明するのが何やら義務のように思われ、エヴゲニー伯父さんの助力と示唆を得て、生死に関わるロシアの〝資源〟――たとえば、血のような――で大儲けをするはずだったとまで話してしまったのだった。血ということを強調したわけではもちろんなかったが、そのことばにニーナは顔色を変え、激怒し、彼の胸を拳で叩き、悪態をつきながら彼のフラットを飛び出していったのだ――彼女もまたミングレルの短気な血を引き継いでいるので、そういうことはそれが初めてではなかったが、それ以来、ふたりはまだ顔を合わせていなかった。

「あの子は新しい恋人をつくってしまったのよ、あなたに仕返しをするために」と取り乱した彼女の母親が電話の向こうで言っている。「あなたは頽廃《たいはい》しすぎてるって言ってた。人でなしのロシア人より悪いって」

だったら、オルロフ兄弟は？　ティナティンは？　彼らの娘たちは？　ベツレヘムは？　ゾーヤはどうなのか？

「オルロフ兄弟は権力の座から引きずりおろされてしまった」経営者のジュニアに仲介役を取って代

われたことに対し、ずっと恨みを抱いていたマシンガムは辛辣《しんらつ》に言う。「消えてしまった。追放されたのさ、シベリアに。モスクワにしろ、グルジアにしろ、どこにしろ、その汚いつらをもう二度と見せるなと警告されて」

「ホバンと彼の仲間は？」

「オリヴァー、オリヴァー、オリヴァー坊っちゃん。彼らの運は決して下降線をたどらない」

彼らの運？　どうして彼らは別なのか。マシンガムは詳細を語ろうとはしない。「エヴゲニーはもうおしまいだ。石油と血についてなど言うに及ばず」とマシンガムは最後に意地悪く言う。

不和によって引き裂かれたロシアとのコミュニケーションはまさにカオス状態で、おまけにオリヴァーは、服務規定により、エヴゲニーにもエヴゲニーの赴任先にも電話をすることが許されない。それでも、一晩、チェルシーの不衛生な電話ボックスに坐り込んで、国際電話のオペレーターをなだめすかし、彼は懇願しつづける。オリヴァーの想像の中で、エヴゲニーはパジャマ姿でオートバイに乗り、エンジンをふかしており、電話はそんなエヴゲニーの数フィート横で鳴っているのだが、エンジン音のために彼には聞こえないのだ。アクトンのオペレーターは彼に、暴徒がモスクワの交換局を襲っているらしいと伝える。

「数日お待ちになったほうがいいと思います」とオペレーターは彼に忠告する、痛みを訴え出た彼に学校の寮母が諭すように。

それはまさに眼のまえで希望の最後の窓が閉じられたようなものだった。ゾーヤは正しかった。ニーナも正しかった。ノー、と言うべきだったのだ。貧しいロシア人の血を売ることには耐えられたとしても、いったいどこに線を引けばいいのか。破られた約束のように、エヴゲニー、ミハイル、ティナティン、ゾーヤ、白い山々、宴の影が彼につきまとった。彼はチェルシー・ハーバーのフラットの壁に貼ったコーカサスの地図を剥がし、何も置かれていない白いキッチンのゴミ入れに捨てる。ニーナの母親がニーナに代わる先生を紹介してくれる。年配の機甲部隊の士官で、権力をなくすまではニーナの母親の恋人だった男だ。オリヴァーは二、三回、そんな男の個人レッスンに耐え、あとはキャンセルしてしまう。シングル社では、極力めだたぬようにして動き、オフィスのドアを閉めたままランチはいつも出前のサンドウィッチを食べるようになる。伝令によって誤って伝えられる情報のように、噂がそんなオリヴァーの耳にも届く。ブダペストの近郊に軍事用電解液が埋められている。マシンガム発の情報で、タイガーは彼を調査に遣《や》る。しかし、無駄な一週間が過ぎて、マシンガムは手ぶらで帰ってくる。プラハでは、若い数学者の一団が製造原価の何分の一かのコストで、工業用コンピューターの修理をすると言っている。しかし、そのためには百万ドルの機材が要る。さまよえる大使、マシンガムがプラハに飛び、髭を生やした十九歳の天才数名と会い、戻ってきて、詐欺《さぎ》だったと報告する。しかし、マシンガムという男には――タイガーがしばしば苦々しげにオリヴァーに思い出させるとおり――今ひとつあてにならないところがある。カザフスタンには、本物の四分の一のコストで、本物より二倍もすばらしいウィルトン・カーペットを何マイルも供給できる繊維工場がある。鉄の梁《はり》は錆《さ》び、水浸しになってしまっているその工場を視察したのち――とりあえず視察したことになっている――マシンガムは生産自体おぼつかないと報告する。タイガーは疑い深い眼を向けるが、自分の意見は明かさない。途方もない金鉱がウラル地方に発見された、誰にも言うな、という噂が舞い込む。今回はオリヴァーが出向き、ムゴドザールの農家に身をひそめ、父親からの横柄な電話に悩ませられながら、三日間待った挙句《あげく》、信用した仲介人が手ぶらで戻ってくる。

　タイガー自身は、孤独と黙考の道を選び、その眼は常に遠くを見ている。彼自身釈明するために二度シティに呼ばれた、という噂が流れ、トレーディング・ルームでは〝担保権の行使〟という醜いことばが囁かれる。そんな中、不可解なことに彼は旅行を始める。経理部で、オリヴァーは、〝ミスター&ミセス・シングル〟がリヴァプールのグランド・ホテルのロイヤル・スイートに宿泊し、派手に散財をした明細書をたまたま眼にする。ミセス・シングルとは、〈カトリーナのゆりかご〉のあのカトリーナのことだ。ガソリン代を請求するガッスンの伝票もあるところを見ると、ミスター&ミセスはロールスロイスで旅行したらしい。リヴァプールはタイガーのホームグラウンドだ。〝虐げられた〟犯罪者たちの弁護士として活躍し、今日を築くための礎となった地だ。その一週間後、カーゾン・ストリートに、肩幅の広い、てかてか光るスーツ姿のトルコ人の紳士三人が現れ、ビル管理人の台帳に〝イスタンブール〟と記し、タイガーとは個人的に会う約束をしている、と告げる。オリヴァーは口実をもうけ、パム・ホーズリーに会いにいく。すると、ちょうど両開きのウェッジウッドのドアが開き、マシンガムが出てきて、不吉きわまりないホバンの鼻にかかった声——ホバンの声にちがいない——が中から聞こえる。しかし、いつものことながら、パムは容易にしゃべらない。

「会議をなさってるんです、ミスター・オリヴァー。申しわけないけれど、それしか申しあげられません」

　午前中、オリヴァーはお呼びがかかることをむなしく期待して待つ。やがて、ランチタイムとなり、タイガーはがっしりとした体格の客たちを引き連れ、〈カトリーナのゆりかご〉に向かう。が、オリヴァーが気づいたときには、彼らはエレヴェーターを降り、すでに通りに出てしまっている。その数日後、オリヴァーは再度タイガーがつかった経費のチェックをし、ただひとこと〝イスタンブール〟と書かれた項目があるのを見つける。マシンガムがまた頻繁《ひんぱん》に外に出はじめる。主な出張先はブリュッセル、キプロスの北部、それに、シングル社のオフショア・カンパニーがディスコ・バーのチェーン店、共同所有の別荘、カジノの経営を展開しているスペインの南部だ。トレーディング・ルームでは、マシンガムはやり手のオポチュニストと見られており、どうして彼はこのところやけに明るい顔をしているのか、外務省時代のあの黒いブリーフケースにはいったい何がはいっているのか、とさまざまな憶測が飛び交う。

そんなある夕べ、オリヴァーが机の引き出しに鍵をかけていると、戸口にタイガーが現れ、たまには〈ゆりかご〉で、昔のようにふたりで食事をしないか、と声をかけてくる。が、店にカトリーナの姿は見えない。タイガーにはずすように言われたのではないか、とオリヴァーは勘ぐる。かわりに、給仕頭のアルヴァロがふたりの給仕につく。タイガーの隅のテーブル。明かりを落とした、赤いビロードの巣のようなそのテーブルは、一年じゅうタイガーのためにあけられている。タイガーはカモとクラレットを注文する。オリヴァーもそれにつきあう。タイガーは、オリヴァーがサラダ嫌いなことを忘れて、ハウスサラダをふたつ注文する。最初の話題はいつものようにオリヴァーの恋愛。ニーナとの仲が終わったことを認めたくなくて、オリヴァーは話を飾る。

「それはつまりやっと落ち着く気になったということか？」とタイガーは驚き、大いに喜んで訊き返す。「なんとなんと。私はなんとなくおまえは四十ぐらいまで独身を通すんじゃないかと思っていた」

「計画どおりにはいかないこともあるということです」とオリヴァーは無邪気な眼を向けて言う。

「エヴゲニーにはこのすばらしい知らせをもう知らせたのか？」

「どうやって？　彼とはまったく連絡が取れないのに」

タイガーはふと咀嚼《そしゃく》するのをやめる。カモは好物じゃなかったとでも言いたげに。眉が不完全な三角を描く。が、また顎が動き出し、オリヴァーはほっとする。カモにはなんの問題もない。「おまえは彼の山奥の田舎に行ったんだったな。彼が高級ワインの一大産地にしようと思っているところだ」

「あそこを〝産地〟と呼べればね。あそこは山の中のただの村です」

「でも、屋敷は豪勢なものなんだろう、ちがうのか？」

「残念ながら。われわれの標準では」

「しかし、実行可能な計画じゃないのか？　われわれとしても関心を示してもいいような」

オリヴァーは、心の一部は冷えきっているのに、タイガーの影がはるかベツレヘムまで延びている図を想像し、声をあげて笑う。

「いや、残念ながら、非現実な妄想と言うしかありません、正直に言えば。われわれの尺度に合わせれば、エヴゲニーはビジネスマンとは言えない。彼に従っていたら、それこそお金なんていくらあっても足りない」

「どうしてだ？」

「彼はそもそもインフラの整備をまったく考えていなかった」――オリヴァーはホバンがエヴゲニーのプロジェクトを馬鹿にして席を立った場面を思い出す――「まさに底無し沼のようにさえなりかねない。道路、水、台地の造成、どこまでやらなければならないか見当もつかない。エヴゲニーは地元の人々を雇うつもりだけれど、みな素人です。村は四つあるんだけれども、共倒れになるだけです」クラレットを飲み、オリヴァーはほかにも理由を思いつく。「エヴゲニーはその地を近代化するつもりさえないんです。ただ、本人だけそう思っているだけで。まったくの夢です。彼はその地をそのままにしておくと言いながら、工業化を進め、みんなを金持ちにしてやるなんて言ってるんですから。両方は同時にできない」

「しかし、彼は大真面目なんだろう？」

「ええ、ローマ法王と同じくらい。まあ、彼が数十億ドルでも稼げば、それも可能かもしれないけれど。彼の家族に訊いてみるといい。みんな戦々恐々としてます」

タイガーの何人もの医者はみな、ワインを飲んだら、それと同じ量のミネラル・ウォーターを飲むことを彼に勧めている。そのことを知っているアルヴァロが、ピンクのダマスカス織りのテーブルクロスの上にエヴィアンの新しい壜を置く。

「ホバンは？」とタイガーは尋ねる。「彼はおまえと同じ年恰好だが、どういう男だ？　切れるやつか？　仕事で便利なやつか？」

オリヴァーはためらう。相手が誰であれ、オリヴァーは原則的として人を数分以上嫌うことができない。が、ホバンだけは例外だ。「率直なところ、彼とはあまり相通じるところがありません。彼のことはぼくよりランディのほうがよく知ってるでしょう。ぼくには見るからに一匹狼といった感じがする。それに私利私欲にすぐに走りそうなところも感じられる。まあ、彼としてはそれでいいんでしょうけど」

「ランディの話だと、エヴゲニーの一番のお気に入りの娘と結婚しているそうだね」

「ゾーヤが一番のお気に入りかどうかはわからないけど」とオリヴァーは不安とともに答える。「エヴゲニーにとっては誰もが自慢の家族です。だから、娘もみんなを平等に愛している」そう答えながら、彼はタイガーを観察している——壁に掛けられた鏡に映るタイガーだが。タイガーは知っている。ホバンがしゃべったのだ。タイガーは手紙のこともティッシュ・ペーパーでつくったハートのことも知っているのだ。カモを一口食べ、クラレットをすすり、エヴィアンを飲み、ナプキンにキスをしてタイガーは言う。

「教えてくれ、オリヴァー。エヴゲニーは彼の海とのつながりをおまえに何か話したことはなかったか?」

「海軍学校を卒業して、海軍にしばらくいたことがあると言ってましたね。ぼくが聞いたのはそれだけだけれど、そう、自分は海の男だというようなことも言ってました。山の男であるのと同様」

「いっとき黒海の商船全部を支配していたなどということは?」

「いいえ。でも、エヴゲニーは奥の深い人間です。そのときの気分次第で、次から次と思いがけない話が飛び出してくる」

タイガーはしばらく心の中で自分自身を相手にしたやりとりをして、結論を得る。しかし、その結論に行き着いた理由は何も話さない。「よし、こうしよう。ランディには少し休暇をやることにしよう、おまえがかまわなければ。ショーがまた始まったら、おまえが彼に代わるんだ」父と息子はサウス・オードリー・ストリートの歩道に立ち、夜空を見あげている。「ニーナの世話も忘れないように、オリヴァー」とタイガーはやけに厳格に忠告する。「カトリーナは彼女のことを大いに気にかけている。それは私も同じだ」

ひと月が過ぎ、怒り狂うマシンガムをあとに残し、ポスト・ボーイはイスタンブールに旅立つ。エヴゲニーとミハイルが新たにイスタンブールに居を構えたのだ。

第九章

湿気の多いトルコの冬の暗がりの中、エヴゲニーはイスラム寺院に囲まれ、顔色も悪く、全体にくすんで見える。その抱擁《ほうよう》もかつての力の半分ばかりで、腕をいっぱいに伸ばしてタイガーの親書を読みおえ、それをミハイルに渡す仕種にもどこか亡命者のつましさが感じられる。イスタンブールのアジア側にある新興住宅地の彼らの借家は、安ピカの権化のような代物で、しかもまだ未完成だった。まわりには、打ち捨てられた建築資材が散乱し、道路も未完成のまま、ショッピング・モールも、ＡＴＭ設置所も、ガソリンスタンドも、鶏料理のファーストフード店も閑散としており、悪徳開発業者と不満だらけの住人と動かざるオスマントルコの役人がそれぞれ勝手に起こす解決不能な訴訟とは無関係に、何もかもがゆるやかに破滅に向かっている、暑さにうだり、肩で息をしている、この交通渋滞の市《まち》で。エヴゲニーはそんな市《まち》に推定数で千六百万の人々が住んでおり、それが愛するグルジアのすべての人口の四倍であることを繰り返し口にして、飽きることがない。それでも、魔法のときは訪れる。陽が沈み、巨大なトルコの空の下、友達がバルコニーに集まってラキ（トルコの強い蒸留酒）を飲む頃には、思いがけないライムとジャスミンの香りが、未完成の下水溝から立ち昇る悪臭をなぜか凌駕《りょうが》する。そんなときを選んで、ティナティンはもう百回も夫に思い出させている——眼のまえにある海が同じ黒海であることを。たとえ八百マイル離れていようと、山だらけの国境を越えれば、そこはミングレルであることを。クルド人が反乱を起こすと、確かにミングレルへの道は閉ざされるかもしれないが、反乱はクルド人にとってノルマみたいなものであることを。そんなティナティンがミングレルの料理をつくり、ミハイルが七十八回転のレコードを旧式の蓄音機にかける。ダイニングテーブルには黄ばんだグルジアの新聞が散らかっている。ミハイルは大きな銃を腰に吊るし、小さな銃をブーツの中に忍ばせている。BMWのオートバイもなければ、子供たちも娘たちもここにはいない。いるのはゾーヤと彼女の幼い息子、ポールだけだ。ホバンの行動は謎めいていて、ウィーンやオデッサやリヴァプールに出向き、予告もなく帰ってきては、エヴゲニーを外に連れ出し、互いに肩にジャケットを羽織り、未舗装の細長い通りを行ったり来たりする。エヴゲニーは、囚人であった頃のように頭を垂れ、そんな彼のうしろを葬式のお供のようにポールがついて歩く。ゾーヤは待っている。オリヴァーを待っている。その眼と、ものうげに開かれた体で、待っている。超実利主義に堕した新生ロシアを嘲笑《あざわら》い、国家の資産が次々と盗まれていく実態と、一晩で億万長者になった者たちの名前を列挙し、何もしたくなくなると、決まって彼女に頭痛をもたらす〝ロードス〟――トルコの南風について文句を言う。ティナティンはそんなゾーヤに何かすることを見つけるように言う。ポールの相手をするにしろ、散歩に出るにしろ。ゾーヤはそのことばに従いはするものの、帰ってきては、また待ちつづける。ロードスに文句を言いながら。

「わたしはナターシャになるわ」自ら創り出した静けさの中、ゾーヤは言う。

「ナターシャってなんだね？」とオリヴァーは尋ねる。

「ロシアの娼婦」ティナティンが疲れたように答える。「ナターシャというのはトルコ人がロシアの娼婦につけた名前よ」

「タイガーはまたビジネスのチャンスが戻ったって言ってる」オリヴァーはゾーヤが週に一度、近所に住むロシア人の占い師のところを訪ねたときを選んでエヴゲニーに言う。しかし、そのことばはエヴゲニーを闇の深みに追いやる。

「ビジネス」とエヴゲニーは重々しい声で繰り返す。「ああ、ポスト・ボーイ。ビジネスをしよう」

オリヴァーは以前ニーナが説明してくれたことを思い出す――ロシア語でもグルジア語でも、英語の〝ビジネス〟ということばは〝悪事〟を意味するのだそうだ。

「どうしてエヴゲニーはグルジアに戻って住もうとしないんだ？」オリヴァーは、焼いたナスにスパイシーな蟹《かに》の詰めものをしているティナティンに尋ねる。その料理はその昔エヴゲニーの好物だった。

「エヴゲニーはもう過去の人なのよ」とティナティンは答える。「トビリシに残った人たちにしても、すでに多くの友人を失ってしまったモスクワの老人とは、力を共有するつもりにはなれないってわけ」

「ぼくはベツレヘムのことを考えてたんだけど」

「エヴゲニーはベツレヘムに対して多すぎる約束をしてしまった。だから、金の馬車に乗って帰らないかぎり、歓迎はされないでしょう」

「その金の馬車はホバンがつくってくれるでしょうよ」疎《うと》まれたオフィーリアのように、ロードスのせいか、眉のあたりを手で押さえながら、部屋にはいってきたゾーヤが言う。「そして、その御者がマシンガムというわけ」

ホバン、とオリヴァーは思う。もはやアリックスではない。わたしの夫、ホバン。

「ここにはロシアの蔦《つた》が生えている」とゾーヤは窓を見て言う。「ロシアの蔦はとても情熱的な植物よ。成長が早すぎて、何も成し遂げないで、死んでしまうの。白い花を咲かせるけれど、とてもかすかな香りしかない」

「ほう」

彼は匿名を保つことができる西欧式の大きなホテルに泊まっているのだが、三晩目の午前零時すぎ、ドアがノックされる。娼婦を来させたな——若いコンシェルジェの友好的すぎる笑みを思い出し、オリヴァーは思う。やってきたのはゾーヤだった。が、驚いてもいいはずなのに、彼は驚かない。部屋は狭すぎ、明るすぎた。ふたりはベッドの脇に向かい合って立ち、狂暴な天井の明かりの下で互いに眼をしばたたく。

「父ともうビジネスはしないで」とゾーヤは言う。

「どうして？」

「人の命に逆らうビジネスだから。血より悪いビジネスだから。それは罪だからよ」

「どうして知ってる？」

「ホバンを知ってるから。あなたのお父さまを知ってるから。彼らに所有はできても、人を愛することはできない、自分の子供すら。でも、彼らのことはあなたも知っているはずよ、オリヴァー。彼らから逃げなければ、わたしたちも彼らのように死ぬでしょう。エヴゲニーの夢はパラダイスをつくること。それ以外にないわ。だから、そのパラダイスが買えるお金を約束した人が彼を意のままに操ることになる。今、ホバンはそういうことをしようとしてるのよ」どちらがさきに動いたのかはわからない。おそらく同時だったのだろう。互いの腕がまずぶつかって、それぞれ伸ばす方向を訂正しなければならなかったところを見ると。ふたりはそうして抱き合い、裸になるまで闘い合い、互いに深い満足が得られるまで獣のように求め合う。「あなたは自分の中で死んでしまっているものをもう一度生き返らせなくちゃいけない」とゾーヤは服を着ながら容赦なく言う。「でないと、すぐに手遅れになってしまう。わたしの体は好きなときに求めればいい。わたしはいつでもあなたの手にはいるわ。そして、それはあなたには大切なことではなくても、わたしにはすべてよ。なぜなら、わたしはナターシャじゃないから」

「血より悪いものというのはなんのことだ？」とオリヴァーは彼女の腕を押さえて言う。「ぼくがどんな罪を犯そうとしてると言うんだ？」

彼女はやさしく悲しく彼にキスをする。オリヴァーは、今度は静かに、もう一度愛し合えればと思う。「血で破壊されるのはあなただけよ」とゾーヤは彼の顔を両手ではさんで答える。「でも、新しいビジネスで破壊されるのはあなただけじゃない。ポールも、多くの子供も、多くの母親も父親も破壊されるでしょう」

「新しいビジネスというのは？」

「お父さまに訊くことね。いい？　わたしはホバンと結婚してるのよ」


「エヴゲニーは組織を再編成した」翌日の夕刻、タイガーが言う。「一度は敗北したものの、復活を遂げた。ランディが彼に新たな息吹《いぶき》を吹き込んだんだ。ホバンの援助を得て」オリヴァーの脳裏に、戦いのさなかに谷の向こうの灯を眺め、その皺だらけの頬に涙を伝わせているエヴゲニーの顔が浮かぶ。オリヴァーにはゾーヤの愛液のにおいがまだつきまとっている。シャツ越しにそのにおいをまだ嗅ぐことができる。「ありがたいことに彼はまだ高級ワインの夢を見てるのさ。彼にはぶどう栽培のいい本を探してやろう。この次行くときにそれを持っていってくれ」

「いったい彼はどういう方面のビジネスを再開したんです？」

「海運業だ。ランディとホバンが彼を説得したんだ、海軍時代の古いコネを利用するように。そして、いくつか約束を取りつけるように」

「それで、何を運ぶんです？」

タイガーは手を振る。要らないプディングをのせたワゴンに対して、拒絶の手を振るように。「なんでもさ。正しいところに正しい日に正しい価格で存在するものはなんでも運ぶ。柔軟性こそ彼のスローガンだ。それが迅速な取引きであれ、危険な取引きであれ、彼にはそれができる。彼に手を貸す者さえいれば。そこでわれわれの出番となるわけだ」

「手を貸すと言っても、実際にはどういうことをするんです？」

「シングル社はつまるところ〝まとめ役〟だ、オリヴァー」――タイガーは首を一方に少し傾げ、殊勝ぶって眉を吊り上げる――「そのことをおまえは忘れている。おまえはまだ若い。われわれは利益を最大限に引き出すクリエーターだ」彼は短い人差し指を天に向ける。「われわれの仕事は、顧客に必要な道具を与え、収穫を効果的に利用する方法を教えることだ。顧客の羽根をもぎ取って、今日のシングル社ができあがったわけじゃない。ほかの商社が恐れる仕事にあえて手を出し、笑顔で帰ってくる。それがシングル社だ」

オリヴァーは孝行息子として、父親の熱意につきあい、口に出せば自分も信じられるようになるのではないかと期待して言う。「エヴゲニーならきっとやってくれますね。予想以上にうまく」

「もちろんだ。なんといっても、彼はプリンスだからな」

「いや、昔気質《かたぎ》の追いはぎ貴族ですよ。だから、まずは棺桶から引っぱりださなきゃならないだろうけど」

「なんだって？」タイガーは椅子から立ち上がると、オリヴァーの腕を取る。「そういうことばはつかわないように、オリヴァー。われわれの役まわりはきわめて繊細なものだ。だから、ことばづかいには充分気をつけるように。わかったね？」

「もちろん。すみません。でも、ただのことばのあやです」

「あの兄弟が、ランディとホバンが言っているような額をほんとうに手にするとしたら、彼らはきっとわれわれのすべてをパッケージで欲しがるだろう――カジノも、ナイトクラブも、チェーン・ホテルも、休暇用コテージも、われわれが得意とするものは何もかも。いずれにしろ、エヴゲニーは今回もまた完璧に匿名でいることを望んでいる。しかし、それはこっちとしても望むところだ。彼を喜ばせるのに苦労は要らん」彼は机に戻る。「今度はこの封筒を彼に直接渡してほしい。それから、貴重品保管室からスペイサイド・モルトを一本出して、私からのみやげだと言ってくれ。いや、二本だ。一本はホバンにやってくれ」

「父さん」

「なんだ?」

「結局、われわれは何を扱うのか教えてください」

「金だ」

「どこから出てくる金です?」

「われわれの汗と涙からだ。われわれの動物的な勘からだ。われわれの嗅覚からだ。柔軟性、長所からだ」

「血のあとはなんなんです? 血より悪いものというのは?」

タイガーのウェハースのような薄い唇が真一文字に結ばれ、白い一本の皺になる。「それは好奇心だ。怠惰で、青臭く、わがままで、好意的で、結局のところ、誤った情報を与えられて道義的問題を起こす好奇心だ。その最初の男とはアダムだったのか。私は知らん。キリストはクリスマスに生まれたのか。それも私は知らん。ただ、ビジネスの世界ではわれわれはありのままの人生を生きる。なぜなら、人生とはリベラルな新聞社に据えられた幼稚な玉座から与えられるものではないからだ」


オリヴァーとエヴゲニーはバルコニーに坐り、キュヴェ（樽詰めの混合ワイン）・ベツレヘムを飲んでいる。ティナティンは情緒不安定になっている娘の様子を見にレニングラードへ出かけている。ホバンはウィーンで、ゾーヤとポールも一緒に行っている。ミハイルが固ゆで卵と魚の塩漬けを持ってくる。

「きみはまだ神々のことばの勉強をしてるのか、ポスト・ボーイ?」

「ええ」とオリヴァーは、老人を失望させたくない一心から嘘をつき、ロンドンに帰り次第、あののろくでもない機甲部隊の士官に電話をしようと思う。

エヴゲニーはタイガーの手紙を受け取ると、封も切らずにミハイルに手渡していた。廊下には荷物や梱包《こんぽう》された箱が山積みにされている。新しい家が見つかってね、とエヴゲニーはどこか弁解するように、権威に屈服したように言う。将来の必要に応じられるもっと便利な家だ、と。

「そこへ移ったら、新しいオートバイを買うんですか?」とオリヴァーは明るい話題を探したくて尋ねる。

「買わせたいのか?」

「買うべきですよ!」

「だったら、買おう。六台買おう」

そこで思いもよらぬ恐ろしいことが起こる。エヴゲニーがいきなり握りしめた拳を顔に押しあて、声もなく泣きだしたのだ。

あなたが臆病者でないことは恐ろしいことです、と書かれたゾーヤからの手紙がホテルで彼を待っている。何物もあなたを壊せない。あなたはその丁重さでわたしたちを殺すのです。真実がわからないなどと自分を騙してはいけません。

シングル社のクリスマス・イヴのパーティ。トレーディング・ルーム。動かせるものは何もかも壁ぎわに押しつけられている。別の機会だとタイガーに毛嫌いされる最近の音楽が、スピーカーから今まさに流れ出そうとしている。年代物のシャンパンがあふれ、ロブスターがピラミッド型に積み上げられている。フォアグラ、それに五キロの容器に入れられた最高級のキャヴィア。そのキャヴィアにはランディ・マシンガムの陽気なスピーチがついている。「これはシングル社の顧客が、カスピ海ルートで〃非公式〃に送ってくれたものであります。そして、カスピ海では、処女チョウザメがわれわれに卵を供すべく、それまでじっと脚を閉じていてくれたのであります」タイガーはトレーダーたちの拍手に一拍遅れて加わり、ネクタイを直し、演壇に上がり、熱っぽい年次の説話をする。シングル社は本年——とすでに興奮気味の聴衆に向かって語りかける——創設以来最も強固な地盤を築いた、と。音楽が流れ、最初の食いしん坊がテーブルに近づき、キャヴィアの容器に遠慮がちにスプーンを入れる。オリヴァーはめだたぬように裏階段を昇り、法務部を通り過ぎ、タイガーと彼だけがコンビネーション錠の数字を知っている金庫室にたどり着く。そして二十分後、またパーティに戻ると、一時的な腹痛を訴える。その腹痛は嘘ではないが、だからと言って、腹部の痛みはそのときの彼にとっては、最も些細な痛みだ。彼のほんとうの痛みは悪夢が現実となった痛みだった。とてつもない額の金。それほどの金がそれほど突然に得られ、それほどすみやかに隠せるわけはただひとつしかない。マルベリャから二千二百万ドル、マルセイユから三千五百万ドル。リヴァプールから一億七百万ポンド。グダニスク、ハンブルグ、ロッテルダムからは一億八千万ドルの現金が、シングル社のロンダリング・サーヴィスを待っていた。

「きみは父上を愛してるんだね、ポスト・ボーイ？」

たそがれどき。哲学の時間。兄弟が引っ越した、ボスポラス海峡（トルコのヨーロッパ側とアジア側を隔てる海峡）のヨーロッパ側に建つ、時価二千万ドルの邸宅の居間。エカチェリーナ二世の荘厳な家具、カレールカ——まだオリヴァーが無垢《むく》だった頃、モスクワ郊外の屋敷に飾られていた、高価な茶金色のサイドボードや食器戸棚と同じものだ。それらがこれから並べ直されるのを待って、一階にまとめて置かれている。馬に引かせる除雪橇《そり》を描いた何枚ものロシアの絵が、新しく塗り直された壁に飾られるのを待っている。応接室にはホット・マネーで買ったＢＭＷのオートバイが置かれ、光り輝いている。

「乗ってみろ、ポスト・ボーイ、乗ってみろ！」

しかし、オリヴァーはなぜかそういう気分になれない。それはエヴゲニーも変わらない。下り勾配《こうばい》の庭に珍しいぼたん雪が降っている。海峡では、貨物船、フェリー、遊覧船らが鼻と鼻を突き合わせ、たえまないスパーリングをしている。ゾーヤはフランス窓のそばに立ち、肩にのせたポールが眠るのを待っている。ええ、愛しています、とオリヴァーはエヴゲニーにあいまいに答える。ゾーヤはフランス窓のそばに立ち、肩にのせたポールが眠るのを待っている。ティナティンはタイル張りのストーヴに火を入れ、揺り椅子に坐り、居眠りをしている。ホバンはまたウィーンに行っている。新しい会社を始めるために。その会社の名前は、〈トランス・ファイナンス〉となることが決まっている。ミハイルはエヴゲニーの肩のあたりに立っている。今は髭を伸ばしている。

「彼は——きみの父上はきみを笑わせたりするか？」

「何事も順調にいっていて、幸せな気分のときには——ええ、ジョークを言ったりもします」

ポールがむずかり、ゾーヤがポールのシャツの中に手のひらを広げて入れ、背中を撫でてあやしている。

「彼はきみを怒《マッド》らせることもあるか、ポスト・ボーイ？」

「彼はアメリカ語の意味で〝マッド〟って言ったのよ」とゾーヤが説明をする。「〝狂う〟じゃなくて、ホバンみたいに怒るかって訊いたのよ」

「そりゃときにはね」とオリヴァーは認めて答える、この教理問答がどこへ行き着くのか判然としないままに。「でも、こっちが彼を怒らせることもありますからね」

「きみはどんなとき彼を怒らせるんだね、ポスト・ボーイ？」

「そう、ぼくは彼が望むような、ロールスロイスのような息子じゃないですから。だから、本人にわかってるかどうかは別として、彼は始終なんらかの形でぼくに腹を立ててるはずです」

「これを彼に渡してくれ。きっと喜ぶはずだ」エヴゲニーは黒いオーヴァーコートの内ポケットに手を入れ、封筒を取り出してミハイルに渡す。ミハイルはそれをオリヴァーに渡す。

オリヴァーは息をつめた。そして、今だ、と思った。訊くのだ。「なんです、これは？」と彼は尋ね、同じ質問を二度繰り返した。「今の手紙——何がはいってるんです？——正直なところ、入国審査官に止められやしないか、このところちょっと気になってるんです」思ったより大きな声を出していたらしい。ゾーヤが振り向き、ミハイルもその凶暴な眼で彼を見ている。「ぼくは今回のことは何も知らされてないんです。でも、ぼくとしては法的なことも考えなきゃならない。そう、それがぼくなんですから——合法的であることが」

「合法的？」とエヴゲニーは戸惑いながらも、声にいくらか怒りをにじませて言う。「合法的とはなんのことだね？　どうしてきみが合法的なんだ？　オリヴァー・シングルが合法的なら、きみはわれわれの中でただひとりの人間ということになる」

オリヴァーは横目でゾーヤを見やる。が、ゾーヤはもうそこにはおらず、ティナティンがポールを寝かしつけようとしている。「タイガーは、あなたはいろんなものを輸送していると言っていたけれど」オリヴァーは不明瞭にくちごもって言う。「それはどういう意味なんです？　タイガーは、あなたは大変な利益を上げているとも言っていた。でも、それはどうしてなんです？　彼はあなたをレジャー産業に引き込むつもりです。それも半年で。どうしてそんなことが可能なんです？」

読書ランプの明かりに、エヴゲニーの顔がベツレヘムのごつごつとした岩々より年老いて見える。

「きみは父上に嘘をつくか、ポスト・ボーイ？」

「まあ、些細なことについてはね。彼を守るために。われわれ誰もがつくような嘘ならつきますけど」

「ここにいるこの老人は彼の息子に嘘をつかない。私はきみに嘘をつくか？」

「いいえ」

「もうロンドンに帰るといい、ポスト・ボーイ。そして、合法的なままでいるといい。この手紙は父上に渡してくれ。そして彼に伝えてくれ、ロシアの老人が彼のことを馬鹿だと言っていたと」

ゾーヤは彼のホテルのベッドで彼を待っている。茶色い紙に包んだ小さなプレゼントを持ってきている。彼女の母親のティナティンがコミュニズム時代にも聖徒祝日には身につけていた聖像《イコン》。香りのするろうそく。海軍の軍服を着た父、エヴゲニーの写真。彼女にとってとても大切なグルジアの詩人が書いた詩集。その名はクータ・ベルラヴァ。グルジア語で詩を書くミングレル族の詩人。彼女にとっては最高の取り合わせだ。彼女を求めるオリヴァーの情欲はすでに中毒のようになっている。彼女に黙るように彼女は唇に指を立て、彼の服を脱がせにかかる。それだけで彼はもう沸点に達しそうになる。それをこらえ、彼女と離れてベッドに横たわる。

「ぼくに親爺《おやじ》を裏切らせたいのなら、きみはまず父親と夫を裏切らなければならない」と彼は慎重に言う。「エヴゲニーは何を運んでるんだ？」

彼女は彼に背を向ける。「どれもすべて悪いものよ」

「そんな中でも最悪なのは？」

「どれもすべて」

「だったら、ひとつだけ悪いものを言ってくれ。ほかのものすべてより悪いものをひとつだけ。どうしてこんなにお金が儲かるんだ？　どうして何千万も何千万も」

彼女は彼に飛びかかり、太腿《ふともも》で彼をとらえ、荒々しく揺する、自分の中に取り込めば、彼を黙らせることができるとでも言うかのように。

「彼は笑ってるわ」と彼女は喘《あえ》ぎながら言う。

「彼？」

「ホバンよ」――荒々しさが増す。

「どうしてホバンが笑ってるんだ？　何を見て？」

「〝エヴゲニーのためだ〟って彼は言う。〝おれたちはエヴゲニーのためにワインをつくるんだ。おれたちはベツレヘムへの白い道を彼のためにつくってるんだ〟って」

「白い道？　なんでできた？」オリヴァーも喘ぎながら言う。

「粉でできた」

「粉は何でできてる？」

彼女は叫び声をあげる。ホテルの半分の客に聞こえそうなほど大きな叫び声を。「アフガニスタンから来るのよ！　カザフスタンから！　キルギスから！　ホバンがすべて仕組んだのよ！　新しい取引きも考えてる。ロシアを横切ってもっと東からも仕入れようとしてる」彼女は咽喉《のど》をつまらせ、落ちぶれた恥辱の叫び声をあげ、自棄《やけ》になって彼に暴行を加えつづける。


タイガーの氷の乙女、パム・ホーズリーは半月形のデスクの向こうに坐っている。デスクの上には、彼女の三匹のパグ、シャデラク、メシャク、アベドネーゴの写真、彼女と全能者とをつなぐ直通電話がのっている。翌日の朝。オリヴァーは前夜から一睡もしていない。チェルシー・ハーバーのフラットのベッドに横たわり、まだゾーヤの腕に抱かれていると思い込むことにもしくじり、ヒースロー空港の非現実的な尋問室で、制服を着た税関職員に、それまで自分にさえ話したこともないことを話した現実を否定することにも失敗して、まんじりともしない夜を明かしたのだ。そして今、タイガー城のだだっ広い控えの間に立って、高山病と、失語症と、性的悔悟《かいご》と、宿酔《しゆくすい》に襲われている。エヴゲニーの手紙をまず左手に持ち、次に右手に持ち替える。それから、まえに進み、愚者のように咳払いをする。末端神経が背すじを下から上へ、上から下へ彼をくすぐる。どうにか声が出ても、彼には自分が世界で最悪の大根役者にでもなったかのようにしか思えない。もっともらしさがかけらもないことに、パム・ホーズリーが気づいて、ほんの数秒で舞台の幕を閉じてしまうということも考えられる。「パム、悪いけれど、これをタイガーに渡してくれないかな？　エヴゲニー・オルロフにはタイガーに直接渡すように言われたんだけど、あんたなら直接と変わりないからね。いいだろ、パム、ねえ、いいだろう、パム？」

それでうまくいっていたかもしれない。ウィーンから帰ってきたばかりのミスター・チャーミング、ランディ・マシンガムが、そのときを自分が戸口に現れるタイミングに選びさえしなければ。「エヴゲニーが〝直接〟と言ったのなら、それはあくまで〝直接〟ということなんだよ、オリヴァー坊や」と彼は気取って言う。「そういうことが実は大切なんだ」――そう言って、リボン模様の修飾の施されたウェッジウッドの運命の扉のほうに頭を傾げる――「自分の親爺なんじゃないのかい、まったく、もう。私がきみなら、ドアを叩いて勝手にはいるがね」

マシンガムのその善意の忠告を無視して、オリヴァーは骨のない白いソファに坐り、二百尋《ひろ》の深さまで沈み込む。が、どんなふうにソファにもたれても、背もたれにエンボス加工された、S＆Sという社章が背中にあたる。マシンガムはまだ戸口に立っている。パム・ホーズリーの顔はパグと仕切りのあいだに隠れて見えない。彼女の頭頂部の白髪がオリヴァーにブロックを思い出させ、彼は父親のさまざまな賞状の深海探査に乗り出す。誰も聞いたことがないような賞状製造工場からの信任状。法曹協会に呼ばれ、鬘《かつら》とガウンをつけて幽霊のような伯爵と握手をしているタイガー。なんとか博士のまぬけな衣裳をまとい、金の銘板をしっかり握りしめるタイガー。いかにもあやしげなクリケットの装具を身につけ、まっさらなバットを振って、写真には写っていない観客の拍手に応えるタイガー。ターバンを巻いた小公子から、ポロをする恰好で、銀のカップを受け取るタイガー。第三世界の会議に出席し、カメラを充分に意識して、中央アメリカの麻薬王と嬉しそうに握手するタイガー。ドイツの湖畔でおこなわれた、非公式の老人問題のセミナーで著名人と肩を並べるタイガー。いつかおれはあんたを訴追する仕事に関わることになるだろう。そのときにはまず、あんたの生年月日を調べることから始めることになるだろう。

「今ならお会いになれます、どうぞ、ミスター・オリヴァー」

オリヴァーは無酸素状態のまま、夢遊病にかかった逃避者が沈む海底から立ち上がる。エヴゲニーの手紙は彼の手の汗で湿気ている。彼はタイガーには聞こえないことを祈りながら、ウェッジウッドの両開きのドアを叩く。「はいってくれ」という馴染みのある恐ろしい声が聞こえ、彼は古い毒薬のように愛が心に疼《うず》くのを覚える。いつものように肩を落とし、腰をかがめ、背を低くする。

「お帰り、オリヴァー。おまえは知ってるか、おまえをそこに坐らせるのにどれだけの経費がかかるか」

「あなたに直接渡すようにと、エヴゲニーから手紙を預かってきました」

「彼から？　あの彼から？　いいことだ」――タイガーは受け取るというより、オリヴァーの手から手紙をつかみ取るようにする。それを見て、オリヴァーは、受け取ることを拒否したブロックのことばを思い出す、ありがとう、オリヴァー、でも、私はきみほどオルロフ兄弟と親しいわけじゃないからね。だから――もちろん、誘惑には駆られるが――この封筒には手をつけないことにしよう。残念ながら、私は国家に対する忠誠を聖書に誓った公務員だからね。不正はできない。

「彼からメッセージもことづかってきました」とオリヴァーは父親に言う、ブロックではなく。

「メッセージ？　なんだ、それは？」――十インチの銀のペイパーナイフを選びながら、タイガーは言う――「この手紙のことじゃないのか」

「口頭によるメッセージです。残念ながら、あまり礼儀正しいものじゃないけれど。彼はあなたにこう伝えるように言っていました、ロシアの老人がきみは馬鹿だと言ってたと。彼が自分のことをロシア人と呼んだのは初めてのような気がします。彼はいつもはグルジア人と言ってますからね」――意気地なく、オリヴァーは最初に放ったパンチの衝撃度を自分のほうから弱める。

タイガーの全天候型スマイルはまだ顔にはりついている。その声も、危険を覚悟したように封筒の封を切り、手紙を取り出して広げると、新たな甘言に深く豊かなものになる。「ああ、そのとおりだ、オリヴァー。彼は正しい。もちろん、私は馬鹿だ！……大馬鹿者だ！……われわれが呈示しているような条件を彼に提示する者などほかにいるわけがないんだからな。しかし、私から盗みを働いていると思い込んでいるやつほど、私の好きな相手もほかにいない……なぜなら、そういうやつには私に先んじるということができないからだ、ちがうか？　なんだ、これは？　なんだ？」タイガーは手紙をたたんで、封筒に戻すと、書類入れに放る。読んだのだろうか？　そうは見えない。が、タイガーはこのところほとんど何も読もうとしない。預言者のあやふやなヴィジョンで武装している。「ゆうべのうちにおまえから電話があるんじゃないかと思ってたんだが、オリヴァー。どこにいたんだ？」

オリヴァーの脳細胞は拒絶にしぼむ。飛行機が遅れたんです！——実際には、予定時刻より早く着いていた——タクシーが捕まらなかったんです！——タクシーはいくらでも停まっていた。ブロックの声が聞こえる——女と会っていたと言うんだ。「電話しようと思ってたんだけれど、ニーナのところに寄ろうと思って」と彼は嘘をつく。顔を赤らめ、鼻をこすりながら。

「ほう。ニーナというのはエヴゲニー老の遠縁だったな。彼の姪《めい》の娘だったか、兄弟の孫娘だったか」

「彼女の具合がちょっとよくなくて。流行《はや》りのインフルエンザで」

「いずれにしろ、まだつきあってるわけだ、ええ？」

「まあ、そうですね。ええ、そうです」

「その思いはまだ弱まらない？」

「ええ、全然。むしろその逆です」

「それはそれはご同慶の至りだ、オリヴァー」ふたりはいつしか腕を組み、出窓のそばに立っている。

「今朝は幸運に恵まれた」

「それはよかった」

「それも大きな幸運だ。善人にこそ訪れる幸運だ。わかるか?」

「もちろん。おめでとう」

「ナポレオンはひとりの志願兵に眼をつけると、よく若い士官に尋ねたそうだ――」

「〝きみは幸運か〟と」とオリヴァーはさきまわりして言う。

「そのとおり。今朝おまえが持ち帰った手紙は、私が千万ポンド稼いだことを保証するものだった」

「それはすごい」

「それも現金で」

「すばらしい。それはなおさらすばらしい」

「税金とは無縁の金だ。オフショアの金だからな。と言っても、すぐ近くだが。税務署を煩《わずら》わせなくてもいい金だ」オリヴァーの腕を握る手に力が込められる。オリヴァーの腕はスポンジと化し、タイガーの腕はしなやかな鋼となる。「私はそれを分けることにした。わかるか?」

「いえ。今朝は頭があまりよく働かなくて」

「ゆうべやりすぎたか、ええ?」

オリヴァーはつくり笑いを浮かべる。

「五百万は、まあ、そういう事態にはならんだろうが、まさかのときのための用心に取っておくが、残りの五百万は初孫にやる。どう思う?」

「信じられない。そんな大金を。ありがとう、父さん」

「嬉しいか?」

「それはもう」

「それでも、今のおまえの喜びは、偉大なその日が来たときの私の喜びの半分にもならんだろう。覚えていてくれ。おまえの最初の子供に五百万ポンドだ。話はこれで決まり。覚えておけるか？」

「もちろん。ありがとう。ほんとうにありがとう」

「おまえが礼を言うことはない、オリヴァー。すべては〈シングル&シングル〉に三番目のSを加えるためだ」

「そうだね。そのとおりだ。三番目のSか。すごい」オリヴァーは慎重に腕をはずす。腕に血がまた戻るのがわかる。

「ニーナはいい娘だ。調べたんだよ。母親は不身持ちな女だが、それも悪いことではないだろう。ベッドであれこれ愉しみたければ。父親は下級貴族だ。ちょっと変わった人物でホモっ気もあるようだが、ことさら心配するには及ばない。兄弟姉妹はみな健康だ。あまり財産はないようだが、最初の子供が資産五百万ポンドの金持ちになるわけだからな。それも問題にはならない。いずれにしろ、おまえの好きにすればいい」

「ありがとう。覚えておくよ」

「彼女には言うな。金のことは。彼女の心をむやみに乱すことはない。その日が来れば、自然と彼女にもわかるようにしておけばいい。そうしておけば、彼女の心が妙なところへ移ることもない」

「そうですね。ほんとうにありがとう」

「言ってくれ、オリヴァー」——信頼しきった様子で、オリヴァーの肩に手を置いてタイガーは言う——「近頃はどれぐらいに達した？」

「達した？」オリヴァーは怪訝《けげん》そうに訊き返す。最近の総売上げ高、利ざや、ネットとグロスを思い出そうとして、記憶の棚卸しをする。

「ニーナのことだ。何回やってる？　夜に二回、朝に一回か？」

「父さん」――オリヴァーはつくり笑いを浮かべ、前髪を払う――「悪いけど、もう数えきれなくて」

「よくぞ言った、オリヴァー。それこそ家庭円満の秘訣だ」

第十章

オリヴァーはブロックと庭で紅茶を飲んだあと、殺風景な屋根裏部屋に行き、彼の身のまわりの世話をするクルーが定期的に様子を見にきたのを除くと、その部屋でただひとり過ごした。鉄製のベッドステッド、まがいものの羊皮紙《ようひし》をシェードに使った電気スタンドがのっている松材のテーブル、壊疽《えそ》にかかったようなバスルーム。バスルームには子供の移し絵が張られた鏡があり、オリヴァーはそれを漫然と剝がしにかかって、途中であきらめた。電話のソケットはあったが、四人に電話は許されていなかった。世話係は彼に食べものを差し入れることと、話し相手になることを申し出たが、オリヴァーはその両方とも謝絶した。ブロックの彼に対する不信感がその愛情と同じくらい徹底していることは、彼の部屋の両側に世話係が待機していることからも明らかだった。オリヴァーが荷造りをするときにシャツのあいだに忍ばせたウィスキーの壜が一本見つかっただけという、不毛の所持品検査も含め、何度かの部屋の点検が終わったときには午前零時近くなっていた。オリヴァーは今、四人スタイルでベッドに腰かけ、バスタオルを羽織り、うつむいて長さ四十五インチのゴム風船を手で細工していた。履いているのは高価な〈ターンブル&アッサー〉のミッドナイトブルーのシルクのソックス。青いウールのソックスとグレーの木綿のソックスを履き古したあと、タイガーが三十足贈ってくれたソックスのひとつだ。ゴム風船は、オリヴァーの心の健康を保つものであり、ブリアリー（イギリスの風船細工師）はそのよき師だった。人生における諸問題がほかには何も解決できなくなると、彼は風船の箱を足元に置き、〝ブリアリー――造形法〟や、〝ブリアリー――ふくらませ方と結び方〟や、〝ブリアリー――スキニー・バルーン、ペンシル・バルーン、ドゥードル・バルーン。いい風船と悪い風船の見分け方〟を思い出すことにしていた。実際、ヘザーとの結婚生活がうまくいかなくなりはじめた頃、彼はよくブリアリーのそれらのデモ・ビデオを一晩じゅうでも見つづけたものだ。ヘザーの涙ながらの抗議も受けつけなかった。いきちがいがないかぎり、午前一時、舞台に立ってもらう、とブロックは彼に命じていた。そのときにはまた紳士に戻って、出席するように、と。

　カーテンのない屋根裏の窓から射すかすかな光を利用して、オリヴァーは風船の空気を少し抜き、二インチばかりつまんでまるめ、どんな動物をつくるかもまだ決めないで、漠然と頭の形をつくった。手の幅で長さを計ってねじり、同じことをもう一度繰り返したところで、手のひらに汗をかいているのに気づいた。風船を置いて、おごそかに手をハンカチで拭き、ダウンの掛け布団の上に置いた、ステアリン酸亜鉛の粉末の箱に手を突っ込み――手をすべすべにしながらも、すべりやすくならないようにするためのもので、ブリアリーも常に持ち歩いていたという――ベッドの下を手で探り、すでにふくらませてある風船を取り出す。そして、ふたつの風船をひねって結びつけ、窓にかざし、夜空を背景にその形を確かめてから、適当な場所を選んでねじった。その途端、風船は大きな音を立てて破裂した。これがほかのものなら、自分を責めていただろう。自然の災厄も、非自然の災厄も、どんな災厄も自分のせいにするのがオリヴァーという人間だった。が、ゴム風船に関するかぎり、彼は自分を叱ったりはしなかった。ゴム風船に関するかぎり、不運に勝てるマジシャンはいない、とブリアリーも言っている。オリヴァーはそのことばを信じていた。たまたま質の悪いものをつかんでしまったのかもしれず、そのときの気温、湿度がたまたま風船に合わなかったのかもしれない。それが誰であれ、そんなことは関係ない。ブリアリーその人にさえ起こりうることだ、風船が眼のまえで破裂するというのは。気づいたときにはもう、頬が小さな何枚もの剃刀で切られたようになっており、眼からは涙があふれ、まるで棘《いばら》の茂みに頭から突っ込んだような思いを味わわせられるというのは、ブリアリーにさえ起こることなのだ。だから、オリヴァーもただヒーローの笑みを浮かべ、いつもアライグマのロッコにその場を救う決め台詞を言わせることにしていた――〝そう、こういう風船の割り方もあるわけだ……明日、こいつはこの割れたやつを持って店に怒鳴り込みにいくんだぜ、そうなんだろ、オリヴァー？〟

ドアを叩く音がして、アギーのグラスゴー訛りの声がした。オリヴァーはうしろめたい思いのまま、その声に立ち上がった。いくつもある頭のひとつでカーメンのことを考えていたのだ――あの子はもうノーサンプトンに行っただろうか。眉のところに傷ができていたが、もう痛がってはいないだろうか。おれが思うほど頻繁《ひんぱん》にカーメンもおれのことを思っているだろうか。別な頭ではこんなことも考えていた――タイガー、あんたはどこにいるんだ？　腹はへってないか。疲れてはいないか。彼の心配はひとつひとつ別個に湧き起こることがなかった。また、それぞれひとりひとりを心に呼び出すこつも覚えられたためしがないので、エヴゲニーのことも心配になった。ミハイルのことも、ティナティンのことも、そしてゾーヤのことも。彼女は自分の夫が人殺しだということを知っているのだろうか――知っている。そう思わざるをえなかった。

「さっき聞こえたのは銃声だったの、オリヴァー？」とアギーはドア越しにむしろ陽気に尋ねた。オリヴァーは同意と羞恥《しゅうち》の入り交じった不明瞭なことばをつぶやき、手首で鼻をこすった。「あなたのいかしたスーツ、持ってきたわ、プレスして。お手渡しさせていただけるでしょうか？」オリヴァーは明かりをつけ、バスタオルを腰に巻いてからドアを開けた。彼女は黒いトラックスーツにスニーカーという恰好で、髪をうしろにひっつめて結んでいた。彼はスーツを受け取り、ドアを閉めかけた。が、彼女はわざと驚いたような顔をして、彼のうしろのベッドステッドを見つめていた。「オリヴァー、あの物体はいったいなんなの？　わたしが言いたいのは、つまり、こうしてわたしが見ていてもいいものなの？　あれはあなたの新しい悪癖の成果か何かなの（風船細工には大人向きのエロティックなものもある）？」

彼も振り向き、一緒に見て白状した。「あれはキリンの片割れだ。割れずに残った部分だ」

彼女は驚きながらも、疑わしげでもあった。そんな彼女を納得させるために、彼はベッドに坐ってキリンを完成させ、彼女に請われて、鳥とネズミもつくった。彼女は、そうしたオブジェはどれぐらい日持ちするものなのか尋ね、ペイズリー（スコットランド南西部の都市）にいる姪《めい》にひとつつくってやってくれないか、と頼んだ。そして、よくしゃべり、称賛の声をよくあげた。彼女には裏表がなかった。それには彼も気づかないわけにはいかなかった。絞首刑になるのを待つ彼にこれほどやさしく、これほど適切な服装のできる者はいないだろう。

「吸血虫《ナット》が戦略会議を二十分後に招集したわ。何か進展があるかもしれないからって」と彼女は言った。「あそこにあるのがあなたのシティ向けシューズ？」

「見たとおり、悪くないと思うけど」

「吸血虫《ナット》にはどうかしらね。あんな靴をあなたに履かせたら、わたし、殺されちゃう」

ふたりの眼が合った――彼女のほうは、彼と仲よくすること、それが上からの命令だからだった。彼のほうは、きれいな女に見つめられるといつもそうなるように、彼女との生涯の関係を思い描いたからだった。


彼はパーク・レインでタクシーから降ろされた。タンビーが運転し、デレクがタンビーに料金を払うふりをし、オリヴァーはカーゾン・ストリートにはいった。デレクともうひとりのクルーがその両脇についた。おそらくオリヴァーが逃げ出したときの用心に。ふたりは彼に、おやすみと言うと、さらに残りの五十ヤードも彼のあとをついてきた。おれは死んだんだ、だからこんなことが起きてるんだ――とオリヴァーは思った――何もかもが中途半端な人生。眼のまえにふたつの閉ざされたドアがあり、通りの反対側から黒い服を着た男の一団が前進するよう、彼を急《せ》かせていた。彼は、できることなら、ミセス・ウォットモアのところに戻り、サミーと深夜番組を見ていたいと心から思った。

「金曜日に芝居の幕が降りてからは、誰も出かけておらず、誰もやってきていない。一本の電話もかけられていない」とブロックは戦略会議の席で言っていた。「トレーディング・ルームに明かりはついているが、誰も仕事はしていない。かかってきた電話には留守番電話が応対していて、オフィスは月曜日の午前八時に開くと答えているが、忙しいふりをしているだけで、ウィンザーが死に、タイガーの行方が知れない現状では、誰も指一本動かしていない」

「マシンガムはどこに?」

「ワシントンだ。このあとニューヨークに向かう。昨日電話してきている」

「グプタは?」――とオリヴァーはタイガーのインド人の召し使い、グプタのことを案じて言った。グプタ一家はシングル社の社屋の地下に住んでいた。

「十一時までテレビを見たあと、十一時半には明かりが消えた。それが彼らのいつもの日課で、今夜も変わらなかった。グプタ夫妻はボイラールームで寝ていて、息子夫婦が寝室を占領していて、小さな子供たちは廊下で寝ている。地下には警報装置がない。だから、地下に降りるときにスティール製のドアに鍵をかけてしまえば、それでもう世界とはさようならということになる。グプタは今日一日、首を振っては泣いていたということだ、監視報告によれば。ほかに質問は?」

　グプタほどタイガーを愛している人間はほかにいなかった。オリヴァーはそのことを悲しく思い出した。百年もまえのことだが、グプタの三人の兄弟が警察に証拠をでっち上げられて逮捕されたことがあった。伝説では、恐れを知らぬシングル家の聖タイガーが仲介にはいり、その三人を救った、ということになっている。だから、グプタの願いはただひたすらタイガーに尽くすことで、それで一日じゅう首を振っては泣いていたのだ。ロンドンのスカイラインに、マンハッタンの棘《とげ》を持ってきて加えたような、怪物のようなホテルの二十階あたりに、雄々《おお》しい月が昇っていた。雨とも露ともつかない粉のような靄《もや》が降りてきていた。街灯のナトリウム灯が見慣れたランドマークにまとわりつくような光を投げかけている。リヤードとカタールの銀行。〈チェイス・アセット・マネージメント〉。昔の兵士の人形を売っている〈トラディション〉というヒロイックな小さな店。その昔、オリヴァーはシングル社の社屋にはいるまえに、その店のまえで、はいるだけの勇気が湧くよう自らをよく鼓舞《こぶ》したものだ。もう二度と昇るまいと誓った石の階段を五段昇り、鍵を探してポケットを叩き、すでに手に持っていたことに気づかされた。その鍵に導かれるようにまえに進んだ。同じ柱。世界に広がる支社を記した、シングル王国の真鍮《しんちゅう》の銘板——〈シングル・レジャー・リミテッド——アンティグア〉……〈バンク・シングル＆Ｃｉｅ〉……〈シングル・リゾート・モナコ・Ｌｔｄ〉……〈シングル・サン・ヴァレー・オヴ・グランド・ケイマン〉……〈シングル・マルチェッロ・ランド・オヴ・マドリッド〉……〈シングル・シーボルト・レーヴェ・オヴ・ブダペスト〉……〈シングル・マランスキ・オヴ・サンクトペテルブルク〉……〈シングル・リナルド・インヴェスティメンツ・オヴ・ミラノ〉……オリヴァーにはそれらの幽霊会社を全部そらで言えた。だから、彼の眼はすべての名前の上をなぞりながら、ほんとうは何も見ていなかった。

「鍵が取り替えられていたら?」とオリヴァーはブロックに尋ねていた。

「取り替えられていたとしても、心配は要らない。どっちみち開くだろうから」

鍵を手に、オリヴァーは最後の一瞥《いちべつ》を通りの左右に放ち、襟《えり》に垂れ飾りのある黒いコートを着たタイガーが、何軒かの戸口ひとつひとつに立って、彼のほうを見ているような錯覚にとらわれた。雨よけの下で、男女が立ったままネッキングをしていた。何人かが一塊になって、不動産会社の建物のまえに横たわっていた。まさかのときの用心に通りに三人配置する、とブロックは言っていた。まさかのときとは、思いがけずタイガーが檻《おり》に戻ってきたときのことだ。オリヴァーは汗をかいていて、その汗が眼にはいった。チョッキなど着てくるんじゃなかった。着ているスーツは、御曹司《おんぞうし》が正式にジュニア・パートナーに就任する日のために、〈ヘイワード〉で仕立てた六着のうちのひとつで、それは一ダースのオーダーメイドのシャツと、一方にはトラ、もう一方にはトラの子供が描かれた、カルティエの金のカフスリンクとともに届けられた。さらに、ナンバープレートにTSの二文字が入れられた、四チャンネル方式のオーディオ装置付きメルセデス・ベンツの栗色のスポーツカー。汗がひどくなり、眼が霞《かす》みはじめた。体がこんなに重いのがチョッキのせいでないとすれば、鍵のせいだ。錠前は音もなく開いた。ドアを押すと、十二インチばかり開いたところで止まった。さらに押すと、土曜日に届けられた郵便物が床をすべっているのがわかった。それをまたぐようにして中にはいった。うしろでドアが閉まり、彼は地獄の幽霊たちの声に迎えられた。

おはようございます、ミスター・オリヴァー!――オリヴァーにおどけて注意を向けるドアマンのパット。

ミスター・タイガーから電話よ、オリヴァー――交換台の向こうからは受付嬢のサラ。

彼女には朝食がわりにもうキスしてやったんだっけ、オリー坊っちゃん？――オリヴァーをよくからかう、トレーディング・ルームのコックニーの神童、アーチー。

「きみはまだ会社を辞めたことにはなっていない」何時間も静かに互いに向かい合い、ブロックはオリヴァーに言っていた。「タイガーの福音書によれば。きみは今も共同経営者のままだ。きみはどこにも消えていない。きみは海外留学中ということになっている。海外で、あれやこれや資格を取ったり、新たな顧客を見つけたりということになっている。書類上は給料も支払われている。フルタイムの共同経営者に昨年支払われた報酬のトータルが五百八十万ポンドで、タイガーが税務署に申告した所得は約三百万。ということは、ざっと二百万ばかり、どこかのきみのオフショア口座に振り込まれていることになる。まあ、おめでとうと言っておくよ。また、きみはクリスマスには会社に電報を打ったりしている。心やさしくも。タイガーは、それを毎年クリスマス・パーティの席で読み上げている」

「おれはどこにいることに?」

「ジャカルタだ。ジャカルタで海事法を学んでいることになっている」

「そのたわごとを信じてるのは?」

「馘《くび》になりたくない社員は全員信じている」

青白い街灯の光がドアの上の扇形窓から射していた。上得意客を最上階まで運ぶ、金めっきを被《き》せたかの有名なエレヴェーターが開いていた。〝シングル社のエレヴェーターは上昇することはあっても下降することはない!〟——〈カトリーナのゆりかご〉でのランチのあと、おべっか使いの経済担当記者が息せき切ってそう書いたことがあり、タイガーはその記事を切り取り、額に入れ、エレヴェーターのボタン・パネルの脇に掛けていた。オリヴァーはエレヴェーターを無視して階段を昇った。一段一段踏みしめて昇っているのにカーペットの感触がなく、ほんとうにカーペットが敷かれているのかどうかも疑わしく思えるほど、足が頼りなかった。マホガニーの手すりにつかまらず、指だけ這わせた。マホガニーの古つやがミセス・グプタの自慢だった。ある階までたどり着き、迷った。彼の左側、小さなレストランの厨房《ちゅうぼう》のドアのようなスウィング・ドアの向こうに、トレーディング・ルームがあった。オリヴァーはそっとそのドアを押して中をのぞいた。箱に入れられたネオン灯が天井から部屋全体を照らしていた。ずらりと並んだコンピューター画面がちらちらと光り、不寝番をしていた。デイヴ、フオン、アーチー、サリー、マフタ。どこにいる?——おれだ。摂政の宮、オリヴァーだ。答はなかった。誰もみなすでに脱出を果たしていた。マリー・セレステ号(一八七二年、大西洋で発見されたアメリカの幽霊船。船員は誰ひとり残っていなかった)へようこそ。

その階のその位置からは管理部に続く長い廊下も延びていた。ボスに忠実すぎてほかではまず雇われることのないパンツルックの秘書、〝おむつの濡れた赤ん坊〟という渾名《あだな》で知られる、聖職者然とした三人の会計士のふるさと。スーパーリッチたちが金を払ってまで求める汚い援助——車、犬、家、馬、ヨット、アスコット競馬場のボックス席、要らなくなった愛人に払う手切れ金、ロールスロイスとともに隠れ家に逃げ込んでしまった、不満だらけの使用人とのひそやかな交渉、ウィスキー一ケース、顧客のチワワなどなど——がその三人の仕事だ。その〝おむつの濡れた赤ん坊〟の最長老、内気な巨人、リクマンズワース（イングランド南東部の都市）在住のモーティマーは、顧客のプライヴァシーをのぞき見るのが趣味だった——おまけに、彼女は執事ともやってたんだ、と彼はその大きな肩をオリヴァーの肩にのせ、口の端から声を出してことさら秘密めかして言ったものだ。それだけじゃない。亭主のルノアールを全部売り払い、贋作《がんさく》を掛けてた。亭主は段々眼が悪くなってたんだ。まだある。亭主の遺言書から子供の名前を全部削って、塀を巡らした亭主の庭に、二十戸の二軒長屋を建てるための建築許可を申請してるんだが……

軽すぎるほど頼りない足取りで次の階まで昇ると、オリヴァーは重役会議室のドアのまえでしばらく佇《たたず》んだ。その会議室では、よく次のような図が形成された——玉座にタイガー、紫檀《したん》のテーブルをはさんでもう一方の端にオリヴァー。そのあいだに給仕頭のマシンガムが立って、無責任な同類たち——権力の座から転げ落ちた大臣やら、経済記事編集主任やら、不当に高い報酬を得ている弁護士やら、賃借された見知らぬ野次馬やら——に向かって、革張りのでたらめな数字を披露しているという図だ。オリヴァーは次の中二階まで昇ったところで、上を見上げた。管理人の机の脚と凸面鏡の下半分が見えた。彼はマシンガムが使用人のジョークとして、〝感じやすいエリア〟と呼ぶように言っていた場所に近づこうとしていた。

「白いサイドと黒いサイドがある」とオリヴァーはヒースローの非現実的な尋問室でブロックに語っ

ていた。「白いサイドは家賃を払い、黒いサイドは三階から始まる」――「だったら、きみはどっちのサイドにいるんだね、ジュニア?」――「両方だ」とオリヴァーは長い沈黙のあとでそう答え、それ以来、ブロックはオリヴァーを〝ジュニア〟と呼ぶのをやめたのだった。

どすんという音がして、オリヴァーは心臓が止まったかと思った。泥棒。ハト。タイガー。心臓麻痺。彼は階段を昇る足を速め、不可避的遭遇に向け、前線に出る準備をしながら前方へ逃げた。

父さん、ぼくです、オリヴァーです。四年も遅れてすみません。でも、ある女に出会って、話をしていたら、妙なことになって寝坊してしまったんです……

やあ、父さん。つまらない人間になってしまってごめん。でも、良心の危機というやつだったんだ。わかってもらえると思うけど。そう、良心がそうさせたんだと思う。だからと言って、改心の道が光り輝いて見えたわけじゃない。そういうのじゃないんだ。重要な顧客が住む小さな町への旅まわりを終えて、ヒースローで眼が覚めたところで、つくづく思ったんだ、頭に溜め込んできた禁制品については、いくらなんでももうそろそろ申告すべき頃合いだって……

父さん！　信じられない！　また会えてこんなに嬉しいことはないな。近くをちょっと通りかかったもんで、久しぶりに顔を見せようかなって思ったんだけど……アルフレッド・ウィンザーのことは聞いた。それで、父さんはどうしてるのかなって思って……

父さん、ほんとうにありがとう、カーメンに五百万ポンドもプレゼントしてくれて。カーメンは自分でお礼を言うにはまだ幼すぎるけど、ヘザーもぼくも心から父さんに感謝してる……

ところで、父さん、ナット・ブロックがこんなことを言ってる、父さんがたまたま逃避中ということなら、彼のほうには取引きをする用意があるって。父さんとはリヴァプールで会ってるらしくて、会うなり、父さんの手腕には舌を巻いたって言ってたよ……

それともうひとつ、実際の話、父さん、父さんさえよかったら、父さんを安全なところへ移したいんだ。誤解しないでくれ！　ちがうよ、父さん、おれは父さんの味方だ。そりゃ、父さんを裏切ったのは事実だけど、でも、それは避けられない手術みたいなものだったんだ。心の底では、とてもことばでは言えないくらい、おれはまだ父さんの忠実な息子……

彼は内側のドアのまえに立ち、意味もなくコンビネーション錠のナンバー・パネルを見ていた。救急車がサウス・オードリー・ストリートを北に向かっていた。そのあまりのうるささに、階段を昇ってきているのではないかとさえ思われた。そのあとを追ってパトカー、さらに消防車。すばらしい、とオリヴァーは思った。火事こそ今何よりこのおれが必要としているものだ。「いいですか、みなさん、ここにあるのは〝ローリング・コンビネーション〟と私が名づけたものです」がっしりとした顎の警備コンサルタントは、元警察官のもったいぶった口調で、義務的に集まった重役たちに説明している。その中にはもちろんオリヴァーもいる。「最初の四桁の数字、これは変わりません。みなさんよくご存知のものです」それは実際そのとおりで、誰もが知っている。1-9-3-6。タイガーご生誕の神聖なる年号だ。「この最後の二桁の数字、これが〝ローリング〟という所以《ゆえん》でして、五十からその日の日付を引いた数字になります。つまり、今日が十三日だとすれば――それは私のスパイがこっそり教えてくれた数字だけれど、ははは――あとはこうやって3-7と打ち込めばいいわけです。その日が一日なら、このように4-9とやる。みなさん、おわかりいただけましたかな？　みなさんは全員が要職に就いておられ、大変お忙しくしておられる。ですから、むやみにお引き止めはいたしませんが、何かご質問は？　ありませんか？　それでは、どうもありがとうございました。煙草を吸われる方はどうぞご遠慮なく、ははは」

オリヴァーは彼自身思いがけない大胆さでタイガーの生年を打ち込み、日によって変わる数字を加え、自分のそばから遠ざけるようにドアを押した。ドアは甲高い声をあげ、開き、彼を法務部に招じ入れた。合法的？　エヴゲニーがいかにも信じられないといった顔で訊いている。ポスト・ボーイが合法的……？　エルサレム、ウィンダミア湖、マッターホルンを描いた初期イギリスの水彩画がランダムに掛けられている。そういう品を扱う商売に失敗して破産した顧客が以前いたのだ。ドアはまだ半開きだった。オリヴァーは指でもう一度押して開けた。おれの部屋。おれの穴倉。おれのピレッリのカレンダー（イタリアのタイヤメーカー、ピレッリが発行するセミヌードのカレンダー）。四年前の。ここそ合法的なポスト・ボーイがロープにもたれていた場所だ。ロープといっても、かつて商売を一度もしたことがなく、今後もする予定のない商社のロープだ。持ち株会社《ホールディング・カンパニー》といっても、熱すぎるために、どんなものでも五分と持《ホールディング》っていられないような持ち株会社のロープだ。銀行をただのバイヤーにするために、ごみのような株券を銀行に売りつけ――たまたまそこは自分の銀行なので――ほかの会社を通じてまたその株券を買い戻すのが仕事、という会社のロープだ。当然のことながら実行するつもりのない、机上の空論のような情報を顧客に与え、その情報をプロのアドヴァイスとして受け取るには、相当無節操にならねばならない、としたり顔で言う、そんな会社のロープだ。そして、そのロープとは、ペニスからさきに生まれたアルフレッド・ウィンザー、茶色の髪をどうにかまだ維持させ、タイガーに影響されたスーツを着ていたウィンザー、タイプ課の恐怖、オリヴァーの不道徳の師、ウィンザーの最も得意とする領域のことだ――

そうですね、ミスター・アジール――経験を積むために部屋の反対側に坐っている〝坊っちゃん〟に向けて、微笑とうなずき――たとえば、ひとつ仮定の話として、あなたは多国籍企業で、そう、今流行《はや》りの化粧品で大儲けをしたとしましょう。もちろん、そんな商売はなさってないと思いますが、あくまで仮定の話として、そうです――笑み――議論を進めるための仮定の話として、そういうことにしましょう。さらに、あなたには愛する弟さんがデリーにいて、その弟さんを援助している。そんな弟などいない、なんてどうか言わないでください、ははは。弟さんはホテル・チェーンを経営していて、そう、あなたには弟さんを手助けする義務がある。たとえば、ソフィスティケイトされた高価なヨーロッパの厨房機材や、残念ながらインドでは手に入れられない機械などを買ってあげねばならず、その前金として、弟さんはあなたに、そう、七百五十万ドルばかり前金として渡したとしましょう。そのお金は非公式にあなたに渡されるわけですが、あなた方は兄弟ですから、それはむしろ東洋では自然なことです。そういう前提で、あなたはなんとかという銀行のなんとかという人と接触をする。たとえば、そうですね、スイスのツーク州あたりに適当な銀行を選んで。そういう際、あなたの代理人が〈シングル&シングル〉で、そのなんとかという銀行のなんとかという人に、ミスター・アルフレッド・ウィンザーがあなたによろしくと言っていた、と言ったりする。すると、そのなんとかという人はつい最近、私とともに愉しい夕べを過ごしていたりする。そういう場合、商談というのは……

オリヴァーはふたつの非常ドアと男子用トイレのまえを過ぎ、法務部の廊下のつきあたりまで進んだ。そこから、青い終夜灯に照らされた非衛生な非常階段が、タイガーのねぐらの豪華な控えの間まで延びている。オリヴァーは一度に一段ずつ昇った。パネル張りのドアが眼のまえに現れた。アーチ型の細いドアで、真ん中にノブがついている。オリヴァーはノックをしかけ、すんでのところで気づき、ノブをつかんでまわした。中は伝説に名高いドーム屋根の広間で、弧を描くガラスドーム越しに、映画製作者がつくったような、隅々にまで星の散らばる空が見えた。気まぐれな明かりに、誰も読まない豪華な装丁の本が本棚に並んでいるのがわかる――悪党のための法律書、誰が金持ちで、誰を騙せばいいかということに関する本、契約に関する本、契約をどう破ればいいかということに関する本、税の本、税をどう逃れればいいかということに関する本。タイガーが今も第一線にいることを示す新しい本。タイガーが信頼できる人間であることを示す古い本。タイガーが真摯《しんし》な人物であることを示すしかつめらしい本。オリヴァーは震えていた。蕁麻疹《じんましん》が、首に、胸に、額に、出ているのがわかった。気づくと、何もかも忘れていた――自分の名前も、歳も、今日が何日であるのかも、自分はここへ送り込まれたのかも、それとも自分の意思でやってきたのかも、父親以外に自分は何を愛しているのかも忘れていた。左手に、骨のないソファとマシンガムのオフィスのドアがあった。閉まっている。右手には、パム・ホーズリーの半月形のデスクと三匹のパグの写真がある。そして、正面に、藍色の四十フィートの絨緞《じゅうたん》の向こうに、アーチ型のウェッジウッドの両開きのドア――タイガーの墓場の扉があった。そこも閉まってはいたが、墓泥棒がやってくるのを待っていた。

星に導かれ、オリヴァーは控えの間を横切り、両開きの右側のドアのノブをまわし、身を屈《かが》め、眼をきつくつむり――彼の頭の中では――にじり寄るようにして、父親の部屋にはいった。部屋の中の空気はじっと動かず、甘かった。オリヴァーは鼻をひくつかせ、選び抜かれたタイガーの武器のひとつ、男くさいトランパーのボディローションのにおいをかすかに嗅《か》いだような気がした。そして、自分が眼を開けているのに気づくと、彼に認知されることを待っていた聖なる机のまえまで、ゆっくりと前進した。そもそも広い部屋が薄闇のせいでよけいにだだっ広く感じられたが、どれほど広くてもそこの住人の背丈《せたけ》をちぢめるほど広くなることはできない。玉座はからだった。オリヴァーは、ここにいてはならない人間のうしろめたさを自ら減じて、屈めていた背をいくらか伸ばした。長さ二十フィートの会議用テーブル。顧客のための肘掛け椅子。不正の富でいくらでも買うことのできる法の抜け穴。その穴を抜けるのには、肌の色も人種も信条も問われない。市民すべてに与えられたその権利をタイガーから与えられた顧客は、誰でもその肘掛け椅子に心からくつろいで坐ることができる。ブリッジに立つ船長のように、自らを誇示するように、タイガーが好んで立つ窓辺――そこで彼は相手の腕をつかみ、ロンドンのスカイラインを背に自分の姿がどんなふうに見えているか、しかと確かめてから、まだ生まれこぬ嬰児《みどりご》を五百万ドルの資産家にしたりするのだ。その窓辺に――ああ、神よ、全能のキリストよ！　今、タイガーの亡骸《なきがら》が横たわっている。虹色のモスリンにくるまれ、新月のように仰向けになって宙に浮かんでいる。ぐったりとして。ちぎれそうなまでに体を伸ばして。蜘蛛《くも》になったタイガーが自分の巣の中で宙に浮いていた。

オリヴァーはまえににじり寄った。が、その幽霊は向きも変えず、退こうともしなかった。これはいたずらだ。友達を驚かせる類いの！　みんなの眼のまえで助手の体をまっぷたつにする類いの！　所定の封筒をウォルシンガム（イングランドのノーフォーク州北部の町）郵便局の私書箱〈マジック・ナンバーズ（富くじのこと）〉までお送りください！　「タイガー」と彼は囁いた。が、市《まち》のすすり泣きと喘《あえ》ぎ以外何も聞こえてこなかった。「父さん。オリヴァーです。おれだよ。帰ってきたんだ。もうなんだっていい。父さん。おれは父さんを愛してる」吊るされているワイヤを探して、彼は手を突き出し、遺体の上の宙をやみくもにまさぐった。が、手の中に残ったのは屍衣《しい》だけだった。それを放さず、眼を開けることを自分に強いて、彼は見下ろした。霧の中に茶色い顔が現れた。が、死の床から上体を起こしたのは彼の父親ではなかった。忠義心を決して忘れることのないグプタだった。驚きのあまり、眼球を飛び出させ、ハンモックの深みから起き上がったグプタだった。涙と喜びにまみれ、青いパンツと蚊帳《かや》をまとい、彼はしっかりとつかんだオリヴァーの両腕を恐怖と歓喜のリズムで思いのたけ揺さぶった。

「ミスター・オリヴァー、いったいぜんたいどこにいなすったんです？　もちろん、海外ですよね、そう、海外だ。勉強、そう、勉強なすってたんですよね！　それはもうずいぶんと勉強なすったことでしょう！　でも、誰もあなたのことは話せなかった。あなたはそれはもう大いなる謎だった。誰にも何ひとつ洩れてこない謎だった。結婚なすったんですか？　お子さんは？　幸せになすってるんですか？　四年、ミスター・オリヴァー、もう四年も経ったんですね！　いやはや、いやはや。あなたの聖なるお父さまは生きておられると言ってください！　健やかになすってると！　なんの連絡もなくなってもう何日にもなるんです！」

「彼は大丈夫だ」とオリヴァーは安堵のあまりすべてを忘れて言った。「ミスター・タイガーは元気にしている」

「ほんとうですか、ミスター・オリヴァー？」

「ほんとうだ」

「あなたも？」

「結婚はしてないけど、元気にしてる。ありがとう、グプタ。ほんとうにありがとう」

彼がタイガーではなく、グプタであったことにオリヴァーは感謝した。

「でも、こんなに嬉しいことはありません。みんなも同じ気持ちになるでしょう。私は持ち場を離れなかった。だから、謝ったりはしませんが、ミスター・ウィンザーのことはなんと言ったらいいか、もうことばもありません。人生の二度目の盛りを迎えられた矢先にこんなことになるなんて。あの人はほんとうの紳士でした。いつもにこにこしてらして、私たちのような身分の低い者にも――婦人方にはとりわけ――よく声をかけてくださいました。でも、今は沈みかけた船をみんなが見捨てようとしてます。乗客はみんな火の中の雪のように消えようとしてます。水曜日には秘書が三人、木曜日には若くて優秀なトレーダーがふたり。一番上の参謀長まで、休日だけでなく今後ずっと、より青い芝生に移ろうとしてるという噂まであります。でも、誰かがあとに残り、火の世話をしなくちゃいけない。それがたとえ警備のために暗闇の中でじっとしてなくちゃならないようなことであっても」

「きみはほんとうにいいやつだ」

そのあと、互いの喜びを再点検するぎこちない間がいっときできた。グプタは熱い紅茶を入れた魔法瓶を持ってきており、オリヴァーはただひとつのカップでそれを飲んだ。グプタの眼を避けながら。グプタの顔には、笑みが輝いては消え、輝いては消えていた、調子の悪いランプのように。

「ミスター・タイガーから伝言だ、グプタ」とオリヴァーは沈黙を破って言った。

「あなたにことづけられたのですか？　ミスター・タイガーとお話しになったのですか？」

「〝グプタがそこにいるようなら、私のかわりに彼のケツに蹴りをひとつ入れといてやってくれ〟。彼のそういう物言いには慣れてるだろ?」

「ええ、もちろん。私はミスター・タイガーを敬愛してます」

「ああ、彼もそのことはよく知ってる」そう言って、オリヴァーは自分の口調が父親に似ているのに気づき、自らを嫌悪《けんお》した。

「ミスター・タイガーは誰よりも親切な方です。あなたのお父さまは偉大な、際限なく広いお心の持ち主です。あなた方は世界で一番親切な紳士です」グプタの小さな顔が困惑に醜くゆがんだ。彼が感じているもの――愛、忠誠、疑惑、恐れ――のすべてが、その皺《しわ》だらけの顔に表れていた。「でも、ミスター・オリヴァー、あなたはどうしてまた戻ってこられたのです?」と彼は困惑に逆に勇気を得てあえて尋ねた。「どうして突然ミスター・タイガーはあなたに伝言など託されたのです? 海外に四年もおられて、ずっと音沙汰のなかったあなたに――すみません、お赦《ゆる》しください。卑しい使用人の分際でこんなことを尋ねて」

「金庫にしまわれてるある書類を取ってくるよう頼まれたんだ。先週末の不幸な出来事はその書類となんらかの関連があると彼は思ってるんだ」

「なるほど」とグプタは低くつぶやいた。

「なるほど?」

「私も人の親です、ミスター・オリヴァー」

私もだ、とオリヴァーも言いたかった。

グプタはその小さな手を胸にやっていた。「あなたのお父さまは幸運なお父さまじゃありません、ミスター・オリヴァー。あなたはミスター・タイガーのただひとりのお子さんです。私は幸運な父親です。だから、そのちがいはよくわかります。あなたのお父さまのあなたに対する愛はどんなものとも交換できないものです。お父さまにとってはそういうものなのです。ミスター・タイガーがあなたを信じてらっしゃるなら、ミスター・オリヴァー、私にはもう何も言うことはありません。それがそのままいつまでも続くことを祈るだけです」彼はそう言って何度もうなずいた。自分の道を見つけ、その道がまちがっていないことにうなずいていた。「証拠を見にいきましょう、ミスター・オリヴァー。白か黒か、〝もし〟も〝しかし〟もなしです。私はあなたに説明を求めたりしません。すべては摂理です。それがわれわれに味方したのです。あとについてきてください。私のすぐうしろから離れないように気をつけて。窓には近づかないようにして」オリヴァーは金庫室のドアとは一見わからないようになっている、マホガニーの両開きのドアのほうへ、グプタのすぐうしろに続いて歩いた。グプタはそのドアを開けると、中にはいった。オリヴァーもはいった。グプタはドアを閉めると、明かりをつけた。ふたりは向かい合い、金庫の扉はふたりのあいだにあった。グプタはタイガーより背が低かった。オリヴァーはまえまえから、タイガーがグプタを選んだのはそのためではないかと思っていた。

「あなたのお父さまは私的な信頼ということに関してはとても用心深い方です。だから、〝全幅の信頼を置ける人間などどこにいる、グプタ、教えてくれ〟とよく言われたものです。〝誰よりも愛する者にすべてを与えても、そのことに対する感謝の気持ちはどこにある？　グプタ、私はおまえに訊いてるんだ。それが肉親でないというなら、いったい人は何に自らを委ねればいいのか。教えてくれ、グプタ。だから、私は裏切り行為に対しては常に武装していなければならんのだよ〟。今言ったとおり、おっしゃいました、ミスター・オリヴァー、夜中にこっそりとそう打ち明けてくださったんです」タイガーがほんとうにそう言ったにしろ、言わなかったにしろ、それが今のグプタの正直なことばであることにまちがいはなかった――スティール製の灰色の扉のまえに立ち、その扉に畏敬の眼差《まなざ》しをじっと向け、震える非難とともに発せられたグプタのことばであることには。

「〝グプタ〟とあなたのお父さまは言われました。〝だから、おまえも息子らに対して防備を忘れるな、もし彼らが妬んでいるようなら。私は盲目ではない。わがシングル社に起きた不幸は、詳細な事実検分なしに克服することはできない。ある人物と私しか知りえぬ書簡が無情な敵の手に落ちたのだ。では、誰がその責めを負うべきなのか。誰がユダなのか〟」

「彼がそんなことを言ったのはいつのことだ?」

「惨事が拡大しはじめた頃のことです。あなたのお父さまは急に寡黙になられて、今こうしてわれわれがいるこの金庫室で長い時間過ごされるようになりました。自分以外の眼は誰の眼も信頼することなく」

「結局のところ、それは杞憂《きゆう》だったことがタイガーにもわかった。そうであってほしいものだな」とオリヴァーはいささか傲慢《ごうまん》に言い放った。

「私もです、ミスター・オリヴァー。心からそう思います。それじゃ、どうぞ。ご随意になすってください。ごゆっくり。すべてを神の摂理に委ねましょう」

それは挑戦だった。グプタの子細な観察の視線を受けながら、オリヴァーはダイヤルのまえに屈み込んだ。数字が浮き彫りになっている緑のダイヤルだった。グプタは挑むようにその小さな腕を組んで、オリヴァーの脇に立った。

「きみはこれを見ていてもいいものなのかどうか、私には確信がないんだが」とオリヴァーは言った。

「ミスター・オリヴァー、私はここの事実上の管理人です。だから、あなたの忠誠心の証しをここで見届けなくてはなりません」

ファンファーレはどこからも聞こえなかったが、初めからわかっていたことのように、オリヴァーの頭に新たな知識が宿った。グプタは、タイガーがコンビネーションを変えたことを示唆しているのだ。だから、おれが新しいコンビネーションを知らなければ、それはタイガーがその新しいコンビネーションをおれに教えていないことを意味する。あまつさえ、それは彼がおれをここに寄越したわけではないことを意味し、おれが嘘をついていることを神の摂理とやらが証明したことになる。神の摂理が見事獲物をとらえたことになる。

「グプタ、頼むから、外で待っていてくれ」

グプタは慎みを失い、わざと明かりを消してドアを開け、外に出ると、またドアを閉めた。オリヴァーは明かりをつけ直した。鍵穴から、グプタがタイガーを誉め称えているのが聞こえた。善意の殉教者、タイガー。弱者の守護神、タイガー。最も近しい人たちの悪魔のような計画的謀反の犠牲者、タイガー。寛大な雇用者、よき夫にしてよき父、タイガー。

「偉大な人物はその友達によってのみ判断されるべきです、ミスター・オリヴァー。妬みや心の狭さから彼に常に異を唱える人たちによってではなく」

おれの誕生日だ、とオリヴァーは思った。


クリスマスをひかえたある夕べ。ブロックの配下となってまだほんの数日にしかならないのに、オリヴァーはすでに別人に生まれ変わっている。スパイになったことで、彼は自分より強い個性に依存するようになっている。かつてないほど従順になっている。ブロックの依頼を受け、今夜、夜遅くまで居残り、タイガーが改竄《かいざん》するまえに顧客のオフショア口座の点検をしようとしているのはそのためだ。落ち着かなげに机につき、書きかけの契約書を弄《もてあそ》びながら、帰るまえにタイガーが戸口に顔をのぞかせるのを待っている。ところが、実際には、タイガーから声がかかり、彼のほうからタイガーのオフィスに出向くことになる。タイガーはいつものように、息子にどう接したものか、戸惑っているように見える。

「オリヴァー」

「はい」

「オリヴァー、そろそろおまえに金庫室の秘密を教えてもいい頃だと思うんだ」

「ほんとうに？　ほんとうにいいんですか？」とオリヴァーは尋ねる。そして、今こそ大いに必要とされている警備に関する講義を父親にすべきかどうか、判断に迷うきわどい一瞬をやり過ごす。

が、タイガーはもうすでに心を決めている。すでに決心した以上、それはもう時間の問題になっている。タイガーがすると決めたことが重要でないわけがないからだ。「ただ、おまえは眼だけで覚えるんだ。ほかの誰のでもない自分の眼で。おまえと私以外この世の誰も知らない。わかるか？」

「もちろん」

「一番新しい意中の人にも洩らしてはいけない。ニーナにも。これは私とおまえの秘密だ」

「わかりました」

「約束すると言ってくれ」

「約束します」

これ以上ない厳粛さで、タイガーは秘密をオリヴァーに示す。金庫のコンビネーション錠の数字の組み合わせは、ほかでもない、オリヴァーの誕生日だった。タイガーはダイヤルだけ合わせ、オリヴァーにハンドルをまわすように言う。鉄の扉が開く。

「父さん、なんだか心を打たれました」

「感謝のことばは要らない。感謝など私にとってなんの意味もないものだ。おまえと私が今見ているものはお互いの信頼だ。戸棚にうまいウィスキーがある。それをグラスに注いでくれ。あのエヴゲニーが飲みたくなったときに言う台詞はなんだったか――〝真面目な会議をやろう〟だ。このあと晩飯でもどうかと思ってるんだが。カトリーナに電話をしてもいいかな？　ニーナを誘ったらどうだ？」

「彼女は今夜は忙しいんだそうです。それで、こんなに遅くまで会社でぐずぐずしてたんですよ」

「〝私が背中を刺されたら、グプタ、誰がそのナイフを握っていたか、しかと見届けてくれ〟」とグプタは鍵穴から叫んでいた。「〝そのナイフを握っているのは私に最も近い者の手だろうか。ほかの人間には誰にもしたことのないこの私が、手ずから餌をやり、水をやった者の手だろうか。グプタ、今日私がおまえに、私はこの世で誰より悲しい男だと言ったとしても、私が今置かれている現状を鑑《かんが》みれば、それは誇張にはならないだろう。私のような人間には自己憐憫《れんびん》ほど似合わぬものもないが、そんなことも、もはやどうでもよくなった〟。今言ったのは、ミスター・オリヴァー、一語一句、あなたのお父さまのおことばです。お父さまのお口から出たことばです」

金庫室の中でひとり、オリヴァーはダイヤルを見つめた。落ち着くんだ。今はパニックを起こしていいときではない。だったら、いつならいい？　まず、現状の希望のなさを確認するために、古いコンビネーションを試した。左に2、右に2、左に4、右に4、左に2。そしてハンドルをまわした。開かなかった。彼の誕生日ではもうなくなっていた。オリヴァーは必死に自己学習した。ドアの外ではグプタの嘆き節がなおも続いていた。自らのうぬぼれをただ高めるようなことをタイガーが不注意におこなうことは決してない。それでも、確信もないまま、オリヴァーはタイガー自身の誕生日を試してみた。何も起こらない。記念日だ！　今度は楽天的な気持ちになって、0-5-0-4-8-0とまわしてみた。テムズ川をはしけで上り、船上でシャンパン・パーティをやって祝ったことが伝説となっている、シングル社の創立記念日。しかし、結果は同じだった。ブロックの声が聞こえた――〝しかし、きみなら彼を感じることができる。彼の動きを推理し、彼とともに生きることができる、息を吸ったり、吐いたりするようにこともなげに。それはきみが彼を持っているからだ〟。ヘザーの声がした――〝女というのは、そういうことを絶対にする生きものよ、オリヴァー、どれだけ愛されてるか知りたいから〟。自らの洞察力に吐き気をもよおしながらも、オリヴァーは汗に濡れる指で、三度《みたび》ダイヤルをまわした。左に3、右に2、左に2、右に4、左に2。むっつりとし、ストイックにやった。感情をあらわにすることなく、彼はカーメンの誕生日を試した。

「ミスター・オリヴァー、私としてももう限界です。警察を呼ばなくちゃなりません、ミスター・オリヴァー！」グプタが叫んでいた。「ほんとうに呼びますよ、ミスター・オリヴァー、ほんとうに！」

　ボルトがまわり、扉が開き、オリヴァーのまえに秘密の王国がその姿を現した。箱、ファイル、本、タイガーの偏執的な几帳面さで整理された書類。オリヴァーは明かりを消して、オフィスに戻った。グプタは手を揉みしだくようにして、哀れな詫びのことばを繰り返していた。オリヴァーのほうは顔を真っ赤にしていた。胃がむかついていた。それでもシングル統治国の士官のきびきびとした声音で尋ねた。

「グプタ、タイガーはミスター・ウィンザーの死を知らされてすぐに何をした？　これは急を要することだ。教えてくれ」

「そう、とても取り乱したご様子でした。その知らせはまず推測としてミスター・タイガーの耳に届いたんです。これはあくまで社内の噂ですが、誰からかはわからない電話があったそうです。たぶん新聞記者か誰かだとは思いますが。〝グプタ〟とあなたのお父さまは言われました。〝われわれは裏切られた。事件が連鎖して起こり、どうやらそれがクライマックスを迎えたようだ。茶色のコートを取ってくれ〟。そのあとはもう理性の人ではなくなってしまわれた。完全に頭が混乱なすってるようでした、ミスター・オリヴァー。〝〈ナイティンゲイル〉にお出かけですか？〟と私は尋ねました。〈ナイティンゲイル〉にお出かけのときには、いつもその茶色のコートをお召しになるからです。それはお父さまにとっては象徴みたいなものですからね。あなたの高徳なお母さまからの贈りものなんですから。ですからそれをお召しのときには、すぐに行き先がわかるんです。〝そうだ、グプタ、これから〈ナイティンゲイル〉に行く。家内の様子を見て、今というときこそ何より助けになってほしいわれらがひとり息子に対する愚痴《ぐち》をこぼしてくる〟。ちょうどそのとき、ミスター・マシンガムがノックもせずにはいってこられたんです。ミスター・マシンガムらしからぬことです、普段は礼儀正しい方なのに。〝グプタ、われわれだけにしてくれ〟とお父さまのほうから言われました。そのあとおふたりがどんなことをお話しになったのかはわかりませんが、それほど長い時間ではありませんでした。でも、おふたりとも幽霊みたいに青い顔をなすってました。顔を見るなり、瞬時にお互いの考えがおわかりになったようで、互いにそれを確認なすったのでしょう。それが私の印象です。ミスター・バーナードのことはみんながよく話してました。バーナードに電話すればいい。彼に相談をすればいいって。でも、突然、お父さまは箝口令《かんこうれい》を敷かれたんです。ミス・ホーズリーはずっと泣いてました。私は彼女の小さな犬以外のことで彼女が泣くところを初めて見ました」

「きみが知っている範囲内で、父は旅行はしなかったか？　ガッスンをどこかへ遣《や》ったりはしなかったか？」

「いいえ、ミスター・オリヴァー。とにかく理性をなくされてたのです。理性を取り戻されたのは――いずれは取り戻されるものだったとしても――それはしばらく経ってからのことです」

オリヴァーはもう一押しするため無情な声音を崩さずに言った。

「注意して聞いてくれ、グプタ。ミスター・タイガーの命運はひとえに、紛失してしまったある書類が取り戻せるかどうかにかかっている。私には私の手助けをしてくれるプロの調査官のチームがついてる。彼らがここを出るまで、きみは自分の部屋にこもっていてほしい。わかるか？」

グプタはハンモックを片づけると、すぐに階段を駆け降りていった。ややあって、地下室のドアが閉まる音がした。オリヴァーはタイガーの机の上の電話の受話器を取り、道路の反対側にいる監視班に電話し、このときのためにブロックから与えられた合いことばを告げた。そして、階下《した》に駆け降り、玄関のドアを開けた。まずブロック、そのあとに黒っぽいトラックスーツに、疵《きず》だらけのカメラやら三脚やら照明やら何やらを入れたバックパックという恰好の男たちが続いて、中にはいってきた。

「グプタは地下に降ろした」とオリヴァーはうなるようにブロックに言った。「どこかの阿呆《あほう》は彼が階上《うえ》で寝るようになってたことを見落としてたようだな。おれはもう帰る」
ブロックは上着の襟元に向かって何やら囁くように言った。デレクがそばにいたクルーのひとりにバックパックを渡し、オリヴァーのそばまでやってきた。オリヴァーはデレクに護衛されて、玄関前の階段を降りた。アギーもすぐあとからついてきて、親しげにオリヴァーの腕を取った。もう一方の彼の腕はデレクがつかんでいた。タンビーが運転するタクシーが来て、シングル社のまえに停まった。デレクとアギーは、そのタクシーの後部座席にオリヴァーを乗せると、彼をはさんで自分たちも後部座席に坐った。オリヴァーは腕に置かれたアギーの手を振り払い、パーク・レインにはいったところで、目覚めているのに夢を見た。静止してる列車に自転車を立て掛け、列車に乗ろうとしていた。が、レールに死体が横たわっていて列車は発車しようとしない。隠れ家《セーフハウス》に戻り、アギーが呼び鈴を押しにいき、オリヴァーはデレクに手を貸してもらって歩道に降り立った。が、そこで倒れそうになり、危うくタンビーに助けられた。階上《うえ》に上がった記憶はなかった。気づくと、下着だけになってベッドに横たわっていた。アギーが横にいてくれたらと思った。次に眼が覚めると、屋根窓に掛けられた、すれて糸の見えるカーテン越しに朝の光が見え、アギーではなく、ブロックが椅子に坐り、彼に一枚のコピーを示していた。オリヴァーは肘をつき、首すじを揉みながら、その手紙のコピーを手に取った。ふたつの鎖でできた防具の長手袋が互いにからまり合って握手をしている——あるいは、闘っているのか？——紋様のはいった用箋で、長手袋の上に〈トランス・ファイナンス・ウィーン〉の曲がりくねった文字が見えた。外国の電子タイプライターの名状しがたい字体で書かれていた。

T・シングル殿　親展——急信

親愛なるミスター・シングル
貴社の代表との交渉の結果、弊社の損金の正当な補償として、また、弊社の顧客特権を保証すべき立場にある貴社の背任行為の妥当な代償として、弊社は総額二億ポンドを謹んで貴社に請求申し上げます。詳細はご承知と存じますが、支払いは三十日以内に〈トランス・ファイナンス・イスタンブール〉のオフショア口座に、名義はドクター・マースキー宛てにてお願い申し上げます。お支払いいただけない場合には、次なる行動をとらねばなりません。付随事項については、別途、貴兄のご自宅に送付いたします。これまでのご高配については感謝いたしております。

病を得た老人の手で、Y・I・オルロフのサインがしてあり、さらにしかつめらしいタイガーのイニシャルだけのサインもあり、そのコピーはタイガーがすでにその手紙を読んでいることを示していた。

「マースキーを覚えてるか？」とブロックは尋ねた。「以前は〝MIRSKY〟ではなかった。アメリカに二年行って、賢くなるまでは〝MIRSKI〟だった男だ」

「もちろん。ポーランド人の弁護士だ。エヴゲニーの何かのパートナーだった。彼についても調べるようにあんたに言われたことがあった」

「パートナーとはね」とブロックはオリヴァーのことばを咎《とが》め、もっと率直に言ったらどうだ、と言わんばかりに続けた。「マースキーは悪党だ。以前は共産主義者の悪党で、今は資本主義者の悪党だ。それがどうしてエヴゲニーの二億ポンドもの金の処理を担当してるんだ？」

「どうしてそんなことがおれにわかる？」オリヴァーは手紙のコピーをブロックに突き返した。

「起きてくれ」

オリヴァーはむっつりと上体を起こすと、足をベッドからおろし、ベッドに坐る姿勢になった。

「オリヴァー、私の話をちゃんと聞いてるのか？」

「ちゃんとは聞いてない」

「グプタの件はすまなかった。われわれとしても完璧とはいかない。それは今後も変わらない。それでも、きみはうまく対処してくれた。金庫の鍵のコンビネーションを探り出すというのは、誰にでもできることではない。きみだからこそできたことだ。これまでできみは最高のエージェントだ。見つかったのはこの手紙だけじゃない。金庫の中には、われらが友、バーナードもまた無料の別荘と一緒に隠れていた。さらにほかに六人ばかり、バーナードの同類が見つかった。なあ、聞いてるのか？」

オリヴァーはバスルームに行き、洗面台で水道の蛇口をひねり、顔を洗った。「タイガーのパスポートも見つかった」とブロックは、開けられたままの戸口越しにオリヴァーに言った。「ということは、彼は誰か別の人間のパスポートを使っているか、あるいは、国外には出ていないということになる」

オリヴァーは、その事実をあまたある死のまた新たなひとつの死ででもあるかのように聞いた。そして、寝室に戻ると言った。「サミーに電話をしなきゃならない」

「サミー？」

「彼の母親のエルシーにも。元気だということを伝えておきたい」ブロックは電話を持ってくると、オリヴァーがそれを使うあいだ、そのそばに立ちつづけた。「エルシー――私だ、オリヴァーだ――サミーは？　そりゃよかった――そうだね、そうとも。それじゃ――また」最後まで気のない調子だった。オリヴァーは電話を切ると、ため息をつき、ブロックに眼を向けることもなく、今度はノーサンプトンにいるはずのヘザーにかけた。「私だ、そう、オリヴァー。カーメンは？……いや、それはできない……なんだって？　だったら、医者を呼ぶしか……細かいことを言うようだけど、費用はこっちが……そんなに長くはならない……」オリヴァーは頭を上げ、ブロックを見やり、ブロックがうなずいているのを確かめてから言った。「ヘザー、すぐに誰かがそっちへ行くと思う……明日か明後日にでも……」ブロックはまたうなずいた。「おかしなやつらがやってきたりなんてことはもうなくなったかい？……ぴかぴかの車が家のまえに停まったり、不可解な電話がかかってきたりなんてことは……バラもなし？……よかった」彼は受話器を置いた。「カーメンが膝に怪我《けが》をした」まるでそれもブロックのせいであるかのように言った。「縫わなきゃならないかもしれない」

第十一章

アギーが運転し、オリヴァーはその横でその大きな体をもてあましていた。頭のてっぺんを手のひらで撫でたり、大きなため息とともにその長い脚を床に投げ出したり、アギーがギアチェンジをしたときを狙って、彼女の手に自分の手を重ねるにしろ、指を彼女の上着の襟と首のあいだにすべり込ませるにしろ、彼女にアタックしたらどういうことになるか、考えたりしていた。彼女はすぐに車を停め、おれを張り倒すだろう——彼はそう思った。ソールズベリー平野（イングランド南西部にある平野）が道の両側に広がり、丘の斜面で羊が草を食《は》んでいた。低い太陽が農家や教会に金めっきを被《き》せている。車はめだたないフォードで、後部座席のうしろの棚にはおもちゃのグライダーが置かれ、ダッシュボードの下には秘密の無線機が設えられていた。ピックアップ・トラックが一台ふたりのまえを走っていて、そっちはタンビーが運転し、デレクが助手席に坐っていた。アンテナに赤い吹き流しが結んである。アギーはデレクを嫌っている。それはこっちもご同様。うしろは二台のオートバイで、二台とも、赤い矢の紋章を描いたヘルメットをかぶり、革で全身を固めた男が乗っていた。時々、無線機がひび割れた音を発し、冷ややかな女の声が合いことばで話しかけてきた。時々、アギーはそれに対応し、時々、オリヴァーを元気づけようとしていた。

「グラスゴーに行ったことは、オリヴァー？　なんとも忙《せわ》しないところよ」

「そうらしいね」

「オリヴァー、今度のことだけど、すべてが終わったら、何も試さなかったより、やっぱり試してみてよかったって思うかもしれない。でしょ？　わたしの言う意味はわかると思うけど」

「ああ、そういうふうに考えるのは悪いことじゃない。覚えておくよ」

彼女のほうがまた試した。「ウォルターを覚えてる？」

「ああ、もちろん。タンビーが連れてきた肉体派のひとりだろ？　彼がどうした？」

「今はもうやめて、北のほうのつまらない警備会社に勤めてる。年収三万五千ポンドに、革張りの内装をしたローヴァー。まったく、むかつくわ。忠誠心はどこにいったの？　奉仕の精神はどこへ？」

「実際、どこへいったんだろうな」とオリヴァーは同意して、〝革張りの〟というところで微笑んだ。

「でも、あなたにとってそれはもうひどいことだった。でしょ？　自分の父親が悪党だってわかるというのは――つまり、わたしが言いたいのは、あなたはロースクールを出たばかりだったわけでしょ？　法というのは人を守るもので、社会を正しい方向に向けるものだって信じてたわけでしょ？　そういうことに入ってどんなふうに対処するものなんだろうって、わたし　思うのよ。言っとくけど、あなたが今話してる相手は、自分の罪のために哲学を学んだ女だってことを忘れないでね」オリヴァーは誰とも話してなどいなかった、その相手が何を学んだ人間であろうと。しかし、アギーは食い下がった。「つまり、わたしが言いたいのは、そういう状況で、自分はくそったれが嫌いで、正義が好きだってことがあなたにはどうしてわかったのかってことよ。毎日毎晩、自問しなかった？　〝自分は偽善者じゃないだろうか、ただ父親に仕返しがしたくて、白馬に乗った高徳の騎士のふりをしてるだけなんじゃないだろうか〟なんて。そうだったの、オリヴァー？　わたしって想像が逞《たくま》しすぎる？」

「ああ、まあ、そうかな」

「つまり、わたしが言いたいのは、あなたってわたしにとってはスターなわけよ、わかるでしょ？

孤独な決定者。理想主義者。これ以上考えられない志願兵。うちの部署にはあなたのサインをもらうためなら、人殺しさえしかねないファンだっている」長い間ができた。豪胆なアギーでさえ、ちょっと豪胆すぎたと後悔するほどの長い間だった。

「白馬はいなかったな」とオリヴァーはやっと口を開いた。「いたのはメリーゴーラウンドの木馬みたいなやつだ」

前方のピックアップ・トラックが左のウィンカーを点滅させた。彼らも続いて、細い田舎道にはいった。オートバイがさらに彼らに続いた。低い若葉のアーチに空がところどころ切り取られている。木の幹のあいだで陽射しが躍り、無線機がざわざわと雑音を発している。ピックアップ・トラックが道路の待避所にはいり、うしろのオートバイは彼らから離れ、脇道にはいった。オリヴァーとアギーの車だけ急な丘をくだり、道路が冠水しているところも越え、また丘を登り、てっぺんにたどり着いた。〝ハリス〟と書かれた黄色い防空気球をぶら下げたガソリンスタンドがあった。彼女は以前ここに来ている、とオリヴァーは眼の隅で彼女をとらえて思った。全員来ている。彼女は左にハンドルを切り、彼らは村のへりを走った。スカイライン上に教会が見え、その横に納屋、タイガーが身を挺してまで守ったパンタイルのバンガロウが見えた。一年じゅう落ち葉が絶えないオータム・レインにはいり、〈ナイティンゲイル・エンド〉と名づけられた袋小路のまえを通った。電気会社のヴァンが一台停まっており、梯子が出され、作業員が電線と格闘していた。ヴァンの運転席では女が電話をしていた。アギーはそこからさらに百ヤードばかり走り、バス停の脇に車を停めて言った。

「ここがあなたの出発点」

オリヴァーは車を降りた。森の向こうの空はまだ明るかったが、生け垣がつくる陰はその濃さを刻一刻増していた。小島のような芝生の真ん中に煉瓦の戦争記念碑が建てられていて、名誉の戦死を遂げた兵士の名が記されていた。ハーヴィー家の四人の若者、とオリヴァーは記憶をたどって思った。

一家から四人の戦死者を出し、四人とも二十《はたち》で死んでいた。彼らの母親は九十まで生きた。歩き出したところで、アギーが車を出した音がした。眼のまえに巨大な門柱が立っていた。その両方の門柱のてっぺんで、トラの彫像がシングル家の紋章にしがみついていた。そのトラは大枚をはたいて、パトニー（ロンドンの南西部の地区）の彫刻公園から持ってきたものだった。紋章は、ポッツという紋章院の顧問をしていた人物が、週末にタイガーに先祖について尋ね、季節によって先祖が変わることに合点がいかないまま考案した作品で、昔のリューベック（ドイツ北部の港市。中世の重要なハンザ都市）と商取引きがあったことを意味する――オリヴァーには今もって不明だが――ハンザ同盟の船と、サクソン側として、前肢を上げたトラとキジバトが描かれた紋章だった。いったいキジバトがどうしてサクソンと関係があるのか、それはポッツ氏にしかわからない謎だ。

　邸内路がたそがれの草地を黒い水の流れのように這っていた。ここがおれの生まれた墓場だ、とオリヴァーは思った。物心つくまでの年月を過ごしたところだ。タイガーが一泊することを決めると、ガッスンがよく寝泊まりをしていた胡椒《こしょう》入れのような形をした門番小屋のまえを通った。中から明かりは見えず、二階の窓のカーテンも引かれたままになっていた。牽引棒を煉瓦の山に渡して、馬車が庭に置かれていた。オリヴァーは七歳。ポニーの初級クラスで、堅苦しい山高帽をかぶり、ツイードのジャケットを着ている。遠く離れた権力の座からタイガーに命じられたのだ。彼のクラスで山高帽をかぶっている者はほかにひとりもおらず、彼はしきりとそれを隠そうとしている。配達人によって届けられた――その頃にはもうすでにタイガーはあまり家に帰らなくなっていたので――誕生日プレゼントの銀の柄のついた乗馬鞭と合わせて。

「胸を張れ、オリヴァー！　猫背になるな！　うつむいてるぞ、オリヴァー！　もっとジェフリーらしくしろ！　ジェフリーはうつむいてたか？　うつむいてなかっただろう？　兵士のように胸を張るんだ、ジェフリーみたいに」

ジェフリーというのはオリヴァーより五歳年上の兄だ。オリヴァーにはできないことをすべて成し遂げた兄。世界を操る日がやってくるのを待たずして、白血病で死んだ完璧な兄。オリヴァーは砂岩で造られた貯氷庫のまえを通った。それは魔法のように三台の緑のヴァンで届けられ、一週間で建てられ、即席の懲罰の場所となった建物だった――その貯氷庫まで走って百七十歩。そこに触れて、帰りも百七十歩。ラテン語の動詞の不規則変化がひとつ覚えられないごとにそれだけ走らされた。ラテン語であれ、ランニングであれ、ジェフリーのようにうまくできなかったときには、もっと走らされる。そして、彼の家庭教師、ミスター・ラヴィリアスは、タイガー同様、数占い師だった。ふたりは長距離電話で、ポイントや点数や距離、費やされた時間、当然の懲罰、ジェフリーがクリケット・チームのネクタイと、イートンとかいう恐ろしいところへ行ける奨学金を得た、ドラゴン校とかいうところへオリヴァーを遣《や》るには何パーセント必要か、といったことをよく話し合っていた。オリヴァーは、厳《ドラゴン》しい教師は嫌いだったが、ミスター・ラヴィリアスのことは崇拝していた。彼のヴェルヴェットのジャケットと黒い煙草《たばこ》が好きだったのだ。だから、ミスター・ラヴィリアスがスペイン人のメイドと駆け落ちをしたときには、誰もが怒り狂った中で、彼ひとり快哉《かいさい》を叫んだものだ。

塀を巡らせた庭のそばの長い小径《こみち》が子供の頃のお気に入りで、オリヴァーは平たい小塚を迂回した。その小塚は誰かの墳墓《ふんぼ》でもなければ、ゴルフのティーグラウンドでもない。陸を旅するには気高すぎる客たちのためのヘリポートだ。ロシアの漆器《しっき》や、レモン・ウォッカや、撥油紙《はつゆし》で包んだミングレルのソーセージをビニール袋に入れてくる、エヴゲニーやミハイルといった客たち。ボディガード付きの客たち。黒いケースに折り畳み式のビリヤードのキューを入れて持ってくる客たち。なぜなら、彼らはタイガーを信じていないから。その小塚はそういう場所だった。が、オリヴァーにはそこは秘密の祭壇だった。上空を飛ぶ金持ちの旅行者を惹きつけるために、インドネシアの部族が木で囮《おとり》の飛行機を造ったという話から思いつき、ジェフリーの好きな食べものを並べて供えものにしたのだ、それにつられてジェフリーが天国から降りてくることを期待して。しかし、食べものは天国のほうがいいらしく、ジェフリーは降りてはこなかった。そして、今、ジェフリーだけが不在者ではなくなってしまった。うねる靄《もや》の中、ハードルがどれほど白く光ろうと、ポロ競技場の芝がどれほど丹念に手入れされ、どれほど正確にラインが引かれようと、厩舎《きゅうしゃ》に置かれた鞍やあぶみやくつわがどれほどきれいに磨かれようと、長年の出張を終えたタイガーが、ガッスンの運転する車に乗って戻ることはもうないのだ。苦労して得たこの豪勢なイギリス式の暮らしを再開することはもう――

ブナ林のあいだを抜けて邸内路を進むと、前方に煉瓦と石で造られた二軒のコテージが見えてきた。オリヴァーは、執事のクラフトとその妻がお茶でも飲んでいる姿が見られまいかと、コテージのまえでは歩をゆるめた。彼が大好きだったクラフト夫妻は、彼にとって〈ナイティンゲイル〉の塀の外の世界を垣間見せてくれる窓だった。が、ミセス・クラフトは十五年前に亡くなっており、ミスター・クラフトも彼のルーツ、故郷のハル（イングランド北東部の都市）にとっくに帰っていた。ファベルジェ（一八四六～一九二〇。ロシアの金細工師）の箱と、あやしげな十八世紀のシングル家の先祖の細密肖像画を与えられて。そのときのシングル家の先祖はペンシルヴェニア・ダッチだった。丘をくだると、眼下に〈ナイティンゲイル〉がその姿を現した。まず煙突の通風管が見え、そのあと、雑草一本生えていない砂利敷きの中に、灰色の石の塊が見えた。玄関ポーチに向かうまで、砂利がオリヴァーの足の下で氷が割れるような音を立てつづけた。呼び鈴の引き具は、親指とほかの指が合わさった手の形をした真鍮《しんちゅう》のつくりものだった。オリヴァーはその引き具を鷲づかみにして下に引いた。息子として逃れられない思慕の念に、心臓が早鐘《はやがね》を打っていた。もう一度引きかけたところで、ドアの向こう側に足音が聞こえた。そこで彼は、彼女をなんと呼べばいいか、慌てて考えた。彼女は〝母さん〟、あるいは〝ママ〟と呼ばれるのを嫌っているのに、彼女のファーストネームを忘れてしまっているのに気づいたのだ。自分の名前も。七歳のとき、六マイル離れた警察署にいて、逃げてきた家の名前がどうしても思い出せないことがあった。ドアが開き、暗闇が中から外にあふれ出た。彼は笑っていた。何やらもごもごとつぶやいてもいた。そして、すでに何も聞こえなくなっていた。彼女の腕が首にまわされ、モヘアのカーディガンのけばが、顔に貼りついた笑みを撫でたのがわかった。彼は彼女をたたむように抱いて守った。眼をつぶり、子供になろうとした。が、うまくいかなかった。左の頬にキスをされ、ペパーミントとアルコールの混じった彼女の息のにおいを嗅いだ。もう一方の頬にもキスをされて、彼は彼女がいかに背が高かったか、これまでに自分がキスをした女の誰よりも高いか、思い出した。さらに、彼女の震えと石鹸のような彼女のラヴェンダーの香りも。彼女はいつもこうして震えているのだろうか。それとも、久しぶりにひとり息子に会ったためか。彼女は彼から体を離した。その眼には、彼同様、涙があふれていた。

「オリー、ダーリン」今はまちがわなかった、とオリヴァーは思った。時々、彼女は彼をジェフリーと呼ぶことがあった。「どうしてまえもって連絡してくれなかったの、オリー？　いやな子ね。今度は何をしたの？」

ナディア――彼は思い出した。母さんなんて呼ばないで、オリー、ダーリン。ナディアって呼んで。母さんなんて呼ばれると、うんと老け込んじゃったみたいな気分になる。

キッチンは天井が広く、だだっ広かった。失踪したインテリア・デザイナーのオークションで競り落とした、傷んだ銅のシチュー鍋が、何度もの改築の成果のひとつである古い梁《はり》から吊り下げられていた。テーブルは二十人の召し使いが坐れるほど長かった。一度も排気筒につながれたことのないオランダ天火が、キッチンの隅の暗がりを占めていた。

「あなた、おなかがすいてるんじゃない？」とナディアはオリヴァーの心を読んだかのように言った。また、食べるというのはまるでどこかよその人間がすることであるかのように。

「いや、へってない。ほんとうに」

それでも、ふたりは何か彼の腹におさめるものを探して冷蔵庫をのぞいた。ミルクは？　ライ麦の黒パンは？　アンチョヴィーは？　オリヴァーの肩にかけた彼女の手が震えている。すぐにおれも震えだすだろう、とオリヴァーは思う。

「今日はミセス・ヘンダースンがお休みなのよ、オリー。週末は、わたし、ダイエットをしてるから。以前からいつもやってたでしょ？　あなたは忘れてるかもしれないけれど」天井に埋めた照明のもとで、ふたりの眼が合い、オリヴァーは彼女が彼を恐れているのに気づいた。彼女は酔っぱらっているのか、あるいは、酔いつつあるのか。まだ酔ってもいないのに、しゃべり方がやけに少女じみることが彼女にはあった。それとは反対に、二、三本飲んでも見るかぎり平然としていることもあったが。

「あまり具合がよくないんじゃないの？　何かに根《こん》を詰めすぎてるんじゃない？　あなたにはそういうところがあるから」

「どこも悪くないよ。そっちも元気そうだね。びっくりするくらい」

しかし、それはびっくりしなければならないことでもなんでもなかった。クリスマスのまえに、彼女が自ら呼ぶところのささやかな休暇旅行を取って、顔の皺《しわ》を一切なくして帰ってくるというのは、毎年のことなのだから。

「駅から歩いてきたの、ダーリン？　車の音がしなかったわね。ジャッコにも聞こえなかったみたい」ジャッコというのは飼っているシャム猫の名前だ。「電話をしてくれたら、駅まで迎えにいったのに」

あんたはもう何年も車の運転などしていないのに、とオリヴァーは思った。大晦日《おおみそか》にランドローヴァーで納屋の壁を突き破ってしまい、タイガーがあんたの免許証を焼き捨てて以来。「歩くのが好きだからね」とオリヴァーは言った。「知ってると思うけど。雨が降ってても気にならない」あと一分もすれば、お互い何を話していいか、途方に暮れることだろう。

「日曜日には電車はいつもちがう走り方をしてるみたいね。だから、ミセス・ヘンダースンは弟さんに会うのに、スウィンドンで乗り換えなくちゃならないのよ」

「今日乗ったのはちゃんと時間どおりだった」彼はテーブルのいつもの席に坐った。彼女は立ったままだった。彼を溺愛《できあい》するような眼を向け、震え、心配し、食べものを与えられるまえの赤ん坊のように口を動かしていた。「誰かいるの？」と彼は尋ねた。

「わたしと子猫ちゃんだけよ。どうしてほかに誰かいるなんて思ったの？」

「ただ、思っただけだ」

「もう犬は飼ってないの。サマンサが痩せ衰えて死んでしまってからは」

「知ってるよ」

「最後にはただ廊下に坐ってるだけになってしまった。坐って、ロールスロイスの音を待ってるだけにね。動こうともせず。最後にはね。食べようとも、わたしの言うことを聞こうともしなくなった」

「まえに聞いたよ」

「ただひとりのご主人に尽くす犬になろうって決めたのね。キジの飼育場の横に埋めてやれってタイガーに言われて、そうしたわ。わたしとミセス・ヘンダースンで」

「それとガッスンとで」

「そう、ガッスンが穴を掘ってくれて、ミセス・ヘンダースンが何かお祈りのことばを唱えてくれたの。でも、三人みんなにとって、とても愉しい思い出とは言えないことよ」

「彼はどこにいるんだい、母さん？」

「ガッスンのこと？」

「タイガーのことだ」

彼女は台詞を忘れた、とオリヴァーは彼女の眼にあふれる涙を見て思った。彼女は言うべき台詞を必死で思い出そうとしていた。

「ああ、オリー、ダーリン」

「どうしたんだい、母さん？」

「あなたが来てくれることはわかってた」

「ああ。タイガーはどこにいるんだろうと思ってきたんだ。彼がここに来たことはもうわかってるんだ。グプタから聞いて」

こんな言い方はフェアではなかった。こんな言い方も何もかも。彼女は自身を避難させるために自己憐憫の嵐を総動員しようとしていた。「誰もがわたしに訊くのよ」と彼女は嘆いて言った。「マシンガム、マースキー、グプタ。あのウィーンのホバンとかいう気色の悪い男。バーナード。あのパグ付きの、幽霊みたいな醜女のホーズリー。それに、あなた。みんなに同じことを言ったわ、わたしは知らないって。今はファックスだの、携帯電話だのといった時代でしょ？　それが誰であれ、どこにいるかなんて、そんなこと、簡単にわかってもよさそうなものじゃないの？　それがわからないんですからね。情報は知識ではない――あなたのお父さまはよくそうおっしゃるけれど、そのとおりね」

「バーナードというのは？」

「あのバーナードよ、ダーリン。知ってるでしょ？　タイガーがちょっと眼をかけたことのあったリヴァプールのお巡りさん。頭の禿げた大男。バーナード・ポーロックよ。一度あなたがカーリー（テレビ番組『三ばか大将』の主人公のひとりで坊主頭）って呼んだら、あなたを殺しそうになった人」

「そう呼んだのはジェフリーだったと思うけど。それにマースキーか。彼は弁護士だ」

「弁護士以外には考えられないわ、ダーリン。アリックス・ホバンのお友達で、イスタンブールに住んでるポーランド人の弁護士。タイガーはちょっとしたプライヴァシーを求めてるだけよ」と彼女は言った。「でも、それは自然なことじゃない？　彼のように常にスポットライトを浴びて生きてる人が、たまにはめだたないちっぽけな人間になりたがるというのは。誰だってそんな気分になるときがあるものよ。あなただってあった。そのために名前まで変えてしまった。そうでしょ？」

「ということは、ニュースは知ってるってことだね、母さん。そう、知らないわけがない」

「ニュース？」――と彼女は強い語調で訊き返した――「新聞記者にはどんなことも話しちゃいけないって言われてる。それはあなたも同じよ。だから、彼らからの電話には一切出ないことにしてる」

「アルフレッド・ウィンザーに関するニュースだ。われらが凄腕《すごうで》の弁護士に関する」

「あの厭味《いやみ》なちびのこと？　彼がどうしたの？」

「死んだんだよ、母さん。撃ち殺されたんだ。トルコで。何者かによって。あるいは、何人かによって。シングル社の仕事をしていたら、撃ち殺されたんだ」

「なんて恐ろしい。なんてむごい。気の毒に。奥さんも。働かなくちゃならなくなるわ。可哀そうに。なんということなの」

　あんたは知っていた、とオリヴァーは思った。こっちが話し終えるまえからもうことばを用意していた。ふたりは、彼女が〝モーニング・ルーム〟と呼んでいる彼女の個室の中央に立ち、手を握り合っていた。そこは屋敷の南面に連なる数室の居間の中で一番小さな部屋で、シャム猫のジャッコがテレビの下にいた。布張りしたバスケットの中で寝そべっていた。最後にここに来たのはいつ？　あれからあなたにはどんなことがあったの、と彼女が尋ねていた。そうだわ！　〈キムのゲーム（人の記憶を試すパーティ・ゲームのひとつ）〉をしましょう、いいじゃないの。彼はきっかけを求めてつきあった。タイガーのウィスキーのカットグラス。坐り癖ができている彼のお気に入りの椅子。左翼がかった新聞。〈ナイティンゲイル〉に現れるときには必ず持ってくる、サウス・オードリー・ストリートの角にある〈リシュー〉のハンドメイドのチョコレート。

「あの水彩画は新しいね」とオリヴァーは言った。

「オリー、ダーリン。あなたってなんて賢いの」――彼女は音を立てずに手を叩いて言った――「あの絵は少なくとも百年は昔のものだけれど、この家に来たのはつい最近のことよ。よく気がついたわね。ビー叔母さんがわたしに遺《のこ》してくださったの。なんでもヴィクトリア女王に鳥の絵を描いてさしあげてた女流画家の作品だそうよ。人が死んだときにわたしは何も期待したりしないけど」

「実際のところ、母さんが最後に父さんに会ったのはいつなんだ?」

　彼女はその質問に答えるかわりに、ミセス・ヘンダースンの腰の手術がどれほどうまくいったか、その詳細を熱っぽく語った。地元の病院がいかにすばらしいか。そんな病院を政府が閉鎖しようとしているのは、なんとよく現代を象徴していることか、といったことを。「わたしたちをもう何年も何年も診《み》てくださってるドクター・ビル。ほんとうにすばらしい方よ。そう――その、つまり、方だったわ――そう、ほんとうに」彼女はそこで話を続けることができなくなる。

　ふたりは子供部屋に行き、彼には遊んだ記憶のない木の玩具を、乗った記憶のない木馬を――彼女は、オリヴァーがその木馬を台座からもう少しで落としそうになったことがあったと言い張った。またジェフリーのことを考えているのだ――感慨深げに眺めた。

「いずれにしろ、元気でやってるのね、ダーリン?　三人とも。こういうことは尋ねちゃいけないことはよくわかってるんだけれど、でも、わたしもあなたの母親なんだから。木でも石でもないんだから。みんな健康で、幸せに、みんなが望んだとおりの暮らしをしてるのね?　悪いことはもう起こってはいないのね?」

　オリヴァーがカーメンの写真を見せると、彼女はホームビデオのように、ちらちらと笑みを浮かべ、描いた眉を吊り上げた。オリヴァーは彼女が腕をいっぱいに伸ばし、ガーメットのネックレスに取り付けている折り畳み式の眼鏡《めがね》で、物珍しそうに写真を眺めるのを見守った。手の揺れとともに写真が揺れ、写真とともに頭が揺れた。

「今ではもうその頃よりだいぶ大きくなってるけど。それに髪も短くしたけど。毎日新しいことばを覚えてる」

「なんて可愛らしいの、オリー。文字どおり神様の贈りものね」――彼女は写真を彼に返した――「よくやったわ、ふたりとも。なんて愛らしくて、立派で、幸せそうな赤ちゃんなの。ヘレンも元気なのね？　幸せにしてるのね？」

「ヘザーも元気だ」

「それはよかったわ」

「どうしても知る必要があるんだ、母さん。母さんはいつ父さんに会って、そのときにはどういうことがあったのか。誰もが父さんを探してる。だから、誰よりさきに父さんを見つけなきゃならないんだ」互いに顔を見ていないときのほうが話しやすかったことを思い出し、彼は木馬から眼を離さずに言った。

「わたしをいじめないで、オリー、ダーリン。わたしが日付に弱いのはあなたもよく知ってるでしょ？　わたしは時計が嫌いなの。夜が嫌いなの。弱い者いじめをする人が嫌いなの。おいしくて、もっと食べたくなるような、明るいもの以外はみんな嫌いなの」

「でも、母さんもタイガーを愛してるんじゃないのか？　彼の不幸を願ったりはしてないだろ？　おれの不幸も」

彼女の声音はもうすっかり少女のようになっていた。「あなたのお父さまがどんな人かはあなたはよく知ってるわね。彼がさっと現れ、さっと帰るたびに、あなたは身をくねらせて喜んでたんだから。でも、彼がいなくなっちゃうと、あなたはそこではたと思うわけよ、タイガーはほんとにここにいたんだろうかって。あなたがわたしなら、きっとそう思うはずよ」

彼は彼女にうんざりもし、飽き飽きもしていた。それが七歳のときに彼が家出をした理由だった。彼は彼女もまたジェフリーのように死んでくれていたら、と思った。「父さんはここに来た。そして、母さんにウィンザーが撃たれたことを知らせた」と彼女にかわって彼は言った。

彼女は片手でもう一方の二の腕をつかんでいた。静脈を隠すために袖にフリルのある、チュールの長袖のブラウスを着ていた。「あなたのお父さまはわたしたちにとてもよくしてくださってる。だから、やめなさい。わかった？」

「父さんは今どこにいるんだ？」

「あなたはお父さまを敬わなくてはいけない。敬意こそわたしたちを獣と区別してくれるものよ。あなたのお父さまはあなたをジェフリーと比べたりなさらなかった。あなたが試験に落ちて、学校をやめなければならなかったときにも、あなたを見捨てたりなさらなかった。ほかの父親ならきっとそうしていたでしょう。あなたがお金にならない詩だかなんだかを書いていたときにも何もおっしゃらず、あなたに家庭教師をつけ、ジェフリーが任されるはずだった会社のポストにあなたをおつけになった。それは損得というものをよく心得、文字どおり裸一貫から身を立てた人間にとってたやすいことではなかったはずよ。あなたはいわばお父さまに大目に見てもらえたリヴァプールだったのよ。わたしはちがったけれど。でも、あなたがリヴァプールというところをもし知っていたら、きっとジェフリーの魂を得ることができていたでしょう。同じ結婚なんてこの世にふたつとないのよ。あるわけがない。彼はこれまでずっと〈ナイティンゲイル〉を愛してらした。わたしをあるべき姿にずっととどめておいてくださった。なのに、あなたは彼を裏切った。あなたが彼に何をしたにしろ、それが彼にとって当然の報いであるわけがない。今ではあなたにも家族ができたのだから、自分の家族の世話をしてなさい。そして、シンガポールにいるなどというふりはわたしのまえではやめなさい。あなたがデヴォンにいることはわかってるんだから」

彼は——彼女の死刑執行人は冷水を浴びせられたような気持ちになった。「母さんが彼に教えたのか」と彼は抑揚のない口調で言った。「タイガーは母さんから聞き出したんだね？　タイガーはここに来て、ウィンザーのことを話した。かわりに、母さんはタイガーにおれのことを話した。おれがどこにいるか。おれが今はなんと名乗っているか。銀行のトゥーグッド気付でおれに手紙を書いてることを。彼はさぞ喜んだことだろう」彼女はうつむき、プリンセス・ダイアナ風の前髪を垂らし、人差し指を噛《か》み、見るからに哀れに嘆いた。彼はそんな彼女の上体を無理にも起こさなければならなかった。「おれの知りたいことは、ナディア、タイガーがあんたに何を言ったかだ。頼む。教えてくれ」彼は語気を強めて続けた。「あんたが教えてくれなければ、明らかに、彼もまたアルフレッド・ウィンザーと同じ運命をたどることになってしまうんだ」

彼女にはまた別な場所に移動する必要があった。彼はダイニング・ルームまで彼女を促して廊下を歩いた。そこには彫刻を施したマレットの大理石の暖炉が設えられ、カノーヴァ（一七五七〜一八二二。イタリアの彫刻家）の作と思われる裸婦像が、柱のあるアルコーヴに置かれていた。思春期のあいだ、その裸婦像はずっとオリヴァーの夢のセイレーン（ギリシア神話に出てくる、半女半魚の海の精）だった。半開きになったドアの陰からこっそり彼女らの神々しい微笑と、その完璧な尻を盗み見るだけで、熱くなったものだ。彼らの頭上には、今はもう忘れ去られてしまった画家によって描かれた家族団欒《だんらん》図が掛けられていた。〈ナイティンゲイル〉の上に黄金の雲が湧き、タイガーがポロ用のポニーに乗り、イートン校の制服を着たオリヴァーがそのくつわにしきりと手を伸ばそうとするのを、スズメバチのように胴のくびれた部屋着姿のタイガーの美しい妻、ナディアがやめさせようとしている絵だった。さらに、タイガーのうしろには、イタリアのブロンドの王子のように見える、ジェフリーの幽霊がいた。写真を見て描かれたものだが、ジェフリーは豊かな金色の髪をなびかせ、とびきりの笑みを輝かせ、帽子を振る一家の召し使いたちを眼下に、葦毛《あしげ》のポニー、アドミラル号にまたがり、飛翔し、明るい陽射しを切り裂いていた。

「わたしは悪い女よ」とナディアはその絵を差して、何かそれが恥辱でもあるかのように言った。「タイガーはわたしなんかと結婚するべきじゃなかった。わたしはあなたたちふたりを生むべきじゃなかった」

「そんな心配は要らないよ、母さん。母さんが生まなくても、きっとほかの誰かが生んでただろうから」とオリヴァーは見せかけだけの陽気さを装って言った。

そして思った、ジェフリーはほんとうにタイガーの子供だったのだろうか、と。彼女は一杯機嫌で一度、リヴァプール時代のタイガーの弁護士仲間の話をしたことがある。その弁護士はブロンドの髪がとてもきれいな、ダイヤモンドの原石のような男だった。

彼らはビリヤード室に来ていた。そこでオリヴァーは彼女に三度《みたび》挑んだ——どうしても知らなければならないんだ、母さん。あんたたちのあいだでどんなことが話されたのか。彼女はしゃっくりをし、首を振り、告白しながらすべてを否定した。それでも、涙はもう止まっていた。わたしは若すぎるの、弱すぎるの、繊細すぎるのよ、ダーリン。タイガーにうまく言いくるめられたのよ、今あなたたちがやろうとしてるように。わたしは大学を出てないから。わたしの父さんは女が大学に行くなんてとんでもないと思ってたから。あなたたちが女の子じゃなくてほんとうによかった。そこで彼女は人称を変えると、まるで誰か別の人間の話でもするかのように続けた。「彼女がタイガーに話したのは、ほんのちょっとのことよ、ダーリン。全部は絶対話さなかった。そもそもオリーがナディアにこっそり教えたりしなければ、彼女だってタイガーに教えたりしなかった。そんなこと、できるわけがないんだから」それはそのとおりだ、とオリヴァーは思った。あんたには何を言っても無駄なのだから。あんたは好きなだけ酒を飲み、死ぬまでやきもきしていればいいのだ。「彼はとても悲しそうだった」と彼女はすすり泣きながら続けた。「ウィンザーのことで。そして、何よりあなたのことで。きっとカトリーナとかいう女にわがままにされたんでしょう。きっとそうよ。わたしはジャッコさえいてくれたらいい。わたしが彼に望むのは、ただわたしを見ていてくれることよ。わたしをダーリンと呼んでくれることよ。肩に手をまわして、今でもきれいだよって言ってくれること、ただそれだけよ」

「父さんはどこにいるんだ、母さん？　なんという名前で移動してるんだ？」彼は彼女の腕をつかんでいた。彼女は全体重を彼の腕に預けていた。「どこへ行くか、母さんには言ったはずだ。母さんにはなんでも話してたんだから。彼がナディアに何も知らせずに出奔《しゅっぽん》するわけがない」

「わたしはあなたを信用してはいけないのよ。あなたたちは誰ひとり。マースキーもホバンもマシンガムも誰ひとり。でも、すべてはあなたが始めたことよ。放してちょうだい」

　革張りの椅子、馬に関する本、校長先生の机。ふたりは書斎に来ていた。サラブレッドを描いたあやしげなスタッブズ（一七二四〜一八〇六。イギリスの画家）の絵が、暖炉の上に掛かっていた。オリヴァーは窓腰掛けのところまで歩くと、カーテンの金具覆いに手をすべらせて、黒く変色した真鍮の鍵を見つけた。そして、あやしげなスタッブズを壁から取りはずし、床に置いた。絵が掛けられていたところに、ちょうどタイガーの背の高さに、壁金庫があった。オリヴァーはその鍵を開け、中をのぞいた。子供の頃、偉大な秘密が隠されている魔法の箱と信じて、のぞき込んだように。

「そこには何もないわよ、オリー、ダーリン。これまで何かあったこともない。あるのは退屈な遺言書とか、証書とか、ポケットに残ってた外国のお金とかぐらいよ」

　子供の頃同様、今も何もはいっていなかった。オリヴァーは施錠し、鍵をもとあったところに戻し、机の引き出しに注意を向けた。ポロの手袋。十二発の弾薬筒を入れた箱。商店の領収証。便箋や封筒。表紙には何も書かれていない黒い手帳。手帳が欲しい、とブロックは言っていた。なぐり書きでも、メモでも、日記でも、走り書きの住所でも。マッチブックの内側に書かれた名前でも、捨てかけて思いとどまったまるめられた紙でもなんでも。オリヴァーは手帳をめくった――夕食後のゲスト・スピーカー・ガイド。ジョーク、アフォリズム、賢いことば、引用。彼は手帳をまた引き出しの中に放って戻した。「父さん宛てに何か届けられなかったかな、母さん？　小包にしろ、大きな封筒にしろ、書留め郵便にしろ、誰かが届けにきたにしろ。父さんのために何かを取ってあったりしてないかい？父さんがここを出たあと、何か届けられたりはしなかった？」〝付随事項については、別途、貴兄のご自宅へ送付いたします――Y・I・オルロフ〟。

「もちろんないわ、ダーリン。請求書以外、彼宛てにここに手紙を書く人なんていないもの」オリヴァーは彼女をキッチンに連れ戻し、彼女が見ているまえで紅茶をいれた。「でも、少なくとも、あなたは醜くはなくなったわね、ダーリン」と彼女はまるでそのことが共有できる慰めであるかのように言った。「彼は泣いたわ。ジェフリーのことがあって以来、あの人が泣くのをわたしは初めて見た。そのあと、わたしのポラロイド・カメラを貸してくれって言われた。あなたは知らなかったでしょうけれど、わたしはこう見えても写真家なの」

「いったいポラロイドで何を？」――オリヴァーはとっさにパスポートとヴィザの申請書のことを考えた。

「自分が愛したものを全部写真に撮りたがったの。わたしとか。わたしたちの絵とか、塀に囲まれた庭とか、あなたがすべてを台無しにするまで、彼を幸せにしてくれたもの全部を」

彼女はまた抱擁を必要としていた。彼はその必要に応じながら尋ねた。「エヴゲニーは最近来てないのかい？」

「去年の冬に来たわ、キジを撃ちに」

「でも、タイガーはまだ熊を撃ちにいってない」――ジョークのつもりだった。

「ええ、ダーリン。熊は彼には向かない。熊は人間に近すぎるもの」

「エヴゲニーは誰と一緒だった？」

「あの気の毒なミハイル。彼はなんでも撃つ人ね。悪いところに居合わせてたら、ジャッコも撃たれてたかもしれない。エヴゲニーがずっと彼のそばにいてくれるのはいいことよ。それにマースキー、もちろん」

「マースキーは何をしてた?」

「ランディと温室でチェスをしてたわ。ランディとマースキーはとても仲がよさそうだった。ふたりのあいだには何かあるんじゃないかって思ったほどよ」

「何かある?」

「そう、ランディはいわゆる女が好きなタイプじゃない。一方、可愛い顔をしたマースキーはなんでもござれって人よ。キッチンで、なんと、ミセス・ヘンダースンに言い寄ってるのを見かけたくらいなんだから。グダニスク(ポーランド北部の港市)へ来て、シェパード・パイをつくってくれないかなんて言ってた」

オリヴァーは彼女にカップを渡した。レモンだけ、ミルクはなし。なにげなさを装って彼はさらに質問を続けた。「タイガーはここへは――今度の話だけど、母さんに話をしにきたときのことだけど――どうやって来たんだ? やはりガッスンが運転してきたのかい?」

「タクシーよ、ダーリン。駅から。あなたと同じように電車でいらしたの。日曜日じゃなかったけど。めだちたくなかったんでしょう」

「母さんは何をしたんだ? 薪《たきぎ》小屋に父さんを隠した?」

彼女は支えに椅子の背をつかんで立っていた。「領土をひとまわりしたわ。いつもそうするように。彼が愛してるものを全部見てまわり、写真を撮った」と彼女は勝ち誇ったように答えた。「彼はわたしが彼の四十歳のお誕生日に買ってあげた、ラグラン袖のコートを着てた。わたしは言ったわ、どこへも行かないで、ここにいてって。わたしが世話をするからって。でも、聞いてはくださらなかった。船を救わなくちゃならない。そう言ってらした。まだ時間はあるって。エヴゲニーに真実を知らせなければならないって。そうすれば、すべてよくなるって。〝クリスマスのときに撃退したように、また同じようにやってやる〟って。わたしにはそんな彼がとても誇らしかった」

「クリスマスには何があったんだ？」

「スイスでのことよ、ダーリン。昔のようにわたしも連れていってくれるのかって、一瞬思ったわ。でも、仕事、仕事、仕事。ヨーヨーのように行ったり来たり。クリスマスのプディングもお食べにならなかった。好物なのに。ミセス・ヘンダースンなんか泣きそうな顔をしてた。でも、彼は勝ったのよ。彼らを撃退したの。彼ら全員を。〝やつらの鼻っつらに思いきりパンチをぶち込んでやった〟っておっしゃってた。〝最後にはエヴゲニーは私の側に立ってくれた。これでしばらくはやつらもおとなしくしてるだろう〟って」

「やつらというのは？」

「誰であれ。ホバン、マースキー。どうしてわたしが知ってるの、そんなこと？　彼をやっつけようとしてる人全員よ。裏切り者たち。あなたもそのひとりだけど。でも、あなたには何か送らなくちゃっておっしゃってた。あなたとは、もう二度と会えないのだとしても、もう二度と話せないのだとしても、あなたに対して、彼には父親として借りがあるんだそうよ、あなたがあんなに汚い真似を彼にしたあとでさえ。あなたに約束したことだっておっしゃってた。約束こそ自分の人生なんだからって。それはわたしも同じね。わたしたちは、だから、約束だけは守るようにってあなたを育ててきたのに」

「母さんはそのときにカーメンのことをタイガーに話したんだね」

「そもそも彼はわたしならあなたの居所がわかるはずだと思っていらしたのよ。彼は賢い人よ。昔から賢い人だった。だから、まえまえからわたしがあなたのことをあまり心配してないことに気づいてらしたんでしょう。で、どうしてこいつはこんなに落ち着いていられるんだって、思われたんでしょう。それに、彼は弁護士よ。そんな人と議論をして、わたしに太刀打《たちう》ちできると思う？　わたしも最初はとぼけたけれど、腕をつかんで揺さぶられたわ。昔ほどひどくはなかったけれど、わたしにはそれで充分だった。そりゃ、あなたのために嘘をつき通そうとはしたけれど、そのうちどうしてそこまで頑張らなくちゃならないのかって気がしてきた。なんといっても、あなたはわたしたちのただひとりの息子なんだから。わたしと彼は平等にあなたを所有してるんだから。それで、あなたはもうお祖父《じい》ちゃんになってるのよって言ったら、彼はまた泣いたわ。子供というのは、親が泣くまで親のことを冷淡と思い、泣いたら泣いたで、なんと愚かな親なんだろうって思うものかもしれないけれど。それでも、彼は言ってた、あなたが必要だって」

「おれが必要？　なんのために？」

「彼はあなたのお父さまじゃないの、オリー！　彼はあなたのパートナーじゃないの！　みんながグルになって襲いかかってきたとき、自分の息子をおいて、ほかに誰のほうを向けばいいと言うの？　あなたには彼に借りがある。そろそろその借りを返してもいいんじゃないの？」

「彼がそう言ったのか？」

「ええ、そうよ！　今のが彼のことばよ。あなたにはこう言っておいてくれって言われたのよ、あいつにはおれに借りがあるはずだって！」

「おれに言っておいてくれって？」

「そうよ！」

「タイガーはスーツケースは持ってたかい？」

「お気に入りのコートに合った茶色の鞄を持ってらした。機内に持ち込めるような小さなやつよ」

「どこへ行こうとしてた？」

「彼がどこかへ行こうとしてたなんて、わたし、言った？」

「機内に持ち込めるような小さなやつって言った」

「言わないわ、言わない、そんなこと、絶対に言わない！」

「ナディア、母さん。聞いてくれ。すべての飛行機の便とすべての搭乗者名簿を警察が調べても、父さんの足取りを追うことはできなかった。どうやってタイガーにはそんな芸当ができたんだ？」

彼女は自らを解き放つようにして、彼に体をぶつけてきた。「彼の言ってたとおりだったのね！彼は正しかった！　あなたは警察の手先だったのね！」

「おれは父さんを助けなきゃならない。父さんはおれを必要としてる。父さんがそう言ったんじゃないのか。母さんには父さんの居所がわかっていながら、それでも、父さんが見つけられなければ、その責任はふたりで取らなければならなくなる」

「あの人の居所なんて知らないわ！　彼はあなたとはちがうのよ。わたしには隠しとおせないと思われたら、そういうことは決しておっしゃらない。放してちょうだい、放して！」

自分が恐くなり、オリヴァーはすばやく彼女から離れた。彼女は泣いていた。「探してどんないいことがあるの？　知りたいことを言ったら、あとはもうわたしの心を乱さないで」彼女は自分のことばにむせていた。彼は彼女に近づき、腕に抱き、頬を合わせた。彼女の涙に頬と頬がぴたりと張りついた。彼女はタイガーに服従したように彼にも服従していた。オリヴァーは自分が勝ったと思った。と同時に、彼女の弱さに対する嫌悪《けんお》も覚えた。「母さんと会って以来、父さんは誰にもその姿を見られてないんだ。母さん以外誰も父さんと会ってないんだよ。父さんはどうやってここを出たんだ？」

「堂々と出ていかれた。胸を張って。戦士のように。彼はやると言ったことは必ずやる人よ。跡を追うのなら、あなたも誇りをもってやってちょうだい」

「交通手段のことを訊いたんだけれど」

「タクシーよ。荷物がなければ、歩いていらしたかもしれない。〝また最初の日がやってきたようなものだ、ナディア〃っておっしゃってた。〃私たちはリヴァプールにいる。塀にもたれて立っている。私は言った、絶対にきみを放さないと。そのことばを今もう一度言うよ、絶対にきみを放さない〃。また本来のお父さまに戻っておられた。もうふらついたりはなさってなかった。そうして出ていかれた。どうしてあなたはあんな馬鹿なことをしたの、オリー？　タイガーに知られたくないことをどうして愚かなナディアに話したりしたの？」

それはカーメンが生まれた三日後で、酔っていたからだ、とオリヴァーはむなしく思った。それは自分が娘を愛していて、あんたもきっと孫を愛したくなるだろうと思ったからだ。彼女はぎこちなくテーブルについて坐り、両手でマグカップを握りしめていた。「母さん」

「いいの、ダーリン。もういいの」

「空港は見張られている。それでも、彼は機内持ち込み用の鞄を持って出た。彼は敵の裏をかこうとしてるんだろうが、それをどうやってやるつもりなんだ？　たとえばパスポートはどうしたんだ？」

「誰のパスポートでもないわ、ダーリン。あなたはまた芝居がかってしまってる」

「どうして〃誰のパスポートでもない〃んだ？　そもそもパスポートなんか使ってないと言うなら、どうしてほかの誰かが出てこなきゃならないんだ？」

「お黙りなさい、オリー！　あなたは自分じゃお父さまのような偉大な弁護士だと思ってるのかもしれないけれど、それは考えちがいというものよ」

「彼は誰のパスポートを持ってるんだ、母さん？　彼がなんという名前を使ってるのかわからなければ、彼を助けたくても助けようがない」

彼女は深々とため息をついた。そして、首を振り、また泣きだしそうにも見えたが、そこで踏みとどまって言った。「マシンガムに訊けばいい。タイガーは手下を信用しすぎたのよ。その挙句《あげく》、みんなに背中を刺されてしまった。あなたにやられたように」

「イギリスのパスポートなのか?」

「本物のパスポート。彼がわたしに言ってたのはそれだけ。偽物じゃないって。パスポートをもう必要としてない実在する人のだって。国籍は何も言ってなかった。わたしも尋ねなかった」

「母さんにそれを見せた?」

「いいえ。ただ自慢げにおっしゃっただけよ」

「いつ? それはここへ来たときじゃない。そのときにはそんなことを自慢したくなるような気分じゃなかったはずだ」

「もう一年くらいになるわね、去年の三月よ」——と日付の嫌いな彼女が答えていた——「ロシアかどこだかに行かなくちゃならなかった。でも、自分が何者なのかほかの人にわからせずに行きたかった。それで、そのパスポートを手に入れられたのよ。確かランディの手配で。出生証明書とかも。それで、彼は五歳若返って、ふたりで冗談を言い合ったものよ、これで天の偉大な税務署員から五年の控除を受けたって」彼女の声もまた彼の声同様、いつのまにか感情のまったくこもらない声に変わっていた。「あなたに教えてあげられるのはこれで全部よ、オリー。これで全部。最後の一滴まで吐き出したわ。あなたはわたしたちみんなを不幸にする。これまでいつもそうだったように」

最初、オリヴァーは邸内路をゆっくりと歩いた。そのうち、腕にかけて歩いていた狼の毛皮の色のような灰色のオーヴァーコートの袖に腕を通し、足早になり、門に着いたときには駆け出していた。電気会社のヴァンはまだ同じところに停まっていたが、梯子はすでにしまわれていて、ふたりの人間が運転席と助手席に坐っているのが見えた。オリヴァーは道路が二又《ふたまた》になっているところまで走った。停まっていたフォードのライトが点滅し、運転席からアギーが手を振っていた。彼はそれを見て安堵した。助手席側のドアが開き、彼女の横に乗り込むなり彼は言った。

「ブロックを呼び出せるか?」

彼女はすでに受話器を彼に差し出していた。

「ということは、彼はオーストラリアになんか一度も行ってはいないということなんですね」とヘザーは言った。「オーストラリアというのも嘘だったのね」

「架空のことだった、と思ってくだされば幸いです」とブロックは言った。

こういう際に用いる聖職者の声音になっていた。相手への思いやりを深く感じさせる声音だ。工作員《ジョー》をひとり引き受けたら、その人間のさまざまな問題も引き受けなくてはならない、と彼はよく部署の新人たちに説教をしていた。諸君はマキャヴェリでもなければ、ジェームズ・ボンドでもない。社会の安寧を願う一介の公務員だ。だから、みんなの人生を大事に考えなければ、怒り狂ったどこかの誰かに殺されても文句は言えないんだよ、と。

ふたりはノーサンプトンシアの田舎の小さな警察署にいて、ブロックは飾り気のないテーブルの一方に、ヘザーはもう一方に、片手を顔にやって坐っていた。彼女の眼は大きく開かれていたが、彼の眼から逃れようとするあまり落ち着きがなく、部屋の隅の暗がりばかりを見ていた。夕刻で、照明の乏しい部屋は薄暗かった。その暗い壁から指名手配犯やら行方不明の子供やらが、地獄の亡者の無言のコーラス隊のように彼らを見ていた。仕切られた壁越しに、トラ箱に放り込まれた呑んべえの怒鳴り声と、単調な警察無線の声と、時々ダーツボードに刺さる矢の音が聞こえていた。リリーならヘザーをどう思うだろう、とブロックは思った。それは彼が女を相手にしたときにいつも思うことだった。〝いい子じゃないの、ナット〟と言うかもしれない。〝彼女と一緒にいて、一週間で何もできなくなってしまうなんて、それは夫のほうが悪いのよ〟と。女は誰しもいい夫を持つべきだと彼女は信じており、その信念は彼女なりの彼への阿諛《あゆ》でもあった。

「シドニーのシーフードの話を彼から聞いたことがありますけど」とヘザーはまだ信じられないとい

った面持ちで言った。「シドニーこそ一番シーフードがおいしいところだなんてことも言ってた。いつか行こうなんてことも。自分がウェイターをやっていたレストラン全部をまわって、豪勢な料理を食べるんだって」

「彼はこれまで一度もウェイターをしたことはないと思います」とブロックは言った。

「でも、あなたのウェイターはしてたんでしょ？　今もしてるんでしょ？」

ブロックがそんな挑発に乗るわけもなかった。「彼だって好んでやってるわけじゃないんです。彼は義務と思ってやってるんです。だから、そのことをみんなに理解してもらいたがっている。われわれみんなに。特にカーメンに。彼にとっては彼女が、カーメンがすべてなんです。だから、ちゃんと自分は元気でやっていることを彼女には知らせたいんでしょう。また、彼女が成長する過程で、時々あなたから彼に関する、まあ、いい話を彼女にしてもらいたがっている。彼としても、なんの理由もなく彼女を捨てたなどとは彼女に思われたくないわけです」

「〝あなたのお父さんは嘘をついてママの人生にはいり込んできたんだけど、でも、いい人なの〟——こんなふうに？」

「もう少しうまい話し方もあると思いますが」

「だったら、どういう宣伝文句があるのか教えてください」

「宣伝文句などありません。ただ、彼について話すときには、にこやかにしてもらえればとは思います。どうか彼を彼が夢見る父親にならせてやってください」

第十二章

〈プルートの犬小屋〉――これまたひとつの隠れ家《セーフ・フラット》――の所在地を知っているのは、ヒドラ班の中でも六人しかいなかった。だから、そこに向かうのに、ブロックはまず地下鉄でテムズ川を南に渡ってから、東に向かうバスに飛び乗り、歩道がよく見えるサンドウィッチ店でしばらく時間をつぶし、それから二台目のバスに乗り継いで、ふたつ手前の停留所で降り、速すぎも遅すぎもしない足取りで、ドックランズ（ロンドンのイースト・エンド付近。テムズ川の北岸を中心とする波止場地区）の景色を愉しみながら――錆びたクレーンや、腐ったはしけや、古タイヤの捨て場を鑑賞しながら、陸橋のように見える煉瓦《れんが》のアーチが連なり、そのひとつひとつの下に、どこかあやしげな金属製品の作業場が軒を並べているところまで二、三百ヤードひとりで歩いた。そして、8と番号が書かれ、なんとも勇気づけられる〝スペインへ行った。とっとと失せろ〟というメッセージで飾られた、両開きのごつくて黒いドアを選び、呼び鈴を押しながら、インターフォンに向かって、アルフの兄がアストン・マーティンに会いにきた、と告げた。

ドアが開くと、自動車部品や、古い暖炉や、車両のナンバープレートを集めた倉庫を奥に進み、最近取り付けられながら、もっともらしさを出すために下手な絵や落書きが加えられているスティール製のドアまで、ぐらつく木の階段を昇った。そこで立ち止まって、のぞき穴が黒くなるのを待った。やがて、決められたとおりのぞき穴が黒くなり、幽霊のような男がドアを開けた。ジーンズに競走用スパイクシューズ、チェックのシャツ。大昔のいたずらの名残《なごり》のような絆創膏《ばんそうこう》を銃把《じゅうは》に貼りつけた、九ミリ口径のスミス&ウェッスンのオートマティックを収めた、革のショルダーホルスターをしていた。ブロックは中にはいった。そのうしろでドアが閉まった。

「彼はどんな様子だね、メイス君?」とブロックは尋ねた。初夜を迎えて緊張しているような、声量の乏しい声になっていた。

「それはどこを見るかによりますね、ミスター・ブロック」とメイスもブロックにつきあって声を落として言った。「集中力のあるときには読書をしてます。ほかはクロスワード・パズルとか。あとはチェスをしたり。それでずいぶんと気がまぎれてるようです。上流階級向けの」

「まだ怯《おび》えてるようかな?」

「それはもう」

ブロックは通路を歩いた。小さな調理室、簡易ベッドが置かれただけの寝室、バスルームのまえを通り、二番目の男に出会った。肥った男で、長い髪をうなじのところで結んでいた。その男のホルスターはキャンヴァス地で、赤ん坊のよだれかけのように首から吊るしていた。

「変わりないか、カーター君?」

「はい、ありがとうございます、ミスター・ブロック。ホイスト(ブリッジの前身のようなトランプ遊び)をやって、ちょうど今終わったところです」

「誰が勝った?」

「プルートです。彼、ズルをしたんです」

メイスとカーターというのは、エイデン・ベルがツタンカーメンの墓の発見者の名前から取って、勝手につけた名前だった。プルートというのはもちろん地獄の王の名だ。ブロックは木のドアを押して開け、天窓に鉄格子を入れた屋根裏部屋にはいった。ストーヴのそばに、コーデュロイを張った肘掛け椅子が二脚置かれていた。その椅子のあいだにテーブルがわりに木枠が置かれ、その上に新聞とトランプが散らばっていた。椅子のひとつはあいていたが、もうひとつには、〈マークス＆スペンサー〉の地味なブルーのジッパー付きカーディガンに、いつものバックスキンではなく、まがいものの羊毛で裏打ちされたオレンジ色の寝室用スリッパという恰好のラヌルフ閣下――元イギリス外務省職員、ほかにも疑わしげな前歴を持つ、別名ランディ・マシンガム、またの名をプルートが坐っていた。前屈みになり、椅子の肘掛けをつかんでいたが、ブロックを見ると、手を首のうしろで組み、木枠の上に足をのせて交差させ、椅子の背にもたれ、見せかけばかりくつろいだ姿勢を取って言った。「これはこれは、またナット伯父さんのご到来か。なあ、〝刑務所に行くことはない〟カードは持ってきたかい？　もし持ってきてないのなら、あんたは時間を無駄にしてる」

ブロックはそう言われ、むしろ嬉しそうな顔をした。「これは妙なことを。心の奥底ではきみも私同様、公僕だと思っていたが。週末に免責特権を認める書類にサインをした大臣がこれまでひとりでもいたかね？　これ以上プッシュしたら、私は厄介者ということになる。ドクター・マースキーのあちらでの名前は？」と彼は尋ねた。尋問者の最善の質問はすでに答のわかっている質問をすること、という原理原則にのっとった質問だった。

「そんなやつの名前は聞いたこともない」とマシンガムはどこかすねたように言った。「それから、自宅からもうちょっとましな服を持ってきてもらえないかね。鍵は渡すから。ウィリアムは田舎のほうに行ってて、私が戻れと言うまでは戻ってこない。ただ、火曜日と木曜日は避けてくれ、ミセス・アンブローズが掃除に来る日だから」

ブロックは首を振った。「申しわけないが、現段階では、それはできない相談だ。彼らがきみの家を見張っている可能性を考えないといけないからね。きみの家からここまで彼らを連れてきてしまうような結果になっては、それこそ元も子もない」それはささやかな嘘だった。パニック状態に陥っていたマシンガムは、着替えを用意する余裕もなく投降してきたのだが、マシンガムの着道楽を知っていたブロックは、よれよれのつなぎとウェスト部分にゴムのはいったウールのズボンを与えて、彼を卑しめることに喜んでこの機会を利用したのだった。「それでは」とブロックは言って椅子に坐り、手帳を開き、リリーのプレゼントのペンを取り出した。「これは一羽の可愛い小鳥から聞いた話だが、きみとドクター・マースキーは去年の十一月に〈ナイティンゲイル〉でチェスをしたそうだね」

「だったら、その可愛い小鳥は嘘をついてんだ《トーキー》よ」とマシンガムは言った。不安を覚えると、ピジン英語（英語とほかの言語が混ざった混成語）を使う癖が彼にはあった。

「きみとドクター・マースキーは互いに淫らなジョークを言い合ってたということだが。彼はきみのタイプじゃなかったのか？」

「そんな人物には会ったこともなければ、名前を聞くのも今が初めてだし、ましてやチェスなどしたこともない。訊かれたから答えるが、だから、私のタイプであるわけもない。私とは無縁の人間だ」とマシンガムは答え、〈スペクテイター〉紙を取り上げてそれを振ってみせ、読むふりをした。「それよりここはいいね。一緒にいてくれる男の子は可愛いし、食事は言うことはないし、ロケーションも悪くない。ここを買い取ろうかと考えてるところだ」

「きみも知ってのとおり、免責特権というやつはなかなか厄介なものだ」とブロックはなおも友好的な姿勢を崩さずに言った。「いったいどういうことに関するきみの責任を免除することになるのか、私の大臣にもその同僚にもわかってもらわなければならない。厄介なのはそこのところだ」

「そういう説教ならもう聞いたよ」

「だったら、繰り返しになるかもしれないが、まちがいのないようしっかりと理解してほしい。あえて申し上げるが、きみがきみの知っている外務省のお偉方に電話をし、〝ランディ・マシンガムは免責特権と引き換えに情報を提供します。どうか魔法の杖を振ってください〟などと訴え出るのは、およそ賢明なこととは言えない。それは答にはなっていないからだ、長い目で見ると。われわれの上司はみな小うるさい人たちだ。〝免責？　何から？〟と彼らは自問する。〝ミスター・マシンガムはイングランド銀行の地下まで穴でも掘ったのか。未成年の女生徒にいたずらでもしたのか。ベルゼブル（聖書に出てくる悪鬼の首領）・クラブの会員なのか。もしそういうことなら、ミスター・マシンガムにはほかをあたるように言っておけ〟。私はこれまで今の大臣の質問と同じ質問をきみにしてきたわけだが、訊くだけ無駄だった。なぜなら、きみがこれまでに提供したものは、率直に言って、どれもクズばかりだからだ。われわれはきみの警護ならいくらでもする、それがきみの望みなら。喜んでする。まあ、生活空間は今ほど快適なものではなくなるかもしれないが、誰にも指一本触れさせない。こんなことを言うのも、きみの態度が今のままだと、私の上司たちはきみに便宜をはかろうという気持ちをなくすだけでなく、法の執行を妨害したということで、きみを罪に問うことを考えはじめるに決まっているからだ」カーターが紅茶を持ってはいってきた。「ミスター・マシンガムは、今日は会社に電話したのかな、カーター君？」

「はい、十七時四十五分に」

「どこから電話したことに？」

「ニューヨークです」

「その場には？」

「自分とメイスが付き添いました」

「ミスター・マシンガムはおとなしくしてたか？」

マシンガムが新聞を叩きつけるように木枠に置いて言った。「はい、彼はくたばりぞこないの羊のようにおとなしくしていました。そして、知ってることは全部教えてくれました。そうだったろうが、カーター？　認めろよ」

「おかしなところはなかったと思います」とカーターは言った。「自分の好みからするとちょっとわざとらしいところがありましたが、それはいつものことですからね」

「信じないなら、テープを聞けばいい。私はニューヨークにいて、ニューヨークの天気は快晴だった。動揺してるわれらがウォール・ストリートの投資家たちに新たな希望の息吹《いぶき》を吹き込み、ニューヨークのあとはトロントでも同じことをする。タイガーの消息について新しいニュースは？　答、涙ながらのノー、だ。私は嘘をついてるだろうか、カーター？」

「まずまずまちがいのない報告です、今の彼のことばは」

「彼が話した相手は？」

「アンジェラ。彼の秘書です」

「彼のことばを彼女は信じたと思うか？」

「彼女はいつでもなんでも鵜呑《うの》みにする女さ」とマシンガムが言い、カーターは石のように冷たい表情をして部屋を出ていった。「おや、私は何か彼の気にさわることでも言ったんだろうか？」

「彼は熱心な教会の信者でね。わかると思うけれど。少年クラブやサッカー・チームの育成に力を入れてるんだそうだ」

マシンガムはうなだれたふりをして言った。「それはそれは。悪いことをした。あとで彼に謝っておいてくれ」

ブロックはまた手帳に戻ると、その白髪頭を世界の子供の夢の父親のようにやさしく振って言った。

「では、そろそろいいだろうか。訊かせてほしい。きみが何度も受けたという脅迫電話について」

「知ってることはもう全部話した」

「ああ。しかし、まだその裏を取るのに手間取っていてね。今回のような要請を受けたときには、われわれとしてもそれがどれほどの危機なのか調べなければならない。私はこれを黄金の双子と呼んでるんだが、ここに危機があれば、ここにまた、かつて一度きみに免責を認めたことのある当局にきみが進んで協力するという、確乎《かっこ》たる保証もなくてはならない」そこで彼は口調を厳しくするために一拍置いた。「きみのまずまちがいのない印象としては——きみが私の部下に供述したかぎりでは——電話はどうやら国際電話のようだった。それにまちがいないね？」

「向こうの背景の音がいかにも外国らしかったのさ。市街電車の音とかそういう音が聞こえてたんだ」

「今でも相手は誰だったかわからない？　昼も夜も考えても、やはりわからない？」

「わかっていたら、言うよ、ナット」

「そう願いたいね。毎回同じ声で、電話そのものは短いあいだに四回あり、話の内容はどれも同じだった。そして、毎回国際電話だった」

「いつも同じ——空電雑音があって——うつろな感じがあった。うまく説明できないんだが」

「ドクター・マースキーではなかった？」

「だったかもしれない。彼が送話口にハンカチをあててしゃべってたのかもしれない」

「ホバンということは？」そういった名前を次々に挙げて、ブロックはどれがヒットするか試した。

「彼ほどアメリカ人っぽい話し方じゃなかった。それに、ホバンは一時間前に鼻の美容整形でもしてきたようなしゃべり方をするしね」

「だったら、シャルヴァか？　それともミハイル？　エヴゲニー本人ではなかったんだね？」

「英語がうますぎた」

「それに、彼らならきみにはロシア語を話すだろうな。ロシア語ならそれほど脅迫じみて聞こえなかったかもしれないし」彼は手帳に書いたものを読み上げた。「〝ミスター・マシンガム、あんたはリストの二番目だ。われわれから隠れることはできない。われわれには、あんたの家を爆破することもあんたを通りで撃ち殺すことも好きなときにできる〟。しかし、実際にはまだ何も起きていない。そうだね？」

「そんなドラマティックなものじゃなかった。あんたが言うと、なんだか馬鹿げて聞こえるけれど、少しも馬鹿げてなどいない。これは実に恐ろしいことだ」

「しかし、きみがわれわれの庇護《ひご》を求めてきて、われわれがきみへの電話を傍受できるようにした途端、謎の脅迫者から一切電話がかからなくなったというのは、返す返すも残念なことだ」とブロックは辛抱強く嘆いてみせた。「ほぼ四時間に四回もかかってきていたのに、きみがわれわれのところへ来た途端、影も形もなくなるとはね。その脅迫者にはきみよりもっといいものが見つかったのだろうか。そうも思いたくなる」

「これは自分の問題で、ほかでもない自分が困ってる。私にはそれしかわからない」

「確かにきみは困っている。ところで、タイガーはどこのパスポートを使ってるんだね？」

「イギリスのじゃないのか。そのことはまえにも言ったと思うけど」

「元外務省の職員として、きみなら当然知っていることと思うが、偽のパスポートを獲得する手伝いをしたり、その教唆をしたりすることは、この国では重罪とされている、どこの国のパスポートを偽造するのであれ」

「もちろん知ってるよ。でも、それがどうした？」

「ということは、当然のことながら、ラヌルフ・マシンガム閣下が重罪になることを承知で、偽造パスポートを――出生証明書を盗んだり、あれやこれや画策《かくさく》して――用意したことを私が立証したら、きみの身柄がこの格段に待遇のいい場所から牢獄へ移送される可能性がきわめて高くなる、ということだ」

　マシンガムは下唇を指でつまみ、背すじをまっすぐに伸ばして椅子に坐っていた。視線を下にやり、重大な局面を迎えたチェスの次の一手を考えるときに見せるかもしれない、真剣この上ない顔をして、眉をひそめていた。「あんたには私を刑務所に入れることはできない。逮捕することも」

「どうして？」

「それで作戦はいっぺんで台無しになるからさ。あんたはわれわれと同じ船に乗ってるんだよ。あんただって取引きはできるだけ長く続けたいんじゃないのか」

ブロックは、マシンガムのその正確な値踏みにはらわたが煮えくり返った。が、彼の慇懃《いんぎん》な物腰に表面的な変化はまったく見られなかった。「今、きみが言ったことは実に正しい。きみがいかなる被害もこうむらないことが、そのまま私の利益につながるというのはそのとおりだ。しかし、私としても上司に嘘はつけない。また、きみも私に嘘をつくべきではない。だから、正直に言ってほしい、言い逃れなしに。ミスター・タイガー・シングルのためにきみが用意した偽造パスポートは、いったいなんという人物の名義になってるんだね？」

「スマート。トミー・スマート。彼のあの品のないカフスのイニシャル、TSに合わせたのさ」

「それじゃ、今度はわがよきミスター・マースキーについて少し話し合おう」とブロックは言って、勝利の喜びを今は無用のいかにも官僚的な渋面の下に隠した。そして、そのあと二十分ばかりどうにか坐りつづけることを自分に強いてから、急いでその知らせをクルーに伝えた。

それでいながら、タンビーには何より秘密にしている不安を洩らした。「あの男は大嘘ばかりついている。彼が話すのは鳥の餌みたいな取るに足りないことばかりだ」

監視班から〝標的《サブジェクト》〟は現在、自宅にひとりでいるという報告がはいっていた。また、傍受された電話から、〝標的〟がふたつの夕食の誘いを断っていることがわかっていた。まず堅苦しい約束《ブリッジ・デイト》を、次に軽率に交わした約束を。午後十時のパーク・レインは温かく、空からまっすぐに落ちてくる雨が歩道で躍っていた。タンビーが運転するタクシーの後部座席にはアギーが隣りに乗っており、彼とアギーはさっきまでグラスゴーの中華の軽食についておしゃべりをしていた。

「疲れているようなら、明日にしてもいいが」とブロックは言うだけ言っていた。

「大丈夫だ」ほぼ満点の兵士、オリヴァーはそう答えていた。

K・オルトレモント、とオリヴァーは雨をよけながら、点灯している呼び鈴の名前を読んだ。十八号室。彼は呼び鈴を押した。明かりがついて、彼の顔が照らされ、バイセクシュアルのしゃがれた声がした。「おれだよ」と彼は光のほうに顔を向けて言った。「オリヴァーだ。コーヒーでも飲ませてもらえないかと思って。長居はしないから」

空電雑音を金属的な音の声が切り裂いた。「なんてこと！　ほんとうに〝おれ〟じゃないの。ブザーを鳴らすから、ドアを押して。いい？」

しかし、ドアを押すのが早すぎた。彼は少し待ってもう一度呼び鈴を押した。ガラスのドアがやっと開いた。中は近未来的なロビーで、グレーのスーツを着た地球人がふたりスペース・デスクについていた。バッジを見るかぎり、若いほうはマッティ、年かさのほうはジョシュアといった。ジョシュアのほうは、大衆紙〈メイル・オン・サンデイ〉を読んでいた。

「中央のエレヴェーター」とマッティがよくまわらない舌で言った。「何も触らないでください。全部こっちでやりますから」

エレヴェーターが昇り、マッティは地下に沈んでいった。八階でドアが開き、永遠に三十代の彼女が彼を待っていた。ストーンウォッシュのジーンズに、袖をまくったタイガーのクリーム色のシャツ、両手首に金のブレスレット。彼女はまえに出てくると、しっかりと彼を抱き止めた。どんな男に対しても、彼女は同じ歓迎のしかたをした。胸と胸、股と股をぴたりと合わせた。ただ、オリヴァーの背丈では、思ったようには合わさらなかったが。ブラシでよく梳《す》かれた彼女の長い髪は風呂上がりのにおいがした。

「オリヴァー。ひどいことになったわね。気の毒なアルフレッド――それに何もかも――タイガーはどこへ行っちゃったの？」

「それを教えてほしくてきたんだ、カトリーナ」

「だいたいあなたはどこにいたの？　彼はあなたを探しにいったんじゃないかって思ってたんだけど」彼女は彼の体を自分から遠ざけた。が、それは彼をもっとよく見るためだった。ストレスが集まるところにひびができている――オリヴァーのほうは彼女を見てそう思った。いたずらっぽい笑みに変わりはなかったが、それを持続させるのに彼女は苦労していた。その眼はどこか値踏みするようで、声も硬かった。「いずれにしろ、あなたは信用を獲得して帰ってきたってわけ、ダーリン？」

「いや、どうかな。たぶんちがうと思う」彼は愚者の笑みを浮かべた。

「でも、何かをつかんだって感じがする。そのほうがいいわ。あなたのことならわたしはどんなことでもよく思えちゃう」彼は彼女について居間にはいった。芸術家を探しているアトリエ、とオリヴァーは思い出した。宗教めいた彫像、空港の椅子、ケンジントンのトルコ絨緞《じゅうたん》。リヒテンシュタイン財団の所有物。私が定款《ていかん》を作成したんだ、とウィンザーが言っていたことがある。その財団は昔からカトリーナのものだった。「お酒は、ダーリン？」

「一杯もらおう」

「わたしも飲むわね」酒類の食器戸棚はスペインの旅行用収納箱を模した造りで、実際はそれがそのまま冷蔵庫になっていた。彼女は打ち出し模様のある銀の水差しでマティーニをつくり、細長い不透明のワイングラスに――ひとつにはなみなみと、もうひとつには半分ばかり注いだ。二月にはいつもバハマのナッソーに行くカトリーナの腕はよく陽に焼けており、その手はライフルでも撃てそうなくらいしっかりしていた。「男性用」と言ってなみなみと注いだグラスをオリヴァーに手渡し、自分は女性用を取った。

　オリヴァーは一口飲むと、別世界にはいってしまったような気分になった。たとえ飲んだのがトマトジュースであったとしても、酔っていたかもしれない。が、二口飲んで、また立ち直れた。「仕事のほうは？」と彼は言った。

「完璧にうまくいってるわ、ダーリン。去年なんか利益が出ちゃったくらい。それで、タイガーをすごく怒らせちゃったけど」彼女はベドウィン族の鞍《くら》に坐った。彼は彼女の足元に――いくつか重ねられた毛足の長いクッションの上に――しゃがみ込んだ。彼女は裸足《はだし》だった。小さな足の爪に、血のように赤いペディキュアが塗られていた。「話して、ダーリン。どんなに些細なことも省かず」

　彼はクッションの上に寝そべった。彼女が相手だと楽に横になることができた。知らせを聞いたときには香港にいた、と彼は言った。それはブロックに指示されたとおりのつくり話だった。パム・ホーズリーから、ウィンザーが撃ち殺され、〝火急の事態に対処するためにタイガーは社を離れた〟というファックスが届き、それで帰るべきだと思ったのだと話した。ロンドンは真夜中の時間帯だったけれども、無意味に時間をつぶすより、ガトウィック空港に着く〈キャセイ・パシフィック〉の便を見つけて、ロンドンに着くなり、カーゾン・ストリートまでタクシーを飛ばし、グプタを起こし、まずはナディアに会いに〈ナイティンゲイル〉へ行ったのだと一息で説明した。

「彼女はどうしてた、ダーリン？」とカトリーナは、パトロンの妻に対する愛人独特の関心を示して口をはさんだ。

「とても元気にしていた。ありがとう」とオリヴァーはぎこちなく答えた。「それはもう驚くほどだった。例によってだいぶ苛々《いらいら》していたけど」

　彼が話しているあいだ、彼女の眼は片時も彼から離れなかった。「われらがお巡りさんのところへはまだ行ってないのね？」と彼女は抜け目なく尋ねた――ブリッジのプレイヤーのように彼の表情を読みながら。

「お巡りさん？　どこの？」とオリヴァーも彼女の表情を読みながら訊き返した。

「バーナード・ポーロックの助けを求めたんじゃないかと思ったんだけど。あなたはバーナードとはあまり仲のいいお友達じゃないの？」

「そっちは？」

「彼がわたしと仲よくなりたいと思ってるほど仲よくはないわ、ありがたいことに。うちの女の子たちも、彼には指一本触れたくないみたいね。五千ドル出すから休みの日に彼の別荘だかなんだかに来ないかって、彼がベッティーナを誘ったのよ。そうしたら、彼女、わたしはそういう女じゃございませんって彼に言い返して、みんなで大笑いしたことがあったわ」

「まだ誰のところへも行ってない。会社はタイガーが失踪したことを隠そうとして躍起《やっき》になってる。みんな会社がこのさきどうなってしまうのか不安に駆られてるようだ」

「どうしてわたしのところに来たの、ダーリン？」

彼は大仰に肩をすくめてみせたが、それだけでは彼女の凝視を振り払うことはできなかった。「一番確かなすじから何か得られないかと思ってね」

「わたしがその一番確かなすじってわけ？」彼女は爪先で彼の脇腹を突ついた。「それとも、苦しい試練の真っ只中に置かれ、愛を求めてやってきたとか？」

「あんたはタイガーの一番の友だからね。ちがうかい？」と彼は答え、笑みを浮かべ、彼女から体をよけた。

「あなたを除けば、ダーリン」

「さらに、あんたはウィンザーの訃報《ふほう》を聞いたタイガーが真っ先に会おうとした人物でもある」

「そうなの？」

「グプタによれば」

「そのあと彼はどこへ行ったの？」

「ナディアに会いにいった。そう、彼女によれば。そういうことで彼女が嘘をついてるとは思えない。嘘をついて何になる？」

「ナディアのあとは？　そのあと彼は誰に会いにいったの？　わたしの知らない可愛いお友達がいるのかしら？」

「またここに戻ったんじゃないかと思ったんだけれど」

「ダーリン、なんのために？」

「彼は自分であれこれ手配する気力をなくしてしまってるんじゃないだろうか。自分ひとりで国外に出るような気力さえ。だから、彼があんたを一緒に連れていかなかったことにおれはむしろ驚いてる」

彼女は煙草に火をつけた。オリヴァーはそのことにも驚いた。タイガーがいないとき、彼女はいったいほかにはどんなことをしているのだろう？　「わたしは寝てたの」と彼女は眼を閉じて煙草の煙を吐きながら言った。「何も身につけないで。〈ゆりかご〉でそれはもう大変な夜を過ごしたあとだったのよ。チャーター機のオーナーたちがアラブの王子さまを連れてきて、その王子さまがヴォラにぞっこんまいってしまったの。ヴォラのことは覚えてない？」――彼女はまた爪先で、今度は彼の尻を突ついた――「はっとさせられるほどゴージャスなブロンド、夢のような胸の谷間、果てしない脚。そう、彼女のほうはあなたを覚えてるわよ、わたし同様。モハメッドは彼女を自分のジェットでパリへ連れていきたがった。でも、ヴォラのほうは恋人が失職したばかりで、とてもそんな気になれなかった。それで、すったもんだして、ここに戻れたときにはもう朝の四時になってた。わたしは電話のスウィッチを切って、薬を飲んで、すぐに寝たわ。そうして次に気がついたらもうお午《ひる》になっていて、タイガーがあの獣のような茶色のコートを着て、そばに立ってこんなことを言ってたわけよ、〝アルフレッド・ウィンザーがやつらに頭を吹き飛ばされた、見せしめのために〟って」

「頭を吹き飛ばされた？　どうしてタイガーはそこまで知ってたんだろう？」

「そんなこと、わたしに訊かないで、ダーリン。ことばのあやだったんじゃないの？　いずれにしろ、とても絶好調とは言えないそのときのわたしには、そのことばは何より聞きたいことばとは言えなかった。〝いったい誰がアルフレッドを撃ったりしなくちゃならないの？〟ってわたしは訊き返した。

〝それに、やつらって誰のこと？　どうしてそれが嫉妬に狂ったどこかの亭主じゃないって言えるの？〟って。いや、と彼は言ったわ。これは計画的な犯行だ、ホバン、エヴゲニー、マースキー、それに武装したボディガードみんながよってたかってやったことだって。それから、靴ブラシはどこにあるんだって訊いてきた。パニックに陥ると、彼がどんなふうになるか、それはあなたもよく知ってるでしょ？　死ぬときにも彼はきっときれいな靴を履いてることでしょうよ」オリヴァーは父親がパニック状態になっていたとは思えなかったが、それでも調子を合わせてうなずいた。「次に彼が欲しがったのが電話の小銭《チェンジ》。わけのわからないことを早口でしゃべるものだから、わたし、最初は電話番号を変え《チェンジ》ろって言われてるのかって思った。ちがう、ちがう、金だって彼は言った。一ポンド硬貨にしろ、五十ペンス硬貨にしろ、ここにはないのかって。〝馬鹿なことを言わないで〟ってわたしは言ったわ。〝ここの電話代はあなたが払ってるのよ。ここの電話を使って〟って。でも、それじゃ駄目だった。公衆電話じゃないと駄目だったのよ。どこの電話も彼の敵に盗聴されてるから。〝ランディに連絡を取ったら？〟ってわたしは言ったけど、それも駄目だった。とにかく小銭が要るってことだった。〝だったら、バーナードに電話したら？〟ってわたしは言った。〝トラブルが生じたときのためのバーナードじゃないの〟って。彼に電話するにもここからじゃ駄目だって彼は言った。〝でも、ダーリン、彼は警察よ〟ってわたしは言った。〝警察は警察の電話を盗聴したりしないわ〟って。彼は首を振った。小娘みたいにおどおどしてた。おまえには何もわかってないが、おれにはわかるんだなんて、言うばかりで」

「それは大変だったね」とオリヴァーは応じたものの、タイガーがわけのわからないことをしゃべっていたというのは、にわかには信じられないことだった。

「とにかく小銭が見つからないわけ。駐車用の小銭は車の中だし。車は地下だし。正直に言って、あなたのお父さんは頭がおかしくなっちゃったんじゃないかって思った――どうかした、ダーリン？何か悪いものでも食べたみたいな顔をしてる」

オリヴァーは何も食べていなかった。さまざまな出来事が頭の中に溜まるばかりで、何ひとつ意味をなしてこない。それででも、順序立てて考えると、カトリーナが言っているのは、二億ドルを要求するエヴゲニーの手紙をタイガーが受け取ったあと、すぐに起きたことだ。グプタの話では、会社を出たとき、見るかぎりタイガーに取り乱した様子はなかった。会社のあるカーゾン・ストリートと、このカトリーナのフラットのあるパーク・レインとのあいだで、いったい何が起きたのか。何がタイガーをパニックに陥らせたのか。いったいどんなことが起きると、あのタイガーがわけのわからないことをしゃべりはじめたりするようになるのか。

「それで十分ばかり、小銭を求めて部屋の中を探しまわったのよ、キモノを羽織《はお》って。わたしとしては、ガス代用にって十ペンス硬貨を缶詰の缶に貯めてた安アパート時代に戻りたい気分だった。それでも、全部で二ポンドばかり見つかったんだけど、それでも駄目だった。充分じゃなかったのよ。かけるのは国際電話なんだもの。タイガーは、でも、そんなこと、たとえ二ポンドにしろ、小銭が見つかるまでひとことも言わなかったのよ。〝なんなのよ〟ってわたしは言ったわ。〝そういうことなら、マッティにニューススタンドまでテレフォンカードを買いにやらせればいいんじゃないの〟って。でも、それも駄目だった。管理人なんて信用できないってわけ。で、自分で買いにいった。そう言って出ていったの。わたしのことを〝母さん〟と一度も呼ぶこともなく。そのあとまた寝てあなたの夢を見るのに、こっちは何時間もかかったわ」彼女は深々と煙草を吸い、不満げなため息を洩らした。「でも、全部あなたが悪いのよ。あなたとしては、そう言われたら、むしろ嬉しいのかもしれないけど。マースキーやボルジア家だけじゃない。わたしたちみんなが結託して彼に対抗しちゃってるのよ。彼を裏切ってるのよ。そんな中でもあなたが一番手ひどく裏切った。わたしとしてはむしろ嫉妬したくなるくらい。そうなんでしょ？」

「おれはどうやって彼を裏切ったんだね？」

「それは知らないけれど、裏切ったのは確かでしょ、ダーリン。彼自身こんなことを言ってたんだから。あなたは足跡を残してた。その足跡をたどっていったら、あなたが情報の出所だってことがわかったって。最初はそういう足跡がいくつかあって、情報の出所もいくつかあるような口ぶりだったけれど、あとになって彼はそう言ったのよ」

「誰に電話しなければならなかったのか。そのことについては？」

「もちろん、何も言ってなかった。わたしも信用されてないんだから、当然でしょ、ダーリン。でも、システム手帳を振りかざしてたから、相手の番号は頭にはいってたわけじゃなかったみたい」

「でも、国際電話だった」

「そう言ってた」

時間帯はランチタイム、と彼は思った。「ニューススタンドはどこに？」

「玄関を出て、右に五十ヤードほど歩いたら、いやでも眼につくわ。あなた、エルキュール・ポワロになったの？　彼はあなたのことをユダだって言ってたけど。わたしは、あなたのことをおいしそうだって思うだけだけど」と彼女はつけ加えた。

「どんなことだったのか、段々わかってきた」と彼は言った。それは今の今まで夢にも思い描いたことのない図だった——常軌を逸し、理性を逸し、遁走《とんそう》するタイガー。愛人はまたベッドに戻ってすやすや眠りはじめたというのに、茶色のコートにぴかぴかの靴という恰好で、どこかの電話ボックスの中でうずくまるタイガー。「去年のクリスマス、相手は誰であれ、彼は一大決戦を迎えた」と彼は言った。「何人かがグルになり、彼に汚い手を使おうとしたのを阻止するために、チューリッヒに飛び、そして見事相手をやっつけた。今の話で何か思いあたることは？」

　彼女は欠伸《あくび》をした。「おぼろげながら。彼はランディを馘《くび》にしようとしてたのよ。そういうことを言えば、それはいつものことと言えなくもないけど。とにかくみんなワルなんだから、マースキーも含めて」

「エヴゲニーも？」

「彼はもう耄碌《もうろく》しちゃってるのよ。だから、すぐ誰かに影響されちゃうの」

「たとえば誰に？」

「それは知らないけど、ダーリン。お酒は？」彼はマティーニを飲んだ。カトリーナは片足で片足をゆっくりとマッサージしながら、彼を見つめた。「あなたこそ彼の指のあいだからすべり落ちた張本人。そうなんでしょ？　あなたは悪い子よ」と彼女は昔を思い起こすように言った。「彼はあなたのことは決して話さなかった。そのこと、知ってた？　話すのは何かで興奮したときだけ。いいえ、興奮したときというのは適切じゃないわね。それは閏年《うるうどし》に限られるんだから。最初のうちあなたは留学していた。そのあとは外国でビジネスの開拓、それからまた勉強を始めた。それが彼の話だけど、彼は彼なりに、あなたが自慢なのよ。でも、裏切られた。彼はそんなふうに思ってる」

「何日か経ったら、彼はまたここに現れるかもしれない」と彼は言った。

「そうね、ひとりぼっちなら、きっと飛んで帰ってくるでしょう。あの人はひとりには耐えられない人だから。耐えられたためしがないのよ。だから、わたしの知らない可愛いお友達が彼にはいるんじゃないのかなって、わたしは思うわけよ。そう、彼はわたしひとりでは満足できない人なのよ。それは正直に言うと、逆も真なりだけど。いずれにしろ、彼にも変化が必要ってわけ。でも、それは彼の歳を考えれば、当然のことよ。そういうことを言えば、それはわたしの歳でも同じだけど」――彼女はまた爪先で彼を突ついた。今度はだいぶ股間に近くなっていた――「あなたには可愛いお友達はいないの、ダーリン？　あなたを夢中にさせる術を心得たお友達は？」

「結局、虻蜂《あぶはち》取らずになったといったところかな」

「ニーナが一度〈ゆりかご〉に来たことがある。あなたはタイガーには、彼女と結婚するようなことを言っておきながら、彼女にはそんなことはひとことも言わなかったの？　彼女、それがどうしても理解できないって言ってた」

「ああ、あのことはすまないと思ってる」

「わたしに謝らないで、ダーリン。でも、彼女のどこがいけなかったの？　ベッドではあんまりよくなかったとか？　わたしが見たかぎりじゃ、なかなかセクシーな体つきをしてたけど。お尻なんかすごく素敵じゃないの。あれは何もかも包み込んでくれるお尻よ。わたしなんか自分が男だったらよかったのにって思ったくらい」

オリヴァーはさらに彼女から逃れ、話題を変えて言った。「ナディアはマースキーがよく現れるようになったと言ってる。〈ナイティンゲイル〉にも現れ、ランディとチェスをさした」マースキーに関することはなんでも――と彼はブロックに言われていた。

「彼が手を出すのはチェスだけじゃない。それだけは言えるわね、ダーリン。チャンスさえあれば、わたしにも手を出してきたでしょう。実際、試したくてうずうずしてた。あの男はバーナードより性質《たち》が悪いわ。ついでに言っておくと、彼のことをマースキーって呼んではいけないのよ。パスポートの名前はそうじゃないから。別に驚かなくちゃならないようなことでもなんでもないけど」

「だったら、なんて呼んでるんだ？」

「ミュンスター博士。大した博士よ。知らなかったんじゃないかと思うけど、わたしは彼の個人秘書なの。ミュンスター博士が〈ナイティンゲイル〉までヘリコプターで行きたがってる？　カトリーナに手配させろ。ミュンスター博士が〈グランド・リッツ・パレス〉のブライダル・スイートに泊まりたがってる？　カトリーナが予約してくれるだろう。ミュンスター博士が淫売三人と盲目のヴァイオリニストを至急調達してもらいたがってる？　カトリーナに言えばいい。なんの問題もない。氷の乙女には、彼はホットすぎるんでしょうよ、たぶん」

「タイガーは、マースキーも謀反グループの一員だって言ってたんじゃないのかい？」

「それは今月のことでしょ、ダーリン。先月までは、彼は天使ガブリエルだったのよ。ところが、あら不思議、マースキーもまたワルの一味になってしまった。そして、エヴゲニーは口のうまいポーランド人の甘いことばしか聞けない耄碌爺《もうろくじじい》になり果てた。でも、ランディこそそもそもそういうことをそそのかした張本人よ——あなたもランディと同じことをした。そうなんでしょ？　今はどこにいるの、ダーリン？」

「だいたいシンガポールだ」

「今夜の話よ」

「カムデンだ。ロースクール時代の友達のところだ」

「それは男のお友達？」

「ああ」

「それってもったいなくない？　ランディのような男でないかぎり。あなたはもちろんランディのような男じゃない」彼は笑いかけた。が、そこで彼女の眼にそれまでとは異なる暗い光を見て、思いとどまった。「よかったら、予備のベッドがあるわ。つまりわたしのベッドが。満足できること請け合いのベッドが」と彼女は言った。

オリヴァーは彼女のその申し出について考え、逆に自分が少しも驚いてはいないことに気づいた。「タイガーの部屋をざっと見てみたい」彼女の申し出を受けるには、そのことがなんらかの障害になるような口ぶりになっていた。「書類やら何やらあるようなら、誰よりさきに見つけたい」

「彼の部屋をざっと見たあと、わたしの部屋に戻ってくるのはいたって簡単なことよ。ちがう？」

「ただ、彼の部屋の鍵がない」と彼はみすぼらしい笑みを浮かべて言った。

ふたりは並んでエレヴェーターの中に立っていた。脇腹と脇腹をくっつけ合って。彼女の鍵束はゾウの毛を通して結んであった。彼女は彼の手を取り、手のひらに鍵をのせ、彼に指を曲げさせた。それから、彼を引き寄せ、彼にキスをし、愛撫し、彼が抱擁を返すまでキスしつづけた。彼女はタイガーのシャツの下には何もつけていなかった。オリヴァーの舌に自分の舌を押しつけ、手をすべらせ、彼の股間にもぐらせた。そうして、彼に手を広げさせ、鍵を選び、ふたりで鍵穴に差し込んでまわした。二番目の鍵も差し込んだ。それでエレヴェーターが昇りはじめ、停まってドアが開くと、そこは博物館にでも展示されている客車の車中を思わせるような通路で、天井がガラス張りになっており、一方に煙突の通風管、一方にロンドンの街の灯が見えた。なおも無言のまま、彼女は柄の長い真鍮《しんちゅう》の鍵とそれに付属する鍵をもうひとつ選ぶと、オリヴァーの親指と人差し指とのあいだに差しはさんだ。鍵穴にすぐに差せるように、先端を外に、上に向けて。そして、またキスをし、彼の尻に手を置いて、馬車のカンテラを模した電灯が両脇にともっている、マホガニーのドアのほうへ彼を促して囁いた。

「急いで。約束よ、いい？」

彼はエレヴェーターが降りたあと、ボタンを押して、誰も乗せずにまた戻ってくるのを待った。そして、スニーカーを片足だけ脱いで、ドアにはさみ、エレヴェーターがどこへも行かないようにした。

というのも、三台あるエレヴェーターのうち、その一台だけがペントハウスまで昇るエレヴェーターだったからだ。この時間、ここまで昇ろうと思うのはタイガー以外には、カトリーナしか考えられない。やはりオリヴァーに付き添うことにしようとあとから考え直したカトリーナしか。鍵を手に、片足だけ靴を履き、片足は靴なしで彼は通路を歩いた。マホガニーのドアはすんなりと開いた。その中は十八世紀のロンドンの紳士の家だった。実際には十五年前に建てられたものだが。オリヴァーはここで寝泊まりをしたことはなかった。笑ったことも、顔を洗ったことも、愛し合ったことも、遊んだことも。孤独な夜、タイガーが彼の同伴を求めることがたまにあっただけだった。そんなとき、ふたりはナイトキャップを飲みながら気の滅入《めい》るテレビを見るのだが、いつも飲みすぎた。ほかに覚えているのは、その屋上にヘリポートを造ろうという申請を却下されたときに、タイガーが市当局に怒りをぶちまけたことと、カトリーナの賄《まかな》いで、タイガーが友達とは言えない友達を招んで開いたサマー・パーティのことだ。

〝オリヴァー、ニーナ、こっちへ来てくれ。さあ、早く！　オリヴァー、ナイルを渡ろうとしたサソリのあの小話。もう一度やってくれ。ゆっくりと。殿下は書き取られると言っておられるから……〟。

〝オリヴァー、ちょっと時間を貸してくれ。そのすばらしいご婦人と少しだけでも離れられるようなら。今朝おまえがよどみなく説明してくれたこのプロジェクトの法的根拠を、閣下にもう一度説明してくれないか。ここではオフレコだからな。もう少し開けっぴろげに話してくれてもかまわない……〟。

彼は玄関ホールに立っていた。カトリーナの愛撫に股間が疼《うず》いていた。さらに中にはいっても、感覚はまだ燃えていた。部屋が彼を混乱させた。どっちへ向かっているのかもわからなくなった。カトリーナのせいだ。彼は廊下の角を曲がり、客間とビリヤード室を抜け、書斎まで歩いた。そこからまた玄関ホールに引き返し、何着かのオーヴァーコートとレインコートのポケットを探った。ブロックのいう〝宝の紙切れ〟を探して。タイガーの手と思われる筆跡で走り書きされたメモ帳が電話の横にあった。カトリーナに向けられた欲望をまだ強く感じながら、そのメモ帳をポケットに押し込んだ。ひとつの部屋で何かを見かけていた。が、どの部屋だったか思い出せない。客間にはいり、インスピレーションが湧くのを待った。手のひらに残るカトリーナの胸と、腿《もも》に押しつけられた恥丘《ちきゅう》の感触を振り払った。この部屋ではない。髪を手で梳《す》き、頭を鮮明にした。どこかほかの部屋を試してみよう。ビリヤード室に行きかけて、書見台付きの椅子と補助テーブルのあいだに、革製のゴミ入れが置かれているのに眼がいった。そのゴミ入れには最初から気づいていたのだが、ことさら重要なものとも思えなかった。その中にパッド付きの黄色い封筒——何がはいっていたにしろ、何かが入れられていた形跡があった。今はからだ——がひとつ捨てられていた。彼はブックケースとして使われているふたつの戸棚に視線を移した。戸が少し開いていて、縦に仕切られた部分にオーディオ装置とビデオデッキとテレビが収められていた。片足だけ靴を履き、片足はストッキングという恰好で、その戸棚に近づきかけて、ビデオビデオデッキが緑色の光を放っているのに気づいた。ケースが置かれているのに気づいた。デッキの上に、何も書かれていないない白いビデオケースが置かれていた。それもからだった。頭が冴え、欲望がひきはじめた。もしそのビデオケースの背に〝付随事項〟と書かれていて、その下で点滅している緑のランプに向けられた矢印が描かれていたら、その関連は火を見るよりも明らかだっただろう——〝付随事項については、別途、貴兄のご自宅に送付いたします——Y・I・オルロフ〟。電話が鳴っていた。

タイガーにかかってきた電話だ。

自らをミュンスターと呼ぶマースキーから。

あるいは、カトリーナ——階上《うえ》に上がろうと思ったら、エレヴェーターが動かなくなってるじゃないの。

あるいは、禿げ頭のバーナード、なんなりとお申しつけください。

あるいは、今そちらへ向かっているという管理人。

あるいは、おまえは駄目だ、計画は中止だというブロック。

電話は鳴りつづけた。彼はそのまま手を出さなかった。留守番電話がかわりに出るということもなかった。彼はイジェクト・ボタンを押して、ビデオテープを取り出し、白いケースに入れ、さらに黄色いパッド付き封筒に入れた。その封筒には〝ミスター・タイガー・シングル〟とラベルに書かれ、電子タイプライターで〝手渡し〟と打たれていたが、配達人のラベルもなければ、差出人の名前も書かれていなかった。彼は玄関ホールまで戻って、数年前の自分の写真に驚いた。法廷弁護士のかつらをつけ、衣裳をまとった写真だ。コートをかけたラックから革のジャケットを引っつかみ、肩にかけ、封筒を小脇に抱え、ジャケットの下に隠した。そうして靴をエレヴェーターのドアから抜き取って履くと、エレヴェーターに乗り、一瞬ためらって自分を恥じ、一階のボタンを押した。エレヴェーターはスムーズに下降し、十二階を通過し、十一階も通過し、十階まで降りたところで、彼は八階を通るときに小窓越しに彼女に見られないよう、隅に体を押しつけた。その行為とは裏腹に、彼の心の眼には彼女の裸体しか——タイガーにしろ、彼女の言うところの〝予備〟にしろ、誰であれ、男と寝るためのベッドに横たわった、光り輝く彼女の裸体しか見えていなかったのだが。ロビーでは、マッティがジョシュアの〈メイル・オン・サンデイ〉を勝手に読んでいた。

「これをミス・オルトレモントに渡しておいてくれないか」オリヴァーはカトリーナの鍵をマッティに手渡した。

「まちがいなく」とマッティは新聞から顔も上げずに言った。

外に出て、オリヴァーは歩道を右に、速足で〈モハメッドのニュース&スモーク——年中無休〉まで歩いた。そこからそう離れていないところに、ガードレイルに接して電話ボックスが三つ並んでいた。背後で、どこかからかうように車のクラクションが鳴った。彼はすばやく振り返った。シングル社のポルシェに乗ったカトリーナではないかと半ば恐れながら。アギーだった。緑のミニの運転席から手を振っていた。

「やあ、グラスゴー」彼はどこかほっとして、その助手席にすべり込んだ。「飛ばしてくれ」

カムデンの隠れ家《セーフハウス》の居間がそっくりそのまま、腐ったサンドウィッチと死体のにおいつきの即席の劇場になった。ブロックとオリヴァーはちくちくするソファに坐っていた。ブロックは最初、自分ひとりで見ることを主張したのだが、オリヴァーに無視されたのだ。テレビの画面の上では数字が次々に転がり落ちていた。ブルーフィルムだ、とオリヴァーは自分の体に置かれたカトリーナの手の感触を思い出しながら思った。おれにお誂《あつら》え向きだ。やがて、鎖につながれ、岩だらけの丘の上で膝をついているアルフレッド・ウィンザーが現れた。そんなウィンザーの頭にきらきら光るオートマティックを突きつける、覆面をして白いレインコートを着た天使。どうして頭を吹き飛ばされなければならないのか、ウィンザーに説明するホバンの鼻にかかった声がした。そのあと、オリヴァーに思い描くことができたのはただひとつ、八階に降りてカトリーナを起こすまえに、ペントハウスでただひとり、これと同じものを見て、同じ声を聞いている、茶色のラグラン袖を着たタイガーの姿だった。キッチンでは、クルーが仕切りの壁を見つめ、紅茶を飲みながら、ホバンの厭味《いやみ》な声を聞いていた。彼らはブロックに、きみたちもセカンド・ハウスに来るようにとまえもって命じられたクルーで、男たちはひとかたまりになって声をひそめていた。アギーはそんな彼らから少し離れ、眼を閉じ、親指の関節を歯に押しつけていた。ザックに、草の葉を使って鳥の鳴き真似をしてみせたときのことが、どうしても思い出されたのだ。

真夜中にマシンガムを叩き起こすというのは、ブロックにとって痛快この上ない快感だった。狭い踊り場を行ったり来たりして待っていると、カーターとメイスのほぼ最小限の威力の行使で起こされたマシンガムの悲鳴が聞こえてきて、彼は快哉《かいさい》を叫びたくさえなった。さらに、女性用のよれよれの部屋着に、スリッパに、呪わしいストライプのパジャマという恰好で、見せしめのために公衆の面前に寝室から引きずり出され、両脇を看守にはさまれ、眼をぱちくりさせながら懇願するマシンガムを見たときには、意地悪く〝ざまあ見ろ〟とも思った。が、すぐに官僚的な無表情を装うと彼は言った。

「こんな時間に申しわけない、ミスター・マシンガム。ただ、きみと分かち合わなければならない重大な情報が明らかになったものでね。メイス君、テープレコーダーを用意してくれ。大臣もこのことについてはご自分の耳で確かめたいとお思いになるだろうから」

マシンガムは動こうとしなかった。カーターはそんな彼から一歩うしろに下がった。メイスはテープレコーダーを取りにいった。マシンガムは一歩も動こうとせず言った。「弁護士を呼んでくれ。文書にした保証が得られるまでは、もうひとことも話すつもりはない」

「ということなら、現在の状況を鑑《かんが》みるかぎり、きみはどうやらトラピスト会士の暮らしを始めるための準備をしたほうがよさそうだ」

ブロックは芝居がかるところもなく、屋根裏の居間のドアを開けた。マシンガムはそっぽを向いたまま中にはいった。ふたりはいつもの椅子に坐った。メイスがテープレコーダーを持ってきてスウィッチを入れた。

「もしあんたたちがウィリアムまで巻き込もうとしてるのなら……」とマシンガムは言いかけた。

「いいや、そんなことはしていない。誰もしていない。ただ、危機についてきみと話したいだけだ。危機の話は覚えてるかね？」

「もちろん、覚えてるとも」

「よろしい。というのも、大臣の秘書官からなんとも頭の痛いことを言われたのだよ。彼らはきみが何かを隠していると思っている」

「だったら、そいつらのケツの穴でも掘ってやれ」

「そういう趣味は私にはなくてね。タイガーがカーゾン・ストリートから失踪したのは午《ひる》どきだった。が、きみはそのまえにもう会社を出ている。その日の午前十一時にはもうオフィスを出て、チェルシーの自宅に帰っている。どうしてだね？」

「それが何か犯罪になるのか？」

「理由によっては。いずれにしろ、そのあときみは丸十時間自宅にこもり、午後九時五分になって、ようやくわれわれの保護を求めてきた。それにまちがいないね？」

「もちろんまちがいないとも。それは私のほうからあんたたちに話したことじゃないか」マシンガムのことばは不遜《ふそん》だったが、態度がそれを裏切っていた。刻一刻、落ち着きをなくしていた。

「どうしてその日は早退したんだ？」

「あんたには想像力というものがかけらもないのか？　ウィンザーが殺され、その知らせが公《おおやけ》になり、社内はまさにサーカスのようになり、電話は鳴りっぱなしになった。私には個人的に連絡を取らねばならない相手が何人もいた。だから、静かな場所が必要だったのさ。自宅以外にどこにそういう場所がある？」

「ただ、ほかでもないその自宅に脅迫電話がかかってきた」とブロックは嘘つきもときに真実を話すということを思い出しながら言った。「その同じ日の午後二時、きみは配達人が届けた包みを受け取った。それはなんの包みでもない。それはなんの包みだったんだね？」

「なんの包みでもない」

「なんだって？」

「包みなど受け取ってない。だからなんの包みでもない。でたらめを言わないでくれ」

「きみの家にいた誰かが受け取ってサインもしている」

「だったら、それを証明してくれ。できるわけがないが。配達サーヴィスも見つけることはできない。誰もサインなどしなかったし、手を触れてもいないんだから。でたらめもいいところだ。ウィリアムがサインしたと思ってるのなら、それこそお門《かど》ちがいというものだ」

「ウィリアムがサインしたなんて誰も言っていない。きみ以外は」

「これは警告だ。ウィリアムを巻き込むな。彼は、その日は朝の十時からチチェスターにいた。一日じゅうリハーサルをやってた」

「リハーサル？　なんのリハーサルだね？」

「『真夏の夜の夢』だ。エドワード王時代の。彼はパック役なのさ」

「だったら、帰ってきたのは？」

「七時を過ぎてた。〝行ってくれ、行ってくれ！〟と私は言ったよ。〝家から出てくれ。ここは安全じゃない〟ってね。彼にはあまり意味がわからなかったようだが、それでも言うとおりにはしてくれた」

「で、どこへ行ったんだね？」

「それは関係ない」

「荷物は？」

「もちろん持って出たさ。荷造りをして。私も手伝った。タクシーを呼んだのも私だ。彼は運転ができないもんでね。これからもできないままだろう。何時間レッスンを受けてもうまくならなかった。合わないんだね」

「包みは彼が持って出たのか？」

「包みなどなかった」——氷のように硬い声音になっていた——「ミスター・ブロック、あんたの言ってる包みというのは根も葉もないものだ。存在しないものだ。今後も存在しないであろうものだ」

「正確に午後二時、きみの隣人が見てるんだ——バイク便が来て、配達人が包みを持ってきみの玄関の階段を昇り、降りてきたときには包みがなくなっていた。そう言っている。ただ、ドア・チェインをかけたままだったので、誰がサインをしたかまでは見えなかったそうだが」

「その隣人が嘘をついてるのさ」

「その隣人はひどい関節炎を患《わずら》っていてね。一日じゅう通りを見てる。だから、その通りで何かが起こり、そのことに彼女が気づかなかったなどということはありえないんだよ」とブロックはどこまでも忍耐心を示して言った。「だから、心強い証人になることはまちがいない。検察側のね」

マシンガムは不服そうに指先を見た、おまえたちのせいでこんなになってしまったじゃないか、とでも言わんばかりに。「もしかしたら、電話帳か何かだったのかもしれない」と彼はお互いの言い分に矛盾しない妥協点を見いだして言った。「電話会社のあの連中は妙な時間にやってくる。もしかしたら、私がサインして、まるでそのことを忘れてしまってるのかもしれない。そのとき置かれていた私の状況を考えると。ありうることだ」

「われわれは電話帳の話をしてるんじゃない。白い粘着ラベルが貼られた、黄色いパッド付き封筒の話をしてるんだよ。大きさはだいたい」——彼は部屋の中をおもむろに見まわし、テレビとビデオデッキが置かれたところでしばらく眼を止めた——「だいたいあのペイパーバックぐらいのものだ」マシンガムは振り向いてペイパーバックを見た。「あるいは、ビデオカセットか」ブロックはあたかもそのとき思いついたかのように続けた。「あそこの棚にのってるような。きみの今は亡き同僚、アルフレッド・ウィンザー殺害の場面をカラーで撮影したビデオカセットぐらいの大きさだ」答はなかった。ブロックがウィンザーの名前を口にしたときに、歪《ゆが》んだ顔がさらに歪んだだけのことだった。

「そのビデオにはメッセージがついていた。ビデオそのものもショッキングなものだが、そのメッセージはそれよりひどかった。私はまちがっているかね？」

「もうわかってるくせに」

「しかし、女王陛下の税関に保護を求めるまえに、ビデオの存在を否定するようないい加減な話をでっち上げ、ビデオをウィリアムに渡し、ビデオを焼いたら灰まで撒《ま》き散らすようになどという指示を――およそそういった内容の指示を――きみが彼に与えていたということも、これまたショッキングと言えばショッキングなことだ」

マシンガムはいきなり立ち上がって言った。「メッセージと呼びたければ、好きに呼べばいいが」よれよれの部屋着のポケットに手を突っ込み、頭をうしろにのけぞらせた。「メッセージでもなんでもない。私を貶《おとし》めようとした、悪臭芬々《あくしゅうふんぷん》たる嘘八百だ。それに従えば、ウィンザーの死は私に責任があることになる。この世のすべての罪状を挙げて、私を糾弾していた。その罪状を裏づける証拠など何ひとつないのに」マシンガムは芝居がかった動作でブロックに近寄ると、ブロックの顔に自分の膝を近づけ、上から彼を見下ろすようにして続けた。「自分のことが世紀のくそ野郎みたいに書かれている名誉毀損《きそん》文書を――さらにビデオを――入場券のように振りかざして、われらがご主人、女王陛下の税関の門を叩くやつがどこにいる、ええ？　もしそんなことを思っているのなら、あんたは狂ってる」

ブロックは狂ってはいなかった。むしろ眼のまえの敵対者を高く評価しはじめていた。「一方、ミスター・マシンガム、その誹謗中傷《ひぼうちゅうしょう》が正鵠《せいこく》を射《い》たものであった場合、その書類を破棄する理由がひとつではなく、ふたつできることになる。彼はやったのか、やらなかったのか。きみのウィリアムは証拠を破棄したのか、しなかったのか」

「あれは証拠なんかじゃない。だから、彼は何も破棄していない。あれは嘘だった。破棄されて当然の嘘だった。だから、破棄されたんだ」

ブロックとエイデン・ベルは、川沿いの建物の上級士官ラウンジにいた。夜遅く、ウィンザー処刑のビデオを見たあと、お互いティーカップを手に坐っていた。午前二時。

「プルートは私の知らない大きなことを知っています」とブロックはタンビーに言ったことばを繰り返した。「それが私をじっと見据えている。どこかで導火線に火がつけられたことだけがわかるとでも言いますか。においはしているのに、自分が吹き飛ばされるまでそれを見ることができないというやつです」そのあとふたりは――このところの常として――バーナード・ポーロックのことを話し合った。会議での彼の態度――その図々しさ。彼の贅沢な暮らしぶり――その図々しさ。彼の主要な地下の情報源、実際には彼の商売上のパートナーたち――その図々しさ。「彼は神の忍耐を試してるんじゃないか」とブロックはリリーのことばを引用して言った。「神が羽根をお切りになるまで、どれだけ高く飛べるか試してるんじゃないかって家内は言っています」

「羽根は切られるんじゃなくて、奥さんは〝溶ける〟って言ったんじゃないか？」とベルは言った。

「それはイカロスの話だろう？」

「ええ、そうです。でも、だからなんなんです？」とブロックはむっつりと言った。

第十三章

実行する当事者ふたりではなく、ブロックとその立案者たちのあいだで長い議論が交わされ、その結果、即席の婚姻が整えられた。ハネムーンのほうは、タイガー・シングル、別名トミー・スマートがイギリスから向かったさきがスイスだったので、スイスでなければならず、それはすぐに決められた。夜遅くヒースローに着いたスマート‐シングルは、〈ヒースロー・ヒルトン〉にチェックインし、つましい夕食を部屋で食べ、翌朝、最も早くチューリッヒに向かう便に乗っていた。どこでもキャッシュで支払いをすませていた。また、パーク・レインの公衆電話から彼が電話をかけたさきがスイスで、長年シングル社がオフショア業務を委託してきた国際法律事務所であることも判明していた。新婚カップルには六名の屈強なクルーがサポートにつき、カップル自身の監視と連絡にあたることになった。

しかし、オリヴァーとアギーを結婚させるという決断は、そう簡単になされたわけではなかった。当初、ブロックはこれまでイギリスでやってきたのと同じやり方を取るつもりだった。つまり、オリヴァーには単独行動をさせ、彼を見守るチームをつくり、オリヴァーの報告をいつでも直接受けられるようにもし、いつでもオリヴァーの涙を拭いてやれるようにもする。そういうつもりだったのだが、計画の詳細を議論するうち――オリヴァーにはいくら現金を持たせるのか。どんなパスポートを使わせるのか。クレジットカードは？　名前は？　監視チームもオリヴァーと同じ便に乗るのか。ホテルも同じにするのか、それとも少し距離を置くのか——といったことが論じ合われるうち、まったく逆の発想が頭に浮かび、咽喉《のど》に何かつまってでもいるかのように、ぎこちなくブロックはエイデン・ベルに言ったのだった。私には見えません、ミスター・ベル、と。何が？　オリヴァーが外国でたったひとりで行動している姿が、です。偽のパスポート、偽名のクレジットカード、ポケットには札束、ベッドサイドには直通電話。監視大隊が、一歩ホテルを出たまえの通りに、彼が乗ったタクシーのすぐうしろのタクシーに、隣りのテーブルに、ホテルの部屋の両脇の部屋に常に待機しているのはわかっていても、オリヴァーの姿が見えてこないのです。そう言いながら、ベルにそのわけを問われると、ブロックには答えられず、それは彼らしからぬことだった。

「強《し》いて言えば、策略が気になる、ということになりますか」とブロックは言った。

ベルはそのことばを誤解した。オリヴァーに対してどんな策略がめぐらされているというのか、きみは私に何か報告し忘れていることがあるのか。ベルはアイルランド問題の元担当者だった。そんな彼にとって、工作員《ジョー》はあくまで工作員《ジョー》でしかなかった。金を払う値打ちがあるかぎり金は払う。が、その値打ちがなくなれば、ジョーが苦境に陥ろうとおかまいなく切り捨てる。ジョーがこっちを騙そうなどしている場合には、裏通りでおだやかに話をつける。

「彼の策略です」とブロックは自らのことばの愚かさに気づきながらも言わざるをえなかった。「ずっと抱えている彼の個人的な問題というかなんというか。決して結論の出ない問題です。彼自身誰にも話そうとしない問題で——」彼は最初から説明をやり直した。「彼は夜何時間も起きてるんですよ。トランプを切ったり、手品をしたり、あのろくでもないゴム風船でいろいろなものをつくったりして。彼を信じたことはこれまで一度もありませんが、今は理解さえできなくなった」彼の不平はそれだけで終わらなかった。「どうして彼はもうマシンガムの消息を私に訊こうとしなくなったのか」——彼は自分のつくり話を自嘲した――「〝自分の保身に躍起《やっき》となってる？　世界を放浪している？　顧客との関係の修復にあたってる？〟。オリヴァーのような頭のいい男を納得させるには、どんな話が有効なんでしょう？」

そのときでさえ、ブロックには自らの不安をしっかりと捕らえることができなかった。オリヴァーは大いなる変貌を遂げようとしている――彼が言いたいのはそういうことだった。オリヴァーは今、数日前になかった安堵を得ている。ブロックがそれを感じたのは、ビデオショーのすぐあとのことだ。部屋を歩きまわり、今にも修道院にはいるか、何か無意味なことに身を投じようとするのではないか。それがそのときブロックが予想したオリヴァーのビデオに対する反応だった。ところが、部屋の明かりがつけられたあとも、オリヴァーはまるで『ネイバーズ（普通の家族の普通の出来事を描いた一九八〇年代の連続テレビドラマ）』でも見たあとのような、おだやかな顔でソファに坐り、こんなことを言ったのだ。「エヴゲニーが殺したんじゃなかった。すべてホバンが単独でやったことだ」それも熱っぽく、自画自賛するように言ったのだ。彼のその確信は相当なもので、そのあとやけに大胆になり、クルーのためにもう一度ビデオを再生したときにも――クルーたちはみな無言で見おえると、青ざめながらも決然たる顔でテレビのまえを離れた――オリヴァーはすでにわかっていることをただ確認するといった態度で、ビデオが終わると、立ち上がり、ブロックの諭《さと》すような眼差《まなざ》しなどおかまいなしに伸びをして、キッチンへ行き、熱いココアを自分につくり、それを持って自分の部屋に引き下がったのだった。

ブロックは婚姻のセレモニーのために温室を選び、花を意識しながら言った。「きみたちは夫婦として旅をする。それはつまり、きみたちは同じ歯ブラシ、同じ寝室、同じ名前を使うということだ。そういうことだ、オリヴァー。そこのところはわかっているね？　きみに両手の骨を折られて帰ってきてもらいたくはないからね。オリヴァー、聞いてるのか？」

彼は聞いてもいれば、聞いていないとも言えた。まず顔をしかめた。次に殊勝な顔をした。今言われたことと自分の高い倫理観との両立は可能かどうか、考えているような顔だった。そのあと、ブロックが逆に恥ずかしくなるくらい間の抜けた笑みを浮かべると、彼はこんなことを言った。「なんなりと仰せのとおりに、ボス」

アギーは顔を赤くした。それもまたブロックには大いに意外なことだった。プラトニックな偽装結婚というのは、海外で活動をするクルーのスタンダード・ナンバーみたいなものだ。女と女、男と男の組み合わせはそれだけですでに陰謀めいている。なのに、この乙女のような戸惑いはなんなのか？　それは厳密にはオリヴァーはクルーではないからだ、とブロックは思い、婚前の説教を彼女にしなかったことを悔いた。愛だの恋だのということはまったく考えなかった。それは彼がたぶん、オリヴァーに夢中になるような女は、当然のことながら、無能な女しか考えられないという信念の犠牲者だったからだろう、オリヴァー本人同様。一方、ブロックにとってアギーは——ブロック自身が語ることは決してないだろうが——三十年の宮仕えで出会った中で最も優秀で、最もまともな女だった。

一時間後、出発のまえに賢者のことばを伝えるために、〝ヒドラ〟の中年女性のアナリストふたりをオリヴァーの部屋に遣《や》ったあと、ブロックが様子を見にいくと、オリヴァーは荷造りのかわりに、シャツの裾をズボンの外に出した恰好でベッドの脇に立ち、お手玉をしていた——砂か何かが詰められている革の袋を宙に放り投げていた。女ふたりの声援を受けて、三つ投げていたのを四つに増やしたところで、さらに栄光の数十秒間、それを完璧な五つに増やし、彼は客引きの声音で言った。

「今、みなさんは私の最高記録を目撃されたところです。これはこれは、ナサニエル・ブロック。五つを十回連続して投げることができたら、あなたは男になれる」いったいこの男はどうしてしまったのか？　ブロックは怪訝《けげん》な思いを新たにした。一方、オリヴァーのほうは見るからに幸せそうだった。

「エルシー・ウォットモアに電話をしたい」と彼はふたりの女が部屋を出るなり言った。スイスからの電話は一切禁じられていた。ブロックはオリヴァーを電話のあるところまで連れていき、電話が終わるまでその場で待った。

婚姻が決まると、ブロックは夫婦の名前をどうするかで頭を悩ませた。最も簡単な解決策は、アギーがヘザーになり、オリヴァーはホーソンのままでいることだった。クレジットカードも、運転免許証も、あらゆる公的記録も、それなら容易に一本の線上に並べられる。オリヴァーの架空のオーストラリア滞在も。たとえ誰かに調べられても、そいつは確証を得るか、大きな障害にぶちあたるかするだけだ。離婚という事実まで突き止められても、ことさら恐れるにはあたらない。元の鞘《さや》に収まってどこが悪い？ ただ、この考えの明々白々たる作戦上の欠点は、ホーソンという名前は、タイガーはもちろん、ほかの人間にもわかってしまう可能性があることだった。で、結局のところ、ブロックはいつものように妥協し、オリヴァーとアギーはふたつのパスポートをそれぞれ持つことになった。最初のパスポートには、オリヴァー＆ヘザー・シングルと書かれ、職業は子供向けエンターテイナーと主婦。イギリス人で既婚。二番目のパスポートには、マーク＆チャーミアン・ウェストと書かれた、商業美術家と主婦。イギリス在住のアメリカ人。このあとのほうの身分証明は、合衆国外での短期の作戦行動のために、まえもって用意されていたもので、クレジットカードも運転免許証も自宅の住所も、無制限とはいかなかったが、ある程度自由に利用することができた。アギーには両方の名前でトラヴェラーズ・チェックがつくられ、使っていないほうのパスポートの保管は彼女に任された。また、現金の管理、支払いも。

「あんたは〝家計費〟についてもおれを信用してないんだね？」とオリヴァーはふざけて抗議した。

「そういうことなら、彼女とは結婚できない。届けられた結婚のプレゼントはみんな送り返してくれ」

アギーには少しも面白くないジョークだった。ブロックにはそれがわかった。何か自分の手には余るものでも任されたかのように、彼女は唇を強くつまむと、鼻に皺《しわ》を寄せた。タンビーがふたりを空港まで送った。クルーはみなふたりに手を振った——ただひとりブロックを除いて。彼は階上《うえ》の窓からただ彼らを眺めていた。

その城は、木々に覆われたドルダーの丘がつくるこぶのひとつの上に建っていた。そこに百年、いや、それ以上建っている。緑のタイルを張った小塔のある中世風の本丸、縞模様のよろい戸、縦仕切りのある窓、車が二台入れられるガレージ、赤でコミカルに描かれた、牙《きば》を剥き出した猛犬。花崗岩の門柱に真鍮《しんちゅう》の銘板が貼られ、それには〝ローター、ストーム&コンラッド、アンヴェルテ〟、その下に〝弁護士——法律及び投資コンサルタント〟と書かれていた。オリヴァーは鉄の門のところまで階段を昇り、呼び鈴を押した。眼下には木々の合間にチューリッヒ湖の断片と、幸せな家族が壁と屋上のヘリコプターに落書きをした小児病院が見えた。道路をはさんだベンチに、見るからに学生然としたカジュアルな恰好のデレクが坐り、陽射しを全身に浴びて偽のウォークマンを聞いていた。丘を少し登ったところに、リアウィンドウに真っ赤な悪魔の人形を吊るした、黄色いアウディが停まっており、女がふたり乗っていたが、どちらもアギーではなかった。〝きみは彼の妻なんだから、夫が仕事をしているときには妻がすることをしていなくてはいけない〟。ブロックは、アギーに自分も監視チームに入れてほしいと言われ、オリヴァーにも聞こえるところで、彼女にそう命じていた。〝ウィンドウ・ショッピング、読書、買いもの、画廊まわり、映画、美容院。何をにやにやしてる？〟。何も、とオリヴァーは答えた。ブザーとともに門の錠が解かれた。オリヴァーは黒いアタッシェケースをさげていたが、その中にはいっているのは、偽の書類、電子手帳、携帯電話といった〝大人のおもちゃ〟で、その中のひとつが——どれがそうなのか、オリヴァーはあまりよくわかっていなかったが——無線マイクの役割を果たしていた。

「ミスター・シングル！　オリヴァー！　なんと五年ぶりじゃないか。これはこれは！」小肥《こぶと》りのコンラッド博士が、顎を上げ、丸々とした腕を広げ、それでも商売仲間の死を悼む者として慎みを失わないよう感情を抑え、中から飛び出してきて、オリヴァーを出迎えた。握手にも同情を込めて、その肉団子のような左手を互いに握り合った右手に重ねた。そして、ピーチクさえずった。「まったくショックだ。ショック以外の何物でもない。気の毒なウィンザー。これほどの悲劇はないよ。でも、きみは変わらないね。少なくとも、小さくはなっていない！　それでいて、すばらしい中華料理を食べながらも少しも肥ってない」そう言って、コンラッド博士はオリヴァーの腕を取り、アシスタントのフラウ・マーティのまえを通り、ほかのアシスタントのまえも通り、ほかのパートナーのオフィスのまえも通って、パネル張りの書斎に案内した。そこではゴージャスな高級娼婦が、黒いストッキングと金の額ぶち以外一糸《いっし》まとわぬ姿で、暖炉の上のセンター・ステージで自らをさらしていた。「気に入ったかね？」

「すばらしい」

「顧客の中にはちょっときわどすぎると思う人もいるようなんだ。たとえばテシン州（スイス南部のイタリア語使用州）に住んでる伯爵夫人なんかはそのクチで、彼女が来るときにはホドラー（一八五三～一九一八。スイスの画家。歴史画、風景画に佳作がある）に取り替えるんだ。でも、私はなんといっても印象派が好きだな。そう、歳をとらない女が好きなんだね」ちょっとした打ち明け話。それで客は自分が特別扱いをされているような気分になる、とオリヴァーは思い出した。患者を切り裂くまえの欲深な外科医のおしゃべり。「そう言えば、結婚したんだね、オリヴァー？」

「ええ」――アギーのことを思った。

「きれいな人かい？」

「そう思います」

「歳は？」

「二十五です」

「ブルネットかな？」

「くすんだブロンドです」とオリヴァーは答えて、わけもなく気後《きおく》れを覚えた。彼の心の耳には、われらが勇敢な博士に関して、しつこく繰り返されるタイガーのことばが響いていた——われらがオフショアの魔法使いだ、オリヴァー。名前のない会社で一番のビッグネーム。二十カ国もの国の税法を通過させ、相手が誰であれ、自由に操ることのできるスイスでただひとりの男だ。

「コーヒーは——レギュラー、それとも、エスプレッソがいいかな？　エスプレッソ・マシーンがあるんだよ。近頃はなんでも機械だな。カフェイン抜きもあるが。コーヒーをふたつ頼む《ツヴァイ・フィルターカッフエ・ビッテ》、フラウ・マーティ——ブランデーを垂らして——砂糖は？——彼には砂糖も入れてくれ《ツッカー・ニムト・エア・アオホ》！——このぶんじゃ、そのうち弁護士も機械になるだろう。電話は取り継がないように《ウント・カイン・テレフォン》。そうだ、女王陛下からかかってきても、だ。よろしく《チュス》！」そういったことを命じながら、彼は向かい合って坐るようオリヴァーに椅子を勧め、うちとけた感じを強調するためのカーディガンのポケットから黒ぶちの眼鏡《めがね》を取り出し、引き出しから取り出したセーム革でレンズを拭き、前屈みに椅子に坐り、眼鏡の黒いふち越しに、その射るような視線で再度オリヴァーを観察した。そして、ウィンザーの死をまた嘆いた。「世界じゅうどこへ行ってもそうだ。誰も安全とは言えない。ここスイスでさえ」

「恐ろしいご時世です」とオリヴァーは同意して言った。

「二日前のことだ。ラッペルシュヴィルで」とコンラッド博士は続けた。どういうわけかオリヴァーのネクタイをじっと見つめながら——それはアギーが空港で買ってくれた新品だった。そのスープのしみのあるオレンジのネクタイ、もうわたしには耐えられない、と言って——「立派なご婦人が大工見習いのまともな少年に撃ち殺された。ご主人は銀行の重役だ」

「ひどい話ですね」とオリヴァーはまた同意した。

「気の毒なウィンザーにも同じようなことが起きたんだろう」とコンラッド博士は自分の推理にひそ

かな信憑性を持たせようとでもするかのように言った。「スイスにも大勢のトルコ人がいる。レストランのウェイターやタクシーの運転手に。彼らはおおむね行儀よくしている、これまでのところは。しかし、一旦《いったん》眼を外に向けたら？　何が起きてるのやらもう皆目わからなくなる」

ええ、おっしゃるとおりです、とオリヴァーは力を込めて答え、ブリーフケースを机の上に置くと、期待できるビジネスに向かうプレリュードのように留め金をはずした。それで、送信ボタンになっている右の留め金がオンになったはずだった。

「ディーターからくれぐれもよろしくということだ」とコンラッド博士は言った。

「ディーター。なんとね。元気にしてるんですか？　すばらしい。彼の住所を教えてください」ディーター。クリーム色の髪をしたサディスト。父親は父親同士サンルームで、愛人と金の話をしているあいだ、キュスナハトの安酒場の屋根裏で卓球をやり、21対0でこてんぱんにやっつけてくれたコンラッドの息子。

「いや、ありがとう。あいつももう二十五だ。イエールの経営学部に行っていて、親の顔などもう二度と見たくないと言ってる。まあ、そういう年頃なのだよ」とコンラッド博士はむしろ誇らしげに言った。一方、オリヴァーのほうは、どうしてもコンラッド博士の妻の名前が思い出せず、ひそかに焦《あせ》っていた。ホテルを出るときにアギーが愚か者のためにわざわざ紙に書いてくれ、その紙は今も胸のポケットにはいっているというのに。「シャーロットも元気にしてる」とコンラッド博士のほうから助け船を出してくれ、オリヴァーは窮地《きゅうち》を脱した。コンラッド博士は机の引き出しから薄いフォルダーを取り出すと、肘を広げ、指先をフォルダーの両端にあて、フォルダーが飛んでいかないようにした。そのときだった。コンラッド博士の手が震えていることに、招かれざる客のように玉の汗が鼻の下に浮かんでいるのに、オリヴァーが気づいたのは。

「さて、オリヴァー」とコンラッドは背すじを伸ばし、会談が新たな局面にはいったことを強調して言った。「質問していいかね？　断っておくが、これは失礼な質問だ。しかしわれわれは古いつきあいだ。だから、きみが気分を害するとは思えない。われわれはお互い弁護士だ。だから、いくつかの質問には答えてもらわなければならない。全部ではないが。全部の質問には答えなくてもいい。ただ、訊くだけは訊かせてもらう。いいだろうか？」

「もちろんです」とオリヴァーは丁重に答えた。

コンラッドは汗が浮かぶ口元をすぼめて息を吐き、大仰に眉をひそめて言った。「今、私の眼のまえに坐っているのは誰なのか。その人物はいったいどういう資格で私の眼のまえにいるのか。それはタイガーの身を案じる彼の息子なのか。それとも、シングル社の東南アジア担当重役のオリヴァーなのか。それとも、アジアのことばを勉学中の優秀な学生なのか。エヴゲニー・オルロフの友達なのか。法的諸問題を話し合いにきた弁護士なのか。その場合、彼の依頼人は誰なのか。今日の午後、私はいったい誰と話をすることになるのかね？」

「父は私のことをどんなふうに言ってました？」とオリヴァーは質問をはぐらかして逆に尋ねた。そして、その質問の一語一語が脅迫になっている、とオリヴァーは、コンラッド博士の落ち着きのない手が組み合わされたり、離れたりするのを見ながら思った。すべての動きが彼の決断を表している。

「特に何も。ただ、きみがここに来るだろうとは言っていたが」とコンラッドは用心深く答えた。「きみはきっと来るだろう。きみが来たら、必要なことを話してやってくれ。彼からはそう言われている」

「何に必要なことを？」

コンラッドはオリヴァーのそのことばに微笑もうとした。が、恐怖が笑みを凝固させてしまっていた。「彼の生存に」

「父がそう言ったのですか――そんなことばをつかったのですか――生存だなどということばを」

すでに汗は博士のこめかみにまで広がっていた。「もしかしたら、〝救助〟だったかもしれない。救助か生存か、そのどちらかだ。それ以外、きみについては、何も言わなかった。もしかしたら、言うのを忘れたのかもしれない。われわれ自身ほかに話し合わねばならない重要な問題があったんでね」彼は深々と息をついた。「答えてくれ、オリヴァー、今日のきみは誰なんだね？」歌を歌うような調子でまた繰り返した。「どうか答えてほしい。私としてはどうしても知っておかねばならない」

フラウ・マーティがコーヒーと甘いビスケットを持ってきた。オリヴァーは彼女が出ていくのを待って、場ちがいにはならない嘘を、ブロック仕込みのゴスペルを、カトリーナに詠《えい》じたようにコンラッドにも繰り返した。イギリスに帰り着くところまで。「状況を把握し、社員の話も聞いて、私は誰かが責任を引き継がなければならないと思ったんです。そして、その最適任者は自分だとね。私にはウィンザーの経験はありません。法律に関する彼ほどのノウハウもない。しかし、私は残されたただひとりのパートナーです。どう考えても私しかいない。少なくとも、ウィンザーの仕事のやり方はわかっている。タイガーのやり方も。また、どこに死体が埋まってるのかもわかってる」コンラッド博士の眼が明らかに恐怖に大きくなった。「つまり、内々にしかわからないような業務にも精通しているということです」オリヴァーは心やさしくもことばを変えた。「私がウィンザーの靴を履かなくて誰がほかに履くというんです？」彼は背すじを伸ばし、上背《うわぜい》を目一杯利用して話していた。フィクションの達人としてコンラッドを傲然《ごうぜん》と見下ろし、同意を求め、コンラッドがあいまいにうなずいたのを見て取ると、さらに続けた。「ただ、問題は社内にはどんな記録も残っていないということです。それはおそらく意図的なことでしょうが、いずれにしろ、タイガーは姿を消し、社員の半分が病気で欠勤しているというのが今現実に起きていることで――」

「ミスター・マシンガムは？」とコンラッド博士はオリヴァーのことばをさえぎった。あらゆる感染症の洗礼を受けたような声になっていた。

「マシンガムは投資家を安心させるために世界を飛びまわっています。私が彼をその仕事からはずしたら、ふたりで何かを企んでいるような印象を内外に与えてしまいます。それに、そもそもマシンガムは法律関係の人間ではないですから」コンラッドの表情からは、空疎な居心地の悪さ以外、何も読み取れなかった。「いずれにしろ、父の精神状態——健康面と言ってもいいですが——の問題がありますす」——彼はそこで申し分のないためらいを見せた——「クリスマスのまえから相当なストレスを抱え込んでいたわけですから」

「ストレス」とコンラッド博士はおうむ返しに言った。

「父は少々のストレスなどものともしない人です。いや、ストレスなどいくらでも抱え込めるような人です。それはよくわかっています。それでも、そんな人間でさえ神経衰弱に追い込まれる事態というのは起こりうる。その人がタフであればあるだけ、より長く持ちこたえるということはあるでしょうが。しかし、専門家が見ればわかる徴候というものがある。たとえば、全力を尽くさなくなるなどというのもそのひとつです」

「続けて」

「父にはもはやものが合理的に考えられなくなっているのに、本人はそのことに気づいていないのです」

「きみは心理学者なのか？」

「いいえ。私はタイガーの息子です。彼のパートナーです。彼の熱烈なファンです。彼は——あなたがさっき言われたように——そんな私の助けを求めているのです。そして、あなたは彼の弁護士だ」いかにも硬い表情を見るかぎり、オリヴァーのその最後のことばさえコンラッド博士は認めたくないようだった。「父は必死になってるんです。失踪するまえ数時間のうちに父に会った近しい人たちの話を聞いたところ、そんな父の望みのひとつがキャスパー・コンラッドと話すことだった。つまり、あなたと。あなたでなければならなかった。父は世界のほかの誰よりさきにあなたと話さなければならなかった。で、ここに来ることを秘密にした。この私にさえ」

「だったら、どうしてここに来たことがわかったんだ、オリヴァー？」

そのもっともな質問には耳を貸さず、オリヴァーは続けた。「誰よりもさきに彼のもとに行きたいんです。行って、できることはなんでもしたいんです。でも、どこにいるのかわからない。父が私を必要としてるのに」コンラッドにクリスマス・ストーリーを語らせるのだ、とブロックは言っていた。どうして十二月と一月だけでタイガーはコンラッドを九回も訪ねているのか。「何カ月かまえになりますが、父はかなり大きな危機を迎えました。私の足をすくおうという謀略がめぐらされている、と父はそのとき私に手紙で知らせてきました。そして、おまえ以外に信用できる唯一の人間がキャスパーだ、と言っていました。〝キャスパー・コンラッドはこっちの人間だ〟とね。結果は父とあなたの勝利でした。相手が誰であれ、あなたと父は敵を撃退した。あのときはもう、父は得意の絶頂でした。そして、今回、ウィンザーが頭を吹き飛ばされ、父はまたあなたのところに駆け込んだ。しかし、今回はそのあと失踪してしまった。どこへ行ってしまったんです？　どこへ行くか、あなたには言ったはずだ。父はこのあとどういう行動に出ようとしてるんです？」

第十四章

　コンラッドが話しだすなり、オリヴァーは思った、これはまさにリプレイだ、と。五年前。そのときにはタイガーがこの机について坐り、おれは影のように彼につき従い、そばに立っていた。前夜は、〈クローネンハーレ〉での子牛のチョップにフライドポテトにハウスワインの赤という父と息子のディナーに、ホテルのスイートに戻ってからもミニバーというおまけがつき、まだその余韻《よいん》にひたっている。タイガーは手持ちのカードを一枚見せようとしている。おれというカードを。

「キャスパー、オリヴァーを紹介させてくれ。私の息子で、新任のパートナーだ。今日に関して言えば、きみの大切な顧客ということにもなるだろうか。きみに伝えておきたいことがある。聞いてもらえるだろうか、キャスパー？」

「きみのことばとあれば、どんなことでも聞くよ、タイガー」

「私とオリヴァーのパートナーシップは、いわば恋人同士のパートナーシップみたいなものだ。オリヴァーは私のすべての秘密を開ける鍵を持っていて、私もまた彼のすべての秘密を開ける鍵を持っている。その点は理解してもらえるかな？」

「ああ、もちろんだ、タイガー」

〈ジャッキーの店〉での昼食。

三カ月が経っていて、今回はほかにも同席者がいる。タイガー、ミハイル、エヴゲニー、ウィンザー、ホバン、シャルヴァ、マシンガム、それにおれだ。みんなでコーヒーを飲みながら、〝友情〟というご馳走を分かち合っている。そのあとに、さらにヴォリュームのあるご馳走が待っている。近くのドルダー・グランド・ホテルでのご馳走だ。その前夜、おれはチェルシーでニーナと愛し合い、〈ターンブル&アッサー〉のシャツに包まれたおれの左肩には、歯形がついている。エヴゲニーは例によって沈黙している。もしかしたら居眠りをしているのかもしれない。ミハイルは窓越しにリスを見ている。撃ちたいのだろう。マシンガムはウィリアムを夢見ている。ホバンはわれわれ全員を嫌っている。コンラッド博士は、ハーモニーを語っている。われわれはひとつに——ほぼひとつになるだろうと。われわれはひとつのかぎりない——ほぼかぎりないオフショア・カンパニーの先取権のある——ほぼ先取権のある株主になるだろう、と。人によって先取権の優劣こそあれ。その程度の些細なちがいはどんなに幸福な家庭にもあるものだ。われわれはきわめて賢明な納税者になるだろう——すなわち税金など一切払わない者に。われわれはバミューダ人とアンドラ人になるだろう。ガーンジー島からグランド・ケイマン、リヒテンシュタインに及ぶ群島会社のほぼ差のない受益者になるだろう。そのためには、偉大なる国際弁護士、このコンラッド博士がわれらが告白者に、会社の財布の保管者に、チーフ・ナヴィゲイターになって、時々、シングル社の無干渉で無記名の指示に従い、われらが資本の動きと収益のパトロールをしなければならない。ことはすべてスムーズに運ぶ。ビジネス・ランチはコンラッド博士の類《たぐ》い稀《まれ》なる書類仕事の数パラグラフにすぎない。なのに、驚いたことに、ランディ・マシンガムがホバンとエヴゲニーのものうげなしゃべり方の中間の声音を選び、複雑で、拒否権がある対等の組織に、そのエレガントなスエードの靴の先をはさみ込んで言う。

「キャスパー、こんなことを言うと、シングル社の利益にならないことを言ってるみたいに聞こえるかもしれない。それは百も承知で言うんだが、あんたへの指示は、われらが比類なき会長ただひとりから出されるものではなく、タイガーとエヴゲニー双方の指示であるほうが、ほんの少しにしろ、すべてにおいてより民主的になるんじゃないだろうか。それで事前の摩擦防止策になるんじゃないかと思うんだが、オリヴァー」マシンガムは大袈裟なまでにリラックスした態度でオリヴァーひとりに向かって説明する。「今のうちにわれわれのあいだの相違点を取り除いておくということだ。あとになってお互いに尻を噛《か》まれないように。私の言う意味はきみにもわかると思うが」

マシンガムのしていることはオリヴァーにも容易にわかる。対立者を戦わせて、うまく漁夫の利を得ようとしているのだ、ミスター・ナイス・ガイを演じることで。しかし、機敏さにおいてはマシンガムもタイガーには適《かな》わない。マシンガムがほとんど話しおえないうちから、タイガーはマシンガムに襲いかかる。

「ランディ、ありがとう。さきのことまで考えてくれて。将来に眼を向けるきみのその沈着冷静さ――強いて言えば、勇気――には敬服する。そのとおりだ、われわれのパートナーシップは民主的なものでなければならない。権限の分散というのも、お題目でなく、現実におこなわれねばならないことだ。しかしながら、われわれは今、権限についてなど話し合ってはいない。われわれが今話し合っているのは、コンラッド博士にはひとつの明確な声、ひとつの明確な指示が伝えられるということだ。コンラッド博士といえども、バベルから――話し声が渾然《こんぜん》となっているようなところから――発せられた指示は聞き取れない。そうだろう、キャスパー？　委員会からの指示は受けられない、たとえそれがわれわれのようなどれほど調和の取れた委員会であろうと。キャスパー、私の言っていることにまちがいはないと請け合ってくれないか。それとも、私はまちがっているのだろうか。率直なところを聞かせてくれ」

もちろん、彼はまちがってなどいない。ドルダー・グランド・ホテルまでずっと彼の正しさは持続する。

コンラッド博士は偽の取り巻きについて話していた。陰謀をめぐらすご機嫌取りについて。王に対し、結託して攻撃をしかける逆臣について。そういった者たちに対するコンラッド博士の恐れは明らかだった。そして、その恐れは博士が憤慨すれば憤慨しただけ色濃くなった。ロシア人の取り巻き、ポーランド人の取り巻き、イギリス人の取り巻き。彼は遠まわしに、時折、囁くように話した。その豚のような眼を大きく、まるく見開いて。彼の言う取り巻きとは、名前のない取り巻きで、名前のない陰謀に加担している。しかし、自分は一切関与していない、それだけは名誉にかけて言明しておく、と彼は言った。それでも、そういった取り巻きは一度叩いてもまたぞろ現れ、去年のクリスマスのときの首謀者はマースキー博士だった——「これはここだけの話にしておいてほしいが、彼はひどい評判と、脚の長い美しい女房の持ち主だ。もっとも、あの女が彼の女房だと仮定しての話だが。なんと言っても、マースキー博士はポーランド人だからね。しかとしたことはわからない」彼は何度か忙《せわ》しく息を吐き、眉の汗を絹のブルーのハンカチで拭いた。「私に話せることを話そう、オリヴァー。すべては話せない。それでも、自分の職業倫理と折り合いがつけられる範囲内で最大限のことを話そう。それでいいね？」

「いいも悪いもありません」

「修飾もしなければ、類推を述べたりもしない。質問は受けつけない。たとえある人物の行動が常軌を逸するものだったとしても。さて。われわれは弁護士だ。われわれは法律文書に敬意を払うことで金をもらっている者同士だ。黒は黒、白は白であることを証明するために金をもらっているわけではない」また眉の汗を拭いた。「今回は、マースキー博士が列車の機関車というわけではないと思う」と彼は囁き声になって言った。

怪訝《けげん》に思いながらも、オリヴァーは分別を働かせてただうなずいた。

「機関車はおそらく列車の最後方を走ってるはずだ」

「おそらく」とオリヴァーは怪訝な思いのまま同意して言った。

「職業上知りえた秘密を明かすわけにはいかないが、この二年間、よくなかったというのは周知の事実だ」

「よくなかったというのはシングル社にとってということですか?」

「シングル社にとっても、ある顧客にとっても、ある得意先にとっても。得意先が利益を出しているかぎり、シングル社はうまくまわる。しかし、得意先が卵をもう産まなくなったら? シングル社はそれを茹《ゆ》でることができなくなる」

「ええ、もちろん」

「当然のことだ。卵はときに割れたりもする。そうなると、大いに困ったことになる」ウィンザーの頭部を写した胸の悪くなるようなシーンが、割れた卵のイメージに重なった。「シングル社の得意先は私の顧客でもあり、彼らは彼らで大いに利権を持っている。どういう利権なのか、正確なところは知らないが、それは私には関係のないことだ。輸出だ、と言われたら、輸出なんだろう。レジャー産業だと言われたら、レジャー産業なんだろうよ。稀少な鉱物、原材料、機材、電子機器と言われたら、やはりそれも受け入れる」彼は口元を拭った。「要するに多角事業であっても」

「ええ」そのとおりです、とオリヴァーはコンラッドを促した。なんでも吐き出せばいいのだ。

「パートナーシップは強固で、雰囲気もよく、顧客と得意先も、それに取り巻きたちも幸せだった」

誰の? タイツ姿のマシンガムのスナップショット。黄色いガーターをして、マルヴォーリオ（シェイクスピアの『十二夜』に出てくる気取った執事）のダブレット（十五世紀から十七世紀にかけての男子の胴衣）を着ている。「かなりの額の利益が上がり、それは自然増加していた。レジャー産業が町でも村でも好調で、ホテル業も輸出入業も順調だったのだろう。正確なところはわからない。組織は完璧だった。私も馬鹿ではない。きみの父上も。われわれは用心を怠らず、アカデミックであると同時に実用的にもなれた。わかるね？」

「はい」

「しかし、それは……」コンラッドは眼を閉じ、指を一本宙に立てて息を吸った。「最初は些細なトラブルだった。特に重要とは思われない関係官庁の取り調べだ。スペイン、ポルトガル、トルコ、ドイツ、イギリス。互いに連絡を取り合っていたのかどうか。それはわからない。いずれにしろ、それまで容認されていたことが、疑惑に変わったということだ。そして、捜査中は銀行口座が凍結され、不可解なところで、わけもなく取引きが滞《とどこお》り、誰かが逮捕された——私に言わせれば、不当にね」突き立てられていた指が下ろされた。「それぞれ別個の事件のように見えながら、人によってはそれほど別個とも思えない事件だった。しかし、疑問が多すぎ、答があまりに少なすぎた。偶然とするにはあまりに事件が多すぎる——失礼」コンラッドはまたハンカチを使った。汗が恐怖の涙のように眼の下のたるみに噴き出していた。「それらは私の会社ではない。私は弁護士であって、商売人ではない。私が専門とするのは、あくまで紙の上でのことで、船の上のことではない。私は船に荷を積んだりしない。ほんとうにバナナなのか、それとも、何か別なものなのか確かめるのに、一本一本バナナの皮を剝《む》いたりはしない。私は、そう、積荷目録《マニフェスト》を書いたりしない。マニフェストでよかったのかな？」

「ええ、そうですね」

「失礼。私は箱は売るが、私が売った箱に客が何を入れるかまで責任は負えない」彼はハンカチで首すじを拭いた。早口になりながらも、声は低くなっていた。「私は私に与えられた情報に基づいてアドヴァイスをする。そのアドヴァイスはもちろんただではない。しかし、与えられた情報がまちがっていた場合、どうして私に責任が取れる？　私は誤った情報を与えられただけのことであって、誤った情報を与えられるというのは犯罪でもなんでもない」

「たとえそれがクリスマスの頃であっても」とオリヴァーはコンラッドを促した。

「そうだ」とコンラッドは同意し、短く息を吸った。「去年のクリスマス。正確には、その五日前。十二月二十日、マースキー博士が配達人を介して、六十ページの最後通牒《つうちょう》を突きつけていた。私にしてみればまさに寝耳に水の出来事だった。きみのお父さんのところにもすでに同じものが届いていた。〝ここに署名して、直《ただ》ちに返送のこと云々。最終期限は一月二十日〟」

「何を通告してきたんです？」

「事実上、組織すべてをそっくりそのまま移転することだ、新会社〈トランス・ファイナンス・イスタンブール〉に。もちろん、オフショア・カンパニーだ。今はマースキー博士らが中心になって株式をあれこれ操作して、〈トランス・ファイナンス・ウィーン〉の親会社になっているが。会長はマースキー博士自身。さらに営業部長、筆頭重役にも任命されている」コンラッドは今や猛スピードでしゃべっていた。「しかし、いったい誰に任命されたというのか――それはそれで問題だが、さらに問題なのは、きみの父上の何人かの取り巻き――不実な取り巻きどもがその新会社の株をすでに持っていたということだ」コンラッドはそう言って自分のことばにショックを受けたかのように、また額を拭いてから続けた。「まったく典型的と言ってもいい。典型的なポーランド人の精神性だ。クリスマスに、誰も見ていないときに、みんながケーキを焼いているときに、家族のためにプレゼントを買っているときに、今すぐここにサインしろとはね」声が震えていた。それでも、早口なのは変わらなかった。「マースキー博士は信用のできる人間じゃない」と彼は打ち明けるように言った。「チューリッヒには私にも大勢友人がいるが、彼は品行方正な人間からはほど遠い。それにあのホバン――」彼は首を振った。

「しかし、移転するというのは？　どうやってそんなことができるんです？　巨大なネットワークでしょうが。ロンドンの地下鉄を移転するようなものだ」

「そうとも！　まさにそのとおりだ。まさにロンドンの地下鉄だ」彼はまた勇敢な指を宙に突き立てた。もう一方の手で、赤い布に包まれた分厚《ぶあつ》い書類から取り出したフォルダーをつかみ、それを大事そうに腹に押しつけながら。「オリヴァー、ほんとうによく来てくれた、いや、ほんとうに。こんな嬉しいことはない。きみは実に表現力豊かな若者だ。お父さんの血をちゃんと受け継いでいる」彼はフォルダーにはさまれた書類をめくり、その中身を〝速射版〟でオリヴァーに伝えた。「……顧客の代理人、シングル社によって管理運営されているすべての株式及び資産は、すみやかに〈トランス・ファイナンス・イスタンブール・オフショア〉の管理下に移転され……これは文字どおりの窃盗だ――オフショアの事業は、マースキー博士と彼の妻、それにふたりが決めた裏切り者――どこで決めたんだ、イスタンブールでか。もしかしたら、マッターホルンのてっぺんでかもしれない――によって管理運営され――しかし、どうしてポーランド人がトルコでロシア人の代理人になるんだ？――シングル社は署名者としてのすべての権利を放棄し……聞いてくれ……組織すべてに及ぶ支配権は、当然のことながら、シングル社を除外した上で再検討される……つまり、ほくほくしている取り巻きたちが、シングル社に取って代わるというわけだ……その人選はミスター・エヴゲニー＆ミハイル・オルロフと彼らが選んだ候補者の裁量に一任され……当然のことながら、その候補者とやらが、ほくほくしている取り巻きで、その名前が最後通牒の中で明らかにされているというわけだ……これは一揆《いっき》だよ。まさに謀反《むほん》だ」

「それで、もし……」とオリヴァーは尋ねた。「タイガーがその要求を蹴ったら？　あなたが拒否したら？　相手はどうするつもりだったんです？」

「その質問こそまさに正鵠《せいこく》を射《い》た質問だ、オリヴァー！　完璧に論理的な質問だ！　もし拒否したら！　まさにこれは脅迫だったわけだからね。シングル社がマースキー博士のマスタープランに同意しなかったら、どうなっていたか。シングル社は匿名の取り巻きどもの協力が今後一切得られなくなっていただろう。その結果、互いに身動きの取れない、愚かな状況に陥っていたことだろう。取り巻きどもはすべての同意事項を反故《ほご》にし、それをこっちが契約違反ということで訴えたら、あっちはあっちで反訴してきたことだろう。機密の漏洩《ろうえい》、管理の不適格性、背任行為などなど。どういうこじつけをしてくるかまではわからないが。いや、相手の肚《はら》の中は見え透いていた――はっきりと書いてあったわけじゃないが、最後通牒の行間ににじみ出ていた」――ことばを次から次へと加速度的にこぼれ落としながらも、鼻はまだまだよく利《き》くぞと言わんばかりに、彼は脂ぎった小鼻の脇を指で叩いた。「シングル社が拒否した場合、あくまで偶然のことながら、シングル社の海外活動に関する否定的な情報が、関係国際機関及び国内機関に届けられる可能性があり、それについては当方としても大いに残念に思っております、といった文面の行間にね。なんとも優雅なものさ。ポーランド人がイギリス人をスイスで脅すとは」

「で、どんな対抗措置を取ったんです――あなたとタイガーは――その最後通牒を突きつけられて、何をしたんです?」

「彼が彼らと話をしたのさ」

「父が?」

「そうだ」

「どうやって?」

「今きみが坐っているところから話しかけたんだ」――コンラッドはふたりのあいだに置かれている電話を示した――「ここから、何回か。電話代は私持ちで。いや、冗談だ。話し合いはしばしば何時間にも及んだ」

「相手はエヴゲニー?」

「そのとおり。オルロフ・シニアだ」いつのまにか早口でなくなっていた。「きみのお父さんは実にすばらしかった。とても魅力的で、断固としていた。誓いまで立てた。聖書に手を置いて。聖書はここにもあるんでね。フラウ・マーティが持ってきた。〝エヴゲニー、誓って言う、誰もあんたを裏切ってなどいない。シングル社側に手落ちはひとつもない。これはすべてマースキーと匿名の取り巻きが書いた、汚いフィクションだ〟と彼は言った。ミスター・エヴゲニーはだいたいが暗示にかかりやすい人物だ。振り子のようにこっちに振れたと思ったら、次はあっちに振れている。もちろん、きみのお父さんとしても譲歩はしなければならなかった。それはしかたがなかった。これこれこの取り決めは今後も持続し、これこれこの取り決めは取り消す――そんな形でパッケージにして話はついた。しかし、そのパッケージの中身は変わらなかった。それまでと同じもろい人間的状況――すなわち、誰の声を聞けばいいのかわからなくなっている老人が実権を握っているという状況は、少しも変わらなかった。だいたい電話を切ったあと、オルロフ・シニアが見る顔は誰の顔なのか。当然ながら、取り巻きの顔だ。それぞれが短剣を背後に隠した取り巻きの顔だ」コンラッド博士はうしろにやった手をまえに突き出してデモンストレーションをしてみせた。「そんな状況で、新たな取り決めはどれだけ持続されるのか。長いわけがない。長く持ったとして、老人が次に考えを変えるまで、次に何か問題が起こるまでのことだ」

「そして、実際に問題がまた起きた」時折、コンラッド博士がつぶやく〝まったく〟ということばによってのみ破られる張りつめた沈黙をしばらく共有してから、オリヴァーは言った。「フリー・タリン号が臨検を受け、銃撃戦になり、その数日後にウィンザーが頭を吹き飛ばされ、父は火を消すためにここに慌ててやってきた」

「しかし、この火に関しては、消すことはできなかった」

「どうして？」

「熱すぎたからだ。前回より進んだ状態で、より危険だったからだ」

「どうして？」

「今回の出来事にはまず第一章があった――拿捕《だほ》された船、押収された物資、死亡した乗組員、あるいは逮捕されたのか。そこのところはわからない――これらは看過《かんか》できないことだ。たとえきみの父上にも私にもなんの責任もなくとも。積み荷の中身に対してもわれわれには責任がなくとも――」

「第二章は？」

「応答なしだ」

「ええ？」

「誰も何も答えてくれなかった。文字どおり誰も」

「誰とは？　どこに問い合わせたんです？」

「すべての電話番号。すべてのファックス。すべてのオフィス。イスタンブール、モスクワ、サンクトペテルブルク、ここの〈トランス・ファイナンス〉、あそこの〈トランス・ファイナンス〉。自宅の番号。会社の番号。どこにもつながらなかった」

「それはその番号の電話そのものがなくなっていたということですか？」

コンラッドは弱々しく肩をすくめた。「壁があって、ミスター・エヴゲニー・オルロフにはどうしても連絡がつかないのさ。彼の弟にも。向こうが言うには、シングル社との適切なコミュニケーションはすでに終わっており、あとはシングル社が債務を履行すればいいのであって、さもなければ、重大な結果に直面することになるということだ」

「今の部分は誰の台詞なんです？――重大な結果というのは――誰が言ったんです？」

「ウィーンのミスター・ホバン。もっとも、そう言ったときにはウィーンにはいなかったが。携帯電話だ。だから、どこにいたのかはわからない。もしかしたら、ヘリコプターに乗っていたのかもしれないし、氷河の深い割れ目の中にいたのかもしれないし、月にいたのかもしれない。こういうのを現代のコミュニケーションと言うんだろうよ」

「マースキーは?」

「マースキー博士とも連絡がつかなかった。またもや壁だ。ことここに及んで、きみのお父さんも確信したんだろう。彼らは静寂の包囲網で包み込もうとしているとね。プレッシャーと恐怖を与えようとしていると。そのふたつはよく知られたコンビネーションだ。とても効果がある。実際、私には大いに効果的だった」彼はオリヴァーの眼のまえで見る見る勇気をなくしていた。鼻の下を拭き、肩をすぼめ、良心的な弁護士のふりをして、相手の極悪非道を非難しているときでさえ、相手側の弁論により大きな力を見てしまっていた。「聞いてくれ、オリヴァー。これは、しかし、よく考えればそう理不尽なことでもない。彼らは大きな損害をこうむった。シングル社は、彼らに損害を与えた事業の世話をしていた。だから、もしかしたらその世話が充分でなかったのかもしれない。一方、彼らはシングル社を信用している。信用していればこそ、損害の補償を求めてきているわけだ。これは客観的に見れば、ノーマルな商行為だ。アメリカを見たまえ。きみがどこかの会社の従業員で、何かで指の骨を折ったとする。それだけで百万ドルが払われたりする。だから、シングル社は払うべきなのかもしれないし、払うべきではないのかもしれない。あるいは、一部を払うか。その場合には、今後交渉が持たれることも考えられる」

「それで、父はあなたに交渉を命じたのですか?」

「それは無理な相談というものだ。さっき言っただろう、なにしろ応答がまったくないんだからね。壁を相手にどうやって交渉できる?」彼は立ち上がった。「私はこれまできみに率直に話してきた。もしかしたら、いささか率直に話しすぎたかもしれない。きみはただの弁護士ではなく、タイガーの息子だ。だから、私としては健闘を祈ると言いたい。それと幸運を。昔ながらの言い方をするなら、脚と首の骨を折ってこいとね。それじゃ——」

オリヴァーは差し出されたコンラッドの手を無視して、坐りつづけた。「それで何があったんです？ 父はここに来た。そして、電話をした。しかし、つながらなかった。そのときあなたは何をしてたんです？」

「彼にはほかにも行かなければならないところがあった」

「ここへ来たとき、父はどこに宿を取ったんです？ 父が帰る頃には、もう夕方になっていたはずだ。あなたは尋ねなかったんですか？ 父はそのあとどこへ行ったんです？ あなたは父の弁護士を二十年も務めてきた人だ。なのに、夜中に彼を放り出したんですか？」

「待ちたまえ。きみは感情的になってる。きみは彼の息子だ。しかし、弁護士でもある。まあ、聞きなさい」オリヴァーは聞いていた。が、しばらく待たなければならず、ようやく聞けたコンラッドのことばは、重く苦しげな息に細かく分断されていた。「私自身問題を抱えている。スイスの法曹協会に——ほかの関係当局にも、もちろん警察も含めて——呼ばれたんだ。まだ告発されたわけではない。しかし、敬意など少しも払ってもらえていない。実際、私はコーナーに追いつめられつつあるのだよ」彼は唇を舐めて、口をすぼめた。「そんなこともあって、私としては残念ながら、きみの父上に言わざるをえなかったんだ、今回の問題は私の専門性が及ばない問題だ、と。銀行との問題——財政上の問題だ——凍結された口座とか——そういうことなら役に立てる。しかし、死んだ船員やら、不正な積み荷やら、死んだ弁護士やら——彼ひとりとはかぎらないかもしれない——となると、私の手には余る。どうかわかってもらいたい」

「つまりあなたは顧客である父を見捨てたわけですね？ 縁を切ったんですね？ それじゃ、さようなら、と」

「オリヴァー、私は彼に辛くあたったりはしなかった。聞いてくれ。私は情のない人間じゃない。フラウ・マーティに車で彼を銀行まで送らせもした。彼は銀行に行きたがったんだ。どのカードでプレイするか、彼にはそれを確かめる必要があった。今のは、彼自身のことばだ。私は彼に金を貸そうかと申し出もした。大した額じゃないが。私は金持ちじゃないからね。それでも、数十万フランばかり。私には私より金持ちの友達がいるから。もしかしたら、彼らが彼を助けてくれるかもしれない。彼は汚れたなりをしていた。古ぼけた茶色のコートに汚れたシャツを着ていた。きみの言うとおりだ。彼は本来の彼ではなくなっていた。本来の自分の姿を見失ってしまっている相手にアドヴァイスはできない。何をしてるんだね？」

なおも坐ったまま、オリヴァーはブリーフケースのあちこちを触っていた。そして、満足がいくまで触ると立ち上がり、机のまわりをまわり、コンラッドのカーディガンとシャツの胸倉《むなぐら》をつかんだ。そのあと、近くの壁までコンラッドを押しつけ、腋の下に手を入れて持ち上げ、さらに質問を浴びせるつもりだった。しかし、行動というのは実践するより想像の中にあるときのほうが容易なものだ。タイガーが好んでよく言うように――おれには殺人者としての本能が欠けている。オリヴァーは手を放すと、床にうずくまり、震えてむせび泣くコンラッドに背を向け、偽のファイルを詰めたブリーフケースに、六十八ページに及ぶマースキーのクリスマスの最後通牒を腹いせに突っ込んだ。そのあと机の引き出しを調べた。が、眼についたものはと言えば、おそらくはコンラッドがスイス軍に服役していた頃――ヒロイックな日々――の思い出の品らしい、不恰好な軍用リヴォルヴァーぐらいのものだった。オリヴァーは、フラウ・マーティが忙しくタイプライターを叩いている控えの間にはいると、うしろ手にドアを閉め、気さくに彼女の机の上に身を乗り出して言った。

「父を銀行まで送ってくれたお礼を言いたくてね」

「あら。どういたしまして」

「父はそのあとどこへ行くか言ったりはしてなかったかな」

「いいえ、何もおっしゃってませんでした。すみません」

オリヴァーはブリーフケースを手にさげ、小走りになって小さな庭園の小径《こみち》を行き、歩道に出て丘をくだった。デレクが彼のうしろについてきていた。外は蒸し暑かった。ふたりは丸石を敷いた、車が一台やっと通れるほどの狭くて急な坂道を降りた。オリヴァーは頭を揺らし、踵《かかと》を跳ね上げるようにして歩いていた。何軒か小さな家のまえを通ると、懐かしい顔が見えた。そんな家の庭のひとつで、白いパーティドレスを着たカーメンがブランコに乗り、サミー・ウォットモアに背中を押してもらっていた。その家の隣りでは、金色の髪をなびかせたジェフリーに見守られて、タイガーが芝生を刈っていた。ひとつの屋根裏の窓からは、裸のゾーヤが彼に手を振っていた。別な道が左手に延びていた。その道にはいり、しばらく彼は走った、デレクを従えて。広い道路に出ると、市街電車の駅の横の待避車線に、黄色いアウディが停まっているのが見えた。そのうしろのドアが開き、オリヴァーが乗り込むと、デレクも続いて飛び乗った。ふたりの女の仮の名はパットとマイク。パットは今日はブルネットで、マイクのほうは頭にスカーフを巻いていた。

「どうしてスウィッチを切ったの、オリー?」車が走り出すと、マイクが肩越しに訊いてきた。

「切ってなんかいないよ」

「切ったわ。帰るまぎわ」

彼らは湖と町に向けて丘をくだっていた。

「スウィッチが勝手に押されたかどうかしたんだろう」とオリヴァーは言った。彼のあいまいな態度は伝説となってすでに久しかった。「読むようにってコンラッドがこんな書類をくれた」と彼はデレクに言って、ブリーフケースを渡した。

「いつそういうことがあったの?」マイクはあきらめなかった。バックミラーの中にオリヴァーの視線をとらえて、食い下がった。

「そういうことというと?」

「書類をくれたこと」

「ただ、黙っておれに差し出したんだ」とオリヴァーは答えた。あいまいな態度を変えるつもりはまったくないようだった。「自分がそういうことをしてるのを認めたくなかったんだろう。彼はタイガーを見捨てたのさ」

「そこのところは聞いたけど」とマイクは言った。

彼らは通りの名がバーンホーフシュトラッセに変わる湖畔《こはん》で彼を下ろした。

第十五章

オリヴァーは、銀行員数人と実際に会いながらも、身も心もすべてはそこになかった。微笑み、嘘をつき、微笑み、握手を交わし、坐り、立ち上がり、微笑み、また坐りながらも。彼はホストたちがパニックか、反撃の徴候を示すのを待った。が、そんなものは誰にも見られなかった。コンラッドとの会見中に鬱積《うっせき》した憤《いきどお》りはいつしか、麻薬でも打たれたような感情鈍麻《どんま》に取って代わられていた。壁にチーク材のパネルを張ったオフィスからオフィスへ浮遊し、最近の様変わりについて、彼のほうはほとんど覚えていない昔の知り合いからレクチャーを受けるうち——ヘール・誰々は融資課に異動になったんですが、よろしくとのことです、フラウ・誰々博士は、今はグラールス（スイス中東部の州）の地区部長で、あなたが見えたことをあとで知ったら、さぞ残念がることでしょう——意識がとぎれとぎれになってきて、それは彼に盲腸の手術をしたあとの回復室を思い出させた。彼は何者でもなく、何者の命令にも従っていた。まだ台詞をきちんと覚えていない代役俳優さながら。

サテンとスティールでできた、ボタンのないエレヴェーターでロビーから階上《うえ》に上がると、ヘール・アルブレヒトなる人物が彼を待っていた。人参《にんじん》のように赤い髪をした男で、オリヴァーは、一瞬、これまでに出会った学校の校長のひとりと見まちがえた。「またお会いできてこんなに嬉しいことはありません、ミスター・シングル。それもお父上が見えたすぐあとで」ヘール・アルブレヒトは握手をしながら言った。父はどんな様子だった？　やはりあんたもあのくそコンラッドと同じように父を見捨てたのか、とオリヴァーは尋ねた。が、どうやらそれは頭の中だけの問いかけのようだった。というのも、次に彼が覚えているのが、親切な年配女性に付き添われ、ブルーの絨緞《じゅうたん》の川をさまよい、ヘール・リリエンフェルド博士に会いにいったことであるところを見ると。新しい規則に従って、彼のパスポートのコピーを取るためだった――「新しいというと、どれぐらい？」――「つい最近の規則です。それに、あなたが最後に見えて、もうずいぶん経っていますので、以前と同じ方であることを確認する必要があるんです」それはおれもだ、とオリヴァーは思った。

　ヘール・リリエンフェルド博士は、より丸みを帯びた、より若い五年前のヴァージョンではなく、今のオリヴァーのサインのサンプルを欲しがった。血液のサンプルを求められていても、オリヴァーは応じていただろう。が、また親切な年配女性に付き添われ、アルブレヒト校長のところに戻ると、数分前に彼自身が坐っていた紫檀《したん》の椅子にタイガーが坐っていた。オリヴァーが予想したとおりの姿で――お気に入りの茶色のコートを着た、薄汚れたなりで。しかし、背後の壁に取り付けられたモニターを通じて、世界の価格が反発したり、暴落したりしている中、ヘール・アルブレヒトに名前を呼ばれたのはオリヴァーであって、タイガーではなかった。また、どこからともなく現れいで、現在シングルの拡張家族の口座の担当者だと名乗ったホモもまたタイガーではなかった。すべて順調にいっております、とそのホモ、ヘール・シュテムプフリは請け合った。もともとの権限は今も有効だった――それは永遠に有効ですが、もちろん――へつらうような笑み。オリヴァーは、しかし、ヘール・アルブレヒトが喜んで報告してくれた彼の口座の現状、その健康状態を知るための権限の有無を確認したいのではなかった。

「すばらしい。それはそれは。ありがとう。すばらしい」と彼は漫然と答えた。

「ただ、ひとつ些細な障害《スナッグ》があります」とヘール・アルブレヒト校長が、ヘール・シュテムプフリの禿げ頭越しに、〝スネッグ〟と発音して言った。「あなたはすべての通信文書をお望みなわけですが、あなたの権限ではその文書を持ち出すことはできません。当方で保管している文書を持ち出せるのは、ミスター・シングル・シニアご本人だけです。これは指示として明確に書かれておりまして、私どもとしても従わないわけにはいきません」

「でも、メモを取るのはかまわないでしょう？」

「きっとあなたはそうお思いになるだろうとあなたのお父さまも思っておいででした」とヘール・アルブレヒトはいたって生真面目に言った。

そういう運命だったわけだ、とオリヴァーは思った。運命なら、何も心配することはない。今度の絨緞の川の色はオレンジだった。ヘール・シュテムプフリが看守のように鍵を鳴らしながら彼に付き添った。

「父は何か書類を持ち出したりはしませんでした？」とオリヴァーは尋ねた。

「お父上は、こと安全に関しては本能的とも言えるすぐれた感覚をお持ちでした。お申し出があれば、許可されていたでしょうが、もちろん」

「もちろん」

その部屋はいつまでも記憶に残りそうな礼拝堂だった。ただ、タイガーの亡骸《なきがら》がないだけで。よく磨かれた、造花と故人をのせる台。愛された故人のプライヴェートな書類、そのプリントアウトを入れたトレイ。真鍮《しんちゅう》の留め具が付いている模造皮革のフォルダーにはさまれた計算書。ステープラー、留め針を入れたプラスティックのディスペンサー、紙ばさみ、輪ゴム、しっかりと糊付けされているメモ帳。エンガディン（スイス東部にある保養地）の農夫が緑の山のてっぺんでスイスの国旗を振っている図が描かれた、無料の絵はがき。その緑の山はオリヴァーにベツレヘムを思い出させた。

「コーヒーはいかがです、ミスター・オリヴァー？」とヘール・シュテムプフリが地上での最後の飲みものをオリヴァーに勧めて言った。

ヘール・シュテムプフリはゾーロトゥルン（スイス北西部の州）に住んでいた。離婚歴があり、そのことを嘆いていた。しかし、妻は私と一緒にいるより、ひとりでいることを選んだわけです、私に何ができます？ アルエットという娘がひとりいて、彼はその娘と一緒に住んでいた。ちょっと肥《ふと》ってるんですが、まだ十二です。ちょっと運動をすればすぐに痩せるでしょう。五時になり、銀行は店じまいを始めた。が、オリヴァーが頼めば、ヘール・シュテムプフリは八時までも喜んでつきあってくれただろう。家に帰っても特に何もすることがなく、夜は彼にとって常に心に重くのしかかってくるものでしかなかったから。

「あなたの帰りが遅くなっても、アルエットはなんにも言わないんですか？」

娘はバスケットボールをやってるんです、とヘール・シュテムプフリは答えた。火曜日は毎週夜の九時までバスケットボールをやってるんです。

オリヴァーは読み、書き、一度に多すぎるコーヒーを飲んで、ブロックになった。あの禿げ頭のバーナードとその薄汚い仲間のしっぽをなんとしても捕まえたかった。彼はタイガーにもなった。〈シングル・ホールディングズ・オフショア〉の親口座とは点滴の管でつながれている〝衛星口座〟の領主になった。また、オリヴァーにも戻った。パートナーと父親の調査に関して、永遠にその権限を持っているオリヴァーにも。彼は禿げ頭のバーナードにもなった。三千百万ポンドの価値のある、〈ダルウィーシュ〉という名のリヒテンシュタインの財団と、〈スカイブルー・ホールディングズ・オヴ・アンティグア〉のオーナーにもなった。バーナードは、自分は不死身だと思っている、とブロックは言っていた。水の上でも歩ける、と。方法さえあれば、水面下に一生沈めてやることができるんだが。バーナード自身が〈スカイブルー・ホールディングズ〉で、所有物《ホールディングズ》の別荘はただ一軒だけでなく、全部で十四軒もあり、その一軒一軒が、〝ヤーヌス（ローマ神話。頭の前後に顔を持った神）〟や〝網状構造《プレクサス》〟や〝メントール（ギリシア神話。オデュッセウスが自分の子の教育を託したすぐれた教育者）〟といった、ふざけた名前の会社の名義になっていた。バーナードが主計官で――とブロックは言っていた――バーナードこそ〝ヒドラ〟の一番大きな頭だ。オリヴァーはまたブロックになって、第二の年金申込書にサインをする〝完璧とはほど遠い公僕〟に関する話をした。そして、またタイガーの息子、オリヴァーに戻り、ヘール・シュテムプフリのいたって生真面目な監視のもと、辛抱強く、丁寧に書き写しつづけ、十二歳にもなった。ヘール・シュテムプフリではなく、家庭教師のラヴィリアス先生の監督のもと試験を受けていた。ダイエットも兼ねて、九時までバスケットボールをするゾーロトゥルンのアルエットにもなった。あるページではアンティグアに、次のページではリヒテンシュタインに、さらにそのあとはグランド・ケイマンにも飛んだ。スペインにもポルトガルにもアンドラにもキプロスの北部にも足を延ばし、書きつづけた。カジノ、ホテル、休暇村、ディスコのチェーンのオーナーにもなった。タイガーにもまたなって、個人資産をすべて足しても二億ポンドにはいくら足りないか計算した。答はすぐに出た。一億一千九百万ポンド足りなかった。〝流動資産〟と書かれているだけで、ほかにはなんとも題目が書かれていない書類があった。ただ、六桁の数字とページの頭にTSとだけ書かれた手紙。さまざまな通貨で、時価一千七百万ポンドの現金。ここ二週間のあいだに二度ばかり借方記入があった。ひとつは五百万三十ポンドで〝振替〟になっており、もうひとつは五万ポンドで〝持参人払い〟になっていた。

「父はこれだけの額を引き出したんですね？」

ええ、現金で、とヘール・シュテムプフリは言明した。実際、フライトバッグに現金を詰めるのに、彼自身手を貸していた。

「どこの通貨でした？」

「スイス・フラン、ドル、トルコ・リラ」とヘール・シュテムプフリはしゃべるスイスの時計みたいに答え、得意げにつけ加えた。「私が自分でご用意し申し上げました」

「私にもいくらか用意してもらえないかな」

オリヴァーはそんなことを頼んでいる自分に驚いた。が、その申し出はふたつの外的要因によってもたらされたものではあった。まずひとつ、それよりさきに、彼はどうにか思い出して、自分の口座番号を係の人間に告げていたのだが、彼名義の金は全部で三百万ポンドあった。それがわかっていたからだ。もうひとつは、外国では自分の金をつかうことをブロックに禁じられていたからだ。それは明らかにオリヴァーを侮辱する命令だった。オリヴァーが自由を求めて、シナリオにない逃亡をはかることを恐れた命令だった――実際、彼はこの三日間そのことばかり考えていた。

オリヴァーをひとり書類とともにその場に残すことは許されていなかったので、ヘール・シュテムプフリは、そうした申し分のない状況下、夜間の出納係に電話をし――タイガー同様――アメリカ・ドルで三万ドル、スイス・フランで数千ドル、それにトルコ・リラでも少々持ってこさせる手配をした。かまどの神、ウェスタに仕える処女が、紙幣と受領書で武装してやってきた。オリヴァーは受領書にサインし、紙幣を区別し、いくつもあるヘイワードのスーツのポケットに突っ込んだ。どんなにすぐれたマジシャンでも、今の彼ほど忍びやかにはできなかっただろう。オリヴァーは儀式のつもりで、農夫が国旗を振っている銀行の絵はがきを一枚取ると、サミー宛てに何やら走り書きをして、それもポケットに入れた。それから、また数字に戻った。七時を過ぎたところで、彼の根気もようやく果てた。

「やはりアルエットを待たせるのは忍びない」とオリヴァーはどこかはにかむように笑って言った。そして、手書きで貴重な記載をしたページをメモ帳から慎重に剝がし取った。ヘール・シュテムプフリは頑丈そうな封筒を用意し、オリヴァーがその中にメモした紙を入れるあいだ、封筒の口を広げて待った。それから、オリヴァーに付き添って中央階段を降り、玄関まで見送った。

「父はここからどこへ行くか、言ってませんでした？」

ヘール・シュテムプフリは首を振った。「でも、トルコ・リラをお持ちになってるわけですからね。トルコなんじゃないでしょうか」

デレクがかなり暗くなってきた外で待っていた。「帽子を替えることになった」とデレクは停まっているタクシーのほうへ歩きながら言った。「ナットの命令だ。きみたちはミスター&ミス・ウェストで、町の反対側にある行商人の愛の巣に泊まってもらう」

「どうして?」

「尾行者のいることが発覚した」

「どこの?」

「それはわからない。スイス当局かも、ホバンの手下かも、〝ヒドラ〟かも。もしかしたらコンラッドがきみを売ったのかも」

「そいつらは実際には何をしたんだ?」

「アギーを尾《つ》け、ホテルで訊き込みをし、きみのパンツのにおいを嗅いだのさ。だから、身を低くして、明るいライトに当たらないようにしててくれ。明日の朝一番の飛行機に乗ってもらう」

「ロンドン行きの?」

「吸血虫《ナット》が小休止を宣してる。あんたは彼に何を期待してた? あんたを木にくくりつけて、狼を呼び寄せるとでも?」

タクシーにデレクと並んで坐り、オリヴァーは湖畔《こはん》の灯を眺めた。古くなったスープのようなにおいのする高層建築のロビーで、デレクが内線電話で五〇九号室に電話した。パットとマイクは掲示板を見ていた。ひとりになれた一瞬を選んで、オリヴァーはポケットからサミー宛ての絵はがきを取り出し、切手を貼るところに〝五〇九号室に請求のこと〟と書いて、ホテル内の郵便ポストに投函した。「彼女が首を長くして待ってる」とデレクは言って、オリヴァーにエレヴェーターを示した。「おれよりあんたをね、相棒」

　とても狭い部屋にダブルベッドがひとつ。小柄な恋人同士にも小さすぎた。〝夫婦である〟他人のふたりが互いに触れ合わないように気をつけて寝るなど、問題外だった。あとはミニバーにテレビ。ベッドの裾に小さな肘掛け椅子が二脚詰め込まれていた。ベッドのヘッドボードに投入口があって、二フランでマッサージが受けられた。彼女はすでにオリヴァーの荷解きもすませていて、洋服箪笥に彼の替えのスーツが掛かっており、彼女自身はいいにおいがした。オリヴァーは彼女と香水をそれまで結びつけて考えたことがなかった。彼女はいかにもアウトドアタイプだった。そんなことを思ってから、オリヴァーは彼女に背を向け、ベッドの端に腰かけた。彼女はバスルームの洗面台のまえで化粧の仕上げをしていた。オリヴァーはアライグマのロッコを持ってきており、肩にのせてみた。大金をポケットに入れたままなので、上着を脱ぐわけにはいかなかった。

「ここはしゃべっても大丈夫なのか？」と彼は尋ねた。

「偏執狂でなければ」と彼女は開けたドア越しに答えた。彼はこっそりポケットから金を取り出し、シャツのボタンをはずし、札束をベルトにはさんだ。

「誰もがグルになってタイガーをやっつけにかかってる。エヴゲニーだけがただひとり彼の味方だ。このおれでさえそうでないのに」と彼は言いながら、百ドル札を背中の窪みに差し込んだ。

「そうなの？」

「彼には借りがある」

「どんな？」オリヴァーは、たぶんアギーは口紅を塗っているのだろうと思った。話しぶりがいくらかヘザーに似ていた。「オリヴァー、自分というものは誰も彼ものおかげで成り立ってるわけじゃないわ」

「いや、そうなのさ」と彼は言った。金はすべてシャツの下に入れることができた。上着を脱ぐと、ロッコに仕事をさせた。「見たぞ、見たぞ。きみって巡回中の看護婦さんみたいだね。きみにとっては誰もが患者なんだ」

「馬鹿なことを《トータル・クラップ》」しかし、彼女が唇で何をしていたにしろ最後の〝P〟を発音することはできなかった。「その人形をわたしに向けて、くねくね動かすのはやめてくれない？　あなた自身馬鹿みたいに見えるし、なんだか苛々《いらいら》させられる」

最初の夫婦喧嘩、とオリヴァーは思い、ロッコの鼻を撫で、さまざまな表情をつくって自分に向けた。彼女がバスルームから出てきた。入れ替わりにはいってドアを閉め、鍵をかけた。そして、ベルトから札束を取り出し、貯水槽のうしろにはさみ込んだ。それからトイレの水を流し、洗面台の蛇口をひねって戻し、バスルームを出ると、きれいなシャツを探した。彼女は引き出しを開けると、ヒースローで買ったネクタイに合う新品のシャツを彼に手渡した。

「こんなものをいつ調達したんだ？」

「ほかに丸一日どんなことができたと思う？」

彼は尾行者のことを思い出し、それで彼女は苛立っているのだろうと思い、相手の気持ちを気づかう口調で尋ねた。「結局のところ、尾行者は何者なんだ？」

「わからない。わたしが見たわけじゃないし。監視チームが見たのよ。そういうことに気を配るのはわたしの仕事じゃない」

「ああ、それはそうだ。もちろん。すまん」シャツを着替えるのに、またバスルームに行くのは、いかにもまぬけな感じがした。それに、実際に何も持っていないときに、袖をまくって何もないことを観客に示すというのは、実に気持ちのいいものだ。彼は着ていたシャツを脱ぎ、腹をへこませたまま、セロファンを破り、慣れない手つきでシャツをボール紙に留めているピンを探した。「いったい全部で何本あるのか、メーカーは箱に明記するべきだ」見かねた彼女が彼からシャツを奪い取り、かわりにピンを全部はずした。「それでも、着るときに刺したりするんだよね」

「袖は普通のやつよ」と彼女は言った。「それがあなたの好みでしょ?」

「カフスリンクがあまり好きじゃないんだ」と彼は言った。

「教えてくれなくても大丈夫。わかってるから」

彼はシャツを着て、裾をズボンの中に入れるのにズボンのジッパーを下げたときだけ、彼女に背を向けた。ネクタイはいつも満足に結べたことがなく、いつもヘザーにウィンザー・ノットに結び直されたものだった。ウィンザー・ノットはついに偉大なマジシャンがマスターできなかった技だった。彼はふと思った。いったいそれまでに何人の男がいて、ヘザーはウィンザー・ノットの結び方を覚えるようになったのだろう。ナディアは、あるいは、カトリーナはタイガーのネクタイを結んだりしているのだろうか。失踪したとき彼はネクタイをしていたのだろうか。たとえばそのネクタイで、すでに首を吊ったりしているのだろうか。あるいは、そのネクタイで、すでに首を絞められたりしてしまっているのだろうか。それとも、そのネクタイをしたまま、頭を吹き飛ばされてしまっているのだろうか。さまざまな思いが頭の中で、まるでゴムまりのように撥《は》ねていた。だから、彼には自然に振る舞うことと、人あたりのいい自分になること以外、ほかに何もすることができなかった。もうひとつ、フロントデスクの脇のラックから、飛行機と列車の時刻表が頭をのぞかせているのを確認すること以外。

彼らのテーブルは、天井からカウベルが吊るされている、恋人のアルコーヴに置かれていた。ほかの客たちはその多くがグレーのスーツを着た、互換性の利く男たちで、みな無言で食事していた。パットとマイクは壁ぎわのテーブルで、百の孤独な男の眼に裸にされながら、ひっそりと食べていた。アギーはアメリカン・ビーフとポテトチップスを注文した。私も同じものを。彼女が牛の胃袋とタマネギを注文していても、彼はやはり、私も同じものを、と言っただろう。ちょっとした決心さえ億劫《おっくう》だった。が、ドーレの半リットル壜は自分から注文した。アギーのほうはミネラルウォーターしか飲まなかった。スパークリングを、と彼女はウェイターに言った。でも、あなたは遠慮しないで、オリヴァー。

「勤務中だから？」

「何が？」

「酒を飲まないことだ」彼女は何か答えた。が、なんと答えたのか彼は気づかなかった。きみはきれいだ、と彼は眼で言っていた。こんな貧しい白色光のもとでも、きみはばかばかしいくらい、健康的で、輝くほど、きれいだ。「いささか無体《むたい》な命令だよな」と彼は不平を言った。

「何が？」

「昼はある人間でいて、夜だけ別な人間になれというのは。自分が何者だか自信がなくなってきた」

「だったら、自分になれば、オリヴァー？　たまには」

彼は頭を掻いた。「ああ。でも、もうあんまり自分は残ってない。タイガーとブロックに用済みにされてしまったあとでは」

「オリヴァー、そういう泣き言を聞かされるのなら、わたしはひとりで食べたいんだけど」

オリヴァーはしばらく黙った。ややあって、シングル社の全員参加のクリスマス・パーティで、社長のお坊っちゃんが女性社員によく試みた質問をアギーにもぶつけた——きみの夢は？　五年後のきみは何をしてる？　子供は欲しい？　それとも仕事を取る？　それとも両方？

「そういうことは、オリヴァー、くそ一分たりと考えたことがないわ」

のろのろと食事が終わり、アギーが勘定書きにサインするのを、オリヴァーはじっと見守った。チャーミアン・ウェスト。バーでナイトキャップを飲まないか、とオリヴァーはアギーを誘った——バーはフロントデスクをはさんで反対側にあった。そこを通り抜ければ自由になれる、と彼は内心思った。いいわ、と彼女は同意した。バーで軽く一杯やりましょう。彼女にしてみれば、部屋に戻る時間が少しでも遅くなるほうが都合がよかったのかもしれない。

「何を探してるの？」と彼女は言った。

「きみのコート」ヘザーは外に出るときには必ずコートを羽織った。オリヴァーにコートを脱がせたり、着せたりしてもらうのが好きなのだ。ハンガーにコートを掛けてもらうのも。

「どうしてコートなんて着なくちゃいけないの、部屋を出てホテル内のレストランで食事をするだけのことに」

着る必要などもちろんない。なんと愚かな。アギーはフロントデスクでコンシェルジェに、ウェスト宛てに郵便物は届いていないか尋ねた。届いていなかった。が、ふたりがフロントデスクを離れ、バーへの通路を歩きだしたときには、オリヴァーのポケットには時刻表がいくつか入れられていて、それに気づいた者は誰もいなかった。愛は誰でも持ち逃げできる。バーでは、彼はブランデーを注文し、相変わらずアギーはミネラルウォーターだった。彼女がサインをする段になって、彼は髪結いの亭主に関するジョークを言った。が、彼女はにこりともしなかった。エレヴェーターに乗ると、ふたりだけだったが、彼女はどこまでもよそよそしかった。カトリーナとは似ても似つかなかった。部屋にはさきに彼女がはいり、そそくさと問題を解決した。あなたのほうがわたしより大きいのだから、ベッドはあなたが使って、と言った。わたしは肘掛け椅子ふたつで大丈夫だから。ほかには、彼女が羽毛入りのキルトと枕をふたつ、オリヴァーが毛布と布団カヴァー、そして最初にバスルームを使うということで話がついた。そのとき、ふとオリヴァーは、彼女の眼に失望の色が浮かんだのを見たような気がして、自分だけの行動計画に固執するのはやめて、もう少し自制心を働かせて行動していたら、もっと和やかな取り決めになっていたのではないかと思った。でも、だから？　シャツを脱いだ。

ズボンと靴は脱がなかった。洋服箪笥に上着を掛け、時刻表を抜き取って小脇にはさみ、バスローブを肩に掛け、化粧品入れを取り上げ、風呂は朝はいることにしようとひとりごとを不明瞭につぶやき、バスルームにはいって鍵をかけた。そして、便器に腰かけて時刻表を調べた。貯水槽のうしろから札束を取り出し、化粧品入れに詰め込み、水を流し、歯を磨きながら、計画の最後の仕上げをした。ドア越しに、アメリカのテレビのニュース番組の勇ましいファンファーレが聞こえてきた。

「ラリー・キングだったら、あんなくそったれ、消してくれないか」とオリヴァーは彼自身勇ましさを示す声音で言った。

それから顔を洗い、洗面台をきれいにし、ドアをノックし、「どうぞ」という声を聞いてバスルームを出た。彼女はシャワーキャップをかぶり、バスローブを首のところまで掻き合わせて着ており、彼と入れ替わりにバスルームにはいると、ドアを閉めて、鍵をかけた。テレビは暗黒アフリカの災害を伝えていた。厚化粧をして、防弾服をまとった女がレポートしていた。オリヴァーは水の音が聞こえてくるのを待った。が、何も聞こえてこなかった。ドアが開き、彼女が出てきて、ヘアブラシと櫛《くし》を取ると、また戻って、鍵をかけた。彼のほうを見向きもしなかった。シャワーが流れる音がしはじめた。彼はシャツを着て、化粧品入れをキャンヴァス地の小さな鞄に入れた。それにロッコ、ソックス、下着、着替えのシャツ、お手玉、ブリアリーのゴム風船。シャワーの音はまだ聞こえていた。ほっとして、上着を羽織り、小さな鞄を取り上げ、忍び足でドアのほうに向かった。ベッドの脇を通るとき、立ち止まって、電話用のメモ帳に書き置きをした――こんな真似をしてすまない。愛してる、O。少し気分がよくなり、ドアノブに手をかけ、まわした。そんなノブの音など、アフリカのジャングルの災害が掻き消してくれることを期待して。ドアが開き、最後の一瞥《いちべつ》を送ろうと振り返った。アギーが立っていた。シャワーキャップはなし。バスルームを出たところに立って、彼を見ていた。

「ドアを閉めて。静かに」

彼は閉めた。

「いったいどこに行くつもり？　声は低くして」

「イスタンブールだ」

「飛行機で？　それとも列車？　もう決めてあったの？」

「まだはっきりとは」オリヴァーは彼女の視線から逃れたくて、腕時計を見た。「二十二時三十三分チューリッヒ発ウィーン行きの列車があって、それだと明日の朝八時にウィーンに着く。そうすれば、十時三十分ウィーン発イスタンブール行きの便に乗れる」

「ほかには？」

「二十三時ちょうどにパリ行きがあって、シャルル・ド・ゴールから九時五分発のに乗れる」

「ここから駅まではどうやって行くつもりだったの？」

「市電か、歩くか」

「タクシーは？」

「捕まえられればね。なんでもいい」

「どうしてチューリッヒから飛ばないの？」

「列車のほうが名前を隠しやすい。それに別なところから飛べば、探しにくい。どっちみち朝まで待たなきゃならないんだから」

「すばらしい。でも、廊下をへだててデレクがいて、ここととエレヴェーターをはさんでパットとマイクがいるのよ。そのことは考えなかったの？」

「もう寝てるんじゃないかと思った」

「おまけに、ホテルも喜ぶと思った？　夜中のこんな時間に客が鞄をさげてフロントのまえをこそこそと通り過ぎることを」

「おれが出ていっても、ホテルはきみに払わせることができる」

「お金のかわりに何をつかうつもりだったの？」――オリヴァーが答えるまえにアギーは答を出した――「いいえ、言わないで。銀行から引き出したのね。バスルームに隠したのはお金だったのね」

オリヴァーは頭を掻いた。「でも、どっちみち出ていく」手はまだドアのノブに置いたままだった。背すじをまっすぐにして立ち、彼は自分の決心が揺るぎないものであることが彼女にも伝わるよう祈った。もし彼女が阻止《そし》しようとしたら――たとえば、デレクや女の子たちを呼んだりしたら――彼のほうもなんらかの形でそれを阻止しなければならなくなる。アギーは彼に背を向け、ローブを脱ぎ、一瞬、そのすばらしい裸体をさらしてから着替えはじめた。そこで、遅ればせながら――いつものことだ――オリヴァーにもようやくわかった。肘掛け椅子に寝て、貞淑な夜を過ごそうとほんとうに思っている女なら、出たときのことを考え、パジャマなり部屋着なりを持ってバスルームにはいるはずだ。が、アギーはそんなことはしなかった。

「何をしてる？」と彼は痴呆のように彼女に見とれながら言った。

「あなたと一緒にわたしも行くのよ。何をしてると思った？　あなたは道を渡るだけでも危険なのに」

「ブロックのことは？」

「わたしはブロックと結婚してるわけじゃないのよ。その鞄をベッドに置いて。中身を入れ直すわ」

彼は彼女が中身を入れ替えるのを見守った。彼女は自分のものも入れたが、全部入れたわけではないので、ふたりでひとつの鞄で足りた。残ったものはもうひとつの鞄に入れた――〝デレクが朝起きたときに全部準備できているように〟――と声をひそめて言った――デレクが面目を失っても、そのために彼女が夜も眠れなくなるなどということは決してないのだろう、とオリヴァーは思った。彼女がバスルームにはいり、バスルームの電話を使い、紙のように薄い壁をへだてて声を低くし、タクシーを頼んでいるあいだ、オリヴァーは意味もなく音を立てて、小さな部屋の中を歩きまわった。彼女は、急に発たなければならなくなったと言い、部屋代の計算のほうもすませておいてくれるようフロントに頼んだ。それから、出てくると、鞄を持って静かにうしろについてくるようオリヴァーに命じた。そして、ドアのノブをまわし、それを持ち上げるようにして引いた。ドアはまったく音を立てずに開いた。さきほどオリヴァーが開けたときとはちがって。廊下をはさんでちょうど向かい側に、〃サーヴィス〃と書かれたドアがあった。アギーはそのドアを開けると、オリヴァーに向かって手招きをした。オリヴァーはアギーのあとについて、悪意に満ちた石の階段を降りながら、カーゾン・ストリートのシングル社の裏階段を思い出した。フロントで清算をする際、彼女は無意識に体重を一方の脚にのせたり、もう一方の脚にのせたりした。そのたびにヒップが見事に突き出た。オリヴァーは彼女のその癖をカムデンの隠れ家《セーフハウス》の庭で一度見ていた。彼女の髪はまだ垂らしたままになっていた。天井からの無骨な照明の下でも、オリヴァーには彼女が馬に乗り、谷を駆け降りる姿を想像することができた。サーモンを狙って彼女がフライ・フィッシングに興じている、雨具のコマーシャルのようなシーンも。

「タクシーはもう来てる、マーク？」と彼女がため息まじりに言った。オリヴァーは――夢を見ていたので――マークとは自分のことであることに気づくまで、瞬時、あたりを見まわした。

　駅までのタクシーの中、ふたりは無言で過ごした。駅に着くと、彼は荷物の番をした。そして、何度もプラットフォームの番号を確かめた。覚えるたびに忘れてしまうのだ。切符は彼女が買った。突然、ふたりはまた新たなウェスト夫妻になった。ふたりでひとつの鞄を押しながら、自分たちの寝台を探すウェスト夫妻に。

第十六章

その夕刻まで、ブロックは、昼にしろ、夜にしろ、まえもって予告することなくマシンガムを訪ね、あいまいな質問を浴びせたり、ほのめかしたりしていたので、当然のことながら、約束の期限をだらだらと引き延ばすこのマシンガムとのゲームは長いものにならざるをえないと思っていた。もちろん、免責特権の手続きは現在進行中だ、とんでもない、ウィリアムを巻き込むつもりなど私にはさらさらないよ、ところで、ちょっとした問題を解決する手伝いをしてもらえないだろうか。で、エイデン・ベルにもこう報告していた、なんでもいいんです、彼をしゃべりつづけさせるものさえあれば、情報がはいってくるかぎり、あれは性分《しょうぶん》なんでしょう、あの男はいくらでもしゃべりますよ、と。

「しかし、そろそろみんなのまえに引きずり出して、きみ自身、時間の節約をしたらどうだ?」とベルは反論していた。

それができないのは、あの男がわれわれより大きなものを恐れていることが明らかだからです、とブロックは答えていた。あの男はウィリアムを愛していて、どこに爆弾が隠されているか知っているからです。あの男は忠義を反故《ほご》にした最低の男だからです。彼はどうして私たちのところに飛び込んできたのか、私には今ひとつ合点がいかないからです。だいたいあの男は何から逃げているのか。そもそも、どうしてオルロフ兄弟はあの歳で、殺しの儀式などしてみせたのか。それもどうにも私には解《げ》せない。

しかし、今夜はマシンガムより一歩先んじたことがわかっていたので、ブロックは準備万端整えて尋問に臨《のぞ》んだ。前回の尋問で、不可解にもふと自信を失ったことの後遺症はまだいくらか残ってはいたが。何かがおかしい、何かが欠落しているという思いはまだ吹っ切れていなかったが。オリヴァーとコンラッド博士とのやりとりは、その日の午後にチューリッヒのイギリス領事館がデジタルの暗号に変えており、すでに彼も読んでいた。もうひとつ、オリヴァーが銀行で書き写したメモのおかげで、捜査は大いに進展していた。アナリストたちがそのメモから最後の一滴を搾り出すまでには何カ月もかかるだろうが、彼のほうはすでにオリヴァーの眼を通じて——一度はその眼を疑ったこともあったが——シングル社が〝ヒドラ〟に莫大な顧問料を払っていること、その会計係兼会計検査官がバーナード・ポーロックであることの生きた証拠を見ていた。だから、今夜はてきぱきと小気味よく始めることができた。前日の最終便でロンドンに送られ、今は茶封筒に入れられて女王陛下の税関の封がしてある、マースキー博士の最後通牒を小脇に抱え、計画どおり、坐るまえから質問を浴びせることができた。

「去年のクリスマス、きみはどこで過ごしてた、ミスター・マシンガム？」と彼は〝ミスター〟という敬称を肉切り包丁のように振りまわして言った。

「ロッキー山脈でスキーをしてた」

「ウィリアムと？」

「そうだ」

「ホバンはどこに？」

「彼がどうした？　家族と一緒だったんじゃないのか」

「どの家族？」

「法律上の、たぶん。彼には両親がいるのかどうか、よくわからないところがある。私は孤児だったんじゃないかと思ってるんだが、ちがうかね?」とマシンガムはいかにも気がなさそうにのろのろと答えた。ブロックの勢い込んだ姿勢に対抗しようとしているのは明らかだった。

「ということは、ホバンはイスタンブールにいたということか。オルロフ兄弟と。ホバンは去年のクリスマス、イスタンブールにいた。そういうことだね?」

「と思うけど。ただ、アリックス・ホバンというのはつかみどころのない男だからね。彼はいわば〝淵〟みたいな男だ。そう、その表現があたってる。底のほうが流れが速いというやつだ」

「マースキー博士もイスタンブールでクリスマスを過ごしていた」とブロックはヒントを与えた。

「それはそれは驚くべき偶然だ。しかし、あそこの人口はロンドンの二倍もある。彼らは互いに足を踏んづけ合ってたんじゃないか?」

「マースキー博士とホバンは昔からのつきあいだった。私がそう言ったら、きみは驚くかね?」

「いや、別に」

「彼らの関係はどんな関係だったと思う? 昔の関係だが」

「そう、彼らは恋人同士じゃなかった、そういうことを訊いてるなら答えておくけど」

「いや、そういうことを訊いてるんじゃない。彼らは今とは異なる絆で結ばれていた。その絆とはなんだったのかと訊いてるんだ」

こいつはこの質問を嫌っている、とブロックはいくらか気分を高揚させて記憶にとどめた。時間稼ぎをしている。テーブルの上の封筒を見ている。また見た。唇を湿らせた。このくそ野郎はどれぐらい知っているのか。こっちとしてはどれぐらいカードを出す必要があるのか。

「ホバンは野心的なソ連の機関員だった」とマシンガムはしばらく考えてから言った。「マースキーのほうはポーランドの同類だった。で、ふたりで商売をしていた」

「機関員というのは、どんな機関のことだね？」

マシンガムはいかにも小馬鹿にしたように肩をすくめ、「あれやこれや」と答え、傲慢につけ加えた。「おたくたちはそのあたりのことをどれだけ調べ上げたのか。私としてはそんな厭味《いやみ》も言いたくなる」

「情報機関だ。彼らはお互い自国の情報機関にいた、ソヴィエトとポーランドの」

「だったら、彼らはテクノクラートだったわけだ」とマシンガムはブロックの意気込みをたしなめる口調で言った。

「モスクワのイギリス大使館に勤務していた頃、きみはソヴィエトの情報機関と裏取引きをしたりする大使館員のひとりだったんだろうか？」

「相手と腹の探り合いをしたことはある。もちろん非公式に。しかし、こういうことはロマンティックな最高機密と言うべきだろう。お互い見解の一致点を模索してたんだ。互いに利害が一致するものはないか、と。手に手を取って歩いていけるものはないか、と。悪いが、それ以上は言えない」

「互いに利害が一致するものというと？」

「恐怖だ。もちろん、ロシアがそれを商売にしてたというわけじゃないが」マシンガムは愉しんでいた。

「犯罪ということか？」

「といって、彼らがそれに関わっていたわけじゃない」

「麻薬か」

「麻薬というのは犯罪かね？」

「そういう質問にはきみが答えてくれ」とブロックはすかさず言い返し、マシンガムが指を唇にやって口を隠し、視線を本棚のほうに泳がせたのを見て、一ポイント挙げたと思った。「アリックス・ホバンは当時、きみが裏取引きをしていたソヴィエト側の人間だった。そういうことだね？」

「それはあんたには関係のないことだ。そういう質問に答えるには、当時の上司の許可を得なきゃならない、悪いけど。ほんとに悪いけど、これ以上は話せない」

「金をもらっても、きみの上司は何もしゃべりはしないだろうよ。エイデン・ベルに訊いてみるといい。ホバンはソ連側チームの一員だったのか、一員じゃなかったのか」

「もうわかってるんじゃないのか」

「彼の専門は？」

「犯罪だ」

「組　織《オーガナイズド》犯罪？」

「それは撞着《どうちゃく》語法だ。犯罪というものは、定義をすれば、社会という組織を乱す《ディスオーガナイズド》ものなんだから」

「彼はソヴィエトの犯罪組織と関わっていた」

「彼らを庇護《ひご》していた」

「つまり彼らに雇われていた」

「今さら生娘《きむすめ》みたいなことを言わないでくれ。そういうゲームのルールはあんただってよくわかってるはずだ。密猟者と猟場の番人のギヴ・アンド・テイク、得することがなきゃ誰もゲームに参加したりしない」

「マースキーも当時からその周辺にいたのか？」

「その周辺というと？」

「きみとホバンの、だ」ブロックはそこでふと思いついた行動に出た。そもそも計画していたわけではない。そのときまで考えもしなかったことながら、封筒を取り上げると、封を破った。そして、赤い表紙の書類を取り出し、ふたりのあいだに置かれた木枠の上に放った。封筒はまるめて、屋根裏の反対側の隅のくず入れに過たず投げ入れた。薄暗い部屋の中で、赤い書類が炎のようにしばらくすぶった。「八〇年代の後半、きみのモスクワ駐在時代、きみはマースキー博士と知り合いだったかどうかと訊いてるんだよ」とブロックは質問を繰り返した。

「何度か会ったことはある」

「何度か」

「野暮《やぼ》なことは言わないでくれ。マースキーが会議に出れば、私も会議に出る。だからといって、ランチタイムにふたりでお医者さんごっこをしていたことにはならない」

「マースキーはポーランドの情報機関の代表だった」

「そんなふうに言うと、なんだか実態よりも大袈裟に聞こえるが、まあ、そうだ」

「イギリスとロシアの情報士官の裏会議で、ポーランドの情報機関はいったいどういう役割を果たしてたんだね？」

「腐敗に関する井戸端会議につづく井戸端会議。そのポーランド版を提供してたのさ。ほかにもチェコやハンガリーやブルガリアの連中が来ていた」――マシンガムは、今は自分の話に酔っていた――「要するに、われわれはそいつらを勇気づけてやってたんだよ、ナット。ソヴィエトがやつらにゴー・サインを出さないかぎり、衛星国と接触してもなんの意味もない。だろ？　だから、彼らとソヴィエトとの回路をショートさせて、最初から彼らを船に乗せようとしてたのさ」

「オルロフ兄弟とはどうやって知り合ったんだ？」

マシンガムは耳ざわりで愚かな嘲りの声をあげた。「それはそのあと何年も経ってからのことだ。ちょっとは頭を働かせてくれ」

「六年だ。きみはシングル社のポン引きをしていた。タイガーはオルロフとの接触を求めていた。で、きみはその橋渡しをした。でも、どうやってやったんだ？　マースキーを通じてか、それともホバン？」

　マシンガムの獲物を求める眼が木枠の上の赤い書類に向けられ、またブロックに戻された。

「ホバンだ」

「その頃、ホバンはもうゾーヤと結婚していたのか？」

「だと思う」――すねたように言った――「しかし、きょうび結婚を信じるやつなんているかい？　ホバンはエヴゲニーの娘を狙っていて、誰でもよかったんだ。〝義理の息子《サン・イン・ロー》はまた昇る〟というわけだ」そう言って、彼は不自然に笑った。

「それじゃ、マースキーをオルロフ兄弟に紹介したのもホバンなんだね？」

「たぶん」

「タイガーはマースキーがビジネスに関わってくることに反対しなかったのか？」

「どうして反対しなきゃならない？　マースキーはあれでなかなか優秀な男だ。ポーランドの大物弁護士で、世の中の裏も表も知っていて、第一級の組織も持っていた。西側へのとば口を探してたオルロフ兄弟にとって、マースキーほどの適任者はほかにいなかった。マースキーは港湾関係の連中のこともよく知っていたし。彼自身グダニスクの男で、まさにドアを開ける男だったのさ。エヴゲニーにしたって、それ以上何を望むというんだね？」

「それはエヴゲニーではなくて、ホバンのことだね？」

「どうして？　すべてはオルロフ兄弟が企画立案したことだ」

「しかし、実際に運営してたのはホバンだった。きみが関わった頃には、すでにホバン&マースキー・ショーになっていた。エヴゲニーはただ名前だけの頭目だった。すでにホバン、マシンガム、マースキーの時代だった」とブロックは結論づけて、指で突き刺すように赤い書類を示した。「きみは悪党だ。悪事に首まで浸かっている。きみはただの金の洗浄屋じゃない。この世で最も汚いゲームのフォワード・プレイヤーだ」

マニキュアを施したマシンガムの手が小刻みに震えていた。これまでの長い時間の中で彼は初めて咳払いをして言った。「それはまったく正しくない。見当はずれもいいところだ。金に関してはタイガーとエヴゲニー、輸送物資に関してはホバンとマースキー。すべては手渡しでやりとりされる手紙によって運営され、私はその手紙を見たことがない。タイガーしか見られないんだ」

「ひとつ訊いてもいいか、ランディ？」

「すべてを私に押しつけようというのでなければ」

「きみはこれまでに――そう、そもそもの初めから――たとえば、ホバンがきみを丘の高みに連れていったときでもいい――あるいはマースキーが――あるいは、きみが彼らを連れていったときでもいい――互いに王国を見せ合ったとき――あるいは、きみがタイガーを連れていったとき――タイガーがきみを連れていったとき――別に限定はしない――とにもかくにもこれまでに、きみたちは一対一になったときに、〝ドラッグ〟ということばを一度でも口にしたことがあるんだろうか」マシンガムはまた嘲るように肩をすくめた、愚かな質問をしないでくれと言わんばかりに。「だったら、ミサイルか。核兵器か。それとも、核分裂物質？　それもちがうのか？」そのひとつひとつにマシンガムは首を振っていた。「だったら、ヘロイン？」

「ばかばかしい！」

「だったら、コカインか。きみたちはいったいどんなやり方でこのことばの問題を回避してたんだね？　下賤《げせん》なたとえで悪いが、いったいどんなイチジクの葉で恥部《ちぶ》を隠してたんだ？」

「もう何度も何度も話したじゃないか。われわれの仕事はオルロフの計画を黒い側から白い側に移すことだった。われわれがやっていたのは事後処理だ。事前に関わったわけじゃない。それが互いの申し合わせだった」

ブロックはマシンガムに顔を近づけ、何か頼みごとでもするかのような口調で言った。「われわれはここで何をしてるんだね？　きみは合法的なことしかしていなかった。そういうことなら、そもそもどうしてわれわれと取引きする気になったんだね？」

「それは言うまでもないだろうが。やつらのやってることはあんたも見たんだろ？　何も手を打たなければ、やつらは私にも同じことをするに決まってる」

「きみにね。タイガーではなくてきみに。どうしてきみなんだ？　タイガーがやらないどんなことをきみはやったんだ？　タイガーの知らないどんなことをきみは知ってるんだ？　これほどまで怯えなきゃならないとは、きみはいったいどんな悪いことをしたんだね？」答はなし。ブロックは待った。それでも、返答はなかった。憤りがブロックの心の中で危険なまでにふくらんだ。怯えているなら、いくらでも怯えさせてやれ。自分の眼のまえで自分の人生が腐っていくのを見させてやれ。「タイガーの交友録が欲しい」とブロックは言った。「各分野で高い地位に就いている人間全員の人名録だ。グダニスクのポーランド人の悪党でもなければ、ベルリンのドイツ人の悪党でも、ロッテルダムのオランダ人の悪党でもない。私は彼らも嫌いじゃないが、彼らにはあまり色気を感じない。私が色気を感じるのはイギリス人の悪党だ。濫用できるありあまる権力を握っている国産品だ。きみのような。そいつらの地位が高ければ高いほど、私はよけい色気を覚える。ところが、そういった連中の名前はタイガーにしかわからず、自分は知らない、というのがきみの言い分だ。私の言い分を言おう。そんなきみのことばなど誰が信じるか、だ。真実ということに関して、きみは筋金入りの倹約家だ。それでいながら、私が免責特権を贅沢に振る舞うことを期待している。それは聞けないよ。それは私の性格に反する。きみが連中の名前と住所を言わないかぎり、免責特権コースをあと一歩たりと進むつもりはない。それだけはきっぱり言っておこう」

恐れと怒りの新たなひきつけに襲われたかのように、マシンガムはブロックの食い入るような視線を避けて言った。「裏社会を生きる知恵に長《た》けてるのはタイガーであって、私じゃない！　悪党の擁護をし、警察と仲よくやってきたのはタイガーだ。それじゃ、彼の乳歯はどこで抜けたのか。リヴァプールだ。リヴァプールにいる移民やヤク中と交わるうちに抜けたのさ。それじゃ、彼はどうやって最初の百万ポンドを稼いだのか。市の役人を買収して、だ。首を振ってみせても無駄だ、ナット！　今のはほんとうのことだ！」

しかし、ブロックはすでに遊び場を変えていた。「いいかね、私がずっと自分に問いつづけているのが、ミスター・マシンガム、〝なぜ〟だ」

「なぜ？」

「なぜミスター・マシンガムは私のところに来たのか。誰が彼を私のところに寄越したのか。その背後で誰が彼を操っているのか。そう思っていたら、可愛い小鳥が枝越しに私に囁いてくれた――タイガーだ、とね。タイガーは私が何を知っているか、さらに、私はそれをどうやって知ったか、誰から知ったか、ということを知りたがっている。で、怯えるイギリス人という役どころをあてがって、チャーミングな参謀長を偵察に出した。そうしておけば、とりあえず自分のほうは、外国人犯罪者の引き渡し協約のないタックスヘイヴンで日光浴ができる。つまり、きみは貧乏くじを引かされたんだよ、ミスター・マシンガム。なぜなら、タイガーを捕まえるのが無理となれば、私はきみを捕まえるからだ！」マシンガムは、しかし、また持ちまえのバランス感覚を回復させていた。固く結んだ口元に余裕の笑みを広げていた。「きみに貧乏くじを引かせたのがタイガーでなければ、オルロフ兄弟だ」とブロックは勝ち誇ったように聞こえるように言った。「策のひとつやふたつ、あの偽グルジア人の詐欺師にないわけがない。それだけは断言できる」それでも、マシンガムは笑みを広げただけだった。

「どうしてマースキーはイスタンブールに引っ越したんだね？」とブロックは尋ね、苛立たしげに赤い書類を指で突くようにして叩いた。その拍子に書類は木枠の上を反対側まですべった。

「健康維持のためだ。ベルリンの壁が崩れかけていた。彼はその煉瓦の破片にあたりたくなかったんだろう」

「彼を裁判にかけるという動きもあったそうだが」

「トルコの気候が彼には合ったとだけ言っておくよ」

「そう言えば、きみも〈トランス・ファイナンス〉の株は持っているのかね。きみの名義にしろ、きみの会社、オフショア・カンパニーの名義にしろ」

「その点に関しては憲法修正第五条（合衆国憲法で、被告が自己に不利な証言を強要されないことを定めた条項）の適用を受けたいね」

「そんなものはうちにはない」このやりとりで、尋問者と被尋問者のあいだに奇妙な休戦ムードがいっときかもされた。いずれすぐにより熾烈《しれつ》な戦闘に取って代わられるはかないムードであったにしろ。

「きみのタイガーに対する裏切りは理解できる。それは理解するのがむずかしいことじゃないよ、ランディ。私がきみでもやっていたにちがいない、タイガーを右に左に裏切るというのは。また、元ソヴィエト情報機関の悪党どもと陰謀を企むというのもわからなくはない。きみがそういうことをしたからといって、私の胸は別に痛まない。ホバンとマースキーがエヴゲニーを騙すか脅すかして、タイガーを切り捨てさせようとし、それにきみが——できるかぎりひかえめに言って——手を貸したとしても、それもわからないではない。しかし、そういう企みが失敗に終わったあと、愉しいクリスマスを過ごすことができなくなってしまったあと、いったい何があったんだ?」ブロックは熱を感じた。熱をはっきりと感じることができた。その熱はその部屋の中にあった。マシンガムの頭の中に。頭の中から外に出たくてうずうずしていた——が、最後の最後で、うしろを振り返ると、安全地帯にまたこそこそと逃げ込んでしまった。「よろしい」とブロックは表面を取り繕い、あきらめて言った。「運悪く、フリー・タリン号が拿捕《だほ》され、オルロフ兄弟は何トンかの麻薬を失った。何人かの船員と一緒に。そういうことは起こるものだが、エヴゲニーとしては顔をつぶされたわけだ。実際、そういうことが起こりすぎていた。その責は誰かに負ってもらわねばならない。また、補償もなされなければならない。しかし、そういうことのどの場面にきみが出てくるんだね？　だいたいきみはどっちの側に立ってるんだね、自分だけの側以外には。それから、何がきみをここに坐らせ、私からの侮辱にも耐えさせてるんだね？」

　その質問をてこに行きつ戻りつ揺さぶりをかけたのに――同じその質問を角度を変えてぶつけもしたのに――また、六十八ページの書類をマシンガムに向けて突き出し、その悪業の証拠を利用してマシンガムを激昂させもしたのに――オリヴァーがコンラッド博士とチューリッヒの銀行から仕入れてきた情報から生ずる疑問に対する答も、次々と得られたのに、ブロックは以前より深い敗北感と焦燥感を覚えながら、ストランドのオフィスに戻らなければならなかった。約束の地がまだそこに逃げないでいてくれるのに、どうしても征服できないでいるようなものだ、と彼は苦々しげにタンビーに洩らした。少しお休みになられたほうが、とタンビーは言った。が、ブロックは休まなかった。エイデン・ベルに電話をして、彼と古巣に出向いて、はるか彼方の情報提供者数人に電話をかけた。妻にも電話し、北アイルランドに関する彼女の狂った意見を愉しく聞いた。しかし、それらどのやりとりもマシンガムの暗号を解く手助けにはならなかった。居眠りをし、いきなり起こされたときにはすでに受話器を耳にやっていた。

「チューリッヒのデレクから直通電話がはいりました」とタンビーが陰気な西部地方訛りで言っていた。「新婚夫婦が姿を消しました。行き先は今のところ不明です」

第十七章

丘の上はスモッグの上の魔法の海だった。イスラム寺院のドームが日向《ひなた》ぼっこをするカメの甲羅のように浮かんでいた。ミナレット（イスラム寺院の尖塔）はさしずめスウィンドンのライフル射撃場の標的といったところだ。アギーはレンタカーのフォードのエンジンを切った。エアコンが断末魔のうめきを洩らした。眼下のどこかにボスポラス海峡が横たわっていたが、スモッグ越しに見ることはできなかった。彼女は新鮮な空気を求めて窓を開けた。すでに夕刻近かったが、タール舗装をした道路から熱気の波が押し寄せてきた。スモッグの悪臭と春の草の香りが入り交じっていた。彼女はまた窓を閉めると、監視を続けた。灰色の積雲が頭上で勢いを得ていた。雨が降りだした。エンジンをかけ、ワイパーを作動させた。雨がやみ、積雲の色がピンクに変わり、彼女のまわりの松の木が黒ずみ、まつかさが葉にとらえられた肥った蠅《はえ》のように見える。また窓を開けると、今度は車内にライムとジャスミンの香りが満ち、セミとアマガエルかヒキガエルの鳴き声が聞こえだした。胸が灰色のカラスが頭上の電線に気をつけの姿勢でとまっていた。神々しい爆発に彼女は思わず、座席から飛び上がった。火花が頭上を飛んでいき、谷に消え、そこでようやく彼女にも近くの人家で花火パーティをやっていることがわかった。火花が消えると、闇が深まった。

彼女はジーンズに革のジャケットという恰好で、それが彼女が駆け落ちしたときの衣裳だった。ブロックの家族たちとは連絡をとっていなかったので、銃は持っていなかった。ホテルに贈りものの包みは届いていなかった。VISAの窓口で、分厚い封筒を差し出され、〝ここにサインを、ミセス・ウェスト〟と言われることもなかった。彼女の居場所はこの世でただひとりオリヴァーしか知らず、この丘の上での静けさは彼女の人生そのものを包もうとする静けさに似ていた。彼女は銃も持たず、恋に落ち、危険に陥り、孤独なトルコの丘の中腹、百ヤードほど眼下にある防弾加工を施した塀に設えられた、ふたつの鉄の門扉を見つめていた。塀の向こうには、マースキー博士のモダンな要塞のひらたい屋根が見え、その要塞は、アギーの眼にはこれまた麻薬弁護士のひとつのユートピア――ブーゲンヴィリアと、投光器と、噴水と、監視ビデオカメラと、シェパードと、彫像と、術《じゅつ》なげに前庭に立っている、黒いズボンに白いシャツ、それに黒いチョッキといった恰好のふたりの屈強な男というおまけ付きユートピアに見えた。そして、そんな要塞の中に彼女の恋人がいた。

ふたりはここに来るまえに、マースキー博士のもっともらしい法律事務所を無駄に訪ねていた。「博士は、今日はお見えになっていません」それがマースキー博士のオフィスできれいな女に藤色の受付デスクの向こうから言われた台詞だった。「お名前をおっしゃっていただいて、明日また来ていただけます?」ふたりは名前は名乗らなかった。が、通りに出るなり、オリヴァーはポケットをまさぐった。そして、コンラッド博士のオフィスから盗み出したファイルの中にマースキーの自宅の住所を見つけて記憶し、書きとめた紙切れを取り出すと、アギーとふたりでドイツ人らしい人品卑しからぬ紳士を捕まえ、〝ダーヒン、ダーヒン〟と叫びつづけ、紳士が指差した方向に向けて車を出したのだった。丘の中腹では、もっと人品卑しからぬ紳士が見つかり、また指差してもらったところ、気がついたときにはもう、正しい要塞のまえを通り、正しい犬と正しいボディガードと正しいテレビカメラの注意を惹いてしまっていた。

アギーはオリヴァーと一緒に家にはいれるなら、なんでも差し出しただろう。しかし、それはオリヴァーの望むところではなかった。彼は弁護士同士の一対一を望み、彼女には百ヤード離れたところで待っていることを望んだ。そして、探しているのは彼の父親であり、彼女の父親ではないことを彼女に思い出させた。それに、そもそもきみがどんな役に立つ？　銃を持っていようと持っていまいと。壁の花みたいにただ坐っていることにどんな意味がある？　おれがちゃんとまた出てくるかどうか、待っていてくれたほうがずっといい。出てこなければ、大声をあげてくれるほうが。彼は自分で自分の人生を引き受けようとしているのだ、と彼女は思った。それに、わたしの人生も。それは警戒すべきことなのか、誇らしく思うべきことなのか、その両方なのか、彼女にはわからなかった。

　彼女は廃ビルの駐車場に、レモネードの壜が側面に描かれたピンクのトラックの横に、車を停めていた。ほかにはカブトムシ型のフォルクスワーゲンが六台ばかり停まっていたが、どれにも人は乗っていなかった。ここまで離れたところにいる女ひとりに注目するというのは、よほど優秀な監視カメラか、賢いボディガードでなければ無理だろう、と彼女は思った。そもそも無線アンテナもない車の中で、たそがれどき、携帯電話を使っている若い女にことさら興味を示す者などどこにいる？　いるわけがない。彼女はブロックのメッセージをひとつひとつ聞いていた。マージサイド（イングランド北西部の特別州）出身のすぐれた艦長のように沈着冷静なブロックは、怒ってもいなければ、取り乱してもいなかった。

「チャーメイン、何度もすまないが、また父さんだ。このメッセージを聞いたら、できるだけ早く折り返し電話してほしい。頼む……チャーメイン、どうしても連絡してほしい。なんらかの理由で連絡できなくなっているのだとすれば、とりあえず叔父さんに電話をしなさい……チャーメイン、できるだけ早く帰ってきてほしい。頼む」叔父さんというのは、現地のイギリス代表のことだ。

　そのメッセージを聞きながら、彼女は鉄の門扉と木々と庭を取り囲む垣根と、それに青灰色のスモッグ越しにちらちらと瞬く明かりを見ていた。ブロックのメッセージが終わると、今度は複雑な自分の矛盾する声が聞こえた。その声は、ブロックにはどれだけ、オリヴァーにはどれだけ、自分にはどれだけ借りがあるのか、測っていた。もっとも、最後のふたつの借りは別々には考えられない借りだが。なぜなら、オリヴァーのことを思うと、笑いながら、いかにも信じられないといった顔つきで首を振り、暖房の効きすぎた寝台車両の上の寝台で汗をしたたらせ、彼女の腕の中に戻ってきてしまう彼の姿しか思い浮かばないからだ。そんな彼は見るからに屈託がなく、彼女にはあまりに一途に見え、自分は彼を監獄から脱走させるためにこれまで生きてきたのであり、彼を裏切るというのは、もう二度と出られない監獄に彼を送り返してしまうことのように思えてしまうからだった。外務省には作戦上のメッセージを受けつけるデスクがあり、アギーはその電話番号を覚えていて、彼女の中の折衷主義者はそこに電話し、オリヴァーとアギーは元気にしており、心配は無用というメッセージを残すことを彼女に勧めたが、そんな些細なメッセージを発することさえ、彼女には彼に対する背信行為に思えてしまう。

夜が本気で闇を増し、スモッグが姿を消し、投光器が要塞の上から円錐形の光を投げている。ボスポラス海峡に架かる橋を走る車のライトが、黒い海に掛けられた動くネックレスのように見える。気づくと、アギーは祈っていた。が、その祈りも彼女の監視能力に影響を及ぼすことはなかった。彼女は身構えた。ふたつの門扉のひとつひとつに黒いヴェストの男がついて、門が両側に開けられた。車のヘッドライトがふたつ、彼女のほうに向かって丘を登ってきていた。ライトがいっとき見えなくなり、遠くでクラクションのファンファーレが鳴った。と思うまもなく車が門のまえに現れ、門がまた閉まるまえに、アギーはそれが銀色のメルセデス・ベンツであることを確認した。がっしりとした体軀の男がひとり後部座席に乗っていた。が、遠すぎた。また、見えたのも一瞬だった。百万マイルも離れたロンドンで見せられた写真から、その男がマースキーであることを確認するには、あまりに遠すぎ、あまりに一瞬すぎた。

オリヴァーはインターフォンのボタンを押し、女の声を聞いて戸惑い、ひとりの女に心を占領されているときには、ほかのどんな女の声もその女への導管になる、という真実を思い出した。女は最初トルコ語で答え、彼が英語を話すとすぐにヨーロッパ訛りのアメリカ語に切り替え、主人は留守だが、事務所をあたってみたらどうか、と言った。オリヴァーは、事務所にはすでに行ってみたのだが、マースキー博士は不在だったこと、博士の自宅を探すのに一時間以上かかったこと、自分はコンラッド博士の友人で、マースキー博士宛てにコンラッド博士から内々のメッセージをことづかっていること、ショーファーに運転させてきた車がガス欠になってしまったことを伝えてから、最後に、マースキー博士はいつお帰りになるかわからないだろうか、と尋ねた。彼の声に含まれる何かに――アギーとの愛の行為の余韻と、もっともらしさが混ざり合った何かに――訴える力があったのだろう。相手の次の質問は、〝あなたはアメリカ人、それともイギリス人?〟で、その声音にはくつろぎと性交後の猫なで声のような響きがあった。

「体の芯までイギリス人です。イギリス人だと何かよくないことでも?」

「あなたは主人の顧客なの?」

「いいえ、まだです。でも、できればそうなりたいと思っています、お会いできればすぐにでも」彼はことばに心を込めた。数秒、間ができた。

「そういうことなら、中におはいりになって、レモンジュースでも飲みながら、アダムが帰るまでお待ちになります?」と最後に女は言った。

黒いヴェストのひとりがすぐに人がひとり通れるだけ門を開け、もうひとりがトルコ語で何やら怒鳴って、シェパードを黙らせた。ふたりの男の顔つきから判断するかぎり、オリヴァーは宇宙からやってきた異星人とでも思われたようだった。というのも、ふたりはまず顔をしかめ、そのあと怪訝《けげん》そうにドライヴウェイを歩き、最後に少しも汚れていない彼の靴を見たのだ。オリヴァーは親指で丘の麓を漫然と指し、笑い声をあげて言った。「運転手にガソリンを調達しにいかせたんだが」そう言って、そのことばの意味はわからなくても、少なくとも、なんらかの説明をしようとしたことだけは、ふたりが受け入れてくれることを祈った。彼らがちょうど玄関に着く頃にドアが開いた。黒いスーツを着たボクサーが警備していた。見るからにボディガードという印象の男で、非友好的で、背はオリヴァーと同じくらいあり、眼でオリヴァーの身体検査をするあいだずっと、両手を脇にやって軽く曲げていた。

「ようこそ」と男は最後に言い、外庭を通って、二番目のドアのまえまで案内した。そのドアの向こうが中庭で、プールの水がきらきらと光り、妖精をかたどった庭園灯に照らされ、らっぱ型の花が庭から突き出しているタイル敷きのパティオには、籐の揺り椅子が垂木から吊るされていた。その椅子のひとつに、六歳になった未来のカーメンを思わせる、髪をおさげにした、前歯が上も下も抜けている小さな女の子が坐っていた。その椅子にはもうひとり、女の子の横に割り込むようにして、青みがかった黒い眼をした、その女の子より二歳年上の男の子が坐っていた。オリヴァーは、その男の子の面影に不思議な懐かしさを覚えた。女の子はふたりでひとつの皿からアイスクリームをスプーンですくって食べていた。絵描き帳、鋏《はさみ》、クレヨン、戦士たちがタイルの上に散乱していた。その子供たちと向かい合って、臨月《りんげつ》を迎えた、脚の長いブロンドの女が坐っていた。コンラッド博士のことばは正しかった。なるほど美人だった。ビアトリクス・ポッターの『ピーター・ラビット』の英語版が彼女の横に広げたまま置かれていた。

「きみたち、この方はイギリスからいらしたミスター・ウェストであらせられるぞ」と彼女は握手を交わしながら、おどけて子供たちに言った。「こっちがフリーディで、こっちがポール。フリーディはわたしたちの子供で、ポールはわたしたちのお友達。今ちょうどレタスには嗜眠性《しみんせい》があるということを発見したところ。そうよね、きみたち？――ミセス・マースキーです。ポール、嗜眠性ってどういう意味？」

彼女はスウェーデン人で、退屈をしている、とオリヴァーは思い、ヘザーも妊娠五カ月目から、十歳以上の男なら誰とでもふざけ合うようになったことを思い出した。六歳のカーメン、フリーディがにやっと笑って、せっせとアイスクリームをスプーンですくっているのに対し、ポールのほうはオリヴァーをじっと見ていた。そして、その眼は彼を咎《とが》めていた。しかし、なぜ？　おれがどんな悪いことをした？　誰に対して？　どこで？　黒いスーツのボクサーがレモンジュースを持ってきた。

「眠くなること」みんながもう忘れてしまったところで、ポールがやっとさっきの質問に答えた。そこでオリヴァーにもやっとわかった、遅きに失したが。あのポールだ！　なんてことだ。あのゾーヤのポールだ！　あのポールだ！

「こちらへは今日お着きになったの？」とミセス・マースキーが尋ねていた。

「ええ、ウィーンから」

「お仕事がそちらなの？」

「ええ、まあ」

「ポールのお父さまもウィーンで仕事をなさってるんです」と彼女は子供にもわかるようにゆっくりと明瞭に発音して言った。が、その眼は何かを鑑定するようにずっとオリヴァーに向けられていた。

「住まいはイスタンブールで、ウィーンで仕事をなさってる。そうよね、ポール？　やり手の投資家なの。もっとも、近頃は猫も杓子《しゃくし》もみんなそうだけど。でも、アリックスは大切なお友達なんです、そうでしょ、ポール？　わたしたちは彼のことをとても高く買ってます。あなたも投資家なの、ミスター・ウェスト？」

「まあ、そんなところです」

「専門分野は、ミスター・ウェスト？」

「だいたいお金です」

「ミスター・ウェストはお金のお仕事をなさってるんですって、ポール。そうだわ、ポール、あなたはどれだけことばが話せるか、ミスター・ウェストに教えてさしあげたら？　ロシア語はもちろんでしょ、それにトルコ語、それにグルジア語をちょっと、それと英語だったかしら？　アイスクリームには嗜眠性はない、ポール？」

　気むずかしがり屋のパーティの寵児《ちょうじ》、ポール――ポールにまちがいないことがより明確になるにつれて、オリヴァーはポールに感情移入して思った。ポール、近親者を亡くした子供。ポール、両親が離婚した子供。ポール、永遠の継子《ままこ》。誰より微笑みを引き出したくなる子供。こっちが部屋にはいると、その曇った眼を輝かせ、マジックの道具をしまって帰る段になると、咎めるような視線を向けてくる子供。祖父と祖母がモスクワ郊外のお城に住んでいた頃の思い出から、ポスト・ボーイという名の怪物とのおぼろげな遭遇を思い起こそうとしている、混乱した八歳の記憶を持つ子供。あのときは、母親に抱かれ、耳を手でおおわれ、ポスト・ボーイがオートバイに乗るのを見たのだった。

　椅子に坐ったまま、オリヴァーはだしぬけに体を折り、絵描き帳と鋏をタイルの床から取り上げ、こくりとうなずいたポールの同意を得て、絵描き帳から二枚破り取った。そして、すばやくたたみ、また開くと、鋏を入れ、またたくまに、鼻としっぽの部分で何匹もつながっている幸せなウサギをつくった。

「すばらしい！」とミセス・マースキーがまず最初に感嘆の声をあげた。「お子さんがいらっしゃるのね、ミスター・ウェスト？　でも、お子さんがいらっしゃらないのなら、どうしてこんなにお上手なの？　あなたは天才よ！　ポール、フリーディ、ミスター・ウェストになんて言うの？」

　しかし、オリヴァーが子供たちより頭を悩ませているのは、ミスター・ウェストがマースキー博士になんと言うかだった。また、もし息子を引き取りにゾーヤとホバンが現れたら、彼らにはなんと言うか。彼は飛行機もつくった。その飛行機は実際に飛び、誰もが喜んだ。一機はプールに落ち、もう一機が救助に向かい、結局、棒を使って二機とも乾いたところに引き寄せられた。小鳥をつくると、フリーディは飛ばすのを拒んだ。飛ばすにはもったいなさすぎた。彼はフリーディの耳から五スイス・フラン硬貨を取り出し、ポールの口からもう一枚鋳造した。そのとき、派手なツートーンのクラクションが鳴り、〝パパ！〟というフリーディの歓声によって、慈しみ深い博士の帰還が告げられた。

　前庭で慌ただしい動きがあり、走る召し使いたちの声がそのあとに続き、車のドアが閉められた音、嬉しそうな犬の吠え声、その吠え声をポーランド語でなだめる野太い声が聞こえた。そして、富士額の黒い髪、がっしりとした体軀の騒がしい男が中庭に現れ、ネクタイをゆるめてはずし、ジャケットを脱ぎ、靴も脱ぎ、すべて脱ぎ、安堵の声とともに、その毛むくじゃらの裸体をプールに沈めたかと思うと、潜水してプールを一往復した。そうして半分毛を剃った熊のように、水の中から姿を現し、ボクサーが差し出した派手な色のローブを引っつかみ、身にまとい、まず妻を抱き、次に娘を抱き、「ポール！」と声をかけ、ポールの髪を親しげにくしゃくしゃにし、もう一度妻の上に屈み込む。明らかに不快げにオリヴァーに眼を向けたのは、そのあとだ。

「こんなふうに突然お邪魔して、ほんとうに申しわけありません」とオリヴァーは敵意のないことを心から示す上流階級のことばづかいで言った。「私はエヴゲニーの古い友人なのですが、今日はコンラッド博士の伝言を伝えにきました」答はなかった。ただ、腫《は》れぼったい瞼《まぶた》をクッションにして、マースキー博士はポールより何百年も年老いた眼差しをじっとオリヴァーに注いでいる。「できれば、ふたりだけでお話がしたいのですが」とオリヴァーはつけ加えた。

　そして、マースキー博士の派手なローブのうしろについて歩いた。オリヴァーのうしろには黒いスーツのボクサーが続いた。渡り廊下を横切り、階段を何段か昇り、天井の低い書斎にはいった。その書斎には偏光ガラスの窓があり、丘の景観が眺められた。今、丘のてっぺんには闇が迫り、時折、落ち着きのない光が丘を突っついていた。ボクサーはドアを閉めると、ドアにもたれて立ち、片手を胸に入れた。

「よし」とマースキーが言った。「用事はなんだ?」大砲の一斉射撃のような、ひとつの低い音程だけの声だった。

「私はオリヴァーです。タイガー・シングルの息子です。カーゾン・ストリートの〈シングル&シングル〉のジュニア・パートナーです。父を探してるんです」

マースキーがポーランド語で何やらぼそっと言い、ボクサーがいきなりオリヴァーの腋の下に手を入れてきた。そして、乱暴に診査し、次に胸と腰にも同じことをすると、ゾーヤのようにベッドに組み伏せ、カトリーナのように股をまさぐり、その手を足首まで這わせ、オリヴァーの財布を取り出し、マースキーに渡した。さらに、ウェスト名義のパスポート、オリヴァーのポケットから、十二歳の少年ならきっと恥ずかしい思いをしていたにちがいない、こまごまとした品を取り出した。マースキーはそれを両手に受け、机の上にばらまき、洒落た眼鏡《めがね》をかけた。千スイス・フラン紙幣が数枚――残りは鞄の中だった――小銭、浜辺でロバに乗っているカーメンの写真、〈アブラカダブラ〉という週刊誌の切り抜き――記事の見出しは〝新傾向の新マジック〟――アギーに押しつけられた洗濯したばかりのハンカチ。マースキーはパスポートを明かりにかざした。

「どこで手に入れた?」

「マシンガム」とオリヴァーはナディアが〈ナイティンゲイル〉で言っていたことを思い出して答えた。そして、一瞬、今自分のいるところが〈ナイティンゲイル〉ならいいのにと思った。

「マシンガムを知ってるのか?」

「同僚だ」

「マシンガムがおまえをここに寄越したのか?」

「ちがう」

「だったら、イギリスの警察か? 父を探しに」

「自分の意思で来たんだ、父を探しに」

マースキーはまた何事かポーランド語で言った。ボクサーがそれに答え、そのあとスタッカートのようなやりとりがあった。自分がここまでやってきたことが話題になっていることぐらいは、オリヴァーにも容易にわかった。そのうち、ボクサーが叱責されたような顔をして部屋を出ていった。

「おまえはおれの妻と子供にとって危険な存在だ。おまえにはそのことがわかってるのか? おまえはここにはなんの用もない人間だ。わかってるのか?」

「わかっている」

「だったら、とっとと出ていけ。今すぐ。またこのあたりをうろうろしてるようなことがあったら、そのときはもうおれには責任が持てん。さあ、こいつを持って出ていけ。おれは欲しくもないから。ここへはどうやって来た?」

「タクシーだ」

「あのトチ女《あま》はイスタンブールのタクシーの運転手なのか?」

彼女に気づいたとは、とオリヴァーはいささか感心して思った。「空港のハイヤー会社に頼んだら、現れたのが女の運転手だったんだ。ここを探すのに一時間もかかった。で、彼女にはほかにも仕事ができてしまった。ガス欠になってしまったんだ」マースキーは、オリヴァーがこまごまとした品をポケットに入れるのを見るからに不快げに見ていた。「どうしても父を見つけなきゃならない」とオリヴァーはポケットに財布を戻して言った。「どこにいるか知らないのなら、誰が知ってるか教えてくれ。父はもう自分ではどうすることもできなくなっている。そんな父をおれは助けたいんだ。なんといっても、ただひとりの父親なんだから」

中庭越しに、ミセス・マースキーと子供たちの愉しげな話し声が聞こえてきた。子供たちはもうベッドにはいらねばならず、ミセス・マースキーがメイドに引き渡しているところだった。ボクサーが戻ってきて、何やら報告した。命令が実行に移された旨を伝えるといった風情だった。マースキーは不承不承また別な命令を出した――そのように見えた。ボクサーは異議を唱えた。マースキーはそんなボクサーを怒鳴り飛ばした。ボクサーは一旦《いったん》部屋を出ると、ジーンズとチェックのシャツとサンダルを持って戻ってきた。マースキーはローブを脱ぐと、裸で立ったままズボンを穿き、シャツを羽織り、サンダルを突っかけた。そして、「くそっ！」と悪態をつき、ボクサーを従え、オリヴァーのまえを歩き、廊下伝いに前庭に出た。銀のメルセデス・ベンツが門に鼻先を向けて停まっていた。運転席にはショーファーが坐っていたが、マースキーは運転席側のドアを開け、ショーファーを車から引きずり出すと、また何やら吠えた。ボクサーが左の腋の下から銃を取り出し、マースキーに差し出した。マースキーは不満げに首を振りながら、銃を受け取り、銃把《じゅうは》がまえに突き出るようにしてベルトに差した。ボクサーは助手席側のドアのところまでオリヴァーについてきて、片手をオリヴァーの腕にかけ、そのまま助手席に押し込んだ。いかにも手慣れていた。門が開けられ、マースキーは車を道路に出すと、左に――街の灯が見えるほうに曲がり、丘をくだった。オリヴァーは振り向いてアギーを探したかった。が、まえを見つづけることを自分に強いた。

「おまえはマシンガムとは仲がいいのか？」

「あの豚野郎」とオリヴァーは、今は中途半端な受け答えをするときではないと思って言った。「あいつは父を食いものにした」

「だから？　おれたちはみんな豚野郎さ。そんな中には、ゲームのルールさえ知らないやつもいる」

マースキーは道路の真ん中にいきなり車を停めると、窓を開けて待った。アンテナ群が点滅している丘のてっぺんに続くジグザグ道が左に見えた。無数の星が空を浸《ひた》し、明るい月が地平線の黒い鞍《くら》にまたがり、ボスポラス海峡が眼下できらきらと光っていた。マースキーはバックミラーを見ながら、待ちつづけた。が、アギーは彼らのあとについて、丘を降りてきてはいなかった。マースキーは低く悪態をついて、ギアを入れると、道路を離れ、タイヤ跡だけが残っている、野石と雑草の原っぱにメルセデスを乗り入れ、スピードを落とすことなくカーヴを曲がって、メインロードから見えない位置に停めた。太い木の幹が彼らを取り囲んでいた。オリヴァーはアボッツ・キーの丘にある自分の秘密の場所を思い出し、マースキーにとってはここがそういう場所なのだろうか、と思った。

「おまえのくされ親爺《おやじ》がどこにいるかなどおれは知らない。わかったか?」とマースキーは不満を抱く共謀者の声音で言った。「嘘じゃない。おまえにはほんとうのことを言ってやる。だから、そのあとはおれの人生から消えろ。おれの家から、おれの女房から、おれの子供から離れて、くそイギリスに戻りさえすりゃ、おまえがどこにいようとかまわん。おれは家庭人だ。おれには家族が何より大切なものなんだ。おれはおまえの親爺が好きだった。嘘じゃない。だから、死んじまったのは気の毒だと思うよ。ほんとうにな。でも、こうなった以上、家のことは忘れることだ。新しい王家を見つけて、彼のことを知ってたことも忘れることだ。おれはまともな弁護士だ。それがおれがなりたいものだ。もう悪党ではいたくないんだよ、そうならざるをえないとき以外は」

「誰が父を殺したんだ?」

「もしかしたら、まだやつらはやってないかもしれない。もしかしたら、明日やるつもりなのかもしれない。あるいは、今夜か。それにどれだけのちがいがある? 見つけたときには、どうせ死んでるんだから。おまえ自身も」

「誰が父を殺すと言うんだ?」

「みんなが、だ。ファミリー全員が、だ。エヴゲニー、ティナティン、ホバン、ありとあらゆるいとこに叔父に甥《おい》。誰がやるなんてどうしておれにわかる？　エヴゲニーはもう血の復讐を始めてしまったんだから。容赦なく、全人類に宣戦布告をしちまったんだから。彼はコーカサス人だ。彼には誰もが代償を払わなきゃならない。タイガーも、タイガーの息子も、タイガーの犬も、タイガーのくそカナリアも」

「それもこれもすべてはフリー・タリン号のせいなのか？」

「そうだ、フリー・タリン号が何もかもぶち壊しにしたのさ。去年のクリスマスまで――こっちにはちょっとした計画があった。こっちとは、おれとマシンガムとホバンの三人のことだ。いささかうんざりしてたのさ、誰も彼もがミスを連発することに。それで、ここはひとつ組織を再編し、安全面を強化し、もっと近代的な組織に生まれ変わらなきゃならんと思ったわけだ」

「年寄りを排除して」とオリヴァーは言った。「船を乗っ取る」

「そうだ」とマースキーは寛大に認めて言った。「爺《じじい》は全部やっつけろ、だ。それがビジネスってもんだ。目新しいことでもなんでもない。そう、われわれは乗っ取りを画策《かくさく》してた。だけど、それは無血クーデターだ。そうとも。何事も平和的にやるつもりだった。おれは平和主義者だからな。これまで長い旅をしてきたんだよ。リヴォフ（ウクライナ西部の都市）のシラミのたかった薄汚いガキが、優秀なコミュニストになるために猛勉強をして、十四歳のときにはもう四カ国語でおまんこをしてた。法律学校は次席で卒業し、党の大物になって、あれこれ画策し、大きな影響力を持つようになり、風の吹き具合を見て、教会万能主義者にもなった。バプティストだ。でもって、シャンパン・パーティに明け暮れ、〝連帯〟にも参加した。それでも、おれの魂は充分救済されなかったんだろう。新しいやつらはおれを監獄に送り込もうとしやがった。で、トルコに逃げたのさ。今はここで幸せに暮らしてる。新しい事務所を構え、女神と結婚して。聖三位一体《さんみいったい》にはちょっと飽き飽きしてきたんで、そのうちたぶんイスラムに改宗しようと思ってる。柔軟な平和主義者、それがおれだ」と彼は繰り返した。「今日一日平和で過ごすこと。それが一番だ。少なくともどこかの狂ったロシア人が第三次世界大戦をおっぱじめるまでは」

「彼らは父をどこへ連れていったんだ?」

「どこへ連れていったか。どうしてそんなこと、おれが知ってる? エヴゲニーはどこにいる? それは遺体を運んだところだ。アリックス・ホバンはどこにいる? エヴゲニーが行ったところだ。だったら、タイガーは? アリックスが連れていったところじゃないのか」

「遺体? 誰の遺体だ?」

「ミハイルのだよ! 誰の遺体だと思った? エヴゲニーの弟のミハイルのだ。おまえの頭には岩でも詰まってるのか? フリー・タリン号で死んだミハイルに決まってるだろうが! ほかに誰のためにエヴゲニーが戦争を始めると思った? 何より彼は遺体を欲しがった。そして、そのためには途方もない金を払った。〝弟の遺体を寄越せ。鉄の棺に入れて。氷をいっぱい入れて。世界を殺すのはそのあとだ〟」オリヴァーは一度に多くのことに気づいた。一瞬、月が白い空の中で黒く見えてしまうほど、自分がポジではなくネガばかり見ていたことも、自分が水中にいて、声も耳も奪われていたことも、アギーが彼に手を差し伸べてくれているのに、自分が溺《おぼ》れていたことも含めて。心身の機能がまたもとに戻り、気がつくと、マースキーはまたマシンガムのことを話していた。「ホバンが積み荷のことをランディ・マシンガムに話し、マシンガムは自分の昔のボス——内務省検察局のやつらにそのことを密告し、検察局はモスクワに流した。で、モスクワはロシアじゅうの海軍を総動員して、真珠湾攻撃を再現した。で、四人が死んで、船は拿捕《だほ》され、三トンの最高級のブツはオデッサに戻され、オデッサの税関のやつらを億万長者にした。エヴゲニーは怒り狂って、ウィンザーの頭を吹っ飛ばした。しかし、それはただのリハーサルでしかない。彼らにとってはこれからが本番なのさ」

オリヴァーはこわばった口調で、木々のあいだから市《まち》に向けて言った。「いったいミハイルは何をしてたんだ、拿捕されたフリー・タリン号で？」

「積み荷と一緒にいて、守ってた。そういうことだ。少しは兄貴の役に立とうと思ったんだろう。まえにも言ったとおり、彼らは損害続きだった。あちこちで手ちがいがあり、あちこちで口座が凍結されていた。あまりに多くの金がトイレに流されすぎていた。誰もが腹を立て、誰もが誰ものせいにした。ミハイルは兄貴のためにここはひとつヒーローになろうとした。それで、船に乗った、カラシニコフを抱えて。ところが、ロシア海軍の臨検を受けた。ミハイルは兵隊を何人か撃ってしまった。事態はそのため悪化した。海軍も撃ち返し、その弾丸《たま》がミハイルにあたった。誰しも撒いた種は刈り取らねばならない。それが道理というものだ」

「タイガーはあんたに会いにきた」とオリヴァーは相変わらず機械的な口調で言った。

「ああ、そうとも」

「イスタンブールに彼が来たのは、つい数日前のことだ」

「そうかもしれん。そうじゃないかもしれん。彼はおれに電話してきた。おれのオフィスに。おれに言えるのはそれだけだ。普通の電話じゃなかったということとな。ノーマルな人間の声じゃなかった。まるでタマネギでも口にほおばってるような声だった。もしかしたら、それはピストルだったかもしれない。いいか、よく聞け。おれは彼のことを気の毒に思ってる。嘘じゃない。あんたの親爺だから言うわけじゃない」

「父はあんたになんて言ってきたんだ？」

「まずおれを罵《ののし》った。去年のクリスマスの話を蒸し返して、おれを盗っ人呼ばわりした。〝盗っ人？なんの話だ？〟とおれは言い返した。〝あのときはそっちこそ盗っ人だったんじゃないのか。だけど、いずれにしろ、あんたは勝った。だから、それはそれでもういいじゃないか〟ってな。すると、彼は二億ポンドなどという馬鹿げた要求は即刻取り下げろと言った。そういうことはエヴゲニーに言ってくれっておれは言ってやった。それとも、ホバンにってな。その要求はおれの考えじゃないんだから、文句があるなら顧客に言えって。おれじゃなく。彼らがふたりで造反したんだから。すると、おまえの親爺は言った、〝オリヴァーがおまえのまえに現れたら、彼とは話すな。あの男は頭がいかれてる。だから、もうこれ以上近づくなと言ってくれ。私のあとを追うな、と。イスタンブールを離れて、どこかの穴倉に隠れてるように言ってくれ。もうジョークは終わった、と〟」

「そういうことばづかいはおれの親爺らしくない」

「今言ったのが彼の言わんとするところで、ことばはおれのだ。しかし、それはおれの言わんとするところでもある。おれは弁護士だ。だから、エッセンスだけ伝えてやろう。今すぐここから立ち去れ。どこへ行きたい？　空港か？　駅か？　金はあるのか？　おまえのタクシーになってやるよ」と言って、彼はエンジンをかけた。

「マシンガムが裏切り者だと言い出したのは誰だ？」

「ホバンだ。アリックス・ホバンには積み荷の中身がわかっていた。そして、彼にはロシアにまだ仲間がいる。ソ連の亡霊どもだ」ヘッドライトをつけずに、マースキーはハンドブレーキをはずし、月に前方を照らさせ、また道路に戻った。

「しかし、どうしてホバンはフリー・タリン号を裏切ったのはマシンガムだなどと、あんたにいちいち言ったんだ？」

「言ったから言った。ほかに理由などない。われわれは友達だからか。われわれは悪いときにも一緒にやってきた仲だからか。サイドビジネスで金儲けをするために、コミュニズムのために全力を尽くす幽霊同士だからか」

「ゾーヤはどこにいる？」

「どこにもいない。彼女は頭がいかれてしまった。彼女にはかまうな、いいな？　ロシアの女はみんな狂ってる。だから、どっちみち、アリックスもイスタンブールに来なきゃならなくなるだろう、彼女を病院かどこかに入れて。彼は結婚によって生じる義務を無視しすぎた」車は丘の麓に着いていた。マースキーはずっとバックミラーを見ていた。オリヴァーも見ていた。フォードが一台うしろに近づいてきた。マースキーは路肩に車を寄せ、スピードを落とした。その脇をフォードが通り過ぎていき、オリヴァーはアギーを見た。顎を引き、両手でしっかりとハンドルを握っていた。「おまえはいい人間だ。だから、もう二度と顔を見せるな」マースキーはベルトから銃を引き抜いた。「要るか？」

「いや。ありがとう」とオリヴァーは言った。

マースキーはロータリーの少し手前で車を停めた。オリヴァーは車を降りると、縁石の上に立った。マースキーは猛スピードでロータリーをまわると、家に向かった。オリヴァーのほうを一瞥《いちべつ》もしなかった。適度な間ののち、オリヴァーはアギーに拾われた。

「ミハイルはエヴゲニーのサミーだったわけだ」と彼は言った。前方を眺めていたが、何も見てはいなかった。彼らは海辺に車を停めていた。オリヴァーはわかったことをアギーと自分自身に報告した。

「サミーというのは？」——彼女は携帯電話ですでにブロックに連絡していた。

「おれの知ってる子だ。おれのマジックの手伝いをしてくれてた男の子だ」

エルシー・ウォットモアは眠りの中で呼び鈴が鳴るのを聞いた。呼び鈴のあとは亡夫、ジャックの声だった。銀行がオリヴァーにまた用があるそうだ、と言っていた。そのあとはジャックではなく、部屋着を着たサミーだった。二階の廊下の明かりをつけ、私服刑事がふたり玄関に立っていると言っていた。誰かが殺されたのにまちがいなく、ふたりのうちひとりは頭が禿げている、と。このところ、サミーは血なまぐさいことばかり言う。死と災害はいくらあっても足りないとでも言わんばかりに。

「私服なのにどうして警察官だってわかったの？」と彼女はバスローブを羽織りながら言った。「だいったい今何時？」

「警察の車で来てるんだよ」とサミーは彼女のうしろについて階段を降りながら言った。「〝警察〟って書かれた車で」

「あなたにまわりをうろうろされたくないわ。だから、うろうろしないで。階上《うえ》にいなさい。そのほうがいいわ」

「よくない」とサミーは言った。それまた彼女のもうひとつの悩みの種だ。オリヴァーがいなくなってからここ数日というもの、サミーはやけに反抗的になってきている。それにおねしょと、みんな災害で死ねばいいなどということばが加わるのだ。彼女はのぞき穴から外を見た。近くにいるほうは中折れ帽をかぶっていた。もうひとりは帽子をかぶっておらず、確かにレスラーのように見事に禿げ上がっていた。エルシーはここまで禿げた警察官を見るのは初めてのような気がした。ポーチの明かりにてらてらと光り、特別な油で磨いているのではないかと思われるほどだ。ふたりのうしろ、オリヴァーのマジック・ヴァンの脇に白いローヴァーが停まっていた。彼女はチェーンをかけたままドアを開けると、その隙間から言った。

「夜中の一時十五分ですよ」

「申しわけありません、ミセス・ウォットモア。わかっています。あなたがミセス・ウォットモアですね？」

帽子の男がしゃべり、禿げているほうは観察していた。ロンドンっ子のしゃべり方で、教養も感じられる声音だった。そう聞こえるよう、本人が望んでいるほどではないにしても。「ミセス・ウォットモアだったら、なんですの？」と彼女は言った。

「私はジェニングズ刑事、こちらは部下のエイムズ刑事です」そう言って、彼はプラスティック加工されたカードを振ってみせた。が、それがバスの定期券ではないという保証はどこにもなかった。

「ある人物に関する情報がはいりましてね。われわれはその情報に基づいて行動してるんですが、こんな時間にお邪魔したのは、重罪が次にまた起こるのを未然に防ぐためなんです」

「きっとオリヴァーのことだよ、ママ」とサミーが彼女の左の肘のあたりで陰気な声で心配そうに囁いた。エルシーはもう少しで彼に食ってかかり、そんな馬鹿な口はずっと閉じてなさい！　と怒鳴りそうになった。が、実際には黙ってチェーンをはずした。刑事はふたり続いて玄関ホールにはいってきた、互いにやけにくっつき合って。オリヴァーの別れた奥さん、とエルシーは思った。おそらくは扶助料のことで彼を訴えたのだろう。それとも、また飲みすぎた彼が誰かを殴ってしまったのか。あのとき、まるで監獄の壁でも見つめるように、床に横向きに寝そべり、体をまるめていたオリヴァーの姿が彼女の眼に浮かんだ。


帽子をかぶっていたほうはすでに帽子を取っていた。呑んべえのあてにならない眼をしていた。どこかしら自らを恥じているようなところがあった。が、禿げ頭のほうはいささかも恥じていなかった。宿帳を見つけると、のぞき込み、まるで自分の所有物ででもあるかのようにページをめくった。用心棒にでもなれそうな肩をしていた。が、体のほかの部分と比べると、尻がやけに小さかった。

「名前はウェストっていうんですがね」と禿げ頭は親指を舐め、なおもページをめくりながら言った。

「知ってますか？」

「おひとりやおふたりはいらしたと思いますが。珍しい名前じゃありませんからね」

「彼女に見せたら？」と禿げ頭はページをめくる手を休めることなく、もうひとりに言った。もうひとりは札入れから撥油紙《はつゆし》の封筒を取り出し、さらにその中からオリヴァーの写真を取り出した。エルヴィス・プレスリーのような恰好をしたオリヴァーで、髪にはウェーヴがかかり、そのとき何をしていたにしろ、そのことから逃れたがっていることが容易に想像できる、腫《は》れぼったい眼をしていた。サミーも写真を見ようとして爪先立ち、「ぼくも。ぼくも」としきりに繰り返した。

「ファースト・ネームはマーク」と帽子の刑事が言った。「マーク・ウェスト。身長、六フィート。髪は黒」

そのときエルシー・ウォットモアにあったのは本能だけだった。それと、沈みかけている船からのSOSのようにかかってきた電話の記憶――〝調子はどう、エルシー？　サミーは？　おれは元気にしてる。エルシー、心配しないで。すぐに帰るから〟。サミーは嘆願のことばを〝見せて。見せて〟に変え、彼女の鼻の下でしきりに指を鳴らしていた。

「彼じゃないわ」と彼女は答えた。リハーサルをしすぎた公的な場での宣言のようにしゃがれ声になっていた。

「誰じゃないって？」と禿げ頭が体を起こすと同時に、彼女のほうを向いて言った。「誰が誰じゃないって？」

彼の眼は水のように色が薄く、うつろだった。そのうつろさに彼女は恐怖を覚えた。誰がどんなやさしさを注いでも無駄になる。彼の眼はそんな眼だった。自分の母親が死にそうな場面に遭遇しても、この眼はうつろなままだろう、と彼女は思った。

「この写真の人はわたしの知ってる人じゃない。だから彼じゃない。そういう言い方ってするでしょ？」そう言って彼女は写真を返した。「それよりちょっと非常識じゃありませんか。こんな時間に善良な市民を叩き起こすというのは」

サミーは蚊帳《かや》の外に置かれることにとうとう耐えきれなくなった。エルシーのスカートから離れると、帽子と禿げ頭のところまでつかつかと歩き、手を差し出した。

「サミー、二階に上がって、ベッドにはいりなさい。これは警告よ。あなたは明日学校があるんだから」

「彼に見せるんだ」と禿げ頭が言った。まったく唇を動かさずに。部下が上司に命じていた。

帽子の刑事は言われたとおりサミーに写真を渡した。サミーは写真を吟味した、最初は片眼で、次に両眼で。

「マーク・ウェストはここにはいないよ」とサミーは言い、まるでごみか何かのように刑事の手に写真を返すと、振り返ることもなく、小走りになって二階へ上がっていった。

「だったら、ホーソンは？」と禿げ頭は宿帳にまた戻って言った。「O・ホーソン。誰だね？」

「オリヴァーのこと？」と彼女は言った。

「オリヴァー？」

「オリヴァー・ホーソン。彼ならうちの下宿人だけれど。仕事はマジシャン。子供向けのね。アンクル・オリー」

「今、いるかい？」

「いいえ」

「どこにいる？」

「ロンドンに行ったわ」

「何しに？」

「仕事で。古いお客さんから声がかかったのよ。特別なお客さんみたいだった」

「シングルは？」

「あなたは〝――は？〟としか言えないの？　何を訊いてらっしゃるのか、わたしには見当もつかない。シングル・ルームのこと？　うちは全室ダブルです」彼女の感情にまぎれはなかった。彼女は怒っていた。何より信用のおける明快で激しい怒りだ。「あなた方にはなんの権限もない。令状もない。帰ってください」

彼女はドアを開け、ふたりのために開けたままドアを支えた。口の中で舌がひどく膨れ上がってしまっているように思えた。それは子供の頃、嘘をつくとそうなるぞ、と父親によく言われたことだった。禿げ頭が彼女に近づき、ウィスキーと生姜《しょうが》のにおいを彼女の顔に吐きかけて言った。

「ここに下宿してる誰か男が最近、仕事にしろ遊びにしろ、スイスに行ったというようなことは?」

「わたしの知っているかぎりでは誰もいません」

「だったら、どうしてスイスの百姓が山のてっぺんで国旗を振ってる絵はがきなんかをあんたの息子に出したりするんだね? すぐに帰る、なんて書いて。でもって、なんでその絵はがきには、切手代は宿泊客の〝ミスター・マーク・ウェストに〟なんて書いてあるんだね?」

「さあ。わたしはそんな絵はがき、見てもいないわけですしね。ちがいます?」

うつろな眼が近づけられ、ウィスキーのにおいがより強く、より温かくなった。「もし嘘をついてるなら、マダム――おれは嘘をついてると思うが――あんたもへらず口のあんたの息子も、そう、生まれてこなきゃよかったなんて思うことになるだろうな」そう言って笑い、おやすみと目顔《めがお》で言い、同僚と並んで車のほうへ歩いていった。

サミーは彼女のベッドで待っていた。

「ぼく、うまくやったよね。でしょ、ねえ、ママ?」

「そうね、彼ら、びっくりしてた。あたしたちがこれまでに一番びっくりしたよか」と彼女は請け合ったが、ことばづかいがおかしくなっていた。そして、気づいたときにはもう体が震えだしていた。

第十八章

ブロックにも大昔に一度、若さの業火《ごうか》に焼かれて、相手が泣きだすまでぶちのめしたことがあった。が、思いがけない相手の涙が彼を戸惑わせ、恥じ入らせた。アギーと電話で話してまだ一時間と経っていなかった。彼は〈プルートの犬小屋〉にはいり、今回もまたその大昔の一件を思い出し——誘惑に駆られるといつも思い出すのだ——その教訓におとなしく従うことを自分に誓った。カーターがスティール製のドアを開け、ブロックの顔を見やった。見るなり、何かが起きたことを悟ったようだった。通路にいたメイスは体を壁に押しつけてブロックを通した。外の通りでは、タンビーが、料金メーターも専用無線もずっとオンにして、めだたないタクシーの運転席で待っていた。夜の十時、マシンガムは肘掛け椅子に坐り、中華料理の出前をプラスティックのフォークで食べながら、笑いっぱなしのテレビのジャーナリストが互いに互いのウィットを称《たた》え合うのを漫然と見ていた。ブロックはドアの近くのコンセントからテレビのコードを引き抜き、マシンガムに立つように言った。言われたとおり、マシンガムは立ち上がった。彼の弱さがしみのように顔に浮き出ており、そのしみの色はここ数日、尋問のたびに深まっていた。ブロックはドアに錠をかけると、鍵をポケットに入れた。どうしてそんなことをしたのか。あとになっても彼には説明できなかった。

「こういうことだ、ミスター・マシンガム」と彼はまえもって決めていたとおり、やさしくおだやかに切り出した。「フリー・タリン号船上で、ミハイル・イワノヴィッチ・オルロフが撃ち殺された。きみはそのことを知っていた。しかし、そのことはわれわれに話すべきではないと思った」そこで間《ま》を置いた。ブロックにしてみれば、それは相手の発言を促す間ではなく、譴責《けんせき》の矛先がより深く相手に刺さるのを待つための間だった。「きみはどうしてそんなことを思ったのか。こっちとしては首を傾げざるをえない」マシンガムはあいまいに肩をすくめただけで、何も答えなかった。「弟が死んだのは、きみとタイガーのせいだとエヴゲニーは思っている。私の情報ではそういうことになっているが、それはきみの情報でも同じだろうか？」

「ホバンの仕業だ」

「なんだって？」

「ホバンが私に責任をなすりつけたのさ」

「ほう？　その情報はどうやってきみのもとに届けられたんだね？」

沈黙が延び、その沈黙は最後に、「それが私の仕事だ」ということばで破られた。

「もしかして、その情報はアルフレッド・ウィンザー殺害ビデオのきみの愛蔵版の中で語られていたのかね？　きみだけに宛てられたメッセージから、あるいは、追伸から、きみは自分もまた危険にさらされていることを知った。そういうことだったのか？」

「リストの次の名前はおまえの名前だと彼らに言われたのさ。私が裏切ったためにミハイルが死んだ。私にも私の愛する者――特にウィリアム――にもその罪は血で贖《あがな》ってもらう、と」とマシンガムは咽喉《のど》がひどく渇いているかのような声で言った。「しかし、それも策略だった。私はホバンに裏切られたんだ」

「裏切りの裏切り。きみたちはすでにタイガーを裏切ってるわけだからね」

答はなかった。否定のことばもなかった。

「きみはそのまえの計画では与えられた役まわりを嬉々《きき》として演じた。去年のクリスマス前後のことだ。雇い主であるシングルからその資産を奪い、ホバンとマースキーときみが支配する新たな組織をつくろうと画策した。今のはうなずいたのかね、ミスター・マシンガム？　そうなら、そうと言ってくれないか？」

「そうだ」

「ありがとう。このあとすぐにミスター・メイスとミスター・カーターをここに呼んで、きみをいくつかの刑法違反の容疑で正式に告発する。その中にはもちろん、情報秘匿による公務執行妨害、すでに名前の挙がっている人物にしろ、まだ名前の挙がっていない人物にしろ、彼らと禁制品の輸入を共謀した容疑も含まれる。しかし、今、ここで私に協力すると言うなら、このさききみを待っている短からぬ刑期がいくらかでも短くなるよう、この私が法廷で証言しよう。逆に協力できないと言うなら、すべての起訴事実について最大限の刑期が宣せられるよう、今回の件に関するきみの役割を詳細に報告する。ウィリアムも犯行後、犯行前、犯行中の従犯者としてきみの隣りの被告席に坐らせる。そして、今私が言ったことなど金輪際《こんりんざい》言っていないと宣誓証言する。さあ、どっちがいい、ミスター・マシンガム？　はい、私はあなたに協力します、か。いいえ、協力しません、か」

「はい、だ」

「はい、なんだ？」

「はい、私はあなたに協力します」

「タイガー・シングルはどこにいる？」

「それは知らない」

「アリックス・ホバンはどこにいる？」

「それも知らない」

「被告席に坐っているウィリアムが見えるか？」

「やめてくれ。ほんとうに知らないんだ」

「誰がフリー・タリン号をロシアの関係当局に売ったんだ？」

囁くような声になった。「あの豚野郎。こっちはとんだとばっちりを受けたんだ」

「この場合、あの豚野郎とは誰のことだね？」

「何度も言っただろうが。ホバンだ」

「そうなったいきさつをもっと知りたい。今夜はものがあまりよく見えなくてね。もっとよく見えなきゃならんのに。きみとホバンの観点からは、いったいどういう利点があったんだね、フリー・タリン号をロシア当局に拿捕《だほ》させ、最高級のヘロインを何トンも奪わせることに——ミハイルを殺させることなど言うに及ばず」

「あのくそ船にミハイルが乗ってるなんて私は知らなかったんだ！　ホバンはひとこともそんなことは言わなかった。ミハイルが乗ってることがわかってたら、ホバンと行動をともにするなど考えもしなかっただろう」

「ホバンと行動をともにするというのは、具体的には？」

「彼が望んでたのは最後の一押しだった。しばらく続いていた手ちがいの中でも決定的なやつを望んでたんだ。そういうものをあいつは望んでたんだ」

「きみも、だ」

「ああ、そうとも、ふたりでそういうことを望んでたんだ！　それはそれで理《り》に適《かな》ってたからだ。で、彼と行動をともにした。馬鹿だったよ、ほんとうに。これで満足かね？　フリー・タリン号が拿捕されたら、それが最後の決め手になって、ホバンはエヴゲニーになんでも言えるようになる。そういう目論見《もくろみ》だった」

「なんでも言える？　何を言うんだ？　もっと大きな声で言ってくれ。聞こえないよ、そんな声じゃ」

「説得だよ、説得。あんた、英語がわからないのか？　ホバンはもう少しでエヴゲニーを意のままに操《あやつ》れるところまできていた。なんといっても、ゾーヤの夫で、エヴゲニーのただひとりの男の孫の父親なんだからな。ホバンはそういうことを最大限利用してたのさ。そんなところへもって、フリー・タリン号までおかしくなったら、エヴゲニーもさすがに反対しなくなるだろう、とホバンは思ったわけだ。最後の最後でエヴゲニーが気を変えるようなことはもうなくなるだろう、と。タイガーといえども、エヴゲニーをなだめることはもうできないだろう、と」

「ホバンはおまけにミハイルを船に乗せ、そのことはきみには言わなかった。ほう、悪いが、また話がわからなくなった」

「彼がミハイルを乗せたのかどうか、それは知らない。たぶんミハイルが自分から乗ると言い出したんだろう。ホバンには船が臨検を受けることがまえもってわかっていた。しかし、ミハイルの乗船を止めようとはしなかった」

「それで、ミハイルは殺され、その結果、紙の上での反乱のかわりに、五つ星クラスのグルジア人の血の抗争が始まった」

「私はうまくはめられたのさ。私は裏切り者だ。だから、彼らにしてみれば、一番の標的だ。ホバンの口からは、まずまちがいなくエヴゲニーにそう伝えられてるはずだ」

「話がさらにわからなくなった。どうしてきみが裏切り者なんだね？　どうしてそんなことになってしまうんだね？　それに、ホバンはフリー・タリン号のことをどうして自分で密告しなかったんだ？　どうしてホバンは汚い仕事を自分でやらなかったんだ？」

「密告はイギリス側からされる必要があったからだ。その出所がホバンだった場合、彼の古くからの商売仲間にはそれがいずれわかってしまう。ということは、いずれエヴゲニーにもわかってしまうことを意味するからだ」

「そんなふうに言われて、きみはまんまとホバンにひっかけられてしまったわけか」

「そのとおりだ！　何ひとつおかしなところはなかったからな。イギリスからの密告ということなら、まあ、タイガーしか考えられない。私がやったとしても、それはタイガーの命令に従ったまでということになる。タイガーがエヴゲニーを裏切った。全部はタイガーを指差すための企みだった」

「なのに、きみも一緒に指差されてしまった」

「ホバンの言うとおりにしていたら、結局、自分で自分の墓穴《ぼけつ》を掘ることになってしまったということだ。自分の思うとおりにしていたら、また別な結果が出ていただろうに」マシンガムは普段の声を取り戻し、身勝手な憤り《いきどお》をその声ににじませて言った。

「いずれにしろ、きみはホバンと行動をともにした」

返事がなかった。ブロックは半歩マシンガムのほうに行きかけた。その半歩で充分だった。

「そうだ。彼につきあった。しかし、ミハイルが船に乗ってることは知らなかった。ホバンが私をも標的にしてたことも。どうすればそんなことが私にわかる？」

ブロックはいっとき考えにひたった。顎に手をやり、ひとりでしきりにうなずき、何かにあいまいに同意しているように見えた。「で、きみは密告をすることに同意した」ややあって彼は言った。「でも、どうやって？」答はなし。「当てさせてくれ。ミスター・マシンガムは〝外務省〟の旧友を訪ねた」それでも、答はなかった。「それは私の知ってる人間かね？　そいつは私の知ってる人間かと訊いてるんだが」マシンガムは首を振っていた。「どうしてちがう？」

「オデッサを出航するフリー・タリン号の積み荷がなんなのか、どうして私がそんなことを知ってるのか。パブでたまたま耳にした？　電話をしてたら、混線して聞こえてきた？　彼らは即、私を尋問するだろう」

「なるほど」とブロックはしばらく考えてから言った。「むしろ彼らはフリー・タリン号よりきみに関心を持つかもしれない。それはうまくない。どう考えても。きみとしては、あれこれ考える情報部員ではなく、よけいなことは何も訊いてこない、物静かな盟友がよかった。結局、誰のところへ行ったんだ、ミスター・マシンガム？」ブロックは、今ではマシンガムの顔に自分の顔をくっつけるようにしており、このあともまだ囁きを超える声で話すというのは、ふたりにとって不必要なだけでなく、不適切なことに思われた。だから、彼の突然の叫び声はよけいに鮮烈に聞こえた。「メイス君！　カーター君！　そばにいたらすぐに来てくれ！　今すぐ！」ふたりはドアのすぐ近くで待機していたのだろう。ドアに鍵がかかっていることがわかると、ブロックがなんらかの危機にさらされているのではないかと思い、ドアを破り、ブロックが命令を言いおえたときにはもうすでにマシンガムの両脇に立っていた。「ミスター・マシンガム」とブロックは続けた。「どうか話してもらいたい。このふたりの紳士も同席しているところで。フリー・タリン号が不法な貨物を積んでオデッサ港を出航したという情報をきみは、イギリスのどういった法の執行機関に極秘に伝えたのか」

「バーナード・ポーロック」とマシンガムは喘《あえ》ぐように、囁くように言った。「タイガーには普段からよく言われていた……警察の協力が必要なときには、ポーロックのところへ行くようにと……ポーロックはネットワークを持ってる……どんなことでも細工できるネットワークを……たとえば、私が誰かをレイプしても……ウィリアムが麻薬で捕まっても……誰かが誰かを脅迫しても……そのすじの人間が必要になっても……なんでもだ。ポーロックが手を貸してくれる。ポーロックはタイガーの手下みたいなものだったんだ」

マシンガムはそう言うと、むせび泣きはじめた。ブロックたちとしてはなんとも決まりの悪い思いをした。マシンガムは涙でブロックをなじっていた。しかし、憐《あわ》れみを抱いている暇はブロックにはなかった。タンビーが戸口までやってきて、ブロックにメッセージを伝えた。エイデン・ベルは、すでに屈強な男たちの一団とノーソルト（ロンドン近郊にあるイギリス空軍基地）に到着しており、いつでも出発できる状態にある——それがそのメッセージの内容だった。

ふたりは長い橋を渡ったあとも、あやふやなオリヴァーの道案内のせいで、もうひとつ丘を探検しなければならなかった——〝ここを左、右じゃない……しばらく進んで、ここを左だ！〟——しかし、アギーは逆らわなかった。むしろ彼の勘を鈍らせないよう最大限の気配りをしていた。彼のほうは、猟犬のように首をまえに突き出し、眉をひそめて一心に記憶の糸をたぐっていた。すでに午前零時を過ぎていた。人品卑しからぬ紳士が道を歩いている時間ではなかった。村を抜けて、丘の上のレストランのまえを通った。時折、車に乗って浮かれ騒ぐ連中が戦闘機のように現れては、すぐにまた谷間に姿を消した。何もない平原に点々とお椀のような黒い土の盛り上がりが見えた。突然、霧の中に突っ込んでは、突然、また抜け出すということをふたりは繰り返した。

「青いタイルだ」と彼は彼女に言った。「イスラムの寺院のような。その上にせかせかした忙しそうな文字が並び、35と白で書かれていた」

彼はいくつか似たような住所を書いていた。そして、待避所に停めた車の中で、肩と肩を寄せて、道路地図と地図辞典を調べていた——これじゃない、オリヴァー？　だったらこれは、オリヴァー？　アギーは、彼とのあいだにできたばかりの親密さをほとんど試すことができずにいた。何度か彼の指を持って地図の上を這わせたのと、一度彼のこめかみにキスしたこと以外。彼のこめかみは冷たい汗で湿り、震えていた。彼女は電話ボックスの中で格闘し、オルロフ、エヴゲニー・イワノヴィッチにしろ、ホバン、アリックス（父称《ふしょう》は不明）にしろ、どちらかの住所と電話番号がわかり、英語が話せるオペレーターを探そうともしていた。が、失敗に終わっていた。イスタンブールの電話のオペレーターにとっては、今日は休日なのか、誰かの誕生日なのか、ただ単に早寝をしなければならない夜なのか、礼儀正しいブロークンな英語で返ってきたのは、また明日電話してくれ、という答だけだった。「フランス窓から景色を眺めてみましょう」と彼女は彼を説得し、観光客用の景観スポットに車を停め、エンジンを切った。「あなたが以前見たもの——そのランドマークはヨーロッパ側にあった。でも、アジア側も見たはずでしょ？　アジア側には何が見えた？」

彼は彼女からあまりに遠いところにいた。あまりに彼自身の奥深くに。彼女が初めてカムデンの家で会ったときのオリヴァーに戻ってしまっていた。狼の毛皮のような灰色のオーヴァーコートを着て、傷つき、獰猛《どうもう》な眼をして、誰も信じようとしない彼に。

「雪だ」と彼は言った。「雪が降っていた。反対側の岸の宮殿に。それに船。妖精をかたどった庭園灯。門があった」イメージが徐々に鮮明になってきた。「門番小屋だ」と彼は自分で自分を訂正した。「丘を利用した庭園の裾にあった。それにテラス。庭園の裾に門のある石塀があった。その上に門番小屋があったんだ。その反対側に狭い道。丸石を敷いた道だ。そこを歩いた」

「誰が？」

「エヴゲニーとおれとミハイルで」ミハイルと言うまえにちょっと間があった。「庭園をぐるっと一周したんだ。ミハイルはいかにも自慢げだった。その広さを喜んでいた。〝ベツレヘムみたいだ〟と何回も言っていた。門番小屋には明かりがついていて、誰か住んでいた。ホバンの手下か。警備の人間か。誰にしろ。ミハイルはそいつらを嫌っていた。窓にそいつらの姿が見えたらしく、顔をしかめて唾を吐いたことがあった」

「どんな恰好なの？」

「おれはそいつらを見てない」

「人のことじゃないわ、オリヴァー。門番小屋のことよ」

「狭間付きだった」

「いったいそれ、どういう意味？」——彼を殻の中からひっぱり出せればと思い、彼女はおどけて言った。

「小塔があって、鋸歯《のこぎりば》のようなぎざぎざがあった」オリヴァーは曇ったフロントガラスにおぼろげなスケッチを描いて、「クレネレイティッド」と繰り返した。

「それに丸石を敷いた狭い道」

「それがどうした？」

「ということは、村の中にあったの？　丸石というと、わたしは村を連想するけど。門番小屋の向こうに街灯はなかった？　あなたが雪の庭園を見下ろしたとき、街灯は見えなかった？」

「信号が見えた」と彼は答えたが、心はまだ遠くにあった。「門番小屋の左斜め下のほうに見えた。ふたつの道路が交差する角に家があった。丸石を敷いた狭い道ともうひとつ広い通りが交差するところに信号があったんだ。どうして彼は、タイガーはまるでタマネギでもほおばってるみたいなしゃべり方をしてたなんて言ったんだろう？」彼は彼女が地図を調べているあいだに考えた。「それに、どうしておれがあとを追うはずだなんてタイガーは思ったのか。そうか、彼にはおれがナディアのところに行くことがわかってたんだ」眼のまえの仕事に集中しなさい、とアギーが言った。彼は記憶の糸をたぐり直した。「道路が二本。海岸道路と丘の道だ。ミハイルは丘の道が好きだった。自分の運転技術を見せびらかすことができるから。陶器の店とスーパーマーケットがあった。それにビールのネオン」

「銘柄は？」

「エフェス。トルコのビールだ。それにイスラム寺院。てっぺんにアンテナがついてるミナレット。勤行《ごんぎょう》の時間を知らせる時報係の声も聞こえた」

「それにアンテナを見た」とアギーは言ってエンジンをかけた。「夜に。人の住んでる門番小屋、玉石を敷いた道、村、ボスポラス海峡をはさんだアジア側、数字の35。さあ、行きましょう、オリヴァー。あなたの眼が要る。こんなところで死なないで。今はそのときじゃないわ」

「陶器の店」

「それが?」

「〈ジャンボ・ジャンボ・ジャンボ〉という名前だった。陶器の店に象が三頭もいる想像図が頭の中に残ってる」

ふたりは電話ボックスで破れかけた電話帳を見つけ、〈ジャンボ・ジャンボ・ジャンボ〉の住所を調べた。が、その住所が示す通りを地図で確かめると、そんな通りは存在しなかった。存在していたのかもしれないが、今は名前を変えていた。ふたりは道路にできた穴を縫うようにしてよけながら、丘の中腹を縦横に走った。それは突然のことだった。弾《はじ》かれたように、オリヴァーが顔をまえに突き出した。そして、アギーの肩をつかんだ。ふたりはすでに交差点に来ていた。交差しているもう一方の道には丸石が敷かれていた。その道の左側を煉瓦の塀が走っていた。その塀の中途に、古めかしい小塔がすっくと立っていて、そのとがった黒い歯を星空に食い込ませていた。右手にはイスラム寺院。ミナレットには実際にアンテナもついていた。もっとも、アギーにはそれは避雷針のように思えたが。そのさきでは、ふたつの信号機が赤く点灯しているのが見えた。サイドランプだけにして、アギーは狭間付きの門番小屋のまえをゆっくりと進んだ。そのアーチ型の窓に明かりは見えなかった。信号のところまで来ると、彼女は左に曲がって丘をのぼり、〝アンカラ〟と書かれた道路標識のまえを過ぎた。

「ここをもう一度左へ」とオリヴァーは言った。「よし、停めてくれ。これで百ヤードは離れただろう。背の高い門がふたつ。前庭。木が植えられていて、それらの木の下に屋敷がある」

彼女は砂地のへりに慎重に空き缶やら壜をよけて車を停め、ライトを消した。ふたりはプライヴァシーを求めるカップルになった。ボスポラス海峡がまた眼下《がんか》に見えていた。

「おれはひとりで行く」とオリヴァーは言った。

「わたしも」とアギーは言って、ショルダーバッグを膝の上に置き、バッグの中をまさぐり、携帯電話を見つけると、運転席の下に押し込んだ。「トルコのお金をちょうだい」

彼は言われたとおり札束を差し出した。彼女はその半分を返し、残りの半分をシングル名義のパスポートと一緒に座席の下にまた押し込んだ。そうして車のキーを抜き取ると、レンタカーのタッグをはずして車を降りた。彼も降りた。彼女はボンネットを開け、工具を取り出し、工具の中からバールを選び、ベルトに差した。それからボンネットを閉め、ペンライトで地面を照らし、何やら探しはじめた。

「スイス・アーミー・ナイフならあるけど」とオリヴァーは言った。

「黙ってて、オリヴァー」彼女はしゃがむと、蓋のない錆びついた空き缶を取り上げた。そして、車のドアの鍵をかけ、キーと錆びた空き缶を掲げた。「これが見える？　もし別れてしまったり、トラブルに巻き込まれたりしたら、最初にここに戻れたほうがこれを取る。相手を待たないで」そう言って、キーを空き缶の中に入れ、左の前輪のホイールカヴァーの内側にはさみ込んだ。「集合場所はミナレットの下。最後には駅に向かう。列車は午前六時から二時間おきに出てる。そういった訓練はあなたも受けてるはずだけど、オリヴァー？」

「ああ、大丈夫だ、心配は無用だ」

「これはあくまでわたしたちが別れ別れになった場合のことだけど。誰が車にさきにたどり着いたにしろ、すぐにホットラインでナットに連絡する。1を押せばそれでつながるから。もちろん、最初に電源を入れて。わかった、オリヴァー？　あなた、わたしの話をちゃんと聞いてる？　なんだかわたし、自分にしゃべってるような気がする。こっちに来て」彼女はお椀をふたつ合わせたように両手をまるくして彼の耳にあてた。「これは作戦上の指示よ。今から言うことをよく心にとどめておいて。たいていの人は、まちがったことをしても、自分はヒーローだって思いたがる。ほんとうはクズの中のクズなのに。一方、あなたは、ずっと正しいことをしてるのに、自分のことをクズの中のクズだと思ってる。それは大きな過《あやま》ちよ。ちゃんと聞いてる、オリヴァー？　さあ、さきに行って。ここはあなたのホームグラウンドなんだから、相棒」

彼がさきに歩き、彼女はそのすぐうしろを歩いた。土を踏み固めた道には、水たまりがところどころにできていた。彼女は彼のうしろからペンライトで地面を照らした。狐かアナグマらしい獣のにおいと夜露のにおいがした。アギーの手が肩に置かれ、オリヴァーは立ち止まり、彼女を見た。闇の中、はっきりとはわからなかったが、相手を気づかう思いが眼に表れているのが感じられた。その思いは自分の眼にも表れているはずだ、とオリヴァーは思った。梟《ふくろう》の鳴き声、猫の鳴き声、それにダンス・ミュージック。右手の丘の上に豪勢な屋敷が見えた。明かりが煌々《こうこう》とともされ、車まわしには何台もの車が停まり、浮かれ騒ぐ人たちの影が屋敷の窓に見えた。

「あれは誰？」とアギーが囁いた。

「悪党の億万長者たち」

彼はたまらなく彼女が欲しくなった。イスタンブールの古びた駅からオリエント急行に乗り、パリまで彼女とずっと愛しつづけることができたらどんなにいいだろう、と思った。そこで、オリエント急行はもうイスタンブールまで来ていないことを思い出した。白い翼の梟がいきなり茂みから飛び立った。オリヴァーは心臓が止まりそうになった。徐々に門に近づいていた。アギーは彼のすぐうしろにぴたりとついてきていた。道路から十五ヤードばかりタールマカダム舗装をした傾斜路が脇に延びていて、門はそのさきにあった。門の横に小さな哨舎《しょうしゃ》。投光器の照明が門を照らし、重そうな鎖が門を縛り、レイザーワイヤが門を覆っていた。渦を巻くムーア模様の門柱の両方に、35という数字が白くくっきりと浮かんでいた。アギーをすぐうしろに引き連れ、傾斜路を渡り、オリヴァーは使用人や配達人のための通用門のまえまで小走りになって歩いた。ふたつの鉄板の門。その上にはキリスト教の殉教者を刺し殺し、行く手をはばむための忍び返し。その向こうに屋敷の裏手が見えた。排水管と通風管とガーゴイルがざこ寝をしていた。どの窓からも明かりは見えない。アギーは門の錠前をペンライトで調べると、バールの先端を門の隙間に差し込み、試し、慎重にまた引き抜いた。錠前の横の小さな穴から電線が出ていた。彼女は舐めた指を電線に押しつけて首を振った。そして、バールをオリヴァーのベルトに差し込むと、塀にもたれ、手のひらを上にして腹のまえで手を組み、囁いた。

「こうやって」

オリヴァーは言われたとおりの姿勢を取った。彼女は彼の手のひらに足をかけた。が、いつまでもそこにはいなかった。彼女がのった一瞬間だけ、オリヴァーは重さを感じた。が、その次には彼女はもう殉教者を待ち構える忍び返しを越え、星空に飛び立っていた。門の向こう側で、彼女が地面に降り立った音がした。オリヴァーはパニックに陥った。自分はどうやって門を越えればいい？　彼女はどうやれば中から出られる？　門の一方が軋《きし》りながら開いた。彼はその隙間から中にはいった。そこで突然、記憶が甦った。屋敷と塀とのあいだの狭い板石敷きの通路を歩いた。ここでエヴゲニーの孫娘たちと鬼ごっこをしたことがあった。飛び梁が夜空を背景にアーチを描き、排水管が古い大砲のように通路に横たわっていた。子供たちはよくそれを踏み切り台に利用していた。塀に片手をついてバランスを取りながらまたいだ。靴を片方脱いで、タイガーのペントハウスのガラス張りの通路を歩いたことをふと思い出した。ふたりは屋敷の正面の側に来ていた。月明かりの下、伏せられたトランプのカードのように庭が斜めにくだりながら広がっていた。そのさきにある塀と門番小屋が、子供の砦《とりで》から切り取ってきた城塁《じょうるい》のように見えた。

アギーが彼に腕をまわし、彼のベルトからそっとバールを引き抜いた。そして、〝ここで待っているように〃と合図で示した。彼にしてみれば選択の余地がなかった。彼女はもうすでに屋敷の前面に沿って横向きに進みはじめていた。そして、ひとつひとつのフランス窓をのぞきながら、猫のようにすばやく走っては立ち止まり、立ち止まっては走るという動作を繰り返し、最後に彼を手招きした。彼は彼女に従った、どことなく体裁の悪さを覚えながら。月明かりが日中のようにあたりをくっきりと照らしていた。最初の窓にはなじみがなかった。部屋にも。がらんとして、枯れた花が床に散乱していた。バラ、カーネーション、蘭《らん》、銀のホイル。小割り板を十字形にしたものが、部屋の隅に立て掛けられていた。小割り板はもう一枚その下にあった。オリヴァーは東方正教会の十字架を思い出した。ペンキ屋が使うような、架台の上に板をのせたテーブルが部屋の真ん中に置かれていたが、刷毛やペンキの缶はどこにもなかった。アギーが来るように合図していた。

　彼はふたつ目の窓まで進んだ。子供用ベッド、ベッドサイド・テーブル、読書用スタンド、本の山、フックに掛けられた小さなバスローブ。三番目の窓まで移動し、彼はもう少しで声をあげて笑いだしそうになった。エヴゲニーの高価な樺材の家具はどれも壁ぎわに寄せて置かれ、部屋の真ん中の特等席に、ＢＭＷのオートバイが鎮座《ちんざ》ましましていたのだ。その姿には、屍衣《しい》をまとったシェトランド・ポニーがちりよけのシーツをかけられ、立ったまま眠っているかのような風情があった。彼はアギーにもそれを見せたくなり、腕を振ろうとして彼女のほうを見た。すると、彼女は、いつのまにか両手を開いて壁にぴたりと体を押しつけ、何度も首を振り、一番そばにある窓――最後の窓を顎で示していた。彼は忍び足で彼女に近づき、その窓の手前の壁ぎわから中をのぞき込んだ。ゾーヤがティナティンの揺り椅子に坐っていた。夜会服のような黒いロングドレスを着て、黒いロシア風ブーツを履き、髪をだらしなく結《ゆ》っていた。その顔は彼女自身のイコンのようで、げっそりとやつれ、眼ばかりが大きく見開かれていた。フランス窓から遠くを眺めていたが、不気味な、心ここにあらずといった表情を見るかぎり、おぞましい自らの感情以外、何も見えてはいないようだった。彼女のすぐ横のテーブルに置かれたろうそくの炎がなびき、彼女は膝の上にカラシニコフを持っていた。右手の人差し指を引き金にかけて。

最初、アギーにはオリヴァーが何を言おうとしているのかわからなかった。そのため、彼は何度もパントマイムを演じなければならなかった。最初は下手投げ、次に上手投げの恰好をして、最後にやっと伝わった。彼女はバールをベルトから抜き取ると、身を屈《かが》め、彼にも同じ姿勢を取るよう合図で示した。そうして腕を差し出し、両手で受け取る仕種をして、オリヴァーにも真似をさせた。それから、窓をはさんで五フィートばかりさきまでバールを放った。オリヴァーは片手で受け取った。つまり、アギーの意図とは無縁の受け取り方で。そして、ジェスチュアで彼女にさらに何事か伝えようとした。胸を叩き、ゾーヤのいるほうを指差し、うなずき、親指を立ててアギーに向け、安心させた――われわれは古い友達なのだ、と。そのあと、両の手のひらを下に向け、ゆっくりゆっくり、そっとそっとという合図を送り、また自分を指差した――今はおれのショータイムだ。きみのではなく。おれがはいる。きみは中にはいらない。それから遠慮がちに自分の側頭部を叩き、ゾーヤが精神的に病んでいる可能性を示してから、眉をひそめ、首を右に左に傾《かし》げ、その自分の診断が絶対的なものではないことを伝えた。そうして、恭《うやうや》しく自分を抱いた――彼女はおれの恋人だった女だ。おれには責任がある。どれだけアギーに伝わったか、それはわからなかった。が、反論のなかったところを見ると、かなりの部分伝わったのだろう。じっと彼を見つめ、自分の指先にキスをして、その指先を彼のほうに向けたところを見ると。

オリヴァーは腰を伸ばし、ひとりで来ていたらもっと恐怖に襲われ、何をしたらいいのかさえわからなくなっていたかもしれない、と思った。が、アギーのおかげで、物事がはっきりと見え、何をすべきか、躊躇《ちゅうちょ》なく決められた。フランス窓のガラスはすべて防弾ガラスになっている。ミハイルがその重さを彼に示してみせたことがあった。蝶番も鍵もそのために補強しなければならなかった、とミハイルはそのとき嬉しそうに言っていた。だから、間に合わせのバールではとても敵《かな》いそうにないが、選択の余地はなかった。また、バールを彼に渡すことで、アギーは彼に仕事を任せたのであり、そもそもそれは彼が望んだことだった。自分のかわりにアギーを戦場に送り、アギーにカラシニコフの銃弾を受けさせ、破壊者たる自分の道にもうひとつ死体を転がすというのは、彼としてもおよそ手に余る行為だった。防弾ガラスだからといって、六フィートの至近距離から撃たれたサブマシンガンの高速弾が食い止められるとはかぎらない。

オリヴァーはアギーがやったようにバールをベルトに差し、少しずつ横歩きをして、窓の真ん中までにじり出た。そして、二枚のガラスに半分ずつ見えるより、一枚のガラス越しに全身が見えたほうがいいにちがいないと思い、中心からずれて、防弾ガラスを最初はそっと、次に強く叩いた。ゾーヤは顔を上げ、彼に眼の焦点を合わせたように見えた。彼はすぐさま愛想笑いを浮かべ、彼女を呼んだ。「ゾーヤ、オリヴァーだ。中に入れてくれ」ガラス越しにも声が届くことを祈った。

彼女はゆっくりとさらに大きく眼を見開いたかと思うと、オリヴァーに狙いをつけるためのプレリュードのように、膝の上の銃をおぼつかない手つきで構えかけた。オリヴァーは手のひらでガラスを叩き、もっとよく見えるよう、可笑《おか》しな顔になる一歩手前まで顔をガラスに押しつけた。

「ゾーヤ！　入れてくれ！　オリヴァーだ！　きみの恋人だ！」と彼は叫んだ、アギーがそばにいることも忘れて。いや、それはこの際、言わなければならない台詞だった。だから、どっちみち彼は言っていただろう。また、アギーのほうも、逆に彼のその台詞を歓迎していた。彼女がしきりとうなずいて、熱烈な支持を表明しているのをオリヴァーは視野の隅に認めた。だが、ゾーヤの反応は、うろ覚えの音を聞いたときの動物のそれだった——知っている音だ。たぶん。しかし、それは敵の音だったか、味方の音だったか。彼女は立ち上がっていた。見るからに頼りなかった——食事をきちんととっていないのだ、とオリヴァーは思った——それでも、銃はまだ構えていた。しばらくオリヴァーを見つめ、それから厳しい顔つきで部屋を見まわした。眼のまえで起きていることに気を取られているうちに、背後でよからぬことが起きているのではないかとでも思ったのだろう。「この窓を開けられるかい、ゾーヤ？　どうしても中にはいらなきゃならないんだ。鍵がかかってるんじゃないかと思うんだが。そうでないなら、玄関にまわるから、玄関からわれわれを入れてくれ。おれだよ、ゾーヤ、オリヴァーだ。ほかには女がひとりだけだ。彼女のことはきっときみも気に入ると思う。ほかには誰もいない。嘘じゃない。ノブをまわせるかな？　真鍮《しんちゅう》のネジ式のやつだ。今、思い出した。三回か四回まわすだけで開くはずだ」

　しかし、ゾーヤは銃を持ったままだった。銃口をオリヴァーの股間のあたりに向けていた。まるで催眠術にでもかけられているかのように。顔には途方もない絶望の色が浮かんでいた。生きることにも死ぬことにもあまりに無関心に見えた。いつ引き金を引いてもおかしくなかった。あるいは、引かなくても。かなり長いあいだ、オリヴァーは身構えながらもじっと動かず立ち尽くした。舞台の袖ではアギーが固唾《かたず》を呑んで見守っていた。ゾーヤは彼という人間に慣れようとしていた、この数年のあいだに彼女の人生に起きたこととは関係なく。そして最後に、銃口はまだ彼に向けたまま、まえに一歩踏み出し、さらにもう一歩踏み出し、ガラスをはさんだひとりの男とひとりの女になるまで——男の眼に何が浮かんでいるか見きわめられる近さになるまで窓に接近した。右手に銃を持ったまま、彼女は左手を伸ばしてノブをまわそうとした。しかし、彼女の手首はあまりに細く、彼女の腕にはあまりに力がなかった。彼女は銃を床に置くと、彼を迎えるために髪を梳《す》き、彼を中に入れるために両手を使った——アギーもまた彼のすぐあとから中にはいると、彼の脇をすり抜けてカラシニコフを拾い上げ、小脇に抱え、生まれたときから互いによく知っている間柄ででもあるかのようにゾーヤに尋ねた。

「教えてくれない？　ここにはほかに誰がいるの？」

ゾーヤは首を振った。

「誰もいないの？」

返事はなし。

「ホバンはどこにいる？」とオリヴァーが尋ねた。

ゾーヤはまるで何かを断念したかのようにきつく眼を閉じた。

オリヴァーは彼女の肘に手をやり、彼女の体を自分のほうに引き寄せた。そして、彼女の腕を取り、自分の肩にその腕を置き、自分のほうからも彼女の冷たい体を抱いて、背中をやさしく叩き、軽く揺すった。アギーはカラシニコフに弾丸《たま》が込められているのを確かめると、体のまえで斜めに構え、部屋を出て、屋敷の探索に向けて第一歩を踏み出した。アギーが出ていったあとかなり長いあいだ、オリヴァーはゾーヤを抱きしめ、自分の体温でゾーヤの体が溶け、やわらかみを増し、徐々に温かさを取り戻すのを待った。やがて、オリヴァーの上着の襟から彼女の手が離れ、もたげられた頭が彼の頬を見つけた。彼女の心臓がその鼓動を自分の心臓に伝えてきているのがオリヴァーにはわかった。痩せ細った背中が震えているのも。肋骨《ろっこつ》がふくらんだのも。彼女は、深い呼気《こき》とともに悲しみの波を次々に胸から吐き出すようにして、すすり泣きはじめた。彼女のあまりに痩せ細った体に、オリヴァーは何より驚いたが、それは昨日今日のことではないのだろうと思い直した。こけた頬の顔をもたげさせ、自分の頬を彼女のこめかみにすり寄せた。彼女の皮膚は老女のようにたるんでいた。

「ポールは元気かい？」とオリヴァーは、息子のことを彼女に話させることができたら、ほかの扉も開けられるかもしれないと期待して尋ねた。

「ポールはポールよ」

「ポールには友達がいる」と彼女は、まるでそのことがほかの子供とポールを峻別《しゅんべつ》する大切な要素ででもあるかのような言い方をした。「彼らが彼を守ってくれる。彼らが彼に食べものを与えてくれる。彼らが彼を寝させてくれる。ポールのお葬式はないわ。死体を見たいの？」

「誰の？」

「どこにいる？」

「もうないかもしれない」

「死体って誰の死体だ、ゾーヤ？　おれの親爺のか？　親爺はもう殺されてしまったのか？」

「見せてあげる」

屋敷の前面に連なる部屋は、廊下に出なくてもドアとドアでつながっていた。ゾーヤは両手でオリヴァーの腕をつかみ、エカチェリーナ二世の家具のまえを通り、屍衣をまとったオートバイの脇を通り、誰もいないポールの部屋を抜け、床に花が散らばり、部屋の真ん中にテーブルが置かれ、東方正教会の十字架のように、小割り板を交差させて釘を打ちつけたものが、壁に立て掛けられている部屋まで来た。

「わたしたちのしきたりなの」と彼女はテーブルの脇に立つと言った。

「何が？」

「まず蓋のない棺に安置すること。そういうことは村の人がやってくれるんだけど、ここには村の人がいないから、自分たちでやったの。弾傷《たまきず》だらけの人に服を着せるというのは簡単じゃない。弾丸《たま》の影響は顔にだってあるから。でも、うまくできたわ」

「それは誰の顔だった？」

「遺体と一緒に故人の愛用品を並べる。彼の傘。彼の時計。彼のチョッキ。彼の拳銃。彼のベッドも二階に用意する。食卓の席もね。そして、彼のためにろうそくの明かりで食事をするの。近所の人がお悔やみにきたら、挨拶をして、彼のためにお酒を飲む。でも、ここには近所の人はいない。わたしたちは亡命者だから。窓を開けておくというのもわたしたちのしきたりね。鳥のように魂が飛んでいけるように。たぶん、彼の魂も飛んでいったはずよ。ここはすごく暑いけど。遺体が家を出るときには、時計の針を三回転逆方向にまわし、テーブルを逆さにし、棺を三回ドアにぶつけるの」

「ミハイルの遺体か」とオリヴァーが言うと、ゾーヤは不気味に何度も何度も首を縦に振った。

「そういうことなら、そういうことをすべきなんだろうな、たぶん」とオリヴァーは安堵を隠してわざと明るい口調で言った。

「なんのこと？」

「テーブルを逆さにしたりすることだ」

「それができなかったの。みんなが行ったあと、わたしにはもう力が残ってなかったから」

「ふたりで力を合わせればできる。そうとも。おれにやらせてくれ。この架台は折り畳めばいいのかな？」

「思い出したわ、あなたはとても親切だった」と彼女は言って、はればれとした笑みを浮かべ、彼が架台を折り畳み、隅に片づけ、板を裏返しにして床に置くのを見守った。

「花も片づけたほうがいいね。箒《ほうき》はどこにある？　箒とちりとりだ。それがないと。そういうものはどこにある？」その屋敷のキッチンは彼に〈ナイティンゲイル〉を思い出させた。天井が高く、垂木が見えていて、冷たい石のにおいがした。「出してくれ」と彼は言った。

ナディアと同じように、ゾーヤも探しものを見つけるまで戸棚の扉をいくつか開けた。そして、ナディアと同じように、使用人が今日はいないことについて何やらつぶやいた。そのあとまた部屋に戻ると、ただぼんやりと箒を持った。オリヴァーはちりとりを持って彼女が掃きはじめるのをしばらく待ったが、最後には彼女から箒を受け取り、壁に立て掛け、彼女を抱いた。また泣きはじめたのだ。

今度の涙は、再会が彼女を生き返らせ、その結果生じたカタルシスの涙に思えた。オリヴァーは、彼女の慰めになることはなんでもした。情愛と同情と意志の力をすべてゾーヤに注いだ。それでも、彼女を神経症的な状況から救い出し、もとの人生に戻すこと、ただそれだけを考えるよう自分に強いることは、彼にとって辛い試練だった。というのも、少しでも気を抜くと、彼女を脇に突き飛ばし、涙と発作の中に見捨て、キッチンの左から二番目の戸棚のところまで引き返したくなる衝動が抑えられなくなるからだ。その戸棚に、彼のコートに合った茶色の鞄――機内に持ち込める小さなやつ、とナディアは言っていた――タイガーの筆跡ではっきりと〝ミスター・トミー・スマート〟と書かれたタッグのついた鞄が、カビの生えたブーツや、ゴムの長靴や、ロシア語の新聞と一緒に、使い捨てられたように置かれていたのだ。

「わたしの父は時間に裏切られたのよ」とゾーヤは彼の手を振りほどいて言った。「それとホバンに」

「どういうことだね？」

「ホバンは誰も愛さない。だから、誰も裏切らない。彼が裏切るとき、それは彼が自分に忠実になるとき」

「きみ以外に彼は誰を裏切ってるんだ？」

「彼は神を裏切った。だから、彼が帰ってきたら、わたしは彼を殺すの。それは必要なことだから」

「彼はどうやって神を裏切ったんだ？」

「そんなことは関係ないわ。誰にもわからないかもしれない。ポールはサッカーがとても好きなのよ」

「ミハイルもサッカーが好きだった」とオリヴァーは、ミハイルがブーツに銃を忍ばせたまま芝生でボールを蹴っていたのを思い出しながら言った。「ホバンはどうやって神を裏切ったんだ？」

「それは関係のないことよ」

「でも、きみはそのために彼を殺すんだろ?」

「彼はサッカーの試合で神を裏切ったの。わたしはその場にいたのよ。サッカーは好きじゃないんだけど」

「でも、試合を見にいった」

「ポールとミハイルが見にいくの。そういうことになってるの。チケットはホバンが持ってるんだけど。ホバンはチケットを買いすぎたのよ」

「それはここイスタンブールでの話?」

「夜だった。イノーニュ・スタジアムに満月が出てた」彼女は視線を窓のほうに向けた。また震えていた。オリヴァーは彼女を抱いた。「ホバンは四枚チケットを持ってた。だから、問題なの。ミハイルはホバンが嫌いなのよ。だから、彼はホバンと行きたくないの。でも、わたしが行けば、行くしかない。ミハイルはわたしを愛してるから。ホバンはちゃんとそのことを知ってた。わたしはサッカーの試合なんて見たことがないの。だから、恐かった。イノーニュ・スタジアムには三万五千人も人がはいるんだから。その人たちみんなのことなんかわかるわけがない。サッカーにはハーフタイムがあるのよ。そのときにはチームはいなくなって、議論をするの。だから、わたしたちも議論をした。それからパンとソーセージを食べた。ミハイルはウォッカを飲んだ。エヴゲニーはミハイルにあんまり飲まないように注意してるんだけど。でも、ホバンが一本買ってきた。わたしはじっこにいた。わたしの隣りにポール、その隣りがミハイルで、ミハイルの隣りがホバン。照明が明るすぎる。わたし、その照明は好きじゃなかった」

「きみたちは議論をした」とオリヴァーは彼女を促して言った。

「ポールとサッカーのことを。ポールは細かいことをわたしに教えてくれるの。彼は幸せだった。父親と母親が一緒ということはめったにないから。フリー・タリン号のことも議論するの。ホバンが言うのよ、ミハイルに。フリー・タリン号に乗るようにって。悪魔のようにそそのかすの。快適な航海だろうって。オデッサからボスポラス海峡を通るところなんかすばらしいって。ミハイルは幸せになる。でも、エヴゲニーには内緒にするの。あとで話して、驚かせて喜ばせようって」

「それで、ミハイルは同意したのか？」

「ホバンはとてもとても巧みだった。悪魔はいつもそうだけど。ホバンはミハイルの頭にその考えを植えつけ、育てた。でも、会話の中では、その考えはミハイルから出たことにして、ミハイルを誉めたりした。そうしてわたしを見て言うの。ミハイルがすばらしいアイディアを出してくれた、フリー・タリン号に乗り込むって言ってるって。ホバンは邪悪な人間よ。いつもそう。でも、あの夜はいつもよりもっと邪悪だった」

「きみはそのことをエヴゲニーかティナティンに言わなかったのか？」

「ホバンはポールの父親よ」

ふたりは客間に戻った。アギーは明らかに研修期間に看護技術を習得していた。ブイヨンでスープをつくり、それに卵をふたつといて加え、ゾーヤの横に坐って、そのスープを飲ませはじめた。時折、手首を取って脈をみながら。バスルームから持ってきたオーデコロンを染み込ませた布でゾーヤの顔を拭きながら。オリヴァーはそれを見て、同じような場面におけるヘザーの態度を思い出さずにはいられなかった。熱が出て、震えが止まらなくなることが彼にはよくあった。そんなとき、ヘザーは彼に仕えることによって、常にある種の力と興奮を享受していた。一方、アギーのほうは、宇宙全体に対して責任を感じているかのように見えた。彼はそのことを素直に喜んだ。なぜなら、戸惑いながらも、彼は今までそういうことに関して、自分は孤独だと思っていたからだ。タイガーの鞄はすでに取ってきていた。が、その中身を見てわかったことは、今どこにいるにしろ、どこにもいないにしろ、タイガーには着替えがないということだけだった。アギーは武装を解いて、カラシニコフを部屋の隅に立て掛けていた。また、情け容赦ない電灯でゾーヤを驚かせるより、この場の雰囲気はできるだけ持続させたほうがいいと、オリヴァー同様、本能的に思ったのだろう、新しいろうそくを持ってきていた。

「あなたは誰?」とゾーヤが尋ねた。

「わたし? オリヴァーの新しいガールフレンド」とアギーは快活に言って笑った。

「それはどういう意味?」

「おれは彼女に恋してる」とオリヴァーが答えた。アギーはゾーヤに毛布を掛け、二階から持ってきた枕をふくらませ、コロンをゾーヤの眉につけた。オリヴァーはそれを見ながら言った。「親爺《おやじ》はどこにいる?」

長い沈黙ができた。が、その沈黙の中で、ゾーヤは記憶を甦らせたように見えた。突然笑いだした。オリヴァーはぎょっとした。「ほんとに馬鹿げたことだった」とゾーヤは言って、さも可笑しそうに首を振った。

「どうして?」

「ミハイルはここへ連れてこられた。オデッサから。最初はオデッサに連れていかれたのね。でも、エヴゲニーがお金を出して、イスタンブールに運ばせたのよ。棺は鉄で、爆弾みたいだった。氷を買ったわ。十字架はエヴゲニーがつくったの。彼は気が狂ってしまったのよ。わたしたちは遺体と氷を入れた棺をテーブルにのせた」

「そのときにはおれの父親はもうここに来てたのか?」

「ここにはいなかった」

「でも、そのあと来た」

彼女はまた笑い声をあげた。「お芝居だった。ほんとうに馬鹿げていた。呼び鈴が鳴ったの。でも、メイドがいなかったんで、ホバンがドアを開けた。氷が届いたんだろうって思ったのね。氷じゃなかった。コートを着たミスター・タイガー・シングルだった。ホバンは喜んだ、とてもとても。部屋に入れて、エヴゲニーに言った、〝ほら、やっと隣人が来たよ。ミスター・タイガー・シングルが、自分が殺した男の弔問に現れた〟って。エヴゲニーは頭がすごく重かった。だから、上げられなかった。だから、ホバンはあなたのお父さんをエヴゲニーの眼のまえまで連れていかなくちゃならなかった、エヴゲニーに信じさせるためには」

「どうやって？　どうやって連れていったんだ？」

彼女は片腕を背中にまわし、逆手に取られた恰好をしてみせた。そして、顎を上げ、苦悶《くもん》の表情を浮かべた。「こんな感じ」

「それで？」

「ホバンが言った、〝庭に連れていって、おれが撃とうか？〟って」

「そのときポールはどこにいた？」とオリヴァーは、子供への影響を心配するという的《まと》はずれな感情にとらわれ、尋ねた。

「ありがたいことにあの子はマースキーのところだった。ミハイルの遺体が届いたときにわたしが遣《や》ったのよ」

「彼らはおれの父親を庭に連れていった」

「いいえ。エヴゲニーはノーって言ったの。彼を撃つなって。故人のまえにいるということは、神のまえにいることだって。だから縛った」

「誰が？」

「ホバンには手下がいるの。ロシアから来たロシア人とか、トルコのロシア人とか。みんな悪党よ。名前は知らない。時々、エヴゲニーは彼らを追い払うけど、すぐにまた忘れてしまって、悲しむの」

「親爺を縛ったあとは？　どうなった？」

「テーブルの上のミハイルを見させた。弾傷の痕とか。彼は見たがらなかったけど。それでも、無理やり見せた。そのあと、見張りをひとりつけて部屋に閉じ込めた」

「屋根裏部屋にシングルベッドがひとつ置かれていたけど」とアギーが言った。「ただ、なんというか、そのベッドは濡れていた」

「血で？」

彼女は首を振り、鼻に皺《しわ》を寄せた。

「おれの親爺はその部屋にどれぐらい閉じ込められてたんだ？」とオリヴァーはゾーヤに尋ねた。

「たぶん一晩。もしかしたら、もっと。六晩ぐらい。わからない。ホバンはマクベスなのよ。寝てるあいだに殺したの」

「今どこに？」──オリヴァーはタイガーのことを訊いたつもりだった。

「ホバンは年じゅう言ってるの。おれは彼を殺すって。おれに殺させろって。あいつは裏切り者だって。でも、エヴゲニーには意志がないの。彼はもう壊されちゃってるのよ。〝彼はわれわれと一緒にいさせておいたほうがいい。私が彼に話をする〟なんて言ってるわ。でも、彼らは彼を痛めつける。誰かが彼を痛めつけるの。たぶん、ホバンだと思う。わたしが包帯をしてあげた。彼はとっても小さいの。でも、エヴゲニーは名誉を重んじて彼に話した。きみを連れていくって。飛行機をチャーターした。ミハイルを埋葬しなくちゃならない。放っておくのは不衛生だから。やむをえない。きみはわれわれの囚人だ。だから、男らしく一緒に来なくてはならない。さもないと、ホバンがきみを撃つ。きみを飛行機から突き落とす。わたしがこの耳で聞いたわけじゃない。ホバンが言ったの。だから、もしかしたら嘘かもしれない」

「そのチャーターした飛行機でどこへ行くって言ってた？」

「グルジアのセナキ。これは秘密。彼らは彼をベツレヘムに埋めるのよ。トビリシのテムールがあれこれ手配するの。二重のお葬式ね。ホバンはミハイルを殺したときに、エヴゲニーも殺したのよ。いつものように」

「エヴゲニーはグルジアでは歓迎されないんじゃないのか？」

「そう、危険ね。でも、静かにしていれば、マフィアに対抗したりしなければ、大目に見てもらえるの。このところ彼はあまりお金を送れなくなってる。だから、危険は危険ね」彼女はひとつ大きなため息をついて、しばらく眼を閉じ、ゆっくりとまた開けると言った。「すぐにエヴゲニーも死ぬわ。そうしたら、ホバンが何もかもの王さまになる。それでも彼は満足しないでしょう。この世にただひとりでも無垢《むく》な人間がいるかぎり、彼は満足しないのよ」彼女は屈託のないきれいな笑みを浮かべた。「だから、気をつけて、オリヴァー、あなたはこの世で最後の無垢な人なんだから」

その場の雰囲気を損なわないよう生返事をし、オリヴァーは立ち上がり、笑みを返し、伸びをして頭を掻いた。それから腕を動かし、背中をまるめ、長いことじっと坐っていたり、一度にあれこれ考えすぎたりして、体のエンジンに柔軟性がなくなってしまったときに、体をほぐすためにやる自己流の体操をすべてやってからいくつか質問をした——ついうっかり——テムールの苗字はなんというのかにしろ、彼らはいつ出発したのか、正確な日付を覚えていないかにしろ。しかし、彼女の答を心にとどめ、部屋を歩きまわりながらも、続き部屋に置かれているBMWのところまで、ささやかな行脚《あんぎゃ》をするという誘惑には勝てなかった。彼は屍衣をめくり、その光り輝く曲線を見て微笑んだ。それと同時に、疲れを知らない配慮を示すアギーが、彼がいなくなった合間に患者にもっとスープを飲ませようとしているのをドア越しに見届けた。

そんな彼女の死角を通り、彼はフランス窓にすばやく近づくと、窓の真鍮のノブをつまんで、できるだけ静かにまわし、鍵をはずした。そして、一インチばかり押して満足を得た。客間のフランス窓同様、庭のほうへ、外へ、開いた。そこで耐えがたいまでの罪悪感を覚えた。そのあまりの辛さに、彼はもう少しで客間まで戻りそうになった。自分がすでにしたことを告白するためにしろ、一緒に来ないかとアギーを誘うためにしろ。しかし、そのどちらも彼にはできなかった。なぜなら、そんなことをしたら、彼女を守ることがもはやできなくなるからだ。これから彼がやろうとしていることは、あまりに危険すぎた。彼はより高貴な行動を選択した。無断欠席をする男子生徒のように、こそこそと戸口越しに客間を見やった。ゾーヤとアギーは何やらふたりで話し込んでいた。彼はフランス窓を目一杯開け、オートバイから掛布を取り去り、スタンドをはずし、その背にまたがり、イグニッションをまわしてスターター・ボタンを押した。まるで彼自身の内臓から発せられたかのような爆音が轟《とどろ》いた。その音とともに、彼は征服者の橋を渡り、満天の星の下、ベツレヘムへと旅に出た。

第十九章

オリヴァーは、タイガーが下層民のものと決めつけて以来、オートバイをこよなく愛していた。よく夢を見た。翼と魔法のパワーが与えられたオートバイに乗る夢だ。また、子供の頃、〈ナイティンゲイル〉の隣りの村で、農夫の息子たちのうしろに乗せてもらい、スピードの真髄を味わったこともあって、思春期の彼の夢は、裸足の女の子を後部座席に乗せてオートバイを駆ることだった。しかし、アンカラまで、異国情緒を求める気持ちは充分に満たされはしても——煌々《こうこう》と輝く月、果てしない夜空、どこへ行くとも知れぬ曲がりくねった無人の道——行く手に待ち構える危険と、彼があとに残してきたもののために、その道行きにはどこか悪霊に憑かれたような気配も漂っていた。

フォードを停めたところでは、鞄から金を持ち出し、書き置きを残してワイパーにはさむだけの時間しかつかわなかった——〝すまない。でも、このことにきみをひっぱり込むことはできない。オリヴァー〟。そのメモの内容は、あとで思い返すと、なんとも不適切なものに思われ、彼はどこかで電話を見つけて、彼女と連絡を取るか、それとも、引き返して彼女に充分説明するかしたいという欲求を痛いほど覚えた。着替えにも、彼女の携帯電話にも、シングル名義のパスポートにも、残りの金にもすべて手をつけず置いてきていた。アンカラに向かったのは、道路標識を覚えていたのと、知らせを受けたブロックがまず第一に考えるのが、イスタンブールからの空の便の監視だろうと思われたからだが、だからといって、アンカラなら安全というわけでも、アンカラからなら自由にトビリシに飛べると決まったわけでもなかった。それに、ミスター・ウェストはグルジアのヴィザを持っていない。ヴィザはおそらく必要になるだろう。しかし、そうした心配事をすべて集めても、タイガーがホバンに逆手に取られ、無理やり歩かされている図に比べたら、無に等しかった。殴られ、血を流し、ミハイルの惨殺死体を見ることを強《し》いられ、ベツレヘムに連れていかれて銃殺される恐怖に、小便でベッドを濡らしているタイガーの姿と並べて見比べたら。彼はとっても小さいの、とゾーヤは言っていた。

最初のうちは高速道路を走った。ほかに選択の余地はなかった。穴だらけの道は危険きわまりなかったが、フルスピードで飛ばしつづけた。両側に黒い丘が広がり、時々、高層建築が照明付きの石油掘削塔《くっさくとう》のように現れた。トンネルにはいり、そこを抜けると、横に延びる白色光と青い光と数字が、ちょうど彼の頭の高さに見えた。料金所だった。ぎりぎりのところでどうにかブレーキをかけ、五千万リラ紙幣を放り、びっくり顔で眼をまるくしている窓口の男をあとに残し、すぐに発車した。二度、あるいはそれ以上、警察の検問にあって停止させられ、黄色いビニールのスモックを着た男たちに、どこかしらクルド人を思わせるところはないか、あるいは、それに等しい不都合はないか調べられた。また、一度など、うっかり道路の穴に突っ込んでしまい、もう少しで車体から弾き飛ばされそうにもなった。さらに、巨大な谷が向こうに広がる崖のきわまで横すべりして、すんでのところでどうにか停まったというきわどい一瞬もあった。最後には、燃料を使い果たしてしまい、ヒッチハイクをしたところ、そこから五百ヤードばかり行って角を曲がったところにガソリンスタンドがあった、というおまけまでついた。が、そうした苦労はすべて夢の中で体験したことで、眼が覚めたときには、アンカラの空港のインフォメーション・デスクのまえに立っていた。トビリシに行くには一旦《いったん》イスタンブールに戻り、イスタンブールを今夜の八時に発つ便に乗るしかない、と係員は言っていた。八時まではあと十四時間。イスタンブールはアギーを置いてきた場所だ。八時にはホバンがもうタイガーを安楽死させてしまっているかもしれない。

オリヴァーは自分がかなりの額の金を所持していることを思い出した。金とは——タイガーが好んでつかう台詞だ——世界で最も多目的に適《かな》う道具だ。オリヴァーは、空港管理事務所がある地下通路に降り、応対に出てきた相手と自分をへだてるテーブルの上に百ドル札を五枚並べ、ウォーリー・ビーズ（手すさびに触れて心を落ち着けるための数珠）を手にした肥った男に、できるかぎりゆっくり英語で話した。肥った男は根負けして、最後にドアを開けてくれ、部下を呼んだ。呼ばれた部下は男をひとり連れてきた。垢じみた緑のつなぎを着た、眼つきの鋭い男で、つなぎのポケットのたれぶたにファルークと書いてあった。ファルークは貨物便のオーナー兼パイロットで、彼の飛行機は、今は格納庫に入れられていて、修理中だが、一時間もあれば用意ができるということだった。それで話がついた。飛行機の中で吐いたりしないことと、この飛行については誰にも何も言わないことというのを条件に、ファルークはたった一万ドルで、トビリシまで飛ぶことを請け負ってくれた。オリヴァーはセナキまで飛ぶつもりはないかと持ちかけてみたが、さらに五千ドル上積みすると言っても、ファルークは誘惑されなかった。

「セナキは危なすぎる。軍隊、多すぎる。アブハーズ人（黒海東岸に住むグルジア人）、すぐ大きなトラブル起こす」

契約が成立すると、ウォーリー・ビーズの肥った紳士の顔がにわかに不幸せそうになった。骨の髄《ずい》までしみついた役人根性が、ことがあまりにスムーズにあまりに迅速に運んだことに警鐘を発したのだろう。「書類を書かなければいけない」と言って、オリヴァーに古びたトルコ語の書類を何枚も押しつけてきた。オリヴァーは拒否した。肥った紳士は、なんとかオリヴァーを待たせようと、ほかにも理由を漁《あさ》ったようだが、最後にはあきらめた。

飛行機はがたがたと飛んだ。山のてっぺんをかすめながら。しかし、オリヴァーにしてみれば幸いなことに、この二番目の旅程では寝ることができた。おそらくファルークも寝ていたのだろう。トビリシに着陸したときの衝撃と、そのあとのタキシングの距離の短さを考えると、最後の最後で、ファルークも安らかな眠りから引きずり起こされたようだった。トビリシの空港ではやはりヴィザが求められた。そういうことを決めた法律は厳格に適用されなければならない。だから、入国審査課の陸軍元帥《げんすい》も、同僚の空港警備総司令官も、あまたさぶらう副官も助手も戦友も、オリヴァーの入国を断じて認めようとはしなかった、五百ドル以下では。それも少額紙幣以外では。すでに夕刻になっていた。オリヴァーはタクシーでテムールの住所をめざした。行ってみると、そこは十個ほどの呼び鈴が並んでいるだけで、その脇のどのパネルにも居住者名が明示されていない共同住宅の戸口だった。オリヴァーはその中のひとつの呼び鈴を押してみた。次にもうひとつ押し、あとは一度に全部押した。が、明かりのともっている窓はいくつかあっても、誰も降りてきてはくれなかった。「テムール！」と叫ぶと、いくつかの窓から明かりが消えた。近くのカフェから電話をしても、無駄だった。彼は歩いた。コーカサス山脈から吹き降ろされる北風が町を切り裂いていた。木造の家が老朽船のように軋み、渇いた音を立てていた。路地では、トップコートにバラクラヴァ帽というなりの男女が、タイヤを燃やし、車座になって暖を取っていた。オリヴァーは、テムールの共同住宅まで戻り、もう一度呼び鈴を押した。何も変わらなかった。また歩いた。狭い通りは通りの中央を歩いた。なぜか闇に置かれると、急に恐くなったのだ。丘を降り、昔ながらの風呂屋のきらきら光る金のモザイクのドアを見つけて、ほっとした。老婆に金を払い、白いタイル張りの部屋に案内された。白いブリーフを穿いた瘦せた男に硫黄《いおう》の湯に浸けられ、肉切り台のようなベッドの上に裸のまま寝かされ、首から爪先まで皮が剝《む》けるかと思われるほどヘチマで体をこすられた。全身をひりひりさせて、ディスコへ行き、またテムールを捕まえるのに失敗したあと、名もない下宿屋に向かった。ディスコのある通りから、たった二ブロックしか離れていないのにあたりが急に暗くなり、彼は道に迷った。トローリー・バスが数珠《じゅず》つなぎに不気味に停車している脇を通り、トビリシでは停電があるたびにトローリー・バスが停まり、それが町の大部分で毎日起きていることを思い出した。ドアを叩いて待った。鍵がはずされる音がした。

バスローブを羽織った老人が出てきて、グルジア語で話しかけてきた。が、ニーナのレッスンを受けたのは大昔のことだ。老人はロシア語に切り替えた。さらにわからなくなった。オリヴァーは上げた両手に頭を休め、寝る恰好をした。老人は彼を屋根裏部屋に案内した。軍用の簡易ベッド、遊びまわるニンフが描かれた羊皮紙もどきのシェイドのついた電気スタンド、軍用石鹸、洗面台、とても大きな洗面用タオルとも、とても小さなバスタオルとも考えられるタオル。一晩じゅう、どこかでサイレンが鳴ってはやんでいた。火事か。クーデターか。暗殺団か。それとも、可愛い少女が交通事故で死んだか、カーメンという名の少女が。そんな状況にもかかわらず、彼は眠れた。シャツもズボンもソックスも身につけたまま。上着は暖を取るのに掛け布団の上に掛けて寝た。過敏になっている皮膚が痛くも痒くもあった。夢を見た。風が軒下で乾いた声をあげていた。アギーが恋しく、タイガーのことが心配でならなかった。ホバンとエヴゲニーが彼の頭をどこで吹き飛ばすか議論していた。ベツレヘムの隅から隅へ連れまわされていた。二度目に眼が覚めると、硫黄の汗をかいていた。三度目に眼が覚めて、テムールに電話した。テムール本人がすぐに出た。便利屋の中の便利屋。タクシー？　ヘリ？　問題ないよ、オリヴァー。現金で三千ドル。十時に来てくれ。

「向こうの連中はあんたが行くことを知ってんのかい？」とテムールは尋ねた。

「いや」

「だったら、知らせておくよ。向こうもそのほうが安心だろうからな」

あらゆる命令の中から、ブロックは最悪の命令を出したかったのにちがいない、とアギーは思った。待機して、次の命令を待て。ボスポラス海峡に身を投じろと言われたとしても、あるいは、即刻イギリスに送還する、ついては丸坊主になって、ただちに大使館に出頭し、裏口で待てというのが彼の命令だったとしても、彼女はその不面目をあえて甘受しただろう。しかし、その賢くもまた冷静なリヴァプール訛りで彼女が言われたのは、次のようなことだった――〝どこにいるんだ、チャーミアン？　今、話せるのか？　今度のことは何時に起きたのか。覚えてるかね？　そこにいなさい。そこを動かないように。チャーミアン、お母さんか、もしくは私からまた話があるまで、これ以上何もしないように……〟。彼女が首の羽根をむしられた鶏と、誰ひとり坐っていないベンチという、トタン屋根のカフェで、すでに二時間も時間をつぶしているのはそのせいだった。どことなく病的な、アポロという名の黄色い犬が彼女の膝に顎をのせて、彼女に色目を使っていた。その眼にほだされ、彼女は二個目のビーフバーガーを買った。

　すべて自分の愚かなミスのせいだ、と彼女は繰り返し、自分に言い聞かせていた。わたしの同意を得て、スローモーションで待ち構えていた出来事だったのに。オートバイがあることには気づいていた。彼の様子にも気づいていた。彼はゾーヤを気づかいながらも何かを考えていた。それもわかっていたのに。彼が大きな銀色の兎のように、月明かりに照らされた芝生を駆け、ドライヴウェイに出て、家の裏手にまわって見えなくなったとき、彼女がまず最初に思ったのは、このこらえ性《しょう》のない大馬鹿野郎、だった。あと一分待ってくれたら、わたしも一緒に行けたのに。

　あそこが重大な分かれ目で、いつものことながら、アギーはその分かれ目に向けて準備を怠ったわけではなかった。やるべきことは、細心に良心的にすべてやった。これまでで一番長い旅――わけもなく彼女はそんなふうに思っていた――に出る準備はちゃんとできていた。だから、車を停めたところまで戻り、オリヴァーの書き置きを読んで、彼女は激怒した。もっとも、それは感情のこもらない口調ながら、彼がゾーヤに〝おれは彼女に恋してる〟と告白したのを思い出すまでのことだったが。ブロックの直通番号に電話し、タンビーに最小限のことを無感動な声音で伝えたのは、そのあとのことだ――〝主力選手がオートバイを盗んだ。グルジアへ向かったと思われる。次の情報は二時間後に。

以上〟。そのあと、ゾーヤのもとに引き返したのだが、ゾーヤはオリヴァーがいなくなり、どこかほっとしたような顔をしていて、別な状況ならアギーを困惑させたにちがいない、自己満足にひたるような笑みさえ浮かべていた。が、アギーにはやらなければならない仕事、果たさなければならない約束——約束の相手は自分だったが——があった。ゾーヤを二階に連れていき、ゾーヤが沐浴《もくよく》するのをそばについて見守り、ふたりで寝間着を探し、ゾーヤを着替えさせた。そうしてゾーヤのために立ち働きながらも、彼女は彼女とオリヴァーに関するゾーヤのあやしげな箴言《しんげん》を聞かされ、よく頭に叩き込んでおくと約束し、さらにほかに何かゾーヤのためにできることはないかと考えた。その答は、電話の横に置かれたメモ帳に走り書きされたマースキーの自宅の電話番号にあった。彼女はその番号をダイヤルし、留守番電話にメッセージを残した。たまたまゾーヤを訪ねたニュージーランド在住のゾーヤの友達と名乗り、手数をかけて申しわけないのだが、至急ゾーヤになんらかの手当てをしてもらえないかと頼んだ。医者に診《み》せるなり、何日か彼女をどこかに連れ出すなりして。そのあとカラシニコフの遊底をはずして、ショルダーバッグに入れ、また二階にあがり、ゾーヤがベッドで眠っているのを見て満足し、再度フォードを停めたところまで戻ったのだった。

　イスタンブールの空港までの車内は、まさに新たな悪夢による拷問だった。オリヴァーはまっすぐ東に、トルコの荒れ地に向かったのだろうか。彼以外のことは何も考えられなかった。だから、出発ターミナルで、フォードをレンタカー会社に返したあと、風力12の後悔と絶望の入り交じった憤《いきどお》りを発散させるというのは、彼女にとっていたって簡単なことだった。わたしはチャーミアン・ウェストで、それはもうとんでもなくひどいことになってしまった、と彼女はトルコ航空のカウンターで、応対に出てきた繊細な眼の若い係員に訴えた。そして、パスポートを取り出し、とっておきの笑みを向けると言った、わたしとマークは六日前に結婚したばかりなのに、昨夜、なんでもないことから初めての大喧嘩をしてしまい、今朝起きてみると、永遠にわたしの人生から姿を消すという彼の書き置きが残されていた……その係員はやさしくコンピューターのキーを叩き、彼女が心配していることについてこう答えてくれた――イスタンブールから今朝出た便の搭乗者名簿にウェストという名は見つかりません、また、その名前で午後の予約もはいっていません、云々。

「よかった」少しもよくないのだが、アギーは言った。「アンカラまでバスで行き、そこから飛行機に乗ったということは考えられない？」

係員は、自分のロマンティシズムの力もアンカラ発の便までは及ばないときっぱりと言った。で、しかたなく、アギーは空港構内を出て、アポロのいる最後のチャンスのようなカフェにはいったのだが、携帯電話で約束の電話をブロックにかけてしまうと、あとはもう待つ以外何もすることがなくなり、〝お母さんか、もしくは私から〟の電話を今もまだこうして待っているのだった。

実際、母ならなんと言うだろう、とアギーは思った。自分のことは無視されていないと幸せになれない母なら――したいことをなさい、メアリー・アギー。その人を傷つけるのでないかぎり……教師の鑑《かがみ》のようなスコットランド人の父なら？――おまえは強い子だ、メアリー・アギー。だから、ミスター・正義のためには少しは遠慮というものをすべきだ……

携帯電話が鳴った。彼女の母親でも父親でもなかった。気取ったしゃべり方をする、やたらと回転数の遅い中央伝言交換局の女だった。

「大天使へ伝言です」

わたしのことだ。

「おもちゃの町への便を予約するように」

トビリシのことだ。

「向こうに着いたら、向こうにいる叔父さんを頼るように」

やった！　刑の執行が一時的に猶予された！

弾かれたように立ち上がり、アギーはテーブルに金を放り、アポロと最後の抱擁をし、喜び勇んで出発ターミナルに向かった。そして、その途中でカラシニコフの遊底と弾丸《たま》のことを思い出し、X線チェックを受けるまえに常識を働かせ、くず入れに捨てた。

ブロックはノーソルト空港で迷彩を施した軍用機に乗り込み、自分は重要でないことばかりきちんとやり、重要なことにはことごとく失敗しているような気分になった。マシンガムは逮捕できたが、マシンガムは一番の標的ではなかった。バーナード・ポーロックこそ何より腐りきった林檎と思っていたが、彼を告発して、裁判を維持できるだけの証拠はまだ集められていなかった。ポーロックを仕留めるには、どうしてもタイガーが要る。しかし、タイガーが手にはいる可能性はかぎりなくゼロに近い。その朝、ブロックはロシアとグルジア側の連絡係にすでに会っており、ホバンとエヴゲニーは彼らに引き渡し、タイガーは彼が引き取るということで話がついていたのだが、生きているタイガーに対面できる可能性もまた、ブロックの考えではかぎりなくゼロに近かった。さらに、彼の心を苛《さいな》んでいるのが、父親を仕留めたいばかりに、その息子を破滅の旅に出してしまったことだった。彼につないだ手綱《たづな》を長くしたのは失敗だった、とブロックは思った。私が行くべきだった。私が体を張ってやるべきだった。

いつものことながら、彼は自分以外誰も責めなかった。アギー同様、彼もまた明らかな徴候を見ながら、明らかな結論を出すことができない人間だった。私は彼を押し、タイガーは彼をひっぱった。結局、タイガーの引きが私の押しより強かったということだ。差し迫った決闘の緊迫感だけがブロックには慰めになった。ウィーヴィングとダッキングと裏部屋での計算を経て、日時と場所、介添え人と武器の種類はもうすでに決められていた。彼自身が冒す危険については、彼はリリーと彼らなりのずるいやり方でもう話し合っており、ほかに選択の余地がないということで合意を見ていた。

「この若者を面倒に巻き込んだのは」と彼は一時間前電話でリリーと話していた。「この私だ。果たして私は正しいことをしたのかどうか、今はあまり自信がない」

「そうなの？　その若者の身に何が起きたの？」

「散歩に出たら、私のせいで悪い仲間に出会ってしまった。まあ、そういったところだろうか」

「だったら、やはりあなたが出向いて彼を取り返さなくちゃね。そういうことは若い人にはできないことだもの」

「ああ。そう言ってくれると思った。ありがとう。これは簡単な仕事じゃないからね、わかると思うけれど」

「もちろん、そうでしょうとも。やるだけの価値のある仕事で簡単なものなんて、そんなものは世の中にはないもの。あなたはこれまでもいつも正しいことをしてきた。わたしがあなたを知って以来ずっと。だから、それをやめないで。今のままの自分でいつづけたいと思うのなら、どうかやめないで。いってらっしゃい。仕事をしてきていらして」

しかし、彼女にはそれよりもっと彼と話し合いたい、差し迫った議題があった。ブロックが何よりいとおしく思うのは、彼女のそういうところだった。女郵便局長の尻軽娘が建設業者のパーマーと駆け落ちをしていた。パーマーには気の毒な妻と子供がいる。リリーは、今度パーマーに会ったら、ひとことを言おうと思っている。いや、彼のいるところに出かけていって、自分が彼をどう思っているか伝えてもいい。一方、女郵便局長のほうは村一番の金持ちと娘がそういう仲になったわけで、防弾ガラスを張ったカウンターの中で何食わぬ顔をしている……

「でも、きみも気をつけて、リリー」とブロックは警告した。「今の若者は昔の若者とはちがうんだから」

逮捕チームは総勢八名。エイデン・ベルは、それ以上になると大部隊になってしまう、ほかのチームと連係プレーをしなければならない場合は特に、と言った。そして、むっつりとつけ加えた。「ロシア側が榴弾砲を持ってきても、私は別に驚かない」彼らは飛行機の胴部に三人と四人に分かれて坐っていた。全員軽武装し、顔を黒く塗り、黒いトラックシューズを履き、バラクラヴァ帽をかぶっていた。「トビリシで船を替えるときに、最後のひとりを乗せる」とベルは言っていた。その最後のひとりとは男ではなく女であることは明かさなかったが。ブロックとベルはふたりの司令官として分かれて坐った。ブロックの恰好は黒いデニムに、胸に〝税関〟と書かれた防弾ジャケット。その文字が勲章の綬《じゅ》のように見えた。拳銃の携行は拒否していた。どうしておまえは部下を撃ったりしたのか、などと取り調べられるくらいなら死んだほうがましだった。ベルは、彼がリーダーであることを示す、よく光る塗料をチュニックにつけていた。もっとも、その塗料は特殊なゴーグルをつけなければ見えなかったが。飛行機は揺れ、うめき声をあげ、危険地帯の雲の上に出るや、一気に加速した。

「汚い仕事はわれわれがやる」とベルはブロックに言った。「きみは社交クラブのほうを担当してくれ」

第二十章

ヘリポートで彼を待っていた、眼つきの鋭いジーンズ姿のふたりの若者のあいだに立って、オリヴァーの眼にまずとまったのが何台ものトラクターだった。黄色い農作業用トラクター。将来、黄色いトラクターが一台か二台足りなくなったら、ここベツレヘムに来ればいい。持って帰っても誰も気づきもしないだろう、とオリヴァーは無意味に気分を浮き立たせて思った。彼は思ったことをことさら口に出すことを自分に強《し》いていた。そうしようと自分に誓ったのだ。だから、ベツレヘムが近づいてくると、山々の壮観を称賛し、着陸体勢にはいると、四つの村と、谷の十字形と、山頂の雪の黄金の輝きを誉めた。自分にこう言い聞かせながら——好きなものを見ていればいい、それが外であり、内でないかぎりは。

打ち捨てられたトラクター。新しい道路をつくるためのトラクター。建設途中で放棄された道路は、今ではまた原っぱに逆戻りしていた。地面を均《なら》し、宅地を造成し、灌漑《かんがい》用及び下水用パイプを敷設し、原っぱを切り裂き、切った木を運び出すためのトラクター。しかし、新しい家はどこにもなく、パイプは積み上げられてはいても敷設はされておらず、木は切り倒されたまま、今もどこへも運び出されていない。ただ、トラクターばかりが這った痕跡を残すナメクジのように置き去りにされている。輝く山頂をものほしげに見上げている。怠惰に。どれひとつ動いていない。ぴくりともしていない。半分だけ植えられたぶどう園と半分だけ完成したパイプラインという職場に、出かけるのをあきらめてしまっている。運転する者すらおらず、見えない緩衝装置に頭をぶつけてしまっている。

彼らは鉄道の線路を渡った。見捨てられたダンプトラックの車輪から雑草が顔をのぞかせている。子牛たちのあいだを山羊《やぎ》がのんびりと歩いている。危険ね、とゾーヤは言っていた。お金を送ることができれば、大目に見てもらえるけれど、このところ彼はあまりたくさんのお金を送れなくなっている。だから危険なのだ、と。石造りのコテージの戸口から、住人が敵意を秘めた眼で彼を見ていた。両脇のふたりもあまり友好的とは言えなかった。顔に傷痕《きずあと》のある右側の男のほうが年かさで、左側の若いほうは足を引きずり、そのリズムに合わせて何やらうめき声をあげていた。ふたりとも自動小銃を持っていた。ふたりとも秘密の秩序に準じる者の風情を漂わせ、オリヴァーにはなじみのない道順で、エヴゲニーの母屋《おもや》まで彼を連れていった。壕《ごう》と水びたしの土台と造りかけて放置された遊歩道が、昔の道をさえぎっているのだ。牛とロバが無言のコンクリート・ミキサーのコロニーで草を食んでいた。それでも、エヴゲニーの母屋までたどり着くと、家自体はオリヴァーの記憶に残るとおり、どこも変わっていなかった。雷紋のある階段、オークのヴェランダ、広く開け放たれたドア、昔と同じその中の暗さ。足をひきずって歩く若いほうが彼に階段を昇るよう仕種で示した。オリヴァーはバルコニーまで階段を昇り、自分の足音が夕刻の大気を震わせ、こだまするのを聞いた。開かれたドアをノックした。が、返事はなかった。中にはいり、戸口の近くにしばらく佇《たたず》んだ。どんな物音も聞こえず、ティナティンの料理のにおいもしなかった。死体が最近まで置かれていたことの証しのような、甘ったるいかび臭さだけがあった。ティナティンの揺り椅子があった。山羊の角の杯。金属製のストーヴ。煉瓦の暖炉、ゲッソに描かれた悲しげな顔の老婦人。彼はうしろを振り向いた。まだ若そうな猫が揺り椅子から飛び降りて、彼のほうに向けた背をまるめた。彼はナディアのシャム猫、ジャッコを思い出した。

「ティナティン?」——少し待って——「エヴゲニー?」

ゆっくりと奥のドアが開き、夕陽が床に延びた。その光の柱の真ん中に、オリヴァーは悪鬼のゆがんだ影を見た。そのあとかなり時間が経って、その影の主、エヴゲニーが現れた。その衰弱ぶりはオリヴァーの最悪の予想をもはるかに超えていた。寝室用スリッパに羊毛のカーディガン。杖にもたれていた。茶色だった髪は白く変わり、白いものは頬にも顎にも広がっていた。四年前には長い上下の睫毛《まつげ》のあいだから光彩を放っていた策略家の眼も、今や暗い洞《ほら》と化していた。エヴゲニーのうしろから、召し使いにして悪魔——アリックス・ホバンがその非の打ちどころのない姿を現した。白いサマージャケットに濃いブルーのズボン。ハンドバッグのように手首に魔女の黒い箱——携帯電話をぶら下げていた。ゾーヤが言っていたように、ほんとうにホバンは悪魔なのかもしれない。というのも、彼には影がなかったから。エヴゲニーの影に遅れて寄り添うまでは。

エヴゲニーがさきに口を開いた。その声だけは昔と変わらなかった。力強く、荒々しかった。「ここで何をしている、ポスト・ボーイ? ここには来てはいけない。きみはまちがっている。すぐに家に帰りなさい」彼はそこで振り向き、腹立たしそうにホバンにも同じことを言いかけた。が、実際に言うところまではいかなかった。オリヴァーが話していた。

「私は父親を探しにきたんだ、エヴゲニー。自分の父親を。ここにいるのか?」

「ここにいる」

「生きてるのか」

「生きてる。まだ誰も彼を撃ってはいない。まだ」

「だったら、あんたとちゃんと挨拶がしたい」オリヴァーは果敢にまえに進み出ると、抱擁《ほうよう》を求めて腕を差し出した。エヴゲニーもそれに応えかけた。「よく来た」とつぶやいて。しかし、腕が上がりかけたのも、ホバンの視線を意識するまでのことで、すぐにまた脇にだらりと下げられた。そのあとはうなだれ、退き、オリヴァーが通れるだけのスペースをあけた。オリヴァーのほうは、タイガーの無事がわかったことに心から安堵して、エヴゲニーの無礼も気にはならなかった。むしろ嬉しく懐かしく部屋の中を見まわした。そして、いぐさでつくった背の高い椅子にティナティンが坐っているのに気づいた。不自然なほどすぐには気づかなかった。三十歳は老けて見えた。十字架を握りしめた手を膝に置いていた。十字架は首からも下げていた。そんな彼女の背後の壁には、幼児キリストが布で覆われた聖母の乳房をくわえるイコンが掛けられていた。オリヴァーはそばに膝をついて、彼女の手を取った。そして、キスをしようとして、彼女の顔が描き直されているのに気づいた。額にも頬にも新たな皺が刻まれ、縦に斜めに走っていた。

「どこにいたの、オリヴァー?」

「隠れてたんだ」

「誰から?」

「自分から」

「それは誰にもできないことよ」

背後で物音がして、オリヴァーは振り返った。ホバンが奥の戸口に立ち、指先でドアを押して開け、ついてくるように頭を傾げていた。

「彼のところへ行け」命令だった。

オリヴァーはホバンのうしろについて、中庭を横切り、背の低い石造りの馬屋まで歩いた。彼を母屋まで案内した二人組と同じように武装し、同じように不器量な男ふたりがそのまえに立っていた。梁のような太い木が腕木に差され、馬屋の扉は外から閂がされていた。

「どうせなら葬式に来りゃよかったのに」とホバンが言った。「どうやってここを見つけた? ゾーヤに言われたのか?」

「誰にも言われちゃいないよ」

「あの女は五分と黙っていられない。おまえのほかにも誰かが来ることになってるのか？」

「いや」

「そんなことになってるのなら、おまえの親爺《おやじ》を殺すからな。それからおまえも。このおれが喜んで殺してやる」

「そうだろうとも」

「彼女とやったのか？」

「いや」

「今回は、か？　ええ？」彼は扉を叩いた。「どなたかいらっしゃいませんか？　ミスター・タイガー、お客さんをお連れしました」

オリヴァーはそのときにはもうホバンと見張りを押しのけ、閂《かんぬき》を腕木からはずしにかかっていた。そして、叩き、足で蹴って扉を開け、中にはいるなり呼ばわった。「父さん」甘い干し草と馬のにおいがした。肢体不自由者が眼を覚ましたような、哀調に満ちた声に続いて、藁《わら》のこすれる音がした。馬屋には仕切りが三つあり、そのどれにも藁が入れられていた。三番目の仕切りに打たれた釘に、タイガーの茶色のラグラン袖のオーヴァーコートが掛けられ、藁の中にタイガーが半裸で横たわっていた。シティ向けの黒いソックス、白いパンツ、もともとは白かった〈ターンブル&アッサー〉の垢じみたシャツという恰好で、悲しみに打ちひしがれたオリヴァーがよくやるように、横向きになり、膝を抱えていた。顔は痣《あざ》で黒ずみ、つい最近生まれ変わって、身を置くことになった世界に対する恐怖で、腫《は》れぼったい眼が血走っていた。鎖につながれていた。その鎖は彼の片足と両手を縛り、木の柱に取り付けられた鉄の輪をくぐっていた。オリヴァーが近づくと、タイガーは立ち上がろうとし、転び、また立ち上がろうとして転んだ。オリヴァーは、自らの長軀をタイガーの上にそびやかすことなどもうなんとも思わなかった。敬意を込めた距離を取ろうとは思わなかった。タイガーの脇に手を入れると立ち上がらせ、ゾーヤが言ったのと同じことを思った。なんとタイガーの小さいことか。〈ターンブル&アッサー〉に包まれた胴のなんと細いことか。さらに、痛めつけられた父親の顔を見て、写真と話でしか知らないのに、ミセス・ウォットモアの溺死した夫、ジャックを思い出した。彼女に一度打ち明けられたことがあったのだ。十日も水に浸かっていた夫の遺体の確認に、プリマスまで行かなければならなかったという話だ。彼はキスなどしたくもない相手に口移しの人工呼吸をすることを思った。死んだジェフリーのことを思った。〈ナイティンゲイル〉とペントハウスとロールスロイスを所有する人間にとって、景観もなければ、秘書もいない馬屋で手足を鎖につながれるというのはどんな気分のものなのだろう?

「ナディアに会ったよ」何かニュースを伝えるのが義務のように感じられ、彼は言った。「父さんによろしくって言ってた」

どうしてそんなニュースを選んだのか、オリヴァーは自分を訝った。タイガーはオリヴァーにしがみついていた。たえてないことだった。互いに用心深く頰と頰を離したまま、キスもどきが交わされた。しかし、それは一瞬のことで、タイガーはオリヴァーを突き放すと、ホバンを意識して聞こえよがしに、急ごしらえの事務的な口調で言った。

「いずれにしろ、おまえにも連絡がいったわけだ。おまえがどこにいたにしろ——香港かどこかか?」

「ええ、香港です。すぐわかりました」

「おまえはどこにいるのか、私にもすぐにはわからなかったのだよ。おまえはあちこち飛びまわってるからな。まだ勉強しているのか、もう商売を始めて儲けているのかもわからなかった。まあ、それまた若さの特権ではあるが。ある種の韜晦癖《とうかいへき》というのも。なんだって?」

「それでも、連絡はするべきでした」とオリヴァーは答え、そのあとホバンに向かって言った。「この鎖をはずしてくれ。父もこの家の客なのだから」ホバンは見るからに人を小馬鹿にした笑みを浮かべていた。オリヴァーはそんなホバンの肘を取り、ふたりの見張りには声が届かないところまでひっぱって言った。「おまえはもう終わりだ、アリックス」なけなしの力を込めて言った。はったりと想像だけのことばにしろ。「コンラッドはスイスの警察に何もかも話さざるをえなくなり、マースキーはトルコ人と手を組もうとしている。マシンガムは避難所の奥に引っ込んでしまった。そして、おまえの顔と名前はどんな指名手配のリストにも載っている、アルフレッド・ウィンザー殺しの犯人として。今は新しい血で自分の手を汚すときじゃない。それよりおれとおれの親爺を切り札として使うことを考えるときだ」

「おまえは誰なんだ？　コメディアンか、ポスト・ボーイ？」

「おれは汚い密告者だ。四年前におまえをイギリスの関係当局に売った人間だ。自分の父親を、エヴゲニーを、何もかもすべてを売った人間だ。おれの上にいるのはナイフを研ぐのがちょっとのろいやつらばかりだが、それでも、もう今にもやってくるだろう。嘘じゃない」

ホバンが母屋に行き、また戻ってくるまでいささか時間がかかった。が、戻ってくると見張りのふたりに、鎖を解くように命じ、オリヴァーがバケツの水でタイガーの顔と体の汚れをすすぐのを見守った。オリヴァーのほうは、自分がタイガーに最後に同じことをしてもらったのはいつだっただろうと記憶をたどっていた。が、そんなことは子供の頃にも一度もなかった。思い起こすまでもないことだった。それから、干し草の山に放ってあったタイガーのスーツを取り上げ、汚れを払い、タイガーが身につけるのを手伝った。ズボンに脚を入れさせ、上着の袖に腕を通させ、靴も履かせた。

母屋で、死後に故人を慰め、その復活を祈るめざめの儀式——あるいは、眠りにつかせる儀式——がおこなわれた。ホバンの怪訝な視線を受けながら、オリヴァーは暖炉の両脇にタイガーをエヴゲニーと向かい合わせて坐らせ、テーブルに置かれていた細口壜からふたりにキュヴェ・ベツレヘムを注いだ。エヴゲニーはタイガーの存在を無視し、一心に暖炉の炎を見つめていたが、無言のうちに示し合わせたかのように、ふたりは同時に最初のひとくちをすすった。互いに無視する思いが強すぎるあまり、逆に共通の理解が生まれたかのようだった。オリヴァーはそんなふたりを観察し、たとえどれほど取り繕ったものであれ、宴会の雰囲気をかもし出そうと腐心した。彼にしてみれば、その役まわりはいたって自然なものだった——また放蕩息子が帰ってきたのだ——野菜を切り分けるティナティンの手伝いをし、彼女にかわって火の上の鍋を置き換え、ろうそくを見つけ、マッチを見つけ、テーブルに皿やナイフやフォークを並べ、気まぐれでないよい子を演じ、憑かれたように忙しく立ち働いた——「エヴゲニー、もっと注ぎ足そうか？」と声をかけ、「ありがとう、ポスト・ボーイ」というつぶやきをエヴゲニーから引き出しさえした。「あとはもうそれほど時間がかからないから、父さん、さきにソーセージでも食べてたらどうです？」タイガーは垢じみた指先を恥じながらも、驚きから目覚め、ひとくち食べ、痣のできた口で咀嚼《そしゃく》し、その味を誉め称えた。さらに、乾燥肉にも手を出すと、たとえ一時的なものにしろ、解放された安堵から自己満足の笑みを浮かべ、身繕《みづくろ》いをし、痣のできた眼でオリヴァーの動きを追った。

「ここはまさにエヴゲニーの〈ナイティンゲイル〉だ」と食器のぶつかる音に抗して宣言までした。前歯を一本折られているので、いささか舌のもつれた宣言にはなったけれども。

「確かに」とオリヴァーは同意してナイフを並べた。

「言ってくれればよかったのに。思いもよらなかった。まえもって知らせてくれればよかったのに」

「知らせたつもりだったんだけど」

「私は何も知らされないというのが何よりいやでね。しかし、二、三日、田舎暮らしをするというのも悪くない。いや、二、三日ではなく、四日だ。ひとつの谷に一日ずつ」

「いいですね。四日というのはいいところだ」

「ホテルにディスコにナイトクラブ。長さ五十メートルのオリンピック・プール」

「それはいい」

「ワインはもう試しただろうね」――歯は抜けていても、いかめしい響きがあった。

「もう何度も」

「よろしい。で、どう思った？」

「気に入りました。とても」

「当然だな。実にうまいワインだ。ここでの儲け口はこれだよ、オリヴァー。おまえがまだ眼をつけてなかったとはな。おまえも知ってのとおり、私は食べものと飲みものにはうるさいほうだ。しかし、レジャー産業に手を染める者としては、それは当然のことだ。外にある何台ものトラクターに気づいたか？　何もしとらん」

「ええ、もちろん――」薄くて平たいパンを古めかしいギロチンで切った。

「あれを見てどう思った？」

「そう、ちょっと悲しかったですね」

「いや、おまえはそのとき自分の父親のことを思い出すべきだった。こういった状況こそ私が最も得意とする状況ではないか。倒産した会社の株式、頓挫《とんざ》した計画。そういった状況下ではすべてが待ち望んでいるのだよ、創造力を。二束三文で工場を買い、設備を近代化し、インフラを整備し、労働者には宿舎を与える。三年もあれば、それですべてうまくまわりはじめる」

「すばらしい」

「銀行も飛びついてくる」

「でしょうね」

「いい食べもの、いいワイン、いいサーヴィス。それこそ人生における最もシンプルな愉しみだ。次の千年もそれは変わらない。そうじゃないかね、エヴゲニー？」返事はなかった。タイガーは自分でキュヴェ・ベツレヘムを注ぎ足し、またオリヴァーを相手に話しつづけた。「カトリーナに言って、これを店のワインリストに加えさせることにしよう。完璧なカベルネ（辛口の赤ワイン）だ。ちょっとタンニンが重たく感じられなくもないが」彼はひとくちすすった。「しかし、それも壜の中であと何年か寝かせれば、まろやかになるだろう。あの店のお偉方にもまずまちがいなく気に入られるはずだ」彼はワインを飲み、考える顔つきになった。「利き酒というのがあるが、あんなのは冗談みたいなものだ。カトリーナはそういう悪ふざけをするのがとてもうまくてな。何人かの赤い顔が眼に浮かぶよ。自分のことをワイン通と思い込んでる何人かの名前だって挙げられる。そういう連中が恥をかくところを見るというのは、ただそれだけで愉しめる」ゆっくりとまた飲み、舌の上を転がし、飲み込んだ。そして、舌鼓を打った。「デザイナーが要るな。そういうことはランディに任せよう。賢いラベルをつけて、もっとファッショナブルにするんだ。首長壜は悪くない。シャトー・アルゴナウテース。どうだね？　スペイン野郎には不評かもしれないが。それだけは最初から言っておくよ」彼はさも可笑しそうに笑った。「いやはや」

「スペイン人はスペイン人で別なことが達者ですからね」オリヴァーはテーブルの用意を続けながら、肩越しに言った。それに対して、タイガーは狂ったように嬉々として手を叩いた。

「おまえもようやっと真のイギリス人らしい物言いができるようになったな。せんだってグプタにも言ったことだが、上昇志向の強いスペイン人ほど傲慢《ごうまん》な人種もいない。それはフランス人も、ドイツ人も、イタリア人も適《かな》わない。そうだろう、エヴゲニー？」――返事はなし――「何世紀にもわたって、スペイン人ほどわれわれを不愉快にしつづけてきた連中もほかにない。これだけは言える」彼はまた飲み、果敢にも論戦を期待してその小さな顎を引き、もう一度おもねるような視線をエヴゲニーに向けた。向けただけ無駄だった。それでも、不撓不屈《ふとうふくつ》の精神で、あたかも何かを思い出したかのように膝を叩いた。「これはこれは、私としたことが。もう少しで忘れるところだった！――ティナティン、どうか喜んでほしい。悪い知らせばかり続くと、いい知らせを忘れてしまう――オリヴァーが父親になったんだ。女の子でなかなかのべっぴんさんだ。名前はカーメン――エヴゲニー、どうか一緒にグラスを掲げてくれ――アリックス、今夜ばかりは私に出しゃばらせてくれ――ティナティンも、さあ、一緒に――カーメン・シングルに――彼女の幸せと健康を祈って――それに繁栄も――オリヴァー、ほんとうにおめでとう。おまえもいよいよ父親だ。これでおまえはより大きくなった。カーメンに！」

あんたはちぢんでしまった、とオリヴァーは、このような席の話題に娘のことを持ち出されたことに腹を立てて思った。あんたは自分がどこまでもつまらない人間であることをどこまでもさらしてしまった。生きるか死ぬかの瀬戸際《せとぎわ》にあって、驚くほど小さな人間性以外抵抗する武器を何ひとつ持ち合わせていないとは。

しかし、見るかぎり、オリヴァーのそうした思いはその態度にはいささかも表れていなかった。乾杯に応じ、ティナティンに向かって――さすがにホバンには向けなかったが――グラスを掲げ、用心深くとテーブルとのあいだを忙しなく行き来し、暖炉のまえに坐るふたりの老人のあいだに、台所もまた友好的なムードがかもされるよう心を砕いた。ホバンはただひとり、陰気な仲間を両脇に従えて長椅子に坐り、パーティに加わるつもりなどさらさらない顔をしていた。が、そんなホバンの苦々しげな顔もオリヴァーを止めることはできなかった。どんなものもオリヴァーを止めることはできなかった。甦ったマジシャンを止めることは。このイリュージョニストは、この永遠の嘲《あざけ》りの調停者は、この逃亡者は、この卵の殻の上のダンサーは、このありえないカルマの創造者は今、全身全霊でフットライトの求めに応じていた。雨が吹き込むバス待合所で、小児病棟で、救世軍の宿泊所で何度も演じてきたように、今はティナティンが料理をし、エヴゲニーが耳を半分だけ彼に向けながら、炎の中に自らの不幸を数え、ホバンと仲間の悪魔があくどいいたずらを夢見て、その選択肢を考えている中で、自分の命もタイガーの命も賭して、一世一代の舞台を務めているのだった。彼は観衆を知っていた。だから、彼らの混乱、驚き、戸惑う忠誠心に自分の感情を合わせた。実際、どれほど落ち込んだときでさえ、縫いぐるみのアライグマを引き連れた、下手な手品師になることさえできたら、何を差し出してもいいとこれまで何度思ったことだろう。

　そんなオリヴァーのマジックに、エヴゲニーも逆らうのが少しずつ困難になった。「どうして手紙を書いてくれなかったんだ、ポスト・ボーイ？」放蕩息子がまたグラスにワインを注ぎ足したときには、恨めしげにそう言った。また別なときには――「どうしてこのすばらしいグルジア語を覚えるのをあきらめたんだ？」ともなじった。その両方の問いに、オリヴァーは飾らず正直に答えた。自分も生身の人間であるので、忠誠心に欠けたところがあった、しかし、そうした過ちから今は多くのことを学んだ、と。そうした罪のないやりとりから、狂気が生まれた――異常なことなど何もないという幻想が共有された。料理の準備が整い、オリヴァーは全員をテーブルに呼んだ。エヴゲニーは黙って上席に着いたものの、しばらくうなだれ、ただ料理を睨んでいた。そして、何かおぞましい光景が脳裏に甦ったのか、不意に顔を起こすと、握りしめた拳でその広い胸を抱き、胴間声でワインを求めた。が、今回、ティナティンがワインを取りに立ち上がらせたのは、オリヴァーではなく、ホバンだった。「おまえをどうすればいい、ポスト・ボーイ？」とエヴゲニーは、ほとんど消え入りそうなくらい細い眼のふちに涙を見せて言った。「どうすればいい、おまえの父親に弟を殺された今。言ってくれ！」

　オリヴァーは危険なまでに真摯《しんし》なことばでエヴゲニーに反駁した。「エヴゲニー、ミハイルのことはなんと言ったらいいか、ことばもない。でも、ミハイルを殺したのは父じゃない。私の父は裏切り者ではない。私は裏切り者の息子ではない。あんたがどうして父を獣みたいに扱うのか、私にはそのわけがわからない」オリヴァーは、威圧的なボディガードにはさまれ、何食わぬ顔をしているホバンをちらっと見やった。携帯電話がどこにもなかった。友達にしろ、呪文にしろ、ホバンもとうとうそれらを使い果たしたか。そう思うと、一瞬、愉快になれた。「エヴゲニー、われわれはあんたのもてなしを愉しませてもらったら、明るくなり次第、あんたの許可を得て、ここを出ようと思ってる」

エヴゲニーはその申し出に同意しそうに見えた――が、会話を自分のものにしなければ気のすまないタイガーが、その瞬間をぶち壊した。「よかったら、この問題は私に任せてくれ、オリヴァー。われらがホストは――ここにいるわれらが友、アリックス・ホバンの進言を聞き入れ――このことに関してはまたわれわれとは異なる考えを――まあ、いいから、黙って聞きなさい、オリヴァー――持っておられるはずだ。なぜなら、私は自分から彼らのもとに出向いたわけだからね。彼らはふたつの問題で有利な立場にいる。まずひとつ――なあ、オリヴァー、私が話してるんだ、そう、それでいい、ありがとう――まずひとつ、すべてを彼らに譲るという書類にサインをすることだが、それがここ数カ月にわたって彼らが私に求めてきたことだ。もうひとつ、ミハイルの復讐だが、それは誤った前提でおこなわれようとしている。その誤った前提とは、ほかでもない、ランディ・マシンガムの黙認を得て、私がミハイル殺害のシナリオを書いたというものだが、私のことは言うに及ばず、シングル社にはそんなことに関わった人間はひとりとしていない。それなのに、おまえも見てわかるとおり、そんなことさえ聞いてもらえないのだよ。いくら否定しても」

そのことばにホバンが再度タイガーを告発した。が、なぜかその声音に普段の傲慢さは感じられなかった。「おまえの親爺はおれたちをとことんこけにしたんだ。マシンガムと裏取り引きをして。イギリスの秘密警察と裏取り引きをして。その裏取り引きの中にミハイルを殺すことが含まれていた。エヴゲニー・イワノヴィッチの望みは復讐だ。それと自分の金を取り戻すことだ」

タイガーは無謀にもまた危険な狭間にはいり込むと、オリヴァーを陪審員に見立てて言った。「まったく根も葉もないたわごとだ、オリヴァー。おまえも知ってるとおり、私はランディ・マシンガムを以前から腐った林檎と見なしてきた。ずっと昔から。だから、今回のことで、もし私にいくらかでも落ち度があったとすれば、それはあまりに長く、あまりに甘くマシンガムに接してきたということだろう。隠謀の軸は私とマシンガムのあいだにあったのではない。マシンガムとホバンのあいだにあった。エヴゲニー、今こそあんたが威厳を示すときだ――」

しかし、大人であるオリヴァーはそれ以上タイガーには話させなかった。「訊きたいんだが、ホバン」と彼はぼんやりと言った。その声音には難解な意味論上の啓示を求めようとするほどの熱意もなかった。「サッカーの試合を最後に見たのはいつだ？」

しかし、そう尋ねながらも、オリヴァーはホバンに憎しみを感じてはいなかった。自分のことを輝ける騎士とも、犯人の仮面を剝がす名探偵とも思っていなかった。彼は実演者だった。実演者の憎しみは誰の拍手の対象にもならない。彼の最優先課題は、トリックを弄《ろう》してここから父親を連れ出し、もしそういう気持ちになれるようなら、父親に謝ることだった。実際にそういう気持ちになれるかどうかはわからなかったが。そのあとは、父親の顔の汚れを拭き、歯医者に連れていき、プレスの利いたスーツを着せ、髭を剃り、ブロックのところへ連れていく。ブロックのあとは、シングル社の社長室に置かれている、半エーカーほどの彼の机につかせ、立たせ、こう言わせることだ――〝さて、きみらは自由だ。会社は閉鎖する〟。そういった心配事に比べれば、ホバンなど偶発的な危険にすぎなかった。少なくとも、タイガーの愚かさの結果であって、原因ではない。だから、オリヴァーは芝居がかった話し方はしなかった。ゾーヤが彼に話してくれたようにおだやかに話した。ソーセージとウォッカのハーフタイムまで。その日は片親だけでないことがいかにも得意げだったポールのこと、そして最後に、ゾーヤの存在がホバンに対するミハイルの不信感を凌駕《りょうが》したことを話した。ゆっくりと落ち着いて、発声のテクニックなどすべて忘れて、声を荒げることも、指一本振り上げることもなく、ガラスのように繊細な幻想を壊さないことにだけ心を注いだ。真実が徐々にみんなに浸透していくのが見ていてわかった――顔色をなくし、金縛りにあったように動かず、それでも計算をしているホバンにも浸透していくのが。陰気なホバンの仲間にも。オリヴァーの援助を得て、力を取り戻したエヴゲニーにも。立ち上がり、安心させるように夫の肩に手を触れ、暗がりに姿を消したティナティンにも。偽の優越感の繭《まゆ》の中からオリヴァーの話に耳を傾け、復元された自分を確かめるように、広げた指で傷だらけの顔を無意識に撫でているタイガーにも。オリヴァーはサッカーの試合の話を最後までするとと、その話の重大さがエヴゲニーの記憶と共鳴し合うのを待った。そして、正直でいたいと思う衝動から、自らの裏切りについてもホバンだけでなくみんなに打ち明けたくなった。が、そこで、外で起ころうとしていることが、その性急な針路から彼を引き戻した。

最初に聞こえてきたのは、頭上を過ぎる思いがけないヘリコプターの羽根の音だった――明らかにツインローターの音だった。それが過ぎ去ると、二機目が接近するまでしばらく何も聞こえなくなった。世界に静かな地などどこにもなく、ヘリコプターもいかなる飛行物体も謎に包まれたコーカサスへの夜の訪問者であることはわかっていたが、オリヴァーはその音に一瞬希望を抱き、通り過ぎていったことがわかると、大いに落胆した。ホバンはもちろん反論していた――わめき立てていたと言ったほうがいいかもしれない――グルジア語で。エヴゲニーはそれにさらに反論を加えていた。母屋のどこに引き下がったにしろ、ティナティンもすでに戻ってきていた。マースキーがイスタンブールでオリヴァーに持たせようとしたのと同じような銃を持っていた。そこでいきなり空気が変わった。まず、ホバンのふたりの仲間が逃げ出した――ひとりは玄関のドアからヴェランダへ、もうひとりは暖炉と台所のあいだの窓から。ふたりともそのゴールにたどり着くまえに足をすべらせ、床に倒れるというおまけ付きだった。彼らが慌てたわけはすぐに明らかになった。ふたりが部屋から逃げ出そうとしたときには、もうすでに黒い人影が部屋にはいってきていた。勝負は初めからついていた。黒い道具を持った黒い人影の勝ちだった。

しかし、まだ誰もひとことも発さず、一発の銃声も聞かれなかった。明々白々たるひとつの衝撃音とともに一瞬、部屋が明るくなるまでは。しかし、それは轟音閃光手投げ弾でもなければ、スタン手榴弾でもなかった。両手を使ったプロ・ゴルファーのグリップで、的確にホバンに向けられたティナティンの銃が発したものだった。そのホーム・マジックの成果は、ホバンの額の真ん中に大きな鮮やかなルビーが埋め込まれたことだ。彼の眼は驚きに大きく見開かれていた。ブロックはそのときを逃《のが》さなかった。タイガーを部屋の隅にひっぱり、最も単純で最もエネルギッシュなリヴァプールの言いまわしをつかって、すでにタイガーに警告を与えていた。無制限の協力を申し出ないかぎり、タイガーの今後の人生は大いに不幸なものになるであろう、と。タイガーはその警告を一心に聞いていた。敬意を込め、腕を両脇に垂らし、肩を落とし、より大きな譲歩を求められると、眉を吊り上げて。

おれは何を見てるんだろう、とオリヴァーは思った。これまで理解できなかった何を今理解しているのだろう？　その答はその問いと同じくらい明らかだった。見つけたと思ったら、存在しなかったのだ。探求の末、最後に何より隠された部屋にたどり着き、そのほうびに秘中の秘のような箱を開けたら、からっぽだったのだ。タイガーの秘密とは秘密がないことだった。

さらに何人もの男たちが窓からはいり込んできた。が、その男たちはブロックの部下ではなかった。ロシア人だった。ロシア語で怒鳴っていた。髭づらのロシア人が指揮をしていた。その髭づらのロシア人が革に包んだ棍棒でエヴゲニーの側頭部を殴った。夥《おびただ》しい血が噴き出した。オリヴァーは見ていて、胸が悪くなった。が、エヴゲニーは殴られたことにさえ気づいていないかのように見えた。ただ突っ立ち、止血帯のようなものでうしろ手に縛られるままになっていた。彼に手を出すな、とティナティンが叫んでいた。が、彼女自身もはやどうすることもできなかった。床に顔を押しつけられ、すべてを横から、さらに、ブーツの高さからしか見られなくなってしまっていては。驚いたことに、オリヴァーも気づくと彼女の仲間になっていた。エヴゲニーを殴った髭づらにひとこと言おうとまえに出たら、うしろから足を蹴られたのだ。それで倒れ、次に気がついたときには仰向けに寝そべっており、鋼《はがね》のように硬い誰かの靴底が胃にめり込んできた。そこでまわりが暗くなり、死んだんだと彼は思った。が、死んだのではなかった。またあたりが明るくなり、見ると彼に蹴りを入れた男もまた床に倒れていた。股間を押さえ、うめき声をあげていた。オリヴァーはすばやく推理を働かせた。アギーに蹴られたのにちがいない。アパッチのような化粧をして、黒い戦闘服に身を固め、サブマシンガンを振りまわしているアギーに。

しかし、強いグラスゴー訛りで、教師じみたことを彼女に言われなかったら、オリヴァーには彼女がわからなかったかもしれない。「オリヴァー、立って。立ち上がって。オリヴァー、さあ!」言っても無駄なことがわかると、彼女は銃を置いて、半分引きずるように、半分立たせるようにして彼を抱え上げた。彼のほうは、ふらつきながらもどうにか立ち上がり、カーメンのことを考えていた。この怒鳴り声で彼女が眼を覚ましはしないだろうか。それだけが何より心配だった。

謝辞

デヴォンはトーキーのマジシャンにしてエンターテイナー、アラン・オースティンに心から謝意を捧げる。イスタンブールのボガシ大学、観光促進プログラムのシュクリュ・ヤーカン、ミングレル族のテムールとジョルジ・バークライア、消費税局の著名人、フィル・コネリー、ピーターとしか呼ぶわけにはいかないスイスの銀行家にも感謝している。一九九六年設立の〈東洋アフリカ研究校〉のコーカサス諸語担当教授、ジョージ・ヒュウィットはまたしても私を赤面《せきめん》から救ってくれた。

ジョン・ル・カレ
一九九八年七月
コーンウォール

訳者あとがき

昨年秋に上梓された前作『パナマの仕立屋』は、「このミステリーがすごい!――二〇〇〇年版」では、海外編ベスト8に、「週刊文春」の年間ベスト・テンでは、海外部門ベスト5に、さらにほかのいくつかのベスト・テンでも上位に選ばれ、わが国でも大変好意的に迎えられた。のっけから私事でなんだが、ル・カレ作品といえば、ここ何年も名翻訳家の村上博基氏の訳、と決まっていたあとを引き継ぐ形での仕事であり、ル・カレの原文そのものも私なんぞは目一杯背伸びをしなければ訳せない難物で、読んでくださった方々の評価が普段の何倍も気になり、実は訳しおえてしばらくは兢々《きょうきょう》としていたのだが、原作の持つ力の賜物とはいえ、以上のような結果にほっとしたというのが正直なところだ。

一方、ル・カレはやっぱり読みづらい、という声もなきにしもあらずだった。実際、ル・カレ作品の多くは、クーンツやマルティニ、あるいは、ディーヴァーやマーゴリンらのいわゆるジェット・コースター本とは対極をなす〝エンターテインメント〟である。あられもない楽屋話をすると、翻訳を進める中で、どうにも解読できない文にぶちあたり、呻吟苦吟の挙句、あきらめ、ネーティヴに尋ねてわかってみると、さして大した内容ではなかったりして、だったら、もっとすっと言え、すっと、とル・カレ先生を内心難じたことは一度や二度ではない。それでも、読み進み、訳し進むうち、最初はとっつきにくかったキャラクターの言動にも心情にも身につまされるようになり、ときに閉口させられもするル・カレ一流のデフォルメもメタファーもいつしか麻薬のように心地よくなって、気づくと、ル・カレ・ワールドに引き込まれている。題材でもストーリーでもプロットでもない、語りの妙にひたすら酔わされている。少なくとも、私にとってル・カレはそういう希有な作家である。

さて、本書『シングル&シングル』だが、本書に寄せられたあちらの書評をまずいくつか紹介すると——

〝ジョン・ル・カレはただの偉大なストーリーテラーではない。『シングル&シングル』で彼は時代精神を確実にとらえた〟

——トム・ウルフ

〝これぞル・カレが誰よりよく知る領域で、本書は先見性に富み、専横的とも言える創造力の高みから書かれている。主人公、オリヴァーは彼がこれまでに創り出した最も魅力的なキャラクターのひとりだ〟

——「ニューヨーク・タイムズ」紙

〝豊かにしてときに不毛な人の心の風景を通して、われわれを世界の果てまで連れていってくれる冒険譚。(ル・カレは) 世俗的で曖昧なこの時代における絶対性を求める姿勢において、現存する最も興味深いイギリス人作家だ〟

——「タイム」誌

〝『シングル&シングル』は暑い日に飲む冷やしたビールのように五臓六腑にしみわたる〟
――「デイリー・テレグラフ」紙

〝本書に描かれているのっぴきならない父子関係がきわめてリアルなのは、『パーフェクト・スパイ』のあの抗しがたい悪党同様、タイガーが詐欺師だったル・カレの実父をモデルに描かれているからだ。冷戦は終わっても、ル・カレはどこまでも熱い〟

――アマゾン・コム

最後に引いた書評が触れているように、本書を読んで、一九八六年発表の傑作『パーフェクト・スパイ』を思い起こされた方も少なくないことだろう。『パーフェクト・スパイ』は作者ル・カレが自らを主人公マグナス・ピムに、実父をリック・ピムに投影させた自伝的色合いの濃い、悲しみと虚無、そのふたつの架け橋のようなシニシズムが横溢的な〝もっとも小説らしい小説、小説の中の小説〟だった。が、視点と時間がいわば拷問的なまでに錯綜していて、正直なところ、私なんぞは何度も読み返さないと頭にはいってこない〝読みづらさ〟なしとは言えなかった。それに比べると、本書は作品の結構が簡潔な点ひとつを取っても、〝読みやすく〟なっており、結末もル・カレ作品にしては軽快で、父と子の確執にも救いが見える。その分、ル・カレ一流のシニシズムはいささか薄味で、その点については、食いたりなさを覚えるル・カレ・ファンもあるいはいるかもしれない。それを来年には古希《こき》を迎える作家ル・カレの衰えと見るか、円熟味と見るか。その評価は読者諸賢に任せるとして、訳者としては、薄味になって口あたりがよくなった分、これまで食わず嫌いだった人も触手を伸ばしやすくなったのではないかと期待したい。ル・カレというのは、日本でももっと多くの読者に読まれてしかるべき作家である。

前作『パナマの仕立屋』の映画化がなり、あちらではいよいよ来年早春に公開される。監督はジョン・ブアマン、配役はハリー・ペンデルにジェフリー・ラッシュ、アンドルー・オスナードにピアース・ブロスナン、ルイーザ・ペンデルにジェイミー・リー・カーティス。ル・カレ自身がエグゼクティヴ・プロデューサーとなり、シナリオづくりにも参加している。この映画にかける作者の意気込みのほどがうかがえる。『シャイン』でアカデミー賞主演男優賞に輝いたジェフリー・ラッシュと五代目ジェームズ・ボンドのピアース・ブロスナンが、果たしてスクリーンの上でどんな男同士のかけひきを見せてくれるか、日本での公開が今から待たれる。

ル・カレの近況について簡単に報告しておくと、来月、二十世紀の悼尾《とうび》を飾って、新作 *THE CONSTANT GARDENER* が上梓される。未読だが、イギリスだけの版権アドヴァンスに百万ポンドもの値がついたという裏情報が飛び込んできた。これは巨匠の版権にしても破格らしい。お金で文芸作品を評価するのもなんだが、かなりの自信作であることは想像できる。実は衰えとも円熟味とも枯淡の境地とも無縁、老いてますます盛ん、というのが現在の巨匠の実像なのかもしれない。

最後になったが、今回も多くの方々の援助を受けて叶った訳了だった。グルジアがワインの産地としてつとに知られていることさえ、無学無調法にして知らなかった訳者の蒙を啓いてくれただけでなく、手元にあったグルジアの赤ワインをわざわざ送ってくれた翻訳家の伏見威蕃さん。いったい何度Eメールでやりとりをしただろう、前作同様、原文の不明点に関する訳者の質問に辛抱強く答えてくれたイギリス人翻訳家のユワン・コフーン。インターネット調査係を買って出てくれた新進翻訳家の匝瑳玲子さん。かかるインターネットを通じて、見知らぬ東洋人に、得がたい情報を次々と提供してくれたイギリス在住のメルさん、ジョンソンさん。ほかにも多くの方々の力を得た。みなさんに感謝する。

田口俊樹

二〇〇〇年十一月

ジョン・ル・カレ著作リスト

☆はスマイリー三部作

Call for the Dead (1961)『死者にかかってきた電話』宇野利泰訳、ハヤカワ文庫

A Murder of Quality (1962)『高貴なる殺人』宇野利泰訳、ハヤカワ文庫

The Spy Who Came in from the Cold (1963)『寒い国から帰ってきたスパイ』宇野利泰訳、ハヤカワ文庫

The Looking Glass War (1965)『鏡の国の戦争』宇野利泰訳、ハヤカワ文庫

A Small Town in Germany (1968)『ドイツの小さな町（上・下）』宇野利泰訳、ハヤカワ文庫

Tinker, Tailor, Soldier, Spy (1974)『ティンカー、テイラー、ソルジャー、スパイ』☆菊池光訳、ハヤカワ文庫

The Honourable Schoolboy (1977)『スクールボーイ閣下（上・下）』☆村上博基訳、ハヤカワ文庫

The Naive and Sentimental Lover (1978)

Smiley's People (1979)『スマイリーと仲間たち』☆村上博基訳、ハヤカワ文庫

The Little Drummer Girl (1983)『リトル・ドラマー・ガール（上・下）』村上博基訳、ハヤカワ文庫

A Perfect Spy (1986)『パーフェクト・スパイ（上・下）』村上博基訳、ハヤカワ文庫

The Russia House (1989)『ロシア・ハウス（上・下）』村上博基訳、ハヤカワ文庫
The Secret Pilgrim (1990)『影の巡礼者』村上博基訳、ハヤカワ文庫
The Night Manager (1993)『ナイト・マネジャー（上・下）』村上博基訳、ハヤカワ文庫
Our Game (1995)『われらのゲーム』村上博基訳、ハヤカワ文庫
The Tailor of Panama (1996)『パナマの仕立屋』田口俊樹訳、集英社
Single & Single (1999)『シングル&シングル』田口俊樹訳、本書
The Constant Gardener (2000)

田口俊樹《たぐちとしき》

1950年生まれ。早稲田大学第一文学部卒業。翻訳家。
ジョン・ル・カレ『パナマの仕立屋』
マイクル・Z・リューイン『探偵家族』『のら犬ローヴァー町を行く』
ローレンス・ブロック『泥棒は図書室で推理する』
フィリップ・マーゴリン『黒い薔薇』『暗闇の囚人』など訳書多数。

シングル&シングル
二〇〇〇年一二月二〇日　第一刷発行
著　者　ジョン・ル・カレ
訳　者　田口俊樹《たぐちとしき》
編　集　株式会社 綜合社
一〇一—〇〇五一　東京都千代田区神田神保町二—二三—一
電話（〇三）三二三九—三八一一
発行者　谷山尚義
発行所　株式会社 集英社
一〇一—八〇五〇　東京都千代田区一ツ橋二—五—一〇
電話　編集部（〇三）三二三〇—六〇九四
販売部（〇三）三二三〇—六三九三
制作部（〇三）三二三〇—六〇八〇
印刷所　図書印刷株式会社
製本所

© Toshiki Taguchi　ISBN4-08-773336-X　C0097